中華書局

香港學生

圖解

文言字典

初階

田南君 編著

責任編輯	鍾昕恩
封面設計	明日設計事務所
版式設計	鄧佩儀
插圖	鄧佩儀
排版	陳先英
印務	劉漢舉

香港學生
圖解文言字典（初階）

田南君　編著

出版 ｜ **中華教育**
　　　中華書局（香港）有限公司
　　　香港北角英皇道 499 號北角工業大廈 1 樓 B
　　　電話：(852) 2137 2338　傳真：(852) 2713 8202
　　　電子郵件：info@chunghwabook.com.hk
　　　網址：http://www.chunghwabook.com.hk

發行 ｜ **香港聯合書刊物流有限公司**
　　　香港新界荃灣德士古道 220-248 號 荃灣工業中心 16 樓
　　　電話：(852) 2150 2100　傳真：(852) 2407 3062
　　　電子郵件：info@suplogistics.com.hk

印刷 ｜ **美雅印刷製本有限公司**
　　　香港觀塘榮業街 6 號海濱工業大廈 4 字樓 A 室

版次 ｜ **2021 年 7 月第 1 版第 1 次印刷**
　　　2022 年 3 月第 1 版第 2 次印刷
　　　©2021 2022 中華教育 中華書局（香港）有限公司

規格 ｜ 32 開（210mm x 140mm）

ISBN ｜ 978-988-8759-11-8

總 目 錄

序 言

　　為了順利與高中中國語文課程裏的指定文言經典學習材料銜接，不少學校早在初中，就開始教授古詩文名篇，部分更以小學五年級為起步點。

　　從小開始接觸古詩文，讓學生耳濡目染，去認識我們的歷史、文化，本來是最好的方法，不過這些古詩文畢竟年代久遠，當中不少用詞、句式、器物、制度、思想等，更跟我們的世代大有不同，要學生牢記每個字的意思，已經不是易事；即使可以翻查字典，可是字典裏盡是密密麻麻的文字，大人尚且望而生畏，那麼學生望而生厭，是無可厚非的。

　　《香港學生圖解文言字典》之出版，是希望在傳統文言字典的基礎上，利用各類型圖畫，還原部分文字的本來面目——從「口」部的字，是指哪些口部動作？從「艸」部的字，所指的是哪些植物？從「車」部的字，是指車子的哪些部件？從「鳥」部的字，所指的是哪些雀鳥？——讓學生對每個字的意思都更清晰、更有把握。

　　本字典特別設有「部首細說」、「辨字識詞」、「歷史趣談」、「文化趣談」等知識欄目，圖文並茂地講解部分文字背後的歷史、文化典故，部分更附設短片，讓同學輕鬆掌握古人的生活、習慣、思想，使文言閱讀變得事半功倍、富有趣味。

　　再次感謝拍檔邵詠融（@ 田南工作室）在文章語譯上的幫忙，更要感謝中華書局採納筆者的出版建議，以別開生面的方法，成就這本圖解文言字典。書中內容經過多番考證和推敲，務求準確無誤，若有欠缺妥善的地方，懇求讀者見諒及加以指正，以使本書止於至善。

田南君

凡 例

部首

本字典採用部首檢字法，依部首分類排列字頭。

每個部首開首均設欄目「部首細説」，配以甲骨文、金文、小篆等古文字圖片，解釋每個部首字的由來、結構、演變、字義，讓學生初步掌握該部首下各文字字義的所屬範疇。

木 部

這是「木」的甲骨文寫法：下半部分是樹根，中間的豎筆是樹幹，而上半部分就是樹梢。後來這樹梢就變為橫畫「一」，樹根就變為「丿」和「㇏」，樹幹就維持不變，因而成為今天的「木」字。「木」本來就是指「樹木」，從「木」部的字，要麼跟木材有關，要麼就是指不同的樹木種類。

字頭

本字典收錄超過 1,700 個來自 190 個部首的字頭。這些字頭及其義項、例句，絕大部分來自教育局課程發展處（中國語文教育組）所編訂的《積累與感興：小學古詩文誦讀材料選編（修訂）》、本地小學及初中中國語文課本中的古詩文篇章，以及本地學校自行編訂的文言教材。學生能以本字典輔助日常課堂學習，使學習更有效率。

每個部首下的字頭，均依部首外筆畫數由少至多排序；同一筆畫數下的字頭，依起筆筆形「橫（一）」、「豎（丨）」、「撇（丿）」、「點（丶）」、「折（㇕）」的順序排序。

注音

每個字頭均收錄粵語及普通話讀音。

粵語讀音採用《香港語言學學會粵語拼音方案》注音，以粵為標記。粵語拼音後標注聲、韻、調相同的直音字（字：粵zi6 自）；或選用聲、韻相同的常用字，再標出聲調（小：粵siu2 蕭〔2 聲〕）；或採用反切取上下字的方法，另標出聲調（歇：粵hit3 氣潔〔3 聲〕）。

普通話讀音則採用《漢語拼音方案》注音，以普為標記。

多音字以本音為基礎，並以 **一 二 三** 標示出各讀音，義項依讀音分列條目。

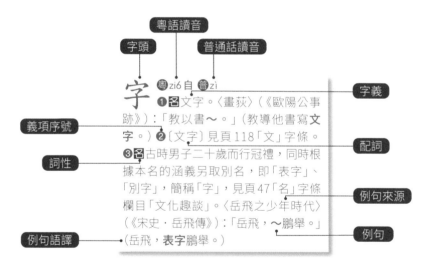

義項及例句

義項及例句的收錄，主要來自高小至初中學生程度、學校課程裏所接觸的古詩文篇章，釋義力求準確、簡潔、易明，以配合學生的語文水平。

如果義項多於一個，會以本義為基礎，根據字義的不同引申方向作排序，並以 ❶❷❸ 標示。如該字頭有相關配詞，則以〔 〕號標示；如該配詞的詞義多於一個，則以 ①②③ 標示。

每個義項皆標明詞性，共分為以下 11 類：

名 表示該字詞是名詞，是人物、地方、朝代、動植物或物件的名稱。

動 表示該字詞是動詞，能表示人類、動物的動作和行為或事物的發生和變化。

形 表示該字詞是形容詞，能修飾事物的形狀、性質、狀態。

代 表示該字詞是代詞，能指代事物、動作、形容詞、數量等。

副 表示該字詞是副詞，能修飾動詞及形容詞，表示時間、頻率、狀態等。

數 表示該字詞是數詞，能表示事物的數目。

量 表示該字詞是量詞，能表示計算事物或動作的單位。

助 表示該字詞是助詞，能表示句子結構、説話語氣、動作發生時間。

歎 表示該字詞是歎詞，能獨立地表達説話語氣。

介 表示該字詞是介詞，能與後面的名詞結合，表示位置、對象、比較等。

擬 表示該字詞是擬聲詞，能模擬各種事物的聲音。

如果義項中沒有標明詞性，則表示該詞語為詞組，不具備任何獨立的詞性。

義項下引錄例句，並標明作者、書籍、篇章名稱等來源。例句中以「～」號代替字頭或配詞，例句後以（）號標示語譯，語譯中的**粗體色字**與例句中的「～」號對應，使學生對字義更為清晰。如果某義項的古今意思相同，學生一看就懂，則不引例句。

插圖

為使學習文言文、了解中華文化及歷史變得饒有趣味，本字典加插超過 380 張彩色圖畫，以輔助學習，當中包括：

1. 古文字圖

展示文字的甲骨文、金文、小篆等寫法，讓學生了解文字結構與字義的關係，以及當中的演變。

2. 義項繪圖

配合義項，繪畫出古代人物、動物、植物、衣飾、器具等不同方面的事物，讓學生多角度認識古人的生活，拉近與文言文的距離。

3. 部首文字圖鑒

設於個別部首的開首，選取同一部首兼屬同一事物範疇的文字，以單一或多張圖畫組合成圖鑒，讓學生概覽該部首文字字義的所屬範疇，亦有助他們利用圖畫熟記。

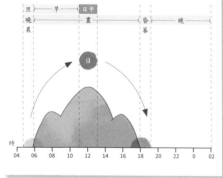

知識欄目

本字典設有三種知識欄目，以輕鬆有趣的手法解説文言字詞、歷史及文化知識，包括：

1. 辨字識詞

剖析辨別近形字、多音字的方法，或説明部分詞語的來源及演變，讓學生易於辨別、記誦，減少寫錯別字的機會。

2. 歷史趣談

講解個別文字背後的歷史知識，譬如：政治制度、帝王稱號、歷史故事等，作為學習中國歷史的輔助材料，讓學生易於掌握當中的發展。

3. 文化趣談

講解個別文字背後的文化知識，譬如：倫理觀、文學觀、科學觀等，讓學生建構出古代社會及生活的輪廓，拉近他們與古代的距離。

部分欄目更附設短片，只要用手機掃瞄二維碼，即可通過實物及實景，進一步了解相關字詞的知識，將文言文與現代生活聯繫起來。

知識欄目一覽表

睇短片 · 查字典

辨字識詞

歷史趣談

標題	字條	頁碼
九州與天下	九	7
「可汗」與「天可汗」	可	45
「共主」與「禪讓」	堯	57
封建	封	75
「兵鎮」屯門 ▶	屯	80
烽火戲諸侯	烽	160
中原人眼中的外族	羌	209
「負荊請罪」與「刎頸之交」	荊	230
「吐露港」與「媚珠池」 ▶	蚌	239
「春秋」與「戰國」	諸	251
郡縣制	郡	275
問鼎	鼎	321

文化趣談

標題	字條	頁碼
「行第」與「名字」	使	16
五倫	倫	18
古代的成人禮——冠禮	冠	27
「上南下北」的古代地圖	南	37
楊修・曹操・一合酥	合	47
「名」和「字」	名	47
跪坐 ▶	坐	56
墳、墓、陵、冢	墓	59
「姓」和「氏」	姓	67
「宇」和「宙」	宇	71

漢語拼音檢字表

A

ài	艾	229
ài	愛	104
ān	安	71
ān	鞍	296
àn	岸	82
àn	案	136
àn	暗	125
áo	遨	273
ào	傲	20

B

bǎ	把	110
bà	罷	208
bái	白	179
bǎi	百	179
bǎi	柏	135
bài	敗	117
bān	班	168
bàn	伴	15
bàn	辦	267
bǎng	榜	138
bàng	蚌	239
bàng	傍	20
bàng	謗	253
bǎo	寶	74
bào	報	58
bào	暴	126
bào	爆	162
bēi	悲	103
běi	北	35
bèi	背	218
bèi	倍	19

bèi	悖	102
bèi	被	243
bèi	備	19
bèi	輩	265
běn	本	133
běn	畚	175
bēng	崩	82
bǐ	比	145
bǐ	彼	95
bǐ	筆	198
bǐ	鄙	276
bì	比	145
bì	必	99
bì	畢	175
bì	敝	117
bì	辟	267
bì	碧	187
bì	蔽	235
bì	壁	59
bì	髀	307
biān	鞭	296
biān	邊	274
biǎn	扁	108
biàn	汴	150
biàn	遍	272
biàn	辨	267
biàn	辯	268
bié	別	31
bīn	賓	258
bīn	濱	157
bìn	鬢	309
bīng	兵	25
bǐng	秉	191
bǐng	屏	79

bǐng	稟	191
bìng	并	88
bìng	並	3
bìng	病	177
bō	波	151
bō	缽	207
bō	撥	113
bó	泊	151
bó	薄	236
bó	礴	188
bò	擘	114
bǔ	卜	38
bǔ	哺	50
bù	不	2
bù	布	85
bù	步	142

C

cái	才	109
cái	材	133
cái	財	257
cái	裁	243
cǎi	采	278
cǎi	採	112
cǎi	綵	204
cān	參	42
cān	餐	303
cán	殘	144
cāng	滄	155
cāng	蒼	234
cáng	藏	236
cāo	操	113
cáo	曹	128
cáo	槽	138

cǎo	草	231
cè	策	198
cēn	參	42
céng	曾	128
chā	差	84
chá	察	74
chāi	差	84
chái	柴	136
chán	單	51
chán	蟾	240
chán	讒	254
chán	饞	304
cháng	長	283
cháng	常	86
cháng	場	58
cháng	嘗	52
cháng	裳	244
cháng	償	21
chǎng	場	58
chàng	暢	126
cháo	朝	131
cháo	潮	156
chē	車	264
chè	徹	98
chén	臣	220
chén	辰	268
chén	沉	150
chén	晨	125
chèn	趁	260
chèn	齔	323
chēng	稱	192
chéng	成	107
chéng	承	110
chéng	城	57

chéng	乘	7	chuàng	愴	105	dài	帶	86	dì	第	197
chéng	誠	249	chuí	垂	57	dài	紿	202	dì	蒂	233
chéng	懲	106	chuí	陲	288	dài	逮	271	diǎn	點	320
chěng	騁	306	chuí	錘	281	dān	丹	5	diàn	甸	174
chèng	稱	192	chún	純	201	dān	單	51	diàn	店	89
chí	池	150	chún	淳	153	dān	鄲	276	diàn	奠	64
chí	持	111	chuò	輟	265	dān	擔	114	diāo	雕	291
chí	遲	273	cī	差	84	dàn	石	186	diào	弔	92
chǐ	豉	255	cí	祠	189	dàn	旦	123	diào	吊	46
chǐ	齒	323	cí	詞	248	dàn	但	14	diào	調	252
chì	叱	45	cí	慈	105	dàn	啖	51	dié	蝶	240
chì	赤	259	cí	雌	291	dàn	彈	93	dīng	丁	1
chì	敕	116	cí	辭	267	dàn	擔	114	dǐng	頂	299
chōng	充	22	cǐ	此	142	dāng	當	176	dǐng	鼎	320
chōng	沖	150	cì	次	140	dǎng	攩	114	dìng	定	71
chóng	崇	82	cì	刺	31	dàng	當	176	dōng	東	134
chóng	重	279	cì	賜	259	dāo	刀	30	dòng	洞	151
chōu	瘳	177	cōng	聰	216	dǎo	倒	17	dòng	動	34
chóu	愁	104	cóng	從	97	dǎo	搗	113	dǒu	斗	118
chóu	綢	204	cóng	叢	43	dǎo	擣	114	dòu	豆	255
chǒu	醜	278	cū	粗	200	dǎo	禱	189	dòu	鬥	310
chū	出	29	cù	卒	37	dào	到	31	dòu	竇	194
chū	初	242	cù	蹴	262	dào	倒	17	dū	都	276
chú	除	287	cuī	催	20	dào	盜	181	dú	獨	166
chú	蜍	240	cuī	摧	113	dào	道	272	dú	櫝	139
chú	滁	155	cuì	翠	211	dé	得	96	dú	牘	164
chú	鋤	281	cún	存	69	dé	德	98	dù	度	90
chú	雛	291	cùn	寸	75	dēng	登	178	dù	渡	154
chǔ	杵	134	cuō	搓	113	děng	等	197	duān	端	195
chǔ	處	238	cuō	蹉	262	dèng	鄧	276	duàn	斷	119
chǔ	楚	137	cuò	厝	41	dī	低	15	duì	對	77
chù	畜	175	cuò	錯	281	dī	堤	58	dùn	盾	182
chù	處	238		**D**		dí	的	179	dùn	頓	299
chù	觸	247				dí	荻	232	duō	多	61
chuān	川	83	dá	達	271	dí	笛	197	duō	咄	49
chuān	穿	193	dà	大	62	dǐ	抵	110	duō	掇	112
chuán	椽	138	dài	代	13	dǐ	邸	275	duó	度	90
chuán	遄	271	dài	殆	144	dì	地	56	duǒ	朵	133
chuán	傳	20	dài	待	95	dì	弟	92	duò	墮	59
chuāng	瘡	177	dài	怠	101	dì	的	179			

	E		fèn	忿	100	gǎi	改	116
			fèn	奮	64	gài	蓋	234
é	俄	16	fēng	封	75	gān	干	87
é	峨	82	fēng	風	301	gān	甘	171
é	鵝	314	fēng	峯	82	gān	肝	218
é	額	300	fēng	烽	160	gān	乾	8
è	惡	103	fēng	楓	138	gǎn	感	104
è	餓	303	fēng	豐	255	gǎn	趕	260
ēn	恩	102	fěng	諷	253	gāo	高	308
ér	而	213	fèng	奉	64	gǎo	橋	138
ér	兒	22	fǒu	不	2	gào	告	49
ěr	耳	215	fǒu	缶	207	gē	戈	106
ěr	爾	163	fǒu	否	48	gē	歌	140
ěr	餌	303	fū	夫	63	gé	葛	233
	F		fú	夫	63	gé	閣	285
			fú	弗	92	gé	閤	285
fā	發	178	fú	芙	229	gě	葛	233
fá	罰	208	fú	拂	110	gè	各	48
fà	髮	309	fú	服	129	gè	箇	199
fān	帆	86	fú	浮	152	gēn	根	136
fān	蕃	235	fú	符	197	gēng	更	127
fán	凡	5	fú	輻	265	gēng	耕	214
fán	蕃	235	fǔ	父	163	gēng	羹	210
fǎn	反	42	fǔ	甫	172	gèng	更	127
fāng	方	120	fǔ	府	90	gōng	工	83
fāng	芳	229	fǔ	俯	19	gōng	弓	92
fáng	防	287	fǔ	釜	280	gōng	公	24
fáng	房	108	fǔ	輔	265	gōng	功	33
fàng	放	116	fǔ	撫	113	gōng	攻	115
fēi	非	294	fù	父	163	gōng	供	15
fēi	飛	302	fù	赴	260	gōng	恭	102
fēi	扉	108	fù	負	257	gòng	共	25
fēi	蜚	240	fù	袝	188	gòng	供	15
fēi	緋	204	fù	婦	67	gòng	貢	257
féi	肥	218	fù	傅	19	gōu	鈎	281
fèi	費	258	fù	復	97	gū	孤	69
fēn	分	30	fù	富	73	gū	姑	67
fēn	紛	202	fù	賦	258	gǔ	古	45
fěn	粉	200		**G**		gǔ	谷	254
fèn	分	30				gǔ	骨	307

gǔ	鼓	321
gǔ	滑	155
gǔ	穀	192
gǔ	鵠	314
gù	固	54
gù	故	116
gù	顧	300
guǎ	寡	73
guài	怪	100
guān	官	72
guān	冠	27
guān	矜	184
guān	關	286
guān	觀	246
guǎn	管	199
guǎn	館	303
guàn	冠	27
guàn	觀	246
guàn	鸛	316
guāng	光	22
guǎng	廣	90
guī	瑰	169
guī	閨	285
guī	歸	143
guǐ	鬼	311
guì	桂	135
guì	貴	257
guì	櫃	139
guō	郭	276
guó	國	54
guǒ	果	135
guǒ	裹	244
guò	過	271
	H	
hái	孩	70
hái	還	273
hǎi	海	152
hài	害	73
hài	駭	306

hān	酣	277	hòu	后	47	hún	魂	311	jì	季	69
hán	汗	149	hòu	厚	41	hùn	渾	155	jì	計	248
hán	含	49	hòu	後	95	huó	活	151	jì	既	121
hán	邯	275	hū	乎	6	huǒ	火	158	jì	記	248
hán	寒	73	hū	呼	49	huò	或	107	jì	祭	189
hán	韓	296	hú	胡	218	huò	貨	257	jì	悸	103
hàn	汗	149	hú	葫	233	huò	霍	293	jì	際	289
hàn	漢	155	hú	鵠	314	huò	獲	166	jì	稷	192
hàn	撼	113	hù	戶	108	huò	豁	254	jì	冀	26
hàn	頷	300	huā	花	229				jì	薊	235
háng	行	241	huā	華	232		J		jì	濟	157
hāo	蒿	234	huá	華	232	jī	几	29	jì	績	205
háo	毫	146	huá	滑	155	jī	唧	50	jì	騎	306
háo	嚎	52	huà	華	232	jī	飢	302	jì	驥	307
háo	號	238	huà	畫	176	jī	屐	80	jiā	加	33
háo	豪	256	huái	徊	95	jī	幾	89	jiā	佳	15
hǎo	好	65	huái	淮	153	jī	期	131	jiā	家	72
hào	好	65	huái	懷	106	jī	箕	198	jiā	嘉	52
hào	浩	152	huài	壞	60	jī	稽	192	jiá	蛺	240
hào	皓	180	huān	歡	141	jī	機	139	jiǎ	甲	174
hào	號	238	huán	還	273	jī	積	192	jiǎ	假	19
hé	禾	190	huǎn	緩	205	jī	激	157	jià	假	19
hé	合	47	huàn	宦	72	jī	擊	114	jià	駕	306
hé	何	14	huàn	患	102	jī	饑	304	jiān	尖	78
hé	和	49	huāng	荒	231	jí	及	43	jiān	兼	25
hé	河	151	huáng	皇	179	jí	汲	150	jiān	堅	57
hé	荷	232	huáng	黃	318	jí	即	39	jiān	間	284
hè	和	49	huáng	惶	104	jí	急	101	jiān	煎	161
hè	荷	232	huáng	篁	199	jí	疾	177	jiān	艱	226
hè	賀	258	huī	揮	112	jí	集	290	jiān	濺	157
hè	鶴	315	huī	暉	126	jí	極	137	jiān	韉	296
hēi	黑	320	huī	輝	265	jí	嫉	68	jiǎn	剪	31
hén	痕	177	huí	回	54	jí	輯	266	jiǎn	儉	21
hèn	恨	101	huì	惠	103	jí	藉	236	jiǎn	檢	139
héng	恆	101	huì	喙	52	jǐ	己	84	jiǎn	繭	206
héng	橫	139	huì	會	128	jǐ	給	203	jiàn	見	245
hèng	橫	139	huì	誨	250	jǐ	幾	89	jiàn	間	284
hóng	紅	201	huì	穢	192	jǐ	濟	157	jiàn	閒	285
hóng	鴻	314	hūn	昏	124	jì	技	109	jiàn	劍	32
hóu	侯	17	hún	渾	155	jì	忌	100	jiàn	澗	157

jiàn	諫	253	jīn	今	12	jù	具	25
jiàn	薦	236	jīn	金	280	jù	俱	18
jiàn	濺	157	jīn	津	152	jù	聚	215
jiàn	鑒	282	jīn	衿	243	jù	劇	32
jiāng	江	149	jīn	矜	184	jù	遽	273
jiāng	將	76	jīn	筋	198	juǎn	卷	40
jiāng	漿	156	jīn	襟	244	juàn	卷	40
jiāng	疆	206	jǐn	僅	20	juàn	絹	204
jiǎng	講	253	jǐn	錦	281	jué	決	150
jiàng	降	287	jìn	近	269	jué	絕	203
jiàng	將	76	jìn	晉	125	jué	覺	245
jiāo	交	10	jìn	進	271	jūn	君	49
jiāo	教	116	jìn	盡	181	jūn	軍	264
jiāo	椒	137	jīng	荊	230	jùn	郡	275
jiāo	蛟	239	jīng	經	203	jùn	峻	82
jiāo	燋	161	jīng	精	200	jùn	餕	303
jiǎo	角	246	jīng	驚	307	jùn	駿	306
jiǎo	皎	179	jǐng	景	125			
jiǎo	徼	98	jǐng	頸	299			
jiǎo	繳	206	jìng	勁	33		K	
jiào	教	116	jìng	徑	96	kā	喀	52
jiào	覺	245	jìng	逕	270	kāi	開	284
jiē	皆	179	jìng	竟	297	kǎi	慨	104
jiē	接	112	jìng	境	59	kān	堪	58
jiē	階	288	jìng	靜	294	kàn	看	182
jiē	結	203	jìng	競	195	kāng	慷	105
jié	捷	112	jiū	啾	51	kǎo	考	212
jié	結	203	jiū	鳩	314	kē	苛	229
jié	節	198	jiǔ	九	7	kē	疴	177
jié	截	107	jiǔ	酒	277	kě	可	45
jié	碣	187	jiù	臼	223	kè	可	45
jiě	解	246	jiù	救	116	kè	客	72
jiè	戒	107	jiù	就	78	kěn	肯	218
jiè	界	174	jiù	舅	224	kěn	墾	59
jiè	借	17	jiù	舊	225	kōng	空	193
jiè	解	246	jū	居	79	kǒng	恐	101
jiè	誡	250	jú	局	79	kǒu	口	45
jiè	藉	236	jú	橘	139	kòu	叩	46
jīn	巾	85	jǔ	舉	224	kǔ	苦	229
jīn	斤	119	jù	巨	84	kù	酷	277

kuài	塊	58			
kuài	會	128			
kuàng	況	151			
kuàng	曠	126			
kuī	窺	194			
kuī	闚	286			
kuí	葵	234			
kuǐ	傀	20			
kuǐ	跬	261			
kuì	匱	36			
kūn	坤	57			
kūn	焜	161			
kūn	髡	309			
kuò	筈	198			
kuò	闊	285			
		L			
là	蠟	240			
lái	來	15			
lán	闌	285			
lán	藍	236			
lán	蘭	237			
láng	郎	275			
lǎng	朗	130			
làng	浪	153			
làng	爛	162			
láo	勞	34			
lǎo	老	212			
lào	酪	277			
lè	勒	34			
lè	樂	138			
léi	贏	210			
léi	疊	207			
léi	纍	206			
lěi	耒	214			
lěi	累	202			
lěi	儡	21			
lèi	累	202			
lèi	酹	277			
lèi	類	300			

拼音	字	頁	拼音	字	頁	拼音	字	頁	拼音	字	頁
lěng	冷	28	liǎo	了	8	lú	閭	285	méng	濛	157
lí	狸	166	liè	列	31	lǚ	侶	16	měng	猛	166
lí	犁	165	liè	裂	243	lǚ	旅	121	mí	迷	269
lí	黎	319	liè	鬣	309	lǚ	屢	80	mí	麋	316
lí	離	291	lín	鄰	276	lǚ	履	80	mí	彌	93
lí	籬	199	lín	霖	292	lǚ	縷	205	mǐ	米	200
lí	鸝	316	lín	臨	220	lù	綠	205	mì	覓	245
lǐ	李	134	lín	轔	266	lù	慮	105	mì	密	73
lǐ	里	279	lín	鱗	312	luàn	亂	8	mián	眠	183
lǐ	理	168	lǐn	廩	90	lüè	略	176	mián	棉	137
lǐ	裏	243	líng	凌	28	lún	倫	18	mián	綿	204
lǐ	禮	189	líng	陵	287	lún	輪	265	miǎn	勉	33
lǐ	醴	278	líng	零	292	lún	論	252	miǎn	冕	26
lì	力	33	líng	靈	293	lùn	論	252	miǎn	湎	154
lì	立	195	lǐng	嶺	82	luó	羅	208	miàn	面	295
lì	吏	46	lìng	令	13	luò	洛	151	miáo	苗	230
lì	利	31	liú	留	175	luò	落	233	miào	廟	90
lì	荔	231	liú	流	152				miào	繆	206
lì	鬲	310	liǔ	柳	135		**M**		miè	滅	155
lì	笠	197	lóng	隆	288				mín	民	147
lì	粒	200	lóng	龍	323	má	麻	318	mǐn	閔	285
lì	歷	143	lóng	籠	199	mǎ	馬	305	míng	名	47
lì	隸	290	lǒng	隴	289	mǎi	買	258	míng	明	123
lì	勵	34	lǒng	籠	199	mài	麥	317	míng	鳴	314
lì	麗	316	lóu	蔞	235	mǎn	滿	156	míng	銘	281
lì	歷	157	lóu	樓	138	màn	漫	156	mìng	命	50
lì	櫪	139	lòu	陋	287	màn	蔓	235	miù	謬	253
lián	連	270	lòu	漏	156	máng	芒	229	mó	膜	219
lián	漣	156	lòu	鏤	282	máng	茫	231	mó	磨	187
lián	蓮	235	lú	盧	181	máo	毛	146	mǒ	抹	110
lián	憐	105	lú	廬	90	máo	矛	184	mò	末	133
liǎn	斂	117	lú	蘆	237	máo	茅	230	mò	沒	150
liàn	瀲	158	lǔ	魯	312	méi	玫	168	mò	歿	143
liáng	良	226	lù	祿	189	méi	梅	136	mò	陌	287
liáng	梁	136	lù	路	261	měi	每	145	mò	莫	232
liáng	糧	200	lù	鹿	156	měi	美	210	mò	嘿	53
liàng	亮	11	lù	錄	281	mèi	寐	73	mò	墨	320
liáo	聊	215	lù	簏	199	mèi	魅	311	mò	磨	187
liáo	寥	74	lù	露	293	mén	門	284	móu	謀	252
liáo	撩	113	lù	鷺	315	méng	氓	147	móu	繆	206

mǔ	母	145	nǚ	女	65	píng	屏	79	qián	前	31

mǔ	母	145	nǚ	女	65	píng	屏	79	qián	前	31
mǔ	牡	165		**O**		píng	萍	233	qián	乾	8
mǔ	畝	175				pò	破	186	qián	潛	156
mù	木	132	ōu	鷗	315	pò	魄	311	qiǎn	淺	153
mù	目	181	ǒu	偶	19	pū	撲	113	qiǎn	遣	272
mù	牧	165		**P**		pū	鋪	281	qiàn	蒨	234
mù	墓	59				pǔ	圃	54	qiāng	羌	209
mù	慕	105	pá	杷	134	pǔ	浦	152	qiāng	將	76
mù	暮	126	pá	琶	169	pù	暴	126	qiáng	強	93
	N		pái	排	112	pù	鋪	281	qiǎng	強	93
			pái	徘	96	pù	瀑	157	qiāo	敲	117
nǎ	那	275	pān	攀	114	pù	曝	126	qiē	切	30
nà	納	202	pán	盤	181		**Q**		qiě	且	3
nǎi	乃	6	pàn	畔	174				qiè	切	30
nài	奈	64	páng	傍	20	qī	妻	66	qiè	妾	66
nán	男	174	páo	庖	90	qī	萋	233	qiè	契	64
nán	南	37	páo	袍	243	qī	期	131	qiè	挈	111
nán	喃	51	pào	礮	188	qī	欺	140	qiè	鍥	281
nèi	內	24	pēi	醅	278	qī	漆	156	qiè	竊	194
néng	能	219	pèi	轡	266	qí	其	25	qīn	侵	17
ní	麛	316	pēng	烹	160	qí	奇	64	qīn	親	245
nǐ	擬	114	péng	蓬	235	qí	歧	143	qín	秦	191
nì	逆	270	pěng	捧	112	qí	祇	188	qín	琴	169
nì	睨	183	pī	披	110	qí	耆	212	qín	禽	190
nì	溺	155	pí	枇	134	qí	畦	175	qín	勤	34
nián	年	88	pí	疲	177	qí	萁	233	qǐn	寢	74
niàn	念	100	pí	琵	168	qí	齊	322	qīng	青	294
niáng	娘	67	pǐ	否	48	qí	騏	306	qīng	卿	40
niáng	孃	68	pì	辟	267	qí	騎	306	qīng	清	153
niǎo	鳥	314	piān	扁	108	qǐ	杞	134	qīng	傾	20
niào	溺	155	piān	偏	19	qǐ	起	260	qīng	輕	265
niè	嚙	53	piān	篇	199	qǐ	豈	255	qíng	情	103
níng	寧	74	piān	翩	211	qǐ	稽	192	qíng	晴	125
níng	凝	28	pián	駢	306	qì	契	64	qíng	擎	114
nìng	寧	74	piāo	飄	301	qì	氣	147	qǐng	頃	299
nóng	農	268	pín	頻	299	qì	訖	248	qǐng	請	251
nú	奴	65	pín	蠙	300	qiān	阡	287	qìng	磬	187
nú	駑	306	pǐn	品	50	qiān	牽	165	qióng	穹	193
nǔ	努	33	píng	平	87	qiān	遷	273	qióng	窮	194
nù	怒	101	píng	苹	230	qián	拑	110	qióng	瓊	169

qiū	丘	3	rú	蠕	240	shé	蛇	239	shì	示	188
qiū	秋	191	rǔ	女	65	shě	舍	225	shì	世	3
qiú	求	149	rǔ	汝	150	shè	社	188	shì	市	85
qū	曲	127	rǔ	辱	268	shè	舍	225	shì	事	9
qū	趣	260	rù	入	23	shè	射	76	shì	侍	15
qū	趨	261	ruò	若	229	shè	涉	152	shì	是	124
qū	軀	262	ruò	弱	93	shè	葉	233	shì	恃	101
qū	驅	306				shè	歙	141	shì	室	72
qú	渠	154		**S**		shēn	身	262	shì	視	189
qǔ	曲	127	sǎ	撒	113	shēn	深	153	shì	勢	34
qǔ	取	43	sāi	塞	59	shēn	參	42	shì	軾	264
qù	去	41	sài	塞	59	shén	神	188	shì	嗜	52
qù	趣	260	sān	三	1	shèn	甚	171	shì	試	249
quán	全	24	sǎn	散	117	shèn	慎	105	shì	適	273
quē	缺	207	sàn	三	1	shēng	升	36	shì	釋	278
quē	闕	286	sàn	參	42	shēng	生	171	shōu	收	115
què	卻	40	sàn	散	117	shēng	狌	166	shǒu	手	109
què	闕	286	sāng	桑	136	shēng	笙	197	shǒu	守	71
què	鵲	315	sāng	喪	51	shēng	聲	216	shǒu	首	304
qún	羣	210	sàng	喪	51	shěng	省	182	shòu	受	43
			sāo	搔	113	shèng	乘	7	shòu	授	112
	R		sè	色	227	shèng	盛	180	shū	殊	144
rán	然	160	sè	瑟	169	shèng	勝	34	shū	書	128
rán	燃	161	sè	嗇	52	shèng	聖	215	shū	倏	19
rǎn	染	135	sēng	僧	21	shī	失	63	shú	孰	70
ráng	瓤	170	shā	沙	150	shī	師	86	shú	熟	161
ráo	饒	303	shā	紗	202	shī	濕	157	shǔ	蜀	240
rào	遶	273	shān	山	82	shí	十	36	shǔ	數	117
rén	人	11	shàn	善	210	shí	石	186	shù	戍	106
rén	仁	12	shàn	贍	259	shí	拾	111	shù	術	241
rěn	忍	100	shāng	商	51	shí	食	302	shù	漱	156
rèn	刃	13	shāng	傷	20	shí	時	125	shù	豎	255
rèn	任	13	shāng	觴	247	shí	蝕	240	shù	數	117
rì	日	123	shǎng	賞	258	shí	實	74	shù	樹	138
róng	戎	106	shàng	上	2	shí	識	254	shuāi	衰	243
róng	蓉	234	shàng	尚	78	shǐ	矢	185	shuāng	霜	293
róng	榮	138	shāo	稍	191	shǐ	使	16	shuāng	雙	291
ròu	肉	218	sháo	杓	134	shǐ	始	67	shuāng	孀	68
rú	如	65	shǎo	少	77	shì	士	60	shuǐ	水	149
rú	儒	21	shào	少	77	shì	氏	146	shuì	稅	191

shuì 睡 183	suǒ 索 201	tīng 汀 149	wàn 萬 190
shuì 說 250	suǒ 鎖 282	tīng 聽 216	wáng 亡 10
shuō 說 250	**T**	tíng 廷 91	wáng 王 167
shuò 數 117		tíng 亭 11	wǎng 枉 134
shuò 朔 130	tā 他 13	tíng 庭 90	wǎng 罔 208
shuò 碩 187	tǎ 塔 58	tíng 停 19	wǎng 往 95
sī 司 46	tà 榻 138	tíng 霆 292	wàng 王 167
sī 私 191	tà 踏 261	tōng 通 270	wàng 望 130
sī 思 101	tà 闥 286	tóng 同 46	wēi 危 39
sī 斯 119	tái 台 46	tóng 童 195	wēi 威 67
sī 絲 203	tái 苔 230	tóng 僮 21	wēi 微 98
sǐ 死 143	tái 臺 222	tóng 瞳 126	wéi 為 159
sì 泗 151	tài 太 63	tòng 痛 177	wéi 唯 50
sì 俟 17	tān 灘 158	tòng 慟 105	wéi 帷 87
sì 食 302	tán 談 252	tóu 頭 299	wéi 惟 103
sì 肆 217	tán 潭 156	tū 突 193	wéi 維 204
sì 駟 305	tán 彈 93	tú 徒 96	wěi 尾 79
sōng 松 134	tàn 探 112	tú 屠 80	wěi 委 66
sōng 鬆 309	tàn 嘆 52	tú 塗 58	wěi 痏 177
sǒng 聳 216	tàn 歎 141	tú 圖 55	wèi 未 133
sòng 宋 71	tāng 湯 154	tǔ 土 55	wèi 味 49
sòng 送 269	táng 堂 57	tuān 湍 154	wèi 畏 174
sòng 誦 251	táng 塘 58	tuán 團 55	wèi 為 159
sǒu 叟 43	tǎng 帑 86	tuí 頹 299	wèi 渭 154
sū 酥 277	tāo 條 203	tún 屯 80	wèi 遺 273
sū 蘇 237	táo 桃 135	tún 豚 256	wèi 謂 253
sù 素 201	táo 逃 269	tuō 托 109	wèi 魏 311
sù 宿 73	tè 特 165	tuō 拖 110	wēn 溫 154
sù 粟 200	tí 啼 52	tuó 跎 261	wén 文 118
sù 肅 217	tí 題 300	tuó 駝 306	wén 聞 216
suān 酸 277	tǐ 體 307	tuò 柝 135	wěn 刎 31
suī 雖 291	tì 涕 152	tuò 唾 51	wèn 問 50
suí 隨 289	tiān 天 62	**W**	wēng 翁 211
suì 遂 272	tián 田 174		wèng 甕 170
suì 歲 143	tián 畋 174	wǎ 瓦 170	wǒ 我 107
sūn 孫 70	tián 闐 286	wài 外 61	wò 沃 150
sūn 飧 303	tiáo 調 252	wán 玩 168	wò 臥 220
sǔn 損 112	tiáo 條 136	wǎn 宛 72	wū 烏 159
suō 蓑 234	tiē 帖 86	wǎn 挽 111	wū 嗚 52
suǒ 所 108	tiě 帖 86	wǎn 晚 125	wú 亡 10

yàn	燕	161	yì	亦	10	yōng	傭	20	yǔ	宇	71
yàn	驗	306	yì	衣	242	yōng	雍	291	yǔ	羽	211
yàn	讌	254	yì	抑	110	yǒng	永	149	yǔ	雨	292
yàn	灧	158	yì	邑	274	yǒng	詠	248	yǔ	與	224
yáng	佯	16	yì	役	95	yòng	用	172	yǔ	語	250
yáng	洋	151	yì	易	124	yōu	呦	49	yù	玉	168
yáng	陽	288	yì	昳	124	yōu	幽	89	yù	雨	292
yáng	楊	137	yì	弈	91	yōu	悠	102	yù	欲	140
yǎng	仰	14	yì	羿	211	yóu	尤	78	yù	御	97
yǎng	養	303	yì	益	180	yóu	由	174	yù	寓	73
yàng	恙	102	yì	浥	152	yóu	猶	166	yù	愈	104
yāo	妖	66	yì	異	175	yóu	游	154	yù	與	224
yāo	要	244	yì	逸	271	yóu	遊	271	yù	語	250
yāo	腰	219	yì	詣	249	yǒu	友	42	yù	嫗	68
yáo	堯	57	yì	意	104	yǒu	有	129	yù	豫	256
yáo	瑤	169	yì	義	210	yǒu	牖	164	yù	諭	253
yáo	飆	301	yì	縊	205	yòu	又	42	yù	鬱	311
yào	要	244	yì	議	254	yòu	右	45	yù	鷸	315
yào	藥	237	yīn	因	54	yòu	幼	89	yuān	冤	27
yé	邪	275	yīn	音	297	yòu	有	129	yuān	淵	154
yé	耶	215	yīn	陰	287	yòu	誘	250	yuān	鳶	314
yé	爺	163	yīn	堙	58	yū	迂	269	yuán	元	22
yě	也	7	yín	吟	48	yū	淤	153	yuán	原	41
yě	野	279	yín	淫	153	yú	于	9	yuán	援	112
yè	夜	61	yín	銀	281	yú	予	8	yuán	園	55
yè	葉	233	yǐn	尹	6	yú	余	15	yuán	源	155
yī	一	1	yǐn	引	92	yú	盂	180	yuán	緣	205
yī	衣	242	yǐn	飲	303	yú	臾	224	yuǎn	遠	272
yī	依	16	yǐn	靷	295	yú	於	120	yuàn	怨	101
yī	壹	60	yǐn	隱	289	yú	竽	197	yuàn	願	300
yī	噫	53	yìn	印	39	yú	娛	67	yuē	曰	127
yí	宜	72	yìn	飲	303	yú	魚	312	yuē	約	201
yí	移	191	yīng	嬰	68	yú	萸	233	yuè	月	129
yí	貽	257	yīng	應	105	yú	逾	271	yuè	悦	102
yí	儀	21	yīng	鶯	315	yú	虞	238	yuè	越	260
yí	遺	273	yíng	盈	180	yú	與	224	yuè	説	251
yǐ	已	84	yíng	瑩	169	yú	餘	303	yuè	樂	138
yǐ	以	12	yíng	營	162	yú	輿	266	yún	云	9
yǐ	矣	185	yǐng	影	94	yú	歟	141	yún	耘	214
yǐ	螘	240	yìng	應	105	yǔ	予	8	yùn	愠	103

yùn	韻	297	zhě	者	212	zhì	質	259	zhuāng	莊	232

yùn	韻	297	zhě	者	212	zhì	質	259	zhuāng	莊	232
Z			zhè	柘	135	zhì	擲	114	zhuàng	壯	60
			zhè	浙	152	zhì	識	254	zhuàng	狀	166
zā	匝	36	zhēn	珍	168	zhōng	中	4	zhuī	騅	306
zá	雜	291	zhēn	真	182	zhōng	終	202	zhuì	墜	59
zāi	哉	50	zhēn	砧	186	zhōng	鐘	282	zhuì	綴	205
zǎi	載	264	zhèn	振	111	zhǒng	冢	27	zhuó	灼	158
zài	再	26	zhèn	朕	130	zhǒng	種	192	zhuó	拙	110
zài	在	56	zhèn	震	292	zhǒng	踵	261	zhuó	酌	277
zài	載	264	zhēng	正	142	zhòng	中	4	zhuó	啄	50
zān	簪	199	zhēng	征	95	zhòng	重	279	zhuó	着	183
zàng	藏	236	zhěng	整	117	zhòng	眾	183	zhuó	琢	169
záo	鑿	282	zhèng	正	142	zhòng	種	192	zhuó	著	232
zǎo	早	123	zhèng	政	116	zhōu	州	83	zhuó	濯	157
zǎo	藻	237	zhèng	鄭	276	zhōu	洲	152	zhuó	繳	206
zào	灶	158	zhī	支	115	zhōu	啁	50	zī	孜	69
zào	造	270	zhī	之	6	zhōu	鬻	311	zī	茲	232
zé	則	31	zhī	卮	39	zhóu	軸	264	zī	滋	155
zé	責	257	zhī	枝	134	zhòu	宙	72	zī	資	258
zé	澤	157	zhī	知	185	zhòu	晝	125	zī	緇	205
zéi	賊	258	zhí	直	182	zhòu	驟	307	zǐ	子	68
zēng	曾	128	zhí	值	17	zhū	朱	133	zǐ	仔	13
zēng	繒	206	zhí	執	57	zhū	珠	168	zǐ	紫	202
zhāi	摘	113	zhí	植	136	zhū	茱	231	zì	自	221
zhāi	齋	322	zhí	職	216	zhū	株	135	zì	字	69
zhài	柴	136	zhǐ	止	142	zhū	誅	249	zǒng	總	206
zhān	沾	151	zhǐ	祇	188	zhū	諸	251	zòng	縱	206
zhān	霑	293	zhǐ	指	111	zhú	竹	197	zǒu	走	260
zhǎn	斬	119	zhǐ	紙	202	zhú	逐	270	zū	租	191
zhāng	章	297	zhì	至	222	zhú	燭	161	zú	足	261
zhǎng	長	283	zhì	志	100	zhǔ	主	5	zú	卒	37
zhàng	丈	2	zhì	知	185	zhù	住	15	zú	鏃	282
zhàng	杖	133	zhì	治	151	zhù	杼	134	zuì	醉	277
zhàng	帳	86	zhì	致	222	zhù	著	232	zūn	尊	76
zhāo	朝	131	zhì	窒	194	zhuān	專	76	zūn	罇	207
zhào	召	46	zhì	彘	94	zhuǎn	轉	266	zuǒ	左	84
zhào	趙	260	zhì	置	208	zhuàn	傳	20	zuǒ	佐	14
zhé	折	109	zhì	雉	290	zhuàn	轉	266	zuò	作	14
zhé	輒	264	zhì	稚	191	zhuàn	囀	53	zuò	坐	56
zhé	磔	187	zhì	誌	250	zhuāng	妝	66			

一 部

這是「一」的甲骨文寫法，跟今天的寫法沒有分別：用一個橫畫符號來表示事物的數量。「單一」就是「一」的本義。不過，從「一」部的字，絕大部分都跟數量無關。

一 〔粵〕jat1 壹 〔普〕yī
❶〔數〕表示單一、單個。朱熹〈觀書有感〉（其一）：「半畝方塘～鑑開。」（半畝大的方形池塘，像**一面**剛打開的鏡子。）❷〔副〕一個接一個。沈括〈摸鐘〉（《夢溪筆談・權智》）：「引囚逐～令引手入帷摸之。」（帶領那些囚犯，命令他們順序**一個接一個**的把手伸入帳幕裏，觸摸吊鐘。）❸〔數〕第一。譬如朱熹〈觀書有感〉（其一）中的「其～」，就是指「當中的**第一首**」。❹〔形〕整個。劉義慶〈荀巨伯遠看友人疾〉（《世説新語・德行》）：「～郡盡空。」（**整座**郡城的人都走光了。）❺〔一切〕〔形〕所有、全部。司馬遷《史記・李斯列傳》：「請～逐客。」（請求大王驅逐**所有**說客。）❻〔形〕同一、一樣。張若虛〈春江花月夜〉：「江天～色無纖塵。」（江水、天空變成**同一**種顏色，沒有微小的灰塵。）❼〔如一〕見頁65「如」字條。❽〔一味〕〔副〕總是。錢泳〈要做則做〉（《履園叢話》）：「若～因循，大誤終身。」（如果**總是**拖延，就會徹底耽誤一生的前途。）❾〔形〕專一、專心。朱熹〈讀書有三到〉（《訓學齋規》）：「心眼既不專～。」（心思和眼睛既然**不專心**。）❿〔動〕團結。〈折箭〉（《魏書・吐谷渾傳》）：「戮力～心。」（聚合力量，**團結**一心意。）⓫〔連〕一旦。李白〈送友人〉：「此地～為別。」（在這個地方一旦說分開。）

丁 〔粵〕ding1 叮 〔普〕dīng
❶〔名〕成年男子。劉安〈塞翁失馬〉（《淮南子・人間訓》）：「～壯者引弦而戰。」（**壯年男子**都拿起弓箭去作戰。）❷〔名〕泛指人。劉禹錫〈陋室銘〉：「往來無白～。」（交往的朋友並沒有知識淺薄的人。）❸〔零丁〕見頁292「零」字條。

三 〔一〕〔粵〕saam1 衫 〔普〕sān
❶〔數〕三個。〈三人成虎〉（《戰國策・魏策》）：「～人言市有虎。」（三個人説市集有老虎。）❷〔數〕幾個、多個。杜甫〈春望〉：「烽火連～月。」（戰爭持續了多個月。）
〔二〕〔粵〕saam3 衫［3聲］〔普〕sàn
〔副〕多次。《論語・學而》：「吾日～省吾身。」（我每天都會**多次**反省我自己。）

下 〔粵〕haa6 夏 〔普〕xià
❶〔名〕下面。賈島〈尋隱者不遇〉：「松～問童子。」（在松樹的**下面**，我詢問一個未成年的弟子。）❷〔天下〕見頁62「天」字條。❸〔名〕低處。〈在上位不陵下〉（《禮記・中庸》）：「在上位，不陵～。」（君子身處高職位，不會欺凌**低職位的人**。）❹〔名〕附近。蘇舜欽〈淮

中晚泊犢頭〉:「晚泊孤舟古祠～。」(晚上，我把孤單的小船停泊在一座古舊的祠堂**附近**。)❺**形**差劣。王讜〈口鼻眼眉爭辯〉(《唐語林・補遺》):「口與鼻爭高～。」(嘴巴和鼻子在爭論哪個優勝、哪個**差劣**。)❻**動**落下、下來。賀知章〈詠柳〉:「萬條垂～綠絲條。」(無數柳條垂**下來**，就像綠色的絲織帶子。)❼〔下榻〕**動**投宿、住宿。紀昀〈曹某不怕鬼〉(《閱微草堂筆記・灤陽消夏錄一》):「暮欲～其中。」(到傍晚，想到書房裏**住宿**。)❽**動**順着水流，前往下游。杜甫〈聞官軍收河南河北〉:「便～襄陽向洛陽。」(然後**順流而下**，到達襄陽，向洛陽進發。)❾**動**謙讓。司馬遷〈御人之妻〉(《史記・管晏列傳》):「常有以自～者。」(經常有**謙讓**別人的想法。)

丈　●zoeng6 橡　●zhàng
量長度單位，1 丈相當於 300 厘米。李白〈秋浦歌〉(其十五):「白髮三千～。」(蒼白的頭髮長達三千**丈**。)

上　一●soeng6 尚　●shàng
❶**名**上面。李白〈靜夜思〉:「疑是地～霜。」(我懷疑是地板**上面**凝結了一層白霜。)❷**名**高處。李白〈夜宿山寺〉:「恐驚天～人。」(害怕會驚動天空**高處**的仙人。)❸**名**附近。劉安〈塞翁失馬〉(《淮南子・人間訓》):「近塞～之人。」(靠近邊境**附近**的人。)❹**名**旁邊。〈父善游〉(《呂氏春秋・察今》):「有過於江～者。」(有一個在江**邊**經過的人。)❺**形**高級的。班固〈曲突徙薪〉(《漢書・霍光金日磾傳》):「灼爛者在於～行。」(被火燒傷的人安排在**貴賓**座。)

二●soeng5 相 [5 聲]　●shàng
❶**動**登上，由低處走到高處。王之渙

〈登鸛雀樓〉:「更～一層樓。」(再**登上**一層城樓。)❷**動**獻上、呈上。譬如〈近試～張籍水部〉是朱慶餘在臨近科學考試時，**呈獻**給水部官員張籍的一首詩歌。❸**動**到。劉禹錫〈陋室銘〉:「苔痕～階綠。」(苔蘚的痕跡生長**到**臺階上，十分碧綠。)❹〔上口〕**形**順口，隨着嘴巴熟練地説出來。朱熹〈讀書有三到〉(《訓學齋規》):「自然～。」(自然就會隨着嘴巴純熟地讀出來。)

辨字識詞

指事字

這兩個是「上」和「下」的甲骨文寫法。那又長又彎的橫畫，就是「一」，可是它並非表示數目，而是水平面；至於短短的橫畫則是一個符號，表示所在位置：在水平面之上的，就是「上」；在水平面之下的，就是「下」。這種利用符號來「指」出「事」物的文字，就是「指事字」。

不　一●bat1 畢　●bù
❶**副**表示否定。孟浩然〈春曉〉:「春眠～覺曉。」(春夜裏睡得甜甜的，**不**知道已經天亮。)❷〔不曾〕**副**從來沒有。杜甫〈客至〉:「花徑～緣客掃。」(那長滿花朵的小路，我**從來沒有**為客人打掃過。)❸〔不論〕**連**表示條件，相當於「無論」。羅隱〈蜂〉:「～平地與山尖。」(**無論**是在平坦的大地，還是在山的頂峯。)

二●fau2 否　●fǒu
助同「否」，表示疑問的語氣，相當於「嗎」。劉義慶〈陳太丘與友期行〉(《世說新語・方正》):「尊君在～？」(您的

父親在**嗎**？）

世　粵sai3 勢　曾shì
❶名世代、一代。羅貫中《三國演義・第五回》：「袁本初四～三公。」（袁紹的四**代**祖先都當過「三公」的高官。）❷名朝代。邯鄲淳〈漢世老人〉（《笑林》）：「漢～有人。」（漢**朝**有個人。）❸名時代。王羲之〈蘭亭集序〉：「雖～殊事異。」（雖然**時代**和事情都不同。）❹名世間、世上。錢鶴灘〈明日歌〉：「～人苦被明日累。」（**世上**的人被「明天」拖累，十分苦惱。）❺〔身世〕見頁262「身」字條。

且　粵ce2 扯　曾qiě
❶連表示遞進，相當於「並且」、「而且」。李白〈古朗月行〉：「天人清～安。」（天上和人間變得太平，**而且**安寧。）❷連表示並列，相當於「又……又……」、「一邊……一邊……」。柳宗元〈哀溺文序〉：「已濟者立岸上呼～號日。」（已經過河的人站在河岸上，**一邊**吶喊**一邊**大叫説。）❸連表示遞進，相當於「尚且」。韓愈〈雜説〉（四）：「～欲與常馬等不可得。」（想跟普通的馬一樣**尚且**不可以做到。）❹副況且。〈愚公移山〉（《列子・湯問》）：「～焉置土石？」（**況且**要把泥土和石塊棄置到哪裏去呢？）❺副暫且、暫時。錢泳〈要做則做〉（《履園叢話》）：「～待明日。」（**暫時**等到明天再做吧！）❻副將要、快

要。韓非〈鄭人買履〉（《韓非子・外儲説左上》）：「鄭人有～置履者。」（鄭國有一個**將要**購買鞋子的人。）

丘　粵jau1 優　曾qiū
名小山。〈愚公移山〉（《列子・湯問》）：「曾不能損魁父之～。」（尚且不能夠剷平魁父這座**小山**。）

並　粵bing6 兵 [6 聲]　曾bìng
❶副一起、一同。司馬遷〈一鳴驚人〉（《史記・滑稽列傳》）：「諸侯～侵。」（各封國的國君**一起**侵犯國境。）❷副全、都。劉義慶〈荀巨伯遠看友人疾〉（《世説新語・德行》）：「一郡～獲全。」（整個郡城**都**得到保全。）

辨字識詞

表示「地面」的「一」

除了數量，「一」也能表示地面。上面是「丘」和「並」的甲骨文寫法。「丘」的本義是「小山」，它的甲骨文寫法，不就是把小山畫在地面上嗎？「並」的本義是「一起」，它的甲骨文寫法，不就是畫出了兩個人並排，一起站在地上嗎？

丨 部

「丨」讀〔滾〕(gǔn)。根據許慎《說文解字》,「丨」解作「上下貫通」。的確,以「丨」為部首的「中」,其本義是「中間」,當中的「丨」正是貫穿了「口」的中間;又例如「串」,就更形象地描繪「丨」把兩個「口」貫穿起來。從「丨」部的字,大部分都跟「貫穿」有關。

中 一 〔粵〕zung1 終 〔普〕zhōng
❶名 事物的中間、裏面。孟郊〈遊子吟〉:「慈母手〜線。」(慈祥的母親用手裏的針線。)❷名 眾多事物當中。朱熹〈讀書有三到〉(《訓學齋規》):「三到之〜。」(三個「專注」**當中**。)❸名 中央。蘇軾〈記承天寺夜遊〉:「相與步於〜庭。」(我們便一同到**中央**的庭院散步。)❹〔中原〕名 黃河下游一帶的平原,位處今天的河南省、山東省、河北省、山西省及陝西省,是中華文明的發源地。陸游〈示兒〉:「王師北定〜日。」(天子的軍隊往北平定**中原**的那一天。)❺〔日中〕見頁123「日」字條。❻〔中書〕名 官職名稱,負責掌管機密文書。譬如〈答謝〜書〉就是一封陶弘景寄給謝微的書信,謝微曾擔任過**中書的職位**,因此稱為「謝中書」。❼名 心裏。曹操〈短歌行〉:「憂從〜來。」(我的憂愁由**心裏**流露出來。)❽副 中途、一半。韓嬰〈孟母戒子〉(《韓詩外傳·卷九》):「孟子

輟然〜止。」(孟子在**中途**停止背誦。)❾形 中等。〈鄒忌諷齊王納諫〉(《戰國策·齊策》):「受〜賞。」(得到**中等**的獎賞。)
二 〔粵〕zung3 眾 〔普〕zhòng
動 打中目標。〈岳飛之少年時代〉(《宋史·岳飛傳》):「皆〜的。」(都**射中**靶心。)

辨 字 識 詞

多音字

　　多音字,是指同一個字用上不同的讀音來表示不同的意思。譬如「中」字,它本來讀〔終〕(zhōng),用作名詞或形容詞,解作「中間」、「裏面」等;可是解作「打中目標」時,就會讀〔眾〕(zhòng),用作動詞。

　　一般多音字以兩個讀音為主,有時會出現三個讀音,例如:「傳」、「累」、「解」、「參」等。

、部

這是「、」部的金文寫法，真的寫作一「點」，不過不要把它讀作〔點〕(diǎn)，因為它的讀音是〔主〕(zhǔ)。「、」的字形就好像「一個小點」，因此從「、」部的事物多與此有關，譬如「丹」的本義是礦石，當中的「、」畫就是火爐裏的那一顆礦石；又例如「主」的本義是神主牌，當中的、畫就是神主牌上的那一點靈魂。

凡 🔊faan4 煩 🔊fán
❶代 凡是、所有、任何。錢泳〈要做則做〉(《履園叢話》)：「～事做則會。」(**任何事情**，只要去做就會懂得。)❷形 平凡、平常、普通。陳壽《三國志·諸葛亮傳》：「盡眾人～士。」(全都是**普通**人。)

丹 🔊daan1 鄲 🔊dān
❶名 朱砂，一種紅色的礦石。❷形 紅色，見頁227「色」字條欄目「文化趣談」。白居易〈荔枝圖序〉：「實如～，夏熟。」(果實好像**朱砂般紅**，夏天時成熟結果。)❸形 忠誠、忠貞。文天祥〈過零丁洋〉：「留取～心照汗青。」(我要保存這份**赤誠**的忠心，映照以後的史冊。)❹〔牡丹〕見頁165「牡」字條。

主 🔊zyu2 煮 🔊zhǔ
❶名 國君、君主。〈狂泉〉(《宋書·袁粲傳》)：「國～不任其苦。」(**國君**不能忍受當中的痛苦。)❷名 主人，與「賓」、「客」、「僕」相對。〈鑿壁借光〉(《西京雜記·第二》)：「～人怪。」(**家中主人**感到奇怪。)❸動 掌管、控制。劉向〈葉公好龍〉(《新序·雜事五》)：「五色無～。」(臉色不停變化，不能**控制**。)

丿　部

作為部首，「丿」（讀〔撇〕，piě）只是一個筆畫，並無任何意思。因此，從「丿」部的字，只是在筆畫上包含着「丿」這個筆畫，卻沒有字義上的關係。

乃 ⓿naai5 奶 ⓿nǎi
❶連表示結果，相當於「於是」、「就」。〈鑿壁借光〉（《西京雜記・第二》）：「衡～穿壁引其光。」（匡衡於是在牆壁上鑿開一個小孔洞，引來鄰居的火光。）❷連然後。〈孟母戒子〉（《韓詩外傳・卷九》）：「～復進。」（然後繼續努力背誦下去。）❸副才。劉義慶〈陳太丘與友期行〉（《世説新語・方正》）：「去後～至。」（陳太丘離開後，朋友才到。）❹連表示轉折，相當於「卻」。韓非〈鄭人買履〉（《韓非子・外儲説左上》）：「已得履，～曰。」（他已經拿到鞋子，卻説。）❺副竟然。陶潛〈桃花源記〉：「～不知有漢。」（竟然不知道曾經有漢朝。）❻代你（們）、你（們）的。陸游〈示兒〉：「家祭無忘告～翁。」（你們在家中舉行祭祀時，不要忘記把這個好消息告訴你們的父親！）

之 ⓿zi1 枝 ⓿zhī
❶動前往、去。韓非〈鄭人買履〉（《韓非子・外儲説左上》）：「至～市而忘操之。」（等到前往市集，卻忘記攜帶尺碼。）❷代他、她、牠、它。劉義慶〈荀巨伯遠看友人疾〉（《世説新語・德行》）：「友人有疾，不忍委～。」（我的朋友患上疾病，我不忍心拋棄他。）❸代他們、她們、牠們、它們。〈鷸蚌相爭〉（《戰國策・燕策》）：「漁者得而并禽～。」（漁夫發現了，然後一同捉住牠們。）❹代自己。《論語・述而》：「其不善者而改～。」（借鑒他不好的地方，並且改正自己。）❺助用於名詞與名詞之間，相當於「的」。〈狐假虎威〉（《戰國策・楚策》）：「是逆天帝～命也。」（這就是違背天帝的命令。）❻助表示句中詞語次序對調，一般與「何」、「唯」、「惟」等字一起使用，可以不用語譯。劉禹錫〈陋室銘〉：「何陋～有？」（有甚麼簡陋的地方？）

尹 ⓿wan5 允 ⓿yǐn
名官職名稱，相當於地方長官。〈杯弓蛇影〉（《晉書・樂廣傳》）：「遷河南～。」（升遷做河南府的尹。）

乎 ⓿fu4 符 ⓿hū
❶助表示疑問或反問的語氣，相當於「嗎」、「呢」。《論語・學而》：「有朋自遠方來，不亦樂～？」（有朋友從遙遠的地方前來，不是感到快樂嗎？）❷助表示感歎的語氣，相當於「啊」、「呢」。司馬遷《史記・楚元王世家》：「賢人～！」（有才華的人啊！）❸介表示比較，相當於「比」、「較」、「過」。韓愈〈師説〉：「生～吾前。」（比我早出生。）❹介表示位置，相當於「在」。柳宗元〈捕蛇者説〉：「今雖死～此。」（現在雖然在這裏死去。）❺介表示對象，相當於「跟」。〈在上位不陵下〉（《禮記・中庸》）：「射有似～君子。」（射箭

有着**跟**君子做事相似的地方。）

乘 一⟨粵⟩sing4誠　⟨普⟩chéng

❶**動**策騎。崔顥〈黃鶴樓〉：「昔人已～黃鶴去。」（昔日的仙人已經**騎着**黃色的仙鶴離開。）❷**動**乘坐。李白〈贈汪倫〉：「李白～舟將欲行。」（李白**乘坐**小船，正要打算離開。）❸**動**順着。〈岳飛之少年時代〉（《宋史·岳飛傳》）：「衝濤～流而下。」（衝破波濤，順着水流，前往下游。）❹**動**趁機、憑着。劉義慶〈望梅止渴〉（《世說新語·假譎》）：「～此得及前源。」（大家**憑着**這希望，可以找到前面的水源。）

二⟨粵⟩sing6盛　⟨普⟩shèng

量計算馬車的單位，相當於「輛」。李翱〈命解〉：「雖祿之以千～之富。」（即使給他們千**輛**戰車財富的俸祿。）

乙 部

「乙」是「天干」中的第二位，排在「甲」和「丙」之間，表示次序，不過並非「乙」的本義。許慎在《說文解字》中表示，「乙」是指草木長出的模樣，可是這個說法還未有定論。從「乙」部的字幾乎都跟「乙」的字義無關，只是有着「乙」這個部件而已。

九 ⟨粵⟩gau2狗　⟨普⟩jiǔ

〔九州〕**名**代指國家，後成為中國的代稱。陸游〈示兒〉：「但悲不見～同。」（只是痛心不能看到**國家**統一。）

歷史趣談

九州與天下

「禹」是夏朝的開國君主，他曾經將天下分為九個大區域，稱為「九州」：「豫州」位於天下中央，東面是「青州」和「徐州」，南面是「揚州」和「荊州」，西面是「梁州」和「雍州」，北面則是「冀州」和「兗（讀〔演〕，yǎn）州」。「九州」因而成為了天下、國家，甚至是中國的代名詞。

也 ⟨粵⟩jaa5廿[5聲]　⟨普⟩yě

❶**助**表示判斷或肯定的語氣，可以不用語譯。〈二子學弈〉（《孟子·告子上》）：「弈秋，通國之善弈者～。」（弈秋，是全國最擅長下棋的人。）❷**助**表示疑問的語氣，相當於「嗎」、「呢」。

〈苛政猛於虎〉(《禮記‧檀弓下》)：「何為不去～？」(為甚麼不離開**呢**？) ❸**助**表示感歎的語氣，相當於「的」、「啊」、「呢」。〈狐假虎威〉(《戰國策‧魏策》)：「子無敢食我～！」(你是不膽敢吃我**的**！)〈三人成虎〉(《戰國策‧魏策》)：「願王察之～！」(希望大王看清楚這事實呢！) ❹**助**多用在句子中間，表示停頓，可以不用語譯。〈三人成虎〉(《戰國策‧魏策》)：「今邯鄲去大梁～遠於市。」(現在邯鄲距離大梁，比起市集遙遠得多。) ❺**助**表示限制的語氣，相當於「而已」、「罷了」。劉向〈葉公好龍〉(《新序‧雜事五》)：「好夫似龍而非龍者～。」(喜歡那些似龍卻不是龍的東西**而已**。)

乾 一⸱粵kin4 虔　普qián
名天空，多與「坤」連用，表示天地。王冕〈墨梅〉(其三)：「只留清氣滿～坤。」(只需要把清幽香氣留住，佈滿在**天空**和大地之間。)
二⸱粵gon1 肝　普gān
形乾燥。劉基〈賣柑者言〉：「～若敗絮。」(**乾燥**得好像破敗了的柳絮。)

亂 粵lyun6 聯 [6聲]　普luàn
❶**形**雜亂、混亂。陶弘景〈答謝中書書〉：「猿鳥～鳴。」(猿猴、雀鳥**雜亂**地鳴叫。) ❷〔撩亂〕見頁113「撩」字條。❸**動**擾亂。劉禹錫〈陋室銘〉：「無絲竹之～耳。」(沒有音樂**擾亂**雙耳。) ❹**動**敗壞。司馬遷〈一鳴驚人〉(《史記‧滑稽列傳》)：「百官荒～。」(各級官員荒廢、**敗壞**朝政。) ❺**名**戰亂、動亂。陶潛〈桃花源記〉：「自云先世避秦時～。」(自行説祖先逃避秦朝時候的**戰亂**。)

亅　部

「亅」的小篆寫法好像一個鈎子，而它的本義就是鈎子，讀音是〔決〕(jué)。不過，從「亅」部的字幾乎都跟鈎子無關，只是有着「亅」這個筆畫而已。

了 粵liu5 聊 [5聲]　普liǎo
❶**動**了解、明白。劉義慶《世說新語‧雅量》：「心～其故。」(心裏**明白**當中的原因。) ❷**動**了結、完結。文嘉〈今日歌〉：「此事何時～？」(這件事情甚麼時候才能**完成**？) ❸**形**聰明。劉義慶《世說新語‧言語》：「小時～～，大未必佳！」(小時候**聰明**，長大後不一定很好！)

予 一⸱粵jyu4 餘　普yú
代我、我的。〈揠苗助長〉(《孟子‧公孫丑上》)：「～助苗長矣！」(**我**幫助禾苗生長了！)
二⸱粵jyu5 乳　普yǔ
動給予。蘇洵〈六國論〉：「舉以～人。」(全部**給予**別人。)

事 ⑱si6士 ⑳shì
①勔服侍。《論語・為政》：「～之以禮。」（按照禮制**服侍**他們。）**②勔**輔助。司馬遷《史記・廉頗藺相如列傳》：「臣所以去親戚而～君者。」（微臣離開父母、前來**輔助**大人的原因。）**③名**事情。陸游〈示兒〉：「死去元知萬～空。」（我本來就知道，我死後一切**事情**都沒有了。）**④名**事例、俗例。張岱〈白洋潮〉：「故～。」（舊有的**俗例**。）**⑤名**事物。杜甫〈江村〉：「長夏江村～～幽。」（在長長的夏天裏，江邊的這條村莊內，**萬事萬物**都顯得寧靜。）**⑥**〔即事〕見頁39「即」字條。

二 部

這是「二」的甲骨文寫法，用兩個橫畫來表示兩件事物，因此「二」的本義就是「兩個」，後來引申出「雙倍」、「再次」、「異心」等意思。可是，從「二」部的字，都跟這些意思無關，只是有着「二」這個部件而已。

于 一⑱jyu1於 ⑳yú
①介同「於」，表示位置，相當於「在」。王羲之〈蘭亭集序〉：「會～會稽山陰之蘭亭。」（在會稽郡山陰縣的蘭亭聚會。）**②介**同「於」，表示終點，相當於「到」。〈愚公移山〉（《列子・湯問》）：「達～漢陰。」（直達**到**漢水南岸。）
二⑱jyu4如 ⑳yú
①〔單于〕見頁51「單」字條。**②**〔淳于〕見頁153「淳」字條。

云 ⑱wan4雲 ⑳yún
①勔説。劉禹錫〈陋室銘〉：「孔子～。」（孔子**説**。）**②助**表示陳述的語氣，可以不用語譯。白居易〈荔枝圖序〉：「蓋為不識者與識而不及一二三日者～。」（是為了告訴不認識荔枝的人，還有那些認識，卻看不到荔枝首一、二、三天新鮮樣貌的人。）

辨字識詞
「云」與「雲」

在今天，「云」是「雲」的簡化字。不過，原來「云」起初真的是指雲朵呢！「云」的甲骨文最後一筆捲了起來，給雲朵畫出了飄逸的動態。後來，「云」也用來表示説話。為免混淆，人們於是在「云」上加上部首「雨」，來保存「云」的本義。

亠 部

這個部首好像倒卧了的「卜」字，讀音是〔頭〕(tóu)。「亠」本來沒有任何意思，可是正如它的讀音，從「亠」部的字，其部首必定在文字的「頭頂」位置。

亡

一 ⑧mong4 忙　⑪wáng

❶動 逃亡。劉安〈塞翁失馬〉(《淮南子·人間訓》)：「馬無故～而入胡。」(他的馬沒有原因就逃跑，並走進了外族地區。) ❷動 死亡。司馬光《資治通鑑·漢紀》：「劉表新～，二子不協。」(劉表才剛剛死去，他的兩個兒子就不和。) ❸動 滅亡。杜牧〈泊秦淮〉：「商女不知～國恨。」(一位歌女不知道陳國滅亡的怨恨。) ❹動 失去。〈畫蛇添足〉(《戰國策·齊策》)：「終～其酒。」(最終失去了那壺酒。) ❺動 丟失。〈疑鄰竊斧〉(《列子·說符》)：「人有～斧者。」(有一個丟失了斧頭的人。)

二 ⑧mou4 毛　⑪wú

❶動 同「無」，沒有。班固〈曲突徙薪〉(《漢書·霍光金日磾傳》)：「終～火患。」(最終也沒有火災。) ❷〔亡以〕同「無以」，沒有辦法。〈愚公移山〉(《列子·湯問》)：「河曲智叟～應。」(河曲那位有智慧的老人沒有辦法回應。)

亦

⑧jik6 翼　⑪yì

❶副 也、也是。〈鷸蚌相爭〉(《戰國策·燕策》)：「蚌～謂鷸曰。」(蚌也告訴鷸鳥說。) ❷連 表示轉折，相當於「卻」、「可是」。王讜〈口鼻眼眉爭辯〉(《唐語林·補遺》)：「～如世有賓客。」(卻好像世間有客人。) ❸助 表示反問的語氣，一般與「不」連用，可以不

用語譯。《論語·學而》：「不～樂乎？」(不是感到快樂嗎？)

辨 字 識 詞

「亦」與「腋」

這是「亦」的甲骨文寫法。這個字由「大」和兩點組成，「大」描繪出一個人站在地上、伸出兩手的模樣，至於左、右兩邊的點畫是指事符號，所指的就是人的左、右腋窩，因此「亦」的本義就是腋窩。後來「亦」被借來表示「也是」，人們於是造出新字「腋」來表示腋窩。自此，人們逐漸忘記「亦」的本來意思了。

交

⑧gaau1 郊　⑪jiāo

❶動 交錯、交叉。蘇軾〈記承天寺夜遊〉：「水中藻、荇～橫。」(水裏的水藻、荇菜縱橫交錯。) ❷副 互相、相互。陶弘景〈答謝中書書〉：「五色～輝。」(各種顏色相互照耀着。) ❸名 友誼。司馬遷《史記·廉頗藺相如列傳》：「臣以為布衣之～尚不相欺。」(微臣

認為平民之間的**友誼**尚且不會互相欺騙。）❹〔交遊〕①**動**交際。方苞〈弟椒塗墓誌銘〉：「吾父喜～。」（我的父親喜歡與朋友**交際**。）②**名**朋友。司馬遷〈報任少卿書〉：「～莫救。」（**朋友**都不拯救我。）

亭　❶ting4 停　❶tíng
❶**名**亭子。譬如王羲之〈蘭亭集序〉中所提及的「蘭～」就是位於會稽郊外的一個**亭子**。❷**形**挺直。周敦頤〈愛蓮説〉：「～～淨植。」（**挺直**地、潔淨地豎立。）

亮　❶loeng6 諒　❶liàng
❶**形**明朗、光亮。嵇康〈雜詩〉：「皎皎～月。」（潔白而**光亮**的月兒。）❷**形**聲音宏亮。朱熹〈讀書有三到〉（《訓學齋規》）：「須要讀得字字響～。」（必須將每一個字都讀得**聲音宏亮**。）

人 部

這是「人」的甲骨文寫法，只是寥寥兩筆，就把人的頭部、身體、手腳清楚描繪出來了。「人」的本義就是「人」這一種生物。人是會活動的，而且會做出不同的動作，加上人是羣體動物，需要跟其他人互動，因此從「人」部的字，都跟人的動作、日常生活、品格有關。

人　❶jan4 仁　❶rén
❶**名**人。王維〈九月九日憶山東兄弟〉：「遍插茱萸少一～。」（個個都插戴着食茱萸，只是少了我一個**人**。）❷**名**每個人。〈不貪為寶〉（《左傳·襄公十五年》）：「不若～有其寶。」（不能比得上讓我們**每個人**保存自己的寶物。）❸**代**別人、他人。《論語·學而》：「～不知而不愠。」（**別人**不理解自己卻不怨恨。）❹**名**家人。〈揠苗助長〉（《孟子·公孫丑上》）：「謂其～曰。」（告訴他的**家人**説。）❺**名**朋友。杜甫〈江村〉：「但有故～供祿米。」（只要有舊**朋友**給予金錢和白米。）❻**名**士兵。杜甫〈兵車行〉：「行～弓箭各在腰。」（出征的**士兵**各自在腰間佩帶弓和箭。）❼**名**工匠。〈不貪為寶〉（《左傳·襄公十五年》）：「玉～以為寶也。」（雕琢玉器的**工匠**認為這是寶物。）❽〔寡人〕見頁73「寡」字條。❾〔士人〕見頁60「士」字條。❿〔舍人〕見頁225「舍」字條。⓫〔門人〕見頁284「門」字條。⓬〔大人〕見頁62「大」字條。⓭〔小人〕見頁77「小」字條。⓮**名**人才。〈一年之計〉（《管子·權修》）：「終身之計，莫如樹～。」（作一生的計劃，沒有事情比得上培養**人才**。）⓯〔人家〕**名**民居。杜牧〈山行〉：「白雲生處有～。」（在那白雲

出現的地方，還有着一些**民居**。）⓯〔成人〕見頁107「成」字條。⓰〔吾人〕見頁48「吾」字條。⓱名人類。曹鄴〈官倉鼠〉：「見～開倉亦不走。」（看見**人類**打開糧倉也不逃走。）⓲名人間。李白〈古朗月行〉：「天～清且安。」（天上和**人間**變得太平，而且安寧。）⓳名仙人、神仙。李白〈夜宿山寺〉：「恐驚天上～。」（害怕會驚動天空高處的**仙人**。）

辨字識詞

象形字

「象形字」就是模仿（象）事物外形（形）來創造的文字。例如「人」字，最初就是從側面模仿人的外形來創造的：用寥寥兩筆，就繪畫出人的頭部、身體、手腳。

象形字能夠以簡單的筆畫，來表達一些外形複雜的事物，卻不能表達抽象的事物或概念，因此古人在象形字的基礎上，另外創出了幾種造字方法：指事（見頁2「上」字條欄目「辨字識詞」）、會意（見頁17「信」字條欄目「辨字識詞」）、形聲（見頁32「劍」字條欄目「辨字識詞」）。

仁

粵jan4 人　普rén

形仁愛、親善、寬厚。劉向〈孫叔敖埋兩頭蛇〉（《新序·雜事一》）：「而國人信其～也。」（全國的平民卻都相信他是**仁厚**的人。）

今

粵gam1 金　普jīn

❶名現在。劉向〈孫叔敖埋兩頭蛇〉（《新序·雜事一》）：「蛇～安在？」（那條蛇**現在**在哪裏？）❷代當前的，相當於「這」。〈鷸蚌相爭〉（《戰國策·燕策》）：「～日不雨。」（**這**一天不下雨。）❸名現代、現今。王讜〈口鼻眼眉爭辯〉（《唐語林·補遺》）：「我談古～是非。」（我能夠談論從古代到**現代**各樣正確和錯誤的事情。）❹連表示假設，相當於「假如」、「如果」。韓非《韓非子·五蠹》：「～有美堯、舜、湯、武、禹之道於當今之世者，必為新聖笑矣。」（**假如**在現今的世代有讚美堯帝、舜帝、商湯、周武王、夏禹治國方法的人，一定被當代的君王取笑。）

以

粵ji5 已　普yǐ

❶動以為、認為。〈狐假虎威〉（《戰國策·楚策》）：「子～我為不信。」（你如果**認為**我是不可信的話。）❷〔以為〕①動認為。〈狐假虎威〉（《戰國策·楚策》）：「～畏狐也。」（**認為**是害怕狐狸。）②動成為。曹植〈七步詩〉（《世說新語·文學》）：「漉豉～汁。」（過濾豆子，用來**製成**豆汁。）❸連表示目的，相當於「來」、「去」。劉義慶〈荀巨伯遠看友人疾〉（《世說新語·德行》）：「敗義～求生。」（敗壞道義**來**求取性命。）❹〔以至〕一直到。周密〈浙江之潮〉（《武林舊事·觀潮》）：「自既望～十八日為最盛。」（從農曆八月十六日**一直到**十八日，潮水是最壯觀的。）❺〔亡以〕見頁10「亡」字條。❻〔無以〕見頁160「無」字條。❼介表示依靠，相當於「憑藉」。〈愚公移山〉（《列子·湯問》）：「～君之力。」（**憑藉**您的力量。）❽〔何以〕見頁14「何」字條。❾介表示原因，相當於「因為」。劉安〈塞翁失馬〉（《淮南子·人間訓》）：「此獨～跛之故。」

（這個人唯獨**因為**大腿殘疾的緣故。）❿〔是以〕見頁124「是」字條。⓫〔所以〕見頁108「所」字條。⓬名原因、道理。李白〈春夜宴從弟桃花園序〉：「良有～也。」（的確是有**道理**的。）⓭介表示依據，相當於「按照」、「根據」。班固〈曲突徙薪〉（《漢書・霍光金日磾傳》）：「餘各～功次坐。」（其餘的人各自**按照**功勞，依次序排定座位。）⓮介表示對象，相當於「把」、「將」。〈鑿壁借光〉（《西京雜記・第二》）：「資給～書。」（**把**書籍送出，給予匡衡。）⓯介表示利用，相當於「用」。劉向〈孫叔敖埋兩頭蛇〉（《新序・雜事一》）：「天報之～福。」（上天會**用**幸運來報答他。）⓰介表示時間和方位的界限。韓嬰〈孟母戒子〉（《韓詩外傳・卷九》）：「自是～後。」（自從這件事**之**後。）

代 粵doi6 袋　普dài
❶動代替、換取。劉義慶〈荀巨伯遠看友人疾〉（《世說新語・德行》）：「寧以我身～友人命。」（寧願用我的性命來**換取**朋友的性命。）❷名時期。譬如〈岳飛之少年時～〉就是一篇記述岳飛少年**時期**的傳記。❸名世代。張若虛〈春江花月夜〉：「人生～～無窮已。」（人生**一代又一代**的繁衍，沒有盡頭，沒有完結。）❹名朝代，如「漢代」、「唐代」、「清代」等。

他 粵taa1 它　普tā
❶形其他、別的。歐陽修〈賣油翁〉：「無～，但手熟爾。」（沒有**其他**祕訣，只是手法熟練而已。）❷名其他人。邯鄲淳〈漢世老人〉（《笑林》）：「慎勿～說。」（千萬不要跟**其他人**說起這件事。）❸代某一。〈疑鄰竊斧〉（《列子・說符》）：「～日復見其鄰人之子。」（後來**某一**天，再次見到他鄰居的兒子。）

仞 粵jan6 孕　普rèn
量長度單位，1仞相當於161至184厘米。王之渙〈涼州詞〉（其一）：「一片孤城萬～山。」（這一座孤獨的城堡，就在高萬**仞**的山上。）

仔 粵zi2 只　普zǐ
形細心。朱熹〈讀書有三到〉（《訓學齋規》）：「～細分明讀之。」（**細心**、清楚地把它們讀出。）

令 粵ling6 另　普lìng
❶動發佈命令、吩咐。劉義慶〈望梅止渴〉（《世說新語・假譎》）：「乃～曰。」（於是**下令**說。）❷名命令、指示。〈鄒忌諷齊王納諫〉（《戰國策・齊策》）：「乃下～。」（於是頒佈**命令**。）❸動使、叫。劉義慶〈荀巨伯遠看友人疾〉（《世說新語・德行》）：「子～吾去。」（你**叫**我離開。）❹名政府部門長官。劉向〈孫叔敖埋兩頭蛇〉（《新序・雜事一》）：「為楚～尹。」（成為了楚國的**宰相**。）

任 粵jam6 飪　普rèn
❶名責任。《論語・泰伯》：「～重而道遠。」（**責任**重大，而且路途遙遠。）❷動處理、治理。〈父善游〉（《呂氏春秋・察今》）：「此～物亦必悖矣。」（用這種觀點來**處理**事物，必定是違反常理的。）❸動當官。譬如王勃的〈送杜少府之～蜀州〉，就是記述了他送別要到蜀州**當官**的杜姓朋友。❹動信任。司馬遷《史記・屈原賈生列傳》：「王甚～之。」（楚王非常**信任**他。）❺動任由、任憑。鄭板橋〈竹石〉：「～爾東西南北風。」（**任憑**你吹的是東風、西風、南風，還是北風。）❻動忍受、承受。〈狂泉〉（《宋書・袁粲傳》）：「國主不～其苦。」（國君不能**忍受**當中的痛苦。）

休
⓿粵jau1 丘 ⓿曾xiū
❶動休息。歐陽修〈醉翁亭記〉：「行者～於樹。」（趕路的人在樹下**休息**。）❷動休止、停止。杜甫〈兵車行〉：「未～關西卒。」（還沒**停止**徵召函谷關以西的士兵。）❸副勿、莫、不要。杜甫〈戲贈友〉（其二）：「勸君～歎恨。」（我勸您**不要**歎息、怨恨。）❹形高興。《國語·周語下》：「為晉～戚。」（為晉國而**高興**、憂傷。）

仰
⓿粵joeng5 養 ⓿曾yǎng
動抬頭。王羲之〈蘭亭集序〉：「～觀宇宙之大。」（**抬頭**觀賞天空大地的廣闊。）

何
⓿粵ho4 河 ⓿曾hé
❶代甚麼。〈木蘭辭〉：「問女～所思。」（問她在思念**甚麼**？）周敦頤〈愛蓮說〉：「同予者～人？」（和我一樣的還有**甚麼人**？）❷〔何當〕代甚麼時候。李商隱〈夜雨寄北〉：「～共剪西窗燭。」（**甚麼時候**一起在西面的窗下剪去蠟燭的芯子？）❸〔何以〕用甚麼、憑甚麼。曹操〈短歌行〉：「～解憂？」（**用甚麼**排解憂愁？）❹代為何、為甚麼。邯鄲淳〈截竿入城〉（《笑林》）：「～不以鋸中截而入？」（**為甚麼**不用鋸子，從中間截斷竹竿，然後進入城門？）❺代哪裏、甚麼地方。杜甫〈兵車行〉：「租稅從～出？」（田租從**哪裏**交出來？）❻副怎麼。杜甫〈聞官軍收河南河北〉：「卻看妻子愁～在。」（再看看身旁的妻子和兒女，**怎麼**會有憂愁？）❼〔奈何〕見頁64「奈」字條。❽〔何如〕代怎麼、怎麼樣。彭端淑〈為學一首示子姪〉：「吾欲之南海，～？」（我想前往南海，你看**怎樣**？）❾〔於何〕見頁120「於」字條。❿〔何遽〕副怎麼。劉安〈塞翁失馬〉（《淮南子·人間訓》）：「此～不能為禍乎？」（這**怎麼**就不能夠算是壞事呢？）⓫〔如……何〕見頁65「如」字

條。⓬〔幾何〕見頁89「幾」字條。⓭副多麼。〈江南〉：「蓮葉～田田。」（蓮葉是**多麼**茂盛！）⓮〔何其〕代這麼。錢鶴灘〈明日歌〉：「明日～多！」（「明天」是**這麼**多！）

佐
⓿粵zo3 左 [3 聲] ⓿曾zuǒ
動輔助、幫助。方苞〈弟椒塗墓誌銘〉：「～吾母供酒漿。」（**幫助**我的母親提供酒水。）

但
⓿粵daan6 憚 ⓿曾dàn
❶副只、僅。杜甫〈客至〉：「～見羣鷗日日來。」（**只**看見眾多鷗鳥每天飛來。）❷副只是。陸游〈示兒〉：「～悲不見九州同。」（**只是**痛心不能看到國家統一。）❸〔但使〕連表示條件，相當於「只要」。王昌齡〈出塞〉（其一）：「～龍城飛將在。」（**只要**突襲龍城的飛將軍李廣還活着。）

伸
⓿粵san1 身 ⓿曾shēn
❶動伸出、伸展。宋濂〈送東陽馬生序〉：「手指不可屈～。」（手指不能夠屈曲，**伸展**。）❷動訴說、申訴。杜甫〈兵車行〉：「役夫敢～恨？」（服兵役的男兒怎會膽敢**訴說**怨恨？）❸動抒發。李白〈春夜宴從弟桃花園序〉：「何～雅懷？」（怎麼能夠**抒發**高雅的情懷？）

作
⓿粵zok3 昨 ⓿曾zuò
❶動發起、做。蘇軾〈食荔枝〉：「不辭長～嶺南人。」（不會拒絕永遠**做**五嶺以南的人。）❷動作為、做。李白〈古朗月行〉：「呼～白玉盤。」（把它稱呼**做**白色玉石製成的圓盤。）❸動變成、成為。杜甫〈江村〉：「稚子敲針～釣鉤。」（年幼的兒子捶打了幾下針，就**變成**釣魚用的魚鉤。）❹動當作。林升〈題臨安邸〉：「直把杭州～汴州。」（竟然把杭州**當作**汴京。）❺動呈現、出現。〈杯

弓蛇影〉(《晉書‧樂廣傳》):「漆畫〜蛇。」(用油漆繪畫**出**一條蛇。) ❻**動**建造。歐陽修〈醉翁亭記〉:「〜亭者誰?」(**建造**這個亭子的人是誰?) ❼**動**製造、製作。〈十五從軍征〉:「烹穀持〜飯,采葵持〜羹。」(我烹煮穀物,用來**製作**米飯;採摘野菜,用來**製作**湯羹。) ❽**動**勞作、工作。〈鑿壁借光〉(《西京雜記‧第二》):「衡乃與其傭〜而不求償。」(匡衡於是替他受僱**工作**卻不要求報酬。) ❾**動**寫作、創作。〈畫荻〉(《歐陽公事跡》):「自幼所〜詩賦文字。」(從小時候**創作**的詩歌、文章。) ❿**動**享受。陶潛〈雜詩〉(其一):「得歡當〜樂。」(遇到高興的事,就應當**享受**歡樂。)

低 ⓟ粵dai1 底[1聲] ⓟ普dī
❶**形**離地面近、不高。寇準〈詠華山〉:「回首白雲〜。」(掉轉頭看,能看到潔白的雲朵十分**低**。) ❷**名**低處。蘇軾〈題西林壁〉:「遠近高〜各不同。」(從遠處、近處、高處、**低處**看,各自有不相同的樣子。) ❸**動**低下、彎下。李白〈靜夜思〉:「〜頭思故鄉。」(**低下**頭來,思念昔日的家鄉。) ❹**動**壓低。朱慶餘〈近試上張籍水部〉:「妝罷〜聲問夫壻。」(我打扮好後,**壓低**聲音問了丈夫一聲。)

住 ⓟ粵zyu6 箸 ⓟ普zhù
❶**動**停止。李白〈早發白帝城〉:「兩岸猿聲啼不〜。」(長江兩旁岸邊猿猴的叫聲沒有**停**過。) ❷**動**停留。葉紹翁〈遊園不值〉:「春色滿園關不〜。」(洋溢在花園裏的春天景色,是不能關上、**停留**在花園裏的。) ❸**動**居住。崔顥〈長干行〉(其一):「妾〜在橫塘。」(我在橫塘**居住**。)

伴 ⓟ粵bun6 叛 ⓟ普bàn
❶**名**夥伴。杜甫〈聞官軍收河南河北〉:「青春作〜還鄉。」(在青葱的春天裏,我跟家人結成**夥伴**,順順利利地返回家鄉。) ❷〔火伴〕見頁158「火」字條。

余 ⓟ粵jyu4 如 ⓟ普yú
❶**代**我。宋濂〈送東陽馬生序〉:「〜幼時即嗜學。」(**我**年幼的時候就喜歡學習。) ❷**代**我的。柳宗元〈小石潭記〉:「〜弟宗玄。」(**我的**弟弟宗玄。)

來 ⓟ粵loi4 萊 ⓟ普lái
❶**動**前來、過來。劉義慶〈荀巨伯遠看友人疾〉(《世說新語‧德行》):「遠〜相視。」(從遠方**前來**探望你。) ❷**動**回來。〈木蘭辭〉:「爺娘聞女〜。」(父母聽説女兒**回來**了。) ❸〔往來〕見頁95「往」字條。❹**動**到。杜甫〈兵車行〉:「古〜白骨無人收。」(從古**時**到現在戰死士兵的屍體都沒有人埋葬。) ❺**動**出現。朱用純〈朱子家訓〉:「當思〜處不易。」(應該想着它**出現**的源頭並不容易。)

佳 ⓟ粵gaai1 街 ⓟ普jiā
形美好、優美。王維〈九月九日憶山東兄弟〉:「每逢〜節倍思親。」(每當遇上重陽這個**美好**的節日,就更加思念親人。)

侍 ⓟ粵si6 事 ⓟ普shì
❶**動**服侍、侍候。宋濂〈送東陽馬生序〉:「余立〜左右。」(我站在旁邊**服侍**他。) ❷**名**侍衞。羅貫中〈楊修之死〉(《三國演義‧第七十二回》):「何人殺吾近〜?」(甚麼人殺死我的近身**侍衞**?)

供 一 ⓟ粵gung1 工 ⓟ普gōng
❶**動**供給、給予。杜甫〈江村〉:「但有故人〜祿米。」(只要有舊朋友**給予**金錢和白米。) ❷**動**服侍。〈閔子騫童

年〉(《敦煌變文集‧孝子傳》):「騫～
養父母。」(閔子騫**服侍**和奉養父母親。)
二〔粵〕gung3 貢　〔普〕gòng
動參與。范成大〈夏日田園雜興〉(其
七):「童孫未解～耕織。」(小孩子還不
懂得**參與**耕田和織布。)

使
一〔粵〕si2 史　〔普〕shǐ
❶動派遣、命令。〈狐假虎威〉
(《戰國策‧楚策》):「天帝～我長百
獸。」(天帝**派遣**我領導一眾野獸。)
❷動讓。〈二子學弈〉(《孟子‧告子
上》):「～弈秋誨二人弈。」(**讓**弈秋教
導兩個人下棋。)**❸動**導致、令。崔顥
〈黃鶴樓〉:「煙波江上～人愁!」(長江
上煙霧籠罩的水面,**令**人感到憂愁!)
❹連表示假設,相當於「假使」、「假
如」。〈岳飛之少年時代〉(《宋史‧岳飛
傳》):「～汝異日得為時用。」(**假使**你
將來能夠因時勢而被重用。)**❺**〔但使〕
見頁14「但」字條。
二〔粵〕si3 試　〔普〕shǐ
❶動出使。譬如王維的〈送元二～安西〉
就是記述他送別要**出使**安西的朋友元
二的詩歌。**❷名**使者。司馬遷《史記‧
廉頗藺相如列傳》:「大王遣一介之～至
趙。」(大王派遣一個**使者**到趙國。)

文化 趣談
「行第」與「名字」

〈送元二使安西〉中的「元二」,
是王維的好朋友。「元」是他的姓氏,
可是「二」並非他的名字,而是他在
家中的排行次序。

古代社會以大家庭為主,一個大
家庭會有很多孩子,為免在稱呼時出
現混淆,古人於是想到用孩子在家中
的「行第」── 也就是在同輩兄弟姐
妹中的長幼順序 ── 來稱呼他們。
譬如元二,他在同輩兄弟姐妹中是排

行第二的,人們於是把他的姓氏和行
第結合起來,來稱呼他。

依
〔粵〕ji1 醫　〔普〕yī
❶動依傍、依靠。王之渙〈登鸛
雀樓〉:「白日～山盡。」(明亮的太陽**依
傍**山巒下沉。)**❷動**聽從。邯鄲淳〈截竿
入城〉(《笑林》):「遂～而截之。」(於
是**聽從**老人的話,截斷竹竿。)**❸動**依
據、根據。李白〈春夜宴從弟桃花園
序〉:「罰～金谷酒數。」(**依據**古人在金
谷園罰飲酒的數量來懲罰。)

佯
〔粵〕joeng4 楊　〔普〕yáng
動假裝。羅貫中〈楊修之死〉
(《三國演義‧第七十二回》):「～驚
問。」(**假裝**驚慌地問。)

俠
〔粵〕hap6 盒/haap6 峽　〔普〕xiá
名遊俠,重義氣、能救困扶危
的人。劉義慶〈周處除三害〉(《世說新
語‧自新》):「兇強～氣。」(兇殘強
悍,充滿**遊俠**的氣概。)

侶
〔粵〕leoi5 旅　〔普〕lǚ
名同伴。柳宗元〈哀溺文序〉:
「其～曰。」(他的**同伴**説。)

俄
〔粵〕ngo4 鵝　〔普〕é
❶副頃刻、不久。邯鄲淳〈截
竿入城〉(《笑林》):「～有老父至。」
(**不久**,有個老人來到這裏。)**❷**〔俄
而〕**副**不久。劉義慶〈白雪紛紛何所似〉
(《世說新語‧言語》):「～雪驟。」(**不
久**,雪下得急了。)

信
〔粵〕seon3 訊　〔普〕xìn
❶名誠信。劉義慶〈陳太丘與友
期行〉(《世說新語‧方正》):「日中不
至,則是無～。」(到了中午您還沒到,
就是沒有**誠信**。)**❷形**確切、可信。〈狐

假虎威〉(《戰國策・楚策》):「子以我為不～。」(你如果認為我是不**可信**的話。)**❸副**真的。杜甫〈兵車行〉:「～知生男惡。」(**真的**明白到誕下男孩是不好的。)**❹動**相信。劉向〈孫叔敖埋兩頭蛇〉(《新序・雜事一》):「而國人～其仁也。」(全國的平民卻都**相信**他是仁厚的人。)**❺名**書信。元稹〈書樂天紙〉:「半封京～半題詩。」(一半是你在京城寄來的**書信**,一半是你寫給我的詩歌。)**❻副**隨意。白居易〈琵琶行〉:「低眉～手續續彈。」(低着頭,雙手**隨意**不斷彈奏琵琶。)

辨字識詞

會意字

　　「會意」是古人造字的其中一個方法:把兩個或以上的文字組合起來(會),創造出新的文字,以表達出新的意思(意)。

　　譬如「信」,就是「誠信」;可是「誠信」不是物件,非常抽象,怎樣用文字表達出來才好呢?古人於是將「人」和「言」這兩個字組合起來:「人」就是「人」,「言」就是「說話」,「人」的「說話」,自然要有誠信,不可以食言。「人言為信」就是會意字的典型例子。

人　＋　言　＝　信

侵 **粵**cam1尋[1聲] **普**qīn
❶動進攻、侵犯。司馬遷〈一鳴驚人〉(《史記・滑稽列傳》):「諸

侯並～。」(各封國的國君一起**侵犯**國境。)**❷動**侵佔。白居易〈賦得古原草送別〉:「遠芳～古道。」(野草的香氣遠遠的**侵佔**了古老的道路。)**❸動**接近、逼近。邯鄲淳〈漢世老人〉(《笑林》):「～晨而起,～夜而息。」(**接近**天亮時就起牀,**接近**天黑時就休息。)

侯 **粵**hau4猴 **普**hóu
❶名古代的一種爵位。王昌齡〈閨怨〉:「悔教夫婿覓封～。」(後悔讓丈夫出征,尋覓皇帝賞賜的**爵位**。)**❷**〔諸侯〕見頁251「諸」字條。

俟 **粵**zi6字 **普**sì
動等待。〈在上位不陵下〉(《禮記・中庸》):「故君子居易以～命。」(故此君子處於心安理得的境地,來**等待**天命的安排。)

借 **粵**ze3蔗 **普**jiè
❶動借入、借出。宋濂〈送東陽馬生序〉:「每假～於藏書之家。」(經常向收藏書籍的人家**借**書本。)**❷**〔借問〕請問。杜牧〈清明〉:「～酒家何處有?」(**請問**甚麼地方有賣酒的店鋪?)

值 **粵**zik6直 **普**zhí
❶動遇上。劉義慶〈荀巨伯遠看友人疾〉(《世說新語・德行》):「～胡賊攻郡。」(**遇上**外族敵軍攻打郡城。)**❷動**價值。孟浩然〈送朱大入秦〉:「寶劍～千金。」(這把名貴的劍**價值**一千兩黃金。)

倒 **一粵**dou2島 **普**dǎo
動向前跌倒、豎直的事物倒卧在地。李白〈夢遊天姥吟留別〉:「對此欲～東南傾。」(對着這座山,天台山好像快要**跌倒**,向東南方傾斜。)
二粵dou3到 **普**dào
動上下、前後對調。朱熹〈讀書有三到〉

（《訓學齋規》）：「不可～一字。」（不可以**顛倒**一個字。）

辨別「倒」的讀音

「倒」字有兩個粵語讀音：〔dou2 島〕和〔dou3 到〕。那麼「樹木『倒』下」、「『倒』戈相向」，應該怎樣讀呢？

　　一般來說，原本垂直、豎直的物件，向前跌下，譬如「倒下」、「倒塌」、「跌倒」、「不倒翁」等，這個「倒」字應該讀〔dou2 島〕。

樹木倒〔dou2 島〕下

　　如果一件事物的前後、上下方向對調，或者出現相反情況時，如「倒退」、「倒敍法」、「倒戈相向」等，這個「倒」字應該讀〔dou3 到〕。

倒〔dou3 到〕戈相向

俱 粵keoi1 驅 普jù
❶副一同、一起。〈二子學弈〉（《孟子·告子上》）：「雖與之～學。」（雖然和他**一起**學習。）❷副全部、都。杜甫〈春夜喜雨〉：「野徑雲～黑。」（烏雲密佈，野外小路**都**變得昏黑。）

修 粵sau1 收 普xiū
❶動修飾、裝飾。屈原《楚辭·湘君》：「美要眇兮宜～。」（你的樣子漂亮啊，**修飾**得恰到好處。）❷動修養。歐陽修〈朋黨論〉：「以之～身。」（用道義來**修養**自己。）❸動修建、興建。范仲淹〈岳陽樓記〉：「乃重～岳陽樓。」（於是重新**修建**岳陽樓。）❹動進行。王羲之〈蘭亭集序〉：「～禊事也。」（**進行**禊禮的事宜。）❺形長、修長。王羲之〈蘭亭集序〉：「茂林～竹。」（茂密的樹林和**修長**的竹子。）

倫 粵leon4 輪 普lún
❶名同輩、同類。賈誼《新書·藩強》：「令韓信、黥布、彭越之～。」（下令韓信、黥布、彭越之**類**的人。）❷名人倫，人與人之間的道德關係。《論語·微子》：「亂大～。」（破壞了君臣之間的重要**關係**。）❸〔天倫〕見頁62「天」字條。

五倫

　　五倫，是儒家所提倡的五種人際關係，包括「父子」、「君臣」、「夫婦」、「兄弟」和「朋友」。「五倫」起初稱為「五常」，是指「父義」、「母慈」、「兄友」、「弟恭」和「子孝」，只限於家庭內的人際關係，後來才擴闊觸及的範圍，加入「夫婦」、「君臣」和「朋友」。

　　在這「五倫」下，人們都要緊記自己的角色，以應有的態度來對待對方，也就是「父子有親」（講親情）、「君臣有義」（講道義）、「夫婦有別」（講順從）、「長幼有序」（講行第）、「朋友有信」（講信用）。

　　時移世易，「人倫」的內容也有所改變：雖然沒有了「君臣」，可是上司

與下屬一樣要講求道義；古代只限妻子順從丈夫，可是到了今天，不論是丈夫還是妻子，也要相敬如賓。

俯 ⓔfu2府 ⓜfǔ
❶動彎身。宋濂〈送東陽馬生序〉：「～身傾耳以請。」（彎下身體，把耳朵側向他，來向他請教。）❷動低頭。王羲之〈蘭亭集序〉：「～察品類之盛。」（低頭細看萬物種類的繁多。）

倍 ⓔpui5陪 [5 聲] ⓜbèi
動是 …… 的雙倍。韓非〈衞人嫁其子〉（《韓非子・説林上》）：「其子所以反者，～其所以嫁。」（他的女兒回家時的私房錢，是她出嫁時的雙倍。）

偕 ⓔgaai1 街 ⓜxié
副一起、一同。范公偁〈名落孫山〉（《過庭錄》）：「鄉人托以子～往。」（同鄉把兒子交託給孫山，由孫山帶他一起前往試場。）

偶 ⓔngau5 藕 ⓜǒu
❶名同伴。司馬遷《史記・黥布列傳》：「乃率其曹～。」（於是帶領他的同伴。）❷副偶然、碰巧。譬如〈回鄉～書〉就是賀知章返回家鄉後偶然寫下的詩歌。

假 一ⓔgaa2 賈 ⓜjiǎ
❶動借、借用。宋濂〈送東陽馬生序〉：「以是人多以書～余。」（因為這樣，他們大多願意把書借給我。）❷動憑藉。荀況〈勸學〉（《荀子》）：「～輿馬者。」（憑藉車輛和馬匹出行的人。）❸動賜予、賜給。李白〈春夜宴從弟桃花園序〉：「大塊～我以文章。」（大自然把文采賜予我。）
二ⓔgaa3 嫁 ⓜjià
名假期。〈孔雀東南飛〉：「因求～暫歸。」（因此請求假期，暫時回家。）

倏 ⓔsuk1叔 ⓜshū
形迅速、忽然。紀昀〈曹某不怕鬼〉（《閱微草堂筆記・灤陽消夏錄一》）：「～然滅。」（迅速地消失。）

停 ⓔting4亭 ⓜtíng
❶動停下來。杜牧〈山行〉：「～車坐愛楓林晚。」（我停下車子，只因為喜愛這楓樹林的黃昏景色。）❷動擺放。朱慶餘〈近試上張籍水部〉：「洞房昨夜～紅燭。」（昨天晚上，在新房裏擺放了紅色的蠟燭。）❸〔停當〕形妥當。羅貫中〈楊修之死〉（《三國演義・第七十二回》）：「改造～。」（修改和建造妥當。）

偏 ⓔpin1 篇 ⓜpiān
❶動偏向、偏袒。諸葛亮〈出師表〉：「不宜～私。」（不應該偏袒其中一方、徇私枉法。）❷名一邊、一側。劉蓉〈習慣説〉：「讀書養晦堂之西～室。」（在養晦堂西邊的一個房間裏讀書。）❸形偏遠、偏僻。陶潛〈飲酒〉（其五）：「心遠地自～。」（只要你的心遠離塵囂，那麼你住的地方自然變得偏遠。）❹副竟然。劉方平〈月夜〉：「今夜～知春氣暖。」（今夜竟然感受到春天氣息的溫暖。）

備 ⓔbei6 鼻 ⓜbèi
❶動準備。宋濂〈送東陽馬生序〉：「右～容臭。」（右邊備有香囊。）❷動齊備、具備。荀況〈勸學〉（《荀子》）：「聖心～焉。」（具備聖人的心性了。）❸動防備。司馬遷《史記・項羽本紀》：「～他盜出入與非常也。」（防備其他盜賊進入及突發事故。）

傅 ⓔfu6 付 ⓜfù
❶名教導、輔助國君或王子的人，相當於「老師」。《戰國策・楚策》：

「臣有～。」(微臣有**老師**。)❷〔太傅〕
見頁63「太」字條。

傀
粵faai3 快　**普**kuǐ

〔傀儡〕**名**木偶。田汝成〈西湖清
明節〉:「而綵妝～。」(至於身穿彩色絲
織品裝扮的**木偶**。)

傍
一 粵bong6 磅　**普**bàng
❶**動**靠近、貼近。〈木蘭辭〉:
「雙兔～地走。」(兩隻兔子一起**貼着**
地面奔跑。)❷**動**依靠、依附。范成大
〈夏日田園雜興〉(其七):「也～桑陰學
種瓜。」(也**依靠**桑樹樹蔭下學習種植
瓜果。)

二 粵pong4 旁　**普**páng
名同「旁」,旁邊、側旁。班固〈曲突徙
薪〉(《漢書·霍光金日磾傳》):「～有
積薪。」(**旁邊**放了堆積着的柴枝。)

傲
粵ngou6 敖 [6 聲]　**普**ào
❶**形**傲慢、驕傲。劉向《説苑·
建本》:「生而富者～。」(生下來就是富
有的人非常**傲慢**。)❷**動**傲視、輕視。
蘇軾〈贈劉景文〉:「菊殘猶有～霜枝。」
(菊花凋謝了,卻依然長有**輕視**霜雪的
花枝。)

僅
粵gan2 緊　**普**jǐn
副僅僅、只是。周密〈浙江之潮〉
(《武林舊事·觀潮》):「～如銀線。」
(**只是**像一條銀色的線。)

傳
一 粵zyun3 鑽　**普**zhuàn
名客舍、驛站。司馬遷《史記·
廉頗藺相如列傳》:「舍相如廣成～。」
(將藺相如安置到廣成**驛站**。)

二 粵cyun4 全　**普**chuán
❶**動**傳遞、傳送。杜甫〈聞官軍收河南河
北〉:「劍外忽～收薊北。」(劍門關外忽
然**傳來**官兵收復薊州以北一帶的消息。)

❷**動**傳授。韓愈〈師説〉:「師者,所以～
道、受業、解惑也。」(老師的工作,
是**傳授**道理、講授知識、解答疑難。)
❸**動**流傳。張岱〈白洋潮〉:「午後喧～
曰。」(中午後,人們大聲**流傳**説。)

三 粵zyun6 專 [6 聲]　**普**zhuàn
名傳記。〈岳飛之少年時代〉(《宋史·
岳飛傳》):「強記書～。」(擅長記誦經
書和**史傳**的內容。)

傾
粵king1 頃 [1 聲]　**普**qīng
❶**動**側向、傾斜。宋濂〈送東
陽馬生序〉:「俯身～耳以請。」(彎下
身體,把耳朵**側向**他,來向他請教。)
❷**動**傾覆。諸葛亮〈出師表〉:「此後漢所
以～頹也。」(這就是東漢**傾覆**、滅亡的
原因。)❸**動**全倒出來。柳宗元〈始得西
山宴遊記〉:「～壺而醉。」(把酒壺裏的
酒**全倒出來**,然後喝醉。)❹**動**用盡。邯
鄲淳〈漢世老人〉(《笑林》):「我～家贍
君。」(我**用盡**家財來救濟您。)❺**形**全
部、整個。田汝成〈西湖清明節〉:「～城
上冢。」(**整個**城邑的人都會前往墳墓。)

催
粵ceoi1 吹　**普**cuī
動催促。王翰〈涼州詞〉(其一):
「欲飲琵琶馬上～。」(士兵正想喝酒時,
戰馬上的琵琶聲卻**催促**他們出征。)

傷
粵soeng1 商　**普**shāng
❶**動**受傷。《莊子·徐无鬼》:
「盡堊而鼻不～。」(削光白土,鼻子卻
沒有**受傷**。)❷**名**創傷、傷勢。❸**形**傷
心。〈長歌行〉:「老大徒～悲。」(到年
老時就只能白白**傷心**。)

傭
粵jung4 容　**普**yōng
動受僱。〈鑿壁借光〉(《西京雜
記·第二》):「衡乃與其～作而不求
償。」(匡衡於是替他**受僱**工作卻不要
報酬。)

僮　●tung4童 ●tóng
❸僕人。方苞〈弟椒塗墓誌銘〉：「時家無～僕。」（當時家裏並沒有僕人。）

僧　●zang1憎 ●sēng
❸僧人、和尚。彭端淑〈為學一首示子姪〉：「蜀之鄙有二～。」（四川的邊境有兩位僧人。）

儉　●gim6兼 [6聲] ●jiǎn
❸節儉，儉約。朱用純〈朱子家訓〉：「自奉必須～約。」（自己使用的物品，必須節儉簡單。）

儀　●ji4兒 ●yí
❸法則。王讜〈口鼻眼眉爭辯〉（《唐語林・補遺》）：「無即不成禮～。」（沒有了客人，就成不了接待客人的禮節和法則。）

儒　●jyu4餘 ●rú
❶❸春秋末期由孔子創立的學派——「儒家」的簡稱。❷❸讀書人、知識分子。劉禹錫〈陋室銘〉：「談笑有鴻～。」（談天說笑的都是知識淵博的讀書人。）

償　●soeng4常 ●cháng
❶❸償還、補償。司馬遷《史記・廉頗藺相如列傳》：「相如視秦王無意～趙城。」（藺相如發現秦王沒有意思把城池補償給趙國。）❷❸回報、報答。〈鑿壁借光〉（《西京雜記・第二》）：「衡乃與其傭作而不求～。」（匡衡於是替他受僱工作卻不要求報酬。）

儡　●leoi5裏 ●lěi
〔傀儡〕見頁20「傀」字條。

儿 部

作為部首，「儿」不是「兒」的簡化字，因此不是讀〔兒〕(ér)，而是讀〔人〕(rén)，因為它描繪了人屈曲身體的模樣，所指的就是「人」。

從「儿」部的字，大部分都跟「人」有關。例如上圖是「元」的甲骨文，本義是「頭」：上面的部件「二」是放大了的頭部，下面的「儿」就是屈曲了的身體。

又例如下圖是「光」的甲骨文，下面的「儿」是一個跪在地上的人，上面的部件是「火」，表達出「一個人跪在地上，取火照明」的意思。

元

⓵jyun4 完　**⓶**yuán

❶[形]第一、開始。譬如王安石〈～日〉就是描寫了新年**第一**天的喜慶情景。**❷**[形]大、龐大。譬如〈記承天寺夜遊〉記述了蘇軾在「元豐六年」一天晚上所發生的事情，當中的「～豐」是宋神宗的年號，意思是指「**大豐收**」。**❸**[副]同「原」，原本、本來。陸游〈示兒〉：「死去～知萬事空。」(我**本來**就知道，我死後一切事情都沒有了。)

光

⓵gwong1 廣 [1 聲]　**⓶**guāng

❶[動]發光、照耀。王翰〈涼州詞〉(其一)：「葡萄美酒夜～杯。」(上好的葡萄酒盛滿了會在晚上**發光**的酒杯裏。)**❷**[名]光芒。李白〈靜夜思〉：「牀前明月～。」(明亮的月兒**光芒**灑在睡牀跟前。)**❸**[名]火光、燈光、燭光。〈鑿壁借光〉(《西京雜記・第二》)：「衡乃穿壁引其～。」(匡衡於是在牆壁上鑿開一個小孔洞，引來鄰居的**火光**。)**❹**[名]光彩。〈長歌行〉：「萬物生～輝。」(各種事物呈現出一片**光彩**。)**❺**〔風光〕見頁301「風」字條。**❻**〔光陰〕[名]時光、時間。李白〈春夜宴從弟桃花園序〉：「～者，百代之過客也。」(**時間**，是在各個朝代路過的旅客。)

先

⓵sin1 仙　**⓶**xiān

❶[名]前面。〈狐假虎威〉(《戰國策・楚策》)：「吾為子～行。」(我就在你**前面**行走。)**❷**[名]之前。方苞〈弟椒塗墓誌銘〉：「～卒之數日。」(死**之前**的幾天。)**❸**[名]第一。王讜〈口鼻眼眉爭辯〉(《唐語林・補遺》)：「惟我當～。」(只有我才能位處**第一**。)**❹**[副]較前、較早。范公偁〈名落孫山〉(《過庭錄》)：「山綴榜末～歸。」(孫山的名字排列在金榜的最後，因而**較早**回鄉。)**❺**〔先達〕[名]有學問的前輩。宋濂〈送東陽馬生序〉：「從鄉之～執經叩問。」(跟隨故鄉裏**有學問的前輩**，手中拿着經書，向他求教、詢問。)**❻**[副]首先。韓非〈鄭人買履〉(《韓非子・外儲說左上》)：「～自度其足而置之其坐。」(**首先**親自量度腳的尺碼，然後把尺碼放置在他的坐墊上。)**❼**[副]早早、早就。〈三人成虎〉(《戰國策・魏策》)：「而讒言～至。」(可是毀謗他的言論**早早**就傳到魏王那裏。)**❽**[形]已去世的。〈畫荻〉(《歐陽公事跡》)：「～公四歲而孤。」(我**已去世**的父親四歲時就失去父親。)

兇

⓵hung1 空　**⓶**xiōng

[形]兇惡、兇殘。劉義慶〈周處除三害〉(《世說新語・自新》)：「～強俠氣。」(**兇殘**強悍，充滿遊俠的氣概。)

充

⓵cung1 衝　**⓶**chōng

❶[動]充滿、填滿。司馬光〈訓儉示康〉：「食取～腹。」(食物只求取**填滿**肚子。)**❷**[動]湊數。譬如〈濫竽～數〉就記述了南郭處士不懂得吹竽，卻混入齊宣王樂團來**湊夠**三百人的故事。**❸**[動]充公、沒收。邯鄲淳〈漢世老人〉(《笑林》)：「貨財～於內帑矣。」(貨物和財產都被**充公**到宮中的府庫裏了。)

兒

⓵ji4 移　**⓶**ér

❶[名]兒童、小孩子。高鼎〈村居〉：「～童散學歸來早。」(**孩子們**放學後，就趕快回家。)**❷**〔嬰兒〕見頁68「嬰」字條。**❸**[名]兒子、子女。〈木蘭辭〉：「阿爺無大～。」(父親沒有年長的**兒子**。)**❹**〔兒女〕①[名]族中子姪。劉義慶〈白雪紛紛何所似〉(《世說新語・言語》)：「與～講論文義。」(和**子姪**講解和討論文章的道理。)②[名]男人和女人。王勃〈送杜少府之任蜀州〉：「～共霑巾。」(像**男男女女**那樣，都為離別而流淚，沾濕手帕。)**❺**[助]用在名詞之後，帶有「細小」的意思。〈月兒彎彎照

九州〉：「月～彎彎照九州。」（彎彎的新月照亮了天下。）

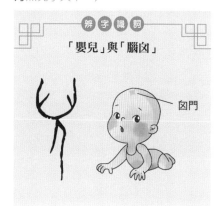

辨字識詞

「嬰兒」與「腦囟」

囟門

剛出生的嬰兒，他們的頭部由四塊頭骨組成，中間露出了空隙，這個位置叫做「囟（讀〔信〕，xìn）門」，廣東人稱之為「腦囟」。嬰孩從半歲開始，囟門會因為頭骨的生長而變小，直至兩歲前，就會完全閉合。廣東人有句俗語——「腦囟未生埋」，就是指人還像小孩子似的，毫不成熟。

古人就是根據嬰兒的囟門來創造「兒」字的：「臼」描繪了還未閉合的囟門，「儿」則描繪了嬰兒伏在地上時的模樣。因此，寫「兒」字時，緊記要寫作「臼」，留一點空間給囟門啊！

入　部

這是「入」的甲骨文寫法，就像作文時要臨時「插入」詞句的「∧」符號。誠然，這的確是一個指事符號：好像一個箭頭，指出事物「內進」的方向，可見「入」的本義就是「內進」、「進入」。不過，除了解作「裏面」的「內」字外，絕大部分從「入」部的字，它們的字義都跟「進入」無關。

入　粵 jap6 邑 [6聲] 普 rù

❶動 內進、進入。劉禹錫〈烏衣巷〉：「飛～尋常百姓家。」（飛進普通平民的家中。）❷動 送入、進獻。曹鄴〈官倉鼠〉：「誰遣朝朝～君口？」（是誰人天天都讓糧食送入您們的嘴巴裏？）❸動 放入。〈染絲〉（《墨子·所染》）：「所～者變，其色亦變。」（放入的染料顏色不同，絲綢的顏色也出現變化。）❹動 到達。〈夸父追日〉（《山海經·海

外北經》）：「夸父與日逐走，～日。」（夸父跟太陽競賽跑步，來到太陽落下的地方。）❺動 前往。〈鄒忌諷齊王納諫〉（《戰國策·齊策》）：「於是～朝見威王曰。」（鄒忌於是前往朝廷晉見齊威王說。）❻動 朝向。王之渙〈登鸛雀樓〉：「黃河～海流。」（黃河朝着大海流淌。）❼動 入侵。劉義慶〈荀巨伯遠看友人疾〉（《世說新語·德行》）：「而～有義之國！」（卻入侵了這個講究道義的國

家！）**⑧動**變化。周怡〈勉諭兒輩〉:「由儉**～**奢易，由奢**～**儉難。」(從節儉變得奢侈是容易的，從奢侈變回節儉卻困難了。)**⑨動**符合。朱慶餘〈近試上張籍水部〉:「畫眉深淺**～**時無？」(我畫的眼眉，濃淡**合乎**時尚嗎？)**⑩動**適宜。王安石〈元日〉:「春風送暖**～**屠蘇。」(春天的風傳遞溫暖，最**適宜**品嘗屠蘇酒。)

內 ●noi6 耐 ●nèi
①名裏面。朱用純〈朱子家訓〉:「要**～**外整潔。」(必須使房子**裏面**和外面都整齊清潔。)**②**〔海內〕見頁152「海」字條。**③名**家中。劉義慶〈白雪紛紛何所似〉(《世說新語‧言語》):「謝太傅

寒雪日**～**集。」(在寒冷的下雪天，太傅謝安在**家裏**舉行聚會。)**④名**皇宮。邯鄲淳〈漢世老人〉(《笑林》):「貨財充於**～**帑矣。」(貨物和財產都被充公到**宮中的**府庫裏了。)

全 ●cyun4 泉 ●quán
①形整個、全部。李華〈弔古戰場文〉:「**～**師而還。」(**整支**軍隊凱旋回來。)**②副**完全。于謙〈石灰吟〉:「粉骨碎身**～**不怕。」(即使骨頭和身體都粉碎了，它也**完全**不懼怕。)**③動**保全、保存。劉義慶〈荀巨伯遠看友人疾〉(《世說新語‧德行》):「一郡並獲**～**。」(整個郡城都得到**保全**。)

八　部

大家一看到「八」字，就會想到數字「八」，可是這並不是「八」的本義。這是「八」的甲骨文寫法，就好像一刀把物件切開的模樣，其本義就是「分開」，後來才被借用作數字。為了保存它的本義，人們於是在「八」下面加上「刀」，新造出「分」字，表示用刀「分開」。不過，不論是「分開」，還是數字，從「八」部的文字一般都跟它們無關，只是有着「八」這個部件而已。

兮 ●hai4 蹊 ●xī
助表示感歎的語氣，相當於「呀」、「啊」。項羽〈垓下歌〉:「力拔山**～**氣蓋世。」(力量大得可以拉起高山啊，氣勢強得可以超越世人。)

公 ●gung1 工 ●gōng
①動共同擁有。《禮記‧大同》:「天下為**～**。」(天下是所有人共同擁有的。)**②形**公正、公正。司馬遷《史記‧屈原賈生列傳》:「邪曲之害**～**也。」(邪

惡的人陷害**正直**的人。）❸**名**對長者的尊稱。譬如〈愚公移山〉（《列子‧湯問》）中的「愚〜」就是指一位看似愚蠢的**長者**。❹**名**對男性的尊稱，相當於「先生」。〈鄒忌諷齊王納諫〉（《戰國策‧齊策》）：「我孰與城北徐〜美？」（我跟都城北面的徐**先生**，哪一個較英俊？）❺**名**對自己父親的尊稱。〈畫荻〉（《歐陽公事跡》）：「先〜四歲而孤。」（我已去世的**父親**四歲時就失去父親。）❻**名**爵位名稱。曹操〈短歌行〉：「周〜吐哺。」（周**公**多次吐出口中的食物。〔周公是「周」這個地方的國君，爵位是「公」。〕）

共

粵gung6 公〔6 聲〕 **普**gòng
❶**副**共同。陶弘景〈答謝中書書〉：「古來〜談。」（自古代到現在都是大家的**共同**話題。）❷**副**一起。李商隱〈夜雨寄北〉：「何當〜剪西窗燭。」（甚麼時候**一起**在西面的窗下剪去蠟燭的芯子。）❸**副**都。王勃〈送杜少府之任蜀州〉：「兒女〜霑巾。」（像男男女女那樣，**都**為離別而流淚，沾濕手帕。）

兵

粵bing1 冰 **普**bīng
❶**名**士兵。〈木蘭辭〉：「可汗大點〜。」（君王在大規模徵召**士兵**。）❷**名**武器。蘇洵〈六國論〉：「非〜不利。」（不是**兵器**不夠銳利。）❸**動**作戰。〈岳飛之少年時代〉（《宋史‧岳飛傳》）：「尤好《左氏春秋》及孫吳〜法。」（尤其喜歡閱讀《左氏春秋》和孫武、吳起**作戰**的方法。）

其

粵kei4 旗 **普**qí
❶**代**他、他們。〈畫荻〉（《歐陽公事跡》）：「及〜稍長。」（到**他**（歐陽修）漸漸長大。）❷**代**他的、他們的。劉向〈孫叔敖埋兩頭蛇〉（《新序‧雜事一》）：「〜母曰。」（**他的**（孫叔敖的）母親說。）

❸**代**自己、自己的。〈在上位不陵下〉（《禮記‧中庸》）：「反求諸〜身。」（反過來從**自己**身上尋找原因。）❹**代**其中的、當中的。〈杯弓蛇影〉（《晉書‧樂廣傳》）：「廣問〜故。」（樂廣詢問**當中的**原因。）❺**代**這。〈東施效顰〉（《莊子‧天運》）：「〜里之醜人見而美之。」（**這**條村子裏的一個醜陋的人看到了，就覺得她這樣做很漂亮。）❻**代**那。韓非〈買櫝還珠〉（《韓非子‧外儲說左上》）：「鄭人買〜櫝而還〜珠。」（一個鄭國人卻只是買了**那**個盒子，然後把**那**顆珍珠退還。）❼**副**大概、大抵。〈岳飛之少年時代〉（《宋史‧岳飛傳》）：「〜殉國死義乎？」（**大概**會為國家和道義犧牲吧？）❽**副**將要。《禮記‧檀弓上》：「泰山〜頹乎？」（泰山**將要**倒塌了嗎？）❾**副**表示反問的語氣，相當於「又可以」。〈愚公移山〉（《列子‧湯問》）：「〜如土石何？」（那麼泥土、石頭**又可以**怎麼辦呢？）❿〔何其〕見頁14「何」字條。⓫〔其 …… 其〕選擇複句句式，相當於「是 …… 還是」。韓愈〈雜說〉（四）：「〜真無馬邪？〜真不知馬也？」（**是**真的沒有千里馬呢？**還是**真的不了解千里馬呢？）⓬**連**表示假設，相當於「如果」。〈嗟來之食〉（《禮記‧檀弓下》）：「〜嗟也可去。」（**如果**黔敖呼喝的話，就可以離開。）

具

粵geoi6 巨 **普**jù
❶**動**準備。〈岳飛之少年時代〉（《宋史‧岳飛傳》）：「必〜酒肉。」（一定**準備**酒和肉。）❷**名**器具。朱用純〈朱子家訓〉：「器〜質而潔。」（器皿和**餐具**要樸素和潔淨。）

兼

粵gim1 檢〔1 聲〕 **普**jiān
❶**動**同時進行或擁有多件事或物。〈魚我所欲也〉（《孟子‧告子上》）：「二者不可得〜。」（兩件事物不可以**同時**

擁有。）❷形多樣、豐富。杜甫〈客至〉：「盤飧市遠無～味。」（我家距離市集太遙遠，所以碗碟裏沒有豐富的飯菜。）

冀　⑧kei3 驥　⑧jì
❶名地名，「冀州」的簡稱，位於今天的河北省和山西省，見頁7「九」字

條欄目「歷史趣談」。〈愚公移山〉（《列子‧湯問》）：「本在～州之南。」（本來位處冀州的南邊。）❷動希望、冀望。劉義慶〈周處除三害〉（《世說新語‧自新》）：「實～三橫唯餘其一。」（實際上是希望三大禍害只剩下一個。）

冂　部

「冂」的讀音是〔gwing1 炯 [1 聲]〕（jiōng），意指「遠郊」。「冂」起初寫作「同」，這是它的金文寫法，裏面的部件「口」是一座城邑，「冂」表示城邑的外圍地區，也就是「遠郊」了。後來「同」成為了部首，並簡化為「冂」。從「冂」部的常用字，都跟「遠郊」沒有關係。

再　⑧zoi3 災 [3 聲]　⑧zài
❶副兩次。方苞〈弟椒塗墓誌銘〉：「旬月中屢不～食。」（整整一個月裏經常不能吃兩次飯。）❷副第二次。《左傳‧莊公十年》：「～而衰。」（第二次擊鼓，士氣就會衰落。）

冕　⑧min5 免　⑧miǎn
名官帽。劉義慶〈管寧、華歆共園中鋤菜〉（《世說新語‧德行》）：「有乘軒～過門者。」（有乘坐車子、頭戴官帽的人經過大門。）

宀 部

「宀」的讀音是〔覓〕(mì)，它的甲骨文寫法就好像一個蓋子。的確，「宀」的本義就是用布匹覆蓋物件，因此不少從「宀」部的文字，都與「覆蓋」這意思有關。譬如「冠」就是覆蓋頭部的帽子；「冤」本來是指用布匹蓋住兔子，表示身體屈縮，後來引申「心裏感到冤屈，不能伸展」的意思。

冠

一 粵 gun1 官　普 guān
❶ 名 帽子。〈鄒忌諷齊王納諫〉（《戰國策・齊策》）：「朝服衣～。」（一天早上，他穿好衣服和戴上**帽子**。）
❷ 名 位於事物頂端、像帽子的東西。唐寅〈畫雞〉：「頭上紅～不用裁。」（公雞頭頂上的紅色**雞冠**是天生的，不需要裁剪。）

二 粵 gun3 灌　普 guàn
❶ 名 古代的一種禮儀，男子二十歲束髮加冠，表示已成年。〈岳飛之少年時代〉（《宋史・岳飛傳》）：「未～。」（還沒有**成年**。）❷ 動 成年。❸ 動 超越、位居第一。司馬遷《史記・蕭相國世家》：「位～羣臣。」（地位**超越**一眾臣子。）

文化趣談

古代的成人禮——冠禮

古代男子年滿二十歲，就是成年，長輩會為他們舉行成年禮——冠禮。在冠禮上，主禮嘉賓首先會給成年男子束髮——把頭髮束成髮髻，並用髮簪固定。接着，就是由有聲望的長者，給成年男子加冠——戴上帽子，表示男子正式成年。最後，親友會根據成年男子的名而給予「表字」或「別字」，也就是男子的別名。至此，整個冠禮算是結束。

男子二十歲成年，女子的成年年齡是十五歲，她們會舉行「笄（讀〔雞〕，jī）禮」，把類似髮簪的髮飾「笄」插上頭髮，程序跟冠禮相若。

冢

粵 cung2 寵　普 zhǒng
名 同「塚」，墳墓，見頁59「墓」字條欄目「文化趣談」。〈十五從軍征〉：「松柏～纍纍。」（那裏長滿了松樹和柏樹，樹下就是一個接一個的**墳墓**。）

冤

粵 jyun1 淵　普 yuān
形 冤屈。杜甫〈兵車行〉：「新鬼煩～舊鬼哭。」（剛死的鬼魂感到愁煩**冤屈**，死了許久的鬼魂在哭泣。）

冫 部

「冫」讀〔冰〕(bīng)，俗稱「兩點水」，本義是「冰塊」或「冰冷」。這是「冫」的金文寫法，兩個折線符號描繪了冰塊裏面的花紋，因此從「冫」部的文字，多與冰塊、冰冷有關。

冷　⑧laang5 羅猛 [5 聲] ⑧lěng
❶形寒冷、冰冷。杜甫〈茅屋為秋風所破歌〉：「布衾多年～似鐵。」(布匹做的被子，蓋了許多年，**冰冷**得像鐵一樣。) ❷形暗淡。杜牧〈秋夕〉：「銀燭秋光～畫屏。」(秋天的晚上，銀色的蠟燭發放出光芒，**暗淡地**映照着畫有圖案的屏風。)

凌　⑧ling4 鈴 ⑧líng
❶動超越、跨越。顏之推〈古意〉(其一)：「作賦～屈原。」(創作詩賦，**超越**屈原。) ❷動冒着。王安石〈梅花〉：「～寒獨自開。」(**冒着**嚴寒的天氣，獨自盛開。) ❸動上升、登上。干寶〈董永賣身〉(《搜神記・第一卷》)：「～空而去。」(**升上**天空，然後離開了。) ❹動侵犯、欺凌。屈原《楚辭・國殤》：「終剛強兮不可～。」(士兵們始終那麼剛烈強勁啊，不可以被**欺凌**。)

凝　⑧jing4 形 ⑧níng
❶動水凝結成冰。❷動凝聚。岑參〈白雪歌送武判官歸京〉：「愁雲慘淡萬里～。」(萬里長空**凝聚**着慘淡的愁雲。) ❸形精心。王昌齡〈閨怨〉：「春日～妝上翠樓。」(在春天的日子裏，她**精心**打扮，登上華麗的樓閣。)

几 部

這是秦漢時期楚國一帶的人所寫的「几」字，好像一個抱枕。「几」本來是指一種用來給人坐下時，身體得到倚靠的家具。中國在晉朝以前是沒有椅子的，人們要跪在地上坐；因為長時間跪坐，身體會不舒服，因此古人就發明了「几」，讓人即使要持續跪坐，身體也可以有所倚靠，不至於倒下來。

几　^粵gei1 機　^普jī
名 桌子。朱熹〈讀書有三到〉(《訓 學齋規》):「須整頓～案。」(必須收拾 整齊**桌子**。)

凵 部

這是秦漢時期楚國一帶的人所寫的「凵」字,好像一個土坑。「凵」是個多音字,它的不同讀音都跟土坑有關。「凵」讀〔氹〕(dàng) 時,就是指粵語中的「水氹」(即水窪);如果作為部首,「凵」則讀〔磡〕(kǎn),指土坑。

從「凵」部的字,多與土坑有關。例如「凶」字,原本是指「陷阱」:「凵」是土坑,「乂」就是陷阱裏面的泥土、石頭;又例如「出」字,「凵」是指山洞,而上面的部件「屮」則是一隻腳,整個字是指人用腳離開山洞,也就是它的本義——外出。

出　^粵ceot1 齣　^普chū
❶ **動** 外出。范成大〈夏日田園雜興〉(其七):「晝～耘田夜績麻。」(白天**外出**,到田裏除草;晚上回家,把麻搓成線。)❷ **動** 離開。〈愚公移山〉(《列子·湯問》):「～入之迂也。」(**離開**和回來的路都很曲折。)❸ **動** 休掉(妻子)。韓非〈衞人嫁其子〉(《韓非子·説林上》):「為人婦而～,常也。」(作為人家的妻子,被**休掉**是常見的。)❹ **動** 出現、出來。王維〈鳥鳴澗〉:「月～驚山鳥。」(月亮**出來**,驚動了山中的鳥兒。)❺ **動** 發出、説。宋濂〈送東陽馬生序〉:「不敢～一言以復。」(不膽敢**説**一句話來回應。)❻ **動** 湧出。劉義慶〈望梅止渴〉(《世説新語·假譎》):「口皆～水。」(口裏都**湧出**唾液。)

刀 部

　　上圖是「刀」的甲骨文寫法，可以清楚看到它的刀柄、刀面和刀鋒。原來「刀」的本義不是今天家用的刀具，而是一種武器。

　　而下圖則是「刀」的金文寫法，很明顯看到「刀」這把武器的外形：長長的刀柄、擴大的刀面，還有勾起來的刀尖，用來勾住敵人。

　　從「刀」部的字，除了表示各種各樣刀具、武器，還跟用刀來切割、刺穿等動作有關。

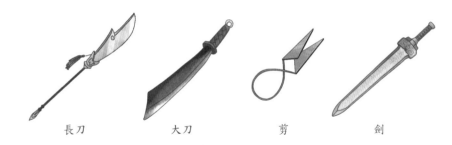

長刀　　　　大刀　　　　剪　　　　劍

刀 ●dou1 都 ●dāo
名 本指一種武器，後來泛指用來切、剪、割、斬的工具，如剪刀、菜刀等。賀知章〈詠柳〉：「二月春風似剪**～**。」（原來是猶如**剪刀**的二月春風。）〈木蘭辭〉：「磨**～**霍霍向豬羊。」（對着豬和羊，霍霍地打磨**肉刀**。）

切 一●cit3 設 ●qiē
動 用刀等工具來切割。
二●cit3 設 ●qiè
❶**形** 急切、迫切。陶潛〈歸去來辭・序〉：「飢凍雖**～**。」（飢餓和寒冷雖然是**迫切**的問題。）❷**形** 懇切、誠懇。《論語・子張》：「**～**問而近思。」（**懇切**地發

問，認真地思考。）❸**副** 一定、千萬。朱用純《朱子家訓》：「宴客**～**勿留連。」（宴請客人吃飯，**千萬**不要放縱自己，不願離開。）
三●cai3 砌 ●qiè
〔一切〕見頁1「一」字條。

分 一●fan1 紛 ●fēn
❶**動** 分開。干寶《搜神記・第十一卷》：「乃**～**其湯肉葬之。」（於是將他們跌入開水裏的屍首**分開**，然後埋葬。）❷**動** 分離。陶潛〈雜詩〉（其一）：「**～**散逐風轉。」（經歷種種**分離**，生命跟隨風飄轉。）❸**動** 分辨、辨別。《論語・微子》：「五穀不**～**。」（不懂**分辨**各

種穀物。）❹〔分明〕**形**清楚。朱熹〈讀書有三到〉（《訓學齋規》）：「仔細～讀之。」（細心、**清楚**地把它們讀出。）
二〔粵〕fan6 份〔普〕fèn
名本分。《禮記・禮運》：「男有～。」（男人有自己的**本分**。）

列

〔粵〕lit6 裂〔普〕liè
動排列。王羲之〈蘭亭集序〉：「～坐其次。」（在水道的旁邊**排列**坐下。）

刎

〔粵〕man5 吻〔普〕wěn
〔刎頸〕**動**割破脖子，比喻能夠共患難、同生死，見頁230「荊」字條欄目「歷史趣談」。司馬遷《史記・廉頗藺相如列傳》：「為～之交。」（成為能夠**共患難、同生死**的知己。）

別

〔粵〕bit6 鱉〔普〕bié
❶**動**辨別、區分。荀況《荀子・君道》：「若～白黑。」（就好像**辨別**白色和黑色。）❷**動**離別、分離。杜甫〈春望〉：「恨～鳥驚心。」（平民**分離**，讓人痛恨，更驚動了鳥兒的心靈。）❸**代**另外、其他。楊萬里〈曉出淨慈寺送林子方〉（其二）：「映日荷花～樣紅。」（在陽光映照下的荷花，更是**另**一種的豔紅。）

利

〔粵〕lei6 脷〔普〕lì
❶**形**銳利、鋒利。韓非〈自相矛盾〉（《韓非子・難一》）：「吾矛之～。」（我的矛十分**鋒利**。）❷**名**利益、好處。《論語・里仁》：「小人喻於～。」（小人只知道**利益**。）❸**形**順利。項羽〈垓下歌〉：「時不～兮騅不逝。」（命運並不**順利**啊，連烏騅馬也跑不起來。）

刺

〔粵〕ci3 次〔普〕cì
❶**動**殺。劉義慶〈周處除三害〉（《世說新語・自新》）：「處即～殺虎。」（周處馬上**殺死**老虎。）❷**動**指責。〈鄒忌諷齊王納諫〉（《戰國策・齊策》）：「能面～寡人之過者。」（能夠當面**指責**我過錯的人。）

到

〔粵〕dou3 妒〔普〕dào
❶**動**到達。〈長歌行〉：「百川東～海。」（許多河流都向東流**到達**大海。）❷**動**專注。朱熹〈讀書有三到〉（《訓學齋規》）：「謂心～、眼～、口～。」（就是心思**專注**、眼睛**專注**、嘴巴**專注**。）❸**動**付出。陳仁錫〈鐵杵磨針〉（《史品赤函》）：「功～自然成耳。」（肯**付出**努力，自然會成功了。）

則

〔粵〕zak1 側〔普〕zé
❶**名**法則。《管子・形勢》：「地不易其～。」（大地不會改變它的**法則**。）❷**連**表示結果，相當於「就」、「那麼」。《弟子規》：「冬～溫。」（冬天寒冷，**就**替父母溫暖被窩。）❸**連**表示轉折，相當於「卻」。〈揠苗助長〉（《孟子・公孫丑上》）：「苗～槁矣。」（禾苗**卻**已經枯死了。）

前

〔粵〕cin4 錢〔普〕qián
❶**動**前進、上前。〈閔子騫童年〉（《敦煌變文集・孝子傳》）：「子騫雨淚～白父曰。」（閔子騫流着眼淚，**上前**告訴父親說。）❷**名**前面。劉義慶〈望梅止渴〉（《世說新語・假譎》）：「～有大梅林。」（**前面**有一大片梅樹林。）❸**副**早前。〈杯弓蛇影〉（《晉書・樂廣傳》）：「～在坐。」（**早前**出席您的宴會。）

剪

〔粵〕zin2 展〔普〕jiǎn
❶**動**剪斷。李商隱〈夜雨寄北〉：「何當共～西窗燭。」（甚麼時候一起在西面的窗下**剪去**蠟燭的芯子。）❷**名**剪

刀。賀知章〈詠柳〉:「二月春風似〜
刀。」(原來是猶如**剪刀**的二月春風。)

剪刀

劇 ●kek6 屐 ●jù
❶形劇烈、嚴重。劉義慶〈周處
除三害〉(《世說新語‧自新》):「義興
人謂為『三橫』,而處尤〜。」(義興的
平民稱呼他們做「三大禍害」,當中周處
尤其**嚴重**。)❷動遊戲、嬉戲、玩弄。
李白〈長干行〉(其一):「折花門前〜。」
(在大門前摘下一朵花,把它**玩弄**。)

劍 ●gim3 兼 [3 聲] ●jiàn
❶名一種武器名稱。〈刻舟求劍〉
(《呂氏春秋‧察今》):「其〜自舟中
墜於水。」(他的**劍**從船上掉到水裏。)
❷名「劍門關」的簡稱,位於今天的四川
省。杜甫〈聞官軍收河南河北〉:「〜外
忽傳收薊北。」(**劍門關**外忽然傳來官兵
收復薊州以北一帶的消息。)

劍

辨 字 識 詞

形聲字

　　形聲,是古人造字的其中一種方
法。形聲字由「形符」和「聲符」兩個
部分組成,以「劍」字為例,它的「形
符」是「刀」(刂),從意思出發,說明
「劍」是一種刀具;「聲符」是「僉」,
從讀音出發,說明「劍」的讀音與
「僉」(讀〔簽〕,qiān)相若。

聲符, ⟶ 劍 ⟵ 形符,
表示讀音　　　　　表示意思

　　形聲字既能表形,也能表音,比
起模仿事物外形(象形,見頁12「人」
字條欄目「辨字識詞」)、在象形字的
基礎上加上符號(指事,見頁2「上」
字條欄目「辨字識詞」)、組合多個文
字(會意,見頁17「信」字條欄目「辨
字識詞」)等造字方法更為方便,因
而逐漸成為創造漢字的主流方法。現
在所知的漢字裏,超過九成都是形聲
字,即使在現代社會,不少漢字都是
以這種方法來創造,譬如「鈦」,是金
屬元素Titanium 的音譯字,用「金」
表示意思,並作為部首,是「形符」,
用「太」表示讀音,是「聲符」。

力　部

這是「力」的甲骨文寫法。甚麼是「力」?「力」就是力量、力氣。不過，力量是抽象的東西，很難繪畫出來，古人於是用一種農具——耒——來表示。

「耒」(讀〔淚〕，lěi)，是一種翻鬆泥土用的農具(見頁214「耒」字條)，由於需要花很大的力氣，才可以利用它來翻鬆泥土，古人因而借用它來帶出「力」的本義。付出了力量，自然會有成果，因此從「力」部的文字，在字義上都跟「盡力」、「功勞」有關。

力　🔊lik6 歷　🔊lì
名 力量、力氣。項羽〈垓下歌〉：「～拔山兮氣蓋世。」(力量大得可以拉起高山啊，氣勢強得可以超越世人。)

用力

功　🔊gung1 公　🔊gōng
❶名 功勞。王讜〈口鼻眼眉爭辯〉(《唐語林·補遺》)：「爾有何～居我上？」(你們有甚麼功勞處於我的上面？)❷名 成功。荀況〈勸學〉(《荀子》)：「駑馬十駕，～在不舍。」(差劣的馬匹連續十天拉車，成功的原因取決於不肯放棄。)❸名 成效、成果。《三字經》：「勤有～。」(只有勤奮，才會有成果。)❹名 努力。陳仁錫〈鐵杵磨針〉(《史品赤函》)：「～到自然成耳。」(肯

付出努力，自然會成功了。)

加　🔊gaa1 家　🔊jiā
❶動 增加。〈愚公移山〉(《列子·湯問》)：「而山不～增。」(可是山卻不會增高。)❷動 加入。〈閔子騫童年〉(《敦煌變文集·孝子傳》)：「衣～棉絮。」(衣服會加入棉花。)❸動 戴上。宋濂〈送東陽馬生序〉：「既～冠。」(已經戴上表示成年的帽子之後。)

努　🔊nou5 弩　🔊nǔ
動 勤勉、盡力。〈長歌行〉：「少壯不～力，老大徒傷悲。」(年輕人如果不用盡力氣學習、工作，到年老時就只能白白傷心。)

勁　🔊ging6 競　🔊jìng
形 強勁、堅強。鄭板橋〈竹石〉：「千磨萬擊還堅～。」(經歷千萬次的磨難和打擊，竹子依然堅韌強勁。)

勉　🔊min5 免　🔊miǎn
❶動 盡力、努力。《三字經》：

「宜～力。」（應該用盡力氣讀書。）
❷動鼓勵、勉勵。陶潛〈雜詩〉（其一）：
「及時當～勵。」（應當把握時光，勉勵自己。）

勒　●lak6 肋　●lè
〔敕勒〕見頁116「敕」字條。

動　●dung6 洞　●dòng
❶動移動、運動，與「靜」相對。王維〈山居秋暝〉：「蓮～下漁舟。」（蓮葉移動，是因為漁船正順流而下。）
❷名動作。〈疑鄰竊斧〉（《列子·説符》）：「～作態度無似竊斧者。」（他的動作和態度，都不像偷斧頭的人。）
❸動打動、觸動、感動。陳仁錫〈鐵杵磨針〉（《史品赤函》）：「白大為感～。」（李白非常感動。）

務　●mou6 霧　●wù
❶動務求、追求。韓愈〈進學解〉：「貪多～得。」（追求學得更多知識。）❷動致力、努力、盡力。〈畫荻〉（《歐陽公事跡》）：「惟讀書是～。」（只是努力讀書。）

勝　一●sing1 升　●shèng
❶動承擔、承受。柳宗元〈黔之驢〉：「驢不～怒。」（驢子忍受不了憤怒。）❷副盡、全部。《孟子·梁惠王上》：「材木不可～用也。」（木材不會用盡。）

二●sing3 聖　●shèng
❶動勝利、打敗。〈鄒忌諷齊王納諫〉（《戰國策·齊策》）：「此所謂戰～於朝廷。」（這就是前人所説在朝廷上明修內政，就能打敗其他國家的道理。）
❷動超過、比……更好。朱用純〈朱子家訓〉：「瓦缶～金玉。」（陶土做的器皿，也會比金屬、玉石做的更好。）❸形優美。朱熹〈春日〉：「～日尋芳泗水濱。」（在優美的日子，到泗水岸邊欣賞春花。）

勞　●lou4 爐　●láo
❶動勞苦、辛勞。《國語·越語》：「不～而矜其功。」（沒有付出辛勞，卻誇耀自己的功勞。）❷動使人勞累。劉禹錫〈陋室銘〉：「無案牘之～形。」（沒有公務文書使身體勞累。）

勢　●sai3 世　●shì
❶名勢力、權勢。《明史·海瑞傳》：「有～家朱丹其門。」（有權勢的家族，會用朱紅色的油漆塗刷他們的家門。）❷名氣勢。周密〈浙江之潮〉（《武林舊事·觀潮》）：「～極雄豪。」（氣勢極為雄偉、豪壯。）❸名地勢、形狀。柳宗元〈始得西山宴遊記〉：「其高下之～。」（它那高高低低的地勢。）

勤　●kan4 芹　●qín
❶動勞苦、勤苦。白居易〈燕詩〉：「辛～三十日。」（牠們辛勞、勤苦了三十天。）❷動勤勉、勤奮、努力。《三字經》：「～有功。」（只有勤奮，才會有成果。）

勳　●fan1 紛　●xūn
名功績、軍功。〈木蘭辭〉：「策～十二轉。」（皇帝給木蘭記下許多級軍功。）

勵　●lai6 麗　●lì
動勉勵、鼓勵。陶潛〈雜詩〉（其一）：「及時當勉～。」（應當把握時光，勉勵自己。）

勹 部

「勹」讀〔包〕(bāo)，是「包」的古字。這是「勹」的甲骨文寫法，描繪出一個人懷抱着東西的樣子。不少從「勹」部的文字，都帶有「包裹」的意思。

勿 粵mat6 物 普wù
❶副不。司馬遷《史記・廉頗藺相如列傳》：「欲～予。」(想**不**給予。)

❷副別、不要。白居易〈燕詩〉：「燕燕爾～悲。」(燕子啊！燕子啊！你們**不要**傷悲。)

匕 部

這是「匕」(讀〔避〕，bǐ) 的甲骨文寫法，好像一個人伏在地上，也就是「匕」的本義，後來又指飯匙。不過，從「匕」部的文字，它們的字義都跟「伏地」或「飯匙」無關，只是字形上有着「匕」這個部件。

北 粵bak1 波得 [1聲] 普běi
❶名北方、北面，見頁37「南」字條欄目「文化趣談」。〈愚公移山〉(《列子・湯問》)：「河陽之～。」(黃河北岸的**北邊**。) ❷副向北。〈夸父追日〉(《山海經・海外北經》)：「～飲大澤。」(**向北**走到大湖泊喝水。)

匚 部

這是「匚」的甲骨文寫法，好像一個方形的盒子，而它的讀音是〔方〕(fāng)，意思正是方形的容器。部分從「匚」部的字都跟「容器」有關，譬如「匱」的本義是方形容器，後來才解作「缺乏」。

匝 🔊zaap3 集 [3 聲] 🔊zā
🔲圍一圈。曹操〈短歌行〉：「繞樹三～。」(圍繞樹木飛了三個圈。)

匱 🔊gwai6 跪 🔊kuì
🔲缺乏、缺少。〈愚公移山〉（《列子·湯問》）：「子子孫孫，无窮～也。」(子孫後代沒有盡頭、不會缺少。)

十 部

這是「十」的甲骨文寫法。為甚麼會寫成豎畫呢？有學者說那是兩隻手掌、十隻手指合起來的模樣，來表示「十」這個數目，因此後來出現一個詞語——合十，說的就是這個動作。

為免與另一個部首「｜」混淆，後人於是加上一個橫畫，寫成今天的「十」字。從「十」部的文字純粹是因為擁有「十」這個部件，跟數量沒有關係。

十 🔊sap6 拾 🔊shí
❶數十個。王逸〈后羿射日〉（《楚辭章句·卷三》）：「堯時～日並出。」(堯帝的時候，十個太陽同時出現。)❷數分成十份，相當於「十分之……」。劉安〈塞翁失馬〉（《淮南子·人間訓》）：「近塞之人，死者～九。」(靠近邊境一帶的人，死去的佔了十分之九。)

升 🔊sing1 星 🔊shēng
❶動上升。王安石〈登飛來峯〉：「聞說雞鳴見日～。」(聽聞別人說在公雞啼叫時，可以看到旭日升上天空。)

❷量容量單位，1升相當於 182 至 1000 毫升。《墨子‧號令》：「賜酒日二～、肉二斤。」（每天賞賜兩升酒、兩斤肉。）

卒 一 粵zeot1 之蟀 [1聲] 普zú
❶名士兵。杜甫〈兵車行〉：「未休關西～。」（還沒停止徵召函谷關以西的士兵。）❷動死，見頁82「崩」字條欄目「文化趣談」。歸有光〈歸氏二孝子傳〉：「父～，母獨與其子居。」（父親死後，母親只跟她的兒子居住。）❸動結束、完成。陳仁錫〈鐵杵磨針〉（《史品赤函》）：「遂還讀～業。」（於是回去讀書，完成學業。）❹副最終。宋濂〈送東陽馬生序〉：「～獲有所聞。」（最終還是可以獲得知識。）
二 粵cyut3 撮　普cù
副同「猝」。倉促、突然。〈高山流水〉（《列子‧湯問》）：「～逢暴雨。」（突然遇上大雨。）

南 粵naam4 男　普nán
❶名南方、南面。〈江南〉：「魚戲蓮葉～。」（魚兒在蓮葉的南邊嬉戲。）❷〔嶺南〕見頁82「嶺」字條。❸副向南。曹操〈短歌行〉：「烏鵲～飛。」（一羣黑色的喜鵲向南飛去。）

「上南下北」的古代地圖

今天的地圖是「上北下南」的，因此有「南下」、「北上」的說法，可是古代的地圖卻是「上南下北」。譬如明朝《粵大記》一書中就繪畫了香港的地圖，而這幅地圖正是這樣的：

大家看到嗎？黃泥涌（涌）、鯉魚門、尖沙嘴（咀）、葵涌這些地名到今天依然使用。黃泥涌在香港島，位於維多利亞港南岸；鯉魚門、尖沙咀、葵涌分別在九龍和新界，位於維多利亞港北岸。這些地方在今日地圖的地理位置標示是「上北下南」的，可是在古代卻竟然是「上南下北」呢！

那麼為甚麼古代地圖是「上南下北」的？那是因為古人以「坐北朝南」為尊位，天子辦公或會見羣臣時，都會向南坐，如果地圖以「上南下北」形式出現，這樣就會容易辨認方向。

卜 部

　　這不是樹枝，而是「卜」的甲骨文寫法。商朝人十分迷信，他們會把龜甲或獸骨放在火上烤烘，同時默念想知道的事情，祈求神靈給予答案。被火燒過後，龜甲、獸骨上會出現一些「卜」字形的裂紋，商朝人就根據這些裂紋來推測事情的吉凶。他們更模仿這些裂紋創造「卜」字，來表示「占卜」——推斷事情的吉凶（詳見頁174「甲」字條欄目「文化趣談」）。

　　從「卜」部的字，部分跟「占卜」有關，譬如「占」、「卦」等。

卜　粵buk1 僕 [1聲] 普bǔ

❶動占卜。《左傳‧僖公四年》：「晉獻公欲以驪姬為夫人，～之不吉。」（晉獻公打算讓驪姬成為夫人，於是**占卜**這件事，卻得出不吉利的結果。）

❷〔卜葬〕動先占卜吉利的日子和地點，然後下葬死者。方苞〈弟椒塗墓誌銘〉：「始～於泉井之西原。」（才給兄長**占卜吉利的日子和地點，然後下葬**在泉井西面的平地。）

卩 部

　　這是「卩」（讀〔節〕(jié) 的甲骨文寫法，就好像一個跪在地上的人，這就是「卩」的本義。大部分從「卩」部的字，都帶有「跪在地上」的意思。譬如「印」的本義，是一隻手按着一個跪在地上的人，不讓他站起來；又例如「即」，左邊的部件「皀」是飲食器具，一個人跪在食器前，就是表示「進食」；至於「卿」則描繪了大臣陪伴天子，在「皀」旁邊進食，後來引申為高級官員。

卮

🔊zi1 支　🔊zhī

❶名古代盛酒的器具，與「壺」相似。〈畫蛇添足〉（《戰國策‧齊策》）：「乃左手持～。」（竟然左手拿着**酒壺**。）❷量計算盛載酒水的單位，相當於「壺」。〈畫蛇添足〉（《戰國策‧齊策》）：「賜其舍人～酒。」（賜給他的手下們**一壺**酒。）

印

🔊jan3 因 [3 聲]　🔊yìn

❶名印章、圖章。司馬遷《史記‧蘇秦列傳》：「吾豈能佩六國相～乎？」（我怎可以佩帶六國宰相的**印章**呢？）❷動印刷。沈括《夢溪筆談‧技藝》：「若止～二三本。」（如果只是**印刷**兩三本。）❸動留下痕跡。葉紹翁〈遊園不值〉：「應憐屐齒～蒼苔。」（應該憐惜木屐的鞋跟在草綠色的苔蘚上**留下腳印**。）

危

🔊ngai4 倪　🔊wēi

❶形高、高聳。李白〈夜宿山寺〉：「～樓高百尺。」（**高樓**有一百尺那麼高。）❷形危險。司馬遷〈一鳴驚人〉（《史記‧滑稽列傳》）：「國且～亡。」（國家快將滅亡的**危險**局勢。）❸形端正。蘇軾〈前赤壁賦〉：「正襟～坐。」（整理好衣襟，**端正**地坐下。）

即

🔊zik1 績　🔊jí

❶動走進、靠近。《論語‧子張》：「～之也溫。」（**走近**君子後，就覺得他很溫和。）❷副立即、馬上。杜甫〈聞官軍收河南河北〉：「～從巴峽穿巫峽。」（**馬上**由巴峽出發，穿過巫峽。）❸〔即事〕以眼前的事物為寫作題材。譬如司空曙的〈江村～〉，就是一首以**眼前江邊村落的景色為題材**的詩歌。❹動是、就是。〈杯弓蛇影〉（《晉書‧樂廣傳》）：「廣意杯中蛇～角影也。」（樂廣心想酒杯裏的小蛇，**就是**角弓的影子了。）❺連表示假設，相當於「如果」。韓非〈公儀休嗜魚〉（《韓非子‧外儲説右下》）：「～無受魚。」（**如果不**接受別人送的魚。）❻連表示結果，相當於「那麼」、「就」。〈鷸蚌相爭〉（《戰國策‧燕策》）：「今日不雨，明日不

雨，～有死蚌。」（今天不下雨，明天不下雨，**就**會有一隻乾死的蚌。）

卷

一 粵gyun2 捲　普juǎn

動同「捲」，把物件捲起來。張若虛〈春江花月夜〉：「玉户簾中～不去。」（月光照進了情人家裏的窗簾中，怎樣也**捲**不走。）

二 粵gyun2 捲　普juàn

❶名書籍、文件。❷量計算字畫、書籍的單位。〈木蘭辭〉：「軍書十二～。」（徵兵的名冊有許多**卷**。）

卻

粵koek3 卡約 [3 聲]　普què

❶動擊退。蘇洵〈六國論〉：「李牧連～之。」（李牧連番**擊退**秦國軍隊。）❷動推辭、推卻、不接受。《孟子·萬章下》：「～之為不恭。」（**推卻**別人的邀請，是不恭敬的。）❸動回頭。白居易〈燕詩〉：「～入空巢裏。」（**回頭**返回空空的鳥巢裏。）❹動回憶、追憶。李商隱〈夜雨寄北〉：「～話巴山夜雨時。」（**追憶**訴説今夜四川下雨的情景。）❺連表示轉折，可以直接寫作「卻」。劉禹錫〈竹枝詞〉（其一）：「道是無晴～有晴。」（説是沒有晴天，**卻**是有着晴天。）❻副再。杜甫〈聞官軍收河南河北〉：「～看妻子愁何在。」（**再**看看身旁的妻子和兒女，怎麼會有憂愁？）

卿

粵hing1 輕　普qīng

❶名諸侯國裏的高級官員，位處「大夫」之上，見頁75「封」字條欄目「歷史趣談」。司馬遷〈一鳴驚人〉（《史記·滑稽列傳》）：「委政～大夫。」（把政務委託給**卿**、大夫等高官。）❷代君王對臣下的美稱，相當於「你」。岳飛〈良馬對〉：「～得良馬否？」（**你**找到了優秀的馬匹嗎？）❸代對對方的暱稱，相當於「你」。〈孔雀東南飛〉：「我自不驅～。」（我自然不會趕走**你**。）

厂 部

這是「厂」的甲骨文寫法。大家不要以為這個是「廠」的簡化字，它是部首，讀〔漢〕(hǎn)，所指的是山邊可住人的洞穴。**從「厂」部的字，大多跟「洞穴」這個本義有關**，例如：「厚」字的部件「旲」是盛酒的器皿，整個字的意思是指酒放在洞穴裏儲存，使味道醇厚、濃郁；「原」的本義是指從洞穴流出來的泉水，也就是「水源」，後來才加上「氵」旁，新造出「源」字。

厚

（粵）hau5 口 [5 聲] （普）hòu

❶（形）味濃。韓非《韓非子・揚權》：「～酒肥肉。」（濃郁的酒，肥美的肉。）❷（形）厚、高。荀況〈勸學〉（《荀子》）：「不知地之～也。」（不知道大地的高厚。）❸（形）大、深厚。干寶〈董永賣身〉（《搜神記・第一卷》）：「以報～德。」（來報答深厚的恩德。）❹（形）厚重、不輕佻。〈岳飛之少年時代〉（《宋史・岳飛傳》）：「沉～寡言。」（沉穩厚重，很少説話。）

厝

（粵）cou3 燥 （普）cuò

（動）安放、放置。〈愚公移山〉（《列子・湯問》）：「一～朔東。」（一座山放在朔方的東部。）

原

（粵）jyun4 圓 （普）yuán

❶（副）原本、原來。鄭板橋〈竹石〉：「立根～在破岩中。」（它的根部原本就深入裂開的岩石縫隙裏。）❷（名）原野。白居易〈賦得古原草送別〉：「離離～上草。」（原野上那茂盛的草。）❸〔中原〕見頁 4「中」字條。

厭

（粵）jim3 染 [3 聲] （普）yàn

❶（動）滿足、節制。邯鄲淳〈漢世老人〉（《笑林》）：「聚斂無～。」（把錢財沒有節制地儲存起來。）❷（動）厭惡、厭倦。李白〈獨坐敬亭山〉：「相看兩不～。」（互相觀看，彼此不感到厭倦。）

厶 部

這是「厶」在秦漢時期楚國一帶的寫法。這個三角形之所以被畫成密不透風似的，是因為要指出有些人想一切人和事都圍繞着自己轉，即是「自私」──「厶」就是「私」的最初寫法。不過，從「厶」部的字幾乎全都跟「自私」無關。

去

一（粵）heoi3 許 [3 聲] （普）qù

❶（動）離開。劉向〈孫叔敖埋兩頭蛇〉（《新序・雜事一》）：「恐～母而死也。」（恐怕會死去，離開母親。）❷（動）逝去。王維〈畫〉：「春～花還在。」（春天逝去了，可是畫中的花朵依然存在。）❸（動）消失。白居易〈荔枝圖序〉：「色香味盡～矣。」（顏色、香氣、味道完全消失了。）❹（動）距離。〈三人成虎〉（《戰國策・魏策》）：「今邯鄲～大梁也遠於市。」（現在邯鄲距離大梁，比起市集遙遠得多。）❺（動）前往、去。賈島〈尋隱者不遇〉：「言師採藥～。」（説師傅前往採摘草藥。）

二（粵）heoi2 許 （普）qù

（動）除掉、擺脱、避開。柳宗元〈哀溺文序〉：「何不～之？」（為甚麼不丟掉它們？）

參 一 粵 sam1 心 普 shēn
❶ 名 星宿名稱。❷ 名 人參、沙參等藥材的總稱。
二 粵 caam1 攙 普 cān
❶ 動 參與、參加。范曄《後漢書・陳王列傳》:「共～政事。」(一起參與政治事務。) ❷ 動 進見。《北史・韋孝寬傳》:「每夷狄～謁。」(外族每當進見。)

三 粵 caam1 攙 普 cēn
〔參差〕形 不齊整。柳宗元〈小石潭記〉:「～披拂。」(藤蔓不齊整,隨風飄拂。)
四 粵 saam3 衫 [3聲] 普 sàn
動 同「叁」,「三」的大寫,多次。荀況〈勸學〉(《荀子》):「君子博學而日～省乎己。」(君子廣泛學習知識,並且每天都會多次自我反省。)

又 部

　　這是「又」的甲骨文寫法。「又」是「右」的古字,本義是「右手」,可以清楚看到手臂、手腕、手掌和手指呢!從「又」部的文字大多跟「手」有關,譬如「友」,就好像手攜手的樣子,所象徵的就是「朋友」;又例如「受」,就是繪畫出一個人用手(爪),把船隻(一)交到另一個人的手上(又),所指的就是「授予」或「接受」。

又 粵 jau6 右 普 yòu
❶ 副 又再、再次。王安石〈泊船瓜洲〉:「春風～綠江南岸。」(春天的風又再吹綠了長江以南的岸邊。) ❷ 副 而且。錢泳〈要做則做〉(《履園叢話》):「～,做一事,輒曰。」(而且,有些人每當要做一件事情,總是説。) ❸ 副 更、更加。〈鄒忌諷齊王納諫〉(《戰國策・齊策》):「～弗如遠甚。」(更覺得自己遠遠不及徐先生。) ❹ 連 表示並列,用法與今天的「又」一樣。司馬遷〈一鳴驚人〉(《史記・滑稽列傳》):「三年不蜚～不鳴。」(三年不飛走又不鳴叫。)

友 粵 jau5 誘 普 yǒu
❶ 名 朋友。劉義慶〈陳太丘與友期行〉(《世説新語・方正》):「陳太丘與～期行。」(陳太丘和朋友相約一同出行。) ❷ 動 結成朋友。蘇軾〈前赤壁賦〉:「侶魚蝦而～麋鹿。」(與魚、蝦和鹿結成朋友。)

反 粵 faan2 返 普 fǎn
❶ 形 相反。《論語・顏淵》:「君子成人之美,不成人之惡;小人～是。」(君子成全別人的好事,不促成別人的壞事;小人與此相反。) ❷ 動 同「返」,返回。韓非〈鄭人買履〉(《韓非子・外儲説左上》):「～歸取之。」(返回家

中拿取尺碼。）❸動反省、反思。《禮記・學記》：「知不足，然後能自～也。」（知道自己的缺點，這樣就能夠自我**反省**。）❹副反而。杜甫〈兵車行〉：「信知生男惡，～是生女好。」（真的明白到誕下男孩是不好的，**反而**是誕下女孩更好。）❺副反過來。〈在上位不陵下〉（《禮記・中庸》）：「～求諸其身。」（**反過來**從自己身上尋找原因。）

及

●粵kap6 吸 [6 聲] ●曾jí
❶動趕及、追上、趕上。李白〈月下獨酌〉（其一）：「行樂須～春。」（一定要**趕及**在春天時享受歡樂。）❷動比得上。李白〈贈汪倫〉：「不～汪倫送我情。」（**比**不上汪倫送別我的深厚情誼。）❸動等到、待到。劉向〈孫叔敖埋兩頭蛇〉（《新序・雜事一》）：「～長，為楚令尹。」（**等到**長大後，成為了楚國的宰相。）❹動接近，到達。劉義慶〈望梅止渴〉（《世說新語・假譎》）：「乘此得～前源。」（憑着這希望，最後可以**到達**前面的水源。）❺動趁着、把握。陶潛〈雜詩〉（其一）：「～時當勉勵。」（應當**把握**時光，勉勵自己。）❻連表示並列，相當於「和」、「同」。〈岳飛之少年時代〉（《宋史・岳飛傳》）：「尤好《左氏春秋》～孫吳兵法。」（尤其喜歡閱讀《左氏春秋》**和**孫武、吳起作戰的方法。）

取

●粵ceoi2 娶 ●曾qǔ
❶動拿取、獲取。韓非〈鄭人買履〉（《韓非子・外儲說左上》）：「反歸～之。」（返回家中**拿取**尺碼。）❷〔留取〕見頁175「留」字條。❸動捉緊。杜秋娘〈金縷衣〉：「勸君惜～少年時。」（我勸您要珍惜、**捉緊**年輕時候的光陰。）❹動同「娶」，娶妻。〈閔子騫童年〉（《敦煌變文集・孝子傳》）：「父～後妻。」（父親**娶**了一位繼任的妻子。）❺動攻擊。柳宗元〈黔之驢〉：「卒不敢～。」（最終不膽敢**攻擊**驢子。）

受

●粵sau6 售 ●曾shòu
❶動接受。〈不貪為寶〉（《左傳・襄公十五年》）：「子罕弗～。」（子罕不肯**接受**。）❷動得到。〈鄒忌諷齊王納諫〉（《戰國策・齊策》）：「～上賞。」（**得到**上等獎賞。）❸動同「授」，傳授。韓愈〈師說〉：「師者，所以傳道、～業、解惑也。」（老師的工作，是傳授道理、**講授**知識、解答疑難。）

叟

●粵sau2 手 ●曾sǒu
名老人。白居易〈燕詩〉：「～有愛子。」（一位**老人家**有一個很疼愛的兒子。）

叢

●粵cung4 蟲 ●曾cóng
❶動聚集。田汝成〈西湖清明節〉：「紛然～集。」（紛繁地**聚集**在一起。）❷名成堆的事物。陸以湉《冷廬雜識・卷七》：「忍創負公屍藏蘆～中。」（忍受創傷，背負陳化成的屍體，隱藏在蘆葦**堆**裏。）

口 部

　　這是「口」的甲骨文寫法，就好像一張張開了的嘴巴，它的本義就是「嘴巴」。從「口」部的字，**其意思都與嘴巴有關**，並可以分為三類：(一) 與嘴巴有關的器官，譬如：口、喉；(二) 口部動作或行為，譬如：吃、含、啼；(三) 與口部有關的擬聲詞，譬如：唧、喝、啾。

啁啾、啾啾、啼、嘯、囀

啾啾、嘯、啼

啾啾、啼

呦呦

唧唧

吟

啖、嘗

呼、嘯

嘯

叱、咄

喃喃

口 ^粵hau2 后〔2聲〕^普kǒu
❶^名嘴巴、口部。曹鄴〈官倉鼠〉：「誰遣朝朝入君～？」（是誰人天天都讓糧食送入您們的**嘴巴**裏？）❷〔上口〕見頁2「上」字條。❸^名器皿上倒出或倒入東西的位置。歐陽修〈賣油翁〉：「以錢覆其～。」（用一枚銅錢覆蓋葫蘆**口**。）❹^名出入口。劉禹錫〈烏衣巷〉：「烏衣巷～夕陽斜。」（在烏衣巷的**入口**，可以看到傍晚的太陽落下。）

古 ^粵gu2 鼓 ^普gǔ
❶^名古代。文天祥〈過零丁洋〉：「人生自～誰無死？」（人的一生，從**古代**到現在，誰人能夠避免一死？）❷^形古老、陳舊。白居易〈賦得古原草送別〉：「遠芳侵～道。」（野草的香氣遠遠的侵佔了**古老**的道路。）

可 一^粵ho2 何〔2聲〕^普kě
❶^動可以、能夠。劉義慶〈白雪紛紛何所似〉（《世說新語・言語》）：「撒鹽空中差～擬。」（差不多**可以**比作在天空中灑下鹽粒。）❷^動應該。劉義慶〈荀巨伯遠看友人疾〉（《世說新語・德行》）：「子～去！」（你**應該**離開！）❸^動值得。曹操〈短歌行〉：「何枝～依？」（哪一條樹枝才**值得**依靠？）❹讓人、令人。王羲之〈蘭亭集序〉：「信～樂也！」（真的**讓人**快樂啊！）❺^副大約。柳宗元〈小石潭記〉：「潭中魚～百許頭。」（小石潭裏的魚兒**大約**有一百多條。）❻^副難道。歐陽修〈家誡〉：「～不念哉？」（**難道**不值得我們記住嗎？）❼^副真是。韓愈〈師說〉：「其～怪也歟！」（這**真是**十分奇怪啊！）
二^粵hak1 克 ^普kè
〔可汗〕^名對西域、北方外族君王的稱呼。〈木蘭辭〉：「～大點兵。」（**君王**在大規模徵召士兵。）

「可汗」與「天可汗」

「可汗」一詞來自古代北亞、中亞地區，是鮮卑、回紇、柔然、高車、突厥、吐谷渾、鐵勒、女真等遊牧民族對君主的稱呼。譬如〈木蘭辭〉是北魏時期的作品，而北魏是鮮卑族所建立的國家，因此木蘭用「可汗」來稱呼北魏的皇帝。

「可汗」也可以用在漢族皇帝身上。譬如東突厥人曾經稱呼隋文帝楊堅做「可汗」。到後來，唐太宗李世民擊敗東突厥，西域一帶回復和平，西域各國君主於是將唐太宗尊稱為「天可汗」，也就是「天下的皇帝」，地位比「可汗」還要高。

唐太宗畫像

右 ^粵jau6 又 ^普yòu
❶^名右邊。〈畫蛇添足〉（《戰國策・齊策》）：「～手畫蛇。」（**右手**繪畫蛇。）❷〔左右〕見頁84「左」字條。

叱 ^粵cik1 斥 ^普chì
❶^動大聲責罵。宋濂〈送東陽馬生序〉：「或遇其～咄。」（有時遭到他**訓斥**。）❷^動呼喝。白居易〈賣炭翁〉：「迴車～牛牽向北。」（拉轉車頭，**呼喝**着牛，往北面拉去。）

責罵

叩
粵kau3 扣　**普**kòu
❶**動**敲、打。歸有光〈項脊軒志〉：「娘以指～門扉曰。」(你的母親用手指**敲**門説。) ❷**動**撞擊。司馬遷《史記・三王世家》：「～頭謝過。」(把頭**撞擊**地面，表示歉意。) ❸**動**鑿開。〈愚公移山〉(《列子・湯問》)：「～石墾壤。」(**鑿開**石塊，翻鬆土地。) ❹**動**叩問、求教。宋濂〈送東陽馬生序〉：「從鄉之先達執經～問。」(跟隨故鄉裏有學問的前輩，手中拿着經書，向他**求教**、詢問。)

司
粵si1 私　**普**sī
❶**動**掌管、主管。紀昀〈曹某不怕鬼〉(《閱微草堂筆記・灤陽消夏錄一》)：「曹～農竹虛言。」(**掌管**農業的官員曹竹虛説。) ❷**名**政府部門。諸葛亮〈出師表〉：「宜付有～。」(應該交付給有關的**政府部門**。)

召
粵ziu6 趙　**普**zhào
動召喚、呼喚。李白〈春夜宴從弟桃花園序〉：「況陽春～我以煙景。」(何況温暖的春天用優美的景色**召喚**我。)

台
粵toi4 抬　**普**tái
名同「臺」，亭臺，見頁222「臺」字條欄目「辨字識詞」。蘇軾〈花影〉：「重重疊疊上瑤～。」(在用玉石裝飾的亭臺上，花影一層疊着一層。)

吏
粵lei6 利　**普**lì
❶**名**官員的泛稱。〈鄒忌諷齊王納諫〉(《戰國策・齊策》)：「羣臣～民。」(所有**官員**和平民。) ❷**名**漢代以後指低級官員，或專指衙差。杜甫〈石壕吏〉：「有～夜捉人。」(有**衙差**在晚上捉拿村民。)

同
粵tung4 童　**普**tóng
❶**動**會同、混同。王冕〈素梅〉(其五十六)：「不～桃李混芳塵。」(不會跟桃花、李花**混同**，淪為芳香的塵土。) ❷**動**團圓、在一起。〈月兒彎彎照九州〉：「幾家夫婦～羅帳？」(多少家庭的夫妻在絲織的牀帳裏**團圓**？) ❸**動**統一。陸游〈示兒〉：「但悲不見九州～。」(只是痛心不能看到國家**統一**。) ❹**形**相同、一樣的。蘇軾〈題西林壁〉：「遠近高低各不～。」(從遠處、近處、高處、低處看，各有不**相同**的樣子。) ❺**副**一起、共同。〈木蘭辭〉：「～行十二年。」(**一起**從軍那麼多年。) ❻〔同職〕**名**同僚。沈括〈摸鐘〉(《夢溪筆談・權智》)：「述古自率～。」(陳述古親自率領**同僚**。) ❼**副**都。王勃〈送杜少府之任蜀州〉：「～是宦遊人。」(我們**都**是為了做官而四處漂蕩的人。) ❽**連**表示並列，相當於「和」、「與」、「跟」。周敦頤〈愛蓮説〉：「～予者何人？」(**和**我一樣的還有甚麼人？)

吊
粵diu3 釣　**普**diào
動同「弔」，悼念死者。張岱〈白洋潮〉：「～朱恆岳少師。」(**悼念**少師朱恆岳。)

向
粵hoeng3 嚮　**普**xiàng
❶**動**對着、向着。駱賓王〈詠鵝〉：「曲項～天歌。」(彎起脖子，**向着**天空歌唱。) ❷**動**接近。李商隱〈登樂遊原〉：「～晚意不適。」(**臨近**晚上時，心情並不暢快。) ❸**介**在。歐陽修〈畫眉鳥〉：「始知鎖～金籠聽。」(這才讓我

知道，以前聽着被囚禁**在**金色籠子裏的鳥叫聲。）❹**連**表示假設，相當於「假如」、「如果」。蘇洵〈六國論〉：「～使三國各愛其地。」（**假使**這三個諸侯國各自珍惜它們的土地。）❺**名**從前、之前。劉向〈孫叔敖埋兩頭蛇〉（《新序・雜事一》）：「～者出見兩頭蛇。」（**剛才**外出時看到兩頭蛇。）

后
粵 hau6 後　**普** hòu
❶**名**君王。譬如〈后羿射日〉這個神話傳說中的「后羿」本來叫「羿」，是「有窮國」的**君王**，後人於是在他的名字前面加上「～」。❷**名**君王的妻子。司馬遷《史記・高祖本紀》：「呂公女乃呂～也。」（呂公的女兒就是呂**皇后**。）❸**連**同「後」，表示接下來的事情，相當於「之後」、「然後」。〈大學之道〉（《禮記・大學》）：「定而～能靜。」（志向堅定，**然後**就能夠冷靜行事。）

合
粵 hap6 盒　**普** hé
❶**動**聚合、集合、聚集。司馬光《資治通鑑・漢紀》：「劉琦～江夏戰士亦不下萬人。」（劉琦**聚集**的江夏士兵也不少於一萬人。）❷**動**閉合、閉上。〈鷸蚌相爭〉（《戰國策・燕策》）：「蚌～而拑其喙。」（蚌**閉上**牠的殼，並且夾住鷸鳥的嘴巴。）❸**名**同「盒」，盒子。

「盒」最初寫作「合」，後來才加上「皿」部，避免與「合」字混淆，產生誤會。

《三國演義・第七十二回》講述了這個故事：話説塞北送來了一盒「酥」（相當於今天的奶酪）給曹操。曹操收到後，就在盒子上寫上「一合酥」三個字，然後把它放在桌上。

有一天，軍中祕書楊修發現了這盒酥後，竟然與眾人分享。曹操知道了，就問楊修當中原因。楊修説：「盒上明書『一人一口酥』，豈敢違丞相之命乎？」原來楊修把曹操所寫的「合」字分拆成「人」、「一」、「口」三個字，把「一合酥」解讀成「一人一口酥」——雖然這個故事是虛構的，卻説明了文字從簡單走向複雜，是有其道理的。

文化趣談
楊修・曹操・一合酥

名
粵 ming4 明　**普** míng
❶**名**名字、名稱。〈木蘭辭〉：「卷卷有爺～。」（每一卷上都有着父親的**名字**。）❷**名**名單。范公偁〈名落孫山〉（《過庭錄》）：「解～盡處是孫山。」（鄉試取錄的**名單**末尾就是孫山。）❸**名**名聲。司馬遷〈御人之妻〉（《史記・管晏列傳》）：「～顯諸侯。」（**名聲**在諸侯之間十分顯赫。）❹**形**著名。韓愈〈雜説〉（四）：「故雖有～馬。」（故此即使出現**著名**的馬。）

文化趣談
「名」和「字」

每個人都有「名字」，可是在古代，「名」和「字」是有分別的。

當男子二十歲成年，會舉行成人禮。在成人禮上，男子會被賜予「字」，也稱為「表字」、「別字」。這個

「字」一般跟「名」是有關係的：

有些人的「字」跟「名」同義。譬如三國時代蜀漢的丞相諸葛亮，姓「諸葛」、名「亮」、字「孔明」；「孔明」解作「非常光明」，跟「亮」是同義的。又例如北宋文學家曾鞏，姓「曾」、名「鞏」、字「子固」，「鞏」和「固」都是同義的。

有些人的「字」跟「名」卻是反義的。譬如唐朝文學家韓愈，姓「韓」、名「愈」、字「退之」；「愈」解作「前進」，跟「退」是反義的。又例如南宋哲學家朱熹，姓「朱」、名「熹」、字「元晦」；「熹」解作「光明」，「晦」解作「晦暗」，兩者是反義的。

「名」和「字」是各有分工的。長輩稱晚輩、自己稱呼自己時，必須稱「名」；如果是晚輩稱長輩、平輩之間相稱，則必須稱「字」，來表示尊敬。

各 ⓟgok3閣 ⓜgè
代每個、各自。杜甫〈兵車行〉：「行人弓箭～在腰。」(出征的士兵**各自**在腰間佩帶弓和箭。)

吾 ⓟng4吳 ⓜwú
❶代我。劉向〈孫叔敖埋兩頭蛇〉(《新序·雜事一》)：「～聞見兩頭之蛇者死。」(**我**聽聞看見兩頭蛇的人會死去。) ❷〔吾人〕代我。李白〈春夜宴從弟桃花園序〉：「～詠歌。」(**我**創作和吟詠詩歌。) ❸代我們。蘇軾〈記承天寺夜遊〉：「但少閑人如～兩人者耳。」(只是缺少像**我們**兩個這樣清閒無聊的人而已。) ❹代我的、我們的。〈鄒忌諷齊王納諫〉(《戰國策·齊策》)：「～妻之美我者，私我也。」(**我的**妻子認為我英俊的原因，是偏愛我。)

否 一ⓟfau2剖 ⓜfǒu
❶副不、不是。〈三人成虎〉(《戰國策·魏策》)：「王曰：『～。』」(魏王說：「**不**。」) ❷助表示疑問的語氣，相當於「嗎」。〈折箭〉(《魏書·吐谷渾傳》)：「汝曹知～？」(你們知道嗎？)
二ⓟpei2鄙 ⓜpǐ
形邪惡。諸葛亮〈出師表〉：「陟罰臧～。」(獎勵忠良的臣子和懲罰**奸邪**的臣子。)

吟 ⓟjam4淫 ⓜyín
❶動詠唱。《莊子·德充符》：「倚樹而～。」(依靠大樹**歌**唱。) ❷動讀說、唸說。曹操〈短歌行〉：「沉～至今。」(到現在還在深切地**唸着**你們的名字。) ❸名詩歌體裁名稱。譬如孟郊寫的〈遊子～〉就是一首以遊子離鄉別井為題材的**詩歌**。

讀說、唸說

吳 ⓟng4吾 ⓜwú
❶名周朝諸侯國名，後指「吳地」，泛指今天江蘇省南部和浙江省北部一帶。杜甫〈絕句〉(其三)：「門泊東～萬里船。」(門口停泊着從萬里之外的東邊**吳地**開來的船。) ❷名朝代名稱，即三國時代的吳國。羅貫中《三國演義·第八十回》：「～、魏來攻，兩川難保。」(**吳國**和魏國前來進攻的話，東川和西川地區就難以保住。)

告

一（粵）gou3 誥（普）gào
（動）告訴。〈杯弓蛇影〉（《晉書・樂廣傳》）：「廣乃～其所以。」（樂廣於是**告訴**他當中的原因。）

二（粵）guk1 菊（普）gào
（動）告誡、勸告。《論語・顏淵》：「忠～而善道之。」（忠誠地**告誡**，善意地引導他。）

含

（粵）ham4 酣（普）hán
（動）含有、包含。杜甫〈絕句〉（其三）：「窗～西嶺千秋雪。」（窗中**有着**西嶺上千年都不融化的積雪。）

君

（粵）gwan1 軍（普）jūn
❶（名）君主、君王。蘇洵〈六國論〉：「燕、趙之～。」（燕國和趙國的**君主**。）❷（名）父親。劉義慶〈陳太丘與友期行〉（《世說新語・方正》）：「君與家～期日中。」（您跟我家**父親**約定在中午。）❸〔尊君〕見頁76「尊」字條。❹（代）您、您們。司馬遷《史記・廉頗藺相如列傳》：「～何以知燕王？」（**您**憑甚麼知道燕王會收留您？）❺〔君子〕（名）品格高尚的人。歐陽修〈家誡〉：「不學，則捨～而為小人。」（如果不學習，就是放棄成為**品格高尚的人**，反而成為品格卑下的人。）

味

（粵）mei6 未（普）wèi
❶（名）味道。白居易〈荔枝圖序〉：「色香～盡去矣。」（顏色、香氣、**味道**完全消失了。）❷〔一味〕見頁1「一」字條。

咄

（粵）deot1 多出 [1聲] / cyut3 撮（普）duō
（動）斥責、怒罵。宋濂〈送東陽馬生序〉：「或遇其叱～。」（有時遭到他**訓斥**。）

呼

（粵）fu1 膚（普）hū
❶（動）呼叫、吶喊。白居易〈燕

詩〉：「聲盡～不歸。」（用盡聲音**呼叫**，小燕子依然不回來。）❷（動）呼喚。杜甫〈客至〉：「隔籬～取盡餘杯。」（我就隔着籬笆**呼喚**他過來，一起喝光剩下的酒！）❸（動）吩咐。蘇軾〈花影〉：「幾度～童掃不開。」（幾次**吩咐**童僕打掃，卻總是掃不走。）❹（動）稱呼。李白〈古朗月行〉：「～作白玉盤。」（把它**稱呼**做白色玉石製成的圓盤。）❺〔嗚呼〕見頁52「嗚」字條。

呼喊

呦

（粵）jau1 憂（普）yōu
（擬）鹿叫的聲音。曹操〈短歌行〉：「～～鹿鳴。」（鹿羣在**呦呦**鳴叫。）

鹿叫

和

一（粵）wo4 禾（普）hé
❶（形）和諧。諸葛亮〈出師表〉：「必能使行陣～睦。」（一定能夠令軍隊**和諧**、融洽。）❷（形）柔和。王羲之〈蘭亭集序〉：「惠風～暢。」（和暖的春風**柔和**、舒暢。）❸（形）和暖。白居易〈首夏病間〉：「清～好時節。」（清爽而**和暖**的美好季節。）

二（粵）wo6 禍（普）hè
（動）唱和、和應。司馬遷《史記・刺客列傳》：「荊軻～而歌。」（荊軻**唱和**，並且高歌。）

命 〔粵〕ming6 明 [6 聲] 〔普〕mìng
❶動命令、吩咐。〈狐假虎威〉（《戰國策・楚策》）：「是逆天帝之～也。」（這就是違背天帝的**命令**。）❷名下達的指令。❸名天命、命運。〈在上位不陵下〉（《禮記・中庸》）：「故君子居易以俟～。」（故此君子處於心安理得的境地，來等待**天命**的安排。）❹名生命、性命。劉義慶〈荀巨伯遠看友人疾〉（《世說新語・德行》）：「寧以我身代友人～。」（寧願用我的性命來換取朋友的**性命**。）

哉 〔粵〕zoi1 災 〔普〕zāi
❶助表示感歎的語氣，相當於「啊」、「了」。劉義慶〈陳太丘與友期行〉（《世說新語・方正》）：「非人～！」（不是人**啊**！）〈高山流水〉（《列子・湯問》）：「善～。」（太好**了**！）❷助表示疑問的語氣，相當於「呢」、「嗎」。〈高山流水〉（《列子・湯問》）：「吾於何逃聲～？」（我還可以怎樣隱藏自己的心聲**呢**？）❸助表示反問的語氣，相當於「嗎」、「呢」。歐陽修〈家誡〉：「可不念～？」（難道不值得我們記住**嗎**？）〈楊布打狗〉（《列子・說符》）：「豈能無怪～？」（怎麼能夠不感到奇怪**呢**？）

咸 〔粵〕haam4 鹹 〔普〕xián
副全部、都。柳宗元〈哀溺文序〉：「永之氓～善游。」（永州的平民**都**擅長游泳。）

品 〔粵〕ban2 稟 〔普〕pǐn
❶名事物、萬物。王羲之〈蘭亭集序〉：「俯察～類之盛。」（低頭細看**萬物**種類的繁多。）❷動品評、評價。陳壽《三國志・魯肅傳》：「～其名位。」（**品評**他的聲譽和官位。）

哺 〔粵〕bou6 步 〔普〕bǔ
❶動餵食、餵養。陳琳〈飲馬長城窟行〉：「生女～用脯。」（生女兒的話，就用乾肉來**餵養**她們。）❷名含在口中的食物。曹操〈短歌行〉：「周公吐～。」（周公吐出**口中的食物**。）

唧 〔粵〕zik1 即 〔普〕jī
擬歎息的聲音。〈木蘭辭〉：「～～復～～。」（一聲接一聲的**歎息聲**。）

歎息

問 〔粵〕man6 紊 〔普〕wèn
❶動詢問。〈杯弓蛇影〉（《晉書・樂廣傳》）：「廣～其故。」（樂廣**詢問**當中的原因。）❷〔借問〕見頁17「借」字條。

啄 〔粵〕doek3 琢 〔普〕zhuó
動雀鳥用嘴啄食。〈鷸蚌相爭〉（《戰國策・燕策》）：「鷸～其肉。」（鷸鳥**啄食**蚌的肉。）

唯 〔粵〕wai4 圍 〔普〕wéi
❶副只、只是、只有。〈木蘭辭〉：「～聞女歎息。」（只聽見女兒木蘭在歎氣。）❷連表示原因，相當於「因為」。韓非〈公儀休嗜魚〉（《韓非子・外儲說右下》）：「夫～嗜魚。」（正是**因為**喜歡吃魚。）

啁 〔粵〕zau1 周 〔普〕zhōu
〔啁啾〕擬鳥獸鳴叫的聲音。白居易〈燕詩〉：「～終夜悲。」（整個晚上傷心地**啁啾**鳴叫。）

啖
^粵daam6 淡　^普dàn
❶動吃、進食。蘇軾〈食荔枝〉：「日～荔枝三百顆。」（每天**吃上**三百顆荔枝。）❷動餵、餵食。宋濂〈束氏狸狌〉：「束氏日市肉～之。」（束先生每天買肉來**餵**牠。）

進食

商
^粵soeng1 傷　^普shāng
〔商女〕名歌女，以歌唱為生的女子。杜牧〈泊秦淮〉：「～不知亡國恨。」（一位**歌女**不知道陳國滅亡的怨恨。）

喜
^粵hei2 起　^普xǐ
❶形喜樂、高興。杜甫〈聞官軍收河南河北〉：「漫卷詩書～欲狂。」（胡亂捲起、收拾書籍，**高興**得快要發狂。）❷動喜歡、喜愛。司馬遷〈一鳴驚人〉（《史記・滑稽列傳》）：「齊威王之時～隱。」（齊威王在位時，**喜歡**話中有話的言辭。）

喪
一^粵song1 桑　^普sāng
名喪事。司馬遷《史記・滑稽列傳》：「使羣臣～之。」（命令一眾大臣為馬匹辦理**喪事**。）
二^粵song3 爽 [3聲]　^普sàng
❶動喪失。〈不貪為寶〉（《左傳・襄公十五年》）：「皆～寶也。」（都**喪失**了心中的寶物。）❷動死亡。陶潛〈歸去來辭・序〉：「尋程氏妹～於武昌。」（不久，嫁給程家的妹妹在武昌**過身**。）❸動滅亡。蘇洵〈六國論〉：「六國互～。」（六國個諸侯國相繼**滅亡**。）

喃
〔喃喃〕擬形容說話低聲說話的聲音。白居易〈燕詩〉：「～教言語。」（**低聲**地教導小燕子說話。）

低聲說話

單
一^粵daan1 丹　^普dān
❶數單一。〈折箭〉（《魏書・吐谷渾傳》）：「～者易折。」（一枝箭容易折斷。）❷形孤單。〈閔子騫童年〉（《敦煌變文集・孝子傳》）：「母去三子～。」（繼母離開的話，我們三個兒子就會變得**孤單**。）❸形單薄。白居易〈賣炭翁〉：「可憐身上衣正～。」（老翁身上的衣服非常**單薄**，十分惹人憐憫。）
二^粵sin4 先 [4聲]　^普chán
〔單于〕名匈奴族首領的稱號。司馬遷《史記・廉頗藺相如列傳》：「～奔走。」（**匈奴族首領**急忙逃跑。）

唾
^粵to3 拖 [3聲]　^普tuò
❶名唾液、口水。❷動吐口水、唾罵，帶有輕視的意思。紀昀〈曹某不怕鬼〉（《閱微草堂筆記・灤陽消夏錄一》）：「輒～口。」（於是**唾罵**說。）

啾
^粵zau1 周　^普jiū
❶擬形容淒厲的哭泣聲。杜甫〈兵車行〉：「天陰雨濕聲～～！」（天空陰暗、大雨滂沱時，鬼魂發出**淒厲的哭叫聲**。）❷擬形容鳥獸鳴叫的聲音。〈木蘭辭〉：「但聞燕山胡騎聲～～。」（只聽到燕山一帶外族戰馬「**啾啾**」的嘶鳴

聲。）❸〔啁啾〕見頁50「啁」字條。

哭泣

啼　🔵tai4 題　🔴tí
❶動放聲哭泣。〈父善游〉(《呂氏春秋‧察今》)：「嬰兒～。」(小孩**放聲哭泣**。)❷動動物鳴叫。歐陽修〈畫眉鳥〉：「不及林間自在～。」(比不上在樹林裏自由自在地**鳴叫**。)❸名動物的叫聲。李白〈早發白帝城〉：「兩岸猿聲～不住。」(長江兩旁岸邊猿猴的**叫聲**沒有停過。)

野獸吼叫

喧　🔵hyun1 圈　🔴xuān
動喧鬧、大聲說話。張岱〈白洋潮〉：「午後～傳日。」(中午後，人們**大聲**流傳說。)

喀　🔵haak1 嚇 [1 聲]　🔴kā
動吐、咳出。方苞〈弟椒塗墓誌銘〉：「弟偕行，～血。」(弟弟一同前往，**吐血**。)

喙　🔵fui3 悔　🔴huì
名野獸、雀鳥尖長形的嘴巴。〈精衛填海〉(《山海經‧北山經》)：「文首、白～、赤足。」(長有花紋的頭部、白色的**嘴巴**、紅色的雙腳。)

嗇　🔵sik1 色　🔴sè
形吝嗇。邯鄲淳〈漢世老人〉(《笑林》)：「性儉～。」(性格節儉吝嗇。)

嗜　🔵si3 肆　🔴shì
動喜愛。宋濂〈送東陽馬生序〉：「余幼時即～學。」(我年幼的時候就**喜愛**學習。)

嗥　🔵hou4 豪　🔴háo
動動物吼叫。宋濂〈束氏狸狌〉：「飢而～。」(感到飢餓，因而**吼叫**。)

嗚　🔵wu1 烏　🔴wū
〔嗚呼〕歎表示感歎的語氣，相當於「唉」。韓愈〈雜說〉(四)：「～！其真無馬邪？其真不知馬也？」(**唉**！是真的沒有千里馬呢？還是真的不了解千里馬呢？)

嘉　🔵gaa1 加　🔴jiā
❶形美好、上等。曹操〈短歌行〉：「我有～賓。」(我有**上等**的賓客。)❷動嘉許、稱讚。韓愈〈師說〉：「余～其能行古道。」(我**嘉許**他能夠實踐傳統的正道。)

嘗　🔵soeng4 常　🔴cháng
❶動品嘗。《呂氏春秋‧察今》：「～一胹肉，而知一鑊之味。」(**品嘗**一小塊肉，就能夠知道整鍋食物的味道。)❷動嘗試。《孟子‧梁惠王上》：「請～試之。」(請讓我**嘗試**一下。)❸副曾經。〈杯弓蛇影〉(《晉書‧樂廣傳》)：「～有親客。」(**曾經**有一位關係密切的客人。)

嘆　🔵taan3 炭　🔴tàn
❶動同「歎」，歎息、歎氣。〈鑿壁借光〉(《西京雜記‧第二》)：「主人

感～。」（主人感慨而歎氣。）❷動同
「歎」，感歎、感慨。文天祥〈過零丁
洋〉：「零丁洋裏～零丁。」（在零丁洋
裏被俘虜，我感歎自己孤苦無依。）
❸動同「歎」，讚歎。〈高山流水〉（《列
子・湯問》）：「伯牙乃舍琴而～曰。」
（伯牙於是停止彈琴，讚歎地説。）

嘿 ⓟmak6 默　ⓜmò
動同「默」，沉默。班固〈曲突
徙薪〉（《漢書・霍光金日磾傳》）：「主
人～然不應。」（主人沉默起來，沒有
回應。）

噫 ⓟji1 醫　ⓜyī
歎表示感歎的語氣，相當於
「唉」。周敦頤〈愛蓮説〉：「～！菊之
愛，陶後鮮有聞。」（唉！對於菊花的喜
愛，在陶潛之後就很少聽聞。）

嘯 ⓟsiu3 笑　ⓜxiào
❶動吹口哨。王維〈竹里館〉：
「彈琴復長～。」（彈奏古琴後，又吹出
悠長的口哨。）❷動呼喊。岳飛〈滿江
紅・寫懷〉：「仰天長～。」（仰望天空，
長長地呼喊。）❸動野獸吼叫。范仲淹
〈岳陽樓記〉：「虎～猿啼。」（老虎和猿
猴在吼叫。）

吹口哨

齧 ⓟjit6 熱　ⓜniè
動咬。宋濂〈束氏狸狌〉：「～其
足。」（咬牠的腳。）

嚮 ⓟhoeng3 向　ⓜxiàng
❶介同「向」，朝向。司馬遷《史
記・項羽本紀》：「沛公北～坐。」（劉邦
朝向北面坐下。）❷名同「向」，從前、
剛才。〈楊布打狗〉（《列子・説符》）：
「～者使汝狗白而往，黑而來。」（剛才
假如你的狗離開時是白色的，回來時是
黑色的。）

囀 ⓟzyun2 專 [2 聲]　ⓜzhuàn
動雀鳥鳴叫。歐陽修〈畫眉鳥〉：
「百～千聲隨意移。」（畫眉鳥那千百種
鳴叫的聲音，都是隨着自己的心意而
變化。）

雀鳥鳴叫

口　部

　　「囗」與「口」的寫法同中有異：「口」呈正方形，「囗」的字形稍長。「囗」讀〔圍〕(wéi)，它就像是四面被欄杆、城牆包圍着似的，是「圍」的最初寫法，意思也跟「圍」有關——包圍。因此，從「囗」部的字，大多帶有「包圍」的。

　　例如「固」最初是指城池四面的城牆非常堅固；「園」、「圃」就是四面被籬笆包圍着的果園、菜園；「圖」起初就是指被四邊邊境包圍着的版圖。

因 ●jan1 恩 ●yīn

❶**介**表示原因，相當於「因為」。歐陽修〈家誡〉：「人之性，～物則遷。」（人的本性，會**因為**外界事物而發生變化。）❷**連**表示結果，相當於「因此」、「因而」、「所以」。宋濂〈送東陽馬生序〉：「余～得遍觀羣書。」（我**因此**能夠——閱讀各種各樣的書。）❸**連**表示接着發生的事情，相當於「於是」、「就」。歐陽修〈賣油翁〉：「～曰。」（**於是**説。）❹**介**表示依據，相當於「憑藉」。劉義慶〈白雪紛紛何所似〉（《世說新語‧言語》）：「未若柳絮～風起。」（不如比作柳絮**憑藉**風飛起來。）❺**動**乘機、趁勢。〈畫荻〉（《歐陽公事跡》）：「或～而抄錄。」（有時**趁機**抄寫書中內容。）❻〔因循〕**動**敷衍、拖延。錢泳〈要做則做〉（《履園叢話》）：「若一味～，大誤終身。」（如果總是**拖延**，就會徹底耽誤一生的前途。）

回 ●wui4 迴 ●huí

❶**動**回來、回去。賀知章〈回鄉偶書〉（其一）：「少小離家老大～。」（我在年幼的時候離開家鄉，到了年老才**回來**。）❷**動**掉轉。寇準〈詠華山〉：「～首白雲低。」（**掉轉**頭看，能看到潔白的雲朵十分低。）❸**量**次。杜甫〈絕句漫興〉（其四）：「漸老逢春能幾～？」（我漸漸老去了，還能夠有幾多**次**遇上春天？）

固 ●gu3 故 ●gù

❶**形**堅固、牢固、穩固。〈折箭〉（《魏書‧吐谷渾傳》）：「然後社稷可～。」（這樣之後，國家就可以**穩固**。）❷**形**頑固。〈愚公移山〉（《列子‧湯問》）：「汝心之～。」（你的思想**頑固**。）❸**副**本來。〈畫蛇添足〉（《戰國策‧齊策》）：「蛇～無足。」（蛇**本來**就沒有腳。）

圃 ●pou2 普 ●pǔ

名菜田、菜園。歐陽修〈賣油翁〉：「嘗射於家～。」（他曾經在家裏的**菜園**射箭。）

國 ●gwok3 郭 ●guó

❶**名**國家。〈二子學弈〉（《孟子‧告子上》）：「弈秋，通～之善弈者也。」（弈秋，是全**國**最擅長下棋的人。）❷**名**國都、都城。司馬遷〈一鳴驚人〉（《史記‧滑稽列傳》）：「～中有大鳥。」（**都城**裏有一隻大飛鳥。）❸**名**地方、地

域。王維〈相思〉：「紅豆生南～。」（紅豆樹在南部**地方生長**。）

園 （粵）jyun4 元 （普）yuán
❶**名**田園、菜園、果園。〈長歌行〉：「青青～中葵。」（**菜園**裏的冬葵長得青青綠綠的。）❷**名**花園。葉紹翁〈遊園不值〉：「春色滿～關不住。」（洋溢在**花園**裏的春天景色，是不能關上、停留在花園裏的。）

團 （粵）tyun4 屯 （普）tuán
形圓、圓形。白居易〈荔枝圖序〉：「樹形～～如帷蓋。」（果樹外形**圓**圓的，好像車子的簾幕和傘蓋。）

圖 （粵）tou4 途 （普）tú
❶**名**圖畫。〈荔枝～序〉就是白居易請畫工給荔枝繪畫成**圖畫**後，再寫成的序言。❷**動**繪圖、繪畫。白居易〈荔枝圖序〉：「命工吏～而書之。」（吩咐官府裏的畫工，給荔枝**繪圖**和題字。）❸**動**商議。司馬遷《史記·屈原賈生列傳》：「入則與王～議國事。」（在國內，就跟國王**商議**國家大事。）❹**動**貪圖。周怡〈勉諭兒輩〉：「何必～好吃好着？」（為甚麼一定要**貪圖**吃得豐盛、穿得華麗？）

土　部

「土」的甲骨文寫法十分形象化，最底的橫畫是地面，中間凸起來的是土堆，旁邊的兩點（有些寫法是三點）是土粒。後來這些土堆和土粒演變為「十」，連同表示地面的「一」，就成為今天「土」的寫法了。

土的本義就是泥土，後來又指土地。從「土」部的字，多與泥土、土地有關。譬如「坐」就是描繪出古人的坐法──直接跪在地上；「地」、「坤」都是指土地。另外，古人多以泥土建築房屋，因此部分從「土」部的字，跟建築物有關，譬如「城」、「墓」、「壁」等。

土 （粵）tou2 討 （普）tǔ
❶**名**泥土。李紳〈憫農〉（其二）：「汗滴禾下～。」（汗珠都滴落穀物下的**泥土**。）❷**名**土地、田地。柳宗元〈捕蛇者説〉：「退而甘食其～之有。」（回家後，就滋味地吃着我的**田地**所出產的農作物。）❸**名**地面。劉蓉〈習慣説〉：「如～忽隆起者。」（好像**地面**忽然

凸起的樣子。）❹名國土、領土。蘇洵〈六國論〉：「能守其～。」（能夠守衛他們的國土。）

地 ⓟdei6 多希 [6 聲] ⓜdì

❶名大地。李白〈春夜宴從弟桃花園序〉：「夫天～者，萬物之逆旅也。」（天空大地，是各種事物的旅舍。）❷名土地。蘇軾〈惠崇春江晚景〉（其一）：「蔞蒿滿～蘆芽短。」（江邊的土地上長滿了蔞蒿草，蘆葦也長出了短短的幼芽。）❸名地板、地面。李白〈靜夜思〉：「疑是～上霜。」（我懷疑是地板上面凝結了一層白霜。）❹名地方。李白〈送友人〉：「此～一為別。」（在這個地方一旦說分開。）❺名疆土、國土。〈鄒忌諷齊王納諫〉（《戰國策·齊策》）：「今齊～方千里。」（如今齊國疆土面積達千里。）

在 ⓟzoi6 災 [6 聲] ⓜzài

❶動存在。杜甫〈春望〉：「國破山河～。」（國都淪陷，國土卻依然存在。）❷動活着。王昌齡〈出塞〉（其一）：「但使龍城飛將～。」（只要突襲龍城的飛將軍李廣還活着。）❸動留下。〈閔子騫童年〉（《敦煌變文集·孝子傳》）：「母～一子寒。」（母親留下來的話，就只有我這一個兒子感到寒冷。）❹動出現、有。杜甫〈聞官軍收河南河北〉：「卻看妻子愁何～。」（再看看身旁的妻子和兒女，怎麼會有憂愁？）❺動出席。〈杯弓蛇影〉（《晉書·樂廣傳》）：「前～坐。」（早前出席您的宴會。）❻動位處、處於、身處。王維〈九月九日憶山東兄弟〉：「獨～異鄉為異客。」（我獨自身處他鄉作為旅客。）❼動在於、取決於。荀況〈勸學〉（《荀子》）：「功～不舍。」（成功的原因取決於不肯放棄。）❽動想到。〈高山流水〉（《列子·湯問》）：「志～登高山。」（心意想到登上高聳的山嶺。）❾〔自在〕見頁221「自」字條。

坐 ⓟzo6 座 ⓜzuò

❶動跪坐，即用跪在地上、屁股靠在腳上的姿勢來坐，這是晉朝以前人們的「坐」法。〈鄒忌諷齊王納諫〉（《戰國策·齊策》）：「與～談。」（跟他跪坐着談天。）❷動屁股貼在椅上、地上坐，這是晉朝以後人們的「坐」法。王維〈竹里館〉：「獨～幽篁裏。」（我獨自坐在僻靜的竹林裏面。）❸名坐墊、座椅。韓非〈鄭人買履〉（《韓非子·外儲說左上》）：「先自度其足而置之其～。」（首先親自量度腳的尺碼，然後把尺碼放置在他的坐墊上。）❹名宴席、宴會。〈杯弓蛇影〉（《晉書·樂廣傳》）：「前在～。」（早前出席您的宴會。）❺連表示原因，相當於「因為」。杜牧〈山行〉：「停車～愛楓林晚。」（我停下車子，只因為喜愛這楓樹林的黃昏景色。）❻動干犯（罪行）。《晏子春秋·內篇》：「齊人也，～盜。」（這個是齊國人，他干犯了盜竊罪。）

文 化 趣 談

跪坐

在遠古時代，人們不是「坐」在椅子上，而是跪在地上的，稱為「跪坐」。起初，平民百姓直接跪在地上，貴族則會加一塊墊子，讓膝蓋舒服一點。

直到晉朝，中原與外族的交流頻繁，也從北方塞外引入一種新的家具——胡牀。「胡牀」不是牀，而是一種可摺疊的坐具，類似今天的摺凳，塞外的胡人就是把屁股貼在胡牀上來坐的。這種「坐」法的確比跪坐舒服得多，因此胡牀在中原越來越流行，並慢慢演變成有靠背的椅子。

坤

🔵kwan1 昆　🔴kūn

❷大地，多與「乾」連用，表示天地。王冕〈墨梅〉(其三)：「只留清氣滿乾～。」(只需要把清幽香氣留住，佈滿在天空和**大地**之間。)

城

🔵sing4 乘　🔴chéng

❶❷城邑、城池。〈鄒忌諷齊王納諫〉(《戰國策・齊策》)：「百二十～。」(有一百二十座**城池**。)❷〔城闕〕❷都城。王勃〈送杜少府之任蜀州〉：「～輔三秦。」(**長安城**得到三秦地區的保衛。)❸〔渭城〕見頁154「渭」字條。

垂

🔵seoi4 誰　🔴chuí

❶動垂掛。賀知章〈詠柳〉：「萬條～下綠絲條。」(無數柳條**低垂**下來，就像綠色的絲織帶子。)❷動落下。杜牧〈贈別〉(其二)：「替人～淚到天明。」(替我們**流下**眼淚，一直到天亮。)❸動流傳。荀況《荀子・王霸》：「名～乎後世。」(名聲**流傳**到後世。)❹動到、臨近。杜甫〈垂老別〉：「～老不得安。」(**到**年老了，卻不能夠安寧地過活。)

執

🔵zap1 汁　🔴zhí

❶動拿着。韓愈〈雜說〉(四)：

「～策而臨之。」(**拿着**馬鞭走近牠。)❷動捉住。〈狂泉〉(《宋書・袁粲傳》)：「共～國主。」(一起**捉住**國君。)❸動堅持。陳壽《三國志・吳主傳》：「惟瑜、肅～拒之議。」(只有周瑜和魯肅**堅持**拒絕他們的建議。)

堅

🔵gin1 肩　🔴jiān

❶形堅硬。宋濂〈送東陽馬生序〉：「硯冰～。」(墨硯裏的墨汁像冰塊那麼**堅硬**。)❷形堅韌。鄭板橋〈竹石〉：「千磨萬擊還～勁。」(經歷千萬次的磨難和打擊，竹子依然**堅韌**強勁。)❸副牢牢地。〈東施效顰〉(《莊子・天運》)：「～閉門而不出。」(**牢牢地**關上大門，不肯外出。)❹動堅持。宋濂〈杜環小傳〉：「～欲出問他故人。」(**堅持**想出去，詢問他的舊朋友。)

堂

🔵tong4 唐　🔴táng

❶❷正屋、大廳。劉禹錫〈烏衣巷〉：「舊時王謝～前燕。」(從前的時候，王導、謝安兩大家族**大廳**前面的燕子。)❷〔明堂〕見頁123「明」字條。

堯

🔵jiu4 搖　🔴yáo

❷堯帝，傳說中的共主名字。王逸〈后羿射日〉(《楚辭章句・卷三》)：「～時十日並出。」(**堯帝**的時候，十個太陽同時出現。)

歷史趣談

「共主」與「禪讓」

「共主」就是部落聯盟首領。在中國歷史上，曾經出現過五位有建樹的共主，史稱「五帝」，包括：黃帝、顓頊(讀〔專郁〕，zhuān xū)、帝嚳(讀〔谷〕，kù)、堯帝、舜帝。不過，「五帝」只是傳説中的人物，目前還未有史料證明他們是真有其人。

　　根據史料記載，「共主」是部落聯盟共同選出的，繼承者與在位者並沒有血緣關係。譬如在傳說裏，堯帝死前把共主之位讓給舜帝，稱為「禪（讀〔善〕，shàn）讓」；舜帝死前，把天下禪讓給大禹。大禹繼位後，建立了歷史上第一個朝代——「夏朝」，更把王位傳給他的兒子啟。自此，中國統治者的繼承方法，就從「禪讓」轉為「世襲」，直到 1912 年清朝末代皇帝溥儀退位。

堯帝像
（出自明朝朱天然的〈歷代古人像贊〉）

堪 粵ham1 勘 [1 聲] 普kān
❶動承受、忍受。〈閔子騫童年〉（《敦煌變文集・孝子傳》）：「騫不～甚。」（閔子騫非常不能**忍受**。）❷動可以、能夠。杜秋娘〈金縷衣〉：「花開～折直須折。」（花兒盛開了，**可以**摘取的話，就應該立即摘取。）

堙 粵jan1 因 普yīn
動填塞。〈精衞填海〉（《山海經・北山經》）：「以～于東海。」（來**填塞**東海。）

堤 粵tai4 題 普dī
名堤壩，可以擋住河水、湖水、海水，防止水患。高鼎〈村居〉：「拂～楊柳醉春煙。」（輕輕擦過**河堤**的柳樹，陶醉在春天的霧氣裏。）

場 一粵coeng4 詳 普cháng
名古代祭壇旁邊的平地。
二粵coeng4 詳 普chǎng
❶名場所、地方。❷〔沙場〕見頁 150「沙」字條。

報 粵bou3 布 普bào
❶動報告、告訴。司馬遷《史記・項羽本紀》：「具以沛公言～項王。」（——將劉邦的説話**告訴**項羽。）❷動回覆。司馬遷《史記・廉頗藺相如列傳》：「求人可使～秦者。」（尋找可以出使並**回覆**秦王的人。）❸動報答。孟郊〈遊子吟〉：「～得三春暉？」（能夠**報答**如春天陽光股温暖的母愛？）❹動報效。〈岳飛之少年時代〉（《宋史・岳飛傳》）：「惟大人許兒以身～國家。」（只要父親允許我用性命來**報效**國家。）

塔 粵taap3 塌 普tǎ
名佛教裏尖頂的多層建築物。王安石〈登飛來峯〉：「飛來峯上千尋～。」（在飛來峯上高一千尋的**佛塔**上。）

塊 粵faai3 快 普kuài
❶名泥土、土塊。《左傳・僖公二十三年》：「野人與之～。」（住在野外的人給他**泥土**。）❷〔大塊〕見頁 62「大」字條。

塘 粵tong4 唐 普táng
❶名堤壩。張岱〈白洋潮〉：「海～上呼看潮。」（海邊**堤壩**上有人呼喚觀看大潮。）❷名池塘。朱熹〈觀書有感〉（其一）：「半畝方～一鑑開。」（半畝大的方形**池塘**，像一面剛打開的鏡子。）

塗 粵tou4 圖 普tú
❶名泥土。韓非《韓非子・外儲説左上》：「以～為羹。」（將**泥土**當作湯羹。）❷動塗飾、塗抹。沈括〈摸鐘〉

（《夢溪筆談・權智》）：「乃陰使人以墨～鐘。」（然後暗地裏派人用墨汁塗抹吊鐘。）❸名同「途」，道路。《莊子・逍遙遊》：「立之～。」（把大樹豎立在道路上。）

塞

一粵sak1梳握 [1聲] 曾sāi
動堵塞、阻隔。〈愚公移山〉（《列子・湯問》）：「懲山北之～。」（大山的北面堵塞了去路，讓他很苦惱。）
二粵coi3 菜 曾sài
名邊塞、邊境。劉安〈塞翁失馬〉（《淮南子・人間訓》）：「近～上之人，有善術者。」（靠近邊境附近，有一位精通術數命理的人。）

墓

粵mou6霧 曾mù
名墳墓。〈苛政猛於虎〉（《禮記・檀弓下》）：「有婦人哭於～者而哀。」（有一位婦女在墳墓前哭泣，十分悲傷。）

文化趣談

墳、墓、陵、冢

我們常常聽到「墳墓」、「陵墓」、「衣冠冢」等詞語，它們都是指下葬遺體的地方，可是它們之間有甚麼分別呢？

「墳」是用泥土堆成的土丘，因此又稱為「丘墳」，如果你在農村看到一些土丘，那麼它們很有可能是丘墳。至於「墓」，則是平坦的墳地，既沒有土丘，也沒有植樹，只有人們豎立的石碑，來紀念先人。後來人們不再細分「墳」和「墓」，而直接稱之為「墳墓」。

「陵」是帝王專用的墳墓，建築非常宏偉，跟城池無異，以彰顯主人的身份；而「冢」則是以衣服、頭冠（帽子）等物品來代替遺體下葬，故此有「衣冠冢」的説法，一般都是為戰死將士而設的。

境

粵ging2 竟 曾jìng
名邊境。〈鄒忌諷齊王納諫〉（《戰國策・齊策》）：「四～之內。」（四方邊境裏面。）

墮

粵do6 惰 曾duò
❶動跌下。劉安〈塞翁失馬〉（《淮南子・人間訓》）：「～而折其髀。」（他從馬上跌下來，因而折斷了他的大腿骨。）❷動掉下。王逸〈后羿射日〉（《楚辭章句・卷三》）：「～其羽翼。」（牠們的羽毛和翅膀都掉下來。）

墜

粵zeoi6 罪 曾zhuì
❶動落下。錢鶴灘〈明日歌〉：「暮看日西～。」（傍晚看着太陽往西邊落下。）❷動墜落、跌下、掉下。〈刻舟求劍〉（《呂氏春秋・察今》）：「其劍自舟中～於水。」（他的劍從船上掉到水裏。）

墾

粵han2 很 曾kěn
動翻鬆土地。〈愚公移山〉（《列子・湯問》）：「叩石～壤。」（鑿開石塊，翻鬆土地。）

壁

粵bik1 碧 曾bì
❶名牆壁。〈鑿壁借光〉（《西京雜記・第二》）：「衡乃穿～引其光。」（匡衡於是在牆壁上鑿開一個小孔洞，引來鄰居的火光。）❷名像牆壁一樣陡峭的山崖。陶弘景〈答謝中書書〉：「兩岸石～。」（兩邊河岸的岩石和山崖。）

壞 ⓟwaai6 懷 [6 聲] ⓜhuài
❶動敗壞、損壞。歸有光〈項脊軒志〉：「吾妻死，室～不修。」（我的妻子死後，房子**損壞**了，卻沒有修補。）

❷動倒塌。方苞〈弟椒塗墓誌銘〉：「有～木委西階下。」（有一棵**倒塌**了的樹，被棄置在西面階梯旁邊。）

士 部

這是「士」的金文寫法，很像一把斧頭。在遠古，斧頭是戰場上最常見的武器，古人就是用斧頭來代表用它來殺敵的人——士兵。因此，「士」的本義就是「士兵」、「武士」。

後來，「武士」得到許多接觸知識的機會，逐漸由一介武夫，搖身一變成為讀書人。因此，「士」的另一個主要解釋，就是「讀書人」。

士 ⓟsi6 事 ⓜshì
❶名士兵、武士。〈木蘭辭〉：「將軍百戰死，壯～十年歸。」（將軍和壯健的**士兵**，有的在多場戰鬥後戰死，有的在許多年後才回國。）❷名讀書人。陳仁錫〈鐵杵磨針〉（《史品赤函》）：「卒成名～。」（最終成為著名的**讀書人**。）❸〔士人〕名讀書人。〈畫荻〉（《歐陽公事跡》）：「就閭里～家借而讀之。」（前往同鄉**讀書人**的家裏，借書籍來閱讀。）❹名有睿智、才幹或技藝的人之美稱。司馬遷《史記‧廉頗藺相如列傳》：「臣竊以為其人勇～。」（微臣私下認為這個人是個勇敢的**人**。）❺〔處士〕見頁238「處」字條。❻名周朝封建制度下最低級的貴族，見頁75「封」字條欄目「歷史趣談」。

壯 ⓟzong3 葬 ⓜzhuàng
❶形壯健。〈木蘭辭〉：「將軍百戰死，～士十年歸。」（將軍和**壯健**的士兵，有的在多場戰鬥後戰死，有的在許多年後才回國。）❷名壯年，即三四十歲的時期。劉安〈塞翁失馬〉（《淮南子‧人間訓》）：「丁～者引弦而戰。」（**壯年**男子都拿起弓箭去作戰。）❸〔少壯〕見頁77「少」字條。

壹 ⓟjat1 一 ⓜyī
副真的。〈苛政猛於虎〉（《禮記‧檀弓下》）：「～似重有憂者。」（**真的**好像多次遭遇不幸。）

壻 ⓟsai3 世 ⓜxù
❶名同「婿」，對女兒丈夫的稱呼，相當於「女婿」。❷名同「婿」，女子對自己丈夫的稱呼。❸〔夫壻〕見頁63「夫」字條。

夕 部

這是「夕」的甲骨文寫法，好像一個月亮。「夕」的本義是月出的時候，也就是「傍晚」，因此，「夕陽」並非指「月亮和太陽」，而是「傍晚時的太陽」。可是，不是每一個從「夕」部的字都跟「傍晚」有關，譬如「多」字中的「夕」不是月亮，而是肉塊──兩塊肉重疊在一起，那就是「多」了。

夕 ⓿zik6直 ⓿xī
❶❷黃昏、傍晚。李商隱〈登樂遊原〉：「～陽無限好。」(**傍晚時**的太陽無限美好。) ❷❷晚上。陶潛〈歸園田居〉(其三)：「～露露我衣。」(**夜裏**的露水沾濕了我的衣服。)

外 ⓿ngoi6礙 ⓿wài
❶❷外面。蘇軾〈惠崇春江晚景〉(其一)：「竹～桃花三兩枝。」(竹林**外**的兩三枝桃花盛開了。) ❷❷從內到外、出來。韓愈〈雜說〉(四)：「才美不～見。」(才能和優點都不能展現**出來**。) ❸❷外形。周敦頤〈愛蓮說〉：「中通～直。」(中間空心，**外形**挺直。) ❹❷外地。〈鄒忌諷齊王納諫〉(《戰國策・齊策》)：「客從～來。」(一位客人從**外地**前來。) ❺❷後面。范公偁〈名落孫山〉(《過庭錄》)：「賢郎更在孫山～。」(您的兒子更加在孫山的**後面**。) ❻❷之後、以後。白居易〈荔枝圖序〉：「四五日～。」(四五天**之後**。)

多 ⓿do1朵[1聲] ⓿duō
❶❷大量、豐富。〈鑿壁借光〉(《西京雜記・第二》)：「家富～書。」(家裏富有，擁有**許多**書籍。) ❷❷多餘、多出。朱熹〈讀書有三到〉(《訓學齋規》)：「不可～一字。」(不可以**多出**一個字。) ❸❷多數、大多。宋濂〈送東陽馬生序〉：「以是人～以書假余。」(因為這樣，他們**大多**願意把書本借給我。) ❹❷經常、多點。王維〈相思〉：「願君～采擷。」(希望您**多點**採摘相思豆。) ❺〔多少〕❷幾多。孟浩然〈春曉〉：「花落知～？」(不知道有**幾多**花朵被吹落呢？)

夜 ⓿je6野[6聲] ⓿yè
❷晚上。〈木蘭辭〉：「昨～見軍帖。」(昨天**晚上**我看見徵兵的公文。)

大 部

這是「大」的甲骨文寫法，好像一個雙手下垂、一本正經地站着的大人。實際上，「大」的本義就是「大人」，後來引申為形容詞「大」。

只有小部分從「大」部的字，有着「大人」或「大」的意思。譬如「天」是頂天立地的大人，頂頭的第一橫畫其實是指事符號，所指的就是頭頂上的「天空」；又例如「夫」，上面的橫畫是一枝髮簪，髮簪穿過大人的頭髮，是成年禮的其中一項儀式，這說明了「夫」就是指「成年男子」。

大 ⑧daai6 帶 [6 聲] ⑱dà
❶**形**在面積、數量、規模、力量等方面並不小。曹鄴〈官倉鼠〉：「官倉老鼠〜如斗。」(政府糧倉裏的老鼠，**肥大 (體積大)** 得猶如舀米用的勺子。)〈長歌行〉：「老〜徒傷悲。」(到**年老 (年紀大)** 時就只能白白傷心。)〈木蘭辭〉：「可汗〜點兵。」(君王在**大規模**徵召士兵。) ❷**形**最年長的。〈木蘭辭〉：「阿爺無〜兒。」(父親沒有**長子**。) ❸〔大人〕①**名**對長者、父母、官吏的尊稱。〈閔子騫童年〉(《敦煌變文集・孝子傳》)：「願〜思之。」(希望**父親大人**考慮這件事。) ②**名**對地位高的人的尊稱。《論語・季氏》：「畏〜。」(敬畏**地位高的人**。) ❹〔大夫〕**名**官職名稱，諸侯國裏的高級官員，位處「卿」之下，見頁75「封」字條欄目「歷史趣談」。司馬遷〈一鳴驚人〉(《史記・滑稽列傳》)：「委政卿〜。」(把政務委託給卿、**大夫**等高官。) ❺**形**重要。韓愈〈師說〉：「小學而〜遺。」(學習不重要的標點知識，

卻捨棄**重要**的道理。) ❻**形**偉大。〈鑿壁借光〉(《西京雜記・第二》)：「遂成〜學。」(最終成為**偉大**的學者。) ❼〔大塊〕**名**大自然。李白〈春夜宴從弟桃花園序〉：「〜假我以文章。」(**大自然把文采**賜予我。) ❽**副**徹底。錢泳〈要做則做〉(《履園叢話》)：「〜誤終身。」(**徹底**耽誤一生的前途。) ❾**副**非常、十分。宋濂〈送東陽馬生序〉：「天〜寒。」(天氣**非常**寒冷。) ❿〔大為〕**副**非常。陳仁錫〈鐵杵磨針〉(《史品赤函》)：「白〜感動。」(李白**非常**感動。)

天 ⑧tin1 田 [1 聲] ⑱tiān
❶**名**天空。駱賓王〈詠鵝〉：「曲項向〜歌。」(彎起脖子，向着**天空**歌唱。) ❷〔天下〕**名**天空之下，借指全世界。曹操〈短歌行〉：「〜歸心。」(**全世界**的人心都會歸附我的了。) ❸**形**露天。杜牧〈秋夕〉：「〜階夜色涼如水。」(在**露天**的石階上，欣賞晚上的景色，天氣涼爽得猶如冷水。) ❹**名**時節。高

鼎〈村居〉:「草長鶯飛二月～。」(農曆二月**時節**,小草漸漸生長,黃鶯飛翔。) ❺ 名天氣。宋濂〈送東陽馬生序〉:「～大寒。」(**天氣**非常寒冷。) ❻ 名天神、上天。劉向〈孫叔敖埋兩頭蛇〉(《新序・雜事一》):「～報之以福。」(**上天**會用吉祥幸運來報答他。) ❼ 名天命。〈在上位不陵下〉(《禮記・中庸》):「上不怨～。」(對上,不會埋怨**天命**。) ❽〔天子〕① 名周朝君主的稱號,見頁75「封」字條欄目「歷史趣談」。《孟子・告子下》:「諸侯朝於～曰『述職』。」(諸侯朝見**周朝君主**,叫做「闡述職務」。)② 名泛指皇帝。〈木蘭辭〉:「～坐明堂。」(**皇帝**安坐在宮殿裏。) ❾ 名代指首都、京城。韓愈〈初春小雨〉:「～街小雨潤如酥。」(**京城**街道下着微小的雨絲,潤澤得像酥油一樣。) ❿ 形天生的、與生俱來的。〈岳飛之少年時代〉(《宋史・岳飛傳》):「～資敏悟。」(**天生**資質敏捷聰明。) ⓫〔天倫〕 名親人之間的道德關係。李白〈春夜宴從弟桃花園序〉:「序～之樂事。」(談論**兄弟間**快樂的往事。)

夫 一 粵 fu1 膚 普 fū
❶ 名成年男子。杜甫〈兵車行〉:「役～敢伸恨?」(服兵役的**男兒**怎會膽敢訴説怨恨?) ❷ 名丈夫。〈月兒彎彎照九州〉:「幾家～婦同羅帳?」(多少家庭的**丈夫**和妻子在絲織的牀帳裏團圓?) ❸〔夫壻〕 名同「夫婿」,丈夫、相公。朱慶餘〈近試上張籍水部〉:「妝罷低聲問～。」(我打扮好後,壓低聲音問了**丈夫**一聲。) ❹ 名泛指人。〈愚公移山〉(《列子・湯問》):「遂率子孫荷擔者三～。」(於是率領子孫中揹着擔子的三個**人**。) ❺〔夫子〕① 代對男子的尊稱,相當於「您」。韓非〈公儀休嗜魚〉(《韓非子・外儲説右下》):「～嗜魚而

不受者。」(**您**喜歡吃魚卻不接受別人獻魚。)② 名對孔子的尊稱。〈苛政猛於虎〉(《禮記・檀弓下》):「～軾而聽之。」(**孔子**一邊扶着車前的橫木,一邊聽着。) ❻〔大夫〕見頁62「大」字條。
二 粵 fu4 符 普 fú
❶ 代這、那。劉向〈葉公好龍〉(《新序・雜事五》):「好～似龍而非龍者也。」(喜歡**那些**似龍卻不是龍的東西而已。) ❷ 助用在句子開首,沒有實際意思。〈三人成虎〉(《戰國策・魏策》):「～市之無虎明矣。」(市集沒有老虎,是十分明顯的。)

太 粵 taai3 泰 普 tài
❶ 副太過、過於。曹植〈七步詩〉(《世説新語・文學》):「相煎何～急?」(豆萁為甚麼**過於**急迫地煎熬豆子呢?) ❷〔太子〕 名君王的正室所生最年長的兒子,或預備繼位的兒子。〈三人成虎〉(《戰國策・魏策》):「龐葱與～質於邯鄲。」(龐葱陪伴**最年長的王子**到邯鄲做人質。) ❸〔太傅〕 名官職名稱,負責輔助皇帝,相當於「老師」。劉義慶〈白雪紛紛何所似〉(《世説新語・言語》):「謝～寒雪日內集。」(在寒冷的下雪天,**太傅**謝安在家裏舉行聚會。)

失 粵 sat1 室 普 shī
❶ 動喪失、失去。沈括〈摸鐘〉(《夢溪筆談・權智》):「有人～物。」(有一個人**遺失**了物品。) ❷ 動丟掉、拿不穩。閔子〈騫童年〉(《敦煌變文集・孝子傳》):「數～繮靷。」(多次**拿不穩**韁繩和靷帶。) ❸ 動找不到。劉義慶〈望梅止渴〉(《世説新語・假譎》):「魏武行役～汲道。」(魏武帝曹操在行軍打仗期間,**找不到**取水的道路。) ❹ 動錯失、錯過。〈在上位不陵下〉(《禮記・

中庸》）：「～諸正鵠。」（**射失**了箭靶正中心。）❺**名**所犯的**過錯**。❻**動不能實現**。范公偁〈名落孫山〉（《過庭錄》）：「鄉人子～意。」（同鄉的兒子**不能實現**考中的意願。）❼**動**失敗。范公偁〈名落孫山〉（《過庭錄》）：「鄉人問其子得～。」（同鄉問孫山，他的兒子考試成功還是**失敗**。）❽**動遺忘、忘記**。韓嬰〈孟母戒子〉（《韓詩外傳‧卷九》）：「有所～復得。」（有**遺忘**了的地方，後來又想起來。）❾**動發生**。班固〈曲突徙薪〉（《漢書‧霍光金日磾傳》）：「俄而家果～火。」（不久，主人家裏果然**發生**火災。）

奉　●粵fung6鳳　●普fèng

❶**動捧着、拿着**。司馬遷《史記‧廉頗藺相如列傳》：「趙王於是遂遣相如～璧西入秦。」（趙王於是派遣藺相如**拿着**和氏璧，往西面前往秦國。）❷**動拿取**。〈折箭〉（《魏書‧吐谷渾傳》）：「汝等各～吾一隻箭。」（你們每個人**拿取**我的一枝箭。）❸**動奉獻、進獻**。蘇洵〈六國論〉：「～之彌繁。」（把土地**奉獻**給秦國越頻繁。）❹**動使用、供給**。朱用純〈朱子家訓〉：「自～必須儉約。」（自己**使用**的物品，必須節儉簡單。）❺**動接受**。羅貫中〈楊修之死〉（《三國演義‧第七十二回》）：「吾～王命。」（我**接受**大王的命令。）

奈　●粵noi6耐　●普nài

〔奈何〕**怎麼辦**。項羽〈垓下歌〉：「雖不逝兮可～。」（烏騅馬跑不起來啊，可以**怎麼辦**？）

奇　●粵kei4旗　●普qí

❶**形奇妙**。蘇軾〈飲湖上初晴後雨〉（其二）：「山色空濛雨亦～。」（雨天時，湖邊羣山景色模模糊糊，也很**奇妙**。）❷**名**奇景、奇麗景色。陶弘景〈答謝中書書〉：「未復有能與其～者。」（再也沒有擅長欣賞這**奇麗景色**的人。）❸**形上好**。〈庭中有奇樹〉（《古詩十九首》）：「庭中有～樹。」（庭院裏有一棵**上好**的樹木。）

契　一●粵kai3溪 [3聲]　●普qì

動用刀雕刻。〈刻舟求劍〉（《呂氏春秋‧察今》）：「遽～其舟。」（馬上在船身**刻上**記號。）
二●粵kit3揭　●普qiè

❶**動遇上、見面**。❷〔契闊〕**動久別重逢**。曹操〈短歌行〉：「～談讌。」（我們**久別重逢**，在宴席上傾談。）

奠　●粵din6電　●普diàn

動拜祭。〈岳飛之少年時代〉（《宋史‧岳飛傳》）：「～而泣。」（一邊**拜祭**，一邊哭泣。）

奮　●粵fan5憤　●普fèn

❶**動舉起**。林嗣環〈口技〉：「～袖出臂。」（**舉起**衣袖，露出手臂。）❷**動發起、發動**。司馬遷〈一鳴驚人〉（《史記‧滑稽列傳》）：「～兵而出。」（**發動**軍隊，出城迎戰。）❸**副用力**。宋濂〈束氏狸狌〉：「狸狌～擲而出。」（野貓**用力**跳躍，然後逃出。）

女 部

這是「女」的甲骨文寫法，就好像一位女子跪坐在地上，屁股貼着腳跟，雙手交疊在胸前，一副溫文爾雅的樣子，聽命於男性。

從「女」部的字的確跟女性有關，譬如「妝」、「娘」、「婦」等；同時，由於古代女子的地位比男子低，因此也有部分文字是刻意貶低女性的，譬如「奴」、「妖」、「嫉」等。

女 一 粵neoi5 餒 普nǚ
❶名女性、女子。范成大〈夏日田園雜興〉（其七）：「村莊兒～各當家。」（村落裏的男男**女女**各自主持家務。）❷〔商女〕見頁51「商」字條。❸名女兒。〈木蘭辭〉：「不聞爺娘喚～聲。」（聽不見父母呼喚**女兒**的聲音。）❹〔兒女〕見頁22「兒」字條。
二 粵jyu5 宇 普rǔ
代同「汝」，你、你們。韓非〈曾子殺豬〉（《韓非子・外儲說左上》）：「～還。」（**你**先回家。）

奴 粵nou4 駑 普nú
名奴隸。韓愈〈雜說〉（四）：「祇辱於～隸人之手。」（只會被**奴隸**的雙手侮辱。）

如 粵jyu4 餘 普rú
❶動猶如、像、似。曹鄴〈官倉鼠〉：「官倉老鼠大～斗。」（政府糧倉裏的老鼠，肥大得**猶如**舀米用的勺子。）❷〔如一〕形相同、一樣。〈閔子騫童年〉（《敦煌變文集・孝子傳》）：「衣食～。」（衣物和飲食的分量**相同**。）❸動及得

上、比得上。〈一年之計〉（《管子・權修》）：「一年之計，莫～樹穀。」（作一年的計劃，沒有事情**比得上**種植穀物。）❹連表示假設，相當於「如果」、「假如」。李白〈春夜宴從弟桃花園序〉：「～詩不成。」（**如果**有人作不成詩歌。）❺〔如…… 何〕相當於「那麼…… 怎麼辦？」的句式。〈愚公移山〉（《列子・湯問》）：「～太形、王屋～？」（**那麼**太行、王屋這兩座大山又**怎麼辦**？）❻〔何如〕見頁14「何」字條。❼助用於形容詞之後，相當於「的樣子」。宋濂〈束氏狸狌〉：「熙熙～也。」（一副和樂**的樣子**。）

好 一 粵hou3 耗 普hào
動喜愛。劉安〈塞翁失馬〉（《淮南子・人間訓》）：「其子～騎。」（他的兒子**喜歡**騎馬。）
二 粵hou2 號 [2 聲] 普hǎo
❶形美好、優美、完美。蘇軾〈贈劉景文〉：「一年～景君須記。」（一年裏最**美好**的景致，您必須記住。）❷形優越。周怡〈勉諭兒輩〉：「何必圖～吃～着？」（為甚麼一定要貪圖吃得**豐盛**、穿得**華麗**？）❸形順利。杜甫〈聞官軍收河南河

北〉：「青春作伴～還鄉。」(在青葱的春天裏，我跟家人結成夥伴，**順順利利地返回家鄉**。)

妝 ⓟzong1 裝 ⓜzhuāng
❶**動**化妝、打扮。王昌齡〈閨怨〉：「春日凝～上翠樓。」(在春天的日子裏，她精心**打扮**，登上華麗的樓閣。)❷**名**妝容。〈木蘭辭〉：「當户理紅～。」(對着門户，整理女子的**妝容**。)

妖 ⓟjiu1 腰/jiu2 繞 ⓜyāo
形豔麗、妖豔。周敦頤〈愛蓮説〉：「濯清漣而不～。」(在清澈的水裏洗滌過，卻不**妖豔**。)

妻 ⓟcai1 淒 ⓜqī
❶**名**妻子、太太，男子的配偶。韓非〈曾子殺豬〉(《韓非子・外儲説左上》)：「曾子之～之市。」(曾子的**妻子**前往市集。)❷〔妻子〕**名**妻子和子女。杜甫〈兵車行〉：「耶孃～走相送。」(父親、母親、**妻子和兒女**奔跑來送行。)

辨字識詞

古今異義

今天，我們會用「妻子」一詞來指太太，可是「妻子」在古代卻是指太太(妻)和兒女(子)。「妻子」一詞在古代和現代的意思並不一樣，這種文言現象稱為「古今異義」，這是導致閱讀文言文變得困難的原因之一。

古：妻子＝妻＋子

今：妻子＝太太

又例如，陶潛〈桃花源記〉有「率妻子邑人來此絕境」這句，當中「絕境」一詞，在今天解作「絕望艱困(絕)的處境(境)」，可是在〈桃花源記〉中卻是指「與世隔絕(絕)的地方(境)」。因此，閱讀文章時，如果沒有看清楚前、後文內容，偶一不慎，就會很容易錯誤理解這些字詞的了。

委 ⓟwai2 毀 ⓜwěi
❶**動**委託、交託。司馬遷〈一鳴驚人〉(《史記・滑稽列傳》)：「～政卿大夫。」(把政務**委託**給卿、大夫等高官。)❷**動**拋棄、放棄。劉義慶〈荀巨伯遠看友人疾〉(《世説新語・德行》)：「友人有疾，不忍～之。」(我的朋友患上疾病，我不忍心**拋棄**他。)❸**動**棄置。方苞〈弟椒塗墓誌銘〉：「有壞木～西階下。」(有一棵倒塌了的樹，被**棄置**在西面階梯旁邊。)

妾 ⓟcip3 差接 [3 聲] ⓜqiè
❶**名**妾侍，正室以外所娶的女子。〈鄒忌諷齊王納諫〉(《戰國策・齊策》)：「而復問其～曰。」(於是再問他的**妾侍**説。)❷**代**女子的自稱，相當於「我」，見頁130「朕」字條欄目「文化趣談」。司馬遷〈御人之妻〉(《史記・管晏列傳》)：「今者～觀其出。」(今天**我**看到他外出。)

姑 🔊gu1 孤 🔊gū
❶🅝家姑，丈夫的母親。朱慶餘〈近試上張籍水部〉：「待曉堂前拜舅～。」（等到天亮時，走到廳堂前面叩頭跪拜**相公的父親和母親**。）❷🅐姑且、暫且、暫時。文嘉〈今日歌〉：「若言～待明朝至。」（如果說**暫時**等到明天來到才去做。）

姓 🔊sing3 性 🔊xìng
❶🅝姓氏。❷〔百姓〕見頁179「百」字條。❸🅝家族、人家。〈鑿壁借光〉（《西京雜記·第二》）：「邑人大～文不識。」（城鎮上的**大家族**裏，有個叫文不識的人。）

「姓」和「氏」

「姓氏」是一個家族的標誌。可是在古代，「姓」、「氏」是有區別的。

遠古時，每個部落都有崇拜物，稱為「圖騰」，譬如動物、農作物等。後來這些圖騰成為該部落的標誌，再演變成為該部落的代號，也就是「姓」。那為甚麼「姓」這個字是從「女」部？不是說古代女性的地位很低嗎？

有學者根據古代典籍，找出了多個遠古的「姓」，包括：媯（讀〔歸〕，guī）、姒（讀〔似〕，sì）、子、姬（讀〔基〕，jī）、嬴（讀〔形〕，yíng）、姜、董、羋（讀〔美〕，mǐ）等。當中有不少是從「女」部的。有學者推斷，「姓」可能是在遠古母系社會出現的，所以不但許多姓都從「女」部，就連「姓」這個字也是這樣。

後來人口越來越多，遠古部落裏的人分裂成不同分支，搬遷到其他地方居住。各個分支的子孫，有些保留了自己的「姓」，有些則為自己另取新的家族標誌，這就是「氏」。

後來「氏」越來越多，人們於是不再分開「姓」、「氏」，把兩者合稱為「姓氏」了。

始 🔊ci2 此 🔊shǐ
❶🅐開始。文嘉〈今日歌〉：「努力請從今日～！」（請您由今天**開始**，用盡自己的力氣學習、工作！）❷🅐剛剛。〈兩小兒辯日〉（《列子·湯問》）：「我以日～出時去人近。」（我認為太陽**剛剛**出來的時候，距離人比較接近。）❸🅐才、只。杜甫〈客至〉：「蓬門今～為君開。」（那蓬草編成的大門，卻在今天**才**為您打開。）

威 🔊wai1 為 [1 聲] 🔊wēi
❶🅝威勢。譬如《戰國策·楚策》裏的故事〈狐假虎～〉，就是講述狐狸假借老虎的**威勢**來欺負其他動物。❷🅝聲威、聲譽。司馬遷〈一鳴驚人〉（《史記·滑稽列傳》）：「～行三十六年。」（齊威王的**聲威**持續了三十六年。）

娛 🔊jyu4 如 🔊yú
🅝樂趣、歡樂。王羲之〈蘭亭集序〉：「足以極視聽之～。」（足夠去盡情享受視覺、聽覺的**樂趣**。）

娘 🔊noeng4 孃 🔊niáng
❶🅝對女子的稱呼。譬如〈金縷衣〉的作者「杜秋～」就是一位名叫「杜秋」的**女子**。❷🅝母親。〈木蘭辭〉：「爺～聞女來。」（父母聽說女兒回來了。）

婦 🔊fu5 父 [5 聲] 🔊fù
❶🅝婦人，已婚女子。王昌齡〈閨怨〉：「閨中少～不知愁。」（閨房裏的一位年輕**婦人**不懂得離別的哀愁。）❷🅝妻子。〈月兒彎彎照九州〉：「幾家夫～同羅帳？」（多少家庭的丈夫和**妻子**在絲織的牀帳裏團圓？）

嫉 Ⓟzat6 疾 Ⓙjí
❶働嫉妒、妒忌。屈原《楚辭・離騷》：「世混濁而～賢兮。」（世界混亂黑暗，而且**妒忌**有才能的人啊。）❷働討厭、不喜歡。〈閔子騫童年〉（《敦煌變文集・孝子傳》）：「後母～之。」（繼母**討厭**閔子騫。）

嫗 Ⓟjyu2 瘀 Ⓙyù
名老婦。陳仁錫〈鐵杵磨針〉（《史品赤函》）：「道逢老～磨杵。」（在路上遇到一位**年老的婦人**在打磨鐵棒。）

嬰 Ⓟjing1 英 Ⓙyīng
❶名初生的幼兒。❷〔嬰兒〕名兒童、孩子。韓非〈曾子殺豬〉（《韓非子・外儲說左上》）：「特與～戲耳。」（只是跟**孩子**開玩笑而已。）

孀 Ⓟsoeng1 雙 Ⓙshuāng
名寡婦，死了丈夫的女人。〈愚公移山〉（《列子・湯問》）：「鄰人京城氏之～妻。」（鄰居姓京城的**寡婦**。）

孃 Ⓟnoeng4 娘 Ⓙniáng
名同「娘」，指女子或母親。杜甫〈兵車行〉：「耶～妻子走相送。」（父親、**母親**、妻子和兒女奔跑來送行。）

子　部

　　上圖是「子」的甲骨文寫法。「囵」是一個孩子的頭部，當中的「乂」表示孩子的「囟門」（見頁23「兒」字條欄目「辨字識詞」）還未閉合；上面的三個豎筆，是孩子稀疏的毛髮；下面的部件，是孩子的雙腳。由此可見，「子」的本義就是「孩子」。

　　不過可能筆畫太複雜了，到了金文時代，「子」就簡化成下圖的寫法，跟今天的差不多。這寫法更形象化，不但可以看到頭部，更可以看到舉起來擺動的雙手，就好像一個頑皮的小孩那樣；至於最後那彎彎的一筆，就代表孩子還未可穩健走路的雙腳。大部分從「子」部的字，都跟「孩子」有關。

子 Ⓟzi2 紫 Ⓙzǐ
❶名兒子、女兒。〈折箭〉（《魏書・吐谷渾傳》）：「阿豺有～二十人。」（阿豺有二十個**兒子**。）韓非〈衛人嫁其子〉（《韓非子・說林上》）：「衛人嫁其～。」（有一個衛國人，他的**女兒**出嫁。）❷〔天子〕見頁62「天」字條。❸〔太子〕見頁63「太」字條。❹名泛指兒子和

女兒。杜甫〈兵車行〉：「耶孃妻～走相送。」（父親、母親、妻子和**兒女**奔跑來送行。）❺〔妻子〕見頁66「妻」字條。❻名泛指後代。〈愚公移山〉（《列子・湯問》）：「～～孫孫，无窮匱也。」（**子孫後代**沒有盡頭、不會缺少。）❼名稱呼輩分小、年紀輕的人。賈島〈尋隱者不遇〉：「松下問童～。」（在松樹的下面，我詢問一個**孩童**。）❽〔小子〕見頁77「小」字條。❾〔弟子〕見頁92「弟」字條。❿名果實、果子。劉義慶〈望梅止渴〉（《世說新語・假譎》）：「前有大梅林，饒～。」（前面有一大片梅樹林，有很多**梅子**。）⓫名對人的稱呼。李白〈送友人〉：「浮雲游～意。」（飄浮的雲朵，反映你這位四處漂泊的**人**的處境。）⓬〔才子〕見頁109「才」字條。⓭名對有學問、道德或地位的人的尊稱，多用在姓氏之後，如孔子、孟子、韓非子等，語譯時可以保留。韓嬰〈孟母戒子〉（《韓詩外傳・卷九》）：「孟～少時誦。」（孟**子**小時候，有一次背誦書本。）⓮名專指孔子。《論語・學而》：「～曰。」（**孔子**說。）⓯〔夫子〕見頁63「夫」字條。⓰〔君子〕見頁49「君」字條。⓱代你。劉義慶〈荀巨伯遠看友人疾〉（《世說新語・德行》）：「～可去！」（**你**應該離開！）⓲助一般用於名詞之後，無實際意思，語譯時可以保留。趙師秀〈約客〉：「閒敲棋～落燈花。」（我無聊地輕輕敲着棋**子**，震落了油燈燈芯的花形灰燼。）

存　粵cyun4 全　普cún
❶動拜訪、問候。曹操〈短歌行〉：「枉用相～。」（紆尊降貴的前來**探望**我。）❷動存在、存活。諸葛亮〈出師表〉：「此誠危急～亡之秋也。」（這真的是要麼**存在**、要麼滅亡的危險急迫時刻。）❸動有、擁有。王勃〈送杜少府之

任蜀州〉：「海內～知己。」（只要世上還**有**你這位了解我的朋友。）

字　粵zi6 自　普zì
❶名文字。〈畫荻〉（《歐陽公事跡》）：「教以書～。」（教導他書寫**文字**。）❷〔文字〕見頁118「文」字條。❸名古時男子二十歲而行冠禮，同時根據本名的涵義另取別名，即「表字」、「別字」，簡稱「字」，見頁47「名」字條欄目「文化趣談」。〈岳飛之少年時代〉（《宋史・岳飛傳》）：「岳飛，～鵬舉。」（岳飛，**表字**鵬舉。）

孝　粵haau3 酵［3聲］　普xiào
❶動孝順。〈閔子騫童年〉（《敦煌變文集・孝子傳》）：「～敬無怠。」（既**孝順**、又敬重，從不怠慢。）❷形有孝心的。〈閔子騫童年〉（《敦煌變文集・孝子傳》）：「～子聞於天下。」（這位**有孝心**的兒子的事跡，最終傳揚到全世界。）

孜　粵zi1 知　普zī
〔孜孜〕動停不下來。白居易〈燕詩〉：「索食聲～。」（向父母索取食物的叫聲**停不下來**。）

季　粵gwai3 貴　普jì
❶形年齡最小。司馬遷《史記・項羽本紀》：「項羽～父也。」（是項羽**年齡最小**的叔父。）❷名弟弟、堂弟。李白〈春夜宴從弟桃花園序〉：「羣～俊秀。」（一眾**堂弟**，英俊優秀。）❸名季節。張蝀〈次韻和友人冬月書齋〉：「四～多花木。」（四個**季節**都有許多花草樹木。）

孤　粵gu1 姑　普gū
❶動失去父母，或專指失去父親。〈畫荻〉（《歐陽公事跡》）：「先公四歲而～。」（我已去世的父親四歲時就**失去父親**。）❷形孤獨、孤單。李白〈送

友人〉:「〜蓬萬里征。」(像**孤單**的蓬草那樣,遠行到萬里之外。) ❸**形**單一、唯一。柳宗元〈江雪〉:「〜舟蓑笠翁。」(江上只有**一艘**小船,船上有一個身披蓑衣、頭戴笠帽的老人。) ❹**代**古代諸侯國國王的自稱,見頁130「朕」字條欄目「文化趣談」。

孩

❷haai4 骸　❸hái

❶**動**嬰兒笑。方苞〈弟椒塗墓誌銘〉:「弟始〜。」(年幼的弟弟剛剛懂得笑。) ❷**名**小孩、幼童。李密〈陳情表〉:「生〜六月。」(出生為**小孩**後六個月。)

孫

❷syun1 酸　❸sūn

❶**名**孫子,兒子的兒子。〈愚公移山〉(《列子·湯問》):「子又生〜。」(兒子又會誕下**孫子**。) ❷**名**後代。〈愚公移山〉(《列子·湯問》):「子子〜〜,无窮匱也。」(**子孫後代**沒有盡頭、不會缺少。) ❸〔童孫〕見頁195「童」字條。 ❹〔王孫〕見頁167「王」字條。

孰

❷suk6 淑　❸shú

❶**代**哪一個。〈鄒忌諷齊王納諫〉(《戰國策·齊策》):「吾與徐公〜美?」(我跟徐先生,**哪一個**較英俊?) ❷〔孰與〕用於比較兩件事物,意指「……與……,哪一個更……?」。〈鄒忌諷齊王納諫〉(《戰國策·齊策》):「我〜城北徐公美?」(我**跟**都城北面的徐先生,**哪一個較**英俊?) ❸**代**誰、誰人。〈兩小兒辯日〉(《列子·湯問》):「〜為汝多知乎?」(**誰人**說你擁有豐富知識呢?)

學

❷hok6 鶴　❸xué

❶**動**學習。范成大〈夏日田園雜興〉(其七):「也傍桑陰〜種瓜。」(也依靠桑樹樹蔭下**學習**種植瓜果。) ❷**名**學問。譬如彭端淑〈為〜一首示子姪〉就是一篇向子姪輩講授做**學問**要訣的文章。 ❸**名**學者、學問家。〈鑿壁借光〉(《西京雜記·第二》):「遂成大〜。」(最終成為偉大的**學者**。)

宀 部

「宀」讀〔棉〕(mián)。這是「宀」的甲骨文寫法,上部是屋頂,左右兩邊的豎筆是牆壁,其本義就是房屋。從「宀」部的字,絕大部分都跟房屋有關,譬如「宇」本來是指「屋簷」,後來才泛指「房屋」;又例如「家」,起初是指養豬(豕)的地方,後來才專指人類的家;又例如「寶」,就是指藏在房子裏的珍寶。

宇 ⓹jyu5 乳 ⓹yǔ

❶名屋簷。宋濂《燕書》：「有碩鼠過～下。」（有一隻大老鼠在**屋簷**下走過。）❷〔宇宙〕名天地。王羲之〈蘭亭集序〉：「仰觀～之大。」（抬頭觀賞**天空大地**的廣闊。）

文化趣談

「宇」和「宙」

　　古人的「宇宙」是指天下、世界。這個世界包括了兩方面：「空間」和「時間」。古人將「上下四方」稱為「宇」，也就是「空間」；將「古往今來」稱為「宙」，也就是「時間」。古人對天下的認知，就是由「宇」和「宙」構成的。

　　今天的「宇宙」，是由時間、空間和物質所構成的統一體，也即是英文的「Universe」。由於這個名詞來自西方，但同時包含了「空間」和「時間」兩個概念，因此前人將「Universe」翻譯成中文時，就把「宇」和「宙」兩個字綜合來使用，稱之為「宇宙」。

守 一⓹sau2 手 ⓹shǒu

❶動守護、保衛。蘇洵〈六國論〉：「能～其土。」（能夠**守護**他們的國土。）❷動守候。韓非〈守株待兔〉（《韓非子・五蠹》）：「因釋其耒而～株。」（因而放下他的翻土農具，然後在樹根旁邊**守候**。）

二⓹sau3 瘦 ⓹shǒu

名郡守、太守，管治「郡」的長官，後來泛指地方長官。白居易〈荔枝圖序〉：「南賓～樂天命工吏圖而書之。」（南賓郡**太守**白居易吩咐官府裏的畫工，給荔枝繪圖和題字。）

安 ⓹on1 鞍 ⓹ān

❶形安寧。李白〈古朗月行〉：「天人清且～。」（天上和人間變得太平，而且**安寧**。）❷形安心、心安理得。〈大學之道〉（《禮記・大學》）：「靜而后能～。」（行事冷靜，然後就能夠**心安理得**。）❸副怎麼。錢泳〈要做則做〉（《履園叢話》）：「不做則～能會耶？」（不去做又**怎麼**能夠懂得呢？）❹代哪裏。劉向〈孫叔敖埋兩頭蛇〉（《新序・雜事一》）：「蛇今～在？」（那條蛇現在在**哪裏**？）

宋 ⓹sung3 送 ⓹sòng

名戰國時代諸侯國名稱，位於今天的河南省東部，見頁251「諸」字條欄目「歷史趣談」。韓非〈守株待兔〉（《韓非子・五蠹》）：「～人有耕者。」（**宋國**有一個耕田的人。）

定 ⓹ding6 訂 ⓹dìng

❶動安定、平定。陸游〈示兒〉：「王師北～中原日。」（天子的軍隊往北**平定**中原的那一天。）❷形緊緊的。鄭板橋〈竹石〉：「咬～青山不放鬆。」（竹子**緊緊**抓住青綠山上的泥土，不肯放鬆下來。）❸名堅定的志向。〈大學之道〉（《禮記・大學》）：「知止而后有～。」（知道目標，然後就擁有**堅定的志向**。）❹形安靜。《弟子規》：「昏則～。」（晚上臨睡，就先伺候父母**安靜入睡**。）

宜 粵ji4怡 普yí
❶形合適、適宜。蘇軾〈飲湖上初晴後雨〉(其二):「淡妝濃抹總相～。」(不論是淡薄的打扮,還是濃豔的妝容,都總是**合適**的。) ❷副應當、應該。《三字經》:「～勉力。」(**應該**用盡力氣讀書。) ❸副大概、或許。周敦頤〈愛蓮説〉:「牡丹之愛,～乎眾矣。」(對於牡丹花的喜愛,**大概**有很多人了。)

宙 粵zau6就 普zhòu
〔宇宙〕見頁71「宇」字條。

官 粵gun1棺 普guān
❶名官府。杜甫〈兵車行〉:「縣～急索租。」(縣裏的**官府**急忙地向平民索取租税。) ❷名官員。司馬遷〈一鳴驚人〉(《史記‧滑稽列傳》):「百～荒亂。」(各級**官員**荒廢、敗壞朝政。) ❸形國家的、政府的。曹鄴〈官倉鼠〉:「～倉老鼠大如斗。」(**政府**糧倉裏的老鼠,肥大得猶如舀米用的勺子。) ❹〔錦官〕見頁281「錦」字條。

宛 粵jyun2院 普wǎn
❶形彎曲、曲折。張若虛〈春江花月夜〉:「江流～轉遶芳甸。」(江水**曲曲折折**地圍繞着花草叢生的郊野流淌。) ❷副好像。《詩經‧蒹葭》:「～在水中央。」(**好像在河水的中間**。)

宦 粵waan6幻 普huàn
動做官。王勃〈送杜少府之任蜀州〉:「同是～遊人。」(都是為了**做官**而四處漂蕩的人。)

室 粵sat1失 普shì
❶名房間。宋濂〈送東陽馬生序〉:「門人弟子填其～。」(學生擠滿了他的**房間**。) ❷〔特室〕見頁165「特」字條。 ❸名屋子。〈岳飛之少年時代〉(《宋史‧岳飛傳》):「飛鳴～上。」(在**屋子**頂上一邊飛行,一邊鳴叫。) ❹名家人。〈愚公移山〉(《列子‧湯問》):「聚～而謀曰。」(集合**家人**來商量説。)

客 粵haak3嚇 普kè
❶名客人,與「主」相對。賀知章〈回鄉偶書〉(其一):「笑問～從何處來。」(笑着詢問我這位**客人**是從甚麼地方來的。) ❷名旅客。王維〈九月九日憶山東兄弟〉:「獨在異鄉為異～。」(我獨自身處他鄉作為**旅客**。) ❸〔客舍〕名旅舍、旅館。王維〈送元二使安西〉:「～青青柳色新。」(**旅館**外青綠的柳樹,顏色變得清新了。) ❹名客子,在外地居住的人。張繼〈楓橋夜泊〉:「夜半鐘聲到～船。」(在半夜裏敲起鐘來,聲音傳到我這個**客子**的船上。)

家 粵gaa1嘉 普jiā
❶名家庭、家裏。杜甫〈春望〉:「～書抵萬金。」(**家裏**寄來的書信抵得上萬兩黃金。) ❷〔人家〕見頁11「人」字條。 ❸名家鄉。賀知章〈回鄉偶書〉(其一):「少小離～老大回。」(我在年幼的時候離開**家鄉**,到了年老才回來。) ❹名家財、家產。邯鄲淳〈漢世老人〉(《笑林》):「我傾～贍君。」(我用盡**家財**來救濟您。) ❺名家務。范成大〈夏日田園雜興〉(其七):「村莊兒女各當～。」(村莊裏的男男女女各自主持**家務**。) ❻名店鋪。杜牧〈清明〉:「借問酒～何處有?」(請問甚麼地方有賣酒的**店鋪**?) ❼代對別人的稱呼。錢泳〈要做則做〉(《履園叢話》):「後生～每臨事。」(年輕**人**每當面對大事。) ❽名國家。〈岳飛之少年時代〉(《宋史‧岳飛傳》):「惟大人許兒以身報國～。」(只要父親允許我用性命來報效**國家**。)

❾**名**朝代。杜甫〈兵車行〉：「君不聞漢～山東二百州。」（您沒有聽説漢**朝**時華山以東的兩百個州。）

宴
粵jin3 嚥　**普**yàn
❶**名**宴會。歐陽修〈醉翁亭記〉：「太守～也。」（這是太守的**宴會**。）
❷**動**宴請。朱用純〈朱子家訓〉：「～客切勿流連。」（**宴請**客人吃飯，千萬不要放縱自己，不願離開。）

害
粵hoi6 亥　**普**hài
❶**動**傷害、損害。《論語·衞靈公》：「無求生以～仁。」（不會為了求取性命而**損害**仁德。）❷**名**禍害、害處。譬如〈周處除三～〉就是一個講述周處替百姓剷除三大**禍害**的故事。❸**動**妨礙。歐陽修〈家誡〉：「猶不～為玉也。」（依然不**妨礙**它是玉石的事實。）

宿
一 粵suk1 叔　**普**sù
❶**動**住宿、休息。〈木蘭辭〉：「暮～黃河邊。」（傍晚在黃河岸邊**休息**。）❷**副**向來、一向。陳壽《三國志·諸葛亮傳》：「權既～服仰備。」（孫權**一向**佩服劉備。）
二 粵sau3 秀　**普**xiù
名星宿、星星。〈杞人憂天〉（《列子·天瑞》）：「日月星～不當墜邪？」（太陽、月亮、**星星**不是應該會掉下來嗎？）

密
粵mat6 蜜　**普**mì
❶**形**稠密、細密、緊密。孟郊〈遊子吟〉：「臨行～～縫。」（兒子將要出行，母親把衣服縫補得十分**緊密**。）❷**形**親密。陳壽《三國志·諸葛亮傳》：「於是與亮情好日～。」（因此跟諸葛亮的感情要好，日漸變得**親密**。）❸**副**祕密地、暗裏。〈閔子騫童年〉（《敦煌變文集·孝子傳》）：「父～察之。」（父親**暗**裏觀察他。）

寒
粵hon4 韓　**普**hán
❶**形**寒冷、冰冷。柳宗元〈江雪〉：「獨釣～江雪。」（獨自在大雪覆蓋的**寒冷**江面上垂釣。）❷**名**寒冷的天氣。王安石〈梅花〉：「凌～獨自開。」（冒着**嚴寒的天氣**，獨自盛開。）❸**名**冬天。〈愚公移山〉（《列子·湯問》）：「～暑易節。」（**冬天**和夏天換季。）

富
粵fu3 褲　**普**fù
形富有、有錢。〈鑿壁借光〉（《西京雜記·第二》）：「家～多書。」（家裏**富有**，擁有許多書籍。）

寓
粵jyu6 預　**普**yù
❶**動**寄寓、寄託。歐陽修〈醉翁亭記〉：「山水之樂，得之心而～之酒也。」（遊覽山水的樂趣，從心裏獲得，並**寄託**在酒中。）❷〔寓居〕**動**寄居，在別人的家裏居住。方苞〈弟椒塗墓誌銘〉：「吾父～棠村。」（我的父親在棠村**寄居**。）

寐
粵mei6 味　**普**mèi
動睡覺，見頁183「睡」字條欄目「辨字識詞」。〈岳飛之少年時代〉（《宋史·岳飛傳》）：「誦習達旦不～。」（誦讀、學習書本內容，直到日出也不**睡覺**。）

睡覺

寡
粵gwaa2 瓜 [2 聲]　**普**guǎ
❶**形**少。〈岳飛之少年時代〉（《宋史·岳飛傳》）：「沉厚～言。」（沉穩厚重，**很少**説話。）❷〔寡人〕**代**諸侯

國國王的自稱，相當於「我」，見頁130「朕」字條欄目「文化趣談」。〈三人成虎〉（《戰國策・魏策》）：「～信之矣。」（**我**相信這件事了。）❸**動**喪夫，婦人失去丈夫。《禮記・禮運》：「矜～孤獨廢疾者。」（喪妻、**喪夫**、失去父母、晚年獨居、肢體殘廢、患上重疾的人。）

察 粵caat3 擦　普chá
動觀察、仔細看。〈閔子騫童年〉（《敦煌變文集・孝子傳》）：「父密～之。」（父親暗裏**觀察**他。）

寧 一粵ning4 檸　普níng
形安寧、舒適。劉蓉〈習慣說〉：「反窒焉而不～。」（反而因為受阻礙而感到不**舒適**。）
二粵ning4 檸　普nìng
連表示選擇，相當於「寧可」、「寧願」。劉義慶〈荀巨伯遠看友人疾〉（《世說新語・德行》）：「～以我身代友人命。」（**寧願**用我的性命來換取朋友的性命。）

寤 粵ng6 誤　普wù
❶**動**睡醒。《詩經・關雎》：「～寐求之。」（**睡醒**和睡着，都希望追求那優雅的姑娘。）❷**動**同「悟」，醒悟。班固〈曲突徙薪〉（《漢書・霍光金日磾傳》）：「主人乃～而請之。」（主人因而**醒悟**過來，並且邀請那位客人。）

寢 粵cam2 侵 [2 聲]　普qǐn
動睡覺，見頁183「睡」字條欄目「辨字識詞」。〈鄒忌諷齊王納諫〉（《戰國策・齊策》）：「暮～而思之。」（晚上，鄒忌**睡覺**時，想着這件事。）

睡覺

寥 粵liu4 聊　普liáo
❶**形**冷清。孟浩然〈夜歸鹿門山歌〉：「巖扉松徑長寂～。」（巖穴的山門及松樹間的小路顯得寂寞、**冷清**。）❷〔寥落〕**形**稀疏。文天祥〈過零丁洋〉：「干戈～四周星。」（在對抗蒙古的戰爭中，我軍士兵**稀少**，到現在已經是四個年頭了。）

實 粵sat6 失 [6 聲]　普shí
❶**動**充實、充滿。司馬遷《史記・管晏列傳》：「倉廩～而知禮節。」（當糧倉**充實**了後，百姓就會知道禮儀和規矩。）❷**動**裝滿、裝進。李綱〈病牛〉：「耕犁千畝～千箱。」（翻鬆千畝農田的泥土，**裝滿**千座糧倉的穀物。）❸**名**果實。白居易〈荔枝圖序〉：「～如丹。」（**果實**好像朱砂般紅。）❹**名**事實、實情。司馬遷〈御人之妻〉（《史記・管晏列傳》）：「御以～對。」（車夫用**實情**來回應。）❺**副**事實上、實際上。劉義慶〈周處除三害〉（《世說新語・自新》）：「～冀三橫唯餘其一。」（**實際上**是希望三大禍害能夠只剩下一個。）❻**副**實在、真的。陶弘景〈答謝中書書〉：「～是欲界之仙都。」（**實在**是人間的神仙居所。）

寫 粵se2 捨　普xiě
❶**動**書寫。文同〈可笑口號〉：「讀書～字到三更。」（閱讀書本、**書寫**文字，一直到半夜時分。）❷**動**繪畫。劉向〈葉公好龍〉（《新序・雜事五》）：「鑿以～龍。」（酒器**畫上**了龍。）

寶 粵bou2 保　普bǎo
❶**名**寶物、珍寶。〈不貪為寶〉（《左傳・襄公十五年》）：「皆喪～也。」（都喪失了心中的**寶物**。）❷**形**寶貴、名貴。孟浩然〈送朱大入秦〉：「～劍值千金。」（這把**名貴**的劍價值一千兩黃金。）

寸 部

　　這是「寸」字在秦朝竹簡上的寫法，就像一隻手，旁邊有一個小橫畫。這個小橫畫是指事符號，所指的位置是「寸口」，也就是中醫給病人把脈的地方。

　　由於與「手」有關，因此從「寸」部的字，多跟「手」有關聯。譬如「封」，本來是指用手在土地上種植樹木，來劃定邊界；「尊」就描繪了用手把酒器放置好，本義是「放置」；「將」則描繪了用手把砧板（爿）上的肉（夕）奉獻給他人，本義就是「奉獻」。

寸　⑨cyun3 串　⑪cùn
❶量長度單位，相當於 2.31 至 3.45 厘米。❷形比喻事物極小、極短、極少。孟郊〈遊子吟〉：「誰言～草心。」（誰人說像小草那樣丁點孝順父母的心意。）

封　⑨fung1 風　⑪fēng
❶動君主把爵位、土地等賞賜給別人。王昌齡〈閨怨〉：「悔教夫壻覓～侯。」（後悔讓丈夫出征，尋覓皇帝賞賜的爵位。）❷動封閉。司馬遷《史記・項羽本紀》：「～府庫。」（封閉倉庫。）

歷史趣談

封建

　　「封建」是「封土建國」的簡稱，也就是「天子賞賜土地，諸侯建立國家」的意思。「封建制度」源於西周，是指天子把土地和人民賞賜（封）給宗室、功臣、部落領袖，讓他們成為「諸侯」，並建立諸侯國，附屬於中央王室。

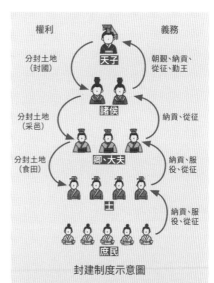

封建制度示意圖

　　周天子有權分封土地給諸侯，諸侯自然對天子有義務，譬如：向天子述職，即「朝覲」；獻上財寶和土產，即「納貢」；協助天子出征，即「從征」；天子有難，要出兵救駕，即「勤王」等。

與此同時，諸侯也有權把土地分封給下級，即「卿、大夫」；「卿、大夫」也有權把土地分封給下級，即「士」。各級均有相關的權利和義務。「士」是最低級的貴族，在他們之下就是「庶民」，也就是一般平民百姓了。

「封建制度」的原意，是希望確立社會各階級的權利和義務，來使國家穩定，但同時限制了社會上每個人的身份、地位，「封建」後來因而成為了「剝削百姓、守舊陳腐」的代名詞。

射 ●se6 麝 ●shè

❶動射箭。〈二子學弈〉（《孟子・告子上》）：「思援弓繳而～之。」（想要拉開弓箭，並且射下牠。）❷名射術、箭術。歐陽修〈賣油翁〉：「爾安敢輕吾～！」（你怎麼膽敢輕視我的射術！）❸動發射、噴射。周密〈浙江之潮〉（《武林舊事・觀潮》）：「震撼激～。」（震動、搖撼着天地，激揚地噴射出既高且大的浪濤。）

專 ●zyun1 磚 ●zhuān

❶形專一。〈二子學弈〉（《孟子・告子上》）：「其一人～心致志。」（其中一個人專一心思、集中意志地學習。）❷動單獨佔有。《左傳・莊公十年》：「弗敢～也。」（不敢單獨佔有。）

將

一 ●zoeng1 章 ●jiāng

❶動攙扶。〈木蘭辭〉：「出郭相扶～。」（互相攙扶，走到城外迎接她。）❷〔將軍〕名帶領軍隊的武官。劉義慶〈白雪紛紛何所似〉（《世說新語・言語》）：「左～王凝之妻也。」（左將軍王凝之的妻子。）❸副將要、快要。〈二子學弈〉（《孟子・告子上》）：「一心以為有鴻鵠～至。」（全心認為有大天鵝將要飛來。）❹介表示對象，相當於「把」。

〈庭中有奇樹〉（《古詩十九首》）：「～以遺所思。」（把它贈送給我思念的人。）❺介表示位置，相當於「在」。周怡〈勉諭兒輩〉：「常～有日思無日。」（經常在擁有的時候思慮到失去的時候。）

二 ●zoeng3 醬 ●jiàng

❶動帶領。劉安〈塞翁失馬〉（《淮南子・人間訓》）：「其馬～胡駿馬而歸。」（那匹馬帶領外族的好馬回來。）❷名將領、將軍。王昌齡〈出塞〉（其一）：「但使龍城飛～在。」（只要突襲龍城的飛將軍李廣還活着。）

三 ●coeng1 窗 ●qiāng

動請、請求、希望。李白〈將進酒〉：「～進酒。」（請你繼續喝酒。）

尊

一 ●zeon1 樽 ●zūn

名同「樽」，酒瓶之類的器皿。田汝成〈西湖清明節〉：「而酒～食罍。」（還有盛酒的樽和盛載食物的罍。）

二 ●zyun1 專 ●zūn

❶形高大。宋濂〈送東陽馬生序〉：「先達德隆望～。」（有學問的前輩德行高、聲望大。）❷〔尊君〕名對對方父親的尊稱。劉義慶〈陳太丘與友期行〉（《世說新語・方正》）：「～在不？」（您的父親在嗎？）

尋 ●cam4 沉 ●xún

❶量長度單位，長 7 尺或 8 尺。王安石〈登飛來峯〉：「飛來峯上千～塔。」（在飛來峯上高一千尋的佛塔上。）❷〔尋常〕①名短距離。柳宗元〈哀溺文序〉：「其一氓盡力而不能～。」（其中一個平民用光力量游泳，卻游得不遠。）②形普通。劉禹錫〈烏衣巷〉：「飛入～百姓家。」（飛進普通平民的家中。）❸動尋找、尋覓。蘇軾〈記承天寺夜遊〉：「遂至承天寺，～張懷民。」（於是前往承天寺，尋找張懷民。）❹副不久。邯鄲淳〈漢世老人〉（《笑林》）：「～復囑云。」（不久，

老人又囑咐說。）

對 〔粵〕deoi3 兌　〔普〕duì

❶〔動〕對答、應對、回答。劉向〈孫叔敖埋兩頭蛇〉（《新序・雜事一》）：「叔敖〜曰。」（孫叔敖回答說。）

❷〔動〕對付。韓非《韓非子・初見秦》：「千可以〜萬。」（一千個人可以憑藉勇氣對付一萬個人。）❸〔動〕面對、對着。張繼〈楓橋夜泊〉：「江楓漁火〜愁眠。」（對着江邊的楓樹和漁船的燈火，憂愁地睡着。）❹〔相對〕見頁182「相」字條。

小　部

這是「小」的甲骨文寫法，用三個「丶」畫表示事物微小，這就是「小」的本義。不少從「小」部的字都跟「細小」有關，譬如「少」就是指數量小；「尖」是一個會意字，由「小」和「大」組成，表示底部闊大、頂部細小，也就是「尖」的外形了。

小 〔粵〕siu2 蕭 [2 聲]　〔普〕xiǎo

❶〔形〕細小。虞世南〈詠螢〉：「的歷流光〜。」（螢火蟲閃動的亮光明亮、細小。）❷〔形〕矮小。王建〈小松〉：「〜松初數尺。」（矮小的松樹起初只有幾尺高。）❸〔形〕年紀小、年幼。李白〈古朗月行〉：「〜時不識月。」（我年幼的時候不認識月亮。）❹〔小子〕〔代〕對後輩、年輕人的稱呼，相當於「你」。〈苛政猛於虎〉（《禮記・檀弓下》）：「〜識之。」（你要記住這句話。）❺〔小人〕①〔名〕品格卑下的人。〈在上位不陵下〉（《禮記・中庸》）：「〜行險以徼幸。」（品格卑下的人做壞事，心存非分的貪求。）②〔名〕學識不多、地位低下的人。干寶〈董永賣身〉（《搜神記・第一卷》）：「永雖〜。」（董永我雖然是學識不多、地位低下的人。）③〔代〕僕人的自稱，見頁130「朕」字條欄目「文化趣談」。❻〔形〕不重要。韓愈〈師說〉：「〜學而大遺。」（學習不重要的標點知識，卻捨棄重要的道理。）❼〔副〕輕輕、稍微。葉紹翁〈遊園不值〉：「〜扣柴扉久不開。」（即使輕輕敲動柴做的門，主人久久也不肯打開。）

少 〔一〕〔粵〕siu2 小　〔普〕shǎo

❶〔形〕數量小。文嘉〈今日歌〉：「今日何其〜！」（「今天」是多麼少！）❷〔多少〕見頁61「多」字條。❸〔動〕缺少、欠缺。王維〈九月九日憶山東兄弟〉：「遍插茱萸〜一人。」（個個都插戴着食茱萸，只是欠缺了我一個人。）

〔二〕〔粵〕siu3 笑　〔普〕shào

❶〔形〕年輕。杜秋娘〈金縷衣〉：「勸君惜取〜年時。」（我勸您要珍惜、捉緊年輕時候的光陰。）❷〔名〕年少的時候。〈岳飛之少年時代〉（《宋史・岳飛傳》）：「飛〜負氣節。」（岳飛少年時，就懷有

志氣和節操。）❸〔少壯〕**名**年輕人。〈長歌行〉：「～不努力，老大徒傷悲。」（**年輕人**如果不用盡力氣學習、工作，到年老時就只能白白傷心。）❹〔少府〕**名**官職名稱，負責管理宮中工匠。譬如〈送杜～之任蜀州〉是王勃為送別朋友而寫的詩歌，他要送別的朋友姓杜，在宮中擔任「**少府**」一職。❺〔少師〕**名**官職名稱，負責輔助皇帝。譬如在〈白洋潮〉裏，張岱所悼念的朱恆岳，就曾擔任「**少師**」一職。

尖　🅟zim1 沾　🅜jiān
❶**名**尖端、頂端。羅隱〈蜂〉：「不論平地與山～。」（無論是在平坦的大

地，還是在山的**頂峯**。）❷**形**尖銳。楊萬里〈小池〉：「小荷才露～～角。」（小小的荷花剛從水面露出**尖銳**的一角。）

尚　🅟soeng6 上 [6 聲]　🅜shàng
❶**形**高尚。陶潛〈桃花源記〉：「高～士也。」（是**品格高尚**的讀書人。）❷〔尚書〕**名**官職名稱，負責管理皇帝的事務。〈木蘭辭〉：「木蘭不用～郎。」（木蘭回答説不需要朝中**尚書**等官職。）❸**連**表示遞進，相當於「尚且」。紀昀〈曹某不怕鬼〉（《閱微草堂筆記·灤陽消夏錄一》）：「有首～不足畏，況無首也？」（有頭的**尚且**不足夠去讓人畏懼，何況是沒有頭的呢？）

尢 部

這是「尢」（讀〔汪〕，wāng）的金文寫法，好像一個腳部彎曲了的人，它的本義就是腳骨彎曲。可是從「尢」部的字，一般都跟「彎曲」無關。

尤　🅟jau4 由　🅜yóu
❶**副**尤其、格外。劉義慶〈周處除三害〉（《世説新語·自新》）：「義興人謂為『三橫』，而處～劇。」（義興的平民稱呼他們做「三大禍害」，當中周處**尤其**嚴重。）❷**名**罪過、錯誤。《論語·為政》：「則寡～。」（就能減少**錯誤**。）❸**動**責怪、歸咎。〈在上位不陵

下〉（《禮記·中庸》）：「下不～人。」（對下，不會**責怪**別人。）

就　🅟zau6 宙　🅜jiù
動前往。〈畫荻〉（《歐陽公事跡》）：「～閭里士人家借而讀之。」（**前往**同鄉讀書人的家裏，借書籍來閱讀。）

尸 部

　　作為部首，「尸」雖然也是讀〔詩〕(shī)，卻並非「屍」的簡化字，而是解作「坐」，也就是今天的「屈膝坐」。這是「尸」的甲骨文寫法，清楚描畫出一個人屈曲膝蓋、屁股緊貼平面來坐的情態。

　　古人一般會直接跪在地上來坐，這叫做「跪坐」（見頁56「坐」字條欄目「文化趣談」），可是有一種人例外：古人祭祀時，一般會用活人來代替已經死去的親人接受祭品，甚至享用祭品，這個活人就叫做「尸」。

　　由於「尸」是指參與祭祀的人，因此**從「尸」部的字多與人有關**，譬如「尾」就描繪了「人」所穿衣服後面的尾狀裝飾，「履」則描繪了「人」用腳穿上像船形的鞋子。

尾　⑧mei5 美　⑬wěi
①**名**尾巴，見頁304「首」字條欄目「文化趣談」。劉向〈葉公好龍〉（《新序・雜事五》）：「拖～於堂。」（在大廳擺動**尾巴**游動。）②**名**旁邊。〈愚公移山〉（《列子・湯問》）：「箕畚運於渤海之～。」（用竹筐把泥土、碎石運載到渤海的**岸邊**。）

局　⑧guk6 焗　⑬jú
名棋盤。杜甫〈江村〉：「老妻畫紙為棋～。」（相伴多年的妻子，在紙張上畫了畫，就成為了**棋盤**。）

居　⑧geoi1 舉 [1 聲]　⑬jū
①**動**居住。〈愚公移山〉（《列子・湯問》）：「面山而～。」（對着大山**居住**。）②〔寓居〕見頁73「寓」字條。③**動**留下、停留。柳宗元〈小石潭

記〉：「不可久～。」（不可以長時間**停留**。）④**動**處在、處於。〈在上位不陵下〉（《禮記・中庸》）：「故君子～易以俟命。」（故此君子**處於**心安理得的境地，來等待天命的安排。）⑤**動**經過、過了。劉安〈塞翁失馬〉（《淮南子・人間訓》）：「～數月。」（**過了**幾個月。）

屏　一⑧ping4 評　⑬píng
①**名**屏障。白居易〈冷泉亭記〉：「巖石為～。」（高大的石塊作為**屏障**。）②**名**屏風。杜牧〈秋夕〉：「銀燭秋光冷畫～。」（秋天的晚上，銀色的蠟燭發放出光芒，暗淡地映照着畫有圖案的**屏風**。）
二⑧bing2 丙　⑬bǐng
動排除、除去。司馬遷《史記・蘇秦列傳》：「～流言之跡。」（**除去**謠言的痕跡。）

屐

⑧kek6 劇 ⑬jī

名 木造的鞋，後來泛指鞋子。葉紹翁〈遊園不值〉：「應憐～齒印蒼苔。」（應該憐惜**木屐**的鞋跟在草綠色的苔蘚上留下腳印。）

屠

⑧tou4 圖 ⑬tú

〔屠蘇〕**名** 多指「屠蘇酒」，由屠蘇、肉桂、山椒、白朮、防風等草藥釀製而成。王安石〈元日〉：「春風送暖入～。」（春天的風傳遞溫暖，最適宜品嘗**屠蘇酒**。）

屢

⑧leoi5 呂 ⑬lǚ

副 多次、經常。方苞〈弟椒塗墓誌銘〉：「旬月中～不再食。」（整整一個月裏**經常**不能吃兩次飯。）

履

⑧lei5 里 ⑬lǚ

❶**動** 踩踏。《莊子‧養生主》：「足之所～。」（腳部**踩踏**的地方。）❷**名** 鞋子。韓非〈鄭人買履〉（《韓非子‧外儲說左上》）：「鄭人有且置～者。」（鄭國有一個將要購買**鞋子**的人。）

屮 部

「屮」讀〔設〕(chè)，這是它的甲骨文寫法，是「艸」的另一個寫法，所指的就是「草木」。從「屮」部的常用字只有「屯」，卻跟「草木」的關係不大。

屯

⑧tyun4 團 ⑬tún

動 駐紮、駐守。羅貫中〈楊修之死〉（《三國演義‧第七十二回》）：「操～兵日久。」（曹操**駐紮**軍隊的日子久了。）

歷史趣談
「兵鎮」屯門

　　唐朝時，前來廣州貿易的外國商船，都一定會經過屯門以西海域，然後進入珠江。為了保護這些商船，唐玄宗於是在開元二十四年（公元 736 年）在該地設立兵鎮，管轄今天的香港、深圳及東莞。由於在珠江口駐紮軍隊，因此這個兵鎮就稱為「屯門」，意指「屯兵之門」。

　　《新唐書‧地理志七上》記載：「廣州南海郡 …… 屯門鎮兵。」這是香港的地名首次出現於官修史文獻裏，意義十分重大。

　　唐朝後，「屯門」依然是歷代的軍事要地，並以「屯門」為稱號。直到英國租借新界後，兵鎮就因而廢除，不過「屯門」之名卻一直沿用至今。

山　部

　　這是「山」的甲骨文寫法，大家可以看到三座山峯並排在一起，這就是它的本義——山。後來，人們在文字寫法上只凸顯中間的山峯，左、右兩旁的逐漸矮小，最終變成今天的「山」字：中間的豎筆是最高的，兩旁的豎筆矮一點。從「山」部的字，要麼指明了山的不同位置，要麼跟山的形態有關。

山 🔊saan1 珊　🔊shān
❶名陸地上高起的部分。王維〈畫〉：「遠看～有色。」（遠遠地看，畫中的山有着顏色。）❷〔華山〕見頁232「華」字條。❸〔發鳩之山〕見頁178「發」字條。❹〔山河〕①名國土。杜甫〈春望〉：「國破～在。」（國都淪陷，國土卻依然存在。）②名國家。文天祥〈過零丁洋〉：「～破碎風飄絮。」（國家破滅，恰似被風吹散的柳絮。）

岸 🔊ngon6 我安 [6 聲]　🔊àn
名水邊的陸地。李白〈早發白帝城〉：「兩～猿聲啼不住。」（長江兩旁岸邊猿猴的叫聲沒有停過。）

岩 🔊ngaam4 癌　🔊yán
名岩石。鄭板橋〈竹石〉：「立根原在破～中。」（它的根部原本就深入裂開的岩石縫隙裏。）

峽 🔊haap6 狹　🔊xiá
名被兩邊高山夾住的狹長水道，一般用於地名。杜甫〈聞官軍收河南河北〉：「即從巴～穿巫～。」（我馬上由巴峽出發，穿過巫峽。）

峨 🔊ngo4 俄　🔊é
形山高。〈高山流水〉（《列子‧湯問》）：「～～兮若泰山！」（琴聲高揚啊，就好像泰山！）

峯 🔊fung1 風　🔊fēng
名山峯。蘇軾〈題西林壁〉：「橫看成嶺側成～。」（從正面看，就變成山嶺；從側面看，就變成山峯。）

峻 🔊zeon3 進　🔊jùn
形山高。王羲之〈蘭亭集序〉：「此地有崇山～嶺。」（這個地方擁有崇高的山嶺。）

崩 🔊bang1 繃　🔊bēng
❶動山嶺崩塌。〈高山流水〉（《列子‧湯問》）：「更造〈～山〉之音。」（後來更彈奏出描述山嶺崩塌的琴曲。）❷動駕崩，皇帝死亡。諸葛亮〈出師表〉：「先帝創業未半，而中道～殂。」（先帝創立的王業還未完成一半，就在中途駕崩了。）

文化趣談

古代不同的「死」法

古代社會階級分明，同樣是死，不同階層的人也有不同的叫法。譬如皇帝的死，就稱為「崩」；諸侯國的國君或有爵位的大臣，他們的死就稱為「薨」（讀〔轟〕，hōng）；一般官員的死，叫做「卒」；讀書人的死，叫做「不祿」；如果是一般平民百姓，就只能直接用「死」了。

崇 🔊sung4 送 [4 聲]　🔊chóng
形山高。王羲之〈蘭亭集序〉：「此地有～山峻嶺。」（這個地方擁有崇高的山嶺。）

嶺 🔊ling5 領　🔊lǐng
❶名連綿不斷的山，即山嶺。蘇軾〈題西林壁〉：「橫看成～側成峯。」（從正面看，就變成山嶺；從側面看，就變成山峯。）❷〔嶺南〕名即「大庾」、「騎田」、「都龐」、「萌渚」、「越城」五座山嶺以南的廣東、廣西地區。蘇軾〈食荔枝〉：「不辭長作～人。」（我不會拒絕永遠做五嶺以南的人。）

巖 🔊ngaam4 癌　🔊yán
名山崖。〈高山流水〉（《列子‧湯問》）：「止於～下。」（在山崖下停下來。）

巛 部

這是「巛」(讀〔川〕，chuān) 的甲骨文寫法，就好像一條河流，左、右兩筆是河岸，中間三點描繪出流水的動態。「巛」是「川」的本來寫法，本義就是「河流」。部分從「巛」部的字，都跟「河流」有關。

川 ⬤cyun1 穿 ⬤chuān
❶名河流。〈長歌行〉：「百～東到海。」(許多**河流**都向東流到達大海。) ❷名平原、平地。〈敕勒歌〉：「敕勒～，陰山下。」(敕勒**大平原**就在陰山山腳。)

州 ⬤zau1 周 ⬤zhōu
❶名江河中的陸地。❷名行政區域名稱，如揚州、杭州、廣州等。李白〈黃鶴樓送孟浩然之廣陵〉：「煙花三月下揚～。」(在這柳絮如煙、繁花似錦的春天三月前往揚**州**。) ❸〔九州〕見頁7「九」字條。

工 部

這是「工」的甲骨文寫法。它好像一把工匠專用的工具，下半部分是刀鋒，上半部分是一把量度直角用的曲尺。只有使用工具，工匠才可以把工作做得工整、巧妙，因此「工」的本義就是工整、工巧。部分從「工」部的字跟「工具」、「工巧」有關，譬如「巨」的本義是曲尺，「巧」的本義是精巧。

工 ⬤gung1 公 ⬤gōng
❶形工整、精巧、巧妙。姜夔〈揚州慢〉：「縱荳蔻詞～。」(縱使描寫少女的詞作**工整**。) ❷動擅長。宋濂〈杜環小傳〉：「環尤好學，～書。」(杜環特別喜歡讀書，**擅長**書法。) ❸名工匠，有專門技術的人。白居易〈荔枝圖序〉：「南賓守樂天命～吏圖而書之。」(南賓郡太守白居易吩咐官府裏的**畫工**，給荔枝繪圖和題字。)

巨 ⓹geoi6 具 ⓹jù
形 巨大。〈岳飛之少年時代〉（《宋史·岳飛傳》）：「抱飛坐〜甕中。」（抱着岳飛坐在**巨大**的甕缸裏。）

左 ⓹zo2 阻 ⓹zuǒ
❶名左邊。〈畫蛇添足〉（《戰國策·齊策》）：「乃〜手持卮。」（竟然**左**手拿着酒壺。）❷〔左右〕①名旁邊。宋濂〈送東陽馬生序〉：「余立侍〜。」（我站在**旁邊**服侍他。）②名四周。王羲之〈蘭亭集序〉：「又有清流激湍，映帶〜。」（又有清澈、湍急的溪流，映襯並環繞着**四周**。）③名侍從。〈鄒忌諷齊王納諫〉（《戰國策·齊策》）：「宮婦〜。」（宮中的嬪妃和**侍從**。）❹名在旁的人。司馬遷〈一鳴驚人〉（《史記·滑稽列傳》）：「〜莫敢諫。」（**身邊的人**

都不敢進諫。）

差 一⓹caa1 又 ⓹chā
❶名差別、等級。荀況《荀子·禮論》：「長幼有〜。」（年紀大小有**差別**。）❷名差錯、錯誤。羅貫中《三國演義·第九十五回》：「若有〜失，乞斬全家。」（如果有**錯失**，請求斬殺我全家。）❸副差不多、大概。劉義慶〈白雪紛紛何所似〉（《世說新語·言語》）：「撒鹽空中〜可擬。」（**差不多**可以比作在天空中灑下鹽粒。）
二⓹caai1 猜 ⓹chāi
動差遣。施耐庵《水滸傳·第五十五回》：「我自〜官來點視。」（我自然會**差遣**官員來檢查、巡視。）
三⓹ci1 痴 ⓹cī
〔參差〕見頁42「參」字條。

己 部

這是「己」的甲骨文寫法，好像一條綁物件用的「絲線」，這就是它的本義。後來「己」被借來表示「自己」。不過，從「己」部的字絕大部分都跟「絲線」、「自己」無關。

己 ⓹gei2 紀 ⓹jǐ
❶代自己。〈狐假虎威〉（《戰國策·楚策》）：「虎不知獸畏〜而走也。」（老虎不明白一眾野獸是害怕**自己**才逃跑的。）❷〔知己〕見頁185「知」字條。

已 ⓹ji5 以 ⓹yǐ
❶動停止、停下來。〈岳飛之少年時代〉（《宋史·岳飛傳》）：「飛悲慟

不〜。」（岳飛悲痛得不能**停下來**。）❷動完結、完畢。張若虛〈春江花月夜〉：「人生代代無窮〜。」（人生一代又一代的繁衍，沒有盡頭，沒有**完結**。）❸助罷了。司馬遷〈一鳴驚人〉（《史記·滑稽列傳》）：「此鳥不飛則〜，一飛沖天。」（這隻鳥不願飛就**罷了**，一旦飛走的話，就直衝天上。）❹副已經。李白

〈早發白帝城〉：「輕舟～過萬重山。」（輕快的小船**已**經駛過許多座山嶺。）

近形三兄弟：己、巳、已

「己」、「巳」、「已」是三個字形很相近的字，可以稱為「近形三兄弟」。

「己」解作「自己」，同時又是「天干」的第六位，在古代一般用來表示年份（見頁87「干」字條欄目「文化趣談」），譬如「己未年」、「己亥年」等；「巳」讀〔字〕（sì），是「地支」的第六位，一般用來表示時間、年份（見頁87「干」字條欄目「文化趣談」），譬如「巳時」（早上九點到十一點）、「丁巳年」等；至於「已」，則解作「已經」、「停止」。

為了辨別這「近形三兄弟」，民間於是根據「橫折」（ㄱ）和「豎彎鈎」（ㄥ）兩個筆畫的開合，創作了「開口『己』，埋口『巳』，半口『已』」這口訣。

巾 部

這是「巾」的甲骨文寫法，不要以為這是一把掃帚，或者一隻手，實際上，它描繪了一條佩巾下垂的樣子。所謂佩巾，類似於今天的圍裙，用布匹製成，可以用來隨手擦拭。因此，**從「巾」部的字，一般都跟布匹或者相關製成品有關**，譬如「布」、「帆」、「帶」等。

巾 🔊gan1 跟 🔊jīn
❶**名** 擦洗用的布，如毛巾、手巾等。王勃〈送杜少府之任蜀州〉：「兒女共霑～。」（像男男女女那樣，都為離別而流淚，沾濕**手帕**。）❷**名** 覆蓋或纏繞用的布，如頭巾、圍巾等。蘇軾〈念奴嬌·赤壁懷古〉：「羽扇綸～。」（手執羽毛做的扇子，頭戴青絲帶**頭巾**。）

布 🔊bou3 報 🔊bù
❶**名** 布匹。《孟子·滕文公下》：「女有餘～。」（婦女有多餘的**布匹**。）❷**動** 同「佈」，施行、分佈。〈長歌行〉：「陽春～德澤。」（溫暖的春天**施行**恩惠。）❸〔瀑布〕見頁157「瀑」字條。

市 🔊si5 時 [5 聲] 🔊shì
❶**名** 市集、市場、街市。韓非〈鄭人買履〉（《韓非子·外儲說左上》）：「～罷。」（**市集**結束了。）❷〔市朝〕**名** 市集和朝廷，借指公眾場合。〈鄒忌諷齊王納諫〉（《戰國策·齊策》）：「能謗議於～。」（能夠在**公眾場合**指責、議論我。）❸**動** 購買。〈木蘭辭〉：「願為～鞍馬。」（我願意為從軍這件事，**購買**馬鞍和馬匹。）

帆　⑧faan4 煩　⑪fān
❶名帆船所用的帆布，可以藉風力使帆船前進。曹丕〈浮淮賦〉：「眾～張。」（所有**帆布**都張開。）❷名帆船。李白〈黃鶴樓送孟浩然之廣陵〉：「孤～遠影碧空盡。」（孤獨的**帆船**的影子漸漸遠去，在碧藍的天空裏消失。）

帖　一⑧tip3 貼　⑪tiě
名公務文件。〈木蘭辭〉：「昨夜見軍～。」（昨天晚上我看見徵兵的**公文**。）
二⑧tip3 貼　⑪tiē
動同「貼」，黏貼。〈木蘭辭〉：「對鏡～花黃。」（我對着鏡子，在臉上**貼上**金黃色的花形裝飾。）

帑　⑧tong2 躺　⑪tǎng
名國家貯藏錢財的府庫。邯鄲淳〈漢世老人〉（《笑林》）：「貨財充於內～矣。」（貨物和財產都被充公到宮中的**府庫**裏了。）

師　⑧si1 詩　⑪shī
❶名軍隊。陸游〈示兒〉：「王～北定中原日。」（天子的**軍隊**往北平定中原的那一天。）❷名老師。《論語·為政》：「可以為～矣。」（就可以憑藉這一點成為**老師**了。）❸〔少師〕見頁77「少」字條。

席　⑧zik6 夕　⑪xí
❶名蓆子。劉義慶〈管寧、華歆共園中鋤菜〉（《世說新語·德行》）：「又嘗同～讀書。」（又曾經在同一張**蓆子**上讀書。）❷名座席、座位。范曄《後漢書·張步列傳》：「離～跪謝。」（張步離開**座位**，跪在地上拜謝。）❸名宴席、酒席。李商隱《義山雜纂》：「醉客逃～。」（喝醉了的賓客逃離**宴席**。）

帶　⑧daai3 戴　⑪dài
❶名腰帶。劉義慶《世說新語·文學》：「王遂披襟解～。」（王羲之於是敞開衣襟、解開**腰帶**。）❷動圍繞。王羲之〈蘭亭集序〉：「又有清流激湍，映～左右。」（又有清澈、湍急的溪流，映襯並**環繞**着四周。）❸動帶着、連帶。韋應物〈滁州西澗〉：「春潮～雨晚來急。」（傍晚，春天的潮水湍急湧來，還**帶**着細雨。）❹動背着。陶潛〈歸園田居〉（其三）：「～月荷鋤歸。」（**背着**月光，扛着鋤頭回家去。）

常　⑧soeng4 嘗　⑪cháng
❶副經常、常常。〈長歌行〉：「～恐秋節至。」（**經常**恐怕秋季來到。）❷形恆常不變。歐陽修〈家誡〉：「有不變之～德。」（有着**恆常**不變的特性。）❸〔尋常〕見頁76「尋」字條。❹形原來。陶潛〈雜詩〉（其一）：「此已非～身。」（我這副軀殼已經不是**原來**的樣子。）

帳　⑧zoeng3 漲　⑪zhàng
名帳幕、牀帳。〈月兒彎彎照九州〉：「幾家夫婦同羅～？」（多少家庭的夫妻在絲織的**牀帳**裏團圓？）

是「帳單」還是「賬單」？

　　每個月，我們都會收到各種各樣的「賬單」。這個詞語，有些人寫作「賬單」，有些人寫作「帳單」。為甚麼會有兩種不同的寫法？

　　原來，古代遊牧民族是一家一帳篷的。由於遊牧民族的人口不斷遷移，統計人口、金錢時，人們都以「帳」作為計「算」單位。因此，「算帳」起初的確是寫作「帳」的。後來因為「帳」字既可以指帳篷，也可以指算賬，容易混淆，後人因而將「巾」部改為表示金錢的「貝」部，另創「賬」字，來表達算賬、賬單的意思。

帷 粵wai4 圍 普wéi
名圍在四周的布幕。沈括〈摸鐘〉

（《夢溪筆談・權智》）：「以～圍之。」（用帳幕包圍吊鐘。）

干 部

這是「干」的甲骨文寫法，是一把上部有羽毛作為裝飾的盾牌，也就是它的本義。由於盾牌是一種防衛武器，因此「干」後來有着「捍衛」的意思，並發展出「捍」這個新文字。不過，從「干」部的文字，大部分都跟武器無關。

干 粵gon1 肝 普gān
❶名盾牌。❷〔干戈〕名戰爭、戰事。文天祥〈過零丁洋〉：「～寥落四周星。」（在對抗蒙古的戰爭中，我軍士兵稀少，到現在已經是四個年頭了。）❸動衝上、衝入。杜甫〈兵車行〉：「哭聲直上～雲霄。」（哭泣的聲音直接向上衝入雲朵飄浮的天空。）❹〔闌干〕見頁285「闌」字條。❺名「天干」的簡稱。

文化趣談
「天干」、「地支」與「六十甲子」

天干，是古代用來表示次序的十個文字，即：甲、乙、丙、丁、戊、己、庚（讀〔羹〕，gēng）、辛、壬（讀〔吟〕，rén）、癸（讀〔貴〕，guǐ），合稱「十天干」。

地支，是用來表示次序的十二個文字，即：子、丑、寅（讀〔仁〕，yín）、卯（讀〔牡〕，mǎo）、辰、巳（讀〔字〕，sì）、午、未、申、

酉（讀〔有〕，yǒu）、戌（讀〔恤〕，xū）、亥（讀〔害〕，hài），合稱「十二地支」。

古人會用「地支」來表示一天裏的十二個時辰，即：子時（晚上十一時至翌日凌晨一時）、丑時（凌晨一時至三時）、寅時（凌晨三時至清晨五時）等；也會把「天干」和「地支」組合使用，來表示年份，從「甲子」、「乙丑」、「丙寅」……一直到「辛酉」、「壬戌」、「癸亥」，共六十個組合，即六十年，因而稱為「六十甲子」。

平 粵ping4 瓶 普píng
❶形平和、平靜。劉禹錫〈竹枝詞〉（其一）：「楊柳青青江水～。」（柳樹青綠，江水平靜。）❷形平坦。羅隱〈蜂〉：「不論～地與山尖。」（無論是在平坦的大地，還是在山的頂峯。）❸動剷平。〈愚公移山〉（《列子・湯問》）：「吾與汝畢力～險。」（我跟你們用盡力量剷平險阻。）❹動填平。劉

蓉〈習慣說〉：「命童子取土～之。」（吩咐年輕的僕人拿來泥土，**填平**水窪。）❺**動**連成一線。張若虛〈春江花月夜〉：「春江潮水連海～。」（春天的大江，潮水浩蕩，與大海**連成一線**。）❻**形**平常。唐寅〈畫雞〉：「～生不敢輕言語。」（在**平常**的時候不敢輕易說話。）❼**形**公平。〈閔子騫童年〉（《敦煌變文集·孝子傳》）：「遂以三子均～。」（於是均等、**公平**地對待三個兒子。）

年 ⓟnin4 那連 [4 聲] ⓜnián
❶**名**一年。〈一年之計〉（《管子·權修》）：「一～之計，莫如樹穀。」（作**一年**的計劃，沒有事情比得上種植穀物。）❷**名**年齡、年紀。〈愚公移山〉（《列子·湯問》）：「～且九十。」（**年紀**將近九十歲。）❸〔盛年〕見頁180「盛」字條。❹**名**時候。杜秋娘〈金縷衣〉：「勸君惜取少～時。」（我勸您要珍惜、捉緊年輕**時候**的光陰。）❺**名**壽命。〈愚公移山〉（《列子·湯問》）：「以殘～餘力。」（憑藉你剩餘的**壽命**和剩下的力量。）

并 ⓟbing6 冰 [6 聲] ⓜbìng
副同「並」，一同。〈鷸蚌相爭〉（《戰國策·燕策》）：「漁者得而～禽之。」（漁夫發現了，然後**一同**捉住牠們。）

幸 ⓟhang6 杏 ⓜxìng
❶**形**幸運。❷**名**幸運的事情。司空圖〈修史亭〉（其二）：「自算平生～已多。」（自己算來，我這一生遇上的**幸運**已經很多。）❸**動**感到高興。《公羊傳·宣公十五年》：「小人見人之厄則～之。」（品格卑下的人看到別人陷入厄困，便會**感到高興**。）❹**副**幸好、幸虧。班固〈曲突徙薪〉（《漢書·霍光金日磾傳》）：「～而得息。」（**幸好**能夠撲熄。）❺〔微幸〕見頁98「微」字條。

幺 部

這是「幺」（讀〔腰〕，yāo）的甲骨文寫法，描繪了絲綢的樣子，卻只有半束而已。原來這個字來自「糸」的上半部分，「糸」是絲綢，絲綢本身很幼細，「幺」更只是「糸」的一半，由此可以知道，「幺」的本義就是幼小、幼細。**部分從「幺」部的字，都與「細小」有關**，譬如「幼」就是指「年紀小」；又例如「幽」，起初解作「絲綢幼小」，後來才引申出「幽深」（光線微弱）等意思。

幼

🔊jau3 優 [3 聲]　🔊yòu

形 年幼。〈畫荻〉(《歐陽公事跡》):「自～所作詩賦文字。」(從**小時候**創作的詩歌、文章。)

幽

🔊jau1 憂　🔊yōu

❶形 幽深。王安石〈遊褒禪山記〉:「至於～暗昏惑。」(走到**幽深**、黑暗,令人糊塗、迷亂的地方。) **❷名** 深遠、深處。王羲之〈蘭亭集序〉:「亦足以暢敍～情。」(也足夠去讓人暢快地抒發**內心深處**的情意。) **❸形** 幽靜、僻靜。王維〈竹里館〉:「獨坐～篁裏。」(我獨自坐在**僻靜**的竹林裏面。) **❹形** 高雅。李白〈春夜宴從弟桃花園序〉:「～賞未已。」(**高雅**的賞玩還未完結。)

幾

一 🔊gei1 基　🔊jī

副 幾乎。柳宗元〈捕蛇者說〉:「～死者數矣。」(有幾次**幾乎**死去。)

二 🔊gei2 紀　🔊jǐ

❶代 多少、幾多。王翰〈涼州詞〉(其一):「古來征戰～人回?」(自古代到現在,出征戰鬥的士兵,有**多少**人可以回來?) **❷**〔幾何〕**代** 多少、幾多。錢鶴灘〈明日歌〉:「百年明日能～?」(一百年人生裏的「明天」可以有**多少**個呢?) **❸代** 甚麼。林升〈題臨安邸〉:「西湖歌舞～時休!」(西湖邊的歌聲與舞蹈**甚麼**時候才停下來?) **❹數** 表示不確定的數目,相當於「數」。周怡〈勉諭兒輩〉:「可辦粗衣～件。」(可以購買**數**件粗糙的衣服。) **❺**〔未幾〕見頁133「未」字條。

广　部

　　作為部首,「广」不是「廣」的簡化字,它的讀音是〔奄〕(yǎn)。「广」的外形好像一間房屋,結構卻簡單得多:「宀」這個部件像屋頂,至於「丿」就是牆壁。「宀」部 (見頁70) 一樣指房屋,然而它四面都有牆壁,「广」則比「宀」少了一面。

　　因此,從「广」部的字,一般都是指結構比較簡單,或不是供人居住的建築,譬如「店」、「廟」、「庭」、「序」(學校) 等。

序

🔊zeoi6 罪　🔊xù

❶名 次序。《孟子·滕文公上》:「長幼有～。」(兄弟有年紀上的**次序**。) **❷名** 序言、前言。譬如〈荔枝圖～〉就是白居易為〈荔枝圖〉這幅圖畫寫的**前言**。 **❸名** 臨別贈言。譬如〈送東陽馬生～〉就是宋濂寫給一位姓馬的學生的臨別贈言。 **❹動** 同「敍」,講述、談論。李白〈春夜宴從弟桃花園序〉:「～天倫之樂事。」(**談論**兄弟間快樂的往事。)

店

🔊dim3 惦　🔊diàn

名 旅館。譬如楊萬里〈宿新市徐公店〉中的「徐公～」就是指徐先生所開的**旅館**。

府　⑳fu2 苦　⑳fǔ
〔少府〕見頁77「少」字條。

庖　⑳paau4 刨　⑳páo
❶❷廚房。羅貫中〈楊修之死〉
(《三國演義・第七十二回》):「適～官
進雞湯。」(剛巧掌管**廚房**的軍官呈上
雞湯。) ❷❷廚師。《莊子・養生主》:
「良～歲更刀。」(優秀的**廚師**每年才換
一次刀。)

度　一⑳dou6 杜　⑳dù
❶❷尺碼。韓非〈鄭人買履〉(《韓
非子・外儲說左上》):「吾忘持～。」(我
忘記攜帶**尺碼**。) ❷❷限度、標準。《國
語・周語下》:「用物過～妨于財。」(耗
用物品超過**限度**的話,就會影響財政。)
❸❷法度、法制。《左傳・昭公四年》:
「～不可改。」(**法制**是不可以更改的。)
❹❷儀態、態度。〈疑鄰竊斧〉(《列子・
說符》):「動作態～無似竊斧者。」(動
作和**態度**都不像偷斧頭的人。) ❺❷穿
過、走過。曹操〈短歌行〉:「越陌～阡。」
(**穿越**田間小路。) ❻❷超越、跨越。王
之渙〈涼州詞〉(其一):「春風不～玉門
關。」(春天的暖風是不會**跨過**玉門關
的。) ❼❷次。蘇軾〈花影〉:「幾～呼童
掃不開。」(幾**次**吩咐童僕打掃,卻總是
掃不走。)
二⑳dok6 鐸　⑳duó
❶❷量度。韓非〈鄭人買履〉(《韓非
子・外儲說左上》):「先自～其足而置
之其坐。」(首先親自**量度**腳的尺碼,然
後把尺碼放置在他的坐墊上。) ❷❷估
計。宋濂〈束氏狸狌〉:「鼠～其無他
技。」(老鼠**估計**野貓沒有其他伎倆。)

庭　⑳ting4 停　⑳tíng
❶❷庭院,屋裏的小花園。朱用
純〈朱子家訓〉:「灑掃～除。」(噴灑、
打掃**庭院**的臺階。) ❷❷廳堂、大廳。
宋濂《燕書》:「出豹於～。」(將豹帶到
大廳。) ❸❷地區、廣闊的地方。杜甫
〈兵車行〉:「邊～流血成海水。」(邊疆
地區士兵流下的鮮血聚成海水。)

廣　⑳gwong2 光 [2 聲]　⑳guǎng
❷廣大、廣闊。譬如李白〈黃鶴
樓送孟浩然之廣陵〉中的「～陵」,位處
廣闊的丘陵地帶,故此有這個地名。

廟　⑳miu6 妙　⑳miào
❷廟宇。沈括〈摸鐘〉(《夢溪筆
談・權智》):「某～有一鐘。」(某座**廟
宇**裏有一口吊鐘。)

廩　⑳lam5 凜　⑳lǐn
❶❷糧倉。晁錯〈論貴粟疏〉:
「以實倉～。」(來充實**糧倉**。) ❷❷糧
食。韓非〈濫竽充數〉(《韓非子・內儲
說上》):「～食以數百人。」(用幾百人
的**糧食**來供養他。)

廬　⑳lou4 勞　⑳lú
❷簡陋的小屋。〈敕勒歌〉:「天
似穹～。」(天空像間拱形的**小屋**。)

廴　部

這個是「廴」(讀〔引〕，yǐn) 的小篆寫法，好像一個長着長腿的人在走路，它的本義是「長行」，也就是「不斷走路」。

廷 ⓹ting4 停　⓷tíng
〔朝廷〕見頁131「朝」字條。

延 ⓹jin4 言　⓷yán
❶動延長、伸長。《墨子‧明鬼下》：「彼豈有所～年壽哉！」(他怎會有延長了的壽命呢！)**❷動**蔓延。司馬光《資治通鑑‧漢紀》：「燒盡北船，～及岸上營落。」(燒光北面的船，蔓延到河岸上的軍營。)**❸動**邀請。紀昀〈曹某不怕鬼〉(《閱微草堂筆記‧灤陽消夏錄一》)：「～坐書屋。」(被邀請到書房裏坐。)

廾　部

「廾」讀〔拱〕(gǒng)，這是它的甲骨文寫法，好像一雙手作拱形的情狀，它的本義就是「拱手」。

弈 ⓹jik6 亦　⓷yì
動下棋。〈二子學弈〉(《孟子‧告子上》)：「通國之善～者也。」(是全國最擅長下棋的人。)

弓 部

這是「弓」的甲骨文寫法，清楚描畫出「弓」這種武器的樣子：左邊彎彎的筆畫，就是「弓柄」；右邊較直的筆畫，就是「弓弦」，合起來就是它的本義——射箭用的器具。從「弓」部的字，要麼跟「弓」有關，譬如「引」；要麼跟「弦線」有關，譬如「彈」。

弓 　 粵gung1 宮 　 普gōng
名射箭用的器具。〈岳飛之少年時代〉（《宋史・岳飛傳》）：「以所愛良～贈之。」（把喜愛的好**弓**送給他。）

弔 　 粵diu3 釣 　 普diào
❶動悼念死者。《莊子・至樂》：「莊子妻死，惠子～之。」（莊子的太太去世，惠子前來**悼念**她。）❷動慰問。劉安〈塞翁失馬〉（《淮南子・人間訓》）：「人皆～之。」（人們都來**慰問**他。）

引 　 粵jan5 癮 　 普yǐn
❶動拉弓準備射箭。〈岳飛之少年時代〉（《宋史・岳飛傳》）：「飛～弓一發。」（岳飛**拉開弓**，射出一枝箭。）❷動引來。〈鑿壁借光〉（《西京雜記・第二》）：「衡乃穿壁～其光。」（匡衡於是在牆壁上鑿開一個小孔洞，**引來**鄰居的火光。）❸動帶領、引領。沈括〈摸鐘〉（《夢溪筆談・權智》）：「～羣囚立鐘前。」（**帶領**那批囚犯，在吊鐘前面站立。）❹動伸。沈括〈摸鐘〉（《夢溪筆談・權智》）：「逐一令～手入帷摸之。」（命令他們順序一個接一個的把手**伸入**

帳幕裏，觸摸吊鐘。）❺動拖手、拉手。劉義慶〈陳太丘與友期行〉（《世説新語・方正》）：「下車～之。」（從車子下來，想**拖着**他的手。）❻動拿起、拿取。劉安〈塞翁失馬〉（《淮南子・人間訓》）：「丁壯者～弦而戰。」（壯年男子都**拿起**弓箭去作戰。）

弗 　 粵fat1 忽 　 普fú
副不。韓非〈自相矛盾〉（《韓非子・難一》）：「其人～能應也。」（那個人**不**能回答。）

弟 　 粵dai6 第 　 普dì
❶名弟弟。〈折箭〉（《魏書・吐谷渾傳》）：「俄而命母～慕利延曰。」（不久，阿豺命令同一母親所生的**弟弟**慕利延，説。）❷〔弟子〕①名學生。宋濂〈送東陽馬生序〉：「門人～填其室。」（**學生**擠滿了他的房間。）②名子女、晚輩。《論語・為政》：「～服其勞。」（**子女**承擔父母的工作。）

弦 　 粵jin4 言 　 普xián
❶名弦線，綁緊在弓上或樂器上的絲線。《莊子・徐无鬼》：「二十五～皆動。」（二十五條**弦線**都在彈奏。）

❷動彈琴。《禮記·投壺》:「命～者曰:『請奏〈貍首〉。』」(吩咐**彈琴**的人說:「請彈奏〈貍首〉。」)❸名弓箭。劉安〈塞翁失馬〉(《淮南子·人間訓》):「丁壯者引～而戰。」(壯年男子都拿起**弓箭**去作戰。)

弱　粵joek6 虐　普ruò
❶形弱小。虞世南〈詠螢〉:「飄颻～翅輕。」(隨風飛翔的翅膀**弱小**、輕盈。)❷形年少、年幼。〈愚公移山〉(《列子·湯問》):「曾不若孀妻～子。」(竟然比不上寡婦和**年幼**的孩子。)

強　一粵koeng4 彊　普qiáng
❶形強大、強盛。劉義慶〈周處除三害〉(《世說新語·自新》):「兇～俠氣。」(兇殘**強悍**,充滿遊俠的氣概。)❷形強於、擅長。〈岳飛之少年時代〉(《宋史·岳飛傳》):「～記書傳。」(**擅長**記誦經書和史傳的內容。)❸形有餘、有多。〈木蘭辭〉:「賞賜百千～。」(賜予成千上百**有餘**的獎賞。)
二粵koeng5 鏹　普qiǎng
❶動強迫。魏禧〈吾廬記〉:「吾不～之適江湖。」(我不會**強迫**他闖蕩江湖。)❷副強行。司馬遷《史記·廉頗藺相如列傳》:「終不可～奪。」(最終不可以**強行**奪去和氏璧。)❸形勉強、牽強。朱熹〈讀書有三到〉(《訓學齋規》):「不可牽～暗記。」(不可以**勉強**地默默記下。)

彈　一粵daan6 但　普dàn
❶名彈弓。《戰國策·楚策》:「左挾～。」(左手夾住**彈弓**。)❷名彈丸。司馬遷《史記·平原君虞卿列傳》:「此～丸之地弗予。」(不給予這個像**彈丸**一樣小的地方。)

二粵taan4 壇　普tán
動彈奏。王維〈竹里館〉:「～琴復長嘯。」(**彈奏**古琴後,又吹出悠長的口哨。)

文化趣談

彈弓

和「弓」一樣,「彈弓」也是兵器,而且跟「弓」外形一樣,只是用上兩條弦線,而且發射的不是箭,而是用泥陶做的彈丸,主要用來活捉鳥雀。

「彈弓」的殺傷力較弱,因此歷代都沒有禁絕,譬如明、清兩朝都流行於民間,在明朝更是小孩的玩意兒;不過,在元朝卻是例外,大抵是因為要提防漢人利用武器反抗蒙古人。《元史·刑法志四》這樣說過:「造彈弓及執者,杖七十七,沒其家財之半。」就是說,製造和拿着彈弓的人,要打七十七大板,並且沒收一半的財產。

彌　粵mei4 眉/nei4 尼　普mí
❶形滿。〈岳飛之少年時代〉(《宋史·岳飛傳》):「未～月。」(出生還沒有**滿**一個月。)❷副越、越是。蘇洵〈六國論〉:「奉之～繁。」(把土地奉獻給秦國**越**頻繁。)❸[彌留]動病重將死。方苞〈弟椒塗墓誌銘〉:「弟～及夢中呼余不已。」(弟弟**病重將死**和在夢中時,都不停呼喚我。)

彐 部

「彐」讀〔計〕(jì)，「彐」和「彑」都是它的變形寫法。「彐」的本義是豬頭，因此從「彐」部的字，不少都跟豬隻有關，譬如「彘」解作「豬」，「彖」(讀〔teon3 他信[3聲]〕，tuàn) 是指豬隻中箭，「彙」起初解作箭豬（刺蝟）等。

彘　⓿zi6 字　⓿zhì
❷名豬。韓非〈曾子殺豬〉（《韓非子・外儲說左上》）：「曾子欲捕～殺之。」（曾子想捉一隻豬，準備宰殺牠。）

彡 部

這是「彡」（讀〔衫〕，shān）的甲骨文寫法，本義就是用毛筆畫成的花紋。因此，從「彡」部的字，許多都跟花紋有關。

形　⓿jing4 刑　⓿xíng
❶名形狀、外形。范曄《後漢書・張衡列傳》：「～似酒尊。」（外形像一個酒瓶。）❷名身體。劉禹錫〈陋室銘〉：「無案牘之勞～。」（沒有公務文書使身體勞累。）❸名身材、身形。〈鄒忌諷齊王納諫〉（《戰國策・齊策》）：「～貌昳麗。」（身形和樣貌都光鮮俊朗。）

影　⓿jing2 映　⓿yǐng
名影子。蘇軾〈記承天寺夜遊〉：「蓋竹柏～也。」（原來是竹子和柏樹的影子。）

彳 部

「彳」讀〔斥〕(chì)。左圖不是「彳」，而是「行」的甲骨文寫法，「彳」是源於「行」的。

「行」的甲骨文好像一個十字路口，本義就是「道路」。「道路」是給人行走的，「行」因而引申出新字義——行走。後來，有人把「行」的左右兩邊分拆成「彳」、「亍」(讀〔促〕，chù) 兩個字，都是指「走路」。因此，從「彳」部的字，絕大部分都跟「走路」有關。

役 ⑧jik6亦 ⑭yì
❶働服兵役，履行當兵的義務。杜甫〈兵車行〉：「～夫敢伸恨？」(**服兵役**的男兒怎會膽敢訴說怨恨？) ❷名戰役、戰爭。劉義慶〈望梅止渴〉(《世說新語·假譎》)：「魏武行～失汲道。」(魏武帝曹操在行軍**打仗**期間，找不到取水的道路。)

征 ⑧zing1蒸 ⑭zhēng
❶働出征。王昌齡〈出塞〉(其一)：「萬里長～人未還。」(遠遠前往萬里之外**征戰**的人，還沒有回來。) ❷働遠行。李白〈送友人〉：「孤蓬萬里～。」(像孤單的飛蓬那樣，**遠行**到萬里之外。)

往 ⑧wong5汪 [5聲] ⑭wǎng
❶働前往。〈揠苗助長〉(《孟子·公孫丑上》)：「其子趨而～視之。」(他的兒子快跑，**前往**視察禾苗。) ❷働離開。〈楊布打狗〉(《列子·說符》)：「嚮者使汝狗白而～，黑而來。」(剛才假如你的狗離開時是白色的，回來時是黑色的。) ❸〔往來〕働交往、結

交。劉禹錫〈陋室銘〉：「～無白丁。」(**交往**的朋友並沒有知識淺薄的人。)

彼 ⑧bei2比 ⑭bǐ
❶代那。白居易〈荔枝圖序〉：「大略如～。」(大致上像前面**那樣**說的。) ❷代他(們)、她(們)、牠(們)、它(們)。〈東施效顰〉(《莊子·天運》)：「～知顰美而不知顰之所以美。」(**她**只知道皺眉頭很漂亮，卻不知道皺眉頭很漂亮的原因。)

待 ⑧doi6代 ⑭dài
❶働等待。杜秋娘〈金縷衣〉：「莫～無花空折枝。」(不要**等待**到花兒凋謝後，才白白摘取枝條。) ❷働依靠。朱熹〈讀書有三到〉(《訓學齋規》)：「則不～解說。」(就不用**依靠**別人解釋說明。)

徊 ⑧wui4回 ⑭huái
〔徘徊〕見頁96「徘」字條。

後 ⑧hau6后 ⑭hòu
❶働落後。柳宗元〈哀溺文序〉：

「是以～。」（所以**落後**了。）❷名後面。〈狐假虎威〉（《戰國策‧楚策》）：「子隨我～。」（你跟隨在我的**後面**。）❸動忽略。韓嬰〈皋魚之泣〉（《韓詩外傳‧卷九》）：「以～吾親。」（結果**忽略**了我的父母。）❹名後來。〈三人成虎〉（《戰國策‧魏策》）：「～太子罷質。」（**後來**太子做完人質。）❺〔然後〕見頁160「然」字條。❻形晚、遲。錢泳〈要做則做〉（《履園叢話》）：「～生家每臨事。」（**年輕（較晚出生的）**人每當面對大事。）❼形繼任、後續。〈閔子騫童年〉（《敦煌變文集‧孝子傳》）：「父取～妻。」（父親娶了一位**繼任**的妻子。）

徒　粵tou4 圖　普tú
❶動徒步、步行。《左傳‧襄公元年》：「敗其～兵于洧上。」（在洧河旁邊打敗鄭國的**步兵**。）❷副徒然、白白。〈長歌行〉：「老大～傷悲。」（到年老時就只能**白白**傷心。）❸名門徒、學生。《孟子‧梁惠王上》：「仲尼之～。」（孔子的**學生**。）

徑　粵ging3 敬　普jìng
❶名小路。杜甫〈客至〉：「花～不曾緣客掃。」（那長滿花朵的**小路**，我從來沒有為客人打掃過。）

徐　粵ceoi4 隨　普xú
❶副慢慢地。歐陽修〈賣油翁〉：「～以杓酌油瀝之。」（**慢慢地**用勺子，把油倒下並滴入葫蘆裏。）❷名地名，「徐州」的簡稱，位於今天山東省南部，及江蘇、安徽兩省北部，見頁7「九」字條欄目「歷史趣談」。

徙　粵saai2 璽　普xǐ
❶動遷徙（居住地）。司馬遷《史記‧殷本紀》：「～河北。」（**遷徙**到黃河北岸。）❷動搬走（物品）。班固〈曲突徙

薪〉（《漢書‧霍光金日磾傳》）：「遠～其薪。」（遠遠地**搬走**那些柴枝。）

得　粵dak1 德　普dé
❶動得到、獲得。〈狐假虎威〉（《戰國策‧楚策》）：「虎求百獸而食之，～狐。」（老虎尋覓各種野獸來吃掉牠們，**找到**了一隻狐狸。）❷動成功。范公偁〈名落孫山〉（《過庭錄》）：「鄉人問其子～失。」（同鄉問孫山，他的兒子考試**成功**還是失敗。）❸動領略。〈高山流水〉（《列子‧湯問》）：「伯牙所念，鍾子期必～之。」（無論伯牙在想甚麼，鍾子期都一定**領略到**他的心聲。）❹動有得着、收穫。〈大學之道〉（《禮記‧大學》）：「慮而后能～。」（思慮周詳，然後就能夠**有得着**。）❺動發現。〈鷸蚌相爭〉（《戰國策‧燕策》）：「漁者～而并禽之。」（漁夫**發現**了，然後一同捉住牠們。）❻動遇到。陶潛〈雜詩〉（其一）：「～歡當作樂。」（**遇到**高興的事，就應當享受歡樂。）❼動引來。李白〈秋浦歌〉（其十五）：「何處～秋霜？」（從甚麼地方**引來**秋天霜雪般的頭髮？）❽動滿足。王維〈送別〉：「君言不～意。」（您說生活不能**滿足**自己的心意。）❾動能夠、可以。〈十五從軍征〉：「八十始～歸。」（到八十歲才**可以**回來故鄉。）❿動希望。李綱〈病牛〉：「但～眾生皆得飽。」（只是**希望**所有人都可以吃飽。）⓫助表示動作完成，相當於「到」。孟郊〈遊子吟〉：「報～三春暉？」（能夠報答**到**如春天陽光般溫暖的母愛？）⓬〔得無〕副難道。《晏子春秋‧內篇》：「～楚之水土使民善盜耶？」（**難道**是楚國的環境迫使百姓擅長盜竊嗎？）

徘　粵pui4 陪　普pái
〔徘徊〕動來回走動。朱熹〈觀書有感〉（其一）：「天光雲影共～。」（天空

的光芒、雲朵的影子一起**來回移動**。）

御　⑧jyu6 預　⑯yù
❶**動**駕馭馬車。〈閔子騫童年〉（《敦煌變文集‧孝子傳》）：「遣子～車。」（吩咐兒子**駕馭馬車**。）❷**名**車夫，駕馭馬車的人。司馬遷〈御人之妻〉（《史記‧管晏列傳》）：「其～之妻從門間而闚其夫。」（他的**車夫**的妻子，從大門空隙來偷看她的丈夫。）

從　一⑧cung4 蟲　⑯cóng
❶**動**跟從、跟隨。〈十五從軍征〉：「十五～軍征。」（我十五歲時，就**跟隨**軍隊出征打仗。）❷**動**比喻學習。《論語‧述而》：「擇其善者而～之。」（選擇他優秀的地方，並且**學習**他。）❸**介**表示起點，相當於「由」。杜甫〈聞官軍收河南河北〉：「即～巴峽穿巫峽。」（我馬上**由**巴峽出發，穿過巫峽。）❹**介**表示位置，相當於「在」。〈十五從軍征〉：「雉～梁上飛。」（野雞**在**屋脊上飛來飛去。）❺〔無從〕見頁160「無」字條。
二⑧zung6 仲　⑯cóng
名堂房親屬。譬如〈春夜宴從弟桃花園序〉中的「～弟」，就是指李白的**堂弟**們。

復　一⑧fuk6 服　⑯fù
❶**動**回來、回去。《左傳‧僖公四年》：「昭王南征而不～。」（周昭王往南方出征，卻不**回來**了。）❷**副**又。王維〈竹里館〉：「彈琴～長嘯。」（彈奏古琴後，**又**吹出悠長的口哨。）❸**動**平復、恢復。劉義慶《世説新語‧方正》：「我令卿～君臣之好。」（我讓您**恢復**君主和臣子之間的好關係。）❹〔況復〕見頁151「況」字條。
二⑧fau6 埠　⑯fù
副再、再次。〈杯弓蛇影〉（《晉書‧樂廣傳》）：「久闊不～來。」（客人告別了很久，卻不**再**前來。）

三⑧fuk1 福　⑯fù
動回覆、回應。宋濂〈送東陽馬生序〉：「不敢出一言以～。」（不膽敢説一句話來**回應**。）

辨別「復」的讀音

「復」有三個讀音，當讀〔服〕和〔埠〕時，都帶有「又」、「再」的意思，那麼可以怎樣辨別開來呢？

〔服〕

「復」讀〔服〕時，是指動作從「甲」走向「乙」（路線①），然後從「乙」返回「甲」（路線②）。換言之，「昭王南征而不復」中的「復」要讀〔服〕，因為周昭王從國都出發往南方征戰，戰事完結後，是應該從南方返回原來的起點──國都。同樣道理，「復活」帶有「死過翻生」的意味，故此「復活」的「復」應該讀〔服〕。

〔埠〕

「復」讀〔埠〕時，路線①和路線②都是從「甲」走向「乙」，是帶有「再次」、「第二次」的意思。換言之，「久闊不復來」中的「復」不能讀〔服〕，因為句子不是指客人返回樂廣的辦公廳──也就是看到蛇的地方，而是指客人再一次到樂廣的辦公廳，因此應該讀〔埠〕。

循 ⓟceon4 巡 ⓜxún
❶介順着、沿着。《呂氏春秋・察今》：「～表而夜涉。」（**依循**標誌，在晚上過河。）❷〔因循〕見頁54「因」字條。

微 ⓟmei4 眉 ⓜwēi
❶形微小、微細。荀況《荀子・非相》：「葉公子高，～小短瘠。」（葉邑首長子高，身材**矮小**、瘦瘠。）❷副輕輕。歐陽修〈賣油翁〉：「但～頷之。」（只是對他**輕輕**點頭。）❸形卑微。杜甫〈江村〉：「～軀此外更何求？」（除了這些，我這副**卑微**的身軀還有甚麼其他奢求？）

德 ⓟdak1 得 ⓜdé
❶名道德、品德。宋濂〈送東陽馬生序〉：「先達～隆望尊。」（有學問的前輩**德行**高、聲望大。）❷名美德。荀況〈勸學〉（《荀子》）：「積善成～。」（積累善行養成**美德**。）❸名善行、功德、好事。劉向〈孫叔敖埋兩頭蛇〉（《新序・雜事一》）：「吾聞有陰～者。」（我聽聞暗地裏做**好事**的人。）❹名恩德、恩惠。〈長歌行〉：「陽春布～澤。」（温暖的春天施行**恩惠**。）❺名特性、特質。歐陽修〈家誡〉：「有不變之常～。」（有着恆常不變的**特性**。）

徹 ⓟcit3 設 ⓜchè
❶動到達、直達。王充〈論衡〉：「聲～于天。」（樂聲**直達**到天空。）❷動通達。〈愚公移山〉（《列子・湯問》）：「汝心之固，固不可～。」（你的思想頑固，頑固到不可**通達**的地步。）

徼 ⓟhiu1 囂 ⓜjiǎo
〔徼幸〕名非分的貪求。〈在上位不陵下〉（《禮記・中庸》）：「小人行險以～。」（品格卑下的人做壞事，心存**非分的貪求**。）

心　部

　　這是「心」的甲骨文寫法，跟心臟的形態非常相似，而裏面的四個「丶」畫，就是「心瓣膜」。心瓣膜的功能就是維持血液能夠在心臟中單向流動，防止血液倒流，可見「心」的本義就是心臟。
　　古代醫學不發達，古人認為「心」是思維器官，因此大部分跟思想、意念、感情有關的字，都從「心」部。

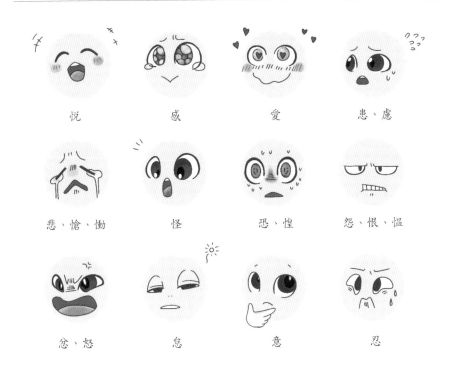

悦　　　　　感　　　　　愛　　　　　患、慮

悲、愴、慟　　　怪　　　　恐、惶　　　怨、恨、慍

忿、怒　　　　　怠　　　　意　　　　　忍

心 粵sam1 深　普xīn

❶ 名 心臟。〈東施效顰〉（《莊子‧天運》）：「西施病～而顰其里。」（西施的**心臟**有病痛，所以皺着眉頭，在村子裏走過。）❷ 名 內心、心靈。杜甫〈春望〉：「恨別鳥驚～。」（平民分離，讓人痛恨，更驚動了鳥兒的**心靈**。）❸〔心肝〕名 心臟和肝臟，比喻內心。李白〈古朗月行〉：「淒愴摧～。」（這份淒涼悲傷簡直傷透我的**內心**啊！）❹ 名 精神。白居易〈燕詩〉：「～力不知疲。」（在**精神**和體力上都不知道疲倦。）❺ 名 思想。〈愚公移山〉（《列子‧湯問》）：「汝～之固。」（你的**思想**頑固。）❻ 名 心意。孟郊〈遊子吟〉：「誰言寸草～。」（誰人說像小草那樣丁點孝順父母的**心意**。）❼ 名 心思。〈二子學弈〉（《孟子‧告子上》）：「其一人專～致志。」（其中一個人專一**心思**、集中意志地學習。）❽ 名 心性、本性。荀況〈勸學〉（《荀子》）：「聖～備焉。」（具備聖人的**心性**了。）❾ 名 人心、民心。曹操〈短歌行〉：「天下歸～。」（全世界的**人心**都會歸附我的了。）❿ 名 忠心。文天祥〈過零丁洋〉：「留取丹～照汗青。」（我要保存這份赤誠的**忠心**，映照以後的史冊。）

必 粵bit1 別［1聲］　普bì

❶ 副 一定、必定。《論語‧述而》：「三人行，～有我師焉。」（三個人走在一起，**一定**有我的老師。）❷ 副 必須、一定要。朱用純〈朱子家訓〉：「關鎖門戶，～親自檢點。」（關上並鎖緊大門和窗戶，**必須**親身檢查和核對。）❸ 動 同「畢」，完畢、完結。〈染絲〉（《墨子‧所染》）：「五入～。」（五次漂染**完畢**。）❹ 連 表示假設，相當於「如

果」。干寶〈董永賣身〉(《搜神記‧第一卷》):「～爾者。」(**如果**這樣的話。)

志　⑨zi3 至　⑳zhì
❶❷名志向。彭端淑〈為學一首示子姪〉:「人之立～。」(一個人立定**志向**。)❷名意志。〈二子學弈〉(《孟子‧告子上》):「其一人專心致～。」(其中一個人專一心思、集中**意志**地學習。)❸名心意、心思。〈高山流水〉(《列子‧湯問》):「伯牙鼓琴,～在登高山。」(伯牙彈古琴的時候,**心意**想到登上高聳的山嶺。)

忌　⑨gei6 技　⑳jì
❶動不喜歡、討厭。羅貫中〈楊修之死〉(《三國演義‧第七十二回》):「心甚～之。」(心裏非常**討厭**他。)❷名禁忌、忌諱。羅貫中〈楊修之死〉(《三國演義‧第七十二回》):「數犯曹操之～。」(多次冒犯曹操的**禁忌**。)

忍　⑨jan2 隱　⑳rěn
❶動忍耐、忍受。司馬遷《史記‧廉頗藺相如列傳》:「不～為之下。」(我**忍受**不了地位在他的下面。)❷動忍心、狠心。劉義慶〈荀巨伯遠看友人疾〉(《世說新語‧德行》):「不～委之。」(我不**忍心**拋棄他。)

忍受

念　⑨nim6 唸　⑳niàn
❶動記住。朱用純〈朱子家訓〉:「恆～物力維艱。」(經常**記住**這些物資的產生是十分艱難的。)❷動想念。白居易〈燕詩〉:「叟甚悲～之。」(老人家非常傷心和**想念**兒子。)❸動想、

思想。〈高山流水〉(《列子‧湯問》):「伯牙所～。」(無論伯牙在**想**甚麼。)❹名思想、想法。司馬遷〈御人之妻〉(《史記‧管晏列傳》):「志～深矣。」(志向和**思想**都很深遠。)❺名感受。白居易〈燕詩〉:「當時父母～。」(那時候父母的**感受**。)

忿　⑨fan5 憤　⑳fèn
形氣憤、憤怒。歐陽修〈賣油翁〉:「康肅～然曰。」(陳堯咨**氣憤**地說。)

憤怒

性　⑨sing3 姓　⑳xìng
❶名人的本性、品行。《三字經》:「人之初,～本善。」(人剛剛出生的時候,**品性**本來是善良的。)❷名性格。邯鄲淳〈漢世老人〉(《笑林》):「～儉嗇。」(**性格**節儉吝嗇。)❸名事物的特質。紀昀〈河中石獸〉(《閱微草堂筆記‧姑妄聽之》):「石～堅重。」(石頭的**特質**堅固、厚重。)

怪　⑨gwaai3 乖 [3 聲]　⑳guài
❶形怪異、不常見。柳宗元〈始得西山宴遊記〉:「幽泉～石。」(偏僻而**怪異**的泉水和岩石。)❷動感到奇怪。〈鑿壁借光〉(《西京雜記‧第二》):「主人～。」(主人**感到奇怪**。)❸動感到驚訝。李元綱〈孝基還財〉(《厚德錄‧卷一》):「孝基～之。」(張孝基對他感到**驚訝**。)❹動怪責。范曄《後漢書‧張衡列傳》:「京師學者咸～其無徵。」(京城的學者們都**怪責**它沒有任何徵兆。)

驚訝

思

一（粵）si1 司　（普）sī

①動 思考。《論語・為政》：「學而不～則罔。」（只顧學習卻不**思考**，就會十分迷惘。）**②動** 思念。李白〈靜夜思〉：「低頭～故鄉。」（低下頭來，**思念**昔日的家鄉。）**③動** 考慮。周怡〈勉諭兒輩〉：「飲食衣服，若～得之艱難。」（食物和衣着，如果**考慮**到得到它們的艱辛困難。）**④動** 想。白居易〈燕詩〉：「爾當反自～！」（你們應當反過來**想想**自己！）**⑤動** 追念、懷念。周怡〈勉諭兒輩〉：「莫待無時～有時。」（不要等到失去的時候才**懷念**擁有的時候。）

二（粵）si3 肆　（普）sī

名 心情、想法、情緒。曹操〈短歌行〉：「憂～難忘。」（抒發難以忘卻的憂愁**情緒**。）

怨

（粵）jyun3 冤 [3 聲]　（普）yuàn

①動 怨恨、怨憤。〈在上位不陵下〉（《禮記・中庸》）：「正己而不求於人，則無～。」（只要求端正自己的行為，不會對別人有要求，這樣就沒有**怨恨**。）**②動** 埋怨。王之渙〈涼州詞〉（其一）：「羌笛何須～楊柳？」（為甚麼一定要用羌族的笛子吹出曲子〈折楊柳〉，**埋怨**春天遲遲不來？）

急

（粵）gap1 機邑 [1 聲]　（普）jí

①形 急迫、急忙。曹植〈七步詩〉（《世說新語・文學》）：「相煎何太～？」（豆萁為甚麼過於**急迫**地煎熬豆子呢？）**②形** 湍急。韋應物〈滁州西澗〉：「春潮帶雨晚來～。」（傍晚，春天的潮水**湍急**湧來，還帶着細雨。）**③形** 重要。朱熹〈讀書有三到〉（《訓學齋規》）：「心到最～。」（心思專注最為**重要**。）

怒

（粵）nou6 奴 [6 聲]　（普）nù

形 憤怒、生氣。〈楊布打狗〉（《列子・説符》）：「楊布～。」（楊布十分生氣。）

怠

（粵）toi5 殆　（普）dài

①形 怠慢。〈閔子騫童年〉（《敦煌變文集・孝子傳》）：「孝敬無～。」（既孝順、又敬重，從不**怠慢**。）**②動** 休息、鬆懈。宋濂〈送東陽馬生序〉：「弗之～。」（我依然不肯**休息**。）**③形** 疲倦、疲乏。柳宗元〈哀溺文序〉：「有頃益～。」（過了不久，他更加**疲乏**了。）

疲倦

恃

（粵）ci5 似　（普）shì

動 倚仗、憑藉。彭端淑〈為學一首示子姪〉：「子何～而往？」（你**憑藉**甚麼前往？）

恆

（粵）hang4 衡　（普）héng

副 經常。朱用純〈朱子家訓〉：「～念物力維艱。」（**經常**記住這些物資的產生是十分艱難的。）

恨

（粵）han6 很 [6 聲]　（普）hèn

①動 怨恨、不滿意。杜甫〈春望〉：「～別鳥驚心。」（平民分離，讓人**痛恨**，更驚動了鳥兒的心靈。）**②名** 恨意。杜甫〈兵車行〉：「役夫敢伸～？」（服兵役的男兒怎會膽敢訴説**怨恨**？）**③動** 後悔。方苞〈弟椒塗墓誌銘〉：「竊～焉。」（暗中**後悔**起來。）

怨恨

恐

（粵）hung2 孔　（普）kǒng

①動 恐懼、擔心、害怕。孟郊〈遊

子吟〉：「意～遲遲歸。」（心裏**害怕**兒子遲了回來。）❷**名**恐懼、不安的感受。文天祥〈過零丁洋〉：「惶恐灘頭説惶～。」（在惶恐灘邊兵敗，我抒發**驚恐不安的感受**。）

恭
（粵）gung1 工 （普）gōng
形 恭敬、謙遜有禮。宋濂〈送東陽馬生序〉：「色愈～。」（臉色更加**恭敬**。）

恩
（粵）jan1 因 （普）ēn
❶**名** 恩惠。馬中錫〈中山狼傳〉：「夫人有～而背之。」（別人對你有**恩惠**，你卻背叛他。）❷**動** 答謝。班固〈曲突徙薪〉（《漢書・霍光金日磾傳》）：「曲突徙薪亡～澤。」（建議更換煙囪、搬走柴枝的人就沒有得到**答謝**。）❸**名** 情誼。曹操〈短歌行〉：「心念舊～。」（心裏一直想念着昔日的**情誼**。）

息
（粵）sik1 昔 （普）xī
❶**名** 呼吸、氣息。班固《漢書・李廣蘇建傳》：「半日復～。」（過了半天，才恢復**呼吸**。）❷**動** 呼吸。❸**動** 歎氣、歎息。〈木蘭辭〉：「唯聞女歎～。」（只聽見女兒木蘭在**歎氣**。）❹**動** 止息、停息。陶潛〈歸去來辭〉：「請～交以絕遊。」（請讓我與官場中人**斷絕**交往。）❺**動** 休息。朱用純〈朱子家訓〉：「既昏便～。」（到了黃昏，就要**休息**。）❻**動** 同「熄」，熄滅、撲滅。班固〈曲突徙薪〉（《漢書・霍光金日磾傳》）：「幸而得～。」（幸好能夠**撲熄**。）

恙
（粵）joeng6 樣 （普）yàng
名 疾病。〈狂泉〉（《宋書・袁粲傳》）：「獨得無～。」（唯有他能夠沒有**狂病**。）

悖
（粵）bui6 杯 [6 聲] （普）bèi
形 違反常理。〈父善游〉（《呂氏春秋・察今》）：「此任物亦必～矣。」（用這種觀點來處理事物，必定是**違反常理**的。）

悟
（粵）ng6 誤 （普）wù
❶**動** 醒悟、領悟。陶潛〈歸去來辭〉：「～已往之不諫。」（**領悟**到已經過去的事情不可以糾正。）❷**形** 聰明。〈岳飛之少年時代〉（《宋史・岳飛傳》）：「天資敏～。」（天生資質敏捷**聰明**。）

悦
（粵）jyut6 月 （普）yuè
❶**形** 開心、高興。宋濂〈送東陽馬生序〉：「俟其欣～。」（等到他**高興**後。）❷**動** 使人開心。田汝成〈西湖清明節〉：「以誘～童曹者。」（來吸引、**使**孩子們**開心**的攤檔。）

開心

患
（粵）waan6 幻 （普）huàn
❶**動** 擔憂、懼怕。劉義慶〈周處除三害〉（《世説新語・自新》）：「為鄉里所～。」（是同鄉**懼怕**的人。）❷**名** 禍患、災禍。班固〈曲突徙薪〉（《漢書・霍光金日磾傳》）：「不者且有火～。」（不這樣的話，將會發生火**災**。）❸**動** 生病。《晉書・桓石虔傳》：「時有～瘧疾者。」（當時**患上**瘧疾的人。）

憂慮

悠
（粵）jau4 由 （普）yōu
❶**動** 思念、思慕。曹操〈短歌行〉：「～～我心。」（讓我內心不斷**思慕**。）❷**形** 長、遠。《國語・吳語》：「今

吾道路～遠。」(如今我要走的道路十分**長遠**。)❸形慢慢、緩緩。張若虛〈春江花月夜〉：「白雲一片去～～。」(遊子像一片白色的雲朵般**緩緩**地離去。)

情 ❶cing4晴 ❷qíng
❶名感情、情感。杜牧〈贈別〉(其二)：「多～卻似總無～。」(富於**感情**的我們卻好像總是沒有半點**感情**。)❷名心情。李白〈送友人〉：「落日故人～。」(落下的太陽，訴說我這位舊朋友不捨的**心情**。)❸名情懷。白居易〈賦得古原草送別〉：「萋萋滿別～。」(繁盛的野草充滿了離別的**情懷**。)❹名內心。劉義慶〈周處除三害〉(《世說新語·自新》)：「始知為人～所患。」(才知道是人們**心裏**懼怕的人。)❺名友情、情誼。李白〈贈汪倫〉：「不及汪倫送我～。」(比不上汪倫送別我的深厚**情誼**。)

惜 ❶sik1色 ❷xī
❶動可惜、惋惜。文嘉〈今日歌〉：「今日不為真可～！」(今天不去做事情，真是值得讓人**惋惜**！)❷動愛惜、珍惜。楊萬里〈小池〉：「泉眼無聲～細流。」(泉水從孔洞默默流淌，**珍惜**細小的水流。)❸動捨不得。杜牧〈贈別〉(其二)：「蠟燭有心還～別。」(蠟燭尚且懷有心思，**捨不得**離別。)

悸 ❶gwai3季 ❷jì
動悸動，因緊張或害怕而不規則地心跳。方苞〈弟椒塗墓誌銘〉：「余心氣～動。」(我的心臟**不規則地跳動**。)

惟 ❶wai4圍 ❷wéi
❶副同「唯」，只。范成大〈夏日田園雜興〉(其一)：「～有蜻蜓蛺蝶飛。」(只有蜻蜓和蛺蝶在飛舞。)❷副同「唯」，只有。王讜〈口鼻眼眉爭辯〉(《唐語林·補遺》)：「～我當先。」(**只有**我

才能位處第一。)❸副同「唯」，只是。歐陽修〈賣油翁〉：「～手熟爾。」(**只是**手法熟練而已。)❹連同「唯」，只要。〈岳飛之少年時代〉(《宋史·岳飛傳》)：「～大人許兒以身報效國家。」(**只要**父親允許我用性命來報效國家。)

惡 一❶ok3岳 [3聲] ❷è
❶名罪惡、壞事。《論語·顏淵》：「不成人之～。」(不促成別人的**壞事**。)❷形醜陋、簡陋、粗糙。邯鄲淳〈漢世老人〉(《笑林》)：「～衣蔬食。」(穿**粗糙**的衣服，吃粗劣的食物。)❸形不好、壞的。杜甫〈兵車行〉：「信知生男～。」(真的明白到誕下男孩是**不好**的。)
二❶wu3戶 [3聲] ❷wù
❶動厭惡、憎厭。《論語·里仁》：「能～人。」(能夠**憎厭**壞人。)❷動害怕。〈杯弓蛇影〉(《晉書·樂廣傳》)：「意甚～之。」(心裏十分**害怕**它。)

惠 ❶wai6衞 ❷huì
❶名恩惠。干寶〈董永賣身〉(《搜神記·第一卷》)：「蒙君之～。」(得到您的**恩惠**。)❷動惠及、給予好處。韓非《韓非子·外儲說右上》：「君必～民而已。」(君主必須**給予**百姓**好處**罷了。)❸形溫和、和暖。王羲之〈蘭亭集序〉：「～風和暢。」(**和暖**的春風柔和、舒暢。)❹形同「慧」，聰明、聰慧。〈愚公移山〉(《列子·湯問》)：「甚矣汝之不～！」(你太不**聰明**了！)

悲 ❶bei1卑 ❷bēi
形悲傷、傷心。〈閔子騫童年〉(《敦煌變文集·孝子傳》)：「父乃～歎。」(父親因而**悲傷**感歎。)

慍 ❶wan3溫 [3聲] ❷yùn
動怨恨。《論語·學而》：「人不知而不～。」(別人不理解自己卻**不怨恨**。)

惶
⓵wong4 黃　⓶huáng

❶形恐懼、害怕。司馬遷《史記・刺客列傳》：「時～急。」（一時間又恐懼又急迫。）❷名恐懼的感受。文天祥〈過零丁洋〉：「惶恐灘頭説～恐。」（在惶恐灘邊兵敗，我抒發驚恐不安的感受。）❸動驚訝。〈木蘭辭〉：「火伴皆驚～。」（同伴都很驚訝。）

恐懼

慨
⓵koi3 概　⓶kǎi

❶動感慨、慨歎。王安石〈少狂喜文章〉：「仰屋～平生。」（仰望屋子，慨歎自己的一生。）❷〔慷慨〕見頁105「慷」字條。

想
⓵soeng2 賞　⓶xiǎng

❶動想像。〈高山流水〉（《列子・湯問》）：「～象猶吾心也。」（你想像的事物都跟我的心一樣。）❷動想念、懷念。蘇軾〈念奴嬌・赤壁懷古〉：「遙～公瑾當年。」（遙遠地懷念周瑜在那個時候。）

感
⓵gam2 敢　⓶gǎn

❶動感動。〈愚公移山〉（《列子・湯問》）：「帝～其誠。」（天帝被他的誠心所感動。）❷動感觸、感慨。杜甫〈春望〉：「～時花濺淚。」（時局混亂，令人感慨，就連花朵也流下淚來。）❸名感覺、感受。譬如朱熹就是藉〈觀書有～〉這首詩抒發讀書後的感受。

感動

愁
⓵sau4 仇　⓶chóu

❶形憂愁。崔顥〈黃鶴樓〉：「煙波江上使人～！」（長江上煙霧籠罩的水面，令人感到憂愁！）❷動擔心。高適〈別董大〉（其一）：「莫～前路無知己。」（不要擔心前面路上沒有明白自己的人。）

愈
⓵jyu6 預　⓶yù

❶動同「癒」，痊癒。〈杯弓蛇影〉（《晉書・樂廣傳》）：「沉痾頓～。」（患了許久的病也馬上痊癒了。）❷動勝過、比……更……。朱用純〈朱子家訓〉：「園蔬～珍饈。」（園圃裏種植的蔬菜，也比珍貴的美食更美味。）❸副更加。宋濂〈送東陽馬生序〉：「色～恭。」（臉色更加恭敬。）

愛
⓵oi3 柯伊 [3 聲]　⓶ài

❶動疼愛。白居易〈燕詩〉：「叟有～子。」（一位老人家有一個很疼愛的兒子。）❷動喜歡。杜牧〈山行〉：「停車坐～楓林晚。」（我停下車子，只因為喜愛這楓樹林的黃昏景色。）❸動珍惜。蘇洵〈六國論〉：「向使三國各～其地。」（假使這三個諸侯國各自珍惜它們的土地。）

喜歡

意
⓵ji3 懿　⓶yì

❶名心意。王維〈送別〉：「君言不得～。」（您説生活不能滿足自己的心意。）❷名心裏。孟郊〈遊子吟〉：「～恐遲遲歸。」（心裏害怕兒子遲了回來。）❸名心情。李商隱〈登樂遊原〉：「向晚～不適。」（臨近晚上時，我的心情不暢快。）❹名念頭。杜甫〈兵車行〉：「武皇開邊～未已。」（漢武帝開拓邊疆的念

頭卻還沒停止。）❺動心想、認為。〈杯弓蛇影〉（《晉書・樂廣傳》）：「廣～杯中蛇即角影也。」（樂廣心想客人酒杯裏的小蛇，就是角弓的影子了。）❻動懷疑。〈疑鄰竊斧〉（《列子・説符》）：「～其鄰之子。」（懷疑他鄰居的兒子。）

懷疑

慎　粵san6 腎　普shèn
❶形謹慎、慎重。〈染絲〉（《墨子・所染》）：「故染不可不～也。」（故此漂染絲綢是不可以不謹慎的。）❷副千萬。邯鄲淳〈漢世老人〉（《笑林》）：「～勿他説。」（千萬不要跟其他人説起這件事。）

愴　粵cong3 創　普chuàng
❶形悲傷。❷名悲傷的感受。李白〈古朗月行〉：「凄～摧心肝。」（這份凄涼悲傷簡直傷透我的內心啊！）

慈　粵ci4 詞　普cí
❶形慈祥、慈愛，特別用於父母對子女。孟郊〈遊子吟〉：「～母手中線。」（慈祥的母親用手裏的針線。）❷形仁慈。韓非《韓非子・五蠹》：「故罰薄不為～。」（故此懲罰得輕不代表仁慈。）

慟　粵dung6 動　普tòng
形悲痛。〈岳飛之少年時代〉（《宋史・岳飛傳》）：「飛悲～不已。」（岳飛悲痛得不能停下來。）

悲痛

慷　粵hong1 康/hong2 康 [2聲]　普kāng
〔慷慨〕形激昂。譬如曹操〈短歌行〉裏「慨當以慷」應當理解為「當以～」，意指「應該用激昂的歌聲」。

慕　粵mou6 霧　普mù
❶動羨慕、貪羨。司馬光〈訓儉示康〉：「君子多欲則貪～富貴。」（君子一旦太多慾望，就會貪圖、羨慕財富和地位。）❷動仰慕、敬仰。宋濂〈送東陽馬生序〉：「益～聖賢之道。」（更加仰慕聖人、賢人的學説。）

慮　粵leoi6 類　普lù
❶動思慮、考慮。〈大學之道〉（《禮記・大學》）：「～而后能得。」（思慮周詳，然後就能夠有得着。）❷動憂慮。諸葛亮〈出師表〉：「夙夜憂～。」（日夜都感到憂慮。）❸名心思、意念。諸葛亮〈出師表〉：「志～忠純。」（志向、心思都忠誠不二。）

憐　粵lin4 連　普lián
❶動哀憐、憐憫。張若虛〈春江花月夜〉：「可～樓上月徘徊。」（多惹人憐憫啊！那月光在樓臺頂上流連不走。）❷動憐惜。葉紹翁〈遊園不值〉：「應～屐齒印蒼苔。」（應該憐惜木屐的鞋跟在草綠色的苔蘚上留下腳印。）❸動憐愛、喜愛。韋應物〈滁州西澗〉：「獨～幽草澗邊生。」（我只喜歡在那幽靜的溪澗岸邊生長的野草。）

應　一粵jing1 英　普yīng
副應該。葉紹翁〈遊園不值〉：「～憐屐齒印蒼苔。」（應該憐惜木屐的鞋跟在草綠色的苔蘚上留下腳印。）
二粵jing3 英 [3聲]　普yìng
❶動回應、回答。柳宗元〈哀溺文序〉：「不～，搖其首。」（他不回答，搖搖他的頭。）❷動和應。歐陽修〈醉翁亭

記〉:「前者呼，後者～。」(前面的人呼叫，後面的人**和應**。) ❸〔承應〕見頁 110「承」字條。

懲 粵cing4 情　普chéng
❶動懲罰。陳壽《三國志・諸葛亮傳》:「無惡不～。」(沒有奸惡的人不被**懲罰**。) ❷形苦惱。〈愚公移山〉(《列子・湯問》):「～山北之塞。」(大山的北面堵塞了去路，讓他很**苦惱**。)

懷 粵waai4 淮　普huái
❶動懷念、思念。范仲淹〈岳陽樓記〉:「登斯樓也，則有去國～鄉。」(登上這座高樓，就會有離開京城、懷念故鄉的想法。) ❷名情懷、情感。李白〈春夜宴從弟桃花園序〉:「不有佳詠，何伸雅～？」(沒有優美的詩歌，怎麼能夠抒發高雅的**情懷**？) ❸名衣襟。〈庭中有奇樹〉(《古詩十九首》):「馨香盈～袖。」(花兒的香氣充滿在**衣襟**和袖子裏。) ❹名胸懷、胸襟。王羲之〈蘭亭集序〉:「所以游目騁～。」(藉此讓人放縱雙眼，四處張望，舒展**胸懷**。) ❺動抱着。司馬遷《史記・屈原賈生列傳》:「於是～石遂自沉汨羅以死。」(屈原於是**抱着**石頭，最終從汨羅江跳下自盡。)

戈 部

這是「戈」的甲骨文寫法。「戈」是一種武器，有着長長的木柄、橫向的刀刃、頂部的裝飾。武器是用來打伏的，因此從「戈」部的字，大多跟戰爭、打伏有關。

戈 粵gwo1 果〔1 聲〕　普gē
❶名一種武器名稱。 ❷〔干戈〕見頁 87「干」字條。

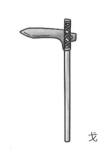

戈

戎 粵jung4 容　普róng
❶名泛指兵器。《禮記・月令》:「以習五～。」(來操練五種**兵器**。) ❷名戰爭、與軍隊有關的事務。〈木蘭辭〉:「萬里赴～機。」(他們前往萬里之外，進行**軍事**行動。) ❸名對中原西部外族的統稱。陳壽《三國志・諸葛亮傳》:「西和諸～。」(在西面，平定一眾**外族**。)

戍 粵syu3 恕　普shù
動防守、戍守。杜甫〈兵車行〉:

「歸來頭白還～邊。」（回來的時候他們的頭髮已經變白，卻依然要去**戍守**邊疆。）

橫戌，點戍，戊中空

「戌」、「戍」、「戊」這三個字的字形十分接近。「戌」讀〔恤〕（xū），是斧頭之類的兵器，後來用作「地支」（見頁87「干」字條欄目「文化趣談」），來表示時間（晚上七時至九時）和年份（如「庚戌年」）。「戍」的本義就是「戍守」。「戊」讀〔務〕（wù），也是斧頭一類的兵器，後來用作「天干」（見頁87「干」字條欄目「文化趣談」），來表示年份，如「戊午年」。

為了辨別這三個字，坊間於是根據三個字中間的筆畫，編成了「橫戌，點戍，戊中空」的口訣：「戌」字的中間是短橫畫；「戍」字的中間是點畫；「戊」字的中間則甚麼也沒有。

成　粵sing4 城　曾chéng
❶動成功、完成。陳仁錫〈鐵杵磨針〉（《史品赤函》）：「李白讀書未～。」（李白讀書，沒有**完成**學業。）❷動成為、變成。蘇軾〈題西林壁〉：「橫看～嶺側～峯。」（從正面看，就**變成**山嶺；從側面看，就**變成**山峯。）❸動長成。白居易〈燕詩〉：「一旦羽翼～。」（有一天，小燕子的羽毛、翅膀**長成**了。）❹〔成人〕名成年人，成為大人。〈畫荻〉（《歐陽公事跡》）：「下筆已如～。」（落筆就已經好像**成年人**的水平那樣高了。）❺動出現。〈三人成虎〉（《戰國策·魏策》）：「然而三人言而～虎。」（但是三個人提起的話，就真的**出現**老虎。）❻形正確。韓非〈曾子殺豬〉（《韓非子·外儲說左上》）：「非所以～教也。」（不是**正確**教育孩子的方法。）

戒　粵gaai3 界　曾jiè
❶動警戒、戒備。《國語·吳語》：「息民不～。」（解散軍中的百姓，不用他們**戒備**守城。）❷動警惕。《三字經》：「～之哉！」（大家多**警惕**啊！）❸動同「誡」，勸誡、勸告。譬如〈孟母～子〉就是講述了母親**勸誡**孟子讀書不能半途而廢的故事。

我　粵ngo5 臥［5聲］　曾wǒ
❶代我、我們。〈不貪為寶〉（《左傳·襄公十五年》）：「～以不貪為寶也。」（**我**把不貪圖財物的品德視為寶物。）❷代我的、我們的。劉義慶〈荀巨伯遠看友人疾〉（《世說新語·德行》）：「寧以～身代友人命。」（寧願用**我的**性命來換取朋友的性命。）

或　粵waak6 惑　曾huò
❶副或許、也許。司馬遷《史記·封禪書》：「其神～歲不至，～歲數來。」（這神靈**也許**一整年都不來，**也許**一年來幾次。）❷連或者。歐陽修〈朋黨論〉：「及其見利而爭先，～利盡而交疏。」（直到他們看到利益，因而爭相奪取，**或者**利益沒有了，關係因而變得生疏。）❸代有人。杜甫〈兵車行〉：「～從十五北防河。」（**有人**自十五歲開始，就到北方的黃河戍守。）❹副有時。宋濂〈送東陽馬生序〉：「～遇其叱咄。」（**有時**遭到他訓斥。）❺〔或……或……〕連有時……有時……。劉義慶〈周處除三害〉（《世說新語·自新》）：「蛟～浮沒。」（蛟龍**有時**浮起，**有時**下沉。）

截　粵zit6 節［6聲］　曾jié
動截斷。邯鄲淳〈截竿入城〉（《笑林》）：「遂依而～之。」（於是聽從

老人的話，**截斷**竹竿。）

戲　⓵hei3 氣　⓷xì
❶**動**玩耍、嬉戲。〈江南〉：「魚～蓮葉間。」（魚兒在蓮葉之間**嬉戲**。）

❷**動**開玩笑。韓非〈曾子殺豬〉（《韓非子·外儲説左上》）：「特與嬰兒～耳。」（只是跟孩子**開玩笑**而已。）

户　部

這是「户」的甲骨文寫法，描繪了「門」的其中一半——在古代，兩扇的門稱為「門」，單扇的稱為「户」。每個家庭、每間屋子都有門有户，因此從「户」部的字，大部分都跟門户、房屋有關。

户　⓵wu6 互　⓷hù
❶**名**單扇門，後來泛指門。〈木蘭辭〉：「木蘭當～織。」（木蘭對着**房門**織布。）❷**名**窗户。朱用純〈朱子家訓〉：「關鎖門～。」（關上並鎖緊大門和**窗户**。）❸**名**家庭。王安石〈元日〉：「千門萬～瞳瞳日。」（逐漸光亮的旭日，照耀着千萬個**家庭**。）

所　⓵so2 鎖　⓷suǒ
❶**名**住所、處所。❷**助**與後面的動詞結合時，解作「……的人」、「……的事物」等。〈木蘭辭〉：「可汗問～欲。」（君王問木蘭想要的**賞賜**。）❸〔所以〕①**代**相當於「……的原因」。〈東施效顰〉（《莊子·天運》）：「彼知顰美而不知顰之～美。」（她只知道皺眉頭很漂亮，卻不知道皺眉頭很漂亮**的原因**。）②**代**相當於「……的方法」、「藉此……」。韓非〈曾子殺豬〉（《韓非子·外儲説左上》）：「非～成教也。」（不是正確教育孩子**的方法**。）

房　⓵fong4 防　⓷fáng
❶**名**房間。《左傳·宣公十七年》：「婦人笑於～。」（齊惠公的夫人在**房間**裏笑起來。）❷〔洞房〕見頁151「洞」字條。

扁　一⓵bin2 貶　⓷biǎn
形扁平。范曄《後漢書·東夷列傳》：「欲令其頭～。」（希望使他們的頭部**扁平**。）
二⓵pin1 偏　⓷piān
形細小。張若虛〈春江花月夜〉：「誰家今夜～舟子？」（是哪家的遊子，今晚乘坐**細小**的船兒離開？）

扉　⓵fei1 飛　⓷fēi
名門。王維〈山中送別〉：「日暮掩柴～。」（夕陽落下，我把柴**門**關上。）

手 部

上圖是「又」的甲骨文寫法，下圖是「手」的金文寫法。「手」是後起的字，它來自「又」。「又」的本義就是手部，可以看到手臂、手腕、手掌和三隻手指；後來「又」多用作連詞，人們於是另造新字來表示手部，並多加兩隻手指，創造出「手」。

人類比動物優勝的地方，就是除了擁有腦袋，還擁有雙手和十指，能夠做出各種靈巧的動作。為了表達各種手部動作，人們於是創造了不少從「手」部的文字。

才 ●coi4 裁 ●cái
❶剾剛才、剛剛。楊萬里〈小池〉：「小荷～露尖尖角。」(小小的荷花**剛**從水面露出尖銳的一角。)❷剾只。邯鄲淳〈漢世老人〉(《笑林》)：「～餘半在。」(**只**剩下一半銅錢。)❸名才能、才華。韓愈〈雜説〉(四)：「～美不外見。」(**才能**和優點都不能展現出來。)❹〔才子〕名有才華的人。范公偁〈名落孫山〉(《過庭錄》)：「孫山，滑稽～也。」(孫山，是一個能言善辯、**很有才華的人**。)

手 ●sau2 首 ●shǒu
❶名人的上肢，左手、右手。孟郊〈遊子吟〉：「慈母～中線。」(慈祥的母親用**手**裏的針線。)❷〔手自〕剾親手、親自。宋濂〈送東陽馬生序〉：「～筆錄。」(**親手**用筆抄寫內容。)❸名手法、技能。歐陽修〈賣油翁〉：「惟～熟爾。」(只是**手法**熟練而已。)

扣 ●kau3 叩 ●kòu
❶動同「叩」，敲、敲擊。葉紹翁〈遊園不值〉：「小～柴扉久不開。」(即使輕輕**敲動**柴做的門，主人久久也不肯打開。)❷動同「叩」，詢問、請教。魏禧〈大鐵椎傳〉：「～其鄉及姓字。」(**詢問**他的故鄉和姓氏名字。)

托 ●tok3 託 ●tuō
❶動用手承托。❷動同「託」，交託。范公偁〈名落孫山〉(《過庭錄》)：「鄉人～以子偕往。」(同鄉把兒子**交託**給孫山，由孫山帶他一起前往試場。)❸動同「託」，藉故。方苞〈弟椒塗墓誌銘〉：「弟～言不嗜。」(弟弟**藉故**説自己不喜歡。)

技 ●gei6 忌 ●jì
名招數、本領。紀昀〈曹某不怕鬼〉(《閱微草堂筆記‧灤陽消夏錄一》)：「鬼～窮。」(這隻鬼的**本領**用盡了。)

折 ●zit3 節 ●zhé
❶動折斷。〈折箭〉(《魏書‧吐谷渾傳》)：「汝取一隻箭～之。」(你拿

取一枝箭，然後**折斷**它。）❷**動**摘取。杜秋娘〈金縷衣〉：「莫待無花空～枝。」（不要等待到花兒凋謝後，才白白**摘取**枝條。）

抑

⟨粵⟩jik1 憶　⟨普⟩yì

❶**動**壓制。司馬遷《史記・魏公子列傳》：「～秦兵。」（**壓制**秦國士兵。）❷**形**謙讓、謙虛。司馬遷〈御人之妻〉（《史記・管晏列傳》）：「其後夫自～損。」（這件事後，丈夫變得**謙虛**。）❸**連**表示選擇，相當於「抑或」。《論語・學而》：「求之與？～與之與？」（向他求取呢？**抑或**給予他呢？）

把

⟨粵⟩baa2 靶　⟨普⟩bǎ

❶**動**拿着。杜甫〈兵車行〉：「縱有健婦～鋤犁。」（即使有健壯的婦女**拿起**鋤頭和犁來耕種。）❷**動**看守。羅貫中《三國演義・第九十五回》：「若街亭有兵～守。」（如果街亭有士兵**看守**。）❸**介**表示對象，相當於「將」。蘇軾〈飲湖上初晴後雨〉（其二）：「欲～西湖比西子。」（想**將**西湖比喻為西施。）

承

⟨粵⟩sing4 城　⟨普⟩chéng

❶**動**承托。范曄《後漢書・張衡列傳》：「下有蟾蜍，張口～之。」（下面有蟾蜍，張開嘴巴**承托**候風地動儀。）❷**動**承受、接受。《左傳・僖公十五年》：「敢不～命？」（怎麼敢不**接受**命令？）❸〔承應〕**動**侍候。田汝成〈西湖清明節〉：「接踵～。」（相繼**侍候**。）❹**動**承認。沈括〈摸鐘〉（《夢溪筆談・權智》）：「遂～為盜。」（終於**承認**自己就是那盜賊。）

抹

⟨粵⟩mut3 沫　⟨普⟩mǒ

❶**動**塗抹。❷**動**借指化妝、妝容。蘇軾〈飲湖上初晴後雨〉（其二）：「淡妝濃～總相宜。」（不論是淡薄的打扮，還是濃豔的**妝容**，都總是合適的。）

拑

⟨粵⟩kim4 黔　⟨普⟩qián

動夾住。〈鷸蚌相爭〉（《戰國策・燕策》）：「蚌合而～其喙。」（蚌閉上牠的殼，並且**夾住**鷸鳥的嘴巴。）

拙

⟨粵⟩zyut3 啜　⟨普⟩zhuó

形笨拙。陳仁錫〈鐵杵磨針〉（《史品赤函》）：「白笑其～。」（李白取笑她**笨拙**。）

拖

⟨粵⟩to1 妥 [1 聲]　⟨普⟩tuō

❶**動**拖拉。班固《漢書・嚴朱吾丘主父徐嚴終王賈傳上》：「～舟而入水。」（把船隻**拖拉**到水裏面。）❷**動**擺動。劉向〈葉公好龍〉（《新序・雜事五》）：「～尾於堂。」（在大廳**擺動**尾巴游動。）

抵

⟨粵⟩dai2 底　⟨普⟩dǐ

❶**動**抵擋、抵抗。羅貫中《三國演義・第四十五回》：「曹軍不能～當。」（曹操的軍隊不能**抵擋**。）❷**動**抵得上。杜甫〈春望〉：「家書～萬金。」（家裏寄來的書信**抵得上**萬兩黃金。）

拂

⟨粵⟩fat1 忽　⟨普⟩fú

動輕輕擦過。高鼎〈村居〉：「～堤楊柳醉春煙。」（**輕輕擦過**河堤的柳樹，陶醉在春天的霧氣裏。）

披

⟨粵⟩pei1 丕　⟨普⟩pī

❶**動**揭開、撥開。柳宗元〈始得西山宴遊記〉：「到則～草而坐。」（到達後就**撥開**草地，然後坐下。）❷**動**散開。紀昀〈曹某不怕鬼〉（《閱微草堂筆記・灤陽消夏錄一》）：「忽～髮吐舌作縊鬼狀。」（忽然**散開**頭髮，吐出舌頭，變成吊死鬼的樣子。）

持　⑭ci4 詞　⑮chí

❶動 拿着。〈畫蛇添足〉（《戰國策・齊策》）：「乃左手～卮。」（竟然左手拿着酒壺。）❷動 攜帶。韓非〈鄭人買履〉（《韓非子・外儲說左上》）：「吾忘～度。」（我忘記攜帶尺碼。）❸動 用來。〈十五從軍征〉：「烹穀～作飯。」（我烹煮穀物，用來製作米飯。）

指　⑭zi2 旨　⑮zhǐ

❶名 手指。宋濂〈送東陽馬生序〉：「手～不可屈伸。」（手指不能夠屈曲、伸展。）❷動 指向。杜牧〈清明〉：「牧童遙～杏花村。」（一個放牧的孩子遠遠地指向杏花村。）❸動 直立。司馬遷《史記・項羽本紀》：「頭髮上～。」（頭髮向上直立。）❹副 同「直」，一直。〈愚公移山〉（《列子・湯問》）：「～通豫南。」（一直通向豫州的南部。）

文化趣談

食指的故事

　食指位處拇指和中指之間，那為甚麼會叫做「食指」呢？一般有兩個說法：

第一，和我們一樣，古人都習慣用食指指頭來試探食物的冷熱，然後放到嘴裏試吃，久而久之，人們就把這隻手指稱為「食指」。

第二，食指內的經絡健康與否，會影響「大腸」、「胃」等器官的運作。由於這些器官都跟飲食有關，人們於是把這隻手指稱為「食指」。

關於「食指」，還有一段有趣的故事。春秋時期，鄭靈公的兒子姬宋每逢可以品嘗美食時，食指都會動起來。有一天早上，姬宋準備到朝廷拜見父親時，食指動了一下，他於是跟弟弟說：「看來今天我又有美食等待我了，不知道我們將會吃甚麼？」果然，鄭靈公收到楚國送來的一隻大水魚，於是下令廚子烹調，讓文武百官在朝廷上品嘗。

這個故事後來演變為成語「食指大動」，表示將有美味的東西可以吃，或者面對美食時食慾大增。

拾　⑭sap6 十　⑮shí

❶動 撿拾。〈岳飛之少年時代〉（《宋史・岳飛傳》）：「～薪為燭。」（撿拾柴枝當作蠟燭。）❷動 整理。蘇軾〈花影〉：「剛被太陽收～去。」（剛剛被下山的太陽整理、帶走。）

挈　⑭kit3 竭　⑮qiè

❶動 拿起。《墨子・兼愛中》：「譬若～太山越河濟也。」（就好像拿起泰山，跨越黃河與濟水。）❷動 帶領。〈東施效顰〉（《莊子・天運》）：「～妻子而去之走。」（帶着妻子和兒子，躲避她離開。）

振　⑭zan3 震　⑮zhèn

❶動 振動、抖動。司馬遷《史記・屈原賈生列傳》：「新浴者必～衣。」（剛沐浴的人一定會抖動衣服。）❷形 同「震」，震驚。司馬遷〈一鳴驚人〉（《史記・滑稽列傳》）：「諸侯～驚。」（各國諸侯感到震驚。）

挽　⑭waan5 輓　⑮wǎn

動 拉。〈岳飛之少年時代〉（《宋史・岳飛傳》）：「能～弓三百斤。」（能夠拉開需要三百斤力量的弓。）

捧　粵pung2 碰 [2聲] 普pěng
❶動用雙手托住。梁啟超〈譚嗣同傳〉：「君與康先生～詔慟哭。」（您和康有為先生**雙手托住**詔書，傷心地哭泣。）❷動按壓。〈東施效顰〉（《莊子‧天運》）：「歸亦～心而顰其里。」（回家後也**按**着胸口，在村子裏皺眉頭。）

捷　粵zit6 截 普jié
動勝利。杜甫〈蜀相〉：「出師未～身先死。」（派出的軍隊還未**勝利**，他自己就先死去了。）

排　粵paai4 牌 普pái
動推開。王安石〈書湖陰先生壁〉（其一）：「兩山～闥送青來。」（兩座大山**推開**了門，贈予青綠色來。）

採　粵coi2 彩 普cǎi
動採摘。賈島〈尋隱者不遇〉：「言師～藥去。」（説師傅前往**採摘**草藥。）

授　粵sau6 受 普shòu
❶動給予。邯鄲淳〈漢世老人〉（《笑林》）：「閉目以～乞者。」（閉着眼睛來**施捨給**乞丐。）❷動教授、傳授（知識）。韓愈〈師説〉：「～之書而習其句讀者。」（**教授**他們書本的內容，和複習當中句子標點的方法。）

接　粵zip3 摺 普jiē
❶動交接、連接。白居易〈賦得古原草送別〉：「晴翠～荒城。」（野草那明亮的翠綠色**連接**着荒蕪了的城池。）❷〔接踵〕副相繼、一個接一個。田汝成〈西湖清明節〉：「～承應。」（**相繼**侍候。）

探　一粵taam1 貪 普tàn
動用手觸摸。〈兩小兒辯日〉（《列子‧湯問》）：「及其日中，如～湯。」（直到中午的時候，卻好像**用手觸摸**開水。）
二粵taam3 貪 [3聲] 普tàn
動探索。蒲松齡《聊齋誌異‧促織》：「～石發穴。」（**探索**一塊大石，發現了一個洞穴。）

掇　粵zyut3 啜 普duō
動拾取、摘取。曹操〈短歌行〉：「明明如月，何時可～？」（明亮的月亮，甚麼時候才可以**採摘**下來？）

揠　粵aat3 壓 普yà
動拔起、拉起。〈揠苗助長〉（《孟子‧公孫丑上》）：「宋人有閔其苗之不長而～之者。」（宋國有人擔心他的禾苗不能生長，因此**拔起**它們。）

援　粵wun4 桓 普yuán
❶動拉。馬中錫〈中山狼傳〉：「～烏號之弓。」（**拉起**烏號弓。）❷動攀爬。《爾雅‧釋獸》：「猱蝯善～。」（猿猴擅長**攀爬**。）❸動攀附。〈在上位不陵下〉（《禮記‧中庸》）：「在下位，不～上。」（君子身處低職位，也不會**攀附**高職位的人。）❹動拿出。〈高山流水〉（《列子‧湯問》）：「乃～琴而鼓之。」（於是**拿出**古琴來彈奏。）❺動援助。❻名援助、幫忙。蘇洵〈六國論〉：「蓋失強～。」（因為失去強大的**援助**。）

揮　粵fai1 輝 普huī
動揮動、舞動、搖動。李白〈送友人〉：「～手自茲去。」（**揮**手告別後，你就從這裏離去。）

損　粵syun2 選 普sǔn
❶動損失、失去。❷名失敗、損害。《尚書‧大禹謨》：「滿招～。」（自滿會招來**失敗**。）❸動剷平。〈愚公移山〉（《列子‧湯問》）：「曾不能～魁父之丘。」（尚且不能夠**剷平**魁父這座小

山。）❹形謙讓、謙虛。司馬遷〈御人之妻〉（《史記·管晏列傳》）：「其後夫自抑～。」（這件事後，丈夫變得**謙虛**。）

搗
⓿dou2島　⓿dǎo
動捶打。李白〈古朗月行〉：「白兔～藥成。」（玉兔用棍子**捶打**了的仙藥。）

搓
⓿co1初　⓿cuō
動兩手反覆摩擦、揉。徐渭〈風鳶圖詩〉（其一）：「柳條～線絮～棉。」（將柳樹的枝條**揉**成紙鳶的線，將柳絮**揉**成棉線。）

搔
⓿sou1蘇　⓿sāo
動用手指甲輕抓。杜甫〈春望〉：「白頭～更短。」（花白的頭髮越**抓**越短。）

摧
⓿ceoi1吹　⓿cuī
❶動折斷、摧毀。〈折箭〉（《魏書·吐谷渾傳》）：「單者易折，眾則難～。」（一枝箭容易折斷，很多箭就很難**摧毀**。）❷動傷害。李白〈古朗月行〉：「淒愴～心肝。」（這份淒涼悲傷簡直**傷透**我的內心啊！）

摘
⓿zaak6擇　⓿zhāi
動摘下。李白〈夜宿山寺〉：「手可～星辰。」（一伸手就可以**摘下**天上的星星。）

撒
⓿saat3殺　⓿sǎ
動灑下。劉義慶〈白雪紛紛何所似〉（《世說新語·言語》）：「～鹽空中差可擬。」（差不多可以比作在天空中**灑下**鹽粒。）

撩
⓿liu4聊　⓿liáo
〔撩亂〕形紛亂、凌亂。王昌齡〈從軍行〉（其二）：「～邊愁聽不盡。」（使人內心**凌亂**的邊塞離愁，像這樂曲

一樣，永遠也聽不完。）

撲
⓿pok3樸　⓿pū
❶動撲打。杜牧〈秋夕〉：「輕羅小扇～流螢。」（拿着一把輕巧的絲質小搖扇，**撲打**飛舞的螢火蟲。）❷〔撲朔〕形兔子前腳動彈的樣子。〈木蘭辭〉：「雄兔腳～。」（雄性兔子的前腳會經常**動彈**。）

撫
⓿fu2斧　⓿fǔ
❶動撫摸。〈閔子騫童年〉（《敦煌變文集·孝子傳》）：「父以手～之。」（父親用手**撫摸**他。）❷動撫養。歸有光〈歸氏二孝子傳〉：「～愛之如己出。」（**撫養**和愛護他，就好像自己所生的孩子。）

撥
⓿but6勃　⓿bō
動撥動。駱賓王〈詠鵝〉：「紅掌～清波。」（紅紅的腳掌**撥動**清澈的水波。）

撼
⓿ham6憾　⓿hàn
動搖動、搖撼。周密〈浙江之潮〉（《武林舊事·觀潮》）：「震～激射。」（震動、**搖撼**着天地，激射出既高且大的浪濤。）

操
一⓿cou1粗　⓿cāo
❶動拿着。韓非〈鄭人買履〉（《韓非子·外儲說左上》）：「至之市而忘～之。」（等到前往市集，卻忘記**攜帶**尺碼。）❷名琴曲。〈高山流水〉（《列子·湯問》）：「初為〈霖雨〉之～。」（起初彈奏描述連日大雨的**琴曲**。）
二⓿cou3燥　⓿cāo
名德行、操守。司馬遷《史記·酷吏列傳》：「湯之客田甲，雖賈人，有賢～。」（張湯的門客田甲，雖然是一位商人，卻有着優良的**操守**。）

擔 一粵daam1 耽 普dān
動用肩膊挑起。《戰國策‧秦策》：「負書～橐。」（背負書本，**挑起**袋子。）
二粵daam3 耽 [3 聲] 普dàn
名擔子。歐陽修〈賣油翁〉：「有賣油翁釋～而立。」（有一位售賣油的老人家，放下**擔子**，然後站着。）

擎 粵king4 瓊 普qíng
動高舉、支撐。蘇軾〈贈劉景文〉：「荷盡已無～雨蓋。」（荷花枯萎了，連向上**支撐**的雨傘也已經消失。）

擊 粵gik1 激 普jī
❶動擊打、敲打。鄭板橋〈竹石〉：「千磨萬～還堅勁。」（經歷千萬次的磨難和**打擊**，竹子依然堅韌強勁。）❷動攻擊、擊殺。劉義慶〈周處除三害〉（《世說新語‧自新》）：「又入水～蛟。」（又走進河裏，**擊殺**蛟龍。）

擘 粵maak3 抹隔 [3 聲] 普bò
動分開、張開。張岱〈白洋潮〉：「如驅千百羣小鵝～翼驚飛。」（如同驅趕千百羣小鵝，讓牠們**張開**翅膀，慌張飛翔。）

擣 粵dou2 島 普dǎo
動同「搗」，捶打。張若虛〈春江花月夜〉：「～衣砧上拂還來。」（月光在她為遊子**捶打**衣服的石砧上，擦也擦不掉。）

擬 粵ji5 以 普nǐ
❶動比擬、比作。劉義慶〈白雪紛紛何所似〉（《世說新語‧言語》）：「撒鹽空中差可～。」（差不多可以**比作**在天空中灑下鹽粒。）❷動模擬、模仿。范曄《後漢書‧張衡列傳》：「衡乃～班固〈兩都〉，作〈二京賦〉。」（張衡於是**模仿**班固的〈兩都賦〉，寫作了〈二京賦〉。）

擷 粵kit3 揭 普xié
動摘取、採摘。王維〈相思〉：「願君多采～。」（希望您多點**採摘**相思豆。）

擲 粵zaak6 擇 普zhì
❶動投擲、拋擲。蒲松齡《聊齋誌異‧促織》：「簾內～一紙出。」（窗簾後**拋**出一張紙條。）❷動跳躍。宋濂〈束氏狸狌〉：「狸狌奮～而出。」（野貓用力**跳躍**，然後逃出。）

攀 粵paan1 扳 普pān
動攀爬。〈庭中有奇樹〉（《古詩十九首》）：「～條折其榮。」（我**攀爬**到樹枝上，摘下其中一朵花兒。）

擋 粵dong2 黨 普dǎng
動同「擋」，抵擋、攔住。張岱〈白洋潮〉：「龜山一～。」（龜山**抵擋**了一下。）

支 部

　　這是「支」的小篆寫法，下面的部件是「又」，是一隻手；上面的部件是半個「竹」字，表示被截斷的竹子。「支」的本義就是手持半枝竹子。從「支」部的常用字就只有「支」，可是意思已不再跟「手持竹子」有關了。

支 ⓟzi1 之 ⓜzhī
❶動支撐、支持。方苞〈弟椒塗墓誌銘〉：「則困不～矣。」（就疲倦得不能支持下去了。）❷動供給。班固《漢書‧趙充國辛慶忌傳》：「足～萬人一歲食。」（足夠供給一萬個人一年的食物。）❸名「地支」的簡稱，見頁87「干」字條欄目「文化趣談」。

攴 部

　　「手」對人類來說十分重要，因此衍生出不少跟「手」有關的部首，譬如「又」、「手」，還有「攴」。「攴」讀〔撲〕(pū)，左圖是它的小篆寫法，上面的部件是棍棒之類的東西，下面的部件是一隻手，整個字描繪出一隻手拿着棍棒敲打物件，本義是「敲打」。從「攴」部的字，大多都跟手部動作有關。

收 ⓟsau1 修 ⓜshōu
❶動收復。杜甫〈聞官軍收河南河北〉：「劍外忽傳～薊北。」（劍門關外忽然傳來官兵收復薊州以北一帶的消息。）❷動整理。蘇軾〈花影〉：「剛被太陽～拾去。」（剛剛被下山的太陽整理、帶走。）❸動埋葬。杜甫〈兵車行〉：「古來白骨無人～。」（從古時到現在戰死士兵的屍體都沒有人埋葬。）

攻 ⓟgung1 恭 ⓜgōng
❶動攻擊、攻打。劉義慶〈荀巨伯遠看友人疾〉（《世說新語‧德行》）：「值胡賊～郡。」（遇上外族敵軍攻打

郡城。）❷**動**鑽研、專長。韓愈〈師說〉：「術業有專～。」（學問、技藝各有**專長**。）

改 ●goi2 該 [2 聲] ●gǎi

❶**動**改過、改正。《論語・述而》：「其不善者而～之。」（借鑒他不好的地方，並且**改正**自己。）❷**動**改變。賀知章〈回鄉偶書〉（其一）：「鄉音無～鬢毛衰。」（我的家鄉口音沒有**改變**，耳朵旁邊的毛髮卻變得稀疏。）

放 ●fong3 況 ●fàng

❶**動**釋放。柳宗元〈黔之驢〉：「～之山下。」（把驢子**釋放**到山腳。）❷**動**放開。鄭板橋〈竹石〉：「咬定青山不～鬆。」（竹子緊緊抓住青綠山上的泥土，不肯**放鬆**下來。）❸**動**放縱、盡情。杜甫〈聞官軍收河南河北〉：「白日～歌須縱酒。」（在燦爛的陽光下，我打開嗓子，**盡情**歌唱，還需要盡情喝酒。）❹〔放曠〕**形**放縱自己。羅貫中〈楊修之死〉（《三國演義・第七十二回》）：「楊修為人恃才～。」（楊修的性格，倚仗才華來**放縱自己**。）❺**動**放玩（風箏）。高鼎〈村居〉：「忙趁東風～紙鳶。」（趕忙趁着東風**放玩**風箏。）❻**動**擺放。朱熹〈讀書有三到〉（《訓學齋規》）：「將書冊齊整頓～。」（將書本**擺放**得整齊。）

政 ●zing3 證 ●zhèng

❶**名**政務、政事。司馬遷〈一鳴驚人〉（《史記・滑稽列傳》）：「委～卿大夫。」（把**政務**委託給卿、大夫等高官。）❷**名**政策、政令。〈苛政猛於虎〉（《禮記・檀弓下》）：「苛～猛於虎也。」（殘暴的**政令**比老虎可怕啊！）

故 ●gu3 固 ●gù

❶**名**故舊、昔日。王維〈送元二使安西〉：「西出陽關無～人。」（向西走出陽關後，再也沒有**舊**朋友了。）❷**名**原因。劉安〈塞翁失馬〉（《淮南子・人間訓》）：「馬無～亡而入胡。」（他的馬沒有**原因**就逃跑，並走進了外族地區。）❸**連**表示結果，相當於「所以」、「因此」、「故此」。〈染絲〉（《墨子・所染》）：「～染不可不慎也。」（**故此**漂染絲綢是不可以不謹慎的。）❹**副**故意、特意。王逸〈后羿射日〉（《楚辭章句・卷三》）：「～留其一日也。」（**故意**留下其中一個太陽。）

效 ●haau6 傚 ●xiào

❶**動**仿效、效法。譬如〈東施～顰〉就是講述東施**仿效**西施皺眉頭的故事。❷**動**效力。司馬遷《史記・魏公子列傳》：「此乃臣～命之秋也。」（這是我**效力**、賣命的時刻。）❸**名**效果。蘇洵〈六國論〉：「斯用兵之～也。」（這是發動士兵的**效果**。）

教 一●gaau3 較 ●jiào

動教育、教導。韓非〈曾子殺豬〉（《韓非子・外儲説左上》）：「非所以成～也。」（不是正確**教育**孩子的方法。）

二●gaau1 交 ●jiāo

動使、讓。王昌齡〈閨怨〉：「悔～夫壻覓封侯。」（後悔**讓**丈夫出征，尋覓皇帝賞賜的爵位。）

救 ●gau3 夠 ●jiu

❶**動**救援、營救。司馬遷《史記・孔子世家》：「楚～陳。」（楚國**營救**陳國。）❷**動**撲滅。班固〈曲突徙薪〉（《漢書・霍光金日磾傳》）：「鄰里共～之。」（鄰居們一同來**撲滅**大火。）

敕 ●cik1 斥 ●chì

❶**名**聖旨，即天子、皇帝的詔

書。白居易〈賣炭翁〉:「手把文書口稱～。」(手裏拿着一份公文，口裏聲稱是**皇帝的聖旨**。))❷〔敕勒〕**名**北方外族名稱。〈敕勒歌〉:「～川，陰山下。」(**敕勒**大平原就在陰山山腳。)

敗 _粵baai6 稗 _普bài

❶**動**敗壞、毀壞。劉義慶〈荀巨伯遠看友人疾〉(《世説新語·德行》):「～義以求生。」(**敗壞**道義來求取性命。)❷**動**失敗、兵敗。蘇洵〈六國論〉:「趙嘗五戰於秦，二～而三勝。」(趙國曾經對秦國五次開戰，兩次**戰敗**、三次勝利。)❸**動**擊敗對方。《莊子·逍遙遊》:「大～越人。」(大規模**擊敗**越國士兵。)

敘 _粵zeoi6 罪 _普xù

動述説、抒發。王羲之〈蘭亭集序〉:「亦足以暢～幽情。」(也足夠去讓人暢快地**抒發**內心深處的情意。)

敝 _粵bai6 幣 _普bì

形損壞、破爛。白居易〈燕詩〉:「嘴爪雖欲～。」(父母的嘴巴與腳爪即使快要**磨損**。)

散 _一_粵saan3 傘 _普sàn

❶**動**分離。〈月兒彎彎照九州〉:「幾家飄～在他州。」(多少家庭在其他地方飄零、**離散**!)❷**動**散開。白居易〈燕詩〉:「隨風四～飛。」(隨着風向向四處**分散**飛走。)❸**動**散發。王冕〈素梅〉(其五十六):「～作乾坤萬里香。」(**散發**成為天地之間、萬里之外的香氣。)

_二_粵saan2 山 [2 聲] _普sǎn

形懶散。荀況《荀子·脩身》:「庸眾駑～。」(平庸的普通人既無能，又**懶散**)

敲 _粵haau1 吼 _普qiāo

❶**動**敲打。趙師秀〈約客〉:「閒～棋子落燈花。」(我無聊地輕輕**敲**着棋子，震落了油燈燈芯的花形灰燼。)❷**動**捶打。杜甫〈江村〉:「稚子～針作釣鉤。」(年幼的兒子**捶打**了幾下針，就變成釣魚用的魚鉤。)

數 _一_粵sou2 嫂 _普shǔ

❶**動**計算、計數。魏學洢〈核舟記〉:「珠可歷歷～也。」(念珠可以清清楚楚地**計算**。)❷**動**列舉。司馬光〈訓儉示康〉:「以侈自敗者多矣，不可遍～。」(因奢侈而導致自己失敗的例子很多，不可以一一**列舉**。)

_二_粵sou3 素 _普shù

❶**名**數目、數量。李白〈春夜宴從弟桃花園序〉:「罰依金谷酒～。」(依據古人在金谷園罰飲酒的**數量**來懲罰。)❷**數**表示不確定的數目，相當於「幾」。王安石〈泊船瓜洲〉:「鍾山只隔～重山。」(鍾山只隔着**幾**座山嶺。)

_三_粵sok3 索 _普shuò

副多次。〈閔子騫童年〉(《敦煌變文集·孝子傳》):「～失繮靮。」(**多次**拿不穩韁繩和靮帶。)

整 _粵zing2 貞 [2 聲] _普zhěng

❶**形**整齊、有秩序。朱用純〈朱子家訓〉:「要內外～潔。」(必須使房子裏面和外面都**整齊**清潔。)❷〔整頓〕**動**收拾整齊。朱熹〈讀書有三到〉(《訓學齋規》):「須～几案。」(必須**收拾整齊**桌子。)

斂 _粵lim5 臉 _普liǎn

❶**動**收集、儲存。邯鄲淳〈漢世老人〉(《笑林》):「聚～無厭。」(把錢財沒有節制地**儲存**起來。)❷**動**收斂、節制。姚瑩〈捕鼠説〉:「鼠稍～。」(老鼠稍為**收斂**。)

文 部

這是「文」的甲骨文寫法，就像一個人身上畫上了圖案。「文」的本義就是「紋身」，是古時南方人的習俗。後來「文」多指文字、文章，人們於是在「文」旁邊加上「糸」部，創出「紋」字，來表示「花紋」、「紋身」等意思。

文　🔊man4 民　🔊wén
❶名同「紋」，花紋。〈精衞填海〉（《山海經・北山經》）：「～首、白喙、赤足。」（長有**花紋**的頭部、白色的嘴巴、紅色的雙腳。）❷名文字。王安石〈遊褒禪山記〉：「其～漫滅。」（碑石上的**文字**十分模糊、逐漸消失。）❸名文章。劉義慶〈白雪紛紛何所似〉（《世說新語・言語》）：「與兒女講論～義。」（和子姪講解和討論**文章**的道理。）❹〔文字〕名文章。〈畫荻〉（《歐陽公事跡》）：「自幼所作詩賦～。」（從小時候創作的詩歌、**文章**。）❺〔文章〕①名文辭、文采。李白〈春夜宴從弟桃花園序〉：「大塊假我以～。」（大自然把**文采**賜予我。）②名篇章。杜甫〈偶題〉：「～千古事。」（**篇章**創作是時代悠遠的事業。）

斗 部

これは「斗」的甲骨文寫法，就好像一個長柄的勺子——這就是「斗」的本義，後來又從盛水器皿引申出容量單位。故此從「斗」部的字，不少都跟這種器皿和容量單位有關。

斗　🔊dau2 蚪　🔊dǒu
❶名長柄勺子。曹鄴〈官倉鼠〉：「官倉老鼠大如～。」（政府糧倉裏的老鼠，肥大得猶如**舀米用的勺子**。）❷名星

長柄勺子

座名稱，星星排列成斗形，因此有這樣的名稱。劉方平〈月夜〉：「北～闌干南～斜。」（北斗星和南斗星都傾斜了。）

❸量容量單位，相當於 1.8 至 10 公升。陶潛〈雜詩〉（其一）：「～酒聚比鄰。」（只有一斗酒，也要邀請身邊的鄰居共飲。）

斤 部

這是「斤」的甲骨文寫法，其實是一把砍樹用的斧頭：下半部分是斧頭的柄，上半部分是刀刃。「斤」的本義就是斧頭，斧頭的功用是砍斷事物，因此不少從「斤」部的文字都跟「斧頭」、「砍斷」有關。

斤 ❤gan1 巾 ❤jīn
❶名斧頭。《左傳·哀公二十五年》：「皆執利兵，無者執～。」（全都拿起銳利的兵器，沒有的話就拿起斧頭。）❷量重量單位，相當於 250 至 660 克。〈岳飛之少年時代〉（《宋史·岳飛傳》）：「能挽弓三百～。」（能夠拉開需要三百斤力量的弓。）

斬 ❤zaam2 簪 [2 聲] ❤zhǎn
❶動砍殺。劉義慶〈周處除三害〉（《世說新語·自新》）：「或說處殺虎～蛟。」（有人遊說周處去砍殺老虎和蛟龍。）❷動斷絕。羅貫中《三國演義·第九回》：「漢祀不～。」（漢朝的血脈沒有斷絕。）

斯 ❤si1 私 ❤sī
代這、此。劉禹錫〈陋室銘〉：「～是陋室。」（這是一間簡陋的房子。）

新 ❤san1 辛 ❤xīn
❶形新的、後來出現的。王安石〈元日〉：「總把～桃換舊符。」（把全新的桃符換走所有陳舊的桃符。）❷名新的

事物。《論語·為政》：「溫故而知～。」（溫習舊知識時，並且能獲得新體會。）❸形清新。王維〈送元二使安西〉：「客舍青青柳色～。」（旅館外青綠的柳樹，顏色變得清新了。）❹形新鮮、成熟。蘇軾〈食荔枝〉：「盧橘楊梅次第～。」（枇杷和楊梅一種接一種的新鮮成熟。）❺動革新。〈大學之道〉（《禮記·大學》）：「在～民。」（在於革新民風。）❻動改變。李元綱〈孝基還財〉（《厚德錄·卷一》）：「知其能自～。」（知道他能夠改變自己。）❼副剛剛。劉方平〈月夜〉：「蟲聲～透綠窗紗。」（蟲兒的鳴叫聲剛剛透入窗邊綠色的紗簾。）

斷 ❤dyun6 段 ❤duàn
❶動截斷、斷開。曹操〈短歌行〉：「憂從中來，不可～絕。」（我的憂愁由心裏流露出來，不可以切斷。）❷動阻隔。〈愚公移山〉（《列子·湯問》）：「無隴～焉。」（沒有高山阻隔了。）❸動失去。杜牧〈清明〉：「路上行人欲～魂。」（道路上遠行的人快要失去魂魄，十分傷心。）

方 部

　　「方」的甲骨文寫法由「刀」和「一」組成：「一」是指事符號，用來指出「刀」的鋒芒，故此「方」的本義是刀的鋒芒，後來才被借來表示「方形」。

　　大抵旗子都是方形的，故此從「方」部的字，**不少都跟旗子有關**，譬如「旗」、「旅」、「旋」等。

方 〔粵〕fong1 芳　〔普〕fāng

❶**形** 方形。朱熹〈觀書有感〉（其一）：「半畝～塘一鑒開。」（半畝大的**方形**池塘，像一面剛打開的鏡子。）❷**名** 面積。〈鄒忌諷齊王納諫〉（《戰國策·齊策》）：「今齊地～千里。」（如今齊國疆土**面積**達千里。）❸**名** 方向。《莊子·則陽》：「四～上下有窮乎？」（四個**方向**和上下有盡頭嗎？）❹**名** 地方。《論語·學而》：「有朋自遠～來。」（有朋友從遙遠的**地方**前來。）❺**名** 方法。李翱〈命解〉：「爾循其～。」（你遵循正當的**方法**。）❻**副** 正在、正當。〈杯弓蛇影〉（《晉書·樂廣傳》）：「～欲飲。」（**正當**想飲酒。）❼**副** 剛剛。蘇軾〈飲湖上初晴後雨〉（其二）：「水光瀲灩晴～好。」（晴天時，湖水反映着陽光，波光閃爍得**剛剛好**。）❽**副** 將、快要、就快。范曄《後漢書·獨行列傳》：「後期～至。」（後來約定的日期**就快**到。）

於 〔粵〕jyu1 淤　〔普〕yú

❶**介** 表示位置，相當於「在」。〈疑鄰竊斧〉（《列子·説符》）：「掘～谷而得其斧。」（**在**山谷挖掘泥土時，找回他的斧頭。）❷**介** 表示來源、起點，相當於「從」。荀況〈勸學〉（《荀子》）：「青，取之～藍。」（青色，是**從**蓼藍提煉出來的。）❸**介** 表示終點，相當於「到」。〈刻舟求劍〉（《呂氏春秋·察今》）：「其劍自舟中墜～水。」（他的劍從船上掉**到**水裏。）❹**介** 表示時間，相當於「在」。司馬遷〈一鳴驚人〉（《史記·滑稽列傳》）：「國且危亡，在～旦暮。」（國家快將滅亡的危險局勢，就**在**短時間內出現了。）❺**介** 表示對象，相當於「向」、「對」。〈鄒忌諷齊王納諫〉（《戰國策·齊策》）：「臣之客欲有求～臣。」（我的客人希望**向**我有請求。）❻**介** 表示比較，相當於「比」、「較」、「過」。杜牧〈山行〉：「霜葉紅～二月花。」（那經歷過寒霜的楓葉，**比起**二月開的花朵更艷麗。）❼**介** 表示被動，相當於「被」。〈苛政猛於虎〉（《禮記·檀弓下》）：「昔者吾舅死～虎。」（從前我的家翁**被**老虎咬死。）❽〔於是〕①**連** 表示承接，帶有「這件事之後 …… 」的意思，用法與今天的「於是」一樣。〈三人成虎〉（《戰國策·魏策》）：「～辭行。」（龐葱**於是**告辭並出發。）②**連** 表示因果，可以理解為「由於 …… 就 …… 」。劉向〈葉公好龍〉（《新序·雜事五》）：「～夫龍聞而下之。」（**由於**他這麼喜歡龍，真的龍知道了，**就**下凡到葉公家裏。）❾〔於何〕**副** 如何、怎樣。〈高山流水〉（《列子·湯

問》）：「吾～逃聲哉？」（我還可以**怎樣**隱藏自己的心聲呢？）

旅

（粵）leoi5 呂　（普）lǔ

❶**名**軍隊。桓寬《鹽鐵論》：「足軍～之費。」（補足**軍隊**的費用。）❷**名**旅行、旅途。杜甫〈與嚴二郎奉禮別〉：「題書報～人。」（寫信來回覆在**旅途**上的人。）❸**形**野生。〈十五從軍征〉：「中庭生～穀，井上生～葵。」（院子裏長着**野生**的穀物，水井邊長着**野生**的冬葵。）❹〔逆旅〕見頁270「逆」字條。

无 部

「无」是「無」的最初寫法，解作「沒有」。以「无」為部首的字很少，並且都跟「沒有」無關。當作為偏旁時，「无」會寫作「旡」（讀〔寄〕，jì），意指跪在地上、張開嘴巴打嗝，左圖就是「旡」的甲骨文寫法。譬如「既」的偏旁是「旡」，本義是用餐完畢，正正與「吃飽後打嗝」的意思有關。

无

（粵）mou4 毛　（普）wú

動同「無」，沒有。〈愚公移山〉（《列子·湯問》）：「子子孫孫，～窮匱也。」（子孫後代**沒有**盡頭、不會缺少。）

既

（粵）gei3 寄　（普）jì

❶**動**盡、完結、終了。〈杯弓蛇影〉（《晉書·樂廣傳》）：「～飲而疾。」（把酒全部喝**光**，因此患病了。）❷〔既望〕**名**農曆十五日完結後的第一天，也就是農曆十六日，見頁130「望」字條欄目「文化趣談」。周密〈浙江之潮〉（《武林舊事·觀潮》）：「自～以至十八日為最盛。」（從農曆八月**十六日**一直到十八日，潮水是最壯觀的。）❸**副**已經。劉義慶〈荀巨伯遠看友人疾〉（《世說新語·德行》）：「賊～至。」（敵軍**已經**來到。）❹**動**到了。朱用純〈朱子家訓〉：「～昏便息。」（**到了**黃昏，就要休息。）❺**連**表示已經出現的原因，相當於「既然」。朱熹〈讀書有三到〉（《訓學齋規》）：「心眼～不專一。」（心思和眼睛**既然**不能夠專心。）❻〔既而〕**副**不久。周密〈浙江之潮〉（《武林舊事·觀潮》）：「～漸近。」（**不久**，潮水漸漸逼近。）❼**連**表示並列，說明事物同時具有兩種情況。俞長城〈全鏡文〉：「～清且明。」（**既**清澈，又明亮。）

日　部

　　這是「日」的甲骨文寫法，還真像個圓圓的太陽呢！那麼中間的一點又是甚麼？原來這個「☉」原本寫作「○」。由於要在甲骨上刻出圓形並非易事，因此有些人會用「□」來代替，不過問題來了：刻成「□」的話，便很容易跟「口」、「囗」混淆，我們的祖先於是想到在中間加上一點或一畫，寫成「☉」，後來演變成「日」。

　　「日」的本義就是太陽，因此**很多從「日」部的字，都跟太陽有關**。同時，古人依靠太陽來計算時間，因此不少從「日」部的字，**也跟時間有關**。

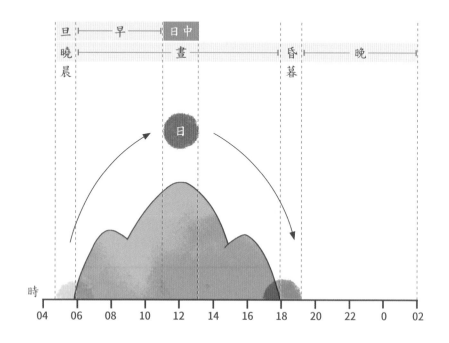

日 ⑧jat6 逸 ⑯rì

❶名太陽。寇準〈詠華山〉：「舉頭紅～近。」(抬起頭，能看到紅紅的**太陽**十分靠近。) ❷〔日中〕名中午、正午。劉義慶〈陳太丘與友期行〉(《世說新語‧方正》)：「君與家君期～。」(您跟我家父親約定在**中午**。) ❸名陽光。〈長歌行〉：「朝露待～晞。」(朝早的露珠等待**陽光**曬乾。) ❹名白天。范成大〈夏日田園雜興〉(其一)：「～長籬落無人過。」(夏季**白天**長，籬笆旁邊沒有人經過。) ❺名一日、一天。陸游〈示兒〉：「王師北定中原～。」(天子的軍隊往北平定中原的那**一天**。) ❻〔旦日〕見頁123「旦」字條。❼副每日、每天。蘇軾〈食荔枝〉：「～啖荔枝三百顆。」(**每天吃上三百顆**荔枝。) ❽名日子、時候。曹操〈短歌行〉：「去～苦多。」(逝去的**日子**太多了。) ❾〔異日〕見頁175「異」字條。❿名日期。宋濂〈送東陽馬生序〉：「計～以還。」(在約定的**日子**歸還。)

旦 ⑧daan3 誕 ⑯dàn

❶名日出。〈木蘭辭〉：「～辭爺娘去。」(第二天**日出**，就跟父母告辭離別。) ❷〔旦暮〕名日出和日落，比喻短時間。司馬遷〈一鳴驚人〉(《史記‧滑稽列傳》)：「國且危亡，在於～。」(國家快將滅亡的危險局勢，就在**短時間內**出現了。) ❸〔旦日〕名第二天。〈鄒忌諷齊王納諫〉(《戰國策‧齊策》)：「～，客從外來。」(**第二天**，一位客人從外地前來。) ❹名白天。姚瑩〈捕鼠說〉：「～遊院庭。」(**白天**在庭院裏遊走。) ❺名一天。白居易〈燕詩〉：「一～羽翼成。」(有**一天**，小燕子的羽毛、翅膀長成了。)

早 ⑧zou2 組 ⑯zǎo

❶名早上、朝早。譬如〈～發白帝城〉就是描述了李白**早上**從白帝城出發，前往江陵期間的所見所聞。❷副一

早、早就。楊萬里〈小池〉：「～有蜻蜓立上頭。」(**早就**有一隻小蜻蜓站在它的上面。) ❸副早早、趕快。高鼎〈村居〉：「兒童散學歸來～。」(孩子們放學後，就**趕快**回家。)

旬 ⑧ceon4 秦 ⑯xún

❶名十日。司馬遷《史記‧扁鵲倉公列傳》：「但服湯二～而復故。」(只需要連續二**十日**服用湯藥，就可以回復以前的狀態。) ❷名十年、十歲。白居易〈偶吟自慰兼呈夢得〉：「且喜同年滿七～。」(暫且為我們生年一樣、而且快滿七**十歲**而高興。) ❸形滿、整整。方苞〈弟椒塗墓誌銘〉：「～月中屢不再食。」(**整整**一個月裏經常不能吃兩次飯。)

昔 ⑧sik1 色 ⑯xī

名昔日、往昔、從前。李白〈古朗月行〉：「羿～落九烏。」(**從前**，后羿射下了九個太陽。)

明 ⑧ming4 名 ⑯míng

❶形光明、明亮。李白〈靜夜思〉：「牀前～月光。」(**明亮**的月兒光芒灑在睡牀跟前。) ❷〔黎明〕見頁319「黎」字條。❸形光明正大。〈大學之道〉(《禮記‧大學》)：「大學之道在明～德。」(「廣泛學習」的宗旨，在於弘揚**光明正大**的品德。) ❹形清晰。李白〈秋浦歌〉(其十五)：「不知～鏡裏。」(不知道在**清晰**的鏡子裏。) ❺〔分明〕見頁30「分」字條。❻形明顯。〈三人成虎〉(《戰國策‧魏策》)：「夫市之無虎～矣。」(市集沒有老虎，是十分**明顯**的。) ❼形鮮豔。蘇舜欽〈淮中晚泊犢頭〉：「時有幽花一樹～。」(在那幽靜的地方，時而可以看到花朵開滿一整棵樹，十分**鮮豔**。) ❽動發光。虞世南〈詠螢〉：「獨自暗中～。」(自己一個在黑暗裏**發亮**。) ❾動弘揚。〈大學

之道〉(《禮記・大學》):「大學之道在～明德。」(「廣泛學習」的宗旨,在於**弘揚光明正大**的品德。) ⓿名心智、智慧。荀況〈勸學〉(《荀子》):「神～自得。」(精神和**心智**就自然有得着。) ⓫〔明駝〕名善於走路的駱駝。〈木蘭辭〉:「願借～千里足。」(希望借用**能行走千里的駱駝**。) ⓬〔明堂〕名古代天子舉行大典的地方,相當於「宮殿」。〈木蘭辭〉:「天子坐～。」(皇帝安坐在**宮殿**裏。) ⓭形下一個。〈鷸蚌相爭〉(《戰國策・燕策》):「～日不雨。」(**明天(下一天)**不下雨。)

易

一 粵jik6 亦 普yì
❶動交換。司馬遷《史記・廉頗藺相如列傳》:「願以十五城請～璧。」(願意用十五座城池,請求**交換**和氏璧。) ❷動更換。〈愚公移山〉(《列子・湯問》):「寒暑～節。」(冬天和夏天**換季**。) ❸動改變。韓非《韓非子・五蠹》:「～其行矣。」(**改變**他的行為了。) ❹〔辟易〕見頁267「辟」字條。

二 粵ji6 義 普yì
❶形容易。〈折箭〉(《魏書・吐谷渾傳》):「單者～折。」(一枝箭**容易**折斷。) ❷〔輕易〕見頁265「輕」字條。 ❸形心安理得。〈在上位不陵下〉(《禮記・中庸》):「故君子居～以俟命。」(故此君子處於**心安理得**的境地,來等待天命的安排。)

昏

粵fan1 芬 普hūn
❶名黃昏、傍晚。朱用純〈朱子家訓〉:「既～便息。」(到了**黃昏**,就要休息。) ❷〔黃昏〕見頁318「黃」字條。 ❸名晚上。《弟子規》:「～則定。」(**晚上**臨睡,就先伺候父母安靜入睡。) ❹形昏暗、黑暗。歸有光〈項脊軒志〉:「日過午已～。」(過了中午,太陽就已經**昏暗**。) ❺形糊塗。王安石〈遊褒禪山記〉:「至於幽暗～惑。」(走到幽深、黑暗,令人**糊塗**、迷亂的地方。)

是

粵si6 事 普shì
❶代這、此。〈狐假虎威〉(《戰國策・楚策》):「～逆天帝之命也。」(**這**就是違背天帝的命令。) ❷〔於是〕見頁120「於」字條。 ❸〔是以〕連表示結果,相當於「因此」、「所以」。柳宗元〈哀溺文序〉:「～後。」(**所以**落後了。) ❹〔由是〕見頁174「由」字條。 ❺助表示句中詞語次序對調,一般與「唯」、「惟」等字一起使用,沒有實際意思,可以不用語譯。〈畫荻〉(《歐陽公事跡》):「惟讀書～務。」(只是努力讀書。) ❻動表示判斷,語譯時保留原文即可。李白〈靜夜思〉:「疑～地上霜。」(我懷疑**是**地板上面凝結了一層白霜。) ❼形正確。陶潛〈歸去來辭〉:「覺今～而昨非。」(我覺得現在做得**正確**,以前卻是錯誤的。) ❽名正確的事情。王謹〈口鼻眼眉爭辯〉(《唐語林・補遺》):「我談古今～非。」(我能夠談論從古代到現代各樣**正確**和錯誤的事情。)

星

粵sing1 猩 普xīng
❶名星星。李白〈夜宿山寺〉:「手可摘～辰。」(一伸手就可以摘下天上的**星星**。) ❷名專指木星。木星圍繞太陽公轉需時十二年,與「地支」紀年方法相同,人們於是用「周星」稱為一年。文天祥〈過零丁洋〉:「干戈寥落四周～。」(在對抗蒙古的戰爭中,我軍士兵稀少,到現在已經是四個**年頭**了。)

昳

粵jat6 日 普yì
〔昳麗〕形漂亮、俊俏。〈鄒忌諷齊王納諫〉(《戰國策・齊策》):「鄒忌脩八尺有餘,而形貌～。」(鄒忌身高八尺多一點,而且身形和樣貌都**光鮮俊朗**。)

晉 🔊zeon3 進 🔊jìn
❶名春秋時代的諸侯國名，見頁251「諸」字條欄目「歷史趣談」。❷名朝代名稱，分為西晉和東晉兩段時期。周敦頤〈愛蓮説〉：「～陶淵明獨愛菊。」（晉朝的陶潛只喜愛菊花。）

時 🔊si4 詩 [4 聲] 🔊shí
❶名時間、光陰。杜秋娘〈金縷衣〉：「勸君惜取少年～。」（我勸您要珍惜、捉緊年輕時候的光陰。）❷名時候。王安石〈泊船瓜洲〉：「明月何～照我還。」（明亮的月光甚麼時候才能夠照着我回家？）❸名當時。劉義慶〈陳太丘與友期行〉（《世説新語·方正》）：「元方～年七歲。」（陳元方當時七歲。）❹名季節。楊萬里〈曉出淨慈寺送林子方〉（其二）：「風光不與四～同。」（西湖的風景與其他季節並不相同。）❺〔時節〕①名節日、節令。杜牧〈清明〉：「清明～雨紛紛。」（清明節當日，不斷下着細雨。）②名季節。杜甫〈春夜喜雨〉：「好雨知～。」（一場完美的雨好像會認得季節。）❻名時局、時勢。杜甫〈春望〉：「感～花濺淚。」（時局混亂，令人感慨，就連花朵也流下淚來。）❼名時尚、潮流。朱慶餘〈近試上張籍水部〉：「畫眉深淺入～無？」（我畫的眼眉，濃淡合乎時尚嗎？）❽名情景。李商隱〈夜雨寄北〉：「卻話巴山夜雨～。」（追憶訴説今夜四川下雨的情景。）❾副經常。《論語·學而》：「學而～習之。」（學會並且經常複習知識。）❿副時而、有時。王維〈鳥鳴澗〉：「～鳴春澗中。」（牠們在春天的山中溪澗裏時而鳴叫。）⓫〔時時〕副有時、偶爾。〈鄒忌諷齊王納諫〉（《戰國策·齊策》）：「～而間進。」（偶爾也有人來呈上諫言。）

晨 🔊san4 神 🔊chén
名日出、天亮、清晨。《弟子規》：「～則省。」（日出起牀，就先向父母問安。）

晞 🔊hei1 希 🔊xī
動曬乾。〈長歌行〉：「朝露待日～。」（朝早的露珠等待陽光曬乾。）

晚 🔊maan5 萬 [5 聲] 🔊wǎn
❶名黃昏。杜牧〈山行〉：「停車坐愛楓林～。」（停下車子，只因為喜愛這楓樹林的黃昏景色。）❷名晚上、夜晚。白居易〈問劉十九〉：「～來天欲雪。」（夜晚到了，天空將要下雪。）

晝 🔊zau3 奏 🔊zhòu
名白天、白晝。范成大〈夏日田園雜興〉（其七）：「～出耘田夜績麻。」（白天外出，到田裏除草；晚上回家，把麻搓成線。）

晴 🔊cing4 情 🔊qíng
❶名晴天。劉禹錫〈竹枝詞〉（其一）：「道是無～卻有～。」（説是沒有晴天，卻是有着晴天。）❷形明亮。白居易〈賦得古原草送別〉：「～翠接荒城。」（野草那明亮的翠綠色連接着荒蕪了的城池。）❸名陽光。崔顥〈黃鶴樓〉：「～川歷歷漢陽樹。」（在陽光下，漢水北岸一帶平地的樹木清楚可見。）

景 🔊ging2 警 🔊jǐng
❶名日光。王維〈鹿柴〉：「返～入深林。」（太陽反照的日光照入樹林的深處。）❷名景色、景致。蘇軾〈贈劉景文〉：「一年好～君須記。」（一年裏最美好的景致，您必須記住。）

暗 🔊am3 庵 [3 聲] 🔊àn
❶形昏暗。虞世南〈詠螢〉：「獨自～中明。」（自己一個在黑暗裏發亮。）❷形不明顯。王安石〈梅花〉：「為有～香來。」（因為它傳來了不明顯的梅

花香氣。）❸副暗中、默默。朱熹〈讀書有三到〉（《訓學齋規》）：「不可牽強～記。」（不可以勉強地默默記下。）

暄

❸hyun1 圈　❸xuān

形陽光溫暖。方苞〈弟椒塗墓誌銘〉：「漸移就～。」（隨着陽光溫暖的地方，慢慢移動曬太陽的位置。）

暉

❸fai1 揮　❸huī

名陽光。孟郊〈遊子吟〉：「報得三春～？」（能夠報答到如春天陽光般溫暖的母愛？）

暢

❸coeng3 唱　❸chàng

❶形暢快。王羲之〈蘭亭集序〉：「亦足以～敍幽情。」（也足夠去讓人暢快地抒發內心深處的情意。）❷形舒暢。王羲之〈蘭亭集序〉：「惠風和～。」（和暖的春風柔和、舒暢。）

暮

❸mou6 慕　❸mù

❶名傍晚、黃昏。錢鶴灘〈明日歌〉：「～看日西墜。」（傍晚看着太陽往西邊落下。）❷動太陽落下。王維〈山中送別〉：「日～掩柴扉。」（夕陽落下，我把柴門關上。）❸〔旦暮〕見頁123「旦」字條。❹名晚上。〈鄒忌諷齊王納諫〉（《戰國策・齊策》）：「～寢而思之。」（晚上，鄒忌睡覺時，想着這件事。）❺形最後、結尾。王羲之〈蘭亭集序〉：「～春之初。」（春天最後一個月的開首。）

暴

一❸buk6 僕　❸pù

動同「曝」，曝曬、曬。

二❸bou6 部　❸bào

❶形殘暴。蘇洵〈六國論〉：「～秦之欲無厭。」（殘暴的秦國不會滿足於自己的慾望。）❷動欺凌。劉義慶〈周處除三害〉（《世說新語・自新》）：「並皆～犯百姓。」（都欺凌和侵害着平民。）❸形急而猛烈。〈高山流水〉（《列子・湯問》）：「卒逢～雨。」（突然遇上大雨。）❹副突然。〈岳飛之少年時代〉（《宋史・岳飛傳》）：「水～至。」（洪水突然湧到。）❺動上漲。柳宗元〈哀溺文序〉：「水～甚。」（河水上漲得厲害。）

曉

❸hiu2 僥［2 聲］　❸xiǎo

❶名破曉、天亮。孟浩然〈春曉〉：「春眠不覺～。」（春夜裏睡得甜甜的，不知道已經天亮。）❷動知曉、明白。朱熹〈讀書有三到〉（《訓學齋規》）：「自～其義也。」（自然會明白它的道理。）

曈

❸tung4 同　❸tóng

〔曈曈〕形日出時太陽逐漸光亮的樣子。王安石〈元日〉：「千門萬戶～日。」（逐漸光亮的旭日，照耀着千萬個家庭。）

曝

❸buk6 僕　❸pù

動曝曬、曬。〈鷸蚌相爭〉（《戰國策・燕策》）：「蚌方出～。」（一隻蚌正在出來曬太陽。）

曠

❸kwong3 礦　❸kuàng

❶形空曠。陶潛〈桃花源記〉：「土地平～。」（田地既平坦又空曠。）❷形開朗。范仲淹〈岳陽樓記〉：「登斯樓也，則有心～神怡。」（登上這座岳陽樓，就會感到心情開朗、精神愉悅。）❸〔放曠〕見頁116「放」字條。

曦

❸hei1 希　❸xī

名陽光、太陽。方苞〈弟椒塗墓誌銘〉：「候～光過簷下。」（等待陽光照到屋簷下。）

日　部

「曰」的本義是「説話」。這是它的甲骨文寫法：下半部分是「口」，也就是嘴巴；上半部分的短橫畫是個指事符號，指出「話語」從嘴巴説出，也就是「説話」了。後來，人們把這個短橫畫從「口」的外面移到裏面，因而變成今天的「曰」字。不過，從「曰」部的字，幾乎都跟「説話」沒有關係。

曰 ❶jyut6 月/joek6 弱 ⓐyuē

❶働説、説話。劉義慶〈荀巨伯遠看友人疾〉(《世説新語・德行》)：「友人語巨伯～。」(朋友告訴荀巨伯説。) ❷働叫做、稱為。〈精衛填海〉(《山海經・北山經》)：「名～精衛。」(名字叫做精衛。)

曲 ㊀ⓐkuk1 蛐 ⓐqū

❶圈彎曲。❷働把事物彎曲。駱賓王〈詠鵝〉：「～項向天歌。」(牠彎起脖子，向着天空歌唱。) ❸圈邪惡、不正當。司馬遷《史記・屈原賈生列傳》：「邪～之害公也。」(邪惡的人陷害正直的人。) ❹圈錯誤。❺圈錯誤的事情。司馬遷《史記・廉頗藺相如列傳》：「秦以城求璧而趙不許，～在趙。」(秦國用城池來請求換取和氏璧，如果趙國不答應，錯誤就在趙國。)

㊁ⓐkuk1 蛐 ⓐqǔ

圈樂曲、琴曲。〈高山流水〉(《列子・湯問》)：「～每奏。」(每次彈奏這兩首琴曲。)

更 ㊀ⓐgang1 羹 ⓐgēng

働改變、更換。班固〈曲突徙薪〉(《漢書・霍光金日磾傳》)：「～為曲突。」(更換為拐彎的煙囪。)

㊁ⓐgaang1 耕 ⓐgēng

❶圈夜間計時的單位，一更為二小時。李煜〈浪淘沙〉：「羅衾不耐五～寒。」(用絲綢編織的被子耐不住五更(凌晨三時至五時)時分的寒冷。) ❷圈代指晚上。劉方平〈月夜〉：「～深月色半人家。」(夜深了，月亮的光彩斜照着人們的半邊屋子。)

㊂ⓐgang3 羹 [3聲] ⓐgèng

❶働另外、再。王之渙〈登鸛雀樓〉：「～上一層樓。」(再登上一層城樓。) ❷働更加、越。杜甫〈春望〉：「白頭搔～短。」(花白的頭髮越抓越短。) ❸働竟然。劉義慶〈周處除三害〉(《世説新語・自新》)：「鄉里皆謂已死，～相慶。」(同鄉都認為周處和蛟龍已經死了，竟然互相慶祝。)

文化趣談

打更

古代沒有時鐘，一到晚上，太陽也下山了，古人是怎樣知道晚上的時間

呢？原來古人會通過「打更」制度來報時。

　　古人把晚上分為五個時段：從戌時（晚上七時）開始計算，每個時辰（兩個小時）為一更，即：初更、二更（晚上九時）、三更（晚上十一時）、四更（凌晨一時）、五更（凌晨三時），到清晨五時結束。打更人員會在大街巡邏，敲打更鼓、銅鑼，向居民報時，並提醒他們防火、防盜。

　　隨着機械時鐘引入中國，古代打更制度早已沒落，可是打更人員巡邏的工作一直延續到今日。我們會把管理大廈治安的人員稱為「看更」，這就是從「打更」一詞演變而來的。

書 ⓟsyu1 舒 ⓜshū
①動書寫。〈畫荻〉（《歐陽公事跡》）：「教以～字。」（教導他書寫文字。）②動題字。白居易〈荔枝圖序〉：「南賓守樂天命工吏圖而～之。」（南賓郡太守白居易吩咐官府裏的畫工，給荔枝繪圖和題字。）③名書本、書籍。〈鑿壁借光〉（《西京雜記‧第二》）：「家富多～。」（家裏富有，擁有許多書籍。）④名經書，儒家的經典書籍。〈岳飛之少年時代〉（《宋史‧岳飛傳》）：「強記～傳。」（擅長記誦經書和史傳的內容。）⑤名書信。杜甫〈春望〉：「家～抵萬金。」（家裏寄來的書信抵得上萬兩黃金。）⑥名文書。〈鄒忌諷齊王納諫〉（《戰國策‧齊策》）：「上～諫寡人者。」（呈上文書勸諫我的人。）⑦名名冊、名單。〈木蘭辭〉：「軍～十二卷。」（徵兵的名冊有許多卷。）⑧〔中書〕見頁4「中」字條。⑨〔尚書〕見頁78「尚」字條。

曹 ⓟcou4 槽 ⓜcáo
助用於人稱代詞後，表示複數，相當於「們」。〈折箭〉（《魏書‧吐谷渾傳》）：「汝～知否？」（你們知道嗎？）

曾 一ⓟcang4 層 ⓜcéng
①副曾經。辛棄疾〈永遇樂‧京口北固亭懷古〉：「人道寄奴～住。」（人們說劉裕曾經在這裏住過。）②〔不曾〕見頁2「不」字條。
二ⓟzang1 憎 ⓜzēng
①名姓氏。譬如〈曾子殺豬〉的主角是曾子，他姓曾，名參（讀〔心〕，shēn）。②連表示遞進，相當於「尚且」。〈愚公移山〉（《列子‧湯問》）：「～不能損魁父之丘。」（尚且不能夠剷平魁父這座小山。）③副竟然。〈愚公移山〉（《列子‧湯問》）：「～不若孀妻弱子。」（竟然比不上寡婦和年幼的孩子。）

會 一ⓟwui6 匯 ⓜhuì
①動聚會。王羲之〈蘭亭集序〉：「～于會稽山陰之蘭亭。」（在會稽郡山陰縣的蘭亭聚會。）②動會面。司馬遷《史記‧廉頗藺相如列傳》：「臣嘗從大王與燕王～境上。」（我曾經跟從大王和燕王在邊境會面。）
二ⓟwui6 匯 ⓜkuài
〔會稽〕名地名，位於今天的浙江省東部。王羲之〈蘭亭集序〉：「會于～山陰之蘭亭。」（在會稽郡山陰縣的蘭亭聚會。）
三ⓟwui5 匯 [5 聲] ⓜhuì
副懂得。錢泳〈要做則做〉（《履園叢話》）：「吾不～做。」（我不懂得做。）

月 部

「月兒彎彎照九州」，這句話出自宋朝的一首民謠。「月」的甲骨文寫法就是根據這彎月兒描繪出來的，因此它的本義就是「月亮」。從「月」部的字，大多跟「月亮」有關，譬如：朔、望、朝、朗。

月 ●jyut6乙 ●yuè
❶名月亮，見頁130「望」字條欄目「文化趣談」。李白〈靜夜思〉：「舉頭望明～。」(抬起頭來，看到皎潔的月亮。)❷名月光。王安石〈泊船瓜洲〉：「明～何時照我還。」(明亮的月光甚麼時候才能夠照着我回家？)❸名月色。杜牧〈泊秦淮〉：「煙籠寒水～籠沙。」(煙霧和月色籠罩着寒冷的河水和沙洲。)❹名一個月、月份。高鼎〈村居〉：「草長鶯飛二～天。」(農曆二月時節，小草漸漸生長，黃鶯飛翔。)❺〔正月〕見頁142「正」字條。❻〔歲月〕見頁143「歲」字條。

有 一●jau5友 ●yǒu
❶動有、有着。王維〈畫〉：「遠看山～色。」(遠遠地看，畫中的山有着顏色。)❷動擁有。周怡〈勉諭兒輩〉：「莫待無時思～時。」(不要等到失去的時候才懷念擁有的時候。)❸動獲得、得到。宋濂〈送東陽馬生序〉：「卒獲～所聞。」(最終還是可以獲得知識。)❹動遭遇、遇上。〈苛政猛於虎〉(《禮記·檀弓下》)：「壹似重～憂者。」(真的好像多次遭遇不幸。)❺動出現、發出。沈括〈摸鐘〉(《夢溪筆談·權智》)：「為盜者摸之則～聲。」(如果是盜賊，觸摸它

的話，就會發出聲音。)❻動露出。〈閔子騫童年〉(《敦煌變文集·孝子傳》)：「知騫～寒色。」(發現閔子騫露出寒冷的面色。)❼動發生。班固〈曲突徙薪〉(《漢書·霍光金日磾傳》)：「不者且～火患。」(不這樣的話，將會發生火災。)❽動患上。劉義慶〈荀巨伯遠看友人疾〉(《世說新語·德行》)：「友人～疾。」(我的朋友患上疾病。)❾動保存。〈不貪為寶〉(《左傳·襄公十五年》)：「不若人～其寶。」(不能比得上讓我們每個人保存自己的寶物。)❿動提出。杜甫〈兵車行〉：「長者雖～問。」(儘管有地位的人提出疑問。)⓫動講究。劉義慶〈荀巨伯遠看友人疾〉(《世說新語·德行》)：「而入～義之國！」(卻入侵了這個講究道義的國家！)
二●jau6又 ●yòu
助同「又」，用於整數與餘數之間，表示附加，一般不用語譯。《論語·為政》：「吾十～五而志於學。」(我十五歲時就立志讀書學習。)

服 ●fuk6伏 ●fú
❶動服從。韓非《韓非子·五蠹》：「當舜之時，有苗不～。」(舜帝在位的時候，部落三苗並不服從。)❷動負責、承擔。《論語·為政》：「弟

子〜其勞。」(子女**承擔**父母的工作。)
❸**動**服用。司馬遷《史記・扁鵲倉公列傳》:「但〜湯二旬而復故。」(只需要連續二十日**服用**湯藥,就可以回復以前的狀態。)❹**名**衣服、服飾。周怡〈勉諭兒輩〉:「飲食衣〜。」(食物和**衣着**。)❺**動**穿着、穿戴。〈鄒忌諷齊王納諫〉(《戰國策・齊策》):「朝〜衣冠。」(一天早上,他**穿好**衣服和帽子。)

朕
🔹zam6 鴆　🔹zhèn
代秦朝後為皇帝專用的自稱,相當於「我」、「我的」。司馬遷《史記・秦始皇本紀》:「天子自稱曰『〜』。」(皇帝稱自己做「**朕**」。)

文化趣談
古人的「自稱」

古代不同階級、不同身份的人,會用上不同的字詞來稱呼自己。這些用法都反映了古代的社會階級極為分明。

朔
🔹sok3 索　🔹shuò
❶**名**農曆每月初一日,見頁130「望」字條欄目「文化趣談」。〈岳飛之少年時代〉(《宋史・岳飛傳》):「每

值〜望。」(每到農曆初一、十五日。)❷**名**「朔方」的簡稱,泛指北方。〈愚公移山〉(《列子・湯問》):「一厝〜東。」(一座山放在**朔方**的東部。)❸〔朔氣〕**名**北方的寒氣。〈木蘭辭〉:「〜傳金柝。」(在**北方的寒氣**裏,傳來打更用的金屬棍子的敲擊聲。)❹〔撲朔〕見頁113「撲」字條。

朗
🔹long5 郎 [5 聲]　🔹lǎng
❶**形**明朗、明亮。譬如〈古〜月行〉就是一首描寫月亮**明朗**的詩歌。❷**形**晴朗。王羲之〈蘭亭集序〉:「天〜氣清。」(天空**晴朗**,空氣清新。)

望
🔹mong6 亡 [6 聲]　🔹wàng
❶**動**遠望、望。〈十五從軍征〉:「出門東向〜。」(走出大門,向着東方**遠望**。)❷**動**盼望、希望。《孟子・梁惠王上》:「則無〜民之多於鄰國也。」(那就不要**希望**百姓比鄰國的多。)❸**名**聲望、聲譽。宋濂〈送東陽馬生序〉:「先達德隆〜尊。」(有學問的前輩德行高、**聲望**大。)❹**名**農曆每月十五日。〈岳飛之少年時代〉(《宋史・岳飛傳》):「每值朔〜。」(每到農曆初一、**十五日**。)❺〔既望〕見頁121「既」字條。

文化趣談
月相

月相,是從地球所看到的月亮形態。月球圍繞地球公轉約需29.53日,其間,地球、月球、太陽的位置不斷有規律地變化,致使太陽照射月亮、月光反射到地球的角度也不斷改變,因此人們每一晚看到月亮的形態,是圓是缺,也各有不同。從農曆每月初一到最後一晚的月相,簡列如下:

月相		農曆每月
新月（朔月）		初一
眉月		初二至初七
上弦月		初七、初八
盈凸月		初九至十四
滿月（望月）		十五
虧凸月		十六至廿一
下弦月		廿二、廿三
殘月		廿四至月底

期

一⦿粵kei4 旗　⦿普qī

❶名日期、日子。李商隱〈夜雨寄北〉：「君問歸～未有～。」（您問我回來的日子，我還不知道這日子在甚麼時候。）❷名時候。白居易〈燕詩〉：「黃口無飽～。」（張開黃色嘴巴的小燕子，卻沒有飽足的時候。）❸動約定、相約。劉義慶〈陳太丘與友期行〉（《世說新語·方正》）：「陳太丘與友～行。」（陳太丘和朋友相約一同出行。）❹動期望、要求。陶潛〈歸去來辭〉：「帝鄉不可～。」（神仙居住的地方是不可以期望的。）

二⦿粵gei1 基　⦿普jī

動滿、滿一年。〈鄒忌諷齊王納諫〉（《戰國策·齊策》）：「～年之後。」（滿一年後。）

朝

一⦿粵ziu1 焦　⦿普zhāo

❶名朝早、早上。李白〈早發白帝城〉：「～辭白帝彩雲間。」（早上，我告別五彩雲朵裏的白帝城。）❷名一天。曹鄴〈官倉鼠〉：「誰遣～～入君口？」（是誰人天天都讓糧食送入您們的嘴巴裏？）

二⦿粵ciu4 潮　⦿普cháo

❶名朝代。杜牧〈江南春〉：「南～四百八十寺。」（南朝時代的四百八十多座佛寺。）❷名「朝廷」的簡稱，也就是君主處理政事的地方。〈鄒忌諷齊王納諫〉（《戰國策·齊策》）：「於是入～見威王曰。」（鄒忌於是前往朝廷晉見齊威王說。）❸〔朝廷〕名君主處理政事的地方。〈鄒忌諷齊王納諫〉（《戰國策·齊策》）：「～之臣。」（朝廷上的大臣。）❹〔市朝〕見頁85「市」字條。❺動朝拜、朝見。〈鄒忌諷齊王納諫〉（《戰國策·齊策》）：「皆～於齊。」（都到齊國朝拜。）❻動召見。司馬遷〈一鳴驚人〉（《史記·滑稽列傳》）：「於是乃～諸縣令長七十二人。」（於是召見一眾縣的首長共七十二個人。）

木 部

這是「木」的甲骨文寫法：下半部分是樹根，中間的豎筆是樹幹，而上半部分就是樹梢。後來這樹梢就變為橫畫「一」，樹根就變為「丿」和「乀」，樹幹就維持不變，因而成為今天的「木」字。「木」本來就是指「樹木」，從「木」部的字，要麼跟木材有關，要麼就是指不同的樹木種類。

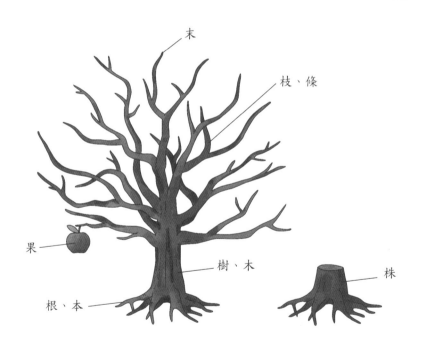

木 ⓹muk6 沐 ⓹mù
❶名樹、樹木。杜甫〈春望〉：「城春草～深。」（春天來到長安城，花草樹木卻叢生。）❷名木頭。荀況〈勸

學〉（《荀子》）：「鍥而舍之，朽～不折。」（雕刻幾下就放棄，腐朽的木頭也不能夠折斷。）❸〔木蘭〕名一種樹木名稱，花朵外面呈紫色，裏面為白色，香

氣濃郁。韓非〈買櫝還珠〉(《韓非子・外儲説左上》):「為～之櫃。」(放入**木蘭**做的盒子裏。)

木蘭

未 ^粵mei6 味 ^普wèi
❶副未曾、還沒有。王昌齡〈出塞〉(其一):「萬里長征人～還。」(遠遠前往萬里之外征戰的人,**還沒有**回來。)❷副不。劉義慶〈白雪紛紛何所似〉(《世説新語・言語》):「～若柳絮因風起。」(**不如**比作柳絮憑藉風飛起來。)❸〔未幾〕副不久。〈岳飛之少年時代〉(《宋史・岳飛傳》):「～,同死。」(**不久**,周同去世。)

末 ^粵mut6 沒 ^普mò
❶名樹梢、樹枝的末端。《左傳・昭公十一年》:「～大必折。」(**樹梢**過於粗大,一定會折斷樹幹。)❷名末端。《孟子・梁惠王上》:「明足以察秋毫之～,而不見輿薪。」(眼光敏鋭得足夠去觀察秋天時鳥獸細毛的**末端**,卻看不見一車子的柴枝。)❸形不重要、低級。司馬遷《史記・項羽本紀》:「項羽為魯公,為次將,范增為～將,救趙。」(項羽成為魯國公,擔任次等將領;范增擔任**低級**將領,營救趙國。)

本 ^粵bun2 般 [2 聲] ^普běn
❶名植物的根部。❷名事物的根源、本源。〈大學之道〉(《禮記・大學》):「物有～末。」(每件事物都有**本源**和細節。)❸名樹幹、植物的莖部。白居易〈荔枝圖序〉:「若離～枝。」(如果離開**主幹**與樹枝。)❹副本來。《三字經》:「人之初,性～善。」(人剛剛出生的時候,品性**本來**是善良的。)

朽 ^粵jau2 由 [2 聲] /nau2 扭 ^普xiǔ
動腐爛、腐朽。荀況〈勸學〉(《荀子》):「鍥而舍之,～木不折。」(雕刻幾下就放棄,**腐朽**的木頭也不能夠折斷。)

朱 ^粵zyu1 豬 ^普zhū
形紅色,見頁227「色」字條欄目「文化趣談」。《莊子・達生》:「紫衣而～冠。」(穿上紫色的衣服,戴上**紅色**的帽子。)

朵 ^粵do2 躲 ^普duǒ
名成串、成堆的果實。白居易〈荔枝圖序〉:「～如葡萄。」(果子一串串的,好像葡萄。)

材 ^粵coi4 才 ^普cái
❶名木材。《孟子・梁惠王上》:「～木不可勝用也。」(**木材**不會用盡。)❷名同「才」,才能、才華。韓愈〈雜説〉(四):「食之不能盡其～。」(餵飼牠,卻不能夠全面發揮牠的**才能**。)

杖 ^粵zoeng6 丈 ^普zhàng
❶名枴杖、手杖。〈夸父追日〉(《山海經・海外北經》):「棄其～。」(丟棄了他的**手杖**。)❷名棍棒。《孔子家語・六本》:「建大～以擊其背。」(舉起一枝大**棍棒**來擊打他的背脊。)

杏 ^粵hang6 幸 ^普xìng
名一種植木名稱,花朵白色或淡紅色,花朵和果實都叫做「杏」。葉紹翁〈遊園不值〉:「一枝紅～出牆來。」(開

滿樹枝的紅色**杏花**從花園牆壁上伸出來了。）

杓
（粵soek3 削　普sháo）

名勺子，取水、舀東西的器具。歐陽修〈賣油翁〉：「徐以～酌油瀝之。」（慢慢地用**勺子**，把油倒下並滴入葫蘆裏。）

杞
（粵gei2 己　普qǐ）

名一種植物名稱，即「杞柳」，樹枝呈黃綠色或紫色，葉子帶有細鋸齒。杜甫〈兵車行〉：「千村萬落生荊～。」（許多村落長滿了荊棘和**杞柳**等雜草。）

杞柳

李
（粵lei5 里　普lǐ）

名一種樹木名稱，花朵呈白色，果子為紅紫色或黃色，味酸。王冕〈素梅〉（其五十六）：「不同桃～混芳塵。」（不會跟桃花、**李花**混同，淪為芳香的塵土。）

枉
（粵wong2 往 [2 聲]　普wǎng）

❶動扭曲。韓非〈公儀休嗜魚〉（《韓非子・外儲説右下》）：「～於法。」（**扭曲**法律。）**❷動**屈就、紆尊降貴、降低身份。曹操〈短歌行〉：「～用相存。」（**紆尊降貴**的前來探望我。）

枝
（粵zi1 之　普zhī）

❶名樹枝、枝條。杜秋娘〈金縷衣〉：「莫待無花空折～。」（不要等待到花兒凋謝後，才白白摘取**枝條**。）**❷量**計算細長物體的單位。王安石〈梅花〉：「牆角數～梅。」（牆壁角落的幾**枝**梅花。）**❸**〔荔枝〕見頁231「荔」字條。

枇
（粵pei4 皮　普pí）

〔枇杷〕**名**一種樹木名稱，花呈白色，果實也叫做「枇杷」，呈橢圓形，外表為淡黃或橙黃色。白居易〈荔枝圖序〉：「核如～。」（果核好像**枇杷**。）

杵
（粵cyu5 柱　普chǔ）

名棍、棒。陳仁錫〈鐵杵磨針〉（《史品赤函》）：「道逢老嫗磨～。」（在路上遇上一位年老的婦人在打磨**鐵棒**。）

松
（粵cung4 從　普sōng）

名一種樹木名稱，耐寒，葉子呈針形，種子可食用或榨油，見頁136「梅」字條欄目「文化趣談」。王建〈小松〉：「小～初數尺。」（矮小的**松樹**起初只有幾尺高。）

杷
（粵paa4 爬　普pá）

〔枇杷〕見頁134「枇」字條。

杼
（粵cyu5 柱　普zhù）

❶名織布機上用來整理絲線的梭子。**❷**〔機杼〕見頁139「機」字條。

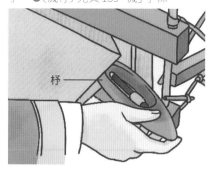

杼

東
（粵dung1 冬　普dōng）

❶名東方、東邊。〈江南〉：「魚戲蓮葉～。」（魚兒蓮葉的**東邊**嬉戲。）**❷副**向東。〈長歌行〉：「百川～到海。」

（許多河流都**向東**流到達大海。）❸〔東西〕名方向。杜甫〈兵車行〉：「禾生隴畝無～。」（田地裏的農作物生長得沒有**方向**。）

果 ^粵gwo2 裹 ^普guǒ

❶名果實、果子、水果。司馬光〈訓儉示康〉：「～止於梨、栗、棗、柿之類。」（**果實**只限於梨子、栗子、棗子、柿子一類的。）❷〔果餌〕名糖果、餅乾之類的食物。方苞〈弟椒塗墓誌銘〉：「或得～。」（有時會得到**糖果、餅乾**。）❸副結果。宋濂〈杜環小傳〉：「～無所遇而返。」（**結果**遇不到任何人，於是回來。）❹副真的、果然。〈三人成虎〉（《戰國策·魏策》）：「～不得見。」（龐葱**果然**得不到魏王的接見。）

柘 ^粵ze3 借 ^普zhè

名一種樹木名稱，樹皮呈灰色，葉子可以用來養蠶。〈精衛填海〉（《山海經·北山經》）：「其上多～木。」（它的上面長有許多**柘樹**。）

柏 ^粵baak3 百/paak3 拍 ^普bǎi

名一種樹木名稱，耐寒，是上好的木材。蘇軾〈記承天寺夜遊〉：「蓋竹～影也。」（原來是竹子和**柏樹**的影子。）

柝 ^粵tok3 托 ^普tuò

名打更用的棍子，見頁127「更」字條欄目「文化趣談」。〈木蘭辭〉：「朔氣傳金～。」（在北方的寒氣裏，傳來**打更用的金屬棍子**的敲擊聲。）

柳 ^粵lau5 摟 ^普liǔ

❶名一種樹木名稱，樹枝細長，柔軟下垂，種子有毛，稱為「柳絮」，成熟時飛散如雪。劉義慶〈白雪紛紛何所似〉（《世說新語·言語》）：「未若～絮因風起。」（不如比作**柳絮**憑藉風飛起來。）❷〔楊柳〕見頁137「楊」字條。

柳樹

染 ^粵jim5 冉 ^普rǎn

❶動漂染。〈染絲〉（《墨子·所染》）：「故～不可以不慎也。」（故此**漂染**絲綢是不可以不謹慎的。）❷動污染。周敦頤〈愛蓮說〉：「予獨愛蓮之出淤泥而不～。」（我唯獨喜愛蓮花，它從污穢的泥土中長出，卻不被**污染**。）

桂 ^粵gwai3 貴 ^普guì

❶名一種樹木名稱，花朵呈白色或淡黃色，帶有芳香。王維〈鳥鳴澗〉：「人閒～花落。」（我悠閒地散步，只聽到**桂花**飄落。）❷名一種植物名稱，花朵呈淡黃色，樹皮、種子、根皮、樹枝都可以作成香料，又稱為「肉桂」。韓非〈買櫝還珠〉（《韓非子·外儲説左上》）：「薰以～椒。」（用**肉桂**和花椒薰香盒子。）

株 ^粵zyu1 豬 ^普zhū

名露出地面的樹根。韓非〈守株待兔〉（《韓非子·五蠹》）：「田中有～。」（農田裏有一棵**露出地面的樹根**。）

株

桃 ^粵tou4 逃 ^普táo

❶名一種樹木名稱，花朵呈白、紅二色，果子呈圓形，味酸可口。王冕〈素梅〉（其五十六）：「不同～李混芳

塵。」(不會跟**桃花**、李花混同，淪為芳香的塵土。)❷名「桃符」的簡稱。「桃符」是新年時在門旁設的兩塊桃木板，上面寫上神明的名字或圖像，用來驅鬼避邪，後來演變為揮春。王安石〈元日〉：「總把新～換舊符。」(把全新的**桃符**換走所有陳舊的桃符。)

根
⬤gan1 跟　🔵gēn
名植物的根部。鄭板橋〈竹石〉：「立～原在破岩中。」(它的**根部**原本就深入裂開的岩石縫隙裏。)

柴
一⬤caai4 豺　🔵chái
❶名作燃料用的零散木材。❷形用木柴做的。王維〈山中送別〉：「日暮掩～扉。」(夕陽落下，我把**柴**門關上。)
二⬤zaai6 寨　🔵zhài
名同「寨」，以竹或樹枝編成的圍欄。譬如〈鹿柴〉中所描寫的「鹿～」，是王維居住的輞川別墅內的一幢建築物，**四周建有圍欄**。

案
⬤on3 按　🔵àn
❶名桌子。朱熹〈讀書有三到〉(《訓學齋規》)：「須整頓几～。」(必須收拾整齊**桌子**。)❷名公務。劉禹錫〈陋室銘〉：「無～牘之勞形。」(沒有**公務**文書使身體勞累。)

桑
⬤song1 嗓　🔵sāng
名一種樹木名稱，樹葉是蠶蟲的食物，果實稱為「桑椹」。范成大〈夏日田園雜興〉(其七)：「也傍～陰學種瓜。」(也依靠**桑樹**樹蔭下學習種植瓜果。)

梅
⬤mui4 枚　🔵méi
❶名一種樹木名稱，耐寒，花朵呈紅或白色，帶有芳香，果實近球形，味酸，可食。王安石〈梅花〉：「牆角數枝～。」(牆壁角落的幾枝**梅花**。)❷〔楊梅〕見頁137「楊」字條。

松樹、竹子和梅花並稱為「歲寒三友」(松竹梅)，因為即使在大風雪中，它們依然屹立不倒，十分耐寒。當中梅花和竹子，更與蘭花、菊花並稱「花中四君子」(梅蘭菊竹)。

梅花和竹子堅韌不拔的形象如此鮮明，不但常常成為歷代文人創作詩文的對象，更成為中華民族的象徵。

條
⬤tiu4 迢　🔵tiáo
名小樹枝。賀知章〈詠柳〉：「萬～垂下綠絲絛。」(無數**柳條**低垂下來，就像綠色的絲織帶子。)

梁
⬤loeng4 良　🔵liáng
❶名同「樑」，橋樑。《莊子・秋水》：「莊子與惠子遊於濠～之上。」(莊子和惠子在河橋上遊覽。)❷名同「樑」，屋子的橫樑。杜甫〈江村〉：「自去自來～上燕。」(**橫樑**上的燕子，自由地飛來飛去。)❸名屋脊。〈十五從軍征〉：「雉從～上飛。」(野雞從**屋脊**上飛來飛去。)❹名地名，「梁州」的簡稱，位於今天的陝西省、四川省一帶，見頁7「九」字條欄目「歷史趣談」。

植
⬤zik6 直　🔵zhí
❶動種植、栽種。張衡〈東京賦〉：「～華平於春圃。」(在春天的菜園裏**種植**並頭蓮。)❷動豎立。周敦頤〈愛蓮説〉：「亭亭淨～。」(挺直地、潔淨地豎立。)

椒
粵 ziu1 焦　**普** jiāo

名 一種樹木名稱，也就是「花椒」，果實與莖部的外皮都可以作為香料。韓非〈買櫝還珠〉（《韓非子・外儲說左上》）：「薰以桂～。」（用肉桂和**花椒**薰香盒子。）

棉
粵 min4 眠　**普** mián

名 一種樹木名稱，種子帶有毛狀纖維，稱為「棉花」、「棉絮」，可以用作衣物原料。〈閔子騫童年〉（《敦煌變文集・孝子傳》）：「衣加～絮。」（衣服會加入**棉花**。）

楚
粵 co2 礎　**普** chǔ

名 春秋、戰國時代諸侯國名稱，領土覆蓋今天的湖南省、湖北省、安徽省、浙江省等地，見頁251「諸」字條欄目「歷史趣談」。〈刻舟求劍〉（《呂氏春秋・察今》）：「～人有涉江者。」（**楚**國有個橫渡江河的人。）

極
粵 gik6 擊 [6 聲]　**普** jí

❶名 極點、頂點、盡頭。方苞〈獄中雜記〉：「屋～有窗以達氣。」（屋**頂**有窗戶來透氣。）**❷副** 盡情。王羲之〈蘭亭集序〉：「足以～視聽之娛。」（足夠去**盡情**享受視覺、聽覺的樂趣。）**❸副** 極為、非常。周密〈浙江之潮〉（《武林舊事・觀潮》）：「勢～雄豪。」（氣勢**極為**雄偉、豪壯。）

楊
粵 joeng4 羊　**普** yáng

❶名 一種樹木名稱，與柳相似，枝條卻是上挺的，常與「柳」並稱。劉向《說苑・正諫》：「養由基，楚之善射者也，去～葉百步，百發百中。」（養由基是楚國善於射藝的人，他走到**楊樹**的樹葉外一百步，射出一百枝箭，射中葉子一百次。）**❷**〔楊柳〕**①名** 泛指柳樹。王昌齡〈閨怨〉：「忽見陌頭～色，悔教夫

壻覓封侯。」（忽然看到街道旁邊**柳樹**的景色，因而後悔讓丈夫出征，尋覓皇帝賞賜的爵位。）**②名** 古曲〈折楊柳〉的簡稱，主題與離別有關。王之渙〈涼州詞〉（其一）：「羌笛何須怨～？」（為甚麼一定要用羌族的笛子吹出曲子〈**折楊柳**〉，埋怨春天遲遲不來？）**❸**〔楊梅〕**名** 一種樹木名稱，果實亦稱「楊梅」，呈紫紅色，球狀。蘇軾〈食荔枝〉：「盧橘～次第新。」（枇杷和**楊梅**一種接一種的新鮮成熟。）

文化趣談
「楊」、「柳」和「楊柳」

楊枝上挺　　柳條下垂

「楊」和「柳」是不同的品種，而且生長形態各異：楊樹的枝條是上挺的，柳樹的樹枝卻是下垂的。柳條下垂，就像送別友人時，向對方彎腰挽留，充滿不捨之情；而且，「柳」與「留」諧音，象徵對離人的留戀。故此古人送別時，總會折下柳枝，送給對方。譬如南唐詩人謝仲宣的詩作〈送鍾員外〉有這一句：「送人多折柳。」可見「折柳」是古人送別時的習俗。

古人也有「折楊柳」的說法 ——「楊」跟「柳」不同，為甚麼會相提並論呢？原來「楊柳」不是「楊」和「柳」的合稱，而是泛稱「柳樹」：「楊」在古代是指「蒲柳」，「蒲柳」跟柳樹一樣，枝條都是下垂的。故此「折楊柳」就是「折柳」，同樣象徵別離。例

如南北朝有一首樂府詩，叫做〈折楊柳〉，就是以離別為主題：「上馬不捉鞭，反折楊柳枝。蹀座吹長笛，愁殺行客兒。」行客，就是指即將離別的人，可見「折楊柳」是離別的象徵。由此可知，出現「楊柳」等字眼的古詩文，大多跟離別有關。

楓　粵fung1 風　普fēng
名一種樹木名稱，樹葉邊緣有細鋸齒，每到秋冬之際，會變黃、變紅。杜牧〈山行〉：「停車坐愛～林晚。」（我停下車子，只因為喜愛這**楓樹**林的黃昏景色。）

椽　粵cyun4 全　普chuán
名承托屋頂的木材。白居易〈燕詩〉：「銜泥兩～間。」（含着泥土，在兩枝**屋頂椽木**之間築起鳥巢。）

榻　粵taap3 塔　普tà
❶名狹窄而矮小的睡牀。 ❷〔下榻〕見頁1「下」字條。

槁　粵gou2 稿　普gǎo
形草木乾枯。〈揠苗助長〉（《孟子‧公孫丑上》）：「苗則～矣。」（禾苗卻已經**枯死**了。）

榜　粵bong2 綁　普bǎng
名考試錄取的名單。范公偁〈名落孫山〉（《過庭錄》）：「～發。」（展示**科舉考試錄取的名單**。）

榮　粵wing4 泳 [4 聲]　普róng
❶名花朵。〈庭中有奇樹〉（《古詩十九首》）：「攀條折其～。」（我攀爬到樹枝上，摘下其中一朵**花兒**。）❷動開花。白居易〈荔枝圖序〉：「華如橘，春～。」（花朵很像橘子花，春天時**盛放**着。）❸動植物生長。白居易〈賦得古原草送別〉：「一歲一枯～。」（每一年就枯萎和**生長**一次。）❹名光榮。司馬光〈訓儉示康〉：「眾人皆以奢靡為～。」（一般人都把奢侈、浪費的生活視作**光榮**。）

槽　粵cou4 曹　普cáo
名盛載牲畜飼料的器具。韓愈〈雜說〉（四）：「駢死於～櫪之間。」（一同死在**馬槽**裏。）

樓　粵lau4 留　普lóu
名兩層以上的房屋。李白〈夜宿山寺〉：「危～高百尺。」（高**樓**有一百尺那麼高。）

樂　一粵ngok6 岳　普yuè
❶名音樂。韓愈〈師說〉：「巫醫、～師、百工之人，不恥相師。」（巫師、醫師、演奏**音樂**的藝人和各種工匠，對於互相學習不感到羞恥。）❷名姓氏。〈杯弓蛇影〉（《晉書‧樂廣傳》）：「～廣字彥輔。」（**樂**廣的表字叫彥輔。）二粵lok6 落　普lè
❶形開心、快樂。劉義慶〈白雪紛紛何所似〉（《世說新語‧言語》）：「公大笑～。」（謝安痛快地笑起來，十分**開心**。）❷名歡樂、快樂的心情。陶潛〈雜詩〉（其一）：「得歡當作～。」（遇到高興的事，就應當享受**歡樂**。）❸動遊樂。蘇軾〈記承天寺夜遊〉：「念無與為～者。」（想到沒有和我一起**遊樂**的人。）

樹　粵syu6 豎　普shù
❶名樹木。〈庭中有奇樹〉（《古詩十九首》）：「庭中有奇～。」（庭院裏有一棵上好的**樹木**。）❷動種植。〈一年之計〉（《管子‧權修》）：「一年之計，莫如～穀。」（作一年的計劃，沒有事情比得上**種植**穀物。）❸動培養人才。〈一年之計〉（《管子‧權修》）：「終身之計，莫如～人。」（作一生的計劃，沒有

事情比得上**培養**人才。）

橫

一〔粵〕waang4 華坑 [4 聲]〔普〕héng
❶**形**橫。蘇軾〈記承天寺夜遊〉：「水中藻、荇交～。」（水裏的水藻、荇菜縱**橫**交錯。）❷**副**呈水平、橫過來。邯鄲淳〈截竿入城〉（《笑林》）：「豎執之，不可入；～執之，亦不可入。」（豎起來拿着它，不能夠進入城門；**橫過來**拿着它，也不能夠進入城門。）❸**動**橫卧。李白〈送友人〉：「青山～北郭。」（青翠的山巒**橫卧**在城牆的北面。）❹**名**正面。蘇軾〈題西林壁〉：「～看成嶺側成峯。」（從**正面**看，就變成山嶺；從側面看，就變成山峯。）❺**動**漂浮。韋應物〈滁州西澗〉：「野渡無人舟自～。」（在荒野的渡頭，一隻沒有人的小船隨意**漂浮**。）
二〔粵〕waang6 華坑 [6 聲]〔普〕hèng
名禍害。劉義慶〈周處除三害〉（《世說新語·自新》）：「實冀三～唯餘其一。」（實際上是希望三大**禍害**能夠只剩下一個。）

橘

〔粵〕gwat1 骨〔普〕jú
❶**名**一種樹木名稱，花朵呈白色，果實也稱為「橘」，果皮為紅黃色，果肉多汁，味甘酸可食。蘇軾〈贈劉景文〉：「最是橙黃～綠時。」（絕對是橙子金黃、**橘子**青綠的時節。）❷〔盧橘〕見頁 181「盧」字條。

機

〔粵〕gei1 基〔普〕jī
❶**名**機器、器械。《戰國策·宋衛策》：「公輸般為楚設～。」（公輸般為楚國設計攻城**器械**。）❷〔機杼〕**名**織布機。〈木蘭辭〉：「不聞～聲。」（聽不見**織布機**的聲音。）❸**名**軍國大事。〈木蘭辭〉：「萬里赴戎～。」（他們前往萬里之外，進行軍事**行動**。）

檢

〔粵〕gim2 撿〔普〕jiǎn
❶**動**檢查、檢驗。朱用純〈朱子家訓〉：「必親自～點。」（必須親身**檢查**和核對。）❷**動**檢點、收斂、約束。歸有光〈歸氏二孝子傳〉：「緯又不自～。」（歸緯又不**約束**自己。）

檐

〔粵〕jim4 嚴〔普〕yán
❶**名**同「簷」，屋簷。❷**名**借指房屋。王安石〈書湖陰先生壁〉（其一）：「茅～常掃淨無苔。」（茅草搭成的**庭院**，因為經常打掃，所以潔淨得沒有苔蘚。）

櫃

〔粵〕gwai6 跪〔普〕guì
名箱子、盒子、櫥櫃。韓非〈買櫝還珠〉（《韓非子·外儲說左上》）：「為木蘭之～。」（放入木蘭做的**盒子**裏。）

櫝

〔粵〕duk6 獨〔普〕dú
名木盒子。韓非〈買櫝還珠〉（《韓非子·外儲說左上》）：「鄭人買其～而還其珠。」（一個鄭國人卻只是買了那個**盒子**，然後把那顆珍珠退還。）

櫪

〔粵〕lik1 歷 [1 聲]〔普〕lì
名馬槽，盛載馬匹飼料的器具。韓愈〈雜說〉（四）：「駢死於槽～之間。」（一同死在**馬槽**裏。）

欠 部

這是「欠」的甲骨文寫法，好像一個張開口的人，「欠」的本義是張口呼氣，相當於今天的「打呵欠」。不過，從「欠」部的字，幾乎都跟「打呵欠」無關。

次 ⓿ci3翅 ⓿cì
❶形第二。孫武《孫子兵法・謀攻》：「凡用兵之法，全國為上，破國～之。」（凡是興兵打仗的法則，保全敵國是最好的，擊破敵國屬**第二等**。）❷名次序。班固〈曲突徙薪〉（《漢書・霍光金日磾傳》）：「餘各以功～坐。」（其餘的人各自按照功勞，依**次序**排定座位。）❸〔次第〕副依次、逐一。蘇軾〈食荔枝〉：「盧橘楊梅～新。」（枇杷和楊梅**一種接一種**的新鮮成熟。）❹名旁邊。王羲之〈蘭亭集序〉：「列坐其～。」（在水道的**旁邊**排列坐下。）

欣 ⓿jan1因 ⓿xīn
形歡欣、喜樂、高興。劉義慶〈白雪紛紛何所似〉（《世說新語・言語》）：「公～然曰。」（謝安**高興**地說。）

欲 ⓿juk6肉 ⓿yù
❶名同「慾」，慾望、貪慾。蘇洵〈六國論〉：「秦之所大～。」（秦國的最大**慾望**。）❷〔欲界〕名人間。陶弘景〈答謝中書書〉：「實是～之仙都。」（實在是**人間**的神仙居所。）❸動想、想要。王之渙〈登鸛雀樓〉：「～窮千里目。」（如果**想**把眼光放遠到千里之外。）❹動希望。〈鄒忌諷齊王納諫〉（《戰國策・齊策》）：「～有求於我也。」（**希望**向我有請求。）❺動打算。李白〈贈汪倫〉：「李白乘舟將～行。」（李白乘坐小船，正要**打算離開**。）❻副快要。杜牧〈清明〉：「路上行人～斷魂。」（道路上遠行的人**快要**失去魂魄，十分傷心。）

欺 ⓿hei1希 ⓿qī
❶動欺騙、欺詐。韓非〈曾子殺豬〉（《韓非子・外儲說左上》）：「今子～之。」（現在你**欺騙**他。）❷動欺負。杜甫〈茅屋為秋風所破歌〉：「南村羣童～我老無力。」（南村的那班孩子**欺負**我年老、沒有力氣。）

歇 ⓿hit3氣潔 [3聲] ⓿xiē
❶動歇息、休息。白居易〈賣炭翁〉：「市南門外泥中～。」（在市集南門外的泥地裏**休息**。）❷動消失。陶弘景〈答謝中書書〉：「曉霧將～。」（清晨的薄霧將要**消散**。）

歌 ⓿go1哥 ⓿gē
❶動歌唱。駱賓王〈詠鵝〉：「曲項向天～。」（牠彎起脖子，向着天空**歌唱**。）❷名歌曲。劉禹錫〈竹枝詞〉（其一）：「聞郎江上唱～聲。」（聽見心上人在江邊唱出**歌曲**的聲音。）❸名歌聲。

林升〈題臨安邸〉:「西湖～舞幾時休!」（西湖邊的**歌聲**與舞蹈甚麼時候才停下來?）❹**名**詩歌體裁名稱。譬如〈明日～〉就是一首勸告讀者不要把事情推延到明日的**詩歌**。

歎

粵taan3 炭　**普**tàn

❶**動**同「嘆」,歎息、歎氣。〈木蘭辭〉:「唯聞女～息。」（只聽見女兒木蘭在**歎氣**。）❷**動**同「嘆」,感歎、感慨。〈閔子騫童年〉（《敦煌變文集·孝子傳》）:「父乃悲～。」（父親因而悲傷**感歎**。）❸**動**同「嘆」,讚歎。《禮記·郊特牲》:「卒爵而樂闋,孔子屢～之。」（最後,大家互相乾杯,樂曲也完結了,孔子多次**讚歎**這場儀式。）

歙

粵sip3 攝　**普**shè

名歙縣,位於今天的安徽省東南部。紀昀〈曹某不怕鬼〉（《閱微草堂筆記·灤陽消夏錄一》）:「其族兄自～往揚州。」（他家族裏的兄長從**歙縣**前往揚州。）

歟

粵jyu4 餘　**普**yú

❶**助**表示疑問、反問,相當於「嗎」、「呢」。司馬遷《史記·屈原賈生列傳》:「子非三閭大夫～?」（你不就是三閭大夫屈原嗎?）❷**助**表示感歎,相當於「啊」、「呀」。韓愈〈師說〉:「其可怪也～!」（這真是十分奇怪**啊**!）

歡

粵fun1 寬　**普**huān

❶**形**歡樂、喜悦。〈月兒彎彎照九州〉:「幾家～樂幾家愁?」（當中有多少家庭**歡喜**快樂?又有多少家庭擔憂發愁?）❷**名**高興的事。陶潛〈雜詩〉（其一）:「得～當作樂。」（遇到**高興的事**,就應當享受歡樂。）

止 部

「止」的本義並非「停止」,而是「腳板」。這是「止」的甲骨文寫法:頂上的三畫是腳趾,筆畫交合的地方,正是腳板和腳跟。

不少跟「步行」或「停止」有關的字,都是從「止」部的。譬如「步」就是由兩個左右方向相反的「止」組成的,描繪了兩隻腳在「走路」的樣子;又例如「此」由「止」和「人」(匕)組成,表示人在「這裏」停下腳步來。

止 🔊zi2 旨 🔊zhǐ

❶ **動** 停止、停下來。韓嬰〈孟母戒子〉(《韓詩外傳・卷九》):「孟子輟然中～。」(孟子在中途**停止**背誦。) ❷ **動** 阻止。韓非〈曾子殺豬〉(《韓非子・外儲說左上》):「妻～之曰。」(妻子**阻止**他,說。) ❸ **動** 打消念頭。〈閔子騫童年〉(《敦煌變文集・孝子傳》):「父慚而～。」(父親感到慚愧,因而**打消**休妻的**念頭**。) ❹ **動** 停留、逗留。劉義慶〈荀巨伯遠看友人疾〉(《世說新語・德行》):「汝何男子,而敢獨～?」(你是甚麼人,竟然敢獨自在這裏**逗留**?) ❺ **動** 達到。〈大學之道〉(《禮記・大學》):「在～於至善。」(在於**達到**德行最完善的境界。) ❻ **名** 目標。〈大學之道〉(《禮記・大學》):「知～而后有定。」(知道**目標**,然後就擁有堅定的志向。)

正 一 🔊zing3 政 🔊zhèng

❶ **形** 正確、正當。《論語・子路》:「名不～則言不順。」(名分不**正當**的話,那麼說話就不合理。) ❷ **形** 正中、不偏不倚。〈在上位不陵下〉(《禮記・中庸》):「失諸～鵠。」(射失了箭靶**正**中心。) ❸ **動** 端正。〈在上位不陵下〉(《禮記・中庸》):「～己而不求於人。」(只要求**端正**自己的行為,不會對別人有要求。) ❹ **副** 正好、恰好。司空曙〈江村即事〉:「江村月落～堪眠。」(月亮在江邊的村落落下,**正好**可以睡覺。) ❺ **副** 正在。李嶠〈市〉:「司馬～彈琴。」(司馬相如**正在**彈奏古琴。) ❻ **名** 首長、負責人。杜甫〈兵車行〉:「去時里～與裹頭。」(離開的時候,村**長**給他們用頭巾束起頭髮。)

二 🔊zing1 晶 🔊zhēng

〔正月〕**名** 農曆每年的第一個月。《詩經・正月》:「～繁霜,我心憂傷。」(農

曆一月霜雪繁重,我心感到十分憂傷。)

「避諱」與「正月」

所謂「避諱」,就是指在說話和書寫時,遇到與皇帝、長輩的名字相同的詞語,就要用其他文字或讀音來替換。

譬如「正月」,是指農曆中的第一個月。當中的「正」字本來也是讀〔政〕(zhèng)的,可是當秦始皇成為皇帝後,大家都要改讀音了。因為秦始皇姓「嬴」名「政」,如果照樣讀「正〔政〕(zhèng)月」,就會犯了忌諱,是要殺頭的,因此大家只好改讀作「正〔晶〕(zhēng)月」了。

此 🔊ci2 齒 🔊cǐ

❶ **代** 這。蘇軾〈題西林壁〉:「只緣身在～山中。」(只是因為我自己處於**這**座山裏面。) ❷ **代** 這樣。〈刻舟求劍〉(《呂氏春秋・察今》):「求劍若～。」(像**這樣**尋找劍。) ❸ **名** 這一刻。〈木蘭辭〉:「從～替爺征。」(由**這一刻**開始,我就代替父親征戰。)

步 🔊bou6 部 🔊bù

❶ **動** 行走、散步。蘇軾〈記承天寺夜遊〉:「相與～於中庭。」(一同到中央的庭院**散步**。) ❷ **名** 步伐。〈疑鄰竊斧〉(《列子・說符》):「視其行～。」(看見鄰居兒子行走的**步伐**。)

武 🔊mou5 舞 🔊wǔ

❶ **名** 武力、武藝。屈原《楚辭・國殤》:「誠既勇兮又以～。」(士兵們真是既有勇氣啊,又有**武藝**。) ❷ **名** 武器。劉義慶《世說新語・賞譽》:「如觀～庫。」(猶如參觀**武器**庫。)

歧

粵kei4 旗　普qí
名分岔路。王勃〈送杜少府之任蜀州〉：「無為在～路，兒女共霑巾。」（不要在**分岔路**上，像男男女女那樣，都為離別而流淚，沾濕手帕。）

歲

粵seoi3 碎　普suì
❶名一年。白居易〈賦得古原草送別〉：「一～一枯榮。」（每一**年**就枯萎和生長一次。）❷名年歲。〈畫荻〉（《歐陽公事跡》）：「先公四～而孤。」（我已去世的父親四**歲**時就失去父親。）❸〔歲月〕名光陰、時間。陶潛〈雜詩〉（其一）：「～不待人。」（**光陰**要流逝，是不會等待人的。）

歷

粵lik6 力　普lì
❶動經歷、經過。《戰國策・秦策》：「橫～天下，廷說諸侯之王。」（經歷過各個國家，在朝廷上遊說諸侯王。）❷〔歷歷〕形清楚可見。崔顥〈黃鶴樓〉：「晴川～漢陽樹。」（在陽光下，漢水北岸一帶平地的樹木**清楚可見**。）❸〔的歷〕見頁179「的」字條。

歸

粵gwai1 龜　普guī
❶動返回、回歸。〈長歌行〉：「百川東到海，何時復西～？」（許多河流都向東流到達大海，甚麼時候才重新向西**返回**？）❷動回家、歸家。高鼎〈村居〉：「兒童散學～來早。」（孩子們放學後，就趕快**回家**。）❸動歸還。司馬遷《史記・廉頗藺相如列傳》：「臣請完璧～趙。」（請讓我把和氏璧完好地**歸還**趙國。）❹動歸附、投靠。曹操〈短歌行〉：「天下～心。」（全世界的人心都會**歸附**我的了。）

歹 部

「歹」本來寫作「歺」，意指「腐朽了的骨頭」。到南宋時，人們根據藏文字母創造了「歹」字，來表示「敗壞」。由於「歺」與「歹」的字形和意思（「腐朽」與「敗壞」）都相近，人們於是把兩者混淆起來，後來更用「歹」來代替「歺」。從「歹」部的字，多與死傷、災禍、不祥有關。

死

粵sei2 四 [2 聲]　普sǐ
❶動死亡、死去，見頁82「崩」字條欄目「文化趣談」。〈苛政猛於虎〉（《禮記・檀弓下》）：「昔者吾舅～於虎。」（從前我的家翁被老虎咬**死**。）❷動為某人或某事而犧牲。〈岳飛之少年時代〉（《宋史・岳飛傳》）：「其殉國～義乎？」（你大概會**為**國家和道義**犧牲**吧？）

歿

粵mut6 沒　普mò
動死去。方苞〈弟椒塗墓誌銘〉：

「吾弟既～且十年。」(我的弟弟已經**死去**將近十年了。)

殆 粵toi5 怠 普dài
❶動危殆、失敗。孫武《孫子兵法·謀攻》:「知彼知己,百戰不～。」(了解敵人和自己的實力,那麼打過百場戰事也不會**兵敗**。) ❷形危險。《論語·為政》:「思而不學則～。」(只顧思考卻不學習,就會十分**危險**。) ❸副大概、恐怕。歸有光〈項脊軒志〉:「軒凡四遭火,得不焚,～有神護者。」(項脊軒一共經歷四次大火,都可以避免焚毀,**大概**有神明的保護。)

殊 粵syu4 薯 普shū
❶形特殊、特別。諸葛亮〈出師表〉:「蓋追先帝之～遇。」(為了追念先帝對我的**特殊**待遇。) ❷形不同。王羲之〈蘭亭集序〉:「雖世～事異。」(雖然時代和事情都**不同**。) ❸副非常。司馬遷《史記·廉頗藺相如列傳》:「恐懼～甚。」(非常懼怕。) ❹副完全。紀昀〈曹

某不怕鬼〉(《閱微草堂筆記·灤陽消夏錄一》):「曹～不畏。」(曹竹虛**完全**不畏懼。)

殉 粵seon1 荀 普xùn
動為某人或某事而犧牲。〈岳飛之少年時代〉(《宋史·岳飛傳》):「其～國死義乎?」(你大概會**為**國家和道義**犧牲**吧?)

殘 粵caan4 餐 [4 聲] 普cán
❶動殘害、摧毀。《國語·越語上》:「吾將～汝社稷。」(我將會**摧毀**你們的國家。) ❷形衰殘。〈愚公移山〉(《列子·湯問》):「以～年餘力。」(憑藉你**衰殘**的壽命和剩下的力量。) ❸動凋謝。蘇軾〈贈劉景文〉:「菊～猶有傲霜枝。」(菊花**凋謝**了,卻依然長有輕視霜雪的花枝。) ❹形殘缺。李白〈古朗月行〉:「大明夜已～。」(空中大大的月亮已經**殘缺不全**。) ❺形殘暴、殘忍。司馬遷《史記·秦始皇本紀》:「呂政～虐。」(呂不韋的政策十分**殘暴**。)

毋 部

這是「毋」的金文寫法。為甚麼「毋」跟「母」這麼相似呢?原來起初是沒有「毋」字的。「母」既可以解作「母親」,又可以解作「不」。不過,為免把兩個字義混淆,人們就把「母」的兩個「、」畫連寫成「丿」,另創新字「毋」,專門表示「不」。

毋 ⓟmou4 毛 ⓜwú
❶圖別要、不要。朱用純〈朱子家訓〉：「～臨渴而掘井。」(**不要**到了口渴時才挖掘水井。) ❷圖不。方苞〈弟椒塗墓誌銘〉：「～視余之自痛而更酷邪！」(**看不**到我因痛恨自己而感到更加殘酷啊！)

母 ⓟmou5 武 ⓜmǔ
❶名母親。劉向〈孫叔敖埋兩頭蛇〉(《新序‧雜事一》)：「恐去～而死也。」(恐怕會死去，離開**母親**。) ❷名老婦。司馬遷《史記‧淮陰侯列傳》：「諸～漂。」(一眾**老婦**在漂洗衣服。)

每 ⓟmui5 妹 [5 聲] ⓜměi
❶代每個、每一。沈括《夢溪筆談‧技藝》：「～字為一印。」(**每個**字製成一個字印。) ❷圖每當。錢泳〈要做則做〉(《履園叢話》)：「後生家～臨事。」(年輕人**每當**面對大事。) ❸圖經常。宋濂〈送東陽馬生序〉：「～假借於藏書之家。」(**經常**向收藏書籍的人家借書本。)

比　部

「比」的甲骨文寫法，是兩個人並排起來的樣子，本義就是「並列」、「排列」。不過，絕大部分從「比」部的字，意思都跟「排列」沒有關係。

比 一 ⓟbei6 避 ⓜbì
❶動排列。《戰國策‧燕策》：「～諸侯之列。」(將諸侯國的國君**排列**成隊。) ❷名附近、身邊。陶潛〈雜詩〉(其一)：「斗酒聚～鄰。」(只有一斗酒，也要邀請**身邊**的鄰居共飲。) ❸〔比至〕動直到、等到。邯鄲淳〈漢世老人〉(《笑林》)：「～於外，才餘半在。」(**直**到走到門外，就只剩下一半銅錢。)
二 ⓟbei2 彼 ⓜbǐ
❶動比較。屈原《楚辭‧涉江》：「與天地兮～壽。」(與天地啊**比較**壽命。) ❷動比喻。蘇軾〈飲湖上初晴後雨〉(其二)：「欲把西湖～西子。」(想將西湖**比喻**為西施。)

毛　部

這是「毛」的金文，就像人類的毛髮和禽獸的羽毛，「毛」的本義就是毛髮、羽毛。毛髮多是細碎的，因此從「毛」部的字，既跟「毛髮」有關，也跟「細小」有關。

毛 🔊mou4 無 🔊máo
❶名人類的毛髮。賀知章〈回鄉偶書〉(其一)：「鄉音無改鬢～衰。」(我的家鄉口音沒有改變，耳朵旁邊的**毛髮**卻變得稀疏。) ❷名動物的體毛、羽毛。駱賓王〈詠鵝〉：「白～浮綠水。」(潔白的**羽毛**漂浮在碧綠的水上。) ❸〔毛衣〕名雀鳥的羽毛。白居易〈燕詩〉：「一一刷～。」(逐一梳理身上的**羽毛**。) ❹名地面上植物的泛稱。〈愚公移山〉(《列子‧湯問》)：「曾不能毀山之一～。」(尚且不能夠摧毀山上的**花草**。)

毫 🔊hou4 豪 🔊háo
名動物的細毛。王讜〈口鼻眼眉爭辯〉(《唐語林‧補遺》)：「我近鑒～端。」(我能夠近距離看清楚**細毛**的末端。)

氏　部

這是「氏」的甲骨文寫法，指的是「湯匙」，後來才表示「姓氏」、「氏族」。從「氏」部的字，一般都跟「人」有關。

氏 🔊si6 事 🔊shì
❶名姓氏，見頁67「姓」字條欄目「文化趣談」。〈愚公移山〉(《列子‧湯問》)：「鄰人京城～之孀妻。」(鄰居**姓**京城的寡婦。) ❷名用本身的姓氏來稱呼已婚婦女。〈岳飛之少年時代〉(《宋史‧岳飛傳》)：「母姚～。」(岳飛的母親姚**氏**。) ❸名對有專長或有聲望的人的稱呼。譬如《左～春秋》是一本由春秋時期**史學家**左丘明所編寫的史書。

❹名對傳說神話中的人物或國名的稱呼。〈愚公移山〉(《列子·湯問》):「命夸蛾**〜**二子負二山。」(命令大力神夸蛾**氏**的兩個兒子背負這兩座山。)

民 ⓟman4 文 ⓜmín
❶名平民、百姓。〈鄒忌諷齊王納諫〉(《戰國策·齊策》):「羣臣吏**〜**。」(所有官員和**平民**。) ❷名民風、社會風氣。〈大學之道〉(《禮記·大學》):「在新**〜**。」(在於革新**民風**。)

氓 ⓟman4 民 ⓜméng
名平民、百姓。柳宗元〈哀溺文序〉:「永之**〜**咸善游。」(永州的**平民**都擅長游泳。)

气 部

這是「氣」的金文,現在的簡化字「气」就是沿用了這個寫法。這個字由三條彎彎曲曲的線組成,所指的是「雲氣」、「氣流」。

氣 ⓟhei3 器 ⓜqì
❶名空氣。王羲之〈蘭亭集序〉:「天朗**〜**清。」(天空晴朗,**空氣**清新。) ❷〔朔氣〕見頁130「朔」字條。❸名天氣。曹植〈泰山梁甫行〉:「八方各異**〜**。」(八個方向各自有着不同的**天氣**。) ❹名香氣。王冕〈墨梅〉(其三):「只留清**〜**滿乾坤。」(只需要把清幽**香氣**留住,佈滿在天地之間。) ❺名氣概。劉義慶〈周處除三害〉(《世說新語·自新》):「兇強俠**〜**。」(兇殘強悍,充滿遊俠的**氣概**。) ❻名氣勢。項羽〈垓下歌〉:「力拔山兮**〜**蓋世。」(力量大得可以拉起高山啊,**氣勢**強得可以超越世人。) ❼名志氣。〈岳飛之少年時代〉(《宋史·岳飛傳》):「飛少負**〜**節。」(岳飛少年時,就懷有**志氣**和節操。)

水　部

　　這是「水」的甲骨文寫法，所描繪的是正在流動的水，本義就是可供飲用、灌溉、清潔用的水。古人尋水，多在河流旁邊，所以「水」後來又可以指河流。因此，從「水」部的字，要麼跟「水」有關，要麼就是不同的河流名稱。

水 🔊seoi2 雖 [2 聲] 🔊shuǐ
❶名水。駱賓王〈詠鵝〉：「白毛浮綠～。」（潔白的羽毛漂浮在碧綠的**水**上。）❷名江河、河流。王維〈畫〉：「近聽～無聲。」（靠近地聽，畫中的**河流**沒有聲音。）❸名水流。荀況〈勸學〉（《荀子》）：「積～成淵。」（匯集**水流**成為深淵。）❹名洪水。〈岳飛之少年時代〉（《宋史‧岳飛傳》）：「～暴至。」（**洪水**突然湧到。）❺名口水、唾液。劉義慶〈望梅止渴〉（《世説新語‧假譎》）：「口皆出～。」（口裏都湧出**唾液**。）

永 🔊wing5 榮 [5 聲] 🔊yǒng
❶形永遠、長久。譬如在〈蘭亭集序〉開首，王羲之交代了當時的年份是「永和九年」，「～和」是東晉晉穆帝的年號，意指「**長久**的和平」。❷名「永州」的簡稱，位於今天的湖南省。柳宗元〈哀溺文序〉：「～之氓咸善游。」（**永州**的平民都擅長游泳。）

汀 🔊ting1 停 [1 聲] /ding1 丁 🔊tīng
名水邊平地或河流中的小沙洲。張若虛〈春江花月夜〉：「～上白沙看不見。」（看不到**沙洲**上的白色沙粒。）

求 🔊kau4 球 🔊qiú
❶動尋找、尋覓。〈狐假虎威〉（《戰國策‧楚策》）：「虎～百獸而食之。」（老虎**尋覓**各種野獸來吃掉牠們。）❷動請求。〈鄒忌諷齊王納諫〉（《戰國策‧齊策》）：「欲有～於我也。」（希望向我有**請求**。）❸名提出的要求。❹動索求。司馬遷《史記‧廉頗藺相如列傳》：「秦以城～璧而趙不許。」（秦國用城池**索求**和氏璧，可是趙國不答應。）

汗 一🔊hon6 翰 🔊hàn
❶名汗水、汗珠。李紳〈憫農〉（其二）：「～滴禾下土。」（**汗珠**都滴

落穀物下的泥土。）❷〔汗青〕名史書、史冊。文天祥〈過零丁洋〉：「留取丹心照～。」（保存這份赤誠的忠心，映照以後的**史冊**。）
二🔊hon4 寒 🔊hán
〔可汗〕見頁45「可」字條。

「汗青」與「史冊」

在紙張還沒有發明前，古人是用「竹簡」來寫文章的。古人製作竹簡，會先揀選上等的青竹——綠色的竹子，然後削成長方形的青竹片，再放在火上烘烤，以便在上面書寫及防止被蟲蛀。烘烤的時候，新鮮濕潤的青竹片會冒出水珠，就像人類出汗一樣。這個步驟因而被稱為「汗青」，並漸漸成為「竹簡」的代名詞。

在古代，長的竹簡多用於書寫儒家經典，短的竹簡則多用來記載歷史，因此古人進一步用「汗青」來代稱「史冊」。同時，因為人們把歷史寫在「汗青」之上，於是也把歷史稱為「青史」了。

江 🔊gong1 缸 🔊jiāng
❶名專指長江。王安石〈泊船瓜洲〉：「春風又綠～南岸。」（春天的風又再吹綠了**長江**以南的岸邊。）❷名泛指江河。司空曙〈江村即事〉：「～村月落正堪眠。」（月亮在**江**邊的村落落下，正好可以睡覺。）

池 🔊ci4 遲　🔊chí
❶名池塘。李商隱〈夜雨寄北〉：「巴山夜雨漲秋～。」（四川的晚上下着大雨，河水漲滿了秋天的**池塘**。）❷名水池。王冕〈墨梅〉（其三）：「我家洗硯～頭樹。」（在我家清洗墨硯旁邊，有一棵梅樹。）

汝 🔊jyu5 宇　🔊rǔ
❶名河流名稱，流經今天的河南省一帶。❷代你、你們。劉義慶〈荀巨伯遠看友人疾〉（《世說新語·德行》）：「～何男子，而敢獨止？」（**你**是甚麼人，竟然敢獨自在這裏逗留？）

沙 🔊saa1 砂　🔊shā
❶名沙粒。張若虛〈春江花月夜〉：「汀上白～看不見。」（看不到沙洲上的白色**沙粒**。）❷〔沙場〕名戰場。王翰〈涼州詞〉（其一）：「醉臥～君莫笑。」（酒醉後倒下在**戰場**上，您也不要取笑他們。）❸名沙洲，河流中的陸地。杜牧〈泊秦淮〉：「煙籠寒水月籠～。」（煙霧和月色籠罩着寒冷的河水和**沙洲**。）

沖 🔊cung1 衝　🔊chōng
❶動被大水撞擊。❷動向上直飛。司馬遷〈一鳴驚人〉（《史記·滑稽列傳》）：「一飛～天。」（一旦飛走的話，就可**直衝**天上。）

沃 🔊juk1 旭　🔊wò
❶動淹沒。周密〈浙江之潮〉（《武林舊事·觀潮》）：「吞天～日。」（吞沒天空，**淹沒**太陽。）❷形肥沃。司馬光《資治通鑑·漢紀》：「～野萬里。」（**肥沃**的土地面積達萬里。）

沒 🔊mut6 末　🔊mò
❶動沉沒、下沉。劉義慶〈周處除三害〉（《世說新語·自新》）：「蛟或浮或～。」（蛟龍有時浮起，有時**下**沉。）❷動消失。杜甫〈兵車行〉：「生男埋～隨百草。」（誕下男孩，卻只會在荒草裏埋葬和**消失**。）❸動沒收。邯鄲淳〈漢世老人〉（《笑林》）：「田宅～官。」（田地和房子被官府**沒收**。）

汲 🔊kap1 級　🔊jí
動從井裏取水，後來泛指取水。劉義慶〈望梅止渴〉（《世說新語·假譎》）：「魏武行役失～道。」（魏武帝曹操在行軍打仗期間，找不到**取水**的道路。）

汴 🔊bin6 辯　🔊biàn
❶名河流名稱，發源自今天的開封附近。❷名汴京，即今天的開封。林升〈題臨安邸〉：「直把杭州作～州。」（竟然把杭州當作**汴京**。）

沉 🔊cam4 尋　🔊chén
❶動沉沒、下沉。文天祥〈過零丁洋〉：「身世浮～雨打萍。」（我一生的經歷猶如被雨點擊打着的浮萍，時而浮起，時而**下沉**。）❷動在水中潛游。陶弘景〈答謝中書書〉：「～鱗競躍。」（**潛游**在水中的魚兒爭相跳出水面。）❸形性格沉穩。〈岳飛之少年時代〉（《宋史·岳飛傳》）：「～厚寡言。」（**沉穩**厚重，很少說話。）❹〔沉湎〕動沉迷。司馬遷〈一鳴驚人〉（《史記·滑稽列傳》）：「～不治。」（**沉迷**享樂，不去治理國家。）❺形深切。曹操〈短歌行〉：「～吟至今。」（到現在還在**深切**地唸着你們的名字。）❻形長久、許久。〈杯弓蛇影〉（《晉書·樂廣傳》）：「～痾頓愈。」（患了**許久**的病也馬上痊癒了。）

決 🔊kyut3 缺　🔊jué
❶動疏通水道。韓非《韓非子·五蠹》：「天下大水，而鯀、禹～瀆。」（天下出現大洪水，因此鯀和禹**疏導**河

流。）❷動決堤。〈岳飛之少年時代〉（《宋史・岳飛傳》）：「河～內黃。」（黃河在內黃決堤。）❸動判決、判斷。〈兩小兒辯日〉（《列子・湯問》）：「孔子不能～也。」（孔子不能夠判斷誰是誰非。）❹副一定、必定。朱熹〈讀書有三到〉（《訓學齋規》）：「～不能記。」（一定不能夠記住。）

河
⦿ho4 何　⦿hé
❶名專指黃河。杜甫〈兵車行〉：「或從十五北防～。」（有人自十五歲開始，就到北方的黃河戍守。）❷名泛指河流。《莊子・逍遙遊》：「偃鼠飲～。」（鼴鼠到河邊喝水。）❸〔山河〕見頁82「山」字條。❹〔河豚〕名一種魚類名稱，內臟有毒。蘇軾〈惠崇春江晚景〉（其一）：「正是～欲上時。」（恰好就是河豚要逆流而上的時節。）

沾
⦿zim1 瞻　⦿zhān
動沾濕。〈十五從軍征〉：「淚落～我衣。」（眼淚落下，沾濕了我的軍服。）

況
⦿fong3 放　⦿kuàng
❶連表示遞進，相當於「何況」、「況且」。李白〈春夜宴從弟桃花園序〉：「～陽春召我以煙景。」（何況溫暖的春天用優美的景色召喚我。）❷〔況復〕副更何況。杜甫〈兵車行〉：「～秦兵耐苦戰。」（更何況秦地的士兵能夠忍受艱苦的戰鬥。）

泗
⦿si3 肆　⦿sì
名河流名稱，發源自今天的山東省陪尾山。朱熹〈春日〉：「勝日尋芳～水濱。」（在優美的日子，到泗水岸邊欣賞春花。）

泊
⦿bok6 薄　⦿bó
動船隻停泊靠岸。杜甫〈絕句〉（其三）：「門～東吳萬里船。」（門口停泊着從萬里之外的東邊吳地開來的船。）

波
⦿bo1 玻　⦿bō
❶名波浪。駱賓王〈詠鵝〉：「紅掌撥清～。」（紅紅的腳掌撥動清澈的水波。）❷名水面。崔顥〈黃鶴樓〉：「煙～江上使人愁！」（只見長江上煙霧籠罩的水面，令人感到憂愁！）

治
⦿zi6 字　⦿zhì
❶動治理、管理。劉向〈孫叔敖埋兩頭蛇〉（《新序・雜事一》）：「未～，而國人信其仁也。」（他還沒有治理國家，全國的平民卻都相信他是仁厚的人。）❷動做、處理。方苞〈弟椒塗墓誌銘〉：「余～他事。」（我做其他事情。）❸動懲處。諸葛亮〈出師表〉：「則～臣之罪。」（那麼請懲處我的罪。）❹動醫治。司馬遷《史記・扁鵲倉公列傳》：「不～恐深。」（不醫治的話，恐怕疾病會變嚴重。）

洞
⦿dung6 動　⦿dòng
〔洞房〕名新婚夫妻的新房。朱慶餘〈近試上張籍水部〉：「～昨夜停紅燭。」（昨天晚上，在新房裏擺放了紅色的蠟燭。）

活
⦿wut6 禍末 [6 聲]　⦿huó
❶動生存。❷動活動。朱熹〈觀書有感〉（其一）：「為有源頭～水來。」（因為有着水源送來不斷流動的水。）

洛
⦿lok6 落　⦿luò
名河流名稱，又稱為「南洛河」，流經今天的河南省。「洛陽」就在它的北岸，並因而得名，見頁288「陽」字條欄目「文化趣談」。

洋
⦿joeng4 羊　⦿yáng
❶形眾多、盛大。〈高山流水〉

（《列子‧湯問》）：「～～兮若江河！」（琴聲**盛大**啊，就好像長江和黃河！）❷**名**大海、海洋。文天祥〈過零丁洋〉：「零丁～裏嘆零丁。」（在零丁**洋**裏被俘虜，我感歎自己孤苦無依。）

洲
粵zau1 周　**普**zhōu
名水中的陸地。崔顥〈黃鶴樓〉：「芳草萋萋鸚鵡～。」（長江中鸚鵡**洲**上芳香的鮮草十分茂盛。）

津
粵zeon1 樽　**普**jīn
❶**名**渡口、碼頭。王勃〈送杜少府之任蜀州〉：「風煙望五～。」（在煙霧迷離的江邊，隱約望見遠在四川的五個**渡頭**。）❷**名**唾液、口水。陸佃《埤雅》：「今人望梅生～。」（現在的人看見梅子就會流**口水**。）

浙
粵zit3 折　**普**zhè
名河流名稱，也就是「錢塘江」，位於今天的浙江省，因河道曲折，故稱為「浙江」。周密〈浙江之潮〉（《武林舊事‧觀潮》）：「～江之潮，天下之偉觀也。」（錢塘江的潮水，是全世界最雄偉的景觀。）

浦
粵pou2 普　**普**pǔ
名水邊。張若虛〈春江花月夜〉：「青楓～上不勝愁。」（只剩下情人站在青楓**浦**上，承受不了這份別離的哀愁。）

涉
粵sip3 攝　**普**shè
❶**動**步行過河。〈涉江采芙蓉〉（《古詩十九首》）：「～江采芙蓉。」（**步行過江**，去採摘荷花。）❷**動**乘船過河。〈刻舟求劍〉（《呂氏春秋‧察今》）：「楚人有～江者。」（楚國有個**橫渡江河**的人。）

消
粵siu1 蕭　**普**xiāo
❶**動**消滅、消除。陶潛〈歸去來辭〉：「樂琴書以～憂。」（愛上彈琴、讀書，藉此**消除**憂愁。）❷**動**消耗。徐渭〈風鳶圖詩〉（其一）：「～得春風多少力。」（春天的和風**消耗**了幾多力氣。）

浥
粵jap1 泣　**普**yì
動沾濕。王維〈送元二使安西〉：「渭城朝雨～輕塵。」（渭城早上的一場雨**沾濕**了細小的塵埃。）

浩
粵hou6 皓　**普**hào
〔漫浩浩〕見頁156「漫」字條。

海
粵hoi2 凱　**普**hǎi
〔海內〕**名**天下、世上。王勃〈送杜少府之任蜀州〉：「～存知己。」（只要**世上**還有你這位了解我的朋友。）

浮
粵fau4 蜉　**普**fú
❶**動**漂浮在水上。駱賓王〈詠鵝〉：「白毛～綠水。」（潔白的羽毛**漂浮**在碧綠的**水上**。）❷**動**飄浮在空中。李白〈送友人〉：「～雲游子意。」（飄浮的雲朵，反映你這位四處漂泊的人的處境。）

流
粵lau4 留　**普**liú
❶**動**水流淌。王之渙〈登鸛雀樓〉：「黃河入海～。」（黃河朝着大海**流淌**。）❷**動**流動。王羲之〈蘭亭集序〉：「引以為～觴曲水。」（我們引來附近的溪流，成為可以讓酒杯**流動**的彎曲水道。）❸**動**飛動、飛舞。杜牧〈秋夕〉：「輕羅小扇撲～螢。」（拿着一把輕巧的絲質小搖扇，撲打**飛舞**的螢火蟲。）❹**動**閃動。虞世南〈詠螢〉：「的歷～光小。」（螢火蟲**閃動**的亮光明亮、細小。）❺**名**水流。楊萬里〈小池〉：「泉眼無聲惜細～。」（泉水從孔洞默默流淌，珍惜細小的**水流**。）

涕
粵tai3 替　**普**tì
❶**名**眼淚。諸葛亮〈出師表〉：

「臨表～零。」（對着這份奏表，我落下**眼淚**。）❷**動**流淚。杜甫〈聞官軍收河南河北〉：「初聞～淚滿衣裳。」（起初聽到時，我**流下**淚來，沾濕了整件衣服。）

浪
❸**粵**long6 晾　**普**làng
❶**名**波浪。李白〈行路難〉（其一）：「長風破～會有時。」（總會有一天，我能夠乘着長風、衝破**巨浪**。）❷**副**隨便、放縱。朱熹〈讀書有三到〉（《訓學齋規》）：「卻只漫～誦讀。」（卻只是**隨便**朗讀。）

清
粵cing1 蜻　**普**qīng
❶**形**清澈。駱賓王〈詠鵝〉：「紅掌撥～波。」（紅紅的腳掌撥動**清澈**的水波。）❷**形**清涼。《弟子規》：「夏則～。」（夏天炎熱，就幫父母扇**涼**牀鋪。）❸**形**清新。王羲之〈蘭亭集序〉：「天朗氣～。」（天空晴朗，空氣**清新**。）❹**形**清幽、清新。王冕〈素梅〉（其五十六）：「忽然一夜～香發。」（突然的，它在某一個夜裏開花，發出**清幽**的花香。）❺**形**清純。于謙〈石灰吟〉：「要留～白在人間。」（它希望把一身**清純**的白色，留存在人世間。）❻**形**清雅。李白〈春夜宴從弟桃花園序〉：「高談轉～。」（在暢快的談論中，話題變得**清雅**起來。）❼**形**太平。李白〈古朗月行〉：「天人～且安。」（天上和人間變得**太平**，而且安寧。）

涯
粵ngaai4 崖　**普**yá
❶**名**水邊。孟郊〈病客吟〉：「大海亦有～。」（大海再大，也有**邊際**。）❷**名**邊際。王勃〈送杜少府之任蜀州〉：「天～若比鄰。」（即使各在天的**一邊**，也猶如身邊的鄰人。）

淺
粵cin2 錢 [2 聲]　**普**qiǎn
❶**形**水淺。司空曙〈江村即事〉：「只在蘆花～水邊。」（小船也只是停靠在**淺水**岸邊的蘆葦花叢裏而已。）❷**形**低、不高。白居易〈錢塘湖春行〉：「～草才能沒馬蹄。」（**矮小**的短草剛好遮蓋了馬蹄。）❸**副**快要、時間短。李密〈陳情表〉：「人命危～。」（性命危殆，**快要**死去。）❹**形**顏色淺淡。朱慶餘〈近試上張籍水部〉：「畫眉深～入時無？」（我畫的眼眉，濃**淡**合乎時尚嗎？）

淮
粵waai4 懷　**普**huái
❶**名**河流名稱，位處黃河和長江之間，流經今天的河南、安徽、江蘇三省。譬如〈～中晚泊犢頭〉就是一首描寫了**淮河**岸邊春天夜景的詩歌。❷〔秦淮〕見頁191「秦」字條。

淫
粵jam4 音 [4 聲]　**普**yín
形過度、不恰當。司馬遷〈一鳴驚人〉（《史記・滑稽列傳》）：「好為～樂長夜之飲。」（喜歡**過度**享樂、徹夜飲酒。）

淳
粵seon4 純　**普**chún
〔淳于〕**名**複姓。司馬遷〈一鳴驚人〉（《史記・滑稽列傳》）：「～髡説之以隱曰。」（**淳于**髡用話中有話的言辭來遊説齊威王説。）

淤
粵jyu1 於　**普**yū
名淤泥、污泥，水中沉積的泥沙。周敦頤〈愛蓮説〉：「予獨愛蓮之出～泥而不染。」（我唯獨喜愛蓮花，它從**污穢的泥土**中長出，卻不被污染。）

深
粵sam1 心　**普**shēn
❶**形**水深、深邃。劉禹錫〈陋室銘〉：「水不在～。」（一條河並不取決於**深邃**。）❷**名**事物的深度、高度。李白〈贈汪倫〉：「桃花潭水～千尺。」（桃花潭的**水深**達一千尺。）❸**名**深處。王維〈鹿柴〉：「返景入～林。」（太陽反照的日光照入樹林的**深處**。）❹**形**偏遠。于謙〈石

灰吟〉:「千錘萬擊出～山。」(石灰石經歷千萬次錘打和敲擊,才能從**偏遠**的山裏開採出來。)❺**形**深遠。司馬遷〈御人之妻〉(《史記‧管晏列傳》):「志念～矣。」(志向和思想都很**深遠**。)❻**形**時間久。劉方平〈月夜〉:「更～月色半人家。」(夜**深**了,月亮的光彩斜照着人們的半邊屋子。)❼**形**顏色深濃。朱慶餘〈近試上張籍水部〉:「畫眉～淺入時無?」(我畫的眼眉,**濃**淡合乎時尚嗎?)❽**形**草木茂盛。杜甫〈春望〉:「城春草木～。」(春天來到長安城,花草樹木卻**叢生**。)

湘

粵 soeng1 雙　**普** xiāng

名河流名稱,即「湘江」或「湘水」,發源自今天的湖南省永州市。柳宗元〈哀溺文序〉:「乘小船絕～水。」(乘坐小船橫渡**湘江**。)

渠

粵 keoi4 衢　**普** qú

❶**名**人工開鑿的水道。司馬遷《史記‧河渠書》:「此～皆可行舟。」(這些**河道**都可以讓船隻航行。)❷**代**他、她、牠、它,後來演化為粵語的「佢」。朱熹〈觀書有感〉(其一):「問～那得清如許。」(問**它**為何可以這樣清澈?)

沔

粵 min5 免　**普** miǎn

〔沉沔〕見頁150「沉」字條。

湯

粵 tong1 劏　**普** tāng

❶**名**熱水、開水。〈兩小兒辯日〉(《列子‧湯問》):「及其日中,如探～。」(直到中午的時候,卻好像用手觸摸**開水**。)❷**名**菜湯,口感較「羹」為稀。王建〈新嫁娘〉(其三):「洗手作羹～。」(清洗雙手後,就製作肉羹和**菜湯**。)

溫

粵 wan1 瘟　**普** wēn

❶**形**溫暖。周怡〈勉諭兒輩〉:「則子子孫孫常享～飽矣。」(那麼兒女子孫世世代代都經常享受到**溫暖**和飽足了。)❷**動**使事物溫暖。《弟子規》:「冬則～。」(冬天寒冷,就替父母**溫暖**被窩。)❸**形**溫和。《論語‧子張》:「即之也～。」(走近君子後,就覺得他很**溫和**。)❹**動**溫習、複習。《論語‧為政》:「～故而知新。」(**溫習**舊知識時,並且能獲得新體會。)

渭

粵 wai6 胃　**普** wèi

❶**名**河流名稱,即「渭河」或「渭水」,發源自今天的甘肅省,流經陝西省。〈夸父追日〉(《山海經‧海外北經》):「飲於河、～。」(到黃河和**渭河**喝水。)❷〔渭城〕**名**地名,位於渭水北岸,今天的西安市西北。王維〈送元二使安西〉:「～朝雨浥輕塵。」(**渭城**早上的一場雨沾濕了細小的塵埃。)

湍

粵 teon1 盾 [1聲] /cyun2 喘　**普** tuān

❶**形**水流迅急、湍急。司馬遷《史記‧河渠書》:「水～悍。」(河水**湍急**、洶湧。)❷**名**急流。王羲之〈蘭亭集序〉:「又有清流激～。」(又有清澈、**湍急的溪流**。)

淵

粵 jyun1 冤　**普** yuān

❶**名**深水潭。荀況〈勸學〉(《荀子》):「積水成～。」(匯集水流成為**深淵**。)❷**名**淵源、源頭。《新唐書‧第五琦傳》:「賦所出以江淮為～。」(賦稅的**源頭**在長江、淮河流域一帶。)

渡

粵 dou6 杜　**普** dù

❶**動**橫過江河。諸葛亮〈出師表〉:「故五月～瀘。」(故此在五月**橫渡**瀘水。)❷**名**渡頭、碼頭。韋應物〈滁州西澗〉:「野～無人舟自橫。」(在荒野的**渡頭**,一隻沒有人的小船隨意漂浮。)

游

粵 jau4 由　**普** yóu

❶**動**游泳。柳宗元〈哀溺文序〉:

「永之氓咸善～。」（永州的平民都擅長**游泳**。）❷動同「遊」，遊玩。〈高山流水〉（《列子・湯問》）：「伯牙～於泰山之陰。」（伯牙到泰山北面的山坡**遊玩**。）❸動同「遊」，結交、交往。宋濂〈送東陽馬生序〉：「又患無碩師、名人與～。」（又擔心不能與學識淵博的老師和著名的人士一起**交往**。）❹動同「遊」，四處漂泊。李白〈送友人〉：「浮雲～子意。」（飄浮的雲朵，反映你這位**四處漂泊**的人的處境。）❺動縱情、放縱。王羲之〈蘭亭集序〉：「所以～目騁懷。」（藉此讓人**放縱**雙眼，四處張望，舒展胸懷。）

渾
一 粵wan6 運 普hùn
動同「混」，混同、混淆。班固《漢書・楚元王傳》：「今賢不肖～殽。」（現在好人和壞人**混淆**。）
二 粵wan4 雲 普hún
❶形混濁、不純正。陸游〈遊山西村〉：「莫笑農家臘酒～。」（不要取笑農村人在臘月釀造的酒**不純正**。）❷形滿、遍。杜荀鶴〈蠶婦〉：「底事～身着苧麻？」（到底甚麼事讓我**全**身穿着苧麻？）❸副幾乎、簡直。杜甫〈春望〉：「白頭搔更短，～欲不勝簪。」（花白的頭髮越抓越短，**簡直**快要不能插上髮簪了。）

滋
粵zi1 支 普zī
❶動生長、滋長。《呂氏春秋・明理》：「草木庳小不～。」（花草樹木矮小，不能**生長**。）❷形茂盛。〈庭中有奇樹〉（《古詩十九首》）：「綠葉發華～。」（綠色的樹葉、綻放的花兒，都十分**茂盛**。）

滅
粵mit6 蔑 普miè
❶動火熄滅。蘇洵〈六國論〉：「薪不盡，火不～。」（柴木一天不用盡，火一天不會**熄滅**。）❷動滅亡、消滅。蘇洵〈六國論〉：「六國破～。」（六國**滅亡**。）❸動消失、磨滅。柳宗元〈江雪〉：「萬徑人蹤～。」（每條路上，人的蹤跡全部**消失**。）

源
粵jyun4 原 普yuán
名水源。朱熹〈觀書有感〉（其一）：「為有～頭活水來。」（因為有着**水源**送來不斷流動的水。）

滑
一 粵waat6 猾 普huá
❶形光滑、滑溜。姚鼐〈登泰山記〉：「冰～。」（冰塊很**光滑**。）❷形流利、流暢。白居易〈琵琶行〉：「間關鶯語花底～。」（黃鶯在花下「間關」地鳴叫，十分**流暢**。）
二 粵gwat1 骨 普gǔ
〔滑稽〕形能言善辯。范公偁〈名落孫山〉（《過庭錄》）：「孫山，～才子也。」（孫山，是一個**能言善辯**、很有才華的人。）

滄
粵cong1 倉 普cāng
形清涼、寒冷。〈兩小兒辯日〉（《列子・湯問》）：「日初出～～涼涼。」（太陽剛剛出來的時候，是**清清涼涼**的。）

溺
一 粵nik6 匿 [6聲] /nik1 匿 普nì
動溺水、遇溺。柳宗元〈哀溺文序〉：「遂～死。」（最終**遇溺**死去。）
二 粵niu6 尿 普niào
動撒尿、便溺。司馬遷《史記・范雎蔡澤列傳》：「更～雎。」（更向范雎**撒尿**。）

滁
粵ceoi4 除 普chú
名河流名稱，發源自今天的安徽省。譬如〈滁州西澗〉中的「～州」就是因為**滁河**流經該地而得名。

漢
粵hon3 看 普hàn
❶名河流名稱，即「漢水」，發源自今天的陝西省。〈愚公移山〉（《列子・湯問》）：「達于～陰。」（直達到**漢**

水南岸。）❷名朝代名稱。劉邦以漢水中游的漢中為根據地，被封為「漢王」，後來立國為帝，稱為「漢朝」。王昌齡〈出塞〉（其一）：「秦時明月～時關。」（秦朝、漢朝時明亮的月光一直照耀着邊境的關隘。）❸名漢子、男子。《北齊書・魏愷傳》：「苦用此～何為？」（偏偏起用這個男子，有甚麼用？）

滿 ⓔmun5 門 [5 聲] ⓜmǎn

❶動充滿、充斥。張繼〈楓橋夜泊〉：「月落烏啼霜～天。」（月亮落下，烏鴉啼叫，寒氣充斥天空。）❷形整個。蘇舜欽〈淮中晚泊犢頭〉：「～川風雨看潮生。」（只看見整條淮河風雨交加，潮水漸漸升高。）

漆 ⓔcat1 七 ⓜqī

名油漆。〈杯弓蛇影〉（《晉書・樂廣傳》）：「～畫作蛇。」（用油漆繪畫出一條蛇。）

漣 ⓔlin4 連 ⓜlián

❶名漣漪，水面的小波紋。❷名泛指水。周敦頤〈愛蓮説〉：「濯清～而不妖。」（在清澈的水裏洗滌過，卻不妖豔。）

漱 ⓔsau3 秀 ⓜshù

動沖刷。張岱〈白洋潮〉：「浙江潮頭自龕、赭兩山～激而起。」（浙江的潮頭，從龕、赭兩座山沖刷激盪開始。）

漫 ⓔmaan6 慢 ⓜmàn

❶形水漲溢流的樣子。宋之問〈自湘源至潭州衡山縣〉：「行嗟水流～。」（一邊航行，一邊讚歎河水水勢盛大。）❷〔漫浩浩〕形無邊無際的樣子。〈涉江采芙蓉〉（《古詩十九首》）：「長路～。」（遙遠的路途無邊無際。）❸副隨便、隨意。朱熹〈讀書有三到〉（《訓學齋規》）：「卻只～浪誦讀。」（卻只是隨便朗讀。）❹副胡亂。杜甫〈聞官軍收河南河北〉：「～卷詩書喜欲狂。」（胡亂捲起、收拾書籍，高興得快要發狂。）❺形模糊。王安石〈遊褒禪山記〉：「其文～滅。」（碑石上的文字十分模糊、逐漸消失。）

瀝 ⓔluk6 六 ⓜlù

動過濾。曹植〈七步詩〉（《世説新語・文學》）：「～豉以為汁。」（過濾豆子，用來製成豆汁。）

漏 ⓔlau6 陋 ⓜlòu

❶名漏壺，古代通過滴水來計時的器具。方苞〈弟椒塗墓誌銘〉：「或～盡乃歸。」（有時，漏壺的水滴光了才回家。）❷動漏水。杜甫〈茅屋為秋風所破歌〉：「牀頭屋～無乾處。」（在牀擺放枕頭的一端，屋子漏水，沒有乾爽的地方。）❸動出錯。❹名錯漏。諸葛亮〈出師表〉：「必能裨補闕～。」（一定能夠填補缺失的錯漏。）

漿 ⓔzoeng1 章 ⓜjiāng

❶名濃稠的汁液。白居易〈荔枝圖序〉：「～液甘酸如醴酪。」（汁液既甜且酸，好像甜酒和乳酪。）❷名酒。《禮記・曲禮上》：「酒～處右。」（酒放在右邊。）

潮 ⓔciu4 瞧 ⓜcháo

名潮水。韋應物〈滁州西澗〉：「春～帶雨晚來急。」（傍晚，春天的潮水湍急湧來，還帶着細雨。）

潭 ⓔtaam4 談 ⓜtán

名深水池。張若虛〈春江花月夜〉：「昨夜閑～夢落花。」（昨天夜裏，我夢見花瓣跌落幽靜的水潭中。）

潛 ⓔcim4 簽 [4 聲] ⓜqián

❶動潛入水中。張若虛〈春江花

月夜〉：「魚龍〜躍水成文。」（魚兒和遊龍潛入水中、跳出水面，卻只能泛起漣漪。）❷副暗中。杜甫〈春夜喜雨〉：「隨風〜入夜。」（春雨伴隨春風，暗中進入夜裏。）

澗 ⓟgaan3 諫 ⓜjiàn
名山間的河流。王維〈鳥鳴澗〉：「時鳴春〜中。」（牠們在春天的山中溪澗裏時而鳴叫。）

澤 ⓟzaak6 擇 ⓜzé
❶名池沼、湖泊。〈夸父追日〉（《山海經・海外北經》）：「北飲大〜。」（向北走到大湖泊喝水。）❷形潤澤。姚瑩〈捕鼠説〉：「毛色光〜。」（貓毛的顏色光亮潤澤。）❸名恩德、恩惠。〈長歌行〉：「陽春布德〜。」（溫暖的春天施行恩惠。）

激 ⓟgik1 擊 ⓜjī
❶動水向四方飛濺。吳均〈與宋元思書〉：「泉水〜石。」（泉水飛濺到石塊上。）❷形水流迅急、湍急。王羲之〈蘭亭集序〉：「又有清流〜湍。」（又有清澈、湍急的溪流。）❸形激動。諸葛亮〈出師表〉：「由是感〜。」（因此十分感動、激動。）

濛 ⓟmung4 蒙 ⓜméng
〔空濛〕見頁193「空」字條。

濕 ⓟsap1 拾［1聲］ⓜshī
❶動沾濕。歐陽修〈賣油翁〉：「自錢孔入，而錢不〜。」（油從銅錢的方孔注入，銅錢卻沒有被油沾濕。）❷形大雨滂沱。杜甫〈兵車行〉：「天陰雨〜聲啾啾！」（天空陰暗、大雨滂沱時，鬼魂發出淒厲的哭叫聲。）

濟 一ⓟzai2 仔 ⓜjǐ
名河流名稱，即「濟水」，發源自今天的河南省，流經山東省省會濟南的北面。
二ⓟzai3 際 ⓜjì
❶動橫渡江河。柳宗元〈哀溺文序〉：「中〜，船破。」（橫渡湘江途中，船的底部穿了。）❷動救濟、幫助。歐陽修〈朋黨論〉：「則同心而共〜。」（就會團結心意，互相幫助。）

濱 ⓟban1 賓 ⓜbīn
名水邊、岸邊。朱熹〈春日〉：「勝日尋芳泗水〜。」（在優美的日子，到泗水岸邊欣賞春花。）

濯 ⓟzok6 鑿 ⓜzhuó
動洗滌、清洗。周敦頤〈愛蓮説〉：「〜清漣而不妖。」（在清澈的水裏洗滌過，卻不妖豔。）

瀑 ⓟbuk6 僕 ⓜpù
〔瀑布〕名水由高處直瀉而下，遠望似一塊垂落的布匹，因此稱為「瀑布」。李白〈望廬山瀑布〉：「遙看〜掛前川。」（遠遠望見瀑布，就好像一條掛在山前面的河流。）

濺 一ⓟzin3 戰 ⓜjiàn
❶動飛濺，液體向四方飛射。司馬遷《史記・廉頗藺相如列傳》：「相如請得以頸血〜大王矣！」（就請我把頸血飛濺到大王身上了！）❷動流出。杜甫〈春望〉：「感時花〜淚。」（時局混亂，令人感慨，就連花朵也流下淚來。）
二ⓟzin1 煎 ⓜjiān
〔濺濺〕擬形容流水的聲音。〈木蘭辭〉：「但聞黃河流水鳴〜。」（只聽到黃河河水流動時發出「濺濺」的聲音。）

瀝 ⓟlik6 力 ⓜlì
動液體流下。歐陽修〈賣油翁〉：「徐以杓酌油〜之。」（慢慢地用勺子，把油倒下並滴入葫蘆裏。）

瀲　🔵lim6 廉 [6 聲]　🔴liàn
〔瀲灧〕**形** 波光閃爍。蘇軾〈飲湖上初晴後雨〉（其二）：「水光～晴方好。」（晴天時，湖水反映着陽光，**波光閃爍**得剛剛好。）

瀟　🔵siu1 消　🔴xiāo
❶名 河流名稱，即「瀟水」，屬於湘江的其中一段。張若虛〈春江花月夜〉：「碣石～湘無限路。」（北方的碣石山與南方的**瀟水**和湘江，距離無限遙遠。）**❷**〔瀟瀟〕**形** 風雨狂急。岳飛〈滿江紅·寫懷〉：「～雨歇。」（**驟急**的風雨剛剛停下來。）

灘　🔵taan1 攤　🔴tān
名 江河、湖泊、大海中水淺石多的地方，如「河灘」、「海灘」等。文天祥〈過零丁洋〉：「惶恐～頭說惶恐。」（在惶恐**灘**邊兵敗，我抒發驚恐不安的感受。）

灧　🔵jim6 豔　🔴yàn
❶〔灧灧〕**形** 水光閃亮。張若虛〈春江花月夜〉：「～隨波千萬里。」（**閃亮**的浪花隨着波浪閃耀千萬里。）**❷**〔瀲灧〕見頁 158「瀲」字條。

火　部

這是「火」的甲骨文寫法，好像一團火焰在地上燃起，並吐出火舌來，很有動感。「火」的本義就是火、火焰。「火」的用途很多，譬如照明、燒物、煮食，因此不少從「火」部的字，都跟火的用途有關。

火　🔵fo2 伙　🔴huǒ
❶名 火、火焰。白居易〈賦得古原草送別〉：「野～燒不盡。」（野外的**火**不能把它們燒清光。）**❷名** 燈火。張繼〈楓橋夜泊〉：「江楓漁～對愁眠。」（對着江邊的楓樹和漁船的**燈火**，憂愁地睡着。）**❸**〔火伴〕**名** 伙伴、夥伴、同伴。〈木蘭辭〉：「出門看～。」（我走出房門，去探望昔日的**同伴**。）**❹**〔火艾〕**名** 即「艾灸」，中醫治療法，先把艾草製成艾炷，然後用火燃燒，用冒出的煙來熏炙穴位，藉此治病。〈狂泉〉（《宋書·袁粲傳》）：「～、針、藥。」（艾灸、針灸、草藥。）

灶　🔵zou3 遭 [3 聲]　🔴zào
名 用泥土、磚頭或石塊砌成的火爐。班固〈曲突徙薪〉（《漢書·霍光金日磾傳》）：「見其～直突。」（看到他的**爐灶**、煙囪是直的。）

灼　🔵coek3 桌　🔴zhuó
動 燒。班固〈曲突徙薪〉（《漢

書・霍光金日磾傳》）：「～爛者在於上行。」（被火**燒**傷的人安排在貴賓座。）

為 一粵wai4圍 普wéi
❶**動**做、做事情。文嘉〈今日歌〉：「今日不～真可惜！」（今天不去**做事情**，真是值得讓人惋惜！）❷**動**彈奏。〈高山流水〉（《列子・湯問》）：「初～〔霖雨〕之操。」（起初**彈奏**描述連日大雨的琴曲。）❸**動**創作。〈畫荻〉（《歐陽公事跡》）：「使學～詩。」（讓他學習**創作**詩歌。）❹**動**作為。王維〈九月九日憶山東兄弟〉：「獨在異鄉～異客。」（我獨自身處他鄉**作為**旅客。）❺**動**成為。劉向〈孫叔敖埋兩頭蛇〉（《新序・雜事一》）：「～楚令尹。」（**成為**了楚國的宰相。）❻**動**變為。〈染絲〉（《墨子・所染》）：「五入必，而已則～五色矣。」（五次漂染完畢，絲綢就會**變為**五種顏色了。）❼**動**得到。李白〈春夜宴從弟桃花園序〉：「～歡幾何？」（**得到**的歡樂又有多少呢？）❽**動**視為、視作。〈不貪為寶〉（《左傳・襄公十五年》）：「我以不貪～寶。」（我把不貪圖財物的品德**視為**寶物。）❾**動**是。〈狐假虎威〉（《戰國策・楚策》）：「子以我～不信。」（你如果認為我**是**不可信的話。）❿**動**說。李白〈送友人〉：「此地一～別。」（在這個地方一旦**說**分開。）⓫〔以為〕見頁12「以」字條。⓬〔大為〕見頁62「大」字條。⓭**助**表示疑問的語氣，相當於「嗎」、「呢」。柳宗元〈哀溺文序〉：「今何後～？」（現在為甚麼會落後**呢**？）⓮**介**表示被動，相當於「被」、「受到」。韓非〈守株待兔〉（《韓非子・五蠹》）：「而身～宋國笑。」（可是他自己卻**被**宋國所有人取笑。）⓯**助**表示句中詞語次序對調，一般與「唯」、「惟」等字一起使用，沒有實際意思，可以不用語譯。〈二子學弈〉（《孟子・告子上》）：「惟弈秋之～聽。」（只聆聽弈秋的教導。）

二粵wai6胃 普wèi
❶**連**表示原因，相當於「因為」。王安石〈梅花〉：「～有暗香來。」（**因為**它傳來了不明顯的梅花香氣。）❷**介**表示對象，可以直接寫作「為」或「為了」。杜甫〈客至〉：「蓬門今始～君開。」（那蓬草編成的大門，卻在今天才**為**您打開。）❸**動**幫助。韓非〈公儀休嗜魚〉（《韓非子・外儲說右下》）：「不如己之自～也。」（比不上自己**幫助**自己。）

烏 粵wu1污 普wū
❶**名**烏鴉。張繼〈楓橋夜泊〉：「月落～啼霜滿天。」（月亮落下，**烏鴉**啼叫，寒氣充斥天空。）❷**名**太陽。古人認為太陽中有烏鴉，因此用「烏」來代表太陽。李白〈古朗月行〉：「羿昔落九～。」（從前，后羿射下了九個**太陽**。）❸**形**黑色，見頁227「色」字條欄目「文化趣談」。曹操〈短歌行〉：「～鵲南飛。」（一羣**黑色**的喜鵲向南飛去。）

焉 一粵jin4言 普yān
❶**代**與「之」相同，相當於「他（們）、她（們）、牠（們）、它（們）」。馬中錫〈中山狼傳〉：「草木無知，叩～何益？」（花草樹木不明事理，請教**它們**有甚麼用處？）❷**代**在這裏。荀況〈勸學〉（《荀子》）：「風雨興～。」（風雨就**在這裏**興起。）❸**助**表示陳述的語氣，語譯時不用寫出。《論語・述而》：「必有我師～。」（一定有我的老師。）❹**助**表示疑問或感歎的語氣，相當於「呢」、「嗎」、「啊」等。〈魚我所欲也〉（《孟子・告子上》）：「萬鍾於我何加～？」（豐厚的俸祿對我有甚麼好處**呢**？）

二粵jin1煙 普yān
❶**代**哪裏。〈愚公移山〉（《列子・湯問》）：「且～置土石？」（況且要把泥土和石塊棄置到**哪裏**去呢？）❷**代**怎麼。

《列子‧説符》:「既為盜矣,仁將～在?」(已經成為了大盜,**怎麼**還會有仁義?)

烹　⦅粵⦆paang1 彭 [1 聲] ⦅普⦆pēng
動烹煮。韓非〈曾子殺豬〉(《韓非子‧外儲説左上》):「遂～彘也。」(最終把豬**烹煮**給孩子吃了。)

烽　⦅粵⦆fung1 風 ⦅普⦆fēng
名古代邊防警報、開戰、求援用的煙火訊號,後來借指「戰爭」。杜甫〈春望〉:「～火連三月。」(**戰爭**持續了多個月。)

歷史趣談

烽火戲諸侯

　　周幽王是西周的最後一位君王。他寵愛妃子褒姒(讀〔煲似〕,bāo sì),結果廢掉王后和太子宜臼,並改立褒姒為王后。

　　周幽王還做了一件非常荒唐的事:為了博褒姒一笑,周幽王竟然在沒有戰事的情況下,派人燃點烽火臺上的烽火。各國諸侯都以為周幽王有難,於是急忙派兵到國都鎬(讀〔浩〕,hào)京。當得知被周幽王戲弄後,諸侯都十分不滿,而站在城樓上的褒姒,看到他們又心急又狼狽的樣子,就放聲大笑。

　　同時,由於王后被廢掉,王后的父親申侯非常憤怒,於是聯合西面的外族「犬戎」,一起攻打鎬京。眼見敵人來襲,周幽王馬上派人燃點烽火求救。可是吸取了上次的教訓,各國諸侯都不再出兵救駕,免得再被周幽王戲弄。結果周幽王被犬戎殺掉,西周也因而滅亡了。

無　⦅粵⦆mou4 毛 ⦅普⦆wú
❶**動**沒有。范成大〈夏日田園雜興〉(其一):「日長籬落～人過。」(夏季白天長,籬笆旁邊**沒有**人經過。)❷〔無以〕**動**沒有辦法。荀況〈勸學〉(《荀子》):「不積小流,～成江海。」(不積累細小的流水,就**沒有辦法**匯成江河大海。)❸〔無從〕**副**沒有方法。宋濂〈送東陽馬生序〉:「～致書以觀。」(**沒有方法**找到書本來閱讀。)❹**副**不。〈狐假虎威〉(《戰國策‧楚策》):「子～敢食我也!」(你是**不**膽敢吃我的!)❺**副**同「毋」,不要。陸游〈示兒〉:「家祭～忘告乃翁。」(你們在家中舉行祭祀時,**不要**忘記把這個好消息告訴你們的父親!)❻〔無論〕不用説。陶潛〈桃花源記〉:「乃不知有漢,～魏、晉。」(竟然不知道曾經有漢朝,更**不用説**魏朝和晉朝。)❼**助**表示疑問的語氣,相當於「嗎」。白居易〈問劉十九〉:「能飲一杯～?」(你能夠留下來,跟我喝一杯嗎?)❽〔得無〕見頁96「得」字條。

然　⦅粵⦆jin4 言 ⦅普⦆rán
❶**動**燃燒。《孟子‧公孫丑上》:「若火之始～。」(像火剛開始**燃燒**。)❷**代**這樣。〈二子學弈〉(《孟子‧告子上》):「曰非～也。」(我説,不是**這樣**的。)❸〔然後〕**連**這樣之後。〈折箭〉(《魏書‧吐谷渾傳》):「～社稷可固。」(**這樣之後**,國家就可以穩固。)❹**形**真的、對的。〈狐假虎威〉(《戰國策‧楚策》):「虎以為～。」(老虎認為狐狸説的話是**真的**。)❺**歎**回應語,相當

於「對」、「沒錯」。〈苛政猛於虎〉(《禮記·檀弓下》):「～,昔者吾舅死於虎。」(**對**,從前我的家翁被老虎咬死。) ❻**運**表示轉折,相當於「然而」、「可是」。歐陽修〈家誡〉:「～玉之為物。」(**然而**,玉石作為一種物件。) ❼**助**用在形容詞之後,相當於「……的樣子」。〈杯弓蛇影〉(《晉書·樂廣傳》):「客豁～意解。」(客人一臉開朗**的樣子**,心情也放鬆起來。) ❽**助**用在形容詞和動詞之間,相當於「地」。劉義慶〈白雪紛紛何所似〉(《世說新語·言語》):「公欣～曰。」(謝安高興**地**説。)

焜　⓿kwan1 昆　⓿kūn
〔焜黃〕**形**焦黃。〈長歌行〉:「～華葉衰。」(花朵和葉子都**焦黃**、凋謝起來。)

煎　⓿zin1 箋　⓿jiān
動煎熬、折磨。曹植〈七步詩〉(《世說新語·文學》):「相～何太急?」(豆萁為甚麼過於急迫地**煎熬**豆子呢?)

煙　⓿jin1 胭　⓿yān
❶**名**煙霧。崔顥〈黃鶴樓〉:「～波江上使人愁!」(長江上**煙霧**籠罩的水面,令人感到憂愁!) ❷**名**煙霞。李白〈望廬山瀑布〉:「日照香爐生紫～。」(太陽照射着香爐峯,生出了紫色的**煙霞**。)

熙　⓿hei1 希　⓿xī
❶**形**光明。曹植〈七啟〉:「～天曜日。」(天空和太陽非常**光明**。) ❷**形**和樂、喜悅。宋濂〈束氏狸狌〉:「～～如也。」(一副**和樂**的樣子。)

熏　⓿fan1 芬　⓿xūn
動風、煙、氣味侵襲人。林升〈題臨安邸〉:「暖風～得遊人醉。」(暖

和的春風**侵襲**遊覽的人,讓他們陶醉起來。)

熟　⓿suk6 淑　⓿shú
❶**動**食物煮熟。〈十五從軍征〉:「羹飯一時～。」(湯羹和米飯一會兒後就**煮熟**了。) ❷**動**果實成熟。白居易〈荔枝圖序〉:「夏～。」(夏天時**成熟**結果。) ❸**形**熟練。歐陽修〈賣油翁〉:「惟手～爾。」(只是手法**熟練**而已。)

燕　一⓿jin3 宴　⓿yàn
名燕子。白居易〈燕詩〉:「梁上有雙～。」(屋樑上有一對**燕子**。)
二⓿jin1 煙　⓿yān
名春秋、戰國時代諸侯國名稱,領土覆蓋今天的河北省、遼寧省一帶,見頁251「諸」字條欄目「歷史趣談」。〈鄒忌諷齊王納諫〉(《戰國策·齊策》):「～、趙、韓、魏聞之。」(**燕國**、趙國、韓國、魏國聽聞這消息。)

燋　⓿ziu1 焦　⓿jiāo
動燒傷。班固〈曲突徙薪〉(《漢書·霍光金日磾傳》):「～頭爛額為上客。」(被火**燒傷**額頭的人卻成為貴賓。)

燃　⓿jin4 言　⓿rán
動燃燒。曹植〈七步詩〉(羅貫中《三國演義·第七十九回》):「煮豆～豆萁。」(烹調豆子,**燃燒**豆萁。)

燭　⓿zuk1 竹　⓿zhú
❶**名**火炬、火把。〈鑿壁借光〉(《西京雜記·第二》):「匡衡勤學而無～。」(匡衡努力學習,卻沒有**火把**照明。) ❷**名**蠟燭。朱慶餘〈近試上張籍水部〉:「洞房昨夜停紅～。」(昨天晚上,在新房裏擺放了紅色的**蠟燭**。) ❸**名**蠟燭芯。李商隱〈夜雨寄北〉:「何當共剪西窗～。」(甚麼時候一起在西面的窗下剪去**蠟燭的**芯子。)

文化趣談

先有火把？還是先有蠟燭？

遠古時期，如果想在晚間照明，人們會把動植物的油脂塗抹在布匹上，然後與樹枝、木片捆綁在一起，製成「燭」，也就是火炬、火把。

此外，古人還會製作油燈：油燈頂上有一個小碟子，人們會往小碟子裏注滿油脂，然後燃點燈芯，這樣就可以發光照明了。

後來，人們利用蠟來製作照明器具，也叫做「燭」，即是「蠟燭」。根據在廣州出土的東漢陶燭臺，可以證明東漢時就已經有人使用蠟燭照明。

在〈鑿壁借光〉裏，匡衡是西漢人，比東漢要早。由此可以推論，匡衡所欠缺的，很有可能不是蠟燭，而是火把。至於〈近試上張籍水部〉的作者朱慶餘是唐朝人，加上「紅」一字，可以推論詩歌中的「燭」是蠟燭，而不是火把。

火把　　　油燈　　　蠟燭

營　粵jing4 形　普yíng
❶名軍營。諸葛亮〈出師表〉：「愚以為～中之事。」（我認為軍營裏的事情。）❷動營建。朱用純〈朱子家訓〉：「勿～華屋。」（不要營建華麗的房屋。）❸動開墾。杜甫〈兵車行〉：「便至四十西～田。」（即使到了四十歲，還要到西部邊疆去駐紮軍隊、開墾農田。）❹動經營。邯鄲淳〈漢世老人〉（《笑林》）：「～理產業。」（他經營和管理生意。）

爆　粵baau3 包 [3聲]　普bào
〔爆竹〕名古時用火來燃點竹子，通過劈啪的響聲來驅鬼，今天則用紙捲着火藥，燃點藥引後就會炸裂，發出巨大聲響。王安石〈元日〉：「～聲中一歲除。」（在爆竹聲裏，舊的一年過去了。）

爛　粵laan6 懶 [6聲]　普làng
❶動食物煮爛。《呂氏春秋·本味》：「熟而不～。」（食物煮熟卻不變爛。）❷動被火燒傷。班固〈曲突徙薪〉（《漢書·霍光金日磾傳》）：「灼～者在於上行。」（被火燒傷的人安排在貴賓座。）

父 部

這是「父」的甲骨文寫法，跟「手」也有關係。有人說，右邊是一隻手，左上的「丿」畫，是一把斧頭——父親不是要拿着斧頭外出工作嗎？也有人說，這隻手拿着的是棍棒——父親不是要用棍棒來教訓不聽話的孩子嗎？不論哪個說法正確，「父」的本義都就是「父親」。從「父」部的字，一般都跟「父親」或「男子」有關。

父 一⊜fu6 付 ⊜fù
❶名父親。韓非〈曾子殺豬〉（《韓非子·外儲說左上》）：「聽～母之教。」（聽從父親和母親的教導。）❷名泛指男性長輩。司馬遷《史記·項羽本紀》：「項羽季～也。」（是項羽年齡最小的叔父。）
二⊜fu2 府 ⊜fǔ
名對男子的美稱。邯鄲淳〈截竿入城〉（《笑林》）：「俄有老～至。」（不久，有個年老的男子來到這裏。）

爺 ⊜je4 椰 ⊜yé
名父親。〈木蘭辭〉：「從此替～征。」（由這一刻開始，我就代替父親征戰。）

爻 部

「爻」讀〔餚〕(yáo)。這是它的甲骨文寫法，好像竹枝互相交疊的樣子。的確，古人經常用小竹片或小木片來計算數目或占卜事情，「爻」正正展示了當時的情況，因此「爻」的本義就是計算或占卜。可是從「爻」部的字，幾乎都跟計算或占卜沒有關係。

爾 ⊜ji5 耳 ⊜ěr
❶代你、你的。鄭板橋〈竹石〉：「任～東西南北風。」（任憑你吹的是東風、西風、南風，還是北風。）❷代你

們、你們的。白居易〈燕詩〉:「～當反
自思!」(**你們**應當反過來想想自己!)
❸**代**這樣。干寶〈董永賣身〉(《搜神
記·第一卷》):「必～者。」(如果**這樣**
的話。)❹**助**表示限制的語氣,相當於

「而已」、「罷了」。歐陽修〈賣油翁〉:
「惟手熟～。」(只是手法熟練**而已**。)
❺**助**表示陳述的語氣,相當於「了」。柳
宗元〈捕蛇者説〉:「非死即徙～。」(不
是死去,就是搬走**了**。)

片 部

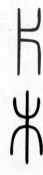

　　上圖是「片」的小篆寫法,跟今天的「片」字很
相似。原來「片」來自「木」(見下圖「木」的小篆寫
法)的右半邊,表示把木頭劈開,分成兩半,這就
是它的本義。
　　把木頭劈成兩半,一般都是用來製作木板、
木片,因此從「片」部的字多與「木板」、「木片」有
關,譬如「牌」就是告示用的木板,「牘」本來是指
寫字用的木片。

牖 ●jau5 有 ●yǒu
名窗户。劉向〈葉公好龍〉(《新
序·雜事五》):「窺頭於～。」(在**窗户**
探出頭來窺望。)

牘 ●duk6 獨 ●dú
名文書。劉禹錫〈陋室銘〉:「無
案～之勞形。」(沒有公務**文書**使身體
勞累。)

牛 部

　　這是「牛」的甲骨文寫法。「牛」的本義就是牛
隻,從甲骨文到今天的寫法,我們都可以從中看到
牛頭的正面,還有兩隻彎彎的牛角。從「牛」部的
字,大部分都跟牛隻有關。

牡 ⑲maau5 貓 [5 聲] ⑳mǔ

〔牡丹〕名一種樹木名稱，初夏開花，有紅、白、黃、紫等色，是富貴的象徵。周敦頤〈愛蓮說〉：「～，花之富貴者也。」(**牡丹花**，是花卉裏有錢有地位的人。)

牡丹花

牧 ⑲muk6 木 ⑳mù

❶動放牧牛、羊等牲畜。杜牧〈清明〉：「～童遙指杏花村。」(一個**放牧**的孩子遠遠地指向杏花村。)❷名放牧的人。王安石〈謝公墩〉：「問～～不言。」(問**放牧人**，**放牧人**卻不說話。)

物 ⑲mat6 勿 ⑳wù

❶名事物、東西。〈長歌行〉：「萬～生光輝。」(各種**事物**呈現出一片光彩。)❷名物資。朱用純〈朱子家訓〉：「恆念～力維艱。」(經常記住這些**物資**的產生是十分艱難的。)

特 ⑲dak6 得 [6 聲] ⑳tè

❶形奇特、特別。柳宗元〈始得西山宴遊記〉：「而未始知西山之怪～也。」(可是未曾知道西山的怪異和**奇特**。)❷副只是、只不過。韓非〈曾子殺豬〉(《韓非子‧外儲說左上》)：「～與嬰兒戲耳。」(只是跟孩子開玩笑而已。)❸〔特室〕名書房。方苞〈弟椒塗墓誌銘〉：「～在竹圃西偏。」(**書房**在竹子圃西面的角落。)

犁 ⑲lai4 黎 ⑳lí

❶名耕地翻土的農具，一般用牛來拖拉。杜甫〈兵車行〉：「縱有健婦把鋤～。」(即使有健壯的婦人拿起鋤頭和**犁**來耕種。)❷動翻鬆泥土。李綱〈病牛〉：「耕～千畝實千箱。」(**翻鬆**千畝農田的**泥土**，裝滿千座糧倉的穀物。)

文化趣談

「耒」與「犁」

「耒」(見頁214「耒」字條)和「犁」都是用來翻鬆田土的工具，農民用來在田上挖出土坑，方便撒播種子。兩者的分別在於：前者所用的是人力，後者則依靠牛、馬、騾來拖拉。

牽 ⑲hin1 軒 ⑳qiān

❶動牽引、拉扯。杜甫〈兵車行〉：「～衣頓足攔道哭。」(他們在路上攔阻士兵前進，**拉扯**衣服，用腳踏地，大聲哭泣。)❷形拘泥、勉強。朱熹〈讀書有三到〉(《訓學齋規》)：「不可～強暗記。」(不可以**勉強**地默默記下來。)

犬 部

 這是「犬」的甲骨文寫法，展示了狗隻的側面，可見「犬」的本義就是狗。除了狗隻，從「犬」部的字，也跟各種動物有關。

狀 ⑱zong6 撞 ⑲zhuàng
名形狀、樣子、情形。紀昀〈曹某不怕鬼〉(《閱微草堂筆記・灤陽消夏錄一》)：「忽披髮吐舌作縊鬼**狀**。」(忽然散開頭髮，吐出舌頭，變成吊死鬼的**樣子**。)

狌 ⑱sang1 甥 ⑲shēng
〔狸狌〕見166「狸」字條。

狸 ⑱lei4 離 ⑲lí
❶**名**野貓。❷〔狸狌〕**名**野貓。宋濂〈束氏狸狌〉：「唯好畜**狸狌**。」(只是喜歡飼養**野貓**。)

猛 ⑱maang5 蜢 ⑲měng
❶**形**勇猛。劉邦〈大風歌〉：「安得**猛**士兮守四方？」(怎樣才可以得到**勇猛**的戰士啊，讓他們鎮守四方？)❷**形**兇猛、可怕。〈苛政猛於虎〉(《禮記・檀弓下》)：「苛政**猛**於虎也。」(殘暴的政令比老虎**可怕**啊！)

猶 ⑱jau4 由 ⑲yóu
❶**動**猶如、好像、一樣。〈高山流水〉(《列子・湯問》)：「想象**猶**吾心也。」(你想像的事物都跟我的心**一樣**。)❷**副**依然、還。紀昀〈曹某不怕鬼〉(《閱微草堂筆記・灤陽消夏錄一》)：「**猶**是髮，但稍亂。」(頭髮**依然**是頭髮，可是有些凌亂。)❸**副**尚且。杜甫〈兵車行〉：「生女**猶**得嫁比鄰。」(誕下女孩，**尚且**能夠嫁給附近的鄰居。)

獨 ⑱duk6 讀 ⑲dú
❶**動**專指老人沒有兒女。《禮記・禮運》：「矜寡孤**獨**廢疾者。」(喪妻、喪夫、失去父母、**晚年獨居**、肢體殘廢、患上重疾的人。)❷**副**獨自、單獨。柳宗元〈江雪〉：「**獨**釣寒江雪。」(**獨自**在大雪覆蓋的寒冷江面上垂釣。)❸**副**唯獨、只。杜甫〈春夜喜雨〉：「江船火**獨**明。」(**唯獨**江上的漁船點起燈火，格外明亮。)❹**副**偏偏。李白〈春夜宴從弟桃花園序〉：「**獨**慚康樂。」(**偏偏**慚愧不如謝靈運。)❺**副**難道。司馬遷《史記・廉頗藺相如列傳》：「**獨**畏廉將軍哉？」(**難道**會害怕廉將軍嗎？)

獲 ⑱wok6 鑊 ⑲huò
❶**動**捕獲。《孟子・滕文公下》：「終日而不**獲**一禽。」(過了一整天，卻一隻動物也**捕獲**不了。)❷**動**獲取、獲得。蘇洵〈六國論〉：「小則**獲**邑。」(小的話就**獲得**小城。)❸**動**得到。劉義慶〈荀巨伯遠看友人疾〉(《世說新語・德行》)：「一郡並**獲**全。」(整個郡城都**得到**保全。)❹**動**可以、能夠。宋濂〈送東陽馬生序〉：「卒**獲**有所聞。」(最終還是**可以**獲得知識。)

獻 粵hin3 憲 普xiàn
❶動進獻、獻上。〈不貪為寶〉（《左傳・襄公十五年》）：「～諸子罕。」

（將它**進獻**給子罕。）❷動提出。〈愚公移山〉（《列子・湯問》）：「其妻～疑曰。」（他的妻子**提出**疑問説。）

玉　部

這不是「丰」，而是「玉」字的甲骨文寫法，就好像用絲線串起三塊玉的樣子。後來中間的豎畫漸漸縮短，與上、下橫畫相連，不過，卻又跟「王」混淆了。人們於是在右下角加上「、」畫，寫成今天的「玉」。「玉」用作偏旁時，會變回「王」的樣子，不過我們依然要把它稱為「『玉』字旁」，而不是「『王』字旁」。從「玉」部的字，大多跟玉石的名稱、質地有關。

王 〔一〕粵wong4 黃 普wáng
❶名泛指國君，如「商紂～」。趙曄《吳越春秋・勾踐十三年》：「武王非紂～臣也？」（周武王本來不就是商紂**王**的臣子嗎？）❷名周天子的稱號，如「周武～」、「周平～」等。司馬遷《史記・周本紀》：「幽～嬖愛褒姒。」（周幽**王**寵愛褒姒。）❸名春秋、戰國時期諸侯僭越周天子，自稱為「王」，如「梁惠～」、「齊威～」、「趙武靈～」等。司馬遷〈一鳴驚人〉（《史記・滑稽列傳》）：「齊威～之時喜隱。」（齊威**王**在位時，喜歡話中有話的言辭。）❹名自秦朝起，天子改稱「皇帝」，「王」便成為最高級別的封爵。司馬遷《史記・吳王濞列傳》：「吳～濞者，高帝兄劉仲之子也。」（吳**王**劉濞，是漢高祖哥哥劉仲的兒子。）❺名對國王的尊稱，相當於「大王」。〈三人成虎〉（《戰國策・魏策》）：「～信之乎？」（**大王**相信這件事嗎？）❻名泛指天子、皇帝。陸游〈示兒〉：「～師北定中原日。」（**天子**的軍隊往北平定中原的那一天。）❼〔王孫〕名對他人的尊稱。王維〈山中送別〉：「～歸不歸？」（**我的好友**，你又能不能回來呢？）
〔二〕粵wong6 旺 普wàng
動統治天下。《孟子・梁惠王上》：「故王之不～。」（因此大王您不能夠**統治天下**。）

「王」與「皇」的分別

在周朝，「王」就是周天子的稱號。可是後來部分諸侯也自稱「王」，換言之，周天子的地位越來越低。直到秦王嬴政消滅六國、統一天下後，認為

如果依然自稱「王」的話，就是在貶低自己，於是稱自己做「皇帝」。那麼為甚麼是「皇」呢？

　　這是「皇」的金文寫法，下面是「王」，上面的「白」是王冠，好像天子戴上王冠的樣子，故此「皇」的本義是王冠。由於戴王冠的形象較為高貴，因此嬴政棄「王」用「皇」，再配上「帝」字，以「皇帝」作為自己的稱號了。

玉 ⓟjuk6肉 ⓜyù
①**名**玉石。朱用純〈朱子家訓〉：「瓦缶勝金～。」（陶土做的器皿，也會比金屬、**玉石**做的更好。）②**形**潔白。周密〈浙江之潮〉（《武林舊事·觀潮》）：「則～城雪嶺。」（雪般**潔白**的城池、山嶺。）

玩 ⓟwun6換 ⓜwán
①**動**玩弄、戲弄。周敦頤〈愛蓮説〉：「可遠觀而不可褻～焉。」（可以遠距離觀賞，卻不可以不莊重地**玩弄**它。）②**動**賞玩、欣賞。屈原《楚辭·思美人》：「吾誰與～此芳草？」（我可以跟誰人**欣賞**這帶香味的草木？）

玫 ⓟmui4梅 ⓜméi
〔玫瑰〕①**名**即「玫瑰石」、「鋰雲母」，一種紫紅色的寶石。韓非〈買櫝還珠〉（《韓非子·外儲説左上》）：「飾以～，輯以羽翠。」（用**玫瑰石**和翡翠來裝飾。）②**名**玫瑰花。《西京雜記·第一》：「樂遊苑自生～樹。」（樂遊苑本來生長了**玫瑰花**樹。）

珍 ⓟzan1真 ⓜzhēn
①**名**珍寶。②**形**珍貴。朱用純〈朱子家訓〉：「園蔬愈～饈。」（園圃裏種植的蔬菜，也比**珍貴**的美食更美味。）③**動**重視、珍惜。李白〈古風〉（其一）：「綺麗不足～。」（華麗的文辭不值得**重視**。）

珠 ⓟzyu1豬 ⓜzhū
①**名**珍珠，見頁239「蚌」字條欄目「歷史趣談」。韓非〈買櫝還珠〉（《韓非子·外儲説左上》）：「未可謂善鬻～也。」（不可以説是善於售賣**珍珠**。）②〔真珠〕見頁182「真」字條。

班 ⓟbaan1斑 ⓜbān
①**動**分開、切開。《尚書·舜典》：「～瑞于羣后。」（將美玉**切開**，分給一眾諸侯。）②〔班馬〕**名**離羣的馬。李白〈送友人〉：「蕭蕭～鳴。」（這匹**離羣的馬**「蕭蕭」地鳴叫。）③**動**帶領。劉義慶〈荀巨伯遠看友人疾〉（《世説新語·德行》）：「遂～軍而還。」（敵軍最終**帶領**軍隊回國。）

理 ⓟlei5李 ⓜlǐ
①**動**治理、管理。邯鄲淳〈漢世老人〉（《笑林》）：「營～產業。」（他經營和**管理**生意。）②**動**整理。〈木蘭辭〉：「當户～紅妝。」（對着門户，**整理**女子的妝容。）③**名**道理。宋濂〈送東陽馬生序〉：「援疑質～。」（提出疑難，詢問**道理**。）④**動**清理。陶潛〈歸園田居〉（其三）：「晨興～荒穢。」（清早就起來**清理**野草。）⑤**動**理睬、辯護。〈閔子騫童年〉（《敦煌變文集·孝子傳》）：「騫終不自～。」（閔子騫始終沒有為自己**辯護**。）

琵 ⓟpei4皮 ⓜpí
〔琵琶〕**名**一種從西域傳入的弦樂

器。王翰〈涼州詞〉（其一）：「欲飲～馬上催。」（士兵正想喝酒時，戰馬上的**琵琶**聲卻催促他們出征。）

琵琶

琴　⚫gkam4禽　⚫普qín
名一種中國傳統弦樂器，即「古琴」。王維〈竹里館〉：「彈～復長嘯。」（彈奏**古琴**後，又吹出悠長的口哨。）

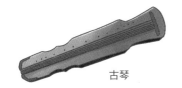

古琴

琶　⚫gpaa4爬　⚫普pá
〔琵琶〕見頁168「琵」字條。

琢　⚫gdoek3啄　⚫普zhuó
動雕琢玉石。歐陽修〈家誡〉：「玉不～，不成器。」（玉石不經過**雕琢**，就不能成為器物。）

瑟　⚫gsat1室　⚫普sè
名一種中國傳統弦樂器。曹操〈短歌行〉：「鼓～吹笙。」（彈奏**瑟**、吹奏笙。）

瑟

瑰　⚫ggwai3貴　⚫普guī
〔玫瑰〕見頁168「玫」字條。

瑤　⚫gjiu4搖　⚫普yáo
❶**名**美玉。《詩經・木瓜》：「報之以瓊～。」（把**美玉**回報給他。）❷〔瑤臺〕**名**亦作「瑤台」，仙境。李白〈古朗月行〉：「又疑～鏡。」（我又懷疑它是**仙境**裏仙人的鏡子。）

瑩　⚫gjing4形　⚫普yíng
形晶瑩剔透。白居易〈荔枝圖序〉：「瓤肉～白如冰雪。」（果肉**晶瑩**潔白，好像冰雪。）

瓊　⚫gking4鯨　⚫普qióng
❶**名**美玉。《詩經・木瓜》：「報之以～瑤。」（把**美玉**回報給他。）❷**形**精美。李白〈春夜宴從弟桃花園序〉：「開～筵以坐花。」（安坐在花叢中，設置**精美**的筵席。）

瓜 部

　　這是「瓜」的金文寫法，就好像在長長的蔓藤上長着一個橢圓形的瓜。這個橢圓形的瓜後來就演變為「瓜」字裏的部件「厶」了。從「瓜」部的字，都跟瓜果有關。

瓤 🔊nong4 囊　🔊ráng
❷瓜肉、果肉。白居易〈荔枝圖序〉：「～肉瑩白如冰雪。」(**果肉**晶瑩潔白，好像冰雪。)

瓦 部

　　這是「瓦」的大篆寫法，好像古代屋頂上的瓦片一樣，可以清楚看到圓形的瓦當，「瓦」的本義就是屋頂瓦片。由於瓦片是用陶土燒製而成的，因此從「瓦」部的字，大多跟陶器有關。

瓦 🔊ngaa5 雅　🔊wǎ
❶❷屋頂瓦片。杜甫〈越王樓歌〉：「碧～朱甍照城郭。」(碧綠色的**瓦片**和朱紅色的屋簷，映照着城牆。)
❷❷泛指用陶土燒製的器物。朱用純〈朱子家訓〉：「～缶勝金玉。」(**陶土**做的器皿，也會比金屬、玉石做的更好。)

甕 🔊ung3 瓮　🔊wèng
❷一種陶製的器皿，口小腹大。〈岳飛之少年時代〉(《宋史·岳飛傳》)：「抱飛坐巨～中。」(抱着岳飛坐在巨大的**甕缸**裏。)

板瓦 ——
滴水 ——
—— 筒瓦
—— 瓦當

瓦片結構圖

甕缸

甘 部

　　　　　　　這是「甘」的甲骨文寫法，是一個指事字：外部是一張嘴巴，中間的短畫是指事符號，指出嘴巴裏含着的東西。人一般喜歡把甜食含在嘴巴裏，因此「甘」的意思就是「甘甜」。

甘 🔊gam1 金 🔊gān
❶**形**甘甜。劉義慶〈望梅止渴〉(《世説新語‧假譎》)：「～酸可以解渴。」(又甜又酸，可以用它們來解渴。)❷**名**美食。陶潛〈有會而作〉：「孰敢慕～肥？」(誰人敢羨慕美食？)

甚 🔊sam6 森 [6 聲] 🔊shèn
❶**副**十分、非常。〈杯弓蛇影〉(《晉書‧樂廣傳》)：「意～惡之。」(心裏十分害怕它。)❷**副**太、太過。〈愚公移山〉(《列子‧湯問》)：「～矣汝之不惠！」(你太不聰明了！)❸**形**嚴重。〈鄒忌諷齊王納諫〉(《戰國策‧齊策》)：「王之蔽～矣！」(大王被蒙蔽得十分嚴重啊！)

生 部

　　　　　　　這是「生」的甲骨文寫法，最下面的橫畫是地面，上面的部件是一棵植物，這棵植物破土而出，從泥土裏長出來，因此「生」的本義就是「生出」、「生長」。部分從「生」部的字，都跟「生出」有關，譬如「產」就是「生產(孩子)」，「甦」就是指從昏厥中醒過來「重生」。

生 🔊sang1 甥 🔊shēng
❶**動**草木生長。白居易〈賦得古原草送別〉：「春風吹又～。」(春天的風一吹，它們又再生長。)❷**動**出生、誕生。荀況〈勸學〉(《荀子》)：「蛟龍～焉。」(蛟龍就在這裏誕生。)❸**動**誕

下。杜甫〈兵車行〉：「～女猶得嫁比鄰。」（誕下女孩，尚且能夠嫁給附近的鄰居。）❹動天生。〈岳飛之少年時代〉（《宋史‧岳飛傳》）：「～有神力。」（岳飛天生就有神奇的力量。）❺動生出、呈現、出現。李白〈望廬山瀑布〉：「日照香爐～紫煙。」（太陽照射着香爐峯，生出了紫色的煙霞。）❻名生命、性命。劉義慶〈荀巨伯遠看友人疾〉（《世說新語‧德行》）：「敗義以求～。」（敗壞道義來求取性命。）❼名人。李綱〈病牛〉：「但得眾～皆得飽。」（只是希望所有人都可以吃飽。）❽名一生。文天祥〈過零丁洋〉：「人～自古誰無死？」（人的一生，從古代到現在，誰人能夠避免一死？）❾名學生。譬如〈送東陽馬～序〉是宋濂寫給太學生馬君則的一篇文章。❿名時候。唐寅〈畫雞〉：「平～不敢輕言語。」（在平常的時候不敢輕易說話。）

用　部

這是「用」的甲骨文，本義是「水桶」——右邊像桶身，左邊像把手，後來才表示「使用」、「需要」。從「用」部的字，大多跟「水桶」無關。

用 🔵jung6 翁 [6 聲] 🔴yòng
❶動使用、花用。邯鄲淳〈漢世老人〉（《笑林》）：「而不敢自～。」（卻不敢給自己花用。）❷動任用、重用。〈岳飛之少年時代〉（《宋史‧岳飛傳》）：「使汝異日得為時～。」（假使你將來能夠因時勢而被重用。）❸動需要。〈木蘭辭〉：「木蘭不～尚書郎。」（木蘭回答說不需要朝中尚書等官職。）❹名用處。王讜〈口鼻眼眉爭辯〉（《唐語林‧補遺》）：「我雖無～。」（我雖然沒有用處。）❺動前來。曹操〈短歌行〉：「枉～相存。」（紆尊降貴的前來探望我。）❻介表示原因，相當於「因為」。方苞〈弟椒塗墓誌銘〉：「果～此致疾。」（果然因為這樣而導致患病。）

甫 🔵fu2 苦 🔴fǔ
副剛剛。紀昀〈曹某不怕鬼〉（《閱微草堂筆記‧灤陽消夏錄一》）：「～露其首。」（剛剛露出她的頭。）

田　部

　　這只是「田」字的其中一個甲骨文寫法，有些寫法是3格×3格，有的甚至是4格×3格呢！不過，儘管寫法各有不同，可是都有共同的特點：農田都是四四方方的，中間被橫直交疊的田中小路分割成若干小塊。

　　「田」的本義就是「農田」，從「田」部的字大多都跟「農田」有關，譬如：「男」就是指在農田（田）中用耒（力）來耕作的男人，「界」就是農田的邊界，「畝」就是計算農田面積的單位。

男

界

田

畦

田 ●tin4 填 ●tián
❶名農田。杜甫〈兵車行〉:「便至四十西營～。」(即使到了四十歲,還要到西部邊疆去駐紮軍隊、開墾**農田**。)❷〔田田〕形蓮葉相連、茂盛的樣子。〈江南〉:「蓮葉何～。」(蓮葉是多麼**茂盛**!)

甲 ●gaap3 夾 ●jiǎ
❶名盔甲。諸葛亮〈出師表〉:「兵～已足。」(兵器、**盔甲**已經充足。)❷動位居第一。歸有光〈項脊軒志〉:「利～天下。」(利潤是**位居天下第一**的。)

文化趣談

甲骨文

甲骨文,是商朝晚期的人為了占卜、記事,而在龜甲或獸骨上契刻的文字,是在清末光緒二十五年(1899年),被金石學家王懿榮在河南省的安陽 —— 商朝末期的首都 —— 發現的。目前已發現的甲骨文大約有五千字,可是只有不足兩千字被釋讀出來;即使是已經被釋讀的文字,還有部分存有爭議。

被刻上文字的龜甲(左)和獸骨(右)

由 ●jau4 尤 ●yóu
❶名緣由、原因。司馬遷《史記・太史公自序》:「何～哉?」(甚麼**原因**呢?)❷介表示起點,相當於「從」、「自」。周怡〈勉諭兒輩〉:「～儉入奢易。」(**從**節儉變得奢侈是容易的。)❸〔由是〕從此。〈岳飛之少年時代〉(《宋史・岳飛傳》):「飛～益自練習。」(岳飛**從此**更加獨自操練、複習。)

男 ●naam4 南 ●nán
❶名男人。陶潛〈桃花源記〉:「～女衣着。」(**男人**和女人的衣服。)❷名男孩。杜甫〈兵車行〉:「信知生～惡。」(真的明白到誕下**男孩**是不好的。)❸名兒子。〈愚公移山〉(《列子・湯問》):「有遺～。」(有個遺腹**子**。)

甸 ●din6 電 ●diàn
名郊外。張若虛〈春江花月夜〉:「江流宛轉遶芳～。」(江水曲曲折折地圍繞着花草叢生的**郊野**流淌。)

畏 ●wai3 餵 ●wèi
❶動畏懼、懼怕。〈狐假虎威〉(《戰國策・楚策》):「虎不知獸～己而走也。」(老虎不明白一眾野獸是**害怕**自己才逃跑的。)❷動敬畏。〈鄒忌諷齊王納諫〉(《戰國策・齊策》):「妾之美我者,～我也。」(妾侍認為我英俊的原因,是**敬畏**我。)

畋 ●tin4 田 ●tián
動打獵。柳宗元〈臨江之麋〉:「～得麋麑。」(**打獵**時獲得一隻小鹿。)

界 ●gaai3 介 ●jiè
❶名邊界。司馬遷《史記・魏公子列傳》:「迎公子於～。」(在**邊界**迎接魏國公子。)❷〔欲界〕見頁140「欲」字條。

畔 ●bun6 叛 ●pàn
❶名田界、邊界。《左傳・襄公二十五年》:「如農之有～。」(猶如農田有着**邊界**。)❷名岸邊。張若虛〈春江花月夜〉:「江～何人初見月?」(**江邊**上是)

誰人最先發現這月兒的？）

留 ⑧lau4 流 ⑯liú
❶動停留。王維〈山居秋暝〉：「王孫自可〜。」（我的好友啊，你自然可以**留下來**。）❷〔彌留〕見頁93「彌」字條。❸動留住。王冕〈墨梅〉（其三）：「只〜清氣滿乾坤。」（只需要把清幽香氣**留住**，佈滿在天地之間。）❹動留下。王逸〈后羿射日〉（《楚辭章句・卷三》）：「故〜其一日也。」（故意**留下**其中一個太陽。）❺〔留連〕動逗留、不願離開。朱用純〈朱子家訓〉：「宴客切勿〜。」（宴請客人吃飯，千萬不要**不願離開**。）❻〔留取〕動保存。文天祥〈過零丁洋〉：「〜取丹心照汗青。」（我要**保存**這份赤誠的忠心，映照以後的史冊。）

畝 ⑧mau5 某 ⑯mǔ
❶量計算田地面積的單位。李綱〈病牛〉：「耕犁千〜實千箱。」（翻鬆千**畝**農田的泥土，裝滿千座糧倉的穀物。）❷名農田。杜甫〈兵車行〉：「禾生隴〜無東西。」（**田地**裏的農作物生長得沒有方向。）

畜 一⑧cuk1 速 ⑯xù
動畜養、飼養。宋濂〈束氏狸狌〉：「唯好〜狸狌。」（只是喜歡**飼養**野貓。）
二⑧cuk1 速 ⑯chù
名家畜、牲畜。《孟子・梁惠王上》：「雞豚狗彘之〜。」（雞、小豬、狗、豬等**牲畜**。）

畚 ⑧bun2 本 ⑯běn
名一種用竹片編成的竹筐，用來盛載塵土、碎石、垃圾，類似今天的「垃圾鏟」。〈愚公移山〉（《列子・湯問》）：「箕〜運於渤海之尾。」（用**竹筐**把泥土、碎石運載到渤海的岸邊。）

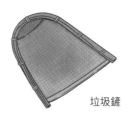

垃圾鏟

畢 ⑧bat1 筆 ⑯bì
❶動完畢、完成。〈畫荻〉（《歐陽公事跡》）：「抄錄未〜。」（書籍還沒有抄寫**完畢**。）❷動用盡。〈愚公移山〉（《列子・湯問》）：「吾與汝〜力平險。」（我跟你們**用盡**力量剷平險阻。）❸〔畢竟〕副到底。楊萬里〈曉出淨慈寺送林子方〉（其二）：「〜西湖六月中，風光不與四時同。」（**到底**是六月期間，西湖的風景與其他季節並不相同。）❹副全都。王羲之〈蘭亭集序〉：「羣賢〜至。」（一眾賢才**都**來到。）

畦 ⑧kwai4 葵 ⑯qí
名排列整齊的長方形田地。王安石〈書湖陰先生壁〉（其一）：「花木成〜手自栽。」（花草樹木成為**齊整的方形田地**，都是因為憑着雙手親自栽種。）

異 ⑧ji6 義 ⑯yì
❶形不同。❶名不同的地方、分別。杜甫〈兵車行〉：「被驅不〜犬與雞。」（被官府迫使去作戰，地位跟狗和雞沒有**分別**。）❷形特別。柳宗元〈捕蛇者說〉：「永州之野產〜蛇。」（永州的郊野出產一種**特別**的蛇。）❸形別的、其他的。韋莊〈江上別李秀才〉：「與君俱是〜鄉人。」（我跟您都是住在**其他**地方的人。）❹〔異日〕名他朝、將來。〈岳飛之少年時代〉（《宋史・岳飛傳》）：「使汝〜得為時用。」（假使你**將來**能夠因時勢而被重用。）

略 🔊loek6 掠 🔊lüè

❶形簡略。劉知幾《史通‧內篇》：「減其一字太～。」（減去當中一個字過於簡略。）❷名概要。白居易〈荔枝圖序〉：「大～如彼。」（大概像前面那樣說的。）

畫 一🔊waak6 或 🔊huà

❶動繪畫。〈杯弓蛇影〉（《晉書‧樂廣傳》）：「漆～作蛇。」（用油漆繪畫出一條蛇。）❷動寫字。《畫荻》（《歐陽公事跡》）：「太夫人以荻～地。」（祖母用荻草的莖部在地上寫字。）

二🔊waa6 話/waa2 話 [2 聲] 🔊huà

❶名圖畫。譬如王維〈～〉這首詩就是描寫了圖畫的特點。❷名圖案。杜牧〈秋夕〉：「銀燭秋光冷～屏。」（秋天的晚上，銀色的蠟燭發放出光芒，暗淡地映照着畫有圖案的屏風。）

當 一🔊dong1 噹 🔊dāng

❶動適逢、正值、正當。杜甫〈春夜喜雨〉：「～春乃發生。」（適逢春天才降臨，讓萬物萌芽生長。）❷動位處、走到。王讜〈口鼻眼眉爭辯〉（《唐語林‧補遺》）：「惟我～先。」（只有我才能位處第一。）❸動對着、面對。〈木蘭辭〉：「木蘭～戶織。」（木蘭對着房門織布。）❹副應當、應該。朱用純《朱子家訓》：「～思來處不易。」（應該想着它出現的源頭並不容易。）❺動主持。范成大〈夏日田園雜興〉（其七）：「村莊兒女各～家。」（村落裏的男男女女各自主持家務。）❻〔何當〕見頁14「何」字條。❼名當今、現今。歐陽修〈賣油翁〉：「～世無雙。」（當今世界上沒有可以匹敵的人。）❽代以往某個時候，相當於「那」。白居易〈燕詩〉：「～時父母念。」（那時候父母的感受。）

二🔊dong3 檔 🔊dàng

❶形恰當、適合。《禮記‧樂記》：「天地順而四時～。」（順應天地，四季的變化就會恰當。）❷〔停當〕見頁19「停」字條。❸動當作、當做。《戰國策‧齊策》：「安步以～車。」（緩慢步行來當作乘車。）

广　部

好多人都會把「广」稱為「病字邊」，實際上它的讀音是〔牀〕（chuáng）。的確，「广」的甲骨文寫法清楚描繪了一個病人躺在牀上，身邊的數點就是發病時所流的汗水。「广」的本義就是「生病」，從「广」部的字，幾乎都跟疾病、傷痛、身體不適有關。

疴 ⑱o1 柯 ⑳kē
❷同「痾」，疾病。〈杯弓蛇影〉（《晉書・樂廣傳》）：「沉～頓愈。」（患了許久的**病**也馬上痊癒了。）

病 ⑱bing6 兵 [6 聲] / beng6 餅 [6 聲] ⑳bìng
❶❷疾病、病痛。〈東施效顰〉（《莊子・天運》）：「西施～心而顰其里」（西施的心臟有**病痛**，所以皺着眉頭，在村子裏走過。）❷⑩生病。李綱〈病牛〉：「不辭羸～卧殘陽。」（即使體弱、**生病**、倒卧在落日之下，也不推辭這重任。）❸⑰疲累。〈揠苗助長〉（《孟子・公孫丑上》）：「今日～矣！」（今天**累死**了！）❹⑩為某事物而憂慮。宋濂〈束氏狸狌〉：「南郭有士～鼠。」（城南有一個讀書人**為老鼠而憂慮**。）❺❷侮辱。《晏子春秋・內篇》：「寡人反取～焉。」（我反過來招來**侮辱**了。）

疾 ⑱zat6 室 ⑳jí
❶⑰快、快速。《戰國策・趙策》：「不能～走。」（不能夠**快速**地步行。）❷❷疾病。劉義慶〈荀巨伯遠看友人疾〉（《世說新語・德行》）：「友人有～。」（我的朋友患上**疾病**。）❸⑩患病、生病。〈杯弓蛇影〉（《晉書・樂廣傳》）：「既飲而～。」（把酒全部喝光，因此**患病**了。）

疲 ⑱pei4 皮 ⑳pí
⑰疲勞、疲憊。李綱〈病牛〉：「力盡筋～誰復傷？」（力氣耗光，韌帶和骨頭都**疲憊**不堪，卻又有誰人同情牠？）

疿 ⑱fui2 灰 [2 聲] ⑳wěi
❶❷皮膚上的潰瘍。❷〔瘡疿〕見頁177「瘡」字條。

痕 ⑱han4 很 [4 聲] ⑳hén
❷痕跡。王冕〈墨梅〉（其三）：「個個花開淡墨～。」（每一朵綻放的梅花，都顯露出淡淡的墨水**痕跡**。）

痛 ⑱tung3 通 [3 聲] ⑳tòng
❶⑰疼痛。白居易〈新豐折臂翁〉：「直到天明～不眠。」（一直到了天亮，還是**疼痛**得不能睡覺。）❷❷痛處。❸⑰痛苦、悲痛。王羲之〈蘭亭集序〉：「豈不～哉！」（難道不是十分**痛苦**嗎？）❹⑰痛心。方苞〈弟椒塗墓誌銘〉：「弟與兄～余之無依。」（弟弟和哥哥對於我沒有依靠，感到**痛心**。）❺⑪徹底、盡情。諸葛亮〈出師表〉：「未嘗不歎息～恨於桓、靈也。」（未曾不感歎、歎氣，**徹底**怨恨東漢桓帝、靈帝。）

瘡 ⑱cong1 蒼 ⑳chuāng
❶❷皮膚上的潰瘍。聶夷中〈詠田家〉：「醫得眼前～。」（把眼睛前的**潰瘍**醫治好了。）❷〔瘡疿〕❷瘡傷，指皮膚生瘡潰爛。方苞〈弟椒塗墓誌銘〉：「弟與兄並女兄弟數人皆～。」（弟弟和哥哥，還有姐妹幾個人，皮膚都出現**生瘡潰爛**。）

瘳 ⑱cau1 秋 ⑳chōu
⑩痊癒、治好。方苞〈弟椒塗墓誌銘〉：「數歲不～。」（幾年都不曾**治好**。）

癶 部

「癶」讀〔撥〕(bō)，小篆的寫法由兩個方向相對的「止」字組成，描繪出兩個腳掌向外張開而行走的樣子。因此，從「癶」部的字大多跟「走路」有關。

登 🔊dang1 燈 🔊dēng
❶**動**登上。王維〈九月九日憶山東兄弟〉：「遙知兄弟～高處。」(想起遙遠的兄弟**登上**高山的時候。)❷**動**科舉考試合格被錄取。鄭谷〈贈劉神童〉：「～第未知榮。」(雖然**科舉考試合格被錄取**，可是不感受到榮幸。)

發 🔊faat3 髮 🔊fā
❶**動**發射，特指射箭。〈岳飛之少年時代〉(《宋史・岳飛傳》)：「～三矢。」(**發射**三枝箭。)❷**動**發出、發放。王冕〈素梅〉(其五十六)：「忽然一夜清香～。」(突然的，它在某一個夜裏開花，**發出**清幽的花香。)❸**動**出發。譬如〈早～白帝城〉就是描寫了李白早上從白帝城**出發**，前往江陵途中的所見所聞。❹**動**植物萌芽。杜甫〈春夜喜雨〉：「當春乃～生。」(適逢春天降臨，讓萬物**萌芽**生長。)❺**動**長出。王維〈相思〉：「春來～幾枝？」(春天來了，它會**長出**多少新樹枝？)❻**動**花朵綻放。〈庭中有奇樹〉(《古詩十九首》)：「綠葉～華滋。」(綠色的樹葉、**綻放**的花兒，都十分茂盛。)❼**動**展示。范公偁〈名落孫山〉(《過庭錄》)：「榜～。」(**展示**科舉考試錄取的名單。)❽〔發鳩之山〕**名**山嶺名稱，即今天山西省的發鳩山。〈精衛填海〉(《山海經・北山經》)：「又北二百里，曰～。」(再向北走二百里，有座山叫**發鳩山**。)

白 部

「白」的本義不是「白色」，而是「拇指」。這是「白」的甲骨文寫法，就好像垂直了的拇指一樣，有着兩節，指尖還是尖尖的。後來「白」被借來指「白色」，它的本義就消失了。從「白」部的字，大部分都跟「白色」或「光亮」有關。

白 ⑧baak6 帛 ⓟbái

❶形白色，見頁227「色」字條欄目「文化趣談」。駱賓王〈詠鵝〉：「～毛浮綠水。」（潔白的羽毛漂浮在碧綠的水上。）❷動變白。杜甫〈兵車行〉：「歸來頭～還戍邊。」（回來的時候他們的頭髮已經變白，卻依然要去戍守邊疆。）❸形明亮、燦爛。王之渙〈登鸛雀樓〉：「～日依山盡。」（明亮的太陽依傍在山巒下沉。）❹形清澈。李白〈送友人〉：「～水繞東城。」（清澈的流水圍繞着小城的東邊。）❺動告訴。〈閔子騫童年〉（《敦煌變文集・孝子傳》）：「子騫雨淚前～父曰。」（閔子騫流着眼淚，上前告訴父親說。）❻形知識淺薄。劉禹錫〈陋室銘〉：「往來無～丁。」（交往的朋友並沒有知識淺薄的人。）

百 ⑧baak3 伯 ⓟbǎi

❶數一百。〈一年之計〉（《管子・權修》）：「一樹～穫者，人也。」（培養一次，就得到一百次收穫的，是人才。）❷代各、每一。〈狐假虎威〉（《戰國策・楚策》）：「虎求～獸而食之。」（老虎尋覓各種野獸來吃掉牠們。）❸〔百姓〕名泛指平民。劉禹錫〈烏衣巷〉：「飛入尋常～家。」（飛進普通平民的家中。）❹形許多。〈木蘭辭〉：「將軍～戰死，壯士十年歸。」（將軍和壯健的士兵，有的在多場戰鬥後戰死，有的在許多年後才回國。）

的 一 ⑧dik1 嫡 ⓟdì

❶形鮮明、明亮。❷〔的歷〕形明亮。虞世南〈詠螢〉：「～流光小。」（螢火蟲閃動的亮光明亮、細小。）❸名靶心。〈岳飛之少年時代〉（《宋史・岳飛傳》）：「皆中～。」（都射中箭靶中心。）

二 ⑧dik1 嫡 ⓟdí

副真的。沈括〈摸鐘〉（《夢溪筆談・權智》）：「捕得莫知～為盜者。」（捉住了幾個不知道是否真的是盜賊的人。）

皆 ⑧gaai1 街 ⓟjiē

副全、都。劉安〈塞翁失馬〉（《淮南子・人間訓》）：「人～弔之。」（人們都來慰問他。）

皇 ⑧wong4 王 ⓟhuáng

名皇帝、天子，見頁167「王」字條欄目「辨字識詞」。杜甫〈兵車行〉：「武～開邊意未已。」（漢武帝開拓邊疆的念頭卻還沒停止。）

皎 ⑧gaau2 搞 ⓟjiǎo

形明亮。張若虛〈春江花月夜〉：「～～空中孤月輪。」（明亮的天空中，

就只有車輪般的月兒。）

皓
（粵）hou6 浩　（普）hào
❶**形**明亮。范仲淹〈岳陽樓記〉：「～月千里。」（**明亮**的月兒照耀千里。）

❷**形**白色，見頁 227「色」字條欄目「文化趣談」。田汝成〈西湖清明節〉：「紅顏成～首。」（紅臉少年也會變成**白頭**老人。）

皿　部

這是「皿」的甲骨文寫法，就好像用來盛載食物的器皿，左、右兩邊的一筆，就好像是器皿的手柄，「器皿」就是它的本義了。從「皿」部的字，大多跟器皿有關。

孟
（粵）jyu4 如　（普）yú
名盛載食物的器皿，類似今天的飯碗。〈兩小兒辯日〉（《列子・湯問》）：「及日中，則如盤～。」（直到中午的時候，卻好像臉盤和**飯碗**。）

孟

盈
（粵）jing4 營　（普）yíng
❶**動**充滿。〈庭中有奇樹〉（《古詩十九首》）：「馨香～懷袖。」（花兒的香氣**充滿**在衣襟和袖子裏。）❷**形**旺盛。《左傳・莊公十年》：「彼竭我～。」（他們的士氣低落，我們的士氣**旺盛**。）

益
（粵）jik1 億　（普）yì
❶**動**增加、壯大、累積。韓非〈衞人嫁其子〉（《韓非子・說林上》）：「而自知～其富。」（卻只是知道**累積**自己的財富。）❷**副**更加。柳宗元〈哀溺

文序〉：「有頃～怠。」（過了不久，他**更加**疲乏了。）❸**名**益處、好處。《三字經》：「戲無～。」（只顧玩樂，是沒有**益處**的。）

盛
（粵）sing6 剩　（普）shèng
❶**形**繁多。王羲之〈蘭亭集序〉：「俯察品類之～。」（低頭細看萬物種類的**繁多**。）❷**形**茂盛。陶潛〈歸園田居〉（其三）：「草～豆苗稀。」（野草**茂盛**，豆苗卻十分稀疏。）❸**形**旺盛、興旺。司馬遷《史記・范雎蔡澤列傳》：「物～則衰。」（事物**旺盛**到極點，就會開始衰竭。）❹〔盛年〕**名**壯年，指三十至四十歲的時期。陶潛〈雜詩〉（其一）：「～不重來。」（**壯年**過去了，不會再次回來。）❺**形**壯觀。周密〈浙江之潮〉（《武林舊事・觀潮》）：「自既望以至十八日為最～。」（從農曆八月十六日一直到十八日，潮水是最**壯觀**的。）❻**名**盛況。王羲之〈蘭亭集序〉：「雖無絲竹管絃之～。」（雖然沒有音樂伴奏的**盛況**。）

盜

（粵）dou6 杜　（普）dào

❶名盜賊。沈括〈摸鐘〉（《夢溪筆談‧權智》）：「捕得莫知的為～者。」（捉住了幾個不知道是否真的是**盜賊**的人。）**❷動**盜竊。司馬光〈訓儉示康〉：「居鄉必～。」（在家鄉一定會**偷竊**。）

盡

（粵）zeon6 燼　（普）jìn

❶動完結、沒了。王維〈觀獵〉：「雪～馬蹄輕。」（雪**沒有了**，馬匹的腳步變得輕快。）**❷動**清光。杜甫〈客至〉：「隔籬呼取～餘杯。」（我就隔着籬笆呼喚他過來，一起**喝光**剩下的酒！）**❸動**消失。李白〈黃鶴樓送孟浩然之廣陵〉：「孤帆遠影碧空～。」（孤獨的帆船的影子漸漸遠去，在碧藍的天空裏**消失**。）**❹動**枯萎。蘇軾〈贈劉景文〉：「荷～已無擎雨蓋。」（荷花**枯萎**了，連向上支撐的雨傘也已經消失。）**❺動**下沉。王之渙〈登鸛雀樓〉：「白日依山～。」（明亮的太陽依傍山巒**下沉**。）**❻副**全都、都。劉義慶〈荀巨伯遠看友人疾〉（《世說新語‧德行》）：「一郡～空。」（整座郡城的人**都**走光了。）

❼副完全。〈岳飛之少年時代〉（《宋史‧岳飛傳》）：「～得同術。」（**完全**繼承周同的射箭技藝。）

盤

（粵）pun4 盆　（普）pán

❶名洗臉用的器皿。〈兩小兒辯日〉（《列子‧湯問》）：「及日中，則如～盂。」（直到中午的時候，卻好像**臉盤**和飯碗。）**❷名**碗碟。杜甫〈客至〉：「～飧市遠無兼味。」（我家距離市集太遙遠，所以**碗碟**裏沒有豐富的飯菜。）**❸名**泛指圓形的器皿。李白〈古朗月行〉：「呼作白玉～。」（就把它稱呼做白色玉石製成的**圓盤**。）

臉盤

盧

（粵）lou4 爐　（普）lú

〔盧橘〕**名**枇杷，見頁134「枇」字條。蘇軾〈食荔枝〉：「～楊梅次第新。」（**枇杷**和楊梅一種接一種的新鮮成熟。）

目 部

這是「目」的甲骨文寫法，清楚描繪出眼眶、眼白、眼珠和瞳孔，「目」的本義就是「眼睛」，後來才由橫寫演變為豎寫。從「目」部的字，絕大部分都跟「眼睛」有關。

目

（粵）muk6 木　（普）mù

❶名眼睛。邯鄲淳〈漢世老人〉（《笑林》）：「閉～以授乞者。」（老人閉着**眼睛**來施捨給乞丐。）**❷名**目光、眼光。王之渙〈登鸛雀樓〉：「欲窮千里～。」（如果想把**眼光**放遠到千里

之外。）❸〔面目〕見頁295「面」字條。❹名詳情。《論語‧顏淵》:「請問其～。」（請讓我詢問當中的詳情。）

直

粵zik6 夕　普zhí

❶形筆直。李白〈望廬山瀑布〉:「飛流～下三千尺。」（急速的水流筆直地落下了幾千尺。）❷副直接。杜甫〈兵車行〉:「哭聲～上干雲霄。」（哭泣的聲音直接向上衝入雲朵飄浮的天空。）❸副立即。杜秋娘〈金縷衣〉:「花開堪折～須折。」（花兒盛開了，可以摘取的話，就應該立即摘取。）❹副竟然。林升〈題臨安邸〉:「～把杭州作汴州。」（竟然把杭州當作汴京。）

相

一粵soeng3 箱 [3 聲]　普xiàng

❶動察看、鑒別。王充〈論衡〉:「伯樂學～馬。」（伯樂學習鑒別馬匹。）❷名相貌、樣貌。〈孔雀東南飛〉:「兒已薄祿～。」（孩兒早已有着福氣不多的相貌。）❸動幫助、輔助。司馬遷〈御人之妻〉（《史記‧管晏列傳》）:「身～齊國。」（親身輔助齊國。）❹名官職名稱，即宰相、丞相。司馬遷《史記‧滑稽列傳》:「楚～孫叔敖知其賢人也。」（楚國宰相孫叔敖知道他是一個有才能的人。）

二粵soeng1 商　普xiāng

❶副互相。劉義慶〈荀巨伯遠看友人疾〉（《世說新語‧德行》）:「賊～謂曰。」（敵軍互相議論說。）❷〔相對〕副一同。杜甫〈客至〉:「肯與鄰翁～飲。」（如果你允許我邀請隔壁的老先生一同飲酒。）❸〔相與〕副一同。蘇軾〈記承天寺夜遊〉:「～步於中庭。」（一同到中央的庭院散步。）❹助表示單方面做某件事情，可以不用語譯。賀知章〈回鄉偶書〉（其一）:「兒童～見不～識。」（家鄉的小孩子看到我，卻不認識我。）

省

一粵sing2 醒　普xǐng

❶動檢討、省視。《論語‧學而》:「吾日三～吾身。」（我每天都會多次反省我自己。）❷動問好、問候。《弟子規》:「晨則～。」（日出起牀，就先向父母問安。）

二粵saang2 司橙 [2 聲]　普shěng

❶動減省、不要。韓非《韓非子‧用人》:「順人則刑罰～而令行。」（順應民心的話，那麼即使不用刑罰和懲罰，法令也能夠推行。）❷名省份。魏禧〈大鐵椎傳〉:「七～好事者皆來學。」（七個省份裏喜歡技擊這愛好的人都前來學習。）

看

一粵hon3 漢　普kàn

❶動望。王維〈畫〉:「遠～山有色。」（遠遠地看，畫中的山有着顏色。）❷動觀看、觀賞。杜牧〈秋夕〉:「臥～牽牛織女星。」（躺着身子，觀賞牛郎星和織女星。）❸動探望、探訪。劉義慶〈荀巨伯遠看友人疾〉（《世說新語‧德行》）:「荀巨伯遠～友人疾。」（荀巨伯到遠方探望生病的朋友。）

二粵hon1 刊　普kàn

動看待。高適〈詠史〉:「猶作布衣～。」（依然當他是平民看待。）

盾

粵teon5 他卵 [5 聲]　普dùn

名一種武器名稱，能夠抵擋箭、矛等武器的攻擊，即「盾牌」。韓非〈自相矛盾〉（《韓非子‧難一》）:「吾～之堅，莫能陷也。」（我的盾牌十分堅固，任何武器都不能夠刺穿它。）

真

粵zan1 珍　普zhēn

❶形真實、真正。蘇軾〈題西林壁〉:「不識廬山～面目。」（不了解廬山真正的外貌。）❷副真的、真是。文嘉〈今日歌〉:「今日不為～可惜！」（今天不去做事情，真是值得讓人惋惜！）❸〔真珠〕名同「珍珠」。白居易〈暮江

吟〉：「露似～月似弓。」（露水明亮得像**珍珠**，月亮彎得像一把弓。）

眩　粵jyun6 願　普xuàn
動眼花。張岱〈白洋潮〉：「看之驚～。」（看到這情景的人都感到驚訝和**眼花**。）

眠　粵min4 棉　普mián
動睡眠、睡着，見頁183「睡」字條欄目「辨字識詞」。張繼〈楓橋夜泊〉：「江楓漁火對愁～。」（對着江邊的楓樹和漁船的燈火，憂愁地**睡着**。）

眼　粵ngaan5 顏 [5 聲]　普yǎn
❶名眼睛。〈木蘭辭〉：「雌兔～迷離。」（雌性兔子的**雙眼**總是瞇着。）
❷名孔洞。楊萬里〈小池〉：「泉～無聲惜細流。」（泉水從**孔洞**默默流淌，珍惜細小的水流。）

眾　粵zung3 綜　普zhòng
❶形多、眾多。〈折箭〉（《魏書·吐谷渾傳》）：「單者易折，～則難摧。」（一枝箭容易折斷，**很多**枝箭就很難摧毀。）**❷名**眾人、許多人。周敦頤〈愛蓮説〉：「牡丹之愛，宜乎～矣。」（對於牡丹花的喜愛，大概有**很多人**了。）**❸形**所有。李綱〈病牛〉：「但得～生皆得飽。」（只是希望**所有**人都可以吃飽。）**❹形**一般、普通。韓愈〈師説〉：「今之～人。」（現在的**普通**人。）

着　一粵zoek3 雀　普zhuó
動穿、穿着、穿衣服。周怡〈勉諭兒輩〉：「何必圖好吃好～？」（為甚麼一定要貪圖吃得豐盛，**穿**得華麗？）
二粵zoek6 雀 [6 聲]　普zhuó
❶動同「著」，依附、寄託。王冕〈素梅〉（其五十六）：「冰雪林中～此身。」（這朵花**依附**在冰雪覆蓋的樹林裏生長。）**❷動**到達、到。張岱〈白洋潮〉：「～面

皆濕。」（潮水**落到**地面，全都濕透。）

睨　粵ngai6 藝　普nì
動斜着眼睛看。歐陽修〈賣油翁〉：「～之。」（**斜着眼睛看**他。）

睡　粵seoi6 隧　普shuì
動睡覺。蘇軾〈記承天寺夜遊〉：「解衣欲～。」（脱下衣服準備**睡覺**。）

辨字識詞

「睡眠」面面觀

　　睡眠，是我們每天都會做的事情。這個動作十分簡單，可是古代用來表示「睡眠」的單字，每個的側重點都各有不同。

　　睡，在古代是指坐着閉眼打瞌睡，當中「目、垂」生動地描述了打瞌睡時的狀態：眼皮垂下來；至於「眠」，起初並非指睡覺，而是指合上雙眼小休，相當於今天的「閉目養神」。

　　真正指睡覺的字，在古代有「寢」、「寐」和「臥」。

　　「寢」的本義是睡在牀上或蓆子上，側重點是「睡覺的位置」；「寐」的本義是躺着並睡着，側重點是「睡覺的姿態」；「臥」的本義是伏在矮桌子上睡覺或休息，後來引申出新字義──睡覺、躺臥、倒臥。

　　還有一個十分有趣的字──「覺」，它的本義是「睡醒」，後來卻引申出與本義相反的意思──睡覺。

矛 部

　　這是「矛」的金文寫法，像一枝手柄修長、刀刃尖利的武器，手柄上還有個小圈，用來綁住一條叫「纓」的繩子。這種兵器一般用於兵車上，讓士兵高速衝前，刺殺敵人。**部分從「矛」部的字跟「矛」這種武器有關**，譬如「矜」本來就是指矛的手柄。

矛 🔊maau4 茅　🔊máo
名一種武器名稱，長柄，末端附有銳利的刀鋒，可以刺傷敵人。韓非〈自相矛盾〉（《韓非子・難一》）：「吾～之利，於物無不陷也。」（我的**矛**十分鋒利，沒有東西不能夠刺穿。）

矛葉 ———

——— 纓

——— 矜（矛柄）

「矛」結構圖

矜 一🔊ging1 經　🔊jīn
❶**形**莊重。《論語・衞靈公》：「君子～而不爭。」（君子為人**莊重**，而且不會爭鬥。）❷**動**誇耀。歐陽修〈賣油翁〉：「公亦以此自～。」（他也恃着這本領來**誇耀**自己。）
二🔊gwaan1 關　🔊guān
名同「鰥」，沒有妻子或妻子死去的男人，即「鰥夫」。《禮記・禮運》：「～寡孤獨廢疾者。」（**鰥夫**、寡婦、孤兒、獨居長者、殘障人士、重病患者。）

矢 部

　　這是「矢」的甲骨文寫法，清楚描繪出一枝箭的箭頭（鏃）、箭柄、箭尾（筈），它的本義就是「箭」。

矢 一粵ci2 始 普shǐ
名箭。〈岳飛之少年時代〉(《宋史·岳飛傳》):「發三〜。」(發射三枝箭。)
二粵si2 史 普shǐ
名同「屎」,糞便。司馬遷《史記·廉頗藺相如列傳》:「頃之三遺〜矣。」(一會兒就拉了三次屎了。)

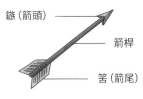

鏃(箭頭)

箭桿

筈(箭尾)

「矢」結構圖

矣 粵ji5 以 普yǐ
❶助表示肯定的語氣,相當於「了」。劉義慶〈荀巨伯遠看友人疾〉(《世說新語·德行》):「吾今死〜。」(我今次必死無疑了。)❷助表示肯定的語氣,不用語譯。〈二子學弈〉(《孟子·告子上》):「雖與之俱學,弗若之〜。」(雖然他和前一個人一起學習下棋,可是棋藝不及前一個人的好。)❸助表示請求或命令的語氣,相當於「了」、「吧」。韓嬰〈皋魚之泣〉(《韓詩外傳·卷九》):「吾請從此辭〜!」(請讓我在這裏死去吧!)❹助表示感歎的語氣,相當於「啊」、「呢」。〈鄒忌諷齊王納諫〉(《戰國策·齊策》):「王之蔽甚〜!」(大王被蒙蔽得十分嚴重啊!)❺助表示疑問的語氣,相當於「嗎」、「呢」。《孟子·梁惠王上》:「德何如,則可以王〜?」(要怎樣施行德政,才可

以管治天下呢?)

知 一粵zi1 支 普zhī
❶動知道。陸游〈示兒〉:「死去元〜萬事空。」(我本來就知道,我死後一切事情都沒有了。)❷動明白。〈狐假虎威〉(《戰國策·楚策》):「虎不〜獸畏己而走也。」(老虎不明白一眾野獸是害怕自己才逃跑的。)❸動了解。韓愈〈雜説〉(四):「其真不〜馬也?」(還是真的不了解千里馬呢?)❹〔知己〕名了解自己的朋友。王勃〈送杜少府之任蜀州〉:「海內存〜。」(只要世上還有你這位了解我的朋友。)❺名知識。〈兩小兒辯日〉(《列子·湯問》):「孰為汝多〜乎?」(誰人説你擁有豐富知識呢?)❻動認得。杜甫〈春夜喜雨〉:「好雨〜時節。」(一場完美的雨好像會認得季節。)❼動感受、察覺、發現。劉方平〈月夜〉:「今夜偏〜春氣暖。」(今夜竟然感受到春天氣息的温暖。)❽動獲得。《論語·為政》:「温故而〜新。」(温習舊知識時,並且能獲得新體會。)❾動想到。王維〈九月九日憶山東兄弟〉:「遙〜兄弟登高處。」(想起遙遠的兄弟登上高山的時候。)❿名判斷能力。韓非〈曾子殺豬〉(《韓非子·外儲説左上》):「嬰兒非有〜也。」(孩子沒有判斷能力。)⓫名知覺、意識。方苞〈弟椒塗墓誌銘〉:「死而無〜則已。」(死後沒有意識,也就罷了。)
二粵zi3 至 普zhì
名同「智」,智慧。《論語·里仁》:「擇不處仁,焉得〜?」(選擇沒有仁德的地方居住,怎會擁有智慧呢?)

石 部

這是「石」的甲骨文寫法，本來就是指「石頭」。然而石頭的外形難以表達，古人因而繪畫出一種用石頭做的樂器——磬（讀〔慶〕，qìng），來表示「石」。後來為了使文字更美觀，人們於是在下面加上無相關意義的「口」作為裝飾，最終演變為今天的寫法。從「石」部的字，大多跟「石頭」有關。

石 一（粵）sek6 碩 （普）shí
❶名石頭、石子。杜牧〈山行〉：「遠上寒山～徑斜。」（我沿着陡峭的石子小路，登上高遠而寒冷的山上。）❷名岩石。陶弘景〈答謝中書書〉：「兩岸～壁。」（兩邊河岸的岩石和山崖。）❸名石碑。司馬遷《史記‧秦始皇本紀》：「乃遂上泰山，立～。」（於是登上泰山，立下石碑。）❹〔碣石〕見頁187「碣」字條。
二（粵）daam3 膽 [3 聲] （普）dàn
量重量單位，相當於 80 公斤。韓愈〈雜說〉（四）：「一食或盡粟一～。」（一頓也許要吃光一石穀物。）

砧 （粵）zam1 針 （普）zhēn
名搗衣石，類似今天的洗衣板。張若虛〈春江花月夜〉：「搗衣～上拂還來。」（月光在她為遊子捶打衣服的石砧上，擦也擦不掉。）

搗衣砧及搗衣杵

破 （粵）po3 頗 [3 聲] （普）pò
❶動破碎、破爛。柳宗元〈哀溺文序〉：「中濟，船～。」（橫渡湘江途中，船的底部穿了。）❷動不完整。宋濂〈杜環小傳〉：「死於九江，家～。」（在九江死去後，家庭就不完整。）❸動裂開。鄭板橋〈竹石〉：「立根原在～岩中。」（它的根部原本就深入裂開的岩石縫隙裏。）❹動攻破、攻下、淪陷。杜甫〈春望〉：「國～山河在。」（國都淪陷，國土卻依然存在。）

硯 （粵）jin6 現/ jin2 演 （普）yàn
名墨硯，即磨墨的用具，通常用石頭製成。王冕〈墨梅〉（其三）：「我家洗～池頭樹。」（在我家清洗墨硯的水池旁邊，有一棵梅樹。）

文化趣談
文房四寶
　　所謂「文房四寶」，是古人寫字繪畫時必備的四種文儀用品，也就是紙、筆、墨、硯。
　　紙和筆大家都認識了，那麼墨、硯又是甚麼呢？

墨是寫字、繪畫的顏料，是用煤煙或松煙製成黑色條狀物品。使用時，先把水倒在硯臺上，然後用墨條將水磨出墨汁。

至於硯，又叫做「硯臺」，本身不會出墨，可是優質的硯臺卻能夠讓墨條磨出細膩的墨汁。譬如產自廣東肇慶的端硯，它的質地細密、溫潤硬滑，不但出墨快，而且存墨久，磨出來的墨汁，夏天不易乾掉，冬天不易凍結，便於書寫。

無限路。」（北方的**碣石山**與南方的瀟水和湘江，距離無限遙遠。）

碟 〔粵〕zaak6 擇 〔普〕zhé
〔碟碟〕**擬** 動物叫聲，相當於「吱吱」。宋濂〈束氏狸狌〉：「赤鬣又～然。」（長有紅色的觸鬚，而且**吱吱**地叫。）

磬 〔粵〕hing3 慶 〔普〕qìng
名 一種中國傳統敲擊樂器，用石塊製成曲尺狀，懸掛在架上，並以棍子敲打出聲音。《論語‧憲問》：「子擊～於衛。」（孔子在衛國敲擊磬。）

磬

碧 〔粵〕bik1 壁 〔普〕bì
❶**形** 青綠色，見頁227「色」字條欄目「文化趣談」。賀知章〈詠柳〉：「～玉妝成一樹高。」（**碧綠**的嫩葉替高大的柳樹妝扮一番。）❷**形** 碧藍色，見頁227「色」字條欄目「文化趣談」。李白〈黃鶴樓送孟浩然之廣陵〉：「孤帆遠影～空盡。」（孤獨的帆船的影子漸漸遠去，在**碧藍**的天空裏消失。）

碩 〔粵〕sek6 石 〔普〕shuò
❶**形** 巨大、高大。《詩經‧碩鼠》：「～鼠，～鼠，無食我黍。」（**大老鼠，大老鼠**，不要吃掉我們的農作物。）❷**形** 學識淵博。宋濂〈送東陽馬生序〉：「又患無～師、名人與游。」（又擔心不能與**學識淵博**的老師和著名的人士一起交往。）

碣 〔粵〕kit3 揭 〔普〕jié
〔碣石〕**名** 山名，位於今天的河北省。張若虛〈春江花月夜〉：「～瀟湘

磨 一〔粵〕mo6 麼 [6 聲] 〔普〕mò
名 碾碎穀物等的工具，即石磨。王安石〈擬寒山拾得〉（其六）：「作牛便推～。」（成為牛的話，就推動**石磨**。）
二〔粵〕mo4 蘑 〔普〕mó
❶**動** 打磨。陳仁錫〈鐵杵磨針〉（《史品赤函》）：「道逢老嫗～杵。」（在路上遇上一位年老的婦人在**打磨**鐵棒。）❷**動** 磨練、磨難。鄭板橋〈竹石〉：「千～萬擊還堅勁。」（經歷千萬次的**磨難**和打擊，竹子依然堅韌強勁。）

磨（工具）　　　磨（動作）

礮 ⓿paau3 砲 ⓿pào
名同「砲」，大炮。張岱〈白洋潮〉：「～碎龍湫。」(像**大炮**一樣搗碎了大龍湫瀑布。)

礴 ⓿bok6 薄 ⓿bó
動同「薄」，逼近、撞擊。張岱〈白洋潮〉：「盡力一～。」(用盡力量去**撞擊**。)

示　部

這是「示」的甲骨文寫法，好像一根高高的石柱，實際上是一面神主牌，是人們崇拜的對象。因此，「示」的本義就是「神主」，後來才引申出「展示」、「示範」等字義。從「示」部的字，大多跟神靈有關。

示 ⓿si6 事 ⓿shì
❶動展示。〈不貪為寶〉(《左傳·襄公十五年》)：「以～玉人。」(把這塊玉石**展示**給雕琢玉器的工匠看。) ❷動示範。〈岳飛之少年時代〉(《宋史·岳飛傳》)：「以～飛。」(來**示範**給岳飛看。) ❸動告訴。譬如〈為學一首～子姪〉就是彭端淑**告訴**子姪有關為學之道的一篇文章。

社 ⓿se5 些 [5 聲] ⓿shè
❶名土地之神。❷〔社稷〕名土地之神和穀物之神的合稱，後來借指「國家」。〈折箭〉(《魏書·吐谷渾傳》)：「然後～可固。」(這樣之後，**國家**就可以穩固。)

祇 一⓿kei4 旗 ⓿qí
名大地之神。《論語·述而》：「禱爾于上下神～。」(為你向天神和**地神**祈禱。)

二⓿zi2 只 ⓿zhǐ
副同「只」，只是、只會。韓愈〈雜說〉(四)：「～辱於奴隸人之手。」(**只會**被奴隸的雙手侮辱。)

神 ⓿san4 臣 ⓿shén
❶名天神。〈愚公移山〉(《列子·湯問》)：「操蛇之～聞之。」(手裏拿着蛇的**神靈**聽說了這件事。) ❷形奇、不平凡。〈岳飛之少年時代〉(《宋史·岳飛傳》)：「生有～力。」(天生就有**神奇**的力量。) ❸名精神。荀況〈勸學〉(《荀子》)：「積善成德，而～明自得。」(積累善行養成美德，那麼人的**精神**和心智就自然有得着。)

祔 ⓿fu6 附 ⓿fù
動合葬，特指將新死者的棺木附葬在先人的墳墓裏。方苞〈弟椒塗墓誌銘〉：「而以弟～焉。」(並且把弟弟**附葬**在兄長的旁邊。)

祠 🔊ci4 詞 🔊cí
❶動祭祀。〈畫蛇添足〉(《戰國策‧齊策》)：「楚有～者。」(楚國有一位負責祭祀的官員。)❷名祭祀祖先或先賢的地方。蘇舜欽〈淮中晚泊犢頭〉：「晚泊孤舟古～下。」(晚上，我把孤單的小船停泊在一座古舊的祠堂附近。)

祭 🔊zai3 際 🔊jì
❶動祭祀。❷名祭祀儀式。陸游〈示兒〉：「家～無忘告乃翁。」(你們在家中舉行祭祀時，不要忘記把這個好消息告訴你們的父親！)

視 🔊si6 事 🔊shì
❶動看。〈疑鄰竊斧〉(《列子‧說符》)：「～其行步。」(看見鄰居兒子行走的步伐。)❷動視察。〈揠苗助長〉(《孟子‧公孫丑上》)：「其子趨而往～之。」(他的兒子快跑，前往視察禾苗。)❸名視覺。王羲之〈蘭亭集序〉：「足以極～聽之娛。」(足夠去盡情享受視覺、聽覺的樂趣。)❹動探望。劉義慶〈荀巨伯遠看友人疾〉(《世說新語‧德行》)：「遠來相～。」(從遠方前來探望你。)

禄 🔊luk6 六 🔊lù
❶名福氣。〈孔雀東南飛〉：「兒已薄～相。」(孩兒早已有着福氣不多的相貌。)❷名錢財。杜甫〈江村〉：「但有故人供～米。」(只要有舊朋友給予金錢和白米。)

禊 🔊hai6 係 🔊xì
名古代祭祀名稱，在春、秋兩季於水邊舉行。王羲之〈蘭亭集序〉：「修～事也。」(進行禊禮的事宜。)

禮 🔊lai5 醴 🔊lǐ
❶名禮節。王讜〈口鼻眼眉爭辯〉(《唐語林‧補遺》)：「無即不成～儀。」(沒有了客人，就成不了接待客人的禮節和法則。)❷名禮貌。劉義慶〈陳太丘與友期行〉(《世說新語‧方正》)：「則是無～。」(就是沒有禮貌。)❸動禮待。蘇洵〈六國論〉：「～天下之奇才。」(禮待天下的不平凡人才。)❹名禮物。司馬遷《史記‧魏公子列傳》：「以為小～無所用。」(認為小的禮物沒有用得着的地方。)

禱 🔊tou2 討 🔊dǎo
動祈禱、禱告。沈括〈摸鐘〉(《夢溪筆談‧權智》)：「～鐘甚肅。」(向吊鐘禱告，十分嚴肅。)

内 部

　　「内」讀〔友〕(róu)，這是它的小篆寫法，就好像一隻踩在地上的野獸。「内」的本義就是指野獸踐踏地面，因此從「内」部的字，大多都跟禽獸、昆蟲有關，譬如「禹」的本義就是「蟲」，「萬」的本義是「蠍子」，「禽」就是指「雀鳥」。

萬 ⑱maan6 慢 ⑳wàn
❶數一萬。元稹〈遣悲懷〉(其一)：「今日俸錢過十～。」(現在我當官的薪金超過十萬錢。)❷形眾多、無數。賀知章〈詠柳〉：「～條垂下綠絲條。」(無數柳條低垂下來，就像綠色的絲織帶子。)❸代各、每一。〈長歌行〉：「～物生光輝。」(各種事物呈現出一片光彩。)

禽 ⑱kam4 琴 ⑳qín
❶名雀鳥。〈岳飛之少年時代〉(《宋史・岳飛傳》)：「有大～若鵠。」(有一隻像天鵝的巨大雀鳥。)❷動同「擒」，擒拿、捕捉。〈鷸蚌相爭〉(《戰國策・燕策》)：「漁者得而并～之。」(漁夫發現了，然後一同捉住牠們。)

禾 部

　　這是「禾」的甲骨文寫法，好像一棵植物，有根部、葉子，還有垂下來的禾穗。「禾」的本義就是泛指一切農作物。從「禾」部的字，大多跟「穀物」有關，譬如「私」起初指屬於私有的農作物，「秋」就是農作物成熟的季節，「稅」就是用農作物繳交的稅項。

禾 ⑱wo4 禾 ⑳hé
名農作物，穀類植物的總稱。李紳〈憫農〉(其二)：「汗滴～下土。」(汗珠都滴落穀物下的泥土。)

秀 ⑱sau3 瘦 ⑳xiù
形優秀。李白〈春夜宴從弟桃花園序〉：「羣季俊～。」(一眾堂弟，英俊優秀。)

私

🔊si1 思　🔊sī

❶形個人、自己的。司馬遷《史記・廉頗藺相如列傳》:「先國家之急而後～讎也。」(先解決國家的危機,然後才解決**個人**的仇怨。)**❷形**不公正、徇私。諸葛亮〈出師表〉:「不宜偏～。」(不應該偏袒**徇私**。)**❸動**偏愛。〈鄒忌諷齊王納諫〉(《戰國策・齊策》):「吾妻之美我者,～我也。」(我的妻子認為我英俊的原因,是**偏愛我**。)**❹副**暗中、私下。羅貫中〈楊修之死〉(《三國演義・第七十二回》):「遶寨～行。」(圍繞軍營**暗中**巡行。)

秉

🔊bing2 丙　🔊bǐng

❶動拿着。李白〈春夜宴從弟桃花園序〉:「古人～燭夜遊。」(古人**拿着**火把,在夜間遊玩。)**❷動**堅持。皇甫冉〈太常魏博士遠出賊庭江外相逢因敍其事〉:「～節身常苦。」(**堅持氣節**,會經常使自己受苦。)

秋

🔊cau1 抽　🔊qiū

❶名秋天、秋季。〈長歌行〉:「常恐～節至。」(經常恐怕**秋季**來到。)**❷名**一年。杜甫〈絕句〉(其三):「窗含西嶺千～雪。」(窗中有着西嶺上千**年**都不融化的積雪。)

秦

🔊ceon4 巡　🔊qín

❶名春秋、戰國時代諸侯國名稱,領地覆蓋今天的陝西省、四川省一帶,見頁251「諸」字條欄目「歷史趣談」。**❷名**朝代名稱。王昌齡〈出塞〉(其一):「～時明月漢時關。」(**秦朝**、漢朝時明亮的月光一直照耀着邊境的關隘。)**❸名**秦地,陝西省的別稱。杜甫〈兵車行〉:「況復～耐苦戰。」(更何況**秦地**的士兵能夠忍受艱苦的戰鬥。)**❹**〔秦淮〕**名**河流名稱,流經今天的南京市,古時歌樓舞館並列兩岸,十分熱鬧。杜牧〈泊秦淮〉:「夜泊～近酒家。」(晚上,我把小船停泊在**秦淮河**旁邊,靠近一間酒鋪。)

租

🔊zou1 遭　🔊zū

名田租,一般用農作物來繳交。杜甫〈兵車行〉:「縣官急索～。」(縣裏的官府急忙地向平民索取**田租**。)

移

🔊ji4 宜　🔊yí

❶動遷移、移動。譬如〈愚公～山〉就是講述愚公把太行山和王屋山**移走**的故事。**❷動**變化。歐陽修〈畫眉鳥〉:「百囀千聲隨意～。」(畫眉鳥那千百種鳴叫的聲音,都是隨着自己的心意而**變化**。)

稍

🔊saau2 筲 [2聲]　🔊shāo

副漸漸。〈畫荻〉(《歐陽公事跡》):「及其～長。」(到他**漸漸**長大。)

稀

🔊hei1 希　🔊xī

❶形稀少、少。范成大〈夏日田園雜興〉(其一):「麥花雪白菜花～。」(麥穗的花像雪般白,油菜花落下,逐漸**稀少**。)**❷形**稀疏。陶潛〈歸園田居〉(其三):「草盛豆苗～。」(野草茂盛,豆苗卻十分**稀疏**。)

稅

🔊seoi3 歲　🔊shuì

名田租,一般用農作物來繳交。杜甫〈兵車行〉:「租～從何出?」(**田租**從哪裏交出來?)

稚

🔊zi6 字　🔊zhì

❶形年幼。杜甫〈江村〉:「～子敲針作釣鈎。」(**年幼**的兒子捶打了幾下針,就變成釣魚用的魚鈎。)**❷名**幼兒。陶潛〈歸去來辭・序〉:「幼～盈室。」(年幼的**孩子**擠滿了家中。)

稟

🔊ban2 品　🔊bǐng

動下級給上級報告。羅貫中〈楊修之死〉(《三國演義・第七十二回》):

「～請夜間口號。」（夏侯惇**向上級**曹操請求晚上的口頭暗號。）

種

一　粵zung2 腫　普zhǒng

❶名種子。《莊子・逍遙遊》：「魏王貽我大瓠之～。」（魏王送給我大葫蘆瓜的**種子**。）❷名後代。《晉書・劉頌傳》：「卿尚有～也！」（你尚且有**後代**啊！）

二　粵zung3 眾　普zhòng

動栽種、種植。范成大〈夏日田園雜興〉（其七）：「也傍桑陰學～瓜。」（也依靠桑樹樹蔭下學習**種植**瓜果。）

稱

一　粵cing3 秤　普chēng

動稱量、衡量。賈誼《楚辭・惜誓》：「苦～量之不審兮。」（事物**稱量**得不仔細，因此感到苦惱啊。）

二　粵cing3 秤　普chèng

名同「秤」，稱量輕重的器具。

三　粵cing1 清　普chēng

❶動聲稱。司馬遷《史記・廉頗藺相如列傳》：「常～病。」（經常**聲稱**自己生病。）❷動呼喚。《戰國策・齊策》：「民～萬歲。」（百姓**呼喚**「萬歲」。）❸動稱讚、稱許。諸葛亮〈出師表〉：「先帝～之曰能。」（先帝**稱讚**他，說他有能力。）❹形著稱、著名。韓愈〈雜說〉（四）：「不以千里～也。」（不能因為日走千里而**著名**。）

穀

粵guk1 谷　普gǔ

名穀物。〈十五從軍征〉：「中庭生旅～。」（院子裏長着野生的**穀物**。）

文化趣談

五穀

我們常常說「五穀類」，就是泛指穀類食物。那麼，「五穀」是指哪五種穀物呢？

「五穀」一般是指稻、黍、稷、麥、菽。「稻」就是稻米；「黍」也就是「大黃米」，一般見於北方，可以用來釀酒、製作糕點；「稷」也是見於北方，俗稱「小米」，是古代的主要糧食作物，可以用來煮粥和釀酒；「麥」有多個種類，都可以用來製作麵食，譬如麵包、麵條等；「菽」就是「大豆」，可以用來釀製醬油，也可以用來製成豆腐、豆漿、納豆等。

稽

一　粵kai2 啟　普qǐ

動叩頭。《禮記・檀弓上》：「再拜～首，乃卒。」（再次跪拜和**叩頭**後，就死去了。）

二　粵kai1 溪　普jī

❶動考核、查考。黃宗羲〈原君〉：「安傳伯夷、叔齊無～之事。」（胡亂流傳伯夷、叔齊一些無法**考核**的事情。）❷〔會稽〕見頁128「會」字條。❸〔滑稽〕見頁155「滑」字條。

稷

粵zik1 即　普jì

❶名穀物名稱，相當於「小米」，見頁192「穀」字條欄目「文化趣談」。❷名穀物之神。❸〔社稷〕見頁188「社」字條。

積

粵zik1 即　普jī

動積聚、累積、堆積。荀況〈勸學〉（《荀子》）：「～土成山。」（**堆積**泥土成為高山。）

穢

粵wai3 畏　普huì

❶名雜草、荒草。陶潛〈歸園田居〉（其三）：「晨興理荒～。」（清早就起來清理**野草**。）❷形醜陋。《晉書・衞玠傳》：「覺我形～。」（覺得自己外貌十分**醜陋**。）

穴　部

這是秦漢時期楚國出土的竹簡上所寫的「穴」字，好像一個山洞，本來就是指居住用的洞穴。從「穴」部的文字大多跟「孔洞」有關，譬如「突」是煙囪，也就是直立的「孔洞」；「窺」是指在「孔洞」裏偷看。

空 ㉠hung1 兇 ㊙kōng

❶動甚麼都沒有。陸游〈示兒〉：「死去元知萬事～。」（我本來就知道，我死後一切事情**都沒有了**。）❷形空曠。王維〈鹿柴〉：「～山不見人。」（**空曠**的山裏，一個人也看不到。）❸形空寂。王維〈鳥鳴澗〉：「夜靜春山～。」（在寧靜的夜裏，春山一片**空寂**。）❹名天空。劉義慶〈白雪紛紛何所似〉（《世說新語・言語》）：「撒鹽～中差可擬。」（差不多可以比作在**天空**中灑下鹽粒。）❺形清澈。蘇軾〈記承天寺夜遊〉：「庭下如積水～明。」（月光照到庭院地面，猶如積滿清水一樣**清澈**光亮。）❻副徒然、白白。杜秋娘〈金縷衣〉：「莫待無花～折枝。」（不要等待到花兒凋謝後，才**白白**摘取枝條。）❼副只。崔顥〈黃鶴樓〉：「此地～餘黃鶴樓。」（這個地方**只**留下黃鶴樓。）❽〔空濛〕形模模糊糊。蘇軾〈飲湖上初晴後雨〉（其二）：「山色～雨亦奇。」（雨天時，湖邊羣山景色**模模糊糊**，也很奇妙。）

穹 ㉠kung4 窮 ㊙qióng

形拱形。〈敕勒歌〉：「天似～廬。」（天空像間**拱形**的小屋。）

天圓地方

古人認為自己生活在一塊方形的土地上，四周被大海包圍，而頭頂就被半球體的天空覆蓋着，太陽和月亮則圍繞着大地運轉，因此一直有着「天圓地方」的說法。也因為這樣，〈敕勒歌〉就將天空比喻為一間中間拱起來（穹）的小屋（廬）了。

突 ㉠dat6 凸 ㊙tū

名煙囪。班固〈曲突徙薪〉（《漢書・霍光金日磾傳》）：「見其灶直～。」（看到他的爐灶、**煙囪**是直的。）

穿 ㉠cyun1 川 ㊙chuān

❶動鑿穿、鑿開。〈鑿壁借光〉（《西京雜記・第二》）：「衡乃～壁引其光。」（匡衡於是在牆壁上鑿開一個小孔洞，引來鄰居的火光。）❷動貫穿、射穿。李華〈弔古戰場文〉：「利鏃～骨。」（鋒利的箭頭**射穿**了骨頭。）❸動穿過。

杜甫〈聞官軍收河南河北〉：「即從巴峽～巫峽。」（我馬上由巴峽出發，**穿過**巫峽。）

窒 🔊zat6 疾 🔊zhì
動窒礙、阻礙。劉蓉〈習慣說〉：「反～焉而不寧。」（反而因為受**阻礙**而感到不舒適。）

窮 🔊kung4 穹 🔊qióng
❶**名**極、盡頭。張若虛〈春江花月夜〉：「人生代代無～已。」（人生一代又一代的繁衍，沒有**盡頭**，沒有完結。）❷**動**完結。柳宗元〈始得西山宴遊記〉：「不知其所～。」（不知道它**完結**的地方。）❸**動**沒有、用盡。紀昀〈曹某不怕鬼〉（《閱微草堂筆記・灤陽消夏錄一》）：「鬼技～。」（這隻鬼的本領**用盡**了。）❹**副**徹底。〈高山流水〉（《列子・湯問》）：「鍾子期輒～其趣。」（鍾子期都總是**徹底**領悟他的想法。）❺**動**放遠。王之渙〈登鸛雀樓〉：「欲～千里目。」（如果想把眼光**放遠**到千里之外。）❻**形**窮困。〈魚我所欲也〉（《孟子・告子上》）：「所識～乏者得我與？」（所認識的**貧窮**的人感激我嗎？）

窺 🔊kwai1 規 🔊kuī
❶**動**窺望，從小孔中看。劉向〈葉公好龍〉（《新序・雜事五》）：「～頭於牖。」（在窗戶探出頭來**窺望**。）❷**動**照看。〈鄒忌諷齊王納諫〉（《戰國策・齊策》）：「朝服衣冠，～鏡。」（一天早上，他穿好衣服和帽子，**照着**鏡子。）

竇 一 🔊dau6 逗 🔊dòu
❶**名**孔洞。方苞〈獄中雜記〉：「在刑部獄，見死而由～出者日三四人。」（在刑部的監獄裏，看到死後從洞穴裏拖出來的人，每日有三四個。）❷**名**姓氏。
二 🔊dau3 鬥 🔊dòu
名巢穴、窩。〈十五從軍征〉：「兔從狗～入。」（野兔由狗**窩**裏進進出出。）

「老竇」與「老豆」

　　「老豆」是廣東人對父親的暱稱，不過正確寫法是「老竇」。「老竇」本來是指一位姓竇的好爸爸——竇燕山。

　　竇燕山，原名竇禹鈞，是五代時後周人，為官清廉，他的五位兒子都秉持他的原則，而且全都成為朝中高官，顯揚名聲。《三字經》也有記載這段故事：「竇燕山，有義方，教五子，名俱揚。」或許廣東人都認為竇燕山是一位教子有方的好爸爸，於是用帶有尊敬意思的「老」字，來稱呼竇燕山，叫他做「老竇」，結果「老竇」就成為爸爸的代名詞。不過由於「竇」字筆畫太多，後人因此用同音字「豆」來代替了。

竊 🔊sit3 屑 🔊qiè
❶**動**偷竊、盜竊。〈疑鄰竊斧〉（《列子・說符》）：「視其行步，～斧也。」（看見鄰居兒子行走的步伐，好像偷了斧頭。）❷**副**偷偷、暗中。司馬遷《史記・廉頗藺相如列傳》：「～計欲亡走燕。」（**偷偷**打算，想逃亡前往燕國。）

立 部

這是「立」的甲骨文寫法，清楚描繪出一個人站立在地上，「立」的本義就是「站立」。不過，從「立」部的字，與「站立」有關的不算是很多。

立

（粵）laap6 蠟　（普）lì

❶動站立。楊萬里〈小池〉：「早有蜻蜓～上頭。」（早就有一隻小蜻蜓**站**在它的上面。）❷動立定。彭端淑〈為學一首示子姪〉：「人之～志。」（一個人**立定**志向。）❸動君主繼位。韓非〈濫竽充數〉（《韓非子‧內儲說上》）：「宣王死，湣王～。」（齊宣王死後，齊湣王**繼位**。）❹動存在。韓非〈自相矛盾〉（《韓非子‧難一》）：「不可同世而～。」（是不能夠在同一世界上**存在**的。）❺動深入。鄭板橋〈竹石〉：「～根原在破岩中。」（它的根部原本就**深入**裂開的岩石縫隙裏。）

童

（粵）tung4 同　（普）tóng

❶名童僕，未成年的僕人。蘇軾〈花影〉：「幾度呼～掃不開。」（幾次吩咐**童僕**打掃，卻總是掃不走。）❷名孩童、孩子。杜牧〈清明〉：「牧～遙指杏花村。」（一個放牧的**孩子**遠遠地指向杏花村。）❸〔童孫〕名小孩子。范成大〈夏日田園雜興〉（其七）：「～未解供耕織。」（**小孩子**還不懂得參與耕田和織布。）

端

（粵）dyun1 耑　（普）duān

❶形不歪斜、端正。朱熹〈讀書有三到〉（《訓學齋規》）：「令潔淨～正。」（使它清潔、乾淨、**不歪斜**。）❷名事物的一頭。王讜〈口鼻眼眉爭辯〉（《唐語林‧補遺》）：「我近鑒毫～。」（我能夠近距離看清楚細毛的**末端**。）❸名開端、開首。《孟子‧公孫丑上》：「惻隱之心，仁之～也。」（同情他人的心，是仁愛的**開端**。）❹名上面。李白〈古朗月行〉：「飛在青雲～。」（在夜空中的青綠雲朵**上面**飄動。）

競

（粵）ging6 勁　（普）jìng

❶動競爭、競逐。韓非《韓非子‧五蠹》：「上古～於道德。」（遠古的人用道德來**競逐**權位。）❷副爭相。陶弘景〈答謝中書書〉：「沉鱗～躍。」（潛游在水中的魚兒**爭相**跳出水面。）

竹　部

　　這是「竹」的甲骨文寫法，好像兩根相連的竹枝、竹枝上的葉子垂下來的樣子。「竹」的本義就是「竹子」。竹是古代重要的原材料，可以用來建屋，或製作各式各樣的器具，因此從「竹」部的字，很多都是指用竹子製作的事物。

笠　　　　　　　　簪

箕　　　　　籠　　　　　籬

「竹」部器具 —— 生活類

竽　　笙　　　笛　　　管　　筆

「竹」部器具 —— 文化類

竹　粵 zuk1 足　普 zhú

❶名竹子，見頁136「梅」字條欄目「文化趣談」。蘇軾〈記承天寺夜遊〉：「何處無～柏？」(哪一個地方沒有**竹子**和柏樹？) ❷〔爆竹〕見頁162「爆」字條。❸名竹林。蘇軾〈惠崇春江晚景〉(其一)：「～外桃花三兩枝。」(**竹林**外的兩三枝桃花盛開了。) ❹名泛指笛、簫等管樂器。歐陽修〈醉翁亭記〉：「非絲非～。」(不是弦樂器，不是**管樂器**。) ❺〔絲竹〕見頁203「絲」字條。❻〔絲竹管絃〕見頁203「絲」字條。

竽　粵 jyu4 餘　普 yú

名一種像笙的管樂器。韓非〈濫竽充數〉(《韓非子·內儲說上》)：「齊宣王使人吹～。」(齊宣王命令人吹奏**竽**。)

竽

笛　粵 dek6 糴　普 dí

名管樂器名稱，也就是「笛子」。王之渙〈涼州詞〉(其一)：「羌～何須怨楊柳？」(為甚麼一定要用羌族的**笛子**吹出曲子〈折楊柳〉，埋怨春天遲遲不來？)

笛子

笙　粵 sang1 牲　普 shēng

名管樂器名稱。曹操〈短歌行〉：「鼓瑟吹～。」(彈奏瑟、吹奏**笙**。)

笙

符　粵 fu4 扶　普 fú

❶名兵符，古代傳達命令、調動士兵的憑證。司馬遷《史記·魏公子列傳》：「如姬果盜晉鄙兵～與公子。」(如姬果然盜取了晉鄙的**兵符**給信陵君。) ❷名「桃符」的簡稱，見頁135「桃」字條。王安石〈元日〉：「總把新桃換舊～。」(把全新的桃符換走所有陳舊的**桃符**。) ❸動符合。韓非《韓非子·用人》：「發矢中的，賞罰當～。」(射箭要射中靶心，獎賞和懲罰應該**符合**實際情況。)

笠　粵 lap1 拉濕 [1 聲]　普 lì

名用竹片等材料編織的帽子。柳宗元〈江雪〉：「孤舟蓑～翁。」(江上只有一艘小船，船上有一個身披蓑衣、頭戴**笠帽**的老先生。)

笠帽

第　粵 dai6 弟　普 dì

〔次第〕見頁140「次」字條。

等　粵 dang2 燈 [2 聲]　普 děng

❶形相等、一樣。韓愈〈雜說〉(四)：「且欲與常馬～不可得。」(想跟普通的馬**一樣**尚且不可以做到。) ❷名等級。謝肇淛《五雜俎·物部三》：「又下一～。」(又差**一級**。) ❸動等待。范成大〈州橋〉：「父老年年～駕回。」(百姓每一年都**等待**皇帝的座駕回來。) ❹助用於人稱代詞後，表示複

數，相當於「們」。〈折箭〉（《魏書‧吐谷渾傳》）：「汝～各奉吾一隻箭。」（你**們**每個人拿取我的一枝箭。）❺〔等閑〕①**形**容易。朱熹〈春日〉：「～識得東風面。」（很**容易**辨認出東風的面貌。）②**形**平常。于謙〈石灰吟〉：「烈火焚燒若～。」（被猛烈的大火燃燒，也猶如一件**平常**的事。）

策 ⓹caak3 冊 ⓹cè

❶**名**馬鞭。韓愈〈雜說〉（四）：「執～而臨之。」（拿着**馬鞭**走近牠。）❷**動**鞭策、驅趕。韓愈〈雜說〉（四）：「～之不以其道。」（不用合適的方法來**鞭策**牠。）❸**名**計策。司馬遷《史記‧廉頗藺相如列傳》：「均之二～。」（衡量這兩道**計策**。）❹**動**記下、登記。〈木蘭辭〉：「～勳十二轉。」（皇帝給木蘭**記下**許多級軍功。）❺**名**同「冊」，成編的竹簡、簡冊。譬如《戰國～》就是記錄戰國時代歷史的**簡冊**。

筈 ⓹kut3 括 ⓹kuò

名箭尾，見頁185「矢」字條插圖「『矢』結構圖」。〈岳飛之少年時代〉（《宋史‧岳飛傳》）：「破其～。」（射破了周同那枝箭的**箭尾**。）

筋 ⓹gan1 跟 ⓹jīn

名體內的韌帶。李綱〈病牛〉：「力盡～疲誰復傷？」（力氣耗光，**韌帶**和骨頭都疲憊不堪，卻又有誰人同情牠？）

筆 ⓹bat1 不 ⓹bǐ

❶**名**毛筆等書寫工具，見頁186「硯」字條欄目「文化趣談」。❷**副**用筆。宋濂〈送東陽馬生序〉：「手自～錄。」（親手**用筆**抄寫內容。）

毛筆

節 ⓹zit3 哲 ⓹jié

❶**名**竹節。《晉書‧杜預傳》：「譬如破竹，數～之後，皆迎刃而解。」（就好像劈竹子，劈開了頂上幾段**竹節**之後，下面的竹節都隨着刀鋒而破解。）❷**名**節日。王維〈九月九日憶山東兄弟〉：「每逢佳～倍思親。」（每當遇上重陽這個美好的**節日**，就更加思念親人。）❸**名**季節。〈長歌行〉：「常恐秋～至。」（我經常恐怕秋**季**來到。）❹〔時節〕見頁125「時」字條。❺**名**節操，堅定不移的操守。〈岳飛之少年時代〉（《宋史‧岳飛傳》）：「飛少負氣～。」（岳飛少年時，就懷有志氣和**節操**。）❻**名**禮節、禮儀。司馬遷《史記‧廉頗藺相如列傳》：「禮～甚倨。」（**禮節**上非常傲慢。）❼**動**節制、節約。司馬光〈訓儉示康〉：「小人寡欲，則能謹身～用。」（地位低下的人如果貪慾不多，就能夠約束自己，**節約**用度。）❽**名**限度、常度。方苞〈獄中雜記〉：「寢食違～。」（睡覺和吃飯違反**限度**。）

箕 ⓹gei1 基 ⓹jī

❶**名**篩走穀物外殼的圓形竹器，相當於今天的「笲箕」。❷**名**一種用竹片編成的竹筐，用來盛載塵土、碎石、垃圾，類似今天的「垃圾鏟」。〈愚公移山〉（《列子‧湯問》）：「畚～運於渤海之尾。」（用**竹筐**把泥土、碎石運載到渤海的岸邊。）

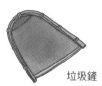

垃圾鏟

箇 ⑧go3 個 ⑯gè
❶量同「個」，一個。李清照〈聲聲慢・秋情〉：「怎一～愁字了得！」（怎可以用一**個**「愁」字了結呢？）❷代這、此。李白〈秋浦歌〉（其十五）：「緣愁似～長。」（因為我的憂愁好像**這**頭髮那麼長。）

管 ⑧gun2 館 ⑯guǎn
❶名一種像笛子的樂器。❷名管樂器的統稱。❸〔絲竹管絃〕見頁203「絲」字條。❹動掌管、管理。司馬遷《史記・李斯列傳》：「～事二十餘年。」（**管理**國事二十來年。）

管

筵 ⑧jin4 延 ⑯yán
名筵席、酒席。李白〈春夜宴從弟桃花園序〉：「開瓊～以坐花。」（安坐在花叢中，設置精美的**筵席**。）

箱 ⑧soeng1 商 ⑯xiāng
名倉庫。李綱〈病牛〉：「耕犁千畝實千～。」（翻鬆千畝農田的泥土，裝滿千座**糧倉**的穀物。）

篁 ⑧wong4 黃 ⑯huáng
名竹林。王維〈竹里館〉：「獨坐幽～裏。」（我獨自坐在僻靜的**竹林**裏面。）

篇 ⑧pin1 編 ⑯piān
❶名書籍、簡冊。❷名文章。❸〔篇章〕名文章。〈畫荻〉（《歐陽公事跡》）：「多誦古人～。」（多點誦讀古時的人的**文章**。）

籙 ⑧luk1 碌 ⑯lù
名用竹子編成的箱子。羅貫中〈楊修之死〉（《三國演義・第七十二回》）：「乃用大～藏吳質於中。」（於是利用大**竹箱**，將吳質收藏到裏面。）

簪 ⑧zaam1 暫 [1 聲] ⑯zān
名髮簪，一種用來固定頭髮和頭冠的頭飾。杜甫〈春望〉：「渾欲不勝～。」（簡直快要不能插上**髮簪**了。）

髮簪

籠 一⑧lung4 龍 ⑯lóng
名關住鳥獸或拘禁囚犯的器物。歐陽修〈畫眉鳥〉：「始知鎖向金～聽。」（這才讓我知道，以前聽着被囚禁在金色**籠子**裏的鳥叫聲。）
二⑧lung4 龍 ⑯lǒng
動籠罩。〈敕勒歌〉：「～蓋四野。」（**籠罩**、覆蓋着四方的原野。）

籠子

籬 ⑧lei4 梨 ⑯lí
〔籬落〕名籬笆。范成大〈夏日田園雜興〉（其一）：「日長～無人過。」（夏季白天長，**籬笆**旁邊沒有人經過。）

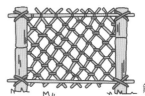

籬笆

米 部

這是「米」的甲骨文寫法，好像稻穗、麥穗上的穀粒。「米」起初泛指去了殼的穀粒，後來才專指稻米、白米。從「米」部的字，大多跟穀物有關，譬如「粉」就是用穀物、豆磨成的粉末；「精」就是指經過打磨的上等穀物。

米 ⓟmai5 迷 [5 聲] ⓜmǐ
ⓝ白米。杜甫〈江村〉：「但有故人供祿～。」（只要有舊朋友給予金錢和**白米**。）

粉 ⓟfan2 分 [2 聲] ⓜfěn
❶ⓝ粉末。❷ⓥ粉碎、碾碎。于謙〈石灰吟〉：「～骨碎身全不怕。」（即使骨頭和身體都**粉碎**了，它也完全不懼怕。）

粗 ⓟcou1 曹 [1 聲] ⓜcū
❶ⓝ粗糙的米粒。❷ⓕ簡單、不精細。周怡〈勉諭兒輩〉：「酒肉一餐，可辦～飯幾日。」（一頓美酒好肉的花費，可以用來購買數天的**簡單**的飯菜。）❸ⓐ大概、大致、粗略。習鑿齒《漢晉春秋·卷二》：「綱紀～定。」（秩序與規律**大致**平定下來。）❹ⓕ粗魯、魯莽。陳壽《三國志·呂蒙傳》：「甘寧～暴好殺。」（甘寧**粗魯**、崇尚暴力、喜歡殺人。）

粒 ⓟnap1 凹 ⓜlì
ⓝ穀物的顆粒。李紳〈憫農〉（其二）：「～～皆辛苦。」（每一顆**米粒**都飽含着農夫的辛勞和痛苦。）

粟 ⓟsuk1 叔 ⓜsù
❶ⓝ小米。❷ⓝ泛指穀物。韓愈〈雜說〉（四）：「一食或盡～一石。」（一頓也許要吃光一石**穀物**。）

精 ⓟzing1 晶 ⓜjīng
❶ⓝ上等、精細的米粒。❷ⓕ精美。朱用純〈朱子家訓〉：「飲食約而～。」（飲品和食物要簡約和**精美**。）❸ⓕ精細、精密。戴名世〈鳥説〉：「～密完固。」（鳥巢十分**精細**、稠密、穩固。）❹ⓕ精良。范曄《後漢書·張衡列傳》：「以～銅鑄成。」（用**精良**的銅鑄造而成。）❺ⓕ高明、高超。歐陽修〈賣油翁〉：「吾射不亦～乎？」（我的射術難道不**高超**嗎？）❻〔陰精〕見頁287「陰」字條。

糧 ⓟloeng4 良 ⓜliáng
ⓝ穀物、糧食。曹鄴〈官倉鼠〉：「健兒無～百姓飢。」（壯健的士兵沒有**糧食**，平民都在挨餓。）

糸 部

「糸」讀〔覓〕(mì)，這是它的甲骨文寫法，繪畫出一束絲綢的模樣，上下兩端均有線緒，後來下端的線緒被保留下來，並演變成「小」的寫法。「糸」的本義是絲綢，因此從「糸」部的字，幾乎都跟「絲綢」、「絲線」有關：譬如「紅」、「綠」、「緇」都是漂染絲綢所用的顏色；「紗」、「絹」、「綃」都是絲織品名稱；「線」、「經」、「縷」都跟絲線有關。

紅 ●hung4 熊 ●hóng
❶形紅色，見頁227「色」字條欄目「文化趣談」。寇準〈詠華山〉：「舉頭～日近。」(抬起頭，能看到**紅紅**的太陽十分靠近。)❷名花朵。杜甫〈春夜喜雨〉：「曉看～濕處。」(明天早上再看看被雨水沾濕的**紅花**。)❸名借指婦女、女子。〈木蘭辭〉：「當户理～妝。」(對着門户，整理**女子**的妝容。)

約 ●joek3 躍 ●yuē
❶動纏繞、束縛。李商隱〈又效江南曲〉：「裁裙～楚腰。」(剪裁出裙子，來**束縛**纖細的腰肢。)❷動約定。趙師秀〈約客〉：「有～不來過夜半。」(已經過了半夜，**約定**好了的客人還沒有來。)❸形簡約。朱用純〈朱子家訓〉：「飲食～而精。」(飲品和食物要**簡約**和精美。)❹形貧困。《論語・里仁》：「不仁者，不可以久處～。」(沒有仁德的人，不可以讓他長期處於**貧困**裏。)❺副大約。魏學洢〈核舟記〉：「舟首尾長～八分有奇。」(船頭和船尾長**大約**八分有多。)

素 ●sou3 訴 ●sù
❶名白色的絲織品。〈孔雀東南飛〉：「十三能織～。」(十三歲就能夠編織**白色的絲織品**。)❷形白色，見頁227「色」字條欄目「文化趣談」。〈楊布打狗〉(《列子・説符》)：「衣～衣而出。」(穿上**白色**的衣服，然後就出門。)❸形樸素、簡樸。劉禹錫〈陋室銘〉：「可以調～琴。」(可以彈奏**樸素**的古琴。)❹副素來、向來、一向。方苞〈弟椒塗墓誌銘〉：「體～羸。」(身體**一向**孱弱。)

索 一●sok3 朔 ●suǒ
名繩子。司馬遷〈報任少卿書〉：「受木～～。」(被木造的刑具和**繩索**捆綁。)
二●saak3 絲策 [3 聲] ●suǒ
動索取、索要。杜甫〈兵車行〉：「縣官急～租。」(縣裏的官府急忙地向平民**索取**田租。)

純 ●seon4 脣 ●chún
❶形純正、不含雜質。〈閔子騫童年〉(《敦煌變文集・孝子傳》)：「～衣以綿。」(穿着用棉花縫製、**不含雜質**的衣服。)❷形真誠。歸有光〈歸氏二孝子傳〉：「能以～懿之行，自飭於無人之地。」(能夠憑着**真誠**、善美的品行，在沒有人監察的境況下管束自己。)

紗 （粵）saa1 沙 （普）shā

❶名輕軟細薄的絲織品。周怡〈勉諭兒輩〉：「～絹一匹。」（一匹**柔軟的絲綢**。）❷名用紗製造的窗簾。劉方平〈月夜〉：「蟲聲新透綠窗～。」（蟲兒的鳴叫聲，剛剛透入窗邊綠色的**紗簾**。）

納 （粵）naap6 鈉 （普）nà

動接受、接納、採納。譬如〈鄒忌諷齊王～諫〉就是記述鄒忌勸告齊威王**接納**臣民諫言的故事。

紛 （粵）fan1 氛 （普）fēn

形繁多。杜牧〈清明〉：「清明時節雨～～。」（清明節的時候，**不斷**下着細雨。）

紙 （粵）zi2 子 （普）zhǐ

❶名紙張，見頁186「硯」字條欄目「文化趣談」。杜甫〈江村〉：「老妻畫～為棋局。」（相伴多年的妻子，在**紙張**上畫了畫，就成為了棋盤。）❷〔紙鳶〕名風箏。高鼎〈村居〉：「忙趁東風放～。」（趕忙趁着東風放玩**風箏**。）

累

一（粵）leoi5 裏 （普）lěi
動積累、堆疊。司馬遷《史記‧范雎蔡澤列傳》：「秦王之國危於～卵。」（秦王的國家比**堆疊**雞蛋還要危險。）
二（粵）leoi4 雷 （普）lěi
形連接不斷，多以疊詞出現。《孔叢子‧答問》：「～～若貫珠。」（**連續不斷**，猶如成串的珍珠。）
三（粵）leoi6 淚 （普）lèi
動拖累、連累。錢鶴灘〈明日歌〉：「世人苦被明日～。」（世上的人被「明天」**拖累**，十分苦惱。）

細 （粵）sai3 世 （普）xì

❶形細小。楊萬里〈小池〉：「泉眼無聲惜～流。」（泉水從孔洞默默流淌，珍惜**細小**的水流。）❷形輕柔。杜甫〈春夜喜雨〉：「潤物～無聲。」（滋潤萬物，那麼**輕柔**，沒有一點聲音。）❸形細心。朱熹〈讀書有三到〉（《訓學齋規》）：「仔～分明讀之。」（**細心**、清楚地把它們讀出。）

終 （粵）zung1 忠 （普）zhōng

❶動終結。〈大學之道〉（《禮記‧大學》）：「事有～始。」（每件事情都有開始和**終結**。）❷副最終。〈閔子騫童年〉（《敦煌變文集‧孝子傳》）：「騫～不自理。」（閔子騫**始終**沒有為自己辯護。）❸動直到。〈涉江采芙蓉〉（《古詩十九首》）：「憂傷以～老。」（憂愁哀傷，**直到**老死。）❹形從開始到終結、整個。白居易〈燕詩〉：「喁啾～夜悲。」（**整個**晚上傷心地喁啾鳴叫。）

絃 （粵）jin4 言 （普）xián

❶名同「弦」，專指繫在樂器上的絲線。李商隱〈錦瑟〉：「錦瑟無端五十～。」（精美的瑟為甚麼竟有五十根**絲線**？）❷名借指弦樂器。❸〔絲竹管絃〕見頁203「絲」字條。

紿 （粵）toi5 殆 （普）dài

動欺騙。沈括〈摸鐘〉（《夢溪筆談‧權智》）：「述古乃～之曰：」（陳述古於是**欺騙**他們説。）

紫 （粵）zi2 子 （普）zǐ

形紫色，見頁227「色」字條欄目「文化趣談」。李白〈望廬山瀑布〉：「日照香爐生～煙。」（太陽照射着香爐峯，生出了**紫色**的煙霞。）

絮 （粵）seoi5 緒 （普）xù

❶名棉的種子上的毛狀纖維，也稱為「棉花」，可以用作衣物原料。〈閔子騫童年〉（《敦煌變文集‧孝子傳》）：「衣加棉～。」（衣服會加入棉**絮**。）❷名依附在植物上的茸毛。劉義慶〈白

雪紛紛何所似〉（《世説新語・言語》）：「未若柳～因風起。」（不如比作柳**絮**憑藉風飛起來。）

結

一〔粵〕git3 潔　〔普〕jié

❶**動**打繩結、編織。《呂氏春秋・士節》：「齊有北郭騷者，～罘罔。」（齊國有一個叫北郭騷的人，以**編織**繩網為生。）❷**名**繩結。王充《論衡》：「天下事有不可知，猶～有不可解也。」（天下有些事情不能夠理解，就好像有些**繩結**不可以解開。）❸**動**結交。司馬遷《史記・廉頗藺相如列傳》：「燕王私握臣手，曰『願～友』。」（燕王私下握我的手，説「願意與你**結交**為友」。）❹**動**搭建房屋。陶潛〈飲酒〉（其五）：「～廬在人境。」（在人多的地方**搭建**小屋。）

二〔粵〕git3 潔　〔普〕jiē

動結下果實。杜甫〈少年行〉（其二）：「江花～子已無多。」（江邊的花朵**結下**的果實，已經不多了。）

給

〔粵〕kap1 級　〔普〕jǐ

❶**形**豐足、富足。司馬遷《史記・扁鵲倉公列傳》：「其家～富。」（他的家財非常**豐足**。）❷**動**供給、給予。〈鑿壁借光〉（《西京雜記・第二》）：「資～以書。」（把書籍送出，**給予**匡衡。）

絕

〔粵〕zyut6 茁 [6聲]　〔普〕jué

❶**動**斷絕、切斷。曹操〈短歌行〉：「憂從中來，不可斷～。」（我的憂愁由心裏流露出來，不可以**切斷**。）❷**動**隔絕。陶潛〈桃花源記〉：「率妻子邑人來此～境。」（帶領妻子、兒女和同鄉的人來到這個與世**隔絕**的地方。）❸**動**斷絕、停止。歐陽修〈醉翁亭記〉：「往來而不～者。」（連續不**斷**地來來往往的人。）❹**動**絕交。韓嬰〈皋魚之泣〉（《韓詩外傳・卷九》）：「與友厚而小～

之。」（跟朋友感情深厚，卻因為小事而跟他們**絕交**。）❺**形**沒有、清光、精光。柳宗元〈江雪〉：「千山鳥飛～。」（每座山上，鳥兒都已經飛得**精光**。）❻**副**絕對。韓愈〈初春小雨〉：「～勝煙柳滿皇都。」（**絕對**勝過長滿都城、如煙霧般朦朧的柳樹。）❼**動**橫渡。柳宗元〈哀溺文序〉：「乘小船～湘水。」（乘坐小船**橫渡**湘江。）

絲

〔粵〕si1 斯　〔普〕sī

❶**名**蠶絲、絲線。朱用純〈朱子家訓〉：「半～半縷，恆念物力維艱。」（即使是衣服的半根**絲**或半條線，也要經常記住這些物資的產生是十分艱難的。）❷**名**絲織品、絲綢。〈染絲〉（《墨子・所染》）：「子墨子言見染～者而歎曰。」（墨子看見漂染**絲綢**的人，因而感歎地説。）❸**名**像絲的事物。李白〈將進酒〉：「朝如青～暮成雪。」（早上猶如黑色的**髮絲**，晚上就變成了白雪。）❹**名**弦樂器上的絲線。❺**名**弦樂器。歐陽修〈醉翁亭記〉：「非～非竹。」（不是**弦樂器**，不是管樂器。）❻〔絲竹〕**名**借指音樂。王羲之〈蘭亭集序〉：「雖無～之盛。」（雖然沒有**音樂**伴奏的盛況。）❼〔絲竹管絃〕**名**借指音樂。劉禹錫〈陋室銘〉：「無～之亂耳。」（沒有**音樂**擾亂雙耳。）

條

〔粵〕tou1 滔　〔普〕tāo

名用絲線編織成的帶子。賀知章〈詠柳〉：「萬條垂下綠絲～。」（無數柳條低垂下來，就像綠色的**絲織帶子**。）

經

〔粵〕ging1 京　〔普〕jīng

❶**名**織布機上垂直的絲線。❷**動**經歷、經過。〈庭中有奇樹〉（《古詩十九首》）：「但感別～時。」（只是感歎跟他們離別，已經**經歷**了很長時間。）❸**名**儒家典籍。文天祥〈過零丁洋〉：「辛苦遭逢

起一～。」（回想自己誦讀**儒家典籍**、考中科舉當官以來辛勞和痛苦的經歷。）❹名學術、宗教上的經典書籍。劉禹錫〈陋室銘〉：「閱金～。」（閱讀用金色顏料寫成的佛家**經典**。）

「經線」與「緯線」

織布機上垂直的絲線叫做「經」，那麼橫向的絲線叫甚麼？是叫做「緯」。後來「經」和「緯」的概念，被套用到地理學上。

地理學的「經線」，是在地球上虛擬出來的一系列直線。人們把穿越英國倫敦附近的格林威治的「經線」稱為「子午線」，並用它來將地球分為東、西兩半。「子午線」以東的「經線」稱為「東經」，以西的稱為「西經」。

至於「緯線」，就是在地球上虛擬出來的一系列橫線。人們用赤道將地球分為南、北兩半。赤道以北的「緯線」稱為「北緯」，以南的稱為「南緯」。人們就是利用「經線」和「緯線」來確定船隻、颱風，甚至是地方的位置。譬如香港就是位處東經114°的經線、北緯22°的緯線之上。

「經、緯線」的概念源於西方，當傳入中國時，國人就用織布機上的「經」和「緯」作為譯名。

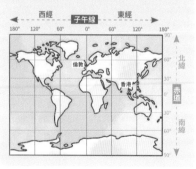

綃 粵siu1 消 普xiāo
名一種絲織品。白居易〈荔枝圖序〉：「膜如紫～。」（果肉外的薄膜好像紫色的**絲織品**。）

絹 粵gyun3 眷 普juàn
名一種柔軟的絲織品。周怡〈勉諭兒輩〉：「紗～一匹。」（一匹**柔軟的絲綢**。）

緋 粵fei1 飛 普fēi
形紅色，見頁227「色」字條欄目「文化趣談」。于謙〈村舍桃花〉：「露出～桃半樹花。」（露出了半棵樹的**紅色桃花**。）

維 粵wai4 圍 普wéi
❶動綁住、綁緊。元稹〈大觜烏〉：「花鷹架上～。」（長有花紋的鷹**綁住在架子上**。）❷〔維艱〕形十分艱難。朱用純〈朱子家訓〉：「恆念物力～。」（經常記住這些物資的產生是**十分艱難的**。）

綿 粵min4 眠 普mián
❶形微弱。班固《漢書・嚴朱吾丘主父徐嚴終王賈傳上》：「且越人～力薄材。」（況且越地的百姓力量**微弱**，才能淺薄。）❷名同「棉」，棉花。〈閔子騫童年〉（《敦煌變文集・孝子傳》）：「純衣以～。」（穿着用**棉花**縫製、不含雜質的衣服。）

綵 粵coi2 彩 普cǎi
名彩色的絲織品。田汝成〈西湖清明節〉：「而～妝傀儡。」（至於身穿**彩色絲織品**裝扮的木偶。）

綢 粵cau4 籌 普chóu
❶名絲織品。❷〔綢繆〕動修補。朱用純〈朱子家訓〉：「宜未雨而～。」（凡事應當先做好準備，就像還沒有下

雨就先**修補**房子。）

綴 ⓹zeoi3最 ⓹zhuì

❶勔縫合、連結。《戰國策·秦策》：「～甲厲兵。」（**縫合**盔甲，磨礪兵器。）❷勔點綴、裝飾。韓非〈買櫝還珠〉（《韓非子·外儲説左上》）：「～以珠玉。」（用珠寶和玉石來**點綴**盒子。）❸勔排列。范公偁〈名落孫山〉（《過庭錄》）：「山～榜末先歸。」（孫山的名字**排列**在金榜的最後，因而較早回鄉。）❹勔跟隨、追隨。宋濂〈送東陽馬生序〉：「～公卿之後。」（**跟隨**在高官的後面。）

綠 ⓹luk6六 ⓹lǜ

❶圸綠色，見頁227「色」字條欄目「文化趣談」。駱賓王〈詠鵝〉：「白毛浮～水。」（潔白的羽毛漂浮在**碧綠**的水上。）❷勔變成綠色。王維〈山中送別〉：「春草明年～。」（春天的草到明年會再次**變綠**。）❸勔把事物變綠。王安石〈泊船瓜洲〉：「春風又～江南岸。」（春天的風又再**吹綠**了長江以南的岸邊。）❹〔綠螘〕圂一種美酒名稱。白居易〈問劉十九〉：「～新醅酒。」（我剛剛釀造好的**綠螘酒**。）

緇 ⓹zi1之 ⓹zī

圸黑色，見頁227「色」字條欄目「文化趣談」。〈楊布打狗〉（《列子·説符》）：「衣～衣而反。」（穿上**黑色**的衣服，然後回家。）

緩 ⓹wun6換 ⓹huǎn

❶圸寬鬆。〈行行重行行〉（《古詩十九首》）：「衣帶日已～。」（衣服的腰帶已經日漸**寬鬆**。）❷圸緩慢。朱熹〈讀書有三到〉（《訓學齋規》）：「詳～看字。」（詳細、**緩慢**地閱讀文字。）

緣 ⓹jyun4圓 ⓹yuán

❶兦表示方向，相當於「順着」、「沿着」。柳宗元〈始得西山宴遊記〉：「～染溪。」（**沿着**染溪前行。）❷勔攀爬。《孟子·梁惠王上》：「猶～木而求魚也。」（就好像**攀爬**到樹上去找尋魚。）❸連表示原因，相當於「因為」。蘇軾〈題西林壁〉：「只～身在此山中。」（只是**因為**我自己處於這座山裏面。）❹兦表示對象，相當於「為」、「為了」。杜甫〈客至〉：「花徑不曾～客掃。」（那長滿花朵的小路，我從來沒有**為**客人打掃過。）

縣 ⓹jyun6願 ⓹xiàn

圂行政區域名稱，在「郡」、「省」之下，見頁275「郡」字條欄目「歷史趣談」。杜甫〈兵車行〉：「～官急索租。」（**縣**裏的官府急忙地向平民索取田租。）

縊 ⓹ai3翳 ⓹yì

勔上吊、吊死。紀昀〈曹某不怕鬼〉（《閱微草堂筆記·灤陽消夏錄一》）：「忽披髮吐舌作～鬼狀。」（忽然散開頭髮，吐出舌頭，變成**吊死**鬼的樣子。）

績 ⓹zik1積 ⓹jì

❶勔把麻搓成細線。范成大〈夏日田園雜興〉（其七）：「晝出耘田夜～麻。」（白天外出，到田裏除草；晚上回家，把麻**搓成線**。）❷圂成績、功績、戰績。《左傳·莊公十年》：「齊師敗～。」（齊國的軍隊打仗，**結果落敗**。）

縷 ⓹leoi5呂 ⓹lǚ

圂絲線。杜秋娘〈金縷衣〉：「勸君莫惜金～衣。」（我勸您不要愛惜用金色**絲線**編織而成的上衣。）

總 🔵zung2 腫 🔴zǒng
❶動總括、集合。劉安《淮南子·精神訓》：「萬物～而為一。」（所有事物集合起來，變成單一事物。）❷副全、都。朱熹〈春日〉：「萬紫千紅～是春。」（千千萬萬的紫色、紅色春花，到處都是春天的景致。）❸副總是。蘇軾〈飲湖上初晴後雨〉（其二）：「淡妝濃抹～相宜。」（不論是淡薄的打扮，還是濃豔的妝容，都總是合適的。）

縱 一🔵zung3 眾 🔴zòng
❶動放開。宋濂《燕書》：「曷不用狸擒鼠，而～豹捕獸哉？」（為甚麼不用貓去捉老鼠，反而放開獵豹去捕捉小動物呢？）❷動放縱、盡情。杜甫〈聞官軍收河南河北〉：「白日放歌須～酒。」（在燦爛的陽光下，我打開嗓子，盡情歌唱，還需要盡情喝酒。）❸連表示假設，相當於「縱使」、「即使」。杜甫〈兵車行〉：「～有健婦把鋤犁。」（即使有健壯的婦女拿起鋤頭和犁來耕種。）
二🔵zung1 忠 🔴zòng
形直、豎。東方朔《楚辭·沉江》：「不別橫之與～。」（不能辨別橫和直。）

繆 一🔵mau6 謀 🔴móu
〔綢繆〕見頁 204「綢」字條。
二🔵miu6 妙 🔴miào
名姓氏。司馬遷《史記·廉頗藺相如列傳》：「宦者令～賢曰。」（宦官頭目繆賢說。）

繒 🔵zang1 增 🔴zēng
名絲織品的總稱。白居易〈荔枝圖序〉：「殼如紅～。」（果殼好像紅色的絲織品。）

繭 🔵gaan2 揀 🔴jiǎn
名蠶繭，蠶蟲在變成蛹之前，吐絲所結成白色的橢圓形物體。《禮記·祭義》：「奉～以示于君。」（奉上蠶繭來展示給君王知道。）

繫 🔵hai6 系 🔴xì
❶動捆綁、綁住。司空曙〈江村即事〉：「釣罷歸來不～船。」（釣魚後回家，卻沒有綁好小船的纜繩。）❷動囚禁。歸有光〈歸氏二孝子傳〉：「緯以坐～。」（歸緯因為犯事而遭受囚禁。）❸動思念、懷念。司馬遷《史記·屈原賈生列傳》：「～心懷王。」（心裏想念楚懷王。）

繮 🔵goeng1 薑 🔴jiāng
名同「韁」，綁在馬頸上的繩子，即韁繩。〈閔子騫童年〉（《敦煌變文集·孝子傳》）：「數失～靮。」（多次拿不穩韁繩和靮帶。）

繳 一🔵zoek3 爵 🔴zhuó
❶名綁在箭尾的絲繩，方便收回射出後的箭。❷名箭。〈二子學弈〉（《孟子·告子上》）：「思援弓～而射之。」（想要拿起弓箭，並且射下牠。）
二🔵giu2 矯 🔴jiǎo
動纏繞。李時珍《本草綱目·百病主治藥》：「～腳布。」（纏繞腳部的布匹。）

纍 🔵leoi5 裏 🔴léi
形重疊、一個接一個。〈十五從軍征〉：「松柏冢～～。」（那裏長滿了松樹和柏樹，樹下就是一個接一個的墳墓。）

纖 🔵cim1 簽 🔴xiān
形纖細、細小。張若虛〈春江花月夜〉：「江天一色無～塵。」（江水、天空變成同一種顏色，沒有微小的灰塵。）

缶 部

這是「缶」的甲骨文寫法，就好像一個器皿，上面還有着一個蓋子。的確，「缶」就是一種用陶土或金屬做的器皿。從「缶」部的文字，一般都跟器皿有關。

缶　　　　缽　　　　罇　　　　罍

缶 🔊fau2 否 🔊fǒu
名用陶土或金屬做的器皿，一般用來盛酒。朱用純〈朱子家訓〉：「瓦〜勝金玉。」(**陶土做的器皿**，也會比金屬、玉石做的更好。)

缺 🔊kyut3 決 🔊quē
❶**形**殘缺、崩缺。劉安《淮南子·說林訓》：「陶者用〜盆。」(陶器工人使用**崩缺**的盆子。)❷**動**虧缺、殘缺。蘇軾〈水調歌頭〉：「月有陰晴圓〜。」(月兒總有昏暗、明亮、圓滿、**虧缺**的時候。)

缽 🔊but3 撥 [3 聲] 🔊bō
名盛放飯菜或其他東西用的圓形器具。彭端淑〈為學一首示子姪〉：「吾一瓶一〜足矣。」(我只需要一個盛水的瓶子和一個盛飯的**缽子**就足夠了。)

罇 🔊zeon1 樽 🔊zūn
名同「樽」，一種盛酒用的器具，像瓶子。杜牧〈贈別〉(其二)：「惟覺〜前笑不成。」(只是覺得在**酒瓶**之前笑不出聲。)

罍 🔊leoi4 雷 🔊léi
❶**名**盛酒用的器具，小口而兩耳。《詩經·卷耳》：「我姑酌彼金〜。」(我姑且斟滿青銅做的**酒罍**。)❷〔食罍〕見頁302「食」字條。

网　部

這是「网」的甲骨文寫法，就好像一張張開了的網，中間交疊的筆畫，就像繩網交織的模樣。「网」就是「網」的最初寫法，本指捕捉魚蝦或鳥獸的網。從「网」部的字，大多跟「網」有關，譬如：罔（捕捉鳥獸的網）、罰（用網捉住罪人）、羅（捕鳥用的網）等。

罔 ●mong5 網　●wǎng
❶名捕獵用的網。《莊子‧逍遙遊》：「死於～罟。」（在網中死去。）❷形同「惘」，迷惘。《論語‧為政》：「學而不思則～。」（只顧學習卻不思考，就會十分迷惘。）

置 ●zi3 志　●zhì
❶動放置、擺放。〈杯弓蛇影〉（《晉書‧樂廣傳》）：「復～酒於前處。」（再一次把酒放置在之前的同一地方。）❷動棄置。〈愚公移山〉（《列子‧湯問》）：「且焉～土石？」（況且要把泥土和石塊棄置到哪裏去呢？）❸動購買。韓非〈鄭人買履〉（《韓非子‧外儲説左上》）：「鄭人有且～履者。」（鄭國有一個將要購買鞋子的人。）❹動籌辦。班固〈曲突徙薪〉（《漢書‧霍光金日磾傳》）：「於是殺牛～酒。」（主人於是宰殺牛隻、籌辦酒席。）

罰 ●fat6 佛　●fá
動懲罰。李白〈春夜宴從弟桃花園序〉：「～依金谷酒數。」（依據古人在金谷園罰飲酒的數量來懲罰。）

罷 ●baa6 吧　●bà
❶動結束。韓非〈鄭人買履〉（《韓非子‧外儲説左上》）：「市～。」（市集結束了。）❷動做完某件事，可以用「後」來表示。司空曙〈江村即事〉：「釣～歸來不繫船。」（釣魚後回家，卻沒有綁好小船的纜繩。）❸動罷免、解除職務。司馬遷《史記‧魏其武安侯列傳》：「乃～逐趙綰、王臧等。」（於是將趙綰、王臧等人罷免和趕走。）

羅 ●lo4 鑼　●luó
❶名羅網、捕鳥用的網。曹植〈野田黃雀行〉：「不見籬間雀，見鷂自投～？」（你看不見籬笆之間的黃雀，碰見鷂鳥後馬上逃跑，卻自行跌入羅網裏？）❷名絲織品。杜牧〈秋夕〉：「輕～小扇撲流螢。」（拿着一把輕巧的絲質小搖扇，撲打飛舞的螢火蟲。）❸動羅列、分佈。陶潛〈歸園田居〉（其一）：「桃李～堂前。」（桃樹、李樹分佈在大廳的前面。）

羊　部

　　這是「羊」的甲骨文寫法，可以看到上部有一雙羊角，它的本義就是「羊」。居住在中國西南部的少數民族——瑤族，在祭祀神犬「盤瓠（讀〔互〕，hù）」時會拿起羊角，模仿野羊的動作來跳舞，以祈求子孫繁衍不息，這傳統一直流傳到現在。故此從「羊」部的字，除了跟「羊」這種動物有關，也帶有美善吉祥的意思。

羌　🔊goeng1薑　🔊qiāng
名西北少數民族名稱，分佈在今天青海省、甘肅省、四川省一帶。王之渙〈涼州詞〉（其一）：「～笛何須怨楊柳？」（為甚麼一定要用羌族的笛子吹出曲子〈折楊柳〉，埋怨春天遲遲不來？）

歷史趣談
中原人眼中的外族

　　這是「羌」的甲骨文寫法，由上面的「羊」和下面的「人」組成。有人說「羌」是遊牧民族，以牧羊為生，也有人說他們喜歡將羊角作為頭飾，故此中原人將「羊」、「人」合一，寫成「羌」字。

　　在古代，中原（今天河南省一帶）人以「華夏文明」自居，對四方外族加以輕視，甚至替外族起名時，都會配上與動物有關的部首。

　　譬如「貊」（讀〔麥〕，mò）族位處今天的遼寧、吉林省，「貊」從「豸」（讀〔自〕，zhì）部，而「豸」是爬蟲類動物的總稱。

　　南面的外族有許多，中原人把它們統稱為「蠻」。「蠻」從「虫」部，「虫」的本義是毒蛇。有人說南方多毒蛇，也有人說「南蠻」人兇殘如毒蛇，故此用「虫」表示。

　　北方的外族也有不少，統稱為「狄」（讀〔敵〕，dí）。「狄」從「犬」部，而「犬」就是狗。有人說遠古的中原人看不起「狄」人，認為他們是狗，因此就以「犬」為部首。

美 ⓿mei5 尾 ⓿měi
❶**形** 美麗、漂亮。〈東施效顰〉（《莊子·天運》）：「彼知顰～而不知顰之所以～。」（她只知道皺眉頭很漂亮，卻不知道皺眉頭很漂亮的原因。）❷**形** 英俊。〈鄒忌諷齊王納諫〉（《戰國策·齊策》）：「我孰與城北徐公～？」（我跟着城北面的徐先生，哪一個較英俊？）❸**動** 覺得別人漂亮、英俊。〈東施效顰〉（《莊子·天運》）：「其里之醜人見而～之。」（這條村子裏的一個醜陋的人看到了，就覺得她這樣做很漂亮。）❹**動** 讚美。韓非《韓非子·五蠹》：「今有～堯、舜、湯、武、禹之道於當今之世者，必為新聖笑矣。」（假如在現今的世代有讚美堯帝、舜帝、商湯、周武王、夏禹治國方法的人，一定被當代的君王取笑。）❺**形** 優美。陶弘景〈答謝中書書〉：「山川之～。」（山嶺和河流的優美。）❻**名** 優點。韓愈〈雜説〉（四）：「才～不外見。」（才能和優點都不能展現出來。）❼**形** 上好、上等。王翰〈涼州詞〉（其一）：「葡萄～酒夜光杯。」（上好的葡萄酒盛滿了會在晚上發光的酒杯裏。）

善 ⓿sin6 膳 ⓿shàn
❶**形** 美好、優勝。《論語·述而》：「擇其～者而從之。」（選擇他優秀的地方，並且學習他。）❷**形** 完善。〈大學之道〉（《禮記·大學》）：「在止於至～。」（在於達到德行最完善的境界。）❸**副** 好好。司馬遷《史記·蘇秦列傳》：「齊～待之。」（齊國好好對待他。）❹**形** 善良。《三字經》：「人之初，性本～。」（人剛剛出生的時候，品性本來是善良的。）❺**名** 善行、好事。荀況〈勸學〉（《荀子》）：「積～成德。」（積累善行養成美德。）❻**動** 善於、擅長、精通。〈二子學弈〉（《孟子·告子上》）：「弈秋，通國之～弈者也。」（弈秋，是

全國最擅長下棋的人。）

義 ⓿ji6 異 ⓿yì
❶**名** 道義。劉義慶〈荀巨伯遠看友人疾〉（《世說新語·德行》）：「敗～以求生。」（敗壞道義來求取性命。）❷**動** 稱讚對方有道義。〈岳飛之少年時代〉（《宋史·岳飛傳》）：「父知而～之。」（父親知道後，就稱讚他有道義。）❸**名** 意義、道理。劉義慶〈白雪紛紛何所似〉（《世說新語·言語》）：「與兒女講論文～。」（和子姪講解和討論文章的道理。）❹**名** 指通過拜認而結成的親屬關係。羅貫中《三國演義·第三回》：「布請拜為～父。」（請讓呂布我拜您為義父。）❺〔義興〕**名** 地名，即今天的江蘇省宜興市。劉義慶〈周處除三害〉（《世說新語·自新》）：「又～水中有蛟。」（同時，義興的河裏有蛟龍。）

羣 ⓿kwan4 裙 ⓿qún
❶**形** 眾多。杜甫〈客至〉：「但見～鷗日日來。」（只看見眾多鷗鳥每天飛來。）❷**量** 一羣、一批。沈括〈摸鐘〉（《夢溪筆談·權智》）：「引～囚立鐘前。」（帶領那批囚犯，在吊鐘前面站立。）❸**副** 成羣。屈原《楚辭·懷沙》：「邑犬之～吠兮！」（城邑中的狗隻成羣吠叫喲！）❹**形** 所有。〈鄒忌諷齊王納諫〉（《戰國策·齊策》）：「～臣吏民。」（所有官員和平民。）

羹 ⓿gang1 庚 ⓿gēng
名 用肉或菜調煮成的濃湯。曹植〈七步詩〉（《世說新語·文學》）：「煮豆持作～。」（烹調豆子，用來製作湯羹。）

羸 ⓿leoi4 雷 ⓿léi
形 身體瘦弱、孱弱。方苞〈弟椒塗墓誌銘〉：「體素～。」（身體一向孱弱。）

羽 部

這是「羽」的甲骨文寫法，非常像一根羽毛，它的本義就是「羽毛」。後來由一根羽毛增至兩根，同時又簡化了筆畫，演變成今天「羽」的寫法。羽毛是雀鳥獨有的身體特徵，因此從「羽」部的文字，一般都跟雀鳥、羽毛有關，譬如：「翁」的本義是雀鳥頸部的羽毛，「習」本來是指雀鳥不斷學習飛翔，「翠」本來是指一種長有青綠色羽毛的雀鳥。

羽 🔊jyu5宇 🔊yǔ
❶名羽毛。白居易〈燕詩〉：「一旦～翼成。」（有一天，小燕子的**羽毛**、翅膀長成了。）❷名雀鳥。李白〈春夜宴從弟桃花園序〉：「飛～觴而醉月。」（用**鳥形**酒杯飛快地飲酒，醉倒在月光下。）❸〔羽翠〕名翡翠，一種綠色的寶石。韓非〈買櫝還珠〉（《韓非子·外儲說左上》）：「飾以玫瑰，輯以～。」（用玫瑰石和**翡翠**來裝飾。）

羿 🔊ngai6藝 🔊yì
名「后羿」的簡稱，傳說中射下九個太陽的人。李白〈古朗月行〉：「～昔落九烏。」（從前，**后羿**射下了九個太陽。）

翁 🔊jung1喁 🔊wēng
❶名男性老人、老先生。柳宗元〈江雪〉：「孤舟蓑笠～。」（船上有一個身披蓑衣、頭戴笠帽的**老先生**。）❷名父親。陸游〈示兒〉：「家祭無忘告乃～。」（家中舉行祭祀時，不要忘記把這個好消息告訴你們的**父親**！）❸名家翁，丈夫的父親。蒲松齡《聊齋誌異·小翠》：「此爾～姑。」（這是你**丈夫的父親**和母親。）

習 🔊zaap6雜 🔊xí
❶動學習。〈岳飛之少年時代〉（《宋史·岳飛傳》）：「誦～達旦不寐。」（誦讀、**學習**書本內容，直到日出也不睡覺。）❷動複習。《論語·學而》：「學而時～之。」（學會並且經常**複習**知識。）❸名習慣。《三字經》：「性相近，～相遠。」（小孩的品性本來很接近，卻因為後天的行為**習慣**，差距越來越大。）❹動習慣做某件事。司馬光〈訓儉示康〉：「家人～奢已久。」（家裏的人**習慣**奢侈的生活已經有一段長時間。）

翠 🔊ceoi3脆 🔊cuì
❶形翠綠色，見頁227「色」字條欄目「文化趣談」。杜甫〈絕句〉（其三）：「兩個黃鸝鳴～柳。」（兩隻黃鸝在**翠綠**的柳樹間鳴叫。）❷〔羽翠〕見頁211「羽」字條。❸形華麗。王昌齡〈閨怨〉：「春日凝妝上～樓。」（在春天的日子裏，她精心打扮，登上**華麗**的樓閣。）

翩 🔊pin1偏 🔊piān
動輕快地飛。白居易〈燕詩〉：「～～雄與雌。」（燕子父親和母親**輕快地飛翔**。）

老 部

這是「老」的甲骨文寫法，好像一位長滿頭髮、駝背的老人，正在撐着拐杖走路。「老」的本義就是長者、老人。從「老」部的字，一般都跟老人、長輩有關。

老

〔粵〕lou5 魯 〔普〕lǎo

❶ 名 長者、老人、長輩。《孟子·梁惠王上》：「老吾～。」（照顧自己的**長輩**。）❷ 動 照顧（長輩）。《孟子·梁惠王上》：「～吾老。」（**照顧**自己的長輩。）❸ 形 年老。〈長歌行〉：「～大徒傷悲。」（到**年老**時就只能白白傷心。）❹ 形 時間久遠。杜甫〈江村〉：「～妻畫紙為棋局。」（**相伴多年**的妻子，在紙張上畫了畫，就成為了棋盤。）❺ 形 陳舊。歸有光〈項脊軒志〉：「百年～屋。」（超過一百年的**陳舊**屋子。）❻ 形 經驗豐富。《論語·子路》：「吾不如～農。」（我比不上**經驗豐富**的農夫。）❼ 助 加在動物名稱之前，並沒有實際意思，語譯時可以保留。曹鄴〈官倉鼠〉：「官倉～鼠大如斗。」（官府糧倉裏的**老**鼠，肥大得猶如舀米用的勺子。）

考

〔粵〕haau2 巧 〔普〕kǎo

❶ 名 稱已過身的父親。屈原《楚辭·離騷》：「朕皇～日伯庸。」（我那偉大卻**已過身的父親**叫做伯庸。）❷ 形 年老、長壽。蘇軾〈屈原塔〉：「何必較～折？」（為甚麼一定要計較**長壽**還是死亡？）

者

〔粵〕ze2 姐 〔普〕zhě

❶ 代 相當於「……的人」。劉向〈孫叔敖埋兩頭蛇〉（《新序·雜事一》）：「吾聞見兩頭之蛇～死。」（我聽聞看見兩頭蛇**的人**會死去。）❷ 代 相當於「……的事情」。〈鄒忌諷齊王納諫〉（《戰國策·齊策》）：「雖欲言，無可進～。」（即使有人想進諫，也沒有可以說**的事情**。）❸ 代 相當於「……的物件」。《論語·述而》：「擇其善～而從之。」（選擇他優秀**的地方**，並且學習他。）❹ 助 用在判斷句式「……者，……也」裏，指明要說明的對象，沒有實際意思，不用語譯。李白〈春夜宴從弟桃花園序〉：「夫天地～，萬物之逆旅也。」（天空大地，是各種事物的旅舍。）

耆

〔粵〕kei4 旗 〔普〕qí

❶ 形 年老。❷ 名 專指六十歲的老人。《禮記·曲禮上》：「六十日～。」（六十歲的老人叫做「**耆**」。）

而 部

這是「而」的甲骨文寫法，描繪了一撮長長的鬍鬚。「而」的本義就是鬍鬚，後來「而」被借來用作連詞，而且一借不還，結果人們漸漸忘記「而」的本義，只知道它是一個用法甚多的連詞了。

而 　粵ji4 兒　普ér

❶ 連表示並列，相當於「一邊……一邊……」。韓非〈曾子殺豬〉（《韓非子·外儲説左上》）：「其子隨之～泣。」（她的兒子**一邊**跟隨着她，**一邊**哭泣。）**❷** 連表示並列，相當於「同時」、「……的時候」。〈鷸蚌相爭〉（《戰國策·燕策》）：「蚌方出曝，～鷸啄其肉。」（一隻蚌正在出來曬太陽，**同時**，一隻鷸鳥飛來啄食蚌的肉。）**❸** 連表示並列，相當於「並且」、「和」。劉向〈孫叔敖埋兩頭蛇〉（《新序·雜事一》）：「見兩頭蛇，殺～埋之。」（看見一條兩頭蛇，於是殺死**並且**埋掉牠。）**❹** 連表示承接，相當於「然後」。韓非〈買櫝還珠〉（《韓非子·外儲説左上》）：「鄭人買其櫝～還其珠。」（一個鄭國人卻只是買了那個盒子，**然後**把那顆珍珠退還。）**❺** 連表示承接，相當於「於是」、「就」、「那麼」。〈鄒忌諷齊王納諫〉（《戰國策·齊策》）：「忌不自信，～復問其妾曰。」（鄒忌不相信自己比徐先生英俊，**於是**再問他的妾侍説。）**❻** 連表示承接，不用語譯。劉義慶〈荀巨伯遠看友人疾〉（《世説新語·德行》）：「遂班軍～還。」（最終帶領軍隊回國。）**❼** 連表示遞進，相當於「而且」。荀況〈勸學〉（《荀子》）：「鍥～不

舍。」（努力雕刻**而且**不放棄。）**❽** 連表示因果，相當於「因此」、「因而」。〈染絲〉（《墨子·所染》）：「子墨子言見染絲者～歎曰。」（墨子看見漂染絲綢的人，**因而**感歎地説。）**❾** 連表示轉折，相當於「可是」、「卻」。韓非〈鄭人買履〉（《韓非子·外儲説左上》）：「至之市～忘操之。」（等到前往市集，**卻**忘記攜帶尺碼。）**❿** 連表示轉折，相當於「反而」。歐陽修〈家誡〉：「捨君子～為小人。」（放棄成為品格高尚的人，**反而**成為品格卑下的人。）**⓫** 連表示目的，相當於「來」、「去」。〈狐假虎威〉（《戰國策·楚策》）：「虎求百獸～食之。」（老虎尋覓各種野獸**來**吃掉牠們。）**⓬** 名當中。劉義慶〈周處除三害〉（《世説新語·自新》）：「義興人謂為『三橫』，～處尤劇。」（義興的平民稱呼他們做「三大禍害」，**當中**周處尤其嚴重。）**⓭** 副才。朱用純〈朱子家訓〉：「毋臨渴～掘井。」（不要到了口渴時**才**挖掘水井。）**⓮** 副竟然。劉義慶〈荀巨伯遠看友人疾〉（《世説新語·德行》）：「汝何男子，～敢獨止？」（你是甚麼人，**竟然**敢獨自在這裏逗留？）**⓯**〔俄而〕見頁16「俄」字條。**⓰**〔既而〕見頁121「既」字條。

耒 部

這是「耒」的金文寫法。它的本義是一種翻鬆泥土用的農具，有着上部的手柄，還有下部分叉的部件，就是用來翻開泥土、剗走雜草的。「耒」是古代的耕作工具，因此從「耒」部的字，基本上都跟**耕作有關**。

耒 粵leoi6 類　普lěi

名 翻鬆泥土用的農具，見頁165「犁」字條欄目「文化趣談」。韓非〈守株待兔〉（《韓非子・五蠹》）：「因釋其～而守株。」（因而放下他的**翻土農具**，然後在樹根旁邊守候。）

耒

耕 粵gaang1 加撐［1 聲］　普gēng

❶**動** 翻鬆泥土。李綱〈病牛〉：「～犁千畝實千箱。」（**翻鬆**千畝農田的**泥土**，裝滿千座糧倉的穀物。）❷**動** 耕田，泛指種植農作物。韓非〈守株待兔〉（《韓非子・五蠹》）：「宋人有～者。」（宋國有一個**耕田**的人。）

耘 粵wan4 雲　普yún

動 除草。范成大〈夏日田園雜興〉（其七）：「晝出～田夜績麻。」（白天外出，到田裏**除草**；晚上回家，把麻搓成線。）

耳 部

這是「耳」的甲骨文寫法，幾乎跟今天我們繪畫的耳朵沒有分別，可以清楚看到耳朵的耳輪、耳垂、外耳門，「耳」的本義就是「耳朵」。耳朵的功能是聆聽聲音，故此從「耳」部的字，大多跟耳朵或聆聽有關，譬如「聊」的本義是「耳鳴」，「聖」的本義是「聽聞」。

耳　^粵ji5 以　^普ěr

❶**名**耳朵。〈鄒忌諷齊王納諫〉（《戰國策‧齊策》）：「聞寡人之～者。」（傳到我**耳朵**中的人。）❷**助**表示肯定的語氣，相當於「了」。陳仁錫〈鐵杵磨針〉（《史品赤函》）：「功到自然成～。」（肯付出苦功，自然會成功**了**。）❸**助**表示限制的語氣，相當於「而已」、「罷了」。韓非〈曾子殺豬〉（《韓非子‧外儲說左上》）：「特與嬰兒戲～。」（只是跟孩子開玩笑**而已**。）❹**助**表示疑問的語氣，相當於「嗎」、「呢」。歸有光〈歸氏二孝子傳〉：「在外作賊～？」（在外面做盜賊**嗎**？）

耶　^粵je4 爺　^普yé

❶**助**表示疑問或反問的語氣，相當於「呢」、「嗎」。錢泳〈要做則做〉（《履園叢話》）：「凡事做則會，不做則安能會～？」（任何事情，只要去做就會懂得，不去做又怎麼能夠懂得**呢**？）❷**名**同「爺」，父親。杜甫〈兵車行〉：「～孃妻子走相送。」（**父親**、母親、妻子和兒女奔跑來送行。）

聊　^粵liu4 療　^普liáo

❶**動**憑藉、依賴、寄託。歸有光〈項脊軒志〉：「余久臥病無～。」（我長時間躺在牀上養病，沒有甚麼**寄託**。）❷**副**姑且、暫且。文嘉〈今日歌〉：「為君～賦〈今日詩〉。」（為了您，我**姑且**創作了這首〈今日詩〉。）

聖　^粵sing3 性　^普shèng

❶**形**通達事理。邯鄲淳〈截竿入城〉（《笑林》）：「吾非～人也。」（我不是**通達事理**的人。）❷**名**聖人，通達事理的人。荀況〈勸學〉（《荀子》）：「～心備焉。」（具備**聖人**的心性了。）

聚　^粵zeoi6 罪　^普jù

❶**動**集合、聚集。〈愚公移山〉（《列子‧湯問》）：「～室而謀曰。」（**集合**家人來商量說。）❷**動**儲存、堆積。邯鄲淳〈漢世老人〉（《笑林》）：「～斂無厭。」（把錢財沒有節制地**儲存**起來。）❸**動**邀請。陶潛〈雜詩〉（其一）：「斗酒～比鄰。」（只有一斗酒，也要**邀請**身邊的鄰居共飲。）

聞

🔵man4 民　🔴wén

❶動聽見。孟浩然〈春曉〉:「處處～啼鳥。」(到處可以**聽見**小鳥的鳴叫聲。)❷動聽聞、聽說。劉向〈孫叔敖埋兩頭蛇〉(《新序·雜事一》):「吾～見兩頭之蛇者死。」(我**聽聞**看見兩頭蛇的人會死去。)❸動知道。劉向〈葉公好龍〉(《新序·雜事五》):「於是夫龍～而下之。」(由於他這麼喜歡龍,真的龍**知道**了,就下凡到葉公家裏。)❹動傳到。〈鄒忌諷齊王納諫〉(《戰國策·齊策》):「～寡人之耳者。」(**傳到**我耳朵中的人。)❺名知識。宋濂〈送東陽馬生序〉:「卒獲有所～。」(最終還是可以獲得**知識**。)

聲

🔵sing1 升　🔴shēng

❶名聲音。王維〈畫〉:「近聽水無～。」(靠近地聽,畫中的河流沒有**聲音**。)❷名叫聲。李白〈早發白帝城〉:「兩岸猿～啼不住。」(長江兩旁岸邊猿猴的**叫聲**沒有停過。)❸名音樂。司馬遷《史記·廉頗藺相如列傳》:「趙王竊聞秦王善為秦～。」(趙王私下聽聞秦王擅長彈奏秦國**音樂**。)❹名樂曲。王昌齡〈從軍行〉(其二):「琵琶起舞換新～。」(琵琶隨着起動的舞姿,翻出新的**樂曲**。)❺名心聲。〈高山流水〉(《列子·湯問》):「吾於何逃～哉?」(我還可以怎樣隱藏自己的**心聲**呢?)❻名聲望、名聲。司馬遷〈報任少卿書〉:「～聞鄰國。」(**聲望**傳到鄰近國家。)

聰

🔵cung1 匆　🔴cōng

❶形聽力靈敏。劉安《淮南子·本經訓》:「耳～而不以聽。」(耳朵**聽力靈敏**,卻不是用來聆聽。)❷形聰明、有智慧。班固《漢書·宣元六王傳》:「～達有材。」(**聰明**、通達事理,而且有才華。)

聳

🔵sung2 慫　🔴sǒng

動高起、豎起。宋濂〈束氏狸狌〉:「狸狌見鼠雙耳～。」(野貓看見老鼠兩隻耳朵**豎起**。)

職

🔵zik1 即　🔴zhí

〔同職〕見頁46「同」字條。

聽

一🔵ting1 亭 [1聲] /teng1 廳　🔴tīng

❶動聆聽、聽見。王維〈畫〉:「近～水無聲。」(靠近地**聽**,畫中的河流沒有聲音。)❷動聽從。韓非〈曾子殺豬〉(《韓非子·外儲說左上》):「～父母之教。」(**聽從**父親和母親的教導。)

二🔵ting3 亭 [3聲]　🔴tīng

動辦理、治理。〈杯弓蛇影〉(《晉書·樂廣傳》):「於時河南～事壁上有角。」(在那個時候,河南府**辦理**公事大廳的牆壁上,有一把角弓。)

聿 部

「聿」讀〔wat6核〕(yù)，本義是「筆」，這是它的甲骨文寫法：右上角的部件是一隻「手」，正拿着左邊的部件「筆」，而左下的部件則清楚描繪出筆頭的細毛。不過，從「聿」部的字，都跟「筆」沒有關係。

肆 ⊜si3嗜 ⊜sì
❶**動**用盡。干寶〈董永賣身〉（《搜神記・第一卷》）：「～力田畝。」（用盡力氣在田地工作。）❷**動**縱情。韓愈〈柳子厚墓誌銘〉：「自～於山水間。」（自行在大自然之間縱情遊覽。）❸**名**店鋪。司馬光〈訓儉示康〉：「奈何飲於酒～?」（為甚麼在酒鋪裏喝酒?）

肅 ⊜suk1叔 ⊜sù
❶**形**恭敬。《左傳・僖公二十三年》：「其從者～而寬。」（他的隨從表現恭敬、寬仁。）❷**形**嚴肅。沈括〈摸鐘〉（《夢溪筆談・權智》）：「禱鐘甚～。」（向吊鐘禱告，十分嚴肅。）❸**形**肅靜、寧靜。酈道元《水經注・江水》：「林寒澗～。」（樹林和溪澗既寒冷又寧靜。）❹**擬**風吹動草木的聲音。方苞〈弟椒塗墓誌銘〉：「風聲～然。」（風發出草木被吹的聲音。）

肉 部

　　「肉」的本義是動物的肉。上圖是「肉」的甲骨文寫法，可是由於看起來不像一塊肉，後人於是多加兩畫，寫成下圖的「夕」，來表達肉塊中的紋理。可是，「夕」容易與「月」字混淆，後人於是再增加筆畫，寫成今天的「肉」字。當「肉」用作偏旁時，才寫回「月」。

　　從「肉」部的字，一般都跟身體、內臟有關，譬如「肯」本來是指依附在骨頭上的肉，「胡」本來是指牛隻下巴垂下來的肉。

肉 〔粵〕juk6 育 〔普〕ròu
❶〔名〕動物的肉。〈鷸蚌相爭〉(《戰國策‧燕策》)：「蚌方出曝，而鷸啄其～。」(一隻蚌正在出來曬太陽，同時，一隻鷸鳥飛來啄食蚌的**肉**。) ❷〔骨肉〕見頁307「骨」字條。 ❸〔名〕瓜果類植物去除外皮、外殼、果核後可供食用的部分。白居易〈荔枝圖序〉：「瓤～瑩白如冰雪。」(**果肉**晶瑩潔白，好像冰雪。)

肝 〔粵〕gon1 竿 〔普〕gān
❶〔名〕人類或動物的肝臟。 ❷〔心肝〕見頁99「心」字條。

肯 〔粵〕hang2 亨 [2聲] 〔普〕kěn
❶〔動〕允許、答應。杜甫〈客至〉：「～與鄰翁相對飲。」(如果你**允許**我邀請隔壁的老先生一同飲酒。) ❷〔動〕願意。〈鷸蚌相爭〉(《戰國策‧燕策》)：「兩者不～舍。」(牠們兩個不**願意**罷休。)

肥 〔粵〕fei4 淝 〔普〕féi
❶〔形〕動物肥胖、肥大。白居易〈燕詩〉：「母瘦雛漸～。」(燕子母親變得消瘦，小燕子卻逐漸**肥大**起來。) ❷〔形〕飽滿。范成大〈夏日田園雜興〉(其一)：「梅子金黃杏子～。」(梅子金黃、杏子**飽滿**。)

胡 〔粵〕wu4 湖 〔普〕hú
❶〔名〕外族。劉義慶〈荀巨伯遠看友人疾〉(《世說新語‧德行》)：「值～賊攻郡。」(遇上**外族**敵軍攻打郡城。) ❷〔代〕甚麼。班固《漢書‧蕭何曹參傳》：「相國～大罪？」(宰相犯上了**甚麼**極大的罪行？) ❸〔代〕為甚麼。陶潛〈歸去來辭〉：「田園將蕪～不歸？」(農田和菜園快要荒蕪了，**為甚麼**還不回來？)

背 一〔粵〕bui3 貝 〔普〕bèi
❶〔名〕背脊。〈岳飛之少年時代〉(《宋史‧岳飛傳》)：「撫其～曰。」(撫摸他的**背脊**說。) ❷〔動〕背棄、背離。白居易〈燕詩〉：「～叟逃去。」(**背棄**老人家逃走離開。)

二〔粵〕bui6 焙　〔普〕bèi
〔動〕背誦。陳壽《三國志・王粲傳》:「因使～而誦之。」(因此叫他**背誦**出來。)

能〔粵〕nang4　〔普〕néng
❶〔動〕能夠、可以。〈折箭〉(《魏書・吐谷渾傳》):「延不～折。」(慕利延不**能夠**折斷。)❷〔名〕才能、能力。韓愈〈雜說〉(四):「雖有千里之～。」(即使有日走千里的**能力**。)❸〔動〕擅長、善於。陶弘景〈答謝中書書〉:「未復有～與其奇者。」(再也沒有**擅長**欣賞這奇麗景色的人。)

脩〔粵〕sau1 羞　〔普〕xiū
❶〔名〕乾肉。《論語・述而》:「自行束～以上。」(親自奉上一束**乾肉**給我。)❷〔形〕同「修」,長、高、遠。〈鄒忌諷齊王納諫〉(《戰國策・齊策》):「鄒忌～八尺有餘。」(鄒忌**身高**八尺多一點。)

文化趣談
給孔子的學費

今天,我們會用現金來繳付學費,那麼古時拜孔子為師的學費是甚麼呢?那就是乾肉了。

在《論語・述而》中,孔子說:「自行束脩以上,吾未嘗無誨焉。」意指只要有學生親自奉上一束(約十條)乾肉給孔子,孔子自然會教導他。脩,就是乾肉,類似今天的臘肉。

那麼為甚麼是乾肉呢?有人說,「束脩」是古人的見面禮,同樣,學生拜師,跟老師第一次見面,自然也要奉上見面禮,用乾肉作為學費;也有人說,「脩」與「修」同音,「修」可以解作「修學」,用「脩」作為學費,就是要告訴孔子:自己會勤於修學,不會辜負他的教導。

腰〔粵〕jiu1 邀　〔普〕yāo
❶〔名〕腰部。杜甫〈兵車行〉:「行人弓箭各在～。」(出征的士兵各自在**腰**間佩帶弓和箭。)❷〔動〕掛在腰上。柳宗元〈哀溺文序〉:「吾～千錢。」(我**在腰上掛上**了許多銅錢。)

膜〔粵〕mok6 莫　〔普〕mó
〔名〕動植物表面像薄皮的組織。白居易〈荔枝圖序〉:「～如紫綃。」(果肉外的**薄膜**好像紫色的絲織品。)

臣 部

「臣」今天解作「臣子」，可是「臣」的本義卻是跟眼睛有關。這是「臣」的甲骨文寫法：像人張大眼睛，眼珠大得突出到眼眶外，其本義就是「怒目而視」。後來有人認為作為臣子，應該用眼睛仔細觀察君王的言行，故此「臣」被借來解作「臣子」，而且一借不還了。

正因為「臣」的本義跟眼睛有關，因此**從「臣」部的字，基本上都跟眼睛有關**，譬如「卧」是指伏在桌上、閉目睡覺，「臨」是指從高處俯視眾人。

臣 ⓹san4 晨 ⓷chén

❶名臣子、大臣。〈鄒忌諷齊王納諫〉（《戰國策・齊策》）：「朝廷之～。」（朝廷上的**大臣**。）❷代臣子對君王的自稱，相當於「我」，見頁130「朕」字條欄目「文化趣談」。〈鄒忌諷齊王納諫〉（《戰國策・齊策》）：「～之妻私～。」（**我**的妻子偏愛**我**。）❸動臣服、服從。韓非《韓非子・五蠹》：「莫敢不～。」（沒有一個膽敢不**臣服**。）

卧 ⓹ngo6 餓 ⓷wò

❶動睡覺，見頁183「睡」字條欄目「辨字識詞」。柳宗元〈始得西山宴遊記〉：「～而夢。」（**睡着**後就做夢。）❷動倒下，見頁183「睡」字條欄目「辨字識詞」。王翰〈涼州詞〉（其一）：「醉～沙場君莫笑。」（酒醉後**倒下**在戰場上，您也不要取笑他們。）❸動躺着身子，見頁183「睡」字條欄目「辨字識詞」。杜牧〈秋夕〉：「～看牽牛織女星。」（**躺着身子**，觀賞牛郎星和織女星。）❹動隱

居。王維〈送別〉：「歸～南山陲。」（返回終南山的旁邊**隱居**。）

伏案

臨 ⓹lam4 林 ⓷lín

❶動俯視。阮籍〈詠懷詩〉（其六）：「登高～四野。」（登上高處，**俯視**四周的平地。）❷動面臨、面對。錢泳〈要做則做〉（《履園叢話》）：「後生家每～事。」（年輕人每當**面對**大事。）❸動走近。韓愈〈雜說〉（四）：「執策而～之。」（拿着馬鞭**走近**牠。）❹副正要、將要。孟郊〈遊子吟〉：「～行密密縫。」（兒子**將要**出行，母親把衣服縫補得十分緊密。）❺動到了。朱用純〈朱子家訓〉：「毋～渴而掘井。」（不要**到了**口渴時才挖掘水井。）

自 部

「自」最常用的字義就是「自己」，可是它本來解作「鼻子」。

這是「自」的甲骨文寫法，可以清楚看到鼻樑、鼻背、鼻頭、鼻翼，甚至是鼻子上的紋理。由於人提到自己時，經常會用手指着自己的鼻子，因此「自」後來被借來表示「自己」，同時人們另行創造「鼻」這個新字，來表示「鼻子」。雖然「自」的本義已經消失，可是**部分從「自」部的字都跟鼻子有關**，例如「臭」就是指猶如狗一樣靈敏的「嗅覺」。

自 ⟨粵⟩zi6 字 ⟨普⟩zì

❶名鼻子。❷代自己。朱用純〈朱子家訓〉：「～奉必須儉約。」（**自己**使用的物品，必須節儉簡單。）❸副親自。韓非〈鄭人買履〉（《韓非子・外儲說左上》）：「先～度其足而置之其坐。」（首先**親自**量度腳的尺碼，然後把尺碼放置在他的坐墊上。）❹〔手自〕見頁109「手」字條。❺形自由。杜甫〈江村〉：「～去～來梁上燕。」（橫樑上的燕子，**自由地**飛來飛去。）❻形隨意。韋應物〈滁州西澗〉：「野渡無人舟～橫。」（在荒野的渡頭，一隻沒有人的小船**隨意**漂浮。）❼〔自在〕形不受拘束。歐陽修〈畫眉鳥〉：「不及林間～啼。」（比不上牠們在樹林裏**不受拘束**地鳴叫。）❽副自然。王安石〈登飛來峯〉：「～緣身在最高層。」（**自然**是因為我自己位處塔最高的一層。）❾介表示起點，相當於「從」、「由」。《論語・學而》：「有朋～遠方來。」（有朋友**從**遙遠的地方前來。）

至 部

這是「至」的甲骨文寫法：上面是「矢」，是一枝朝下的箭；這枝箭下面的橫畫是指事符號，表示這枝箭所「到達」的地方，就好像在擲標槍比賽中，裁判員會用一條橫線來表示標槍「到達」的位置，因此「至」的本義就是「到達」。

從「至」部的字，大多跟「到達」有關，譬如「致」解作「送到」，「臻」解作「到達」等。

至 ^粵zi3 志　^普zhì
❶動到、到達。劉義慶〈荀巨伯遠看友人疾〉(《世說新語‧德行》)：「賊既～。」(敵軍已經來到。) ❷介表示終點，相當於「到」。曹操〈短歌行〉：「沉吟～今。」(到現在還在深切地唸着你們的名字。) ❸動等到。韓非〈鄭人買履〉(《韓非子‧外儲說左上》)：「～之市而忘操之。」(等到前往市集，卻忘記攜帶尺碼。) ❹〔以至〕見頁12「以」字條。 ❺〔比至〕見頁145「比」字條。 ❻形周到。宋濂〈送東陽馬生序〉：「禮愈～。」(禮貌就更加周到。) ❼副最。〈大學之道〉(《禮記‧大學》)：「在止於～善。」(在於達到德行最完善的境界。) ❽副非常、特別。沈括〈摸鐘〉(《夢溪筆談‧權智》)：「能辨盜～靈。」(可以辨認盜賊，特別靈驗。)

致 ^粵zi3 志　^普zhì
❶動致送、送到。〈庭中有奇樹〉(《古詩十九首》)：「路遠莫～之。」(距離遙遠，不能夠送給他們。) ❷動找到、取得。宋濂〈送東陽馬生序〉：「無從～書以觀。」(沒有方法找到書本來閱

讀。) ❸動集中。〈二子學弈〉(《孟子‧告子上》)：「其一人專心～志。」(其中一個人專一心思、集中意志地學習。) ❹名情趣。王羲之〈蘭亭集序〉：「其～一也。」(當中的情趣是一樣的。)

臺 ^粵toi4 颱　^普tái
❶名平臺，高而平、可供眺望四方的建築。杜牧〈江南春〉：「多少樓～煙雨中？」(有多少高樓和平臺屹立在風煙雲雨中？) ❷名桌子。張若虛〈春江花月夜〉：「應照離人妝鏡～。」(應該照耀着遊子的梳妝鏡子和桌子。) ❸〔瑤臺〕見頁169「瑤」字條。

 辨字‧識詞

台灣？臺灣！

「台」跟「臺」是兩個不同的字。那麼「台灣」和「臺灣」，哪一個才是正確的寫法？

「台」起初讀〔怡〕(yí)，是「怡」的最初寫法，也用作代詞，相當於「我」、「甚麼」；後來衍生出〔颱〕(tāi)這個讀音，一般用作地名，譬

如浙江省的「台州」和「天台山」。

　　至於「臺」，除了解作平臺、高臺，也用作「臺灣」這個地方的名稱。臺灣，在三國時期，稱為「夷洲」；在隋唐時代，稱為「流求」；到明朝末年，才出現「臺灣」之名。根據日本人幣原坦博士的〈臺灣名稱論〉所述，荷蘭人在 1624 年（明熹宗天啟四年）入侵臺南後，當地原住民「臺窩灣」族人紛紛遷移到內陸居住，並落地生根。這個部族的讀法為「Tai-ouan」，中文譯作「臺窩灣」，後來簡化為「臺灣」，並逐漸從部族名稱，成為全島的代稱。

　　《明史》一律只寫「臺灣」；至於《清史稿》，也只有一處作「台灣」。那麼「台」是甚麼時候與「臺」相通的？大抵在明朝後期。由於讀音相近、筆畫簡單，當時的人開始用「台」代替「臺」。譬如章回小說《金瓶梅》有「梳台」、「台基」、「庭台」等詞，都是以「台」通「臺」的。

　　由此可以推測，「臺灣」一名，始於明末，是正式的寫法；同時，人們將「台」、「臺」相通；到清朝後，更習非成是，逐漸把「臺灣」寫作「台灣」了。

「臺」是本字，「台」是通假字

臼　部

這是「臼」的小篆寫法。「臼」是把米粒搗碎並去除外皮的器具，中間下凹。左圖外圍的部件就是在描繪這種器具，中間的小點就是要搗碎的米粒。從「臼」部的字，只有小部分跟搗米器具有關，反而有不少字都跟雙手有關，譬如：與（用手給予）、興（用手舉起）、舉（用手舉起）。

臼　🔊kau5 舅　🔊jiù
名把米粒搗碎並去除外皮的器具。王充〈論衡〉：「舂之於～。」（把它放在臼裏，搗去外皮。）

石臼與木杵

臾　🔊jyu4 如　🔊yú
〔須臾〕見頁299「須」字條。

舅　🔊kau5 臼　🔊jiù
❶**名**舅父。《晉書・何無忌傳》：「何無忌，劉牢之之甥，酷似其～。」（何無忌，是劉牢之的外甥，跟他的**舅父**非常相似。）❷**名**家翁，尊稱丈夫的父親。〈苛政猛於虎〉（《禮記・檀弓下》）：「昔者吾～死於虎。」（從前我的**家翁**被老虎咬死。）

與　一🔊jyu5 宇　🔊yǔ
❶**動**給予、送給、授予。〈不貪為寶〉（《左傳・襄公十五年》）：「若以～我。」（如果你把這塊玉石**送給**我。）❷**介**表示對象，相當於「給」、「替」。〈鑿壁借光〉（《西京雜記・第二》）：「衡乃～其傭作而不求償。」（匡衡於是**替**他受僱工作卻不要求報酬。）❸**連**表示並列，相當於「和」、「跟」。〈狐假虎威〉（《戰國策・楚策》）：「故遂～之行。」（於是**和**狐狸一同步行。）❹〔孰與〕見頁70「孰」字條。❺**副**一起。蘇軾〈記承天寺夜遊〉：「念無～為樂者。」（想到沒有和我**一起**遊樂的人。）❻〔相與〕見頁182「相」字條。❼**副**一樣、同樣、同等。寇準〈詠華山〉：「更無山～齊。」（再沒有其他山跟它**一樣**高。）❽**動**結交。蘇洵〈六國論〉：「～嬴而不助五國也。」（**結交**秦國，卻不幫助其餘五個諸侯國。）❾**動**邀請。杜甫〈客至〉：「肯～鄰翁相對飲。」（如果你允許我**邀請**隔壁的老先生一同飲酒。）❿**動**等待。《論語・陽貨》：「歲不我～。」（時光不會**等待**我。）⓫**動**欣賞。陶弘景〈答謝中書書〉：「未復有能～其奇者。」（再也沒有擅長**欣賞**這奇麗景色的人。）

二🔊jyu6 預　🔊yù
❶**動**參與。司馬遷《史記・廉頗藺相如列傳》：「不肯～會。」（不願意**參加**朝會。）❷〔與〕**形**滿足。宋濂〈束氏狸狌〉：「食已～如也。」（吃完後，顯出一副**滿足**的樣子。）

三🔊jyu4 餘　🔊yú
❶**助**同「歟」，表示疑問的語氣，相當於「嗎」、「呢」。〈二子學弈〉（《孟子・告子上》）：「為是其智弗若～？」（是因為他的智力不能比得上前一個人**嗎**？）❷**助**同「歟」，表示感歎的語氣，相當於「啊」、「呢」。《孝經・諫諍》：「是何言～！」（這是甚麼說話**啊**！）

興　一🔊hing1 兄　🔊xīng
❶**動**起、起來。陶潛〈歸園田居〉（其三）：「晨～理荒穢。」（清早就**起來**清理野草。）❷**動**興起、出現。荀況〈勸學〉（《荀子》）：「風雨～焉。」（風雨就在這裏**興起**。）❸**形**興盛。諸葛亮〈出師表〉：「此先漢所以～隆也。」（這就是西漢能夠**興盛**、昌隆的原因。）❹〔義興〕見頁210「義」字條。

二🔊hing3 慶　🔊xìng
❶**形**高興。王勃〈滕王閣序〉：「～盡悲來。」（**高興**到極點，悲哀就來到。）❷**名**興致。紀昀〈曹某不怕鬼〉（《閱微草堂筆記・灤陽消夏錄一》）：「又此敗～物耶？」（又是這個破壞**興致**的東西嗎？）❸〔雜興〕見頁291「雜」字條。

舉　🔊geoi2 矩　🔊jǔ
❶**動**舉起。白居易〈燕詩〉：「～翅不回顧。」（小燕子**舉起**翅膀，不肯回頭看看父母。）❷**動**抬起。李白〈靜夜思〉：「～頭望明月。」（**抬起**頭來，看到皎潔的月亮。）❸**動**推薦、選拔。諸葛亮〈出師表〉：「是以眾議～寵為督。」（因此大家建議**推舉**向寵擔任都督。）❹**名**科舉考試的簡稱。范公偁〈名落孫山〉（《過庭錄》）：「赴～時。」（前

往應考**科舉**的時候。）❺形全、全部、整個。宋濂〈束氏狸狌〉：「～世之物。」（**整個**世界的事物。）

舊 ❶粵gau6 柩 ❷jiù
❶形陳舊。杜甫〈客至〉：「樽酒家貧只～醅。」（我家境貧窮，所以瓶子裏只有未經過濾的**舊**酒。）❷形以前、昔日。曹操〈短歌行〉：「心念～恩。」（心裏

一直想念着**昔日**的情誼。）❸形許久。杜甫〈兵車行〉：「新鬼煩冤～鬼哭。」（剛死的鬼魂感到愁煩冤屈，死了**許久**的鬼魂在哭泣。）❹形原來的。諸葛亮〈出師表〉：「還於～都。」（遷回**原來的**首都。）❺名老交情。陳壽《三國志・許靖傳》：「會稽太守王朗素與靖有～。」（會稽郡太守王朗一向跟許靖有**老交情**。）

舌　部

這是「舌」的甲骨文寫法，下面的部件「口」是嘴巴，上面的部件「丫」是舌頭，旁邊的數點是唾液，由此可知「舌」的本義就是**舌頭**。為甚麼那條舌頭是呈「丫」字形的？原來那是蛇舌。有別於其他動物，蛇舌是分叉的，非常典型，容易辨認，於是古人就用蛇舌來表示舌頭了。

　　部分從「舌」部的字，都跟「舌頭」有關，譬如：舐、舔。

舍 一粵se3 瀉 ❷shè
❶名房舍、屋子。杜甫〈客至〉：「～南～北皆春水。」（我所住**屋子**的南面和北面都是春天的溪水。）❷〔舍人〕名隨從、手下。〈畫蛇添足〉（《戰國策・齊策》）：「～相謂曰。」（**手下**們互相討論說。）❸〔客舍〕見頁72「客」字條。

二粵se2 寫 ❷shě
❶動同「捨」，放棄、捨棄。荀況〈勸學〉（《荀子》）：「功在不～。」（成功的原因取決於不肯**放棄**。）❷動同「捨」，停止。〈高山流水〉（《列子・湯問》）：「伯牙乃～琴而嘆曰。」（伯牙於是**停止**彈琴，讚歎地說。）❸動同「捨」，罷休。〈鷸蚌相爭〉（《戰國策・燕策》）：「兩者不肯～。」（牠們兩個不願意**罷休**。）

艮 部

「艮」讀〔gan3 斤〔3 聲〕〕(gèn)。這是「艮」的小篆寫法，上面的部件之所以是「目」，是因為「艮」本來是指怒目相視、互不相讓，後來「目」被錯寫作「日」，而成為今天的「艮」。從「艮」部的字，都已經跟「艮」的本義沒有關係了。

良 ⓹loeng4 梁 ⓹liáng
❶形 良好、優良。朱用純〈朱子家訓〉：「勿謀～田。」（不要謀求上好的農田。）❷形 善良。諸葛亮〈出師表〉：「此皆～實。」（這些人都是善良、忠實的。）❸副 真的、的確。李白〈春夜宴從弟桃花園序〉：「～有以也。」（的確是有道理的。）❹副 很、非常、十分。沈括〈摸鐘〉（《夢溪筆談・權智》）：「～久。」（很久之後。）

艱 ⓹gaan1 奸 ⓹jiān
❶形 艱辛、艱難。周怡〈勉諭兒輩〉：「若思得之～難。」（如果考慮到得到它們的艱辛困難。）❷〔維艱〕見頁204「維」字條。

色 部

這是「色」在秦漢時期楚國竹簡上的寫法，看起來不像「色」，反倒像「印」字。的確，這是「印」字最初的寫法——左上的部件是一隻手，右下的部件是一個跪下來的人，意指用手按壓着跪地的人。後來這個「印」字分化出另一個字——色，來表示臉色、氣色、顏色。

色 〔粵〕sik1式 〔普〕sè

❶ 名 臉色、面色。〈閔子騫童年〉(《敦煌變文集・孝子傳》)：「知騫有寒～。」(發現閔子騫露出寒冷的**面色**。) ❷ 名 神色、表情。〈疑鄰竊斧〉(《列子・說符》)：「顏～，竊斧也。」(面容和**神色**，好像偷了斧頭。) ❸ 形 和顏悅色。《論語・為政》：「～難。」(經常保持**和顏悅色**是十分難得的。) ❹ 名 顏色。王維〈送元二使安西〉：「客舍青青柳～新。」(旅館外青綠的柳樹，**顏色**變得清新了。) ❺ 名 光彩。劉方平〈月夜〉：「更深月～半人家。」(夜深了，月亮的**光彩**斜照着人們的半邊屋子。) ❻ 名 景色。蘇軾〈飲湖上初晴後雨〉(其二)：「山～空濛雨亦奇。」(雨天時，湖邊羣山**景色**模模糊糊，也很奇妙。) ❼ 名 種類。田汝成〈西湖清明節〉：「及諸～禽蟲之戲。」(以及各個**種類**動物的戲法。)

古代顏色名稱

古代顏色名稱的來源一般有三種：第一，古人以草木提煉出顏料，因此不少顏色名稱都從「艸」部，例如：蒨、蒼、藍；第二，古人利用顏料來漂染絲綢，因此不少顏色名稱都從「糸」部，例如：紅、綠、素；第三，古人會用常見事物來表示某種顏色，例如：霜、翠、金。

艸　部

這是「艸」的小篆寫法，讀〔草〕(cǎo)，像兩棵枝莖柔弱的植物，也就是草本植物。從「艸」部的字，絕大部分都跟各種各樣的草本植物有關。

葛　　　　芒　　　　蓼藍　　　茅　　　薊

苔　　　荊　　　荊條　　　食茱萸

苻　　　荻　　　萍　　　葵

葫蘆　　　艾　　　蓬　　　蔞蒿　　　荷

青蒿　　　藻　　　蘆葦　　　澤蘭

艾

粵ngaai6 刈　**普**ài

❶名一種植物名稱，即「艾草」，帶有強烈香氣，葉的背面帶有灰白色短柔毛，製成艾炷後可以用來治病。**❷**〔火艾〕見頁158「火」字條。

艾草

芒

粵mong4 忙　**普**máng

❶名一種植物名稱，即「芒草」，葉片細長而尖，邊緣帶有鋸齒。**❷形**同「茫」，無知、疲倦的樣子。〈揠苗助長〉（《孟子・公孫丑上》）：「～～然歸。」（**疲倦**地回家。）

芒草

芙

粵fu4 符　**普**fú

〔芙蓉〕**名**荷花的別稱。〈涉江采芙蓉〉（《古詩十九首》）：「涉江采～。」（步行過江，去採摘**荷花**。）

芽

粵ngaa4 牙　**普**yá

名幼芽，植物初生的苗。蘇軾〈惠崇春江晚景〉（其一）：「蔞蒿滿地蘆～短。」（江邊的土地上長滿了蔞蒿草，蘆葦也長出了短短的**幼芽**。）

花

粵faa1 化〔1聲〕　**普**huā

❶名花朵、花兒。杜秋娘〈金縷衣〉：「～開堪折直須折。」（**花兒**盛開了，可以摘取的話，就應該立即摘取。）**❷形**呈花朵形狀的。〈木蘭辭〉：「對鏡帖～黃。」（對着鏡子，在臉上貼上金黃色的**花形**裝飾。）**❸名**泛指花卉。周敦頤〈愛蓮說〉：「牡丹，～之富貴者也。」（牡丹花，是**花卉**裏有錢有地位的人。）

芳

粵fong1 方　**普**fāng

❶名花草的香氣。白居易〈賦得古原草送別〉：「遠～侵古道。」（**野草的香氣**遠遠的侵佔了古老的道路。）**❷形**芳香。〈涉江采芙蓉〉（《古詩十九首》）：「蘭澤多～草。」（長着蘭草的水池中有許多**芳香**的草。）**❸名**花草。張若虛〈春江花月夜〉：「江流宛轉遶～甸。」（江水曲曲折折地圍繞着**花草**叢生的郊野流淌。）

苦

粵fu2 府　**普**kǔ

❶形像苦瓜的味道。**❷形**艱苦。杜甫〈兵車行〉：「況復秦兵耐～戰。」（更何況秦地的士兵能夠忍受**艱苦**的戰鬥。）**❸形**痛苦。文天祥〈過零丁洋〉：「辛～遭逢起一經。」（回想自己誦讀儒家典籍、考中科舉當官以來辛勞和**痛苦**的經歷。）**❹名**痛苦的感覺。**❺形**苦惱、困擾。錢鶴灘〈明日歌〉：「世人～被明日累。」（世上的人被「明天」拖累，十分**苦惱**。）

苛

粵ho1 呵　**普**kē

形苛刻、嚴苛、殘暴。〈苛政猛於虎〉（《禮記・檀弓下》）：「～政猛於虎也。」（**殘暴**的政令比老虎可怕啊！）

若

粵joek6 弱　**普**ruò

❶動好像。〈木蘭辭〉：「關山度～飛。」（迅速翻越山嶺和關隘，**像**飛行一樣。）**❷動**比得上、及得上。〈二子學弈〉（《孟子・告子上》）：「為是其

智弗〜與？」（是因為他的智力不能**比得上**前一個人嗎？）❸**連**表示並列，相當於「和」、「及」、「與」。宋濂〈束氏狸狌〉：「狸狌生子〜孫。」（野貓生下子**和**孫。）❹**連**表示假設，相當於「如果」、「若果」。錢泳〈要做則做〉（《履園叢話》）：「〜一味因循。」（**如果**總是拖延。）❺**代**你、你們。項羽〈垓下歌〉：「虞兮虞兮奈〜何！」（虞姬啊！虞姬啊！我可以怎樣保護**你**？）

苹　粵ping4 評　普píng
名一種植物名稱，即「藾蒿」，與青蒿相若。曹操〈短歌行〉：「食野之〜。」（在吃着原野上的**藾蒿**。）

苗　粵miu4 瞄　普miáo
名植物的幼苗。〈揠苗助長〉（《孟子‧公孫丑上》）：「予助〜長矣！」（我幫助禾**苗**生長了！）

苔　粵toi4 臺　普tái
名一種植物名稱，即「苔蘚」，沒有根、莖、葉、花，一般在牆壁、樹幹、泥土、沼澤地上生長。王維〈鹿柴〉：「復照青〜上。」（再次照到青色的**苔蘚**上。）

苔蘚

茅　粵maau4 矛　普máo
名一種植物名稱，即「茅草」、「白茅」，花穗帶有白毛，葉子可以織成蓑衣或搭建茅屋。王安石〈書湖陰先生壁〉（其一）：「〜檐常掃淨無苔。」（**茅草**搭成的庭院，因為經常打掃，所以潔淨得沒有苔蘚。）

茅草

荊　粵ging1 經　普jīng
❶**名**一種植物名稱，花朵呈紫藍色、淡藍色，枝條帶有尖刺，可以編織成筐、籃等器具，或製成鞭。司馬遷《史記‧廉頗藺相如列傳》：「肉袒負〜。」（裸露上身，背負**荊**條。）❷**名**楚國的別稱。《戰國策‧楚策》：「〜宣王問羣臣曰。」（楚宣王詢問一眾臣子說。）❸**名**地名，「荊州」的簡稱，位於今天湖北、湖南兩省，及廣東、廣西兩省北部，見頁7「九」字條欄目「歷史趣談」。

荊

荊條

〔棵〕，pō）卻認為藺相如靠的只是一番脣舌，因而心有不甘，揚言要當眾侮辱他。

自此，藺相如處處迴避廉頗。他的手下大惑不解，藺相如因而解釋說：「秦國不敢對趙國有所行動，只因為有我跟廉將軍合力抵禦。如果我跟廉將軍內訌，秦國就會有機可乘。我是想把國家大事放在首位，私人恩怨放在後面啊！」

廉頗知道藺相如的苦衷後，大感慚愧，於是裸露上身，背着荊條，到藺相如府中謝罪，希望藺相如用荊條鞭打自己，而心胸廣闊的藺相如也原諒了廉頗。自此二人成為刎頸之交，共同為趙國效力。

草 ⓟcou2 粗〔2聲〕ⓜcǎo
❶名草，泛指草本植物。高鼎〈村居〉：「～長鶯飛二月天。」（農曆二月時節，**小草**漸漸生長，黃鶯飛翔。）❷形粗糙、不精美。《戰國策·齊策》：「食以～具。」（用**粗糙**的器皿給予食物。）

茱 ⓟzyu1 豬ⓜzhū
〔茱萸〕名一種植物名稱，分為「山茱萸」、「食茱萸」、「吳茱萸」等品種。當中「食茱萸」的果實呈紫黑色，古人會在重陽節當日將食茱萸插在頭上，藉此辟邪。王維〈九月九日憶山東兄弟〉：「遍插～少一人。」（個個都插戴着**食茱萸**，只是欠缺了我一個人。）

食茱萸

荇 ⓟhang6 幸ⓜxìng
名一種水草名稱，即「荇菜」，葉扁平而小，呈橢圓形。蘇軾〈記承天寺夜遊〉：「水中藻、～交橫。」（水裏的水藻、**荇菜**縱橫交錯。）

荇菜

荒 ⓟfong1 方ⓜhuāng
❶形荒蕪。白居易〈賦得古原草送別〉：「晴翠接～城。」（野草那明亮的翠綠色連接着**荒蕪**了的城池。）❷名荒草。陶潛〈歸園田居〉（其三）：「晨興理～穢。」（清早就起來清理**野草**。）❸動荒廢。司馬遷〈一鳴驚人〉（《史記·滑稽列傳》）：「百官～亂。」（各級官員**荒廢**、敗壞朝政。）

茫 ⓟmong4 忙ⓜmáng
形廣闊無邊。〈敕勒歌〉：「野～～。」（原野**廣闊無邊**。）

荔 ⓟlai6 麗ⓜlì
〔荔枝〕名一種樹木名稱，果實也稱為「荔枝」。蘇軾〈食荔枝〉：「日啖～三百顆。」（每天吃上三百顆**荔枝**。）

茲 🔊zi1 之 🔊zī

代此、這。李白〈送友人〉：「揮手自～去。」（揮手告別後，你就從這裏離去。）

莫 🔊mok6 漠 🔊mò

❶副不要。杜秋娘〈金縷衣〉：「勸君～惜金縷衣。」（我勸您不要愛惜用金色絲線編織而成的上衣。）❷副不。司馬遷〈一鳴驚人〉（《史記・滑稽列傳》）：「左右～敢諫。」（身邊的人都不敢進諫。）❸副沒有。〈鄒忌諷齊王納諫〉（《戰國策・齊策》）：「朝廷之臣，～不畏王。」（朝廷上的大臣，沒有一個不敬畏大王。）

荷

一🔊ho4 河 🔊hé

名即「荷花」，根部和莖部生長在淤泥裏，葉子挺出水面，花朵呈淡紅、黃色或白色。楊萬里〈小池〉：「小～才露尖尖角。」（小小的荷花剛從水面露出尖銳的一角。）

二🔊ho6 賀 🔊hè

動揹着、扛着。陶潛〈歸園田居〉（其三）：「帶月～鋤歸。」（背着月光，扛着鋤頭回家去。）

荷花、蓮花

荻 🔊dik6 滴 🔊dí

名一種植物名稱，外貌似「蘆葦」，莖部細長、筆直。〈畫荻〉（《歐陽公事跡》）：「太夫人以～畫地。」（祖母用荻草的莖部在地上寫字。）

荻草

莊 🔊zong1 裝 🔊zhuāng

❶形莊重、嚴肅。《論語・為政》：「臨之以～則敬。」（以莊重的態度對待百姓，就會贏得尊敬。）❷名村落。范成大〈夏日田園雜興〉（其七）：「村～兒女各當家。」（村落裏的男女女各自主持家務。）

華

一🔊faa1 花 🔊huā

❶名同「花」，花朵。白居易〈荔枝圖序〉：「～如橘。」（花朵很像橘子花。）❷形花白，頭髮黑白相間。蘇軾〈念奴嬌・赤壁懷古〉：「早生～髮。」（早已經長出了花白的頭髮。）

二🔊waa4 蛙 [4 聲] 🔊huá

❶形華麗。朱用純〈朱子家訓〉：「勿營～屋。」（不要營建華麗的房屋。）❷形浮誇。司馬光〈訓儉示康〉：「吾性不喜～靡。」（我的品性不喜歡浮誇和奢侈的生活。）❸名光華、光彩、光芒。張若虛〈春江花月夜〉：「願逐月～流照君。」（我希望隨着月兒的光華流去，照耀着您！）

三🔊waa6 話 🔊huà

〔華山〕名五嶽中的「西嶽」，位於今天的陝西省。譬如寇準在〈詠～〉中所描寫的正是西嶽華山。

著

一🔊zyu3 注 🔊zhù

形著名。諸葛亮〈隆中對〉：「信義～於四海。」（信用和仁義在天下都非常著名。）

二🔊zoek6 爵 [6 聲] 🔊zhuó

動開花、盛開。王維〈雜詩〉（其二）：

「寒梅～花末？」（冬天的梅花**盛開**了沒有？）

三 🔊zoek3 爵 🔊zhuó
動同「着」，穿着、穿上。〈木蘭辭〉：「～我舊時裳。」（**穿上**我昔日的衣裳。）

萁 🔊kei4 其 🔊qí
名豆的莖部。曹植〈七步詩〉（羅貫中《三國演義・第七十九回》）：「煮豆燃豆～。」（烹調豆子，燃燒**豆莖**。）

萋 🔊cai1 淒 🔊qī
形草木茂盛。崔顥〈黃鶴樓〉：「芳草～～鸚鵡洲。」（鸚鵡洲上芳香的鮮草十分**茂盛**。）

荑 🔊jyu4 如 🔊yú
〔荼荑〕見頁231「荼」字條。

萍 🔊ping4 評 🔊píng
名一種植物名稱，即「浮萍」，浮於水面生長，隨水飄蕩，後比喻人生漂泊不定。文天祥〈過零丁洋〉：「身世浮沉雨打～。」（我一生的經歷猶如被雨點擊打着的**浮萍**，時而浮起，時而下沉。）

浮萍

葉 **一** 🔊jip6 業 🔊yè
名葉子。〈庭中有奇樹〉（《古詩十九首》）：「綠～發華滋。」（綠色的**樹葉**、綻放的花兒，都十分茂盛。）

二 🔊sip3 攝 🔊shè
名地名，春秋時代楚國境內的城邑。劉向〈葉公好龍〉（《新序・雜事五》）：「～公子高好龍。」（**葉邑**首長子高喜歡龍。）

葫 🔊wu4 湖 🔊hú
〔葫蘆〕**名**一種植物名稱，屬爬藤類植物，其果實也稱為「葫蘆」，即「葫蘆瓜」，外形像壺。歐陽修〈賣油翁〉：「乃取一～置於地。」（於是拿出一個**葫蘆**，放置在地上。）

葫蘆瓜

葛 **一** 🔊got3 割 🔊gé
名一種植物名稱，屬藤類植物，花朵呈紫紅色，莖部可以用來編織成籃子，纖維可以用來編織成布匹，根部可以食用。《禮記・檀弓上》：「婦人不～帶。」（婦女不能穿上用**葛**做成的腰帶作為喪服。）

二 🔊got3 割 🔊gě
〔諸葛〕見頁251「諸」字條。

葛

蔕 🔊dai3 帝 🔊dì
名果實與枝幹、莖部相連的部分，後泛指根部。陶潛〈雜詩〉（其一）：「人生無根～。」（人的一生，就好像沒有**根部**。）

落 🔊lok6 樂 🔊luò
❶動落下。張繼〈楓橋夜泊〉：「月～烏啼霜滿天。」（月亮**落下**，烏鴉啼叫，寒氣充斥天空。）**❷**〔寥落〕見頁

74「蓼」字條。❸**名**聚居地。杜甫〈兵車行〉：「千村萬～生荊杞。」（許多**村落**長滿了荊棘和杞柳等為雜草。）❹〔籬落〕見頁199「籬」字條。

葵 ⓟkwai4 攜 ⓜkuí
名一種蔬菜名稱，即「冬葵」，葉片略呈圓形，掌狀分裂，邊緣有細鋸齒。〈十五從軍征〉：「井上生旅～。」（水井邊長着野生的**冬葵**。）

冬葵

蓋 ⓟgoi3 該 [3 聲] ⓜgài
❶**動**覆蓋。〈敕勒歌〉：「天似穹廬，籠～四野。」（天空像間拱形的小屋，籠罩、**覆蓋**着四方的原野。）❷**名**車子的帳篷。司馬遷〈御人之妻〉（《史記‧管晏列傳》）：「擁大～。」（拿着**車子**大大的**帳篷**。）❸**名**雨傘。蘇軾〈贈劉景文〉：「荷盡已無擎雨～。」（荷花枯萎了，連向上支撐的**雨傘**也已經消失。）❹**動**超越。杜甫〈八陣圖〉：「功～三分國。」（功勞**超越**了魏、蜀、吳三個國家。）❺**動**是、乃是。白居易〈荔枝圖序〉：「～為不識者與識而不及一二三日者云。」（是為了告訴不認識荔枝的人，還有那些認識，卻看不到荔枝首一、二、三天新鮮樣貌的人。）❻**副**原來。蘇軾〈記承天寺夜遊〉：「～竹柏影也。」（**原來**是竹子和柏樹的影子。）❼**副**大概。袁枚〈祭妹文〉：「～猶忍死待予也。」（**大概**你還在忍受着臨死的痛苦，等待我回來吧。）❽**運**表示原因，相當於「因為」。諸葛亮〈出師表〉：「～追先帝之殊遇。」（**因為**要追念先帝特別的知遇之恩。）

蒨 ⓟsin3 線 ⓜqiàn
形紅色，見頁227「色」字條欄目「文化趣談」。田汝成〈西湖清明節〉：「青～可愛。」（青青**紅紅**的，讓人喜愛。）

蒼 ⓟcong1 倉 ⓜcāng
❶**形**草綠色，見頁227「色」字條欄目「文化趣談」。葉紹翁〈遊園不值〉：「應憐屐齒印～苔。」（應該憐惜木屐的鞋跟在**草綠色**的苔蘚上留下腳印。）❷**形**深藍色，見頁227「色」字條欄目「文化趣談」。〈敕勒歌〉：「天～～。」（天空**深藍色**的。）❸**形**黑色，見頁227「色」字條欄目「文化趣談」。李華〈弔古戰場文〉：「～～蒸民。」（頭髮**黑色**的百姓。）❹**形**灰白色，見227「色」字條欄目「文化趣談」。歐陽修〈醉翁亭記〉：「～顏白髮。」（**灰白色**的容顏和頭髮。）

蓑 ⓟso1 蔬 ⓜsuō
名蓑衣，用茅草等編織成的雨衣。柳宗元〈江雪〉：「孤舟～笠翁。」（江上只有一艘小船，船上有一個身披**蓑衣**、頭戴笠帽的老先生。）

蒿 ⓟhou1 豪 [1 聲] ⓜhāo
❶**名**一種植物名稱，有青蒿、蔞蒿等品種。❷〔蔞蒿〕見頁235「蔞」字條。

青蒿

蓉 ⓟjung4 容 ⓜróng
〔芙蓉〕見頁229「芙」字條。

蒙 ⓹mung4矇 ⓹méng
❶動覆蓋。柳宗元〈小石潭記〉：「青樹翠蔓，～絡搖綴。」（青綠的樹木和藤蔓，互相覆蓋、纏繞、搖曳、點綴。）❷動蒙蔽、矇騙。《左傳‧僖公二十四年》：「上下相～。」（全國上下下互相矇騙。）❸動承蒙、得到。〈杯弓蛇影〉（《晉書‧樂廣傳》）：「～賜酒。」（得到您賜予的酒。）

蓮 ⓹lin4連 ⓹lián
名蓮花，即荷花。周敦頤〈愛蓮說〉：「～，花之君子者也。」（蓮花，是花卉裏品格高尚的人。）

蔞 ⓹lau4流 ⓹lóu
〔蔞蒿〕名一種植物名稱，多生於水邊，花朵呈淡黃色，嫩芽、葉子可吃。蘇軾〈惠崇春江晚景〉（其一）：「～滿地蘆芽短。」（江邊的土地上長滿了蔞蒿草，蘆葦也長出了短短的幼芽。）

蔞蒿

蔓 ⓹maan6慢 ⓹màn
名藤蔓。周敦頤〈愛蓮說〉：「不～不枝。」（不生藤蔓，不長枝節。）

蔽 ⓹bai3閉 ⓹bì
❶動遮蔽、遮掩。酈道元《水經注‧江水》：「隱天～日。」（遮蔽了天空和太陽。）❷動蒙蔽。〈鄒忌諷齊王納諫〉（《戰國策‧齊策》）：「王之～甚矣！」（大王被蒙蔽得十分嚴重啊！）❸動隱藏。柳宗元〈黔之驢〉：「～林間窺之。」（隱藏在樹林裏，偷看着驢子。）

蓬 ⓹pung4碰［4聲］ ⓹péng
❶名一種植物名稱，即「蓬草」，花朵呈淡紫紅色或白色，中心為黃色，根部容易斷開，隨風飄蕩，因此也稱為「飛蓬」。李白〈送友人〉：「孤～萬里征。」（像孤單的飛蓬那樣，遠行到萬里之外。）❷形蓬鬆、散亂。俞長城〈全鏡文〉：「無心公首～而面垢。」（無心公頭髮蓬鬆、臉龐骯髒。）

蓬草、飛蓬

蕃 一⓹faan4煩 ⓹fán
❶形茂盛、興旺。《易經‧坤》：「草木～。」（花草樹木茂盛。）❷形多。周敦頤〈愛蓮說〉：「可愛者甚～。」（值得喜愛的非常多。）
二⓹faan1翻 ⓹fān
名同「番」，古代對外族及異國的泛稱。《太平御覽‧唐肅宗宣皇帝》：「河西四鎮諸～落大使。」（黃河西部四個軍鎮裏各外族部落的使者。）

薊 ⓹gai3計 ⓹jì
❶名一種植物名稱，即「薊草」，花朵紫紅或白色，呈圓錐狀，花冠為管狀。❷名地名，即「薊州」，位於今天的北京附近。杜甫〈聞官軍收河南河北〉：「劍外忽傳收～北。」（劍門關外忽然傳來官兵收復薊州以北一帶的消息。）

薊草

蓼藍

薦 ⒁zin3 箭 ⒂jiàn
❶名草蓆、草墊。劉義慶《世説新語·德行》:「便坐～上。」(就坐在草蓆上。)❷動鋪墊。司馬遷《史記·滑稽列傳》:「～以木蘭。」(用木蘭來鋪墊。)❸動推薦、舉薦。司馬遷〈御人之妻〉(《史記·管晏列傳》):「晏子～以為大夫。」(晏子推薦他做大夫。)

薪 ⒁san1 新 ⒂xīn
名柴枝。〈岳飛之少年時代〉(《宋史·岳飛傳》):「拾～為燭。」(撿拾柴枝當作蠟燭照明。)

薄 ⒁bok6 雹 ⒂bó
❶形厚度小。《詩經·小旻》:「如履～冰。」(好像踏在薄薄的冰層上。)❷動輕視。諸葛亮〈出師表〉:「不宜妄自菲～。」(不應該胡亂輕視自己。)❸動逼近、接近。方包〈弟椒塗墓誌銘〉:「每～暮。」(每次接近黃昏的時候。)

藍 ⒁laam4 籃 ⒂lán
❶名一種植物名稱,即「蓼藍」,花朵呈紅色,葉片含有藍汁,可以提煉出藍色染料。荀況〈勸學〉(《荀子》):「青,取之於～,而青於～。」(青色,是從蓼藍提煉出來的,可是顏色比蓼藍還深。)❷形藍色,見頁227「色」字條欄目「文化趣談」。李嘉祐〈登秦嶺〉:「高山～水流。」(高山上的碧藍河水在流淌。)

藏 一⒁cong4 牀 ⒂cáng
❶動收藏、儲藏。《莊子·養生主》:「善刀而～之。」(擦乾淨肉刀,並好好收藏它。)❷動隱藏。陸以湉《冷廬雜識·卷七》:「忍創負公屍～蘆叢中。」(忍受創傷,背負陳化成的屍體,隱藏在蘆葦堆裏。)
二⒁zong6 狀 ⒂zàng
❶名貯藏財物的倉庫。《宋史·食貨志下一》:「天子之別～也。」(是皇帝的另外一個倉庫。)❷動同「葬」,下葬。干寶〈董永賣身〉(《搜神記·第一卷》):「父喪收～。」(父親死後,我可以把遺體放入棺材裏和下葬。)

藉 一⒁ze6 謝/ze3 借 ⒂jiè
動墊着。田汝成〈西湖清明節〉:「或張幕～草。」(或者張開篷帳,墊着草地坐下。)
二⒁zik6 夕 ⒂jí
形散亂、亂七八糟。蘇軾〈前赤壁賦〉:「杯盤狼～。」(杯子和碟子亂七八糟。)

薰 ⒁fan1 芬 ⒂xūn
動同「熏」,煙熏。韓非〈買櫝還珠〉(《韓非子·外儲説左上》):「～以桂椒。」(用肉桂和花椒薰香盒子。)

蕭 ⒁siu1 消 ⒂xiāo
❶形蕭條、冷清。范仲淹〈岳陽樓記〉:「滿目～然。」(滿眼一片蕭條。)❷擬馬鳴叫的聲音。杜甫〈兵車行〉:

「馬～～。」（戰馬蕭蕭嘶鳴。）

藥 ⑱joek6 弱 ⑯yào
名藥物、草藥。賈島〈尋隱者不遇〉：「言師採～去。」（說師傅前往採摘草藥。）

蘆 ⑱lou4 盧 ⑯lú
❶名一種植物名稱，即「蘆葦」，花剛開時稍呈綠色，後轉為黃褐色，下有白毛，可隨風飛散，將種子傳到遠方。司空曙〈江村即事〉：「只在～花淺水邊。」（小船也只是停靠在淺水岸邊的**蘆葦**花叢裏而已。）**❷**〔葫蘆〕見頁233「葫」字條。

蘆葦

蘇 ⑱sou1 鬚 ⑯sū
❶動同「甦」，甦醒。《孔子家語·六本》：「有頃乃～，欣然而起。」（過了一會才**甦醒**，然後開心地站起來。）**❷**〔屠蘇〕見頁80「屠」字條。

藻 ⑱zou2 組 ⑯zǎo
名一種植物名稱，即「水藻」，沒有根、莖、葉，多生於水中。蘇軾〈記承天寺夜遊〉：「水中～、荇交橫。」（水裏的**水藻**、荇菜縱橫交錯。）

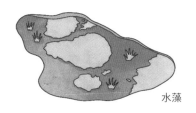

水藻

蘭 ⑱laan4 欄 ⑯lán
❶名一種植物名稱，即「澤蘭」，生於水邊，花朵呈淡紫色，整株植物會散發香氣。因為可以佩戴在身上，因此又稱「佩蘭」。〈涉江采芙蓉〉（《古詩十九首》）：「～澤多芳草。」（長着**蘭草**的水池中有許多芳香的草。）**❷**〔木蘭〕見頁132「木」字條。

澤蘭

虍 部

「虍」讀〔膚〕(hū)。這是「虍」的甲骨文寫法，畫出了老虎兇狠的眼神（右邊）和尖銳的牙齒（左邊），原來「虍」的本義是虎頭，後來成為部首，也成為「虎」的上半部分。部分從「虍」部的字，是跟老虎有關的，譬如「虎」就是老虎，「彪」就是老虎的斑紋，「號」就是老虎的叫聲。

處　一⟨粵⟩cyu2 柱 [2 聲] /cyu5 柱　⟨普⟩chǔ
❶⟨動⟩停留、停下。孫武《孫子兵法・軍爭》：「日夜不～。」（日日夜夜都不**停下來**。）❷⟨動⟩處於、位處。蘇洵〈六國論〉：「且燕、趙～秦革滅殆盡之際。」（況且燕國和趙國**處於**秦國把六國消滅淨盡的時刻。）❸⟨動⟩做。韓非〈衛人嫁其子〉（《韓非子・說林上》）：「今人臣之～官者。」（如今作為臣子、**做官**的。）❹〔處士〕⟨名⟩有學識但不做官的人，可以理解為「**學者**」。韓非〈濫竽充數〉（《韓非子・內儲說上》）：「南郭～請為王吹竽。」（一位姓南郭的**學者**請求給齊宣王吹奏竽。）
二⟨粵⟩cyu3 柱 [3 聲]　⟨普⟩chù
❶⟨名⟩地點、位置。杜牧〈山行〉：「白雲生～有人家。」（在那白雲出現的**地方**，還有着一些民居。）❷⟨名⟩時候。王維〈九月九日憶山東兄弟〉：「遙知兄弟登高～。」（想起遙遠的兄弟登上高山的**時候**。）

虞　⟨粵⟩jyu4 餘　⟨普⟩yú
❶⟨動⟩欺詐、欺騙。《左傳・宣公十五年》：「爾無我～。」（你不要**欺騙**我。）❷⟨名⟩姓氏。項羽〈垓下歌〉：「～兮～兮奈若何！」（虞姬啊！虞姬啊！我可以怎樣保護你？）

號　一⟨粵⟩hou4 豪　⟨普⟩háo
❶⟨動⟩大聲喊叫。柳宗元〈哀溺文序〉：「已濟者立岸上呼且～曰。」（已經過河的人站在河岸上，一邊吶喊一邊**大叫**說。）❷⟨動⟩哭號、痛哭。《莊子・養生主》：「三～而出。」（**痛哭**三次後就離開。）
二⟨粵⟩hou6 浩　⟨普⟩hào
❶⟨動⟩號稱、宣稱。司馬遷《史記・高祖本紀》：「沛公兵十萬，～二十萬。」（劉邦有士兵十萬，**號稱**二十萬。）❷⟨動⟩發佈命令。❸⟨名⟩下達的命令。司馬遷《史記・屈原賈生列傳》：「以出～令。」（來發佈**命令**。）❹⟨動⟩稱號、稱呼。歐陽修〈醉翁亭記〉：「故自～曰醉翁也。」（故此**稱呼**自己做「醉翁」。）❺⟨名⟩名字。〈狂泉〉（《宋書・袁粲傳》）：「～曰『狂泉』。」（**名字**叫做「狂泉」。）

虫　部

「虫」既是「蟲」的簡化字，也是部首。作為部首，「虫」應讀〔毁〕(huǐ)，本義是毒蛇。它的甲骨文寫法就生動描繪出蛇爬行的形態。當「虫」作為偏**旁時，一般都是指昆蟲類的動物**，譬如：蛺、蝶、螳；不過也有例外，譬如「蚌」是貝殼類動物，「蛇」是爬行類動物，「蛟」就更是傳說中的動物，這是因為古人的科學知識有限，不能將各種動物仔細分類。

蚌 🔊pong5 旁 [5 聲] 🔊bàng
名一種水中動物，有貝殼，能產珍珠。〈鷸蚌相爭〉(《戰國策・燕策》)：「～合而拑其喙。」(**蚌**閉上牠的殼，並且夾住鷸鳥的嘴巴。)

「吐露港」與「媚珠池」

在古代，大埔的採珠業非常發達。

在五代十國時期，統治廣東和廣西一帶的南漢政權，在今天香港、深圳兩地設「媚川都」，並派人到今天的吐露港採集珍珠。大埔出產的珍珠品質上盛，多列作宮廷貢品，因此吐露港在古代曾被稱為「媚珠池」，更吸引了不少人前往採珠。

其實，採珠是極度危險的工作。珠蚌生長在深海裏，當時的採珠人先在腳部綁上大石，然後跳入海中，好讓自己沉入水底尋找珠蚌，繼而採珠。由於沒有幫助呼吸的器具，或者石頭過重，不少採珠人因而溺死於海底，或者被海裏的鯊魚咬死。

縱使如此，宋、元兩朝期間依然有不少人甘願冒險採珠。然而經歷數百年的過度採集，生長在吐露港海底的珠蚌越來越少；直到明朝，因為採集的珍珠過少，朝廷最終放棄媚川都，大埔的採珠業亦逐漸式微了。

蛇 🔊se4 佘 🔊shé
名蛇。〈畫蛇添足〉(《戰國策・齊策》)：「～固無足。」(**蛇**本來就沒有腳。)

蛟 🔊gaau1 交 🔊jiāo
名蛟龍，傳說中一種能引發洪水的龍。劉義慶〈周處除三害〉(《世說新語・自新》)：「又義興水中有～。」(同時，義興的河裏有**蛟龍**。)

蛺

㊀gaap3 甲　㊁jiá

〔蛺蝶〕名蝴蝶的一種，對農作物有害。范成大〈夏日田園雜興〉（其一）：「惟有蜻蜓～飛。」（只有蜻蜓和蛺蝶在飛舞。）

蜍

㊀syu4 薯/ceoi4 除　㊁chú

〔蟾蜍〕見頁240「蟾」字條。

蜀

㊀suk6 熟　㊁shǔ

❶名地名，今天四川省的簡稱。彭端淑〈為學一首示子姪〉：「～之鄙有二僧。」（四川的邊境有兩位僧人。）❷名朝代名稱，即三國時代的蜀國。羅貫中《三國演義·第九十五回》：「～兵傷者極多。」（蜀國受傷的士兵非常多。）

蜚

㊀fei1 飛　㊁fēi

動同「飛」，飛行。司馬遷〈一鳴驚人〉（《史記·滑稽列傳》）：「三年不～又不鳴。」（三年不飛走又不鳴叫。）

蝕

㊀sik6 食　㊁shí

動吞下、啃下。李白〈古朗月行〉：「蟾蜍～圓影。」（蟾蜍啃下月亮圓圓的影子。）

蝶

㊀dip6 碟　㊁dié

❶名蝴蝶。楊萬里〈宿新市徐公店〉（其二）：「兒童急走追黃～。」（小孩子急忙地奔跑，追趕着黃色的蝴蝶。）❷〔蛺蝶〕見頁240「蛺」字條。

螘

㊀ngai5 蟻　㊁yǐ

❶名同「蟻」，螞蟻。❷〔綠螘〕見頁205「綠」字條。

蟾

㊀sim4 蟬　㊁chán

〔蟾蜍〕名像青蛙的一種動物，體形肥大，皮膚可分泌毒液。李白〈古朗月行〉：「～蝕圓影。」（蟾蜍啃下月亮圓圓的影子。）

蟾蜍

蠕

㊀jyun5 軟　㊁rú

動慢慢爬行。紀昀〈曹某不怕鬼〉（《閱微草堂筆記·灤陽消夏錄一》）：「有物自門隙～～入。」（有東西從大門縫隙慢慢地爬進來。）

蠟

㊀laap6 立　㊁là

名一種從動物、植物或礦物分泌出來的油質，可以用來製造蠟燭，見頁162「燭」字條欄目「文化趣談」。杜牧〈贈別〉（其二）：「～燭有心還惜別。」（蠟燭尚且懷有心思，捨不得離別。）

行 部

這是「行」的甲骨文寫法，好像一個十字路口，匯聚四通八達的道路，「行」的本義就是道路。由於道路是給人行走的，因此「行」的本義慢慢消失，逐漸解作「行走」。不過，**從「行」部的字**，也有一部分跟道路有關，譬如：「街」就是指「街道」；「胡同」是北方人所稱的小巷，本來寫作「**衚衕**」，這兩個字都是從「行」部。

行 一 粵hang4 恆 普xíng

❶ 動 行走、步行。〈狐假虎威〉（《戰國策・楚策》）：「故遂與之～。」（於是和狐狸一同**步行**。）❷ 動 散步。蘇軾〈記承天寺夜遊〉：「欣然起～。」（高興地起牀，出門**散步**。）❸ 動 出行、遠行。孟郊〈遊子吟〉：「臨～密密縫。」（兒子將要**出行**，母親把衣服縫補得十分緊密。）❹ 動 離開。李白〈贈汪倫〉：「李白乘舟將欲～。」（李白乘坐小船，正要打算**離開**。）❺ 動 行軍、出征打仗。杜甫〈兵車行〉：「～人弓箭各在腰。」（**出征**的士兵各自在腰間佩帶弓和箭。）❻ 動 航行。〈刻舟求劍〉（《呂氏春秋・察今》）：「舟已～矣。」（船已經**航行**了一段路程。）❼ 動 移動。〈刻舟求劍〉（《呂氏春秋・察今》）：「而劍不～。」（可是劍沉在江底是不會**移動**的。）❽ 動 做。劉義慶〈荀巨伯遠看友人疾〉（《世說新語・德行》）：「豈荀巨伯所～邪？」（難道是我荀巨伯**做**的事嗎？）❾ 動 持續。司馬遷〈一鳴驚人〉（《史記・滑稽列傳》）：「威～三十六年。」（聲威**持續**了三十六年。）❿ 名 詩歌體裁名稱，「歌行」體的簡稱。譬如李白的〈古朗月～〉和杜甫的〈兵車～〉的體裁就是「**歌行**」。

二 粵hang6 幸 普xíng

名 品行。諸葛亮〈出師表〉：「性～淑均。」（本性和**品行**，都很善良和端正。）

三 粵hong4 杭 普háng

❶ 名 行列。杜甫〈絕句〉（其三）：「一～白鷺上青天。」（一**列**白鷺飛上蔚藍的天空。）❷ 名 座席。班固〈曲突徙薪〉（《漢書・霍光金日磾傳》）：「灼爛者在於上～。」（被火燒傷的人安排在貴賓**座**上。）

術 粵seot6 述 普shù

❶ 名 技術、技藝。〈岳飛之少年時代〉（《宋史・岳飛傳》）：「盡得同～。」（完全繼承周同的射箭**技藝**。）❷ 名 術數命理。劉安〈塞翁失馬〉（《淮南子・人間訓》）：「有善～者。」（有一位精通**術數命理**的人。）

衣 部

這是「衣」的甲骨文寫法，可以清楚看到上部的衣領、兩邊的衣袖、下部的衣襟，「衣」的本義就是「上衣」。古人對衣着非常講究，衣服的不同部位，用途不同的衣服，都有着不同名稱。故此，從「衣」部的字，大多跟衣服的部位、用途有關。

衣　一（粵）ji1 依　（普）yī
❶ 名 衣服，特指上身的衣服。孟郊〈遊子吟〉：「遊子身上～。」（即將出遠門的兒子身上的衣服。）❷〔毛衣〕見頁146「毛」字條。
二（粵）ji3 意　（普）yì
動 穿着、穿上。〈楊布打狗〉（《列子·說符》）：「～素衣而出。」（穿上白色的衣服，然後就出門。）

初　（粵）co1 蹉　（普）chū
❶ 名 起初。杜甫〈聞官軍收河南河北〉：「～聞涕淚滿衣裳。」（起初聽到時，我流下淚來，沾濕了整件衣服。）❷ 名 開首。王羲之〈蘭亭集序〉：「暮春之～。」（春天最後一個月的開首。）❸ 副 最先、首先。張若虛〈春江花月夜〉：「江畔何人～見月？」（江邊上是誰人最先發現這月兒的？）❹ 數 農曆每月月首十日，都會

加上「初」字來表示。白居易〈暮江吟〉：「可憐九月〜三夜。」（惹人喜歡的九月初三晚上。）❺名當初、之前。〈杯弓蛇影〉（《晉書・樂廣傳》）：「所見如〜。」（看到的跟之前一樣。）❻副剛剛。〈鄒忌諷齊王納諫〉（《戰國策・齊策》）：「令〜下。」（命令剛下達的時候。）❼動剛剛出生。《三字經》：「人之〜，性本善。」（人剛剛出生的時候，品性本來是善良的。）

衿　粵kam1 襟　普jīn
名同「襟」，衣服的胸前部分，分左右兩邊，後來泛指衣領。曹操〈短歌行〉：「青青子〜。」（你們這些穿着青色衣領的讀書人。）

文化趣談

交領右衽

　　「交領」，是指衣服的左、右衿交疊；「衽」讀〔任〕（rèn），是指「衣衿」。而「右衽」是指左衿向右邊掩過去，疊着右衿，呈現出「y」字形的外觀，這是漢服的最大特點。

　　與之相反的是「左衽」，即右衿疊着左衿，卻只能用於外族人，或死者下葬時所穿的衣服。一般人如果以「左衽」的方式穿衣，是非常不吉利的。

右衿在下　　左衿在上

衰　粵seoi1 需　普shuāi
❶動變差、變弱、變少。賀知章〈回鄉偶書〉（其一）：「鄉音無改鬢毛〜。」（我的家鄉口音沒有改變，耳朵旁邊的毛髮卻變得稀疏。）❷形衰老。〈長歌行〉：「焜黃華葉〜。」（花朵和葉子都焦黃、凋謝起來。）

袖　粵zau6 就　普xiù
名衣袖、袖子。〈庭中有奇樹〉（《古詩十九首》）：「馨香盈懷〜。」（花兒的香氣充滿在衣襟和袖子裏。）

袍　粵pou4 蒲　普páo
名長衣。〈木蘭辭〉：「脫我戰時〜。」（脫下我打仗期間穿着的長衣。）

被
一　粵pei5 婢　普bèi
名被子。宋玉《楚辭・招魂》：「翡翠珠〜。」（鑲嵌了翡翠和珠寶的被子。）
二　粵bei6 備　普bèi
介表示被動，相當於「受到」，可直接語譯作「被」。錢鶴灘〈明日歌〉：「世人苦〜明日累。」（世上的人被「明天」拖累，十分苦惱。）

裁　粵coi4 才　普cái
❶動裁剪、剪裁。賀知章〈詠柳〉：「不知細葉誰〜出？」（不知道這細小的柳葉是誰裁剪出來的？）❷動裁決、裁定。《戰國策・秦策》：「大王〜其罪。」（大王裁定他的罪名。）

裂　粵lit6 列　普liè
動剪開、割斷。韓嬰〈孟母戒子〉（《韓詩外傳・卷九》）：「其母引刀〜其織。」（他的母親拿起剪刀，割斷了她的布匹。）

裏　粵leoi5 呂　普lǐ
❶名衣服的內層。《詩經・綠衣》：「綠衣黃〜。」（綠色的外衣，黃色的內層。）❷名裏面。王維〈竹里館〉：「獨坐幽篁〜。」（我獨自坐在僻靜的竹林裏面。）

裳 🔊soeng4常 🔊cháng
名下身穿的衣服，後來泛指衣服。杜甫〈聞官軍收河南河北〉：「初聞涕淚滿衣～。」（起初聽到時，我流下淚來，沾濕了整件**衣服**。）

裏 🔊gwo2果 🔊guǒ
動包裹、束起。杜甫〈兵車行〉：「去時里正與～頭。」（離開的時候，村長給他們用頭巾**束起**頭髮。）

褻 🔊sit3竊 🔊xiè
❶名內衣。《論語・鄉黨》：「紅、紫不以為～服。」（紅色、紫色的布匹不用來做**內衣**。）❷形不莊重。周敦頤〈愛蓮說〉：「可遠觀而不可～玩焉。」（可以遠距離觀賞，卻不可以**不莊重**地玩弄它。）

襟 🔊kam1衿 🔊jīn
名同「衿」，衣服的胸前部分，見頁243「衿」字條欄目「文化趣談」。杜甫〈蜀相〉：「長使英雄淚滿～。」（永遠讓英雄的眼淚沾濕**衣襟**。）

西 部

這是「西」(讀〔亞〕，yà)的小篆寫法，就好像從上、下兩個方向來覆蓋事物。不過，從「西」部的字，除了「覆」外，幾乎都跟「覆蓋」沒有關係。

西 🔊sai1屎 🔊xī
❶名西面、西邊。〈江南〉：「魚戲蓮葉～。」（魚兒在蓮葉的**西邊**嬉戲。）❷副向西。〈長歌行〉：「何時復～歸？」（甚麼時候才重新**向西**返回？）❸〔東西〕見頁134「東」字條。

要 一🔊jiu1腰 🔊yāo
❶名同「腰」，腰部。《墨子・兼愛中》：「楚靈王好士細～。」（楚靈王喜歡大臣擁有幼細的**腰部**。）❷動同「邀」，邀請。陶潛〈桃花源記〉：「便～還家。」（於是**邀請**回到自己的家裏。）
二🔊jiu3腰〔3聲〕🔊yào
❶動需要。王冕〈墨梅〉(其三)：「不～人誇好顏色。」（它不**需要**別人誇獎顏色好看。）❷副必要。朱熹〈讀書有三到〉(《訓學齋規》)：「只是～多誦數遍。」（可是**必須**多朗讀幾次。）

見　部

這是「見」的甲骨文寫法，下面的部件是一個跪在地上的人，上面的「目」就是眼睛。之所以要突出眼睛，是因為要表示「看見」這個動作。故此從「見」部的字，不少都跟「看」這個動作有關。

見 一（粵）gin3 建（普）jiàn
❶**動**看見。〈狐假虎威〉（《戰國策・楚策》）：「獸～之皆走。」（一眾野獸**看見**了牠們，都逃跑起來。）❷**動**拜見，下級跟上級見面。〈木蘭辭〉：「歸來～天子。」（他們取得勝利後，回國**拜見**皇帝。）❸**動**接見，上級跟下級見面。〈三人成虎〉（《戰國策・魏策》）：「果不得～。」（龐蔥果然得不到魏王的**接見**。）❹**名**看法。俞長城〈全鏡文〉：「子何～之謬也！」（你的**看法**是多麼荒謬啊！）❺**介**表示被動，相當於「被」。司馬遷《史記・廉頗藺相如列傳》：「徒～欺。」（白白**被**欺騙。）
二（粵）jin6 現（普）xiàn
動同「現」，露出、展現。〈敕勒歌〉：「風吹草低～牛羊。」（一陣風吹過，野草低伏，**露出**一羣牛和羊。）

覓 （粵）mik6 幂（普）mì
動尋找。王昌齡〈閨怨〉：「悔教夫壻～封侯。」（後悔讓丈夫出征，**尋覓**皇帝賞賜的爵位。）

親 （粵）can1 陳 [1 聲]（普）qīn
❶**副**親身、親自。朱用純〈朱子家訓〉：「必～自檢點。」（必須**親身**檢查和核對。）❷**名**雙親、父母親。宋濂〈送東陽馬生序〉：「其將歸見其～也。」（他將要回家跟他的**父母**見面。）❸**名**泛指親人。王維〈九月九日憶山東兄弟〉：「每逢佳節倍思～。」（每當遇上重陽這個美好的節日，就更加思念**親人**。）❹**形**親生。〈閔子騫童年〉（《敦煌變文集・孝子傳》）：「所生～子。」（誕下的**親生**子。）❺**形**親密、密切。〈杯弓蛇影〉（《晉書・樂廣傳》）：「嘗有～客。」（曾經有一位關係**密切**的客人。）❻**動**親愛。杜甫〈江村〉：「相～相近水中鷗。」（江水中的鷗鳥，互相**親愛**、靠近。）

覺 一（粵）gok3 各（普）jué
❶**動**睡醒，見頁183「睡」字條欄目「辨字識詞」。班固《漢書・佞幸傳》：「上欲起，賢未～。」（漢哀帝想起牀，董賢卻還沒有**睡醒**。）❷**動**感覺、覺得。杜牧〈贈別〉（其二）：「惟～罇前笑不成。」（只是**覺得**在酒瓶之前笑不出聲。）❸**動**察覺。張若虛〈春江花月夜〉：「空裏流霜不～飛。」（月色潔白如霜，**察覺**不了飛霜在天空中飄蕩着。）❹**動**知道。孟浩然〈春曉〉：「春眠不～曉。」（春夜裏睡得甜甜的，不**知道**已經天亮。）
二（粵）gaau3 較（普）jiào
動睡覺，見頁183「睡」字條欄目「辨字識詞」。吳承恩《西遊記・第二十八回》：「且不言八戒在此睡～。」（姑且不

説豬八戒在這裏**睡覺**。）

醒覺

觀 一 ⑧gun1 官 ⑬guān
❶**動**觀察。〈閔子騫童年〉（《敦煌變文集・孝子傳》）：「毀而**～**之。」（撕開並**觀察**他的衣服。）❷**動**觀看、看。〈狐假虎威〉（《戰國策・楚策》）：「**～**百獸之見我而敢不走乎？」（**看看**一眾野獸看到我，有哪一個是膽敢不逃跑的？）❸**動**閱讀。宋濂〈送東陽馬生序〉：「無從致書以**～**。」（沒有方法找到書本來**閱讀**。）❹**動**觀賞、欣賞。李白〈古朗月行〉：「去去不足**～**。」（沒有甚麼值得**觀賞**，我只好離開了。）❺**名**景觀。周密〈浙江之潮〉（《武林舊事・觀潮》）：「天下之偉**～**也。」（是全世界最雄偉的**景觀**。）

二 ⑧gun3 罐 ⑬guàn
❶**名**泛指宮廷裏的建築物。司馬遷《史記・廉頗藺相如列傳》：「大王見臣列**～**。」（大王在普通的**宮室**裏接見我。）❷**名**道觀，道教的廟宇。劉禹錫〈元和十年自朗州至京戲贈看花諸君子〉：「玄都**～**裏桃千樹。」（在玄都**觀**裏的許多棵桃樹。）

角　部

這是「角」的甲骨文寫法，形狀彎彎的，好像野獸頭上的角，中間的筆畫就好像角的紋理，「角」的本義就是「獸角」。從「角」部的字，許多都跟獸角有關，譬如：「解」就是指用刀把牛隻的角割下來，「觸」就是指野獸用角來頂撞。

角 ⑧gok3 閣 ⑬jiǎo
❶**名**動物的角。《詩經・麟之趾》：「麟之**～**。」（麒麟的**角**。）❷**名**「角弓」的簡稱，一種用角裝飾的弓。〈杯弓蛇影〉（《晉書・樂廣傳》）：「於時河南聽事壁上有**～**。」（在那個時候，河南府辦理公事大廳的牆壁上，有一把**角弓**。）❸**名**角落。楊萬里〈小池〉：「小荷才露尖尖**～**。」（小小的荷花剛從水面露出尖鋭的**一角**。）

解 一 ⑧gaai2 介 [2 聲] ⑬jiě
❶**動**解剖、宰殺。《莊子・養生主》：「庖丁為文惠君**～**牛。」（廚師為文惠君**宰殺**牛隻。）❷**動**脫下。〈楊布打狗〉（《列子・説符》）：「天雨**～**素衣。」（不久下雨，他便**脫下**白色的衣服。）❸**動**消除。劉義慶〈望梅止渴〉（《世説新語・假譎》）：「甘酸可以**～**渴。」（又甜又酸，可以用它們來**消除**口渴。）❹**動**排解、開解。曹操〈短歌行〉：「何

以～憂。」（用甚麼**排解**憂愁？）❺**動**解釋。朱熹〈讀書有三到〉（《訓學齋規》）：「則不待～說。」（就不用依靠別人**解釋**說明。）❻**動**放鬆。〈杯弓蛇影〉（《晉書·樂廣傳》）：「客豁然意～。」（客人一臉開朗的樣子，心情也**放鬆**起來。）❼**動**懂得。范成大〈夏日田園雜興〉（其七）：「童孫未～供耕織。」（小孩子還**不懂得**參與耕田和織布。）

二（粵）gaai3 介 （普）jiè
❶**動**押送。《京本通俗小說·碾玉觀音》：「～這崔寧到臨安府。」（將這個崔寧**押送**到臨安府。）❷**名**鄉試，在地方舉行的科舉考試。范公偁〈名落孫山〉（《過庭錄》）：「～名盡處是孫山。」（**鄉試**取錄的名單末尾就是孫山。）

三（粵）haai6 械 （普）xiè
動同「懈」，鬆懈。《孔子家語·子貢問》：「三月不～。」（三個月都不**鬆懈**。）

觴 （粵）soeng1 商 （普）shāng
❶**名**一種盛酒的器皿，泛指酒杯。李白〈春夜宴從弟桃花園序〉：「飛羽～而醉月。」（用鳥形**酒杯**飛快地飲酒，醉倒在月光下。）❷**動**飲酒。王羲之〈蘭亭集序〉：「一～一詠。」（**飲一下酒**，吟一下詩。）

觴

觸 （粵）zuk1 足 （普）chù
❶**動**觸碰、碰撞。韓非〈守株待兔〉（《韓非子·五蠹》）：「兔走～株。」（一隻兔子奔跑，**撞向**樹根。）❷**動**觸犯。司馬遷《史記·滑稽列傳》：「為姦～大罪。」（做壞事，**觸犯**極大的罪行。）

言 部

這是「言」的甲骨文寫法。最下面的部件是「口」，這張嘴巴伸出了舌頭，要準備「說話」。這個字頂上的橫畫是一個指事符號，表示「說話」出自「舌頭」。後來，人們在這一橫畫的上面多加一「、」作為裝飾，最終成為今天「言」的寫法。

「言」的本義就是「說話」，從「言」部的字一般**跟說話有關**，有讚美、建議，也有指責、毀謗。

言 （粵）jin4 延 （普）yán
❶**動**說、說話。賈島〈尋隱者不遇〉：「～師採藥去。」（**說**師傅前往採摘草藥。）❷**名**言論。《三人成虎》（《戰國策·魏策》）：「而讒～先至。」（可是毀謗他的**言論**早早就傳到魏王那裏。）❸**名**言談、談吐。〈疑鄰竊斧〉（《列子·說符》）：「～語，竊斧也。」（言談

說話，好像偷了斧頭。）❹名一個字、一句話。宋濂〈送東陽馬生序〉：「不敢出一～以復。」（不膽敢說一句話來回應。）❺動進諫。〈鄒忌諷齊王納諫〉（《戰國策・齊策》）：「雖欲～。」（即使有人想進諫。）❻動建議。班固〈曲突徙薪〉（《漢書・霍光金日磾傳》）：「而不錄～曲突者。」（卻沒有邀請建議更換拐彎煙囪的客人。）

計

🔊gai3 繼 🔊jì

❶動計算。諸葛亮〈出師表〉：「可～日而待也。」（可以計算日子來等待。）❷動商量、商議。司馬遷《史記・廉頗藺相如列傳》：「廉頗、藺相如～日。」（廉頗、藺相如商量說。）❸名計劃。〈一年之計〉（《管子・權修》）：「一年之～，莫如樹穀。」（作一年的計劃，沒有事情比得上種植穀物。）❹名辦法。邯鄲淳〈截竿入城〉（《笑林》）：「～無所出。」（他不能想出辦法。）❺動約定。宋濂〈送東陽馬生序〉：「～日以還。」（在約定的日子歸還。）

訖

🔊ngat6 屹 🔊qì

動完結、終止。沈括〈摸鐘〉（《夢溪筆談・權智》）：「祭～。」（祭祀完畢。）

記

🔊gei3 寄 🔊jì

❶動記得、記住。蘇軾〈贈劉景文〉：「一年好景君須～。」（一年裏最美好的景致，您必須記住。）❷動記誦、背誦。〈岳飛之少年時代〉（《宋史・岳飛傳》）：「強～書傳。」（擅長記誦經書和史傳的內容。）❸動記述。譬如蘇軾的〈～承天寺夜遊〉就是記述了自己跟張懷民一起在晚上遊逛承天寺的經過。

訊

🔊soen3 迅 🔊xùn

❶動審問。沈括〈摸鐘〉（《夢溪筆談・權智》）：「～之，遂承為盜。」（審問他，這個盜賊終於承認自己就是那盜賊。）❷名音訊、消息。陶潛〈桃花源記〉：「咸來問～。」（一起前來打聽消息。）

許

🔊heoi2 栩 🔊xǔ

❶動答應。諸葛亮〈出師表〉：「遂～先帝以驅馳。」（於是答應先帝，為他奔走效命。）❷動允許。〈岳飛之少年時代〉（《宋史・岳飛傳》）：「惟大人～兒以身報國家。」（只要父親允許我用性命來報效國家。）❸動贊成。〈愚公移山〉（《列子・湯問》）：「雜然相～。」（紛紛表示贊成。）❹名地方。陶潛〈五柳先生傳〉：「先生不知何～人也。」（不知道五柳先生是甚麼地方的人。）❺名表示約數，相當於「左右」。柳宗元〈小石潭記〉：「潭中魚可百～頭。」（小石潭裏的魚兒大約有一百條左右。）❻代這樣。朱熹〈觀書有感〉（其一）：「問渠那得清如～。」（問它為何可以這樣清澈。）

詠

🔊wing6 泳 🔊yǒng

❶動歌唱、吟誦（詩歌）。王羲之〈蘭亭集序〉：「一觴一～。」（飲一下酒，吟一下詩。）❷名詩歌。李白〈春夜宴從弟桃花園序〉：「不有佳～。」（沒有優美的詩歌。）

詞

🔊ci4 池 🔊cí

❶名詩歌體裁名稱。譬如王翰〈涼州～〉是一首感慨戰爭殘酷的詩歌。❷名文學體裁名稱，由於在宋朝非常流行，因此又稱為「宋詞」。辛棄疾〈醜奴兒・書博山道中壁〉：「為賦新～強說愁。」（為了創作新的詞作，強行訴說哀愁。）

宋詞

　　詞，其實就是歌詞。「詞」的句式長短不一，這是因為人們根據詞譜（相當於「樂譜」）填上合適的文字，而且需要配合樂曲演唱。同一個詞譜，可以填寫出無數不同的作品，做法跟今天的流行曲一樣。

　　不同詞譜有着不同的名稱，叫做「詞牌」，譬如〈醜奴兒〉、〈虞美人〉、〈水調歌頭〉、〈聲聲慢〉、〈青玉案〉等，在字數、句數、句式、用韻上，都各有不同。

　　下圖就是南宋詞人姜夔所創作的詞譜，上面有着許多古怪的符號，表示音調的高低。不過由於年代久遠，已經幾乎沒有人能夠把這些詞譜演奏出來，因此只好為這些詞作重新編寫歌曲，並由歌手演繹出來，譬如已故臺灣歌手鄧麗君演唱的蘇軾詞作——〈水調歌頭〉（明月幾時有）、已故香港歌手羅文演唱的岳飛詞作——〈滿江紅〉（怒髮衝冠）等。

試 ⓟsi3 嗜　ⓜshì
❶動嘗試。韓非〈鄭人買履〉（《韓非子・外儲説左上》）：「何不〜之以足？」（為甚麼不用自己的腳去**試穿**鞋子？）❷名科舉考試。譬如〈近〜上張籍水部〉是朱慶餘在臨近**科舉考試**時，呈獻給水部官員張籍的一首詩歌。

誠 ⓟsing4 城　ⓜchéng
❶名誠意、誠心。〈愚公移山〉（《列子・湯問》）：「帝感其〜。」（天帝被他的**誠心**所感動。）❷副真的。〈鄒忌諷齊王納諫〉（《戰國策・齊策》）：「臣〜知不如徐公美。」（我**真的**知道自己不及徐先生英俊。）

詣 ⓟngai6 藝　ⓜyì
動前往。〈岳飛之少年時代〉（《宋史・岳飛傳》）：「〜同墓。」（**前往**周同墓前。）

誅 ⓟzyu1 珠　ⓜzhū
❶動討伐。司馬遷《史記・陳涉世家》：「〜暴秦。」（**討伐**殘暴的秦朝。）❷動懲罰。韓非《韓非子・五蠹》：「〜嚴不為戾。」（**懲罰**嚴苛，不算是暴戾。）❸動誅殺、處死，特別用於君主對臣子。司馬遷〈一鳴驚人〉（《史記・滑稽列傳》）：「〜一人。」（**誅殺**一個人。）

「殺」人也要講身份

　　古人的階級觀念非常分明。即使是殺人，也要根據殺人者和被殺者的

關係，用上不同的字。譬如君主殺死臣子，一般用「誅」來表示。如果是臣子加害君主呢？就要用上「弒」（讀〔試〕，shì）這個貶義詞。如果兩者的身份對等的話，就會用上最常見的「殺」。

詨 🔊haau6 效 🔊xiào
動呼喚。〈精衛填海〉（《山海經・北山經》）：「其鳴自～。」（牠鳴叫時好像**呼喚**自己的名字。）

誡 🔊gaai3 界 🔊jiè
①動告誡、警告。韓嬰〈孟母戒子〉（《韓詩外傳・卷九》）：「以此～之。」（通過這塊破布來**告誡**孟子。）**②名**訓示、告示。譬如〈家～〉就是歐陽修寫給家人的**訓示**。**③動**警惕。韓嬰〈皋魚之泣〉（《韓詩外傳・卷九》）：「弟子～之。」（同學們要**警惕**這件事。）

誌 🔊zi3 志 🔊zhì
①動記住。方苞〈弟椒塗墓誌銘〉：「吾與兄勤～之。」（我跟哥哥很努力去**記住**照顧父母的細節。）**②動**記錄、記載。《列子・楊朱》：「太古之事滅矣，孰～之哉？」（遠古的事情已經消失了，誰會去**記錄**它們呢？）**③名**標誌、標記、記號。《南齊書・孝義傳》：「鄰居種桑樹於界上為～。」（鄰居會種植桑樹，在界線上作為分隔的**標記**。）

語 一🔊jyu5 宇 🔊yǔ
①動談論、説話。李白〈夜宿山寺〉：「不敢高聲～。」（不膽敢放大聲音**説話**。）**②名**言論、言辭。《論語・顏淵》：「請事斯～矣。」（請讓我跟着這言論去做吧。）**③名**俗語、諺語。《穀梁傳・僖公二年》：「～曰：『脣亡則齒寒』。」（**俗語**説：「嘴脣沒有了，牙齒就會變冷。」）

二🔊jyu6 遇 🔊yù
動告訴、對別人説。劉義慶〈荀巨伯遠看友人疾〉（《世説新語・德行》）：「友人～巨伯曰。」（朋友**告訴**荀巨伯説。）

誤 🔊ng6 悟 🔊wù
①名錯誤、差錯。陳壽《三國志・周瑜傳》：「曲有～。」（歌曲出現了**錯誤**。）**②副**錯誤地、不慎。《孔子家語・六本》：「～斬其根。」（**不慎**斬斷瓜的根部。）**③動**耽誤。錢泳〈要做則做〉（《履園叢話》）：「大～終身。」（徹底**耽誤**一生的前途。）

誘 🔊jau5 有 🔊yòu
動吸引。田汝成〈西湖清明節〉：「以～悦童曹者。」（來**吸引**、使孩子們開心的攤檔。）

誨 🔊fui3 悔 🔊huì
動教誨、教導。〈二子學弈〉（《孟子・告子上》）：「使弈秋～二人弈。」（讓弈秋**教導**兩個人下棋。）

説 一🔊syut3 雪 🔊shuō
①動説、述説。王安石〈登飛來峯〉：「聞～雞鳴見日升。」（聽聞別人**説**在公雞啼叫時，可以看到旭日升上天空。）**②動**説明。朱熹〈讀書有三到〉（《訓學齋規》）：「則不待解～。」（就不用依靠別人解釋**説明**。）**③名**文章體裁名稱，相當於「論説文」。譬如周敦頤〈愛蓮～〉是一篇以喜歡蓮花為主題的**論説文**。**④動**抒發。文天祥〈過零丁洋〉：「惶恐灘頭～惶恐。」（在惶恐灘邊兵敗，我**抒發**驚恐不安的感受。）

二🔊seoi3 碎 🔊shuì
動説服、遊説。劉義慶〈周處除三害〉（《世説新語・自新》）：「或～處殺虎斬蛟。」（有人**遊説**周處去砍殺老虎和蛟龍。）

請那位客人。）❹請讓我，多用於說話裏。《論語・顏淵》：「顏淵曰：『～問其目。』」（顏淵說：「**請讓我**詢問當中的詳情。」）

諸 粵zyu1 豬 普zhū

❶**形**眾多、一眾。司馬遷〈一鳴驚人〉（《史記・滑稽列傳》）：「於是乃朝～縣令長七十二人。」（於是召見**一眾**縣的首長共七十二個人。）❷〔諸侯〕**名**封國裏的國君，見頁75「封」字條欄目「歷史趣談」。司馬遷〈一鳴驚人〉（《史記・滑稽列傳》）：「～並侵。」（各封國的國君一起侵犯國境。）❸〔諸葛〕**名**複姓。劉禹錫〈陋室銘〉：「南陽～廬。」（南陽有**諸葛**亮的簡陋小屋。）❹由「之」與「於」結合的詞語，相當於「把某事物 …… 給 …… 」。〈不貪為寶〉（《左傳・襄公十五年》）：「獻～子罕。」（**將它**進獻**給**子罕。）❺由「之」與「於」結合的詞語，相當於「把某事物 …… 到 …… 」。〈愚公移山〉（《列子・湯問》）：「投～渤海之尾。」（**把泥土和石塊**拋棄**到**渤海的岸邊。）❻由「之」與「於」結合的詞語，相當於「從 …… 某事物 …… 」。〈在上位不陵下〉（《禮記・中庸》）：「反求～其身。」（應該反過來從自己身上尋找**原因**。）

三 粵jyut6 月 普yuè

❶**形**同「悅」，喜悅、高興。《論語・學而》：「學而時習之，不亦～乎？」（學會並且經常複習知識，不是感到**喜悅**嗎？）❷**動**喜歡。韓非〈濫竽充數〉（《韓非子・內儲說上》）：「宣王～之。」（宣王**喜歡**他。）

通假字

　　「說」起初只解作「說話」，後來卻因為字形、讀音相近，被人臨時當作「悅」字，成為「通假字」。譬如在「不亦說乎」這句話裏，「說」就是「悅」的通假字。

　　「通假字」往往讓文言文變得難以理解。譬如陶潛〈桃花源記〉裏有「便要還家」這一句，當中「要」原來是「邀」的通假字（因為彼此的讀音相近），解作「邀請」，讀〔邀〕（yāo）；如果沒有查清字義，那麼「於是『邀請』回家」的原意，就會被誤解成「於是『需要』回家」了。

誦 粵zung6 仲 普sòng

❶**動**背誦。韓嬰〈孟母戒子〉（《韓詩外傳・卷九》）：「孟子少時～。」（孟子小時候，有一次**背誦**書本。）❷**動**誦讀、朗讀。〈畫荻〉（《歐陽公事跡》）：「多～古人篇章。」（多點**誦讀**古時的人的文章。）

請 粵cing2 拯 普qǐng

❶**動**請求。錢鶴灘〈明日歌〉：「～君聽我〈明日歌〉。」（**請**您聽聽我的〈明日歌〉。）❷**動**請教。宋濂〈送東陽馬生序〉：「則又～焉。」（就又再向他**請教**。）❸**動**邀請。班固〈曲突徙薪〉（《漢書・霍光金日磾傳》）：「主人乃寤而～之。」（主人因而醒悟過來，並且**邀**

楚國的楚莊王；連同後來先後稱霸的吳王夫差和越王勾踐，這段多位諸侯相繼稱霸的時期被稱為「春秋」（名字源於孔子所著的史書《春秋》）。

後來，諸侯國裏卿大夫的力量開始超越諸侯，有的甚至將諸侯殺掉，另立新國。譬如公元前 403 年，晉國被韓、趙、魏三家的卿大夫瓜分，分裂成韓、趙、魏三個新諸侯國，史稱「三家分晉」；又例如齊國大臣田和在公元前 391 年放逐齊康公，然後自立為諸侯，沿用「齊」的國號，史稱「田氏代齊」；同時，北方的燕國也悄悄崛起。連同南面的楚國和西面的秦國，這七個諸侯國互相攻伐、爭奪天下，因而導致兵禍連年。從「三家分晉」開始，直到秦王嬴政在公元前 221 年統一六國為止，這段時期被稱為「戰國」（名字源於西漢人劉向所輯錄的史書《戰國策》）。

論 一（粵）leon6 吝（普）lùn
❶**動**評論、評定。班固〈曲突徙薪〉（《漢書・霍光金日磾傳》）：「今～功而請賓。」（現在**評定**功勞來邀請賓客。）❷**動**討論。劉義慶〈白雪紛紛何所似〉（《世說新語・言語》）：「與兒女講～文義。」（和子姪講解和**討論**文章的道理。）❸〔無論〕見頁 160「無」字條。❹**名**文章體裁名稱，即「議論文」。譬如蘇洵的〈六國～〉就是一篇以戰國時代六個諸侯國為對象的**議論文**。
二（粵）leon4 倫（普）lún
動編排。譬如《～語》就是一部把孔子和學生的言論（語）**編排**好的書籍。

調 一（粵）tiu4 條（普）tiáo
❶**動**調和、適合。劉安《淮南子・說林訓》：「梨橘棗栗不同味，而皆～於口。」（梨子、橘子、棗子和栗子的味道各有不同，可是都**適合**食用。）❷**動**烹調、調味。謝肇淛《五雜俎・物部三》：「～以酥酪。」（用乳酪來**調味**。）❸**動**調節、節制。班固《漢書・食貨志下》：「以～盈虛。」（來**調節**盈餘和虧缺。）❹**動**彈奏。劉禹錫〈陋室銘〉：「可以～素琴。」（可以**彈奏**樸素的古琴。）❺**動**調笑、嘲弄。劉義慶《世說新語・排調》：「王丞相每～之。」（王丞相每一次都**嘲弄**他。）
二（粵）diu6 掉（普）diào
❶**動**調動、調遷。司馬遷《史記・袁盎鼂錯列傳》：「～為隴西都尉。」（**調遷**成為隴西郡的軍官。）❷**名**曲調、調子。白居易〈琵琶行〉：「未成曲～先有情。」（還沒有彈奏出歌曲的**調子**，就抒發出情感。）

談 （粵）taam4 譚（普）tán
❶**動**談論。王讜〈口鼻眼眉爭辯〉（《唐語林・補遺》）：「我～古今是非。」（我能夠**談論**從古代到現代各樣正確和錯誤的事情。）❷**名**言論。❸**名**話題。陶弘景〈答謝中書書〉：「古來共～。」（自古代到現在都是大家的共同**話題**。）❹**動**傾談。曹操〈短歌行〉：「契闊～讌。」（久別重逢，在宴席上**傾談**。）

謀 （粵）mau4 眸（普）móu
❶**動**謀劃。《左傳・莊公十年》：「肉食者～之。」（有俸祿的官員**謀劃**這件事。）❷**動**商議、商量。〈愚公移山〉

（《列子・湯問》）：「聚室而～曰。」（集合家人來商量説。）❸動謀求。朱用純〈朱子家訓〉：「勿～良田。」（不要謀求上好的農田。）❹名計謀。司馬遷《史記・廉頗藺相如列傳》：「有智～。」（有着智慧和計謀。）

諫　粵gaan3 澗　普jiàn
❶動勸告君王、上司或長輩。〈鄒忌諷齊王納諫〉（《戰國策・齊策》）：「上書～寡人者。」（呈上文書勸諫我的人。）❷名諫言。〈鄒忌諷齊王納諫〉（《戰國策・齊策》）：「羣臣進～。」（一眾臣子前來呈上諫言。）

謂　粵wai6 胃　普wèi
❶動告訴。劉義慶〈荀巨伯遠看友人疾〉（《世説新語・德行》）：「～巨伯曰。」（告訴荀巨伯説。）❷動説。韓非〈買櫝還珠〉（《韓非子・外儲説左上》）：「未可～善鬻珠也。」（不可以説是善於售賣珍珠。）❸動認為。周敦頤〈愛蓮説〉：「予～菊，花之隱逸者也。」（我認為菊花，是花卉裏匿藏、隱居的人。）❹動議論、討論。劉義慶〈荀巨伯遠看友人疾〉（《世説新語・德行》）：「賊相～曰。」（敵軍互相議論説。）❺動稱呼。劉義慶〈周處除三害〉（《世説新語・自新》）：「義興人～為『三橫』。」（義興的平民稱呼他們做「三大禍害」。）❻動是、就是。朱熹〈讀書有三到〉（《訓學齋規》）：「～心到、眼到、口到。」（就是心思專注、眼睛專注、嘴巴專注。）❼名道理、意義。司馬遷《史記・秦始皇本紀》：「甚無～。」（非常沒有道理。）

諭　粵jyu6 預　普yù
動勸告、勸諭。白居易〈燕詩〉：「故作〈燕詩〉以～之矣。」（故此創作〈燕詩〉來勸告他。）

諷　粵fung3 風 [3 聲]　普fěng
動用委婉的語言勸諫。譬如〈鄒忌～齊王納諫〉就是講述了鄒忌用委婉的語言，去勸諫齊威王要接納諫言。

諠　粵hyun1 圈　普xuān
動忘記。韓嬰〈孟母戒子〉（《韓詩外傳・卷九》）：「孟子不復～矣。」（孟子就不再忘記書本內容了。）

講　粵gong2 港　普jiǎng
❶動講解。劉義慶〈白雪紛紛何所似〉（《世説新語・言語》）：「與兒女～論文義。」（和子姪講解和討論文章的道理。）❷動講究。《禮記・禮運》：「～信修睦。」（講究信用，重視和睦。）

謝　粵ze6 榭　普xiè
❶動拒絕、推辭。司馬遷《史記・汲鄭列傳》：「黯伏～不受印。」（汲黯將頭和四肢貼在地上跪着，拒絕賞賜，不接受官印。）❷動謝罪、道歉。〈嗟來之食〉（《禮記・檀弓下》）：「其～也，可食。」（如果他道歉的話，就可以吃食物。）❸動答謝、感謝。班固〈曲突徙薪〉（《漢書・霍光金日磾傳》）：「～其鄰人。」（答謝他的鄰居。）

謗　粵pong3 旁 [3 聲]/bong3 幫 [3 聲]　普bàng
❶動毀謗，説壞話陷害人。司馬遷《史記・屈原賈生列傳》：「忠而被～。」（忠心耿耿卻被人毀謗。）❷動指責。〈鄒忌諷齊王納諫〉（《戰國策・齊策》）：「能～議於市朝。」（能夠在公眾場合指責、議論我。）

謬　粵mau6 貿　普miù
名謬誤、錯誤。錢泳〈要做則做〉（《履園叢話》）：「此大～也。」（這是個大錯誤。）

識　一（粵）zi3 志　（普）zhì
（動）記住。〈苛政猛於虎〉（《禮記・檀弓下》）：「小子～之。」（你要記住這句話。）

二（粵）sik1 色　（普）shí
❶（動）認識。賀知章〈回鄉偶書〉（其一）：「兒童相見不相～。」（家鄉的小孩子看到我，卻不認識我。）❷（動）了解。蘇軾〈題西林壁〉：「不～廬山真面目。」（不了解廬山真正的外貌。）❸（動）知道。虞世南〈詠螢〉：「恐畏無人～。」（牠恐怕沒有人知道自己的存在。）❹（動）辨認。朱熹〈春日〉：「等閑～得東風面。」（很容易辨認出東風的面貌。）

議　（粵）ji5 以　（普）yì
❶（動）討論。〈鄒忌諷齊王納諫〉（《戰國策・齊策》）：「能謗～於市朝。」（能夠在公眾場合指責、議論我。）

❷（動）建議。諸葛亮〈出師表〉：「是以眾～舉寵為督。」（因此大家建議推舉向寵擔任都督。）❸（動）毀謗，說壞話陷害人。〈三人成虎〉（《戰國策・魏策》）：「～臣者過於三人矣。」（毀謗我的人卻多過三個人了。）

讌　（粵）jin3 宴　（普）yàn
（名）宴席、宴會。曹操〈短歌行〉：「契闊談～。」（久別重逢，在宴席上傾談。）

讒　（粵）caam4 慚　（普）chán
❶（動）毀謗，說壞話陷害人。〈三人成虎〉（《戰國策・魏策》）：「而～言先至。」（可是毀謗他的言論早早就傳到魏王那裏。）❷（名）讒言，陷害別人的言論。蘇洵〈六國論〉：「洎牧以～誅。」（直到李牧因為讒言而被誅殺。）

谷 部

　　這是「谷」的甲骨文寫法，上面兩個像「八」的部件描繪出兩座分開了的山，下面的「口」就是谷口，「谷」的本義是「山谷」。從「谷」部的常用字不多，但都跟「山谷」有關，譬如：「豁」的本義就是暢通的山谷，「谿」就是山谷裏的小溪。

谷　（粵）guk1 菊　（普）gǔ
❶（名）山谷。〈疑鄰竊斧〉（《列子・說符》）：「掘於～而得其斧。」（在山谷挖掘泥土時，找回他的斧頭。）❷〔金谷〕見頁280「金」字條。

豁　（粵）kut3 括　（普）huò
❶（形）廣闊。陶潛〈桃花源記〉：「～然開朗。」（十分廣闊、空曠、光亮。）❷（形）通達、開朗。〈杯弓蛇影〉（《晉書・樂廣傳》）：「客～然意解。」（客人一臉開朗的樣子，心情也放鬆起來。）

豆 部

這是「豆」的甲骨文寫法，好像一個器皿的樣子：上面的一畫是蓋子，中間是主體，下面的是柱足及底座，「豆」的本義就是盛載食物的高足器皿，到後來才指「大豆」。原來五穀 (見頁192「穀」字條欄目「文化趣談」) 之一的「豆」起初叫「菽」，後來才被比較容易寫的「豆」字取代。從「豆」部的常用字不多，跟「大豆」有關的字就更少了。

豆　（粵）dau6 逗　（普）dòu
❶名一種盛載食物的器具。〈魚我所欲也〉(《孟子·告子上》)：「一～羹。」(一碗湯羹。) ❷名豆子。曹植〈七步詩〉(《世說新語·文學》)：「煮～持作羹。」(烹調豆子，用來製作湯羹。)

盛食器具

豈　（粵）hei2 起　（普）qǐ
❶副難道。劉義慶〈荀巨伯遠看友人疾〉(《世說新語·德行》)：「～荀巨伯所行邪？」(難道是我荀巨伯做的事嗎？) ❷副怎麼。〈父善游〉(《呂氏春秋·察今》)：「其子～遽善游哉？」(小

孩怎麼就會擅長游泳呢？) ❸副大概。陳壽《三國志·諸葛亮傳》：「將軍～願見之乎？」(您大概想會見他吧？)

豉　（粵）si6 事　（普）chǐ
名豆子。曹植〈七步詩〉(《世說新語·文學》)：「漉～以為汁。」(過濾豆子，用來製成豆汁。)

豎　（粵）syu6 樹　（普）shù
❶動豎立、直立。邯鄲淳〈截竿入城〉(《笑林》)：「初～執之。」(起初直起來拿着它。) ❷名童僕，年幼的僕人。《列子·說符》：「又請楊子之～追之。」(又請求楊子的童僕追尋牠。)

豐　（粵）fung1 風　（普）fēng
❶形豐富。陸機〈辯亡論〉：「其財～。」(他的家財很豐富。) ❷名豐收。譬如在〈記承天寺夜遊〉開首，蘇軾交代了當時是「元豐六年」，「元～」是宋神宗的年號，意思是指「大豐收」。

豕　部

「豕」讀〔此〕(shǐ)，本義是「豬」。「豬」是古代重要的家畜，左圖是「豕」的甲骨文寫法，像是一隻豎立起來的豬，可以看到牠那胖胖的肚子，還有身上的豬毛。不少從「豕」部的字都跟豬有關，譬如「豨」就是「豬」，「豚」本來指「小豬」。

不過也有例外，譬如「象」和「豫」都是指「大象」，「豪」本來是「箭豬」，這些文字都跟豬沒有關係，只是有着「豕」這個部件，因此被歸納為「豕」部而已。

豚 ⓹tyun4 團 ⓹tún
❶名小豬。《孟子·梁惠王上》：「雞〜狗彘之畜。」（雞、**小豬**、狗、豬等牲畜。）❷〔河豚〕見頁151「河」字條。

象 ⓹zoeng6 匠 ⓹xiàng
❶名大象。韓非《韓非子·解老》：「人希見生〜也。」（一般人很難看到活生生的**大象**。）❷名象牙。歸有光〈項脊軒志〉：「持一〜笏至。」（拿着一塊**象牙**手板來到。）❸名景象。范仲淹〈岳陽樓記〉：「氣〜萬千。」（氣候的**景象**千變萬化。）❹動好像、猶如。《周髀算經·卷下》：「天〜蓋笠。」（天空**好像**一個茅草帽子。）❺動模仿。劉基〈賣柑者言〉：「赫赫乎可〜也？」（顯赫得值得人們**模仿**嗎？）

豪 ⓹hou4 毫 ⓹háo
❶形豪壯、盛大。周密〈浙江之潮〉（《武林舊事·觀潮》）：「勢極雄〜。」（氣勢極其雄偉、**豪壯**。）❷形豪華、闊綽。司馬光〈訓儉示康〉：「近世寇萊公〜侈冠一時。」（近代的寇準生活**豪華**、奢侈，曾在一段時間裏數一數二。）

豫 ⓹jyu6 預 ⓹yù
名地名，「豫州」的簡稱，位於今天的河南省，見頁7「九」字條欄目「歷史趣談」。〈愚公移山〉（《列子·湯問》）：「指通〜南。」（一直通向**豫州**的南部。）

貝 部

這是「貝」的甲骨文寫法，它的本義是「貝殼」。「貝」裏面的肉可以吃，外面的殼則可以當貨幣使用，稱為「貝幣」。因此從「貝」部的字，絕大部分都與錢財、貨物、買賣有關。

負 ⓹fu6 附 ⓴fù
❶勔背負。〈愚公移山〉（《列子‧湯問》）：「命夸蛾氏二子～二山。」（命令大力神夸蛾氏的兩個兒子**背負**這兩座山。）❷勔懷有。〈岳飛之少年時代〉（《宋史‧岳飛傳》）：「飛少～氣節。」（岳飛少年時，就**懷有**志氣和節操。）❸勔背棄。司馬遷《史記‧廉頗藺相如列傳》：「決～約不償城。」（一定會**背棄**約定，不肯賠償城池。）❹勔辜負。司馬遷《史記‧廉頗藺相如列傳》：「臣誠恐見欺於王而～趙。」（我真的恐怕被大王欺騙，因而**辜負**趙王。）❺勔落敗。蘇洵〈六國論〉：「故不戰而強弱勝～已判矣。」（故此不用戰爭，卻已經判斷了強大和弱小、勝利和**落敗**了。）

貢 ⓹gung3 槓 ⓴gòng
❶勔將物品進獻給君王。《左傳‧桓公十五年》：「諸侯不～車服。」（封國裏的國君沒有**進獻**車子和禮服。）❷名貢品，進獻的物品。司馬遷《史記‧孝文本紀》：「令諸侯毋入～。」（下令封國裏的國君無需進獻**貢品**。）❸勔贈與（對方）、贈予（物品）。〈庭中有奇樹〉（《古詩十九首》）：「此物何足～？」（這朵花兒哪裏值得**贈與**他們？）

財 ⓹coi4 才 ⓴cái
名財物、財產。邯鄲淳〈漢世老人〉（《笑林》）：「貨～充於內帑矣。」（貨物和**財產**都被充公到宮中的府庫裏了。）

責 ⓹zaak3 窄 ⓴zé
❶名責任。韓非《韓非子‧南面》：「必有言之～，又有不言之～。」（一定要有進諫的**責任**，也有不進諫的**責任**。）❷勔責備、責怪。〈閔子騫童年〉（《敦煌變文集‧孝子傳》）：「父乃～之。」（父親於是**責備**他。）

貨 ⓹fo3 課 ⓴huò
❶名貨物。邯鄲淳〈漢世老人〉（《笑林》）：「～財充於內帑矣。」（**貨物**和財產都被充公到宮中的府庫裏了。）❷名錢財。柳宗元〈哀溺文序〉：「何以～為？」（還死抱着**錢財**來做甚麼？）

貽 ⓹ji4 怡 ⓴yí
勔贈送、送給。〈十五從軍征〉：「不知～阿誰。」（不知道**送給**誰人吃。）

貴 ⓹gwai3 桂 ⓴guì
❶形尊貴、有地位。周敦頤〈愛蓮説〉：「牡丹，花之富～者也。」（牡丹花，是花卉裏有錢**有地位**的人。）

❷働珍惜、重視。司馬遷《史記·滑稽列傳》:「皆知大王賤人而～馬也。」(都知道大王輕視人類,卻重視馬匹。)
❸彫昂貴。杜甫〈歲晏行〉:「去年米～闕軍食。」(去年白米昂貴,結果軍隊缺乏糧食。)

買 ⑳maai5 賣 [5 聲] ⑳mǎi
❶働購買。〈木蘭辭〉:「東市～駿馬。」(到東面的市集購買優秀的馬匹。)
❷働租用。彭端淑〈為學一首示子姪〉:「吾數年來欲～舟而下。」(我幾年以來都想租用船隻,順流而下前往南海。)

費 ⑳fai3 廢 ⑳fèi
❶働花費、花去。周怡〈勉諭兒輩〉:「不敢輕易～用。」(不會膽敢隨意花費錢財。)❷働花錢、破費。班固〈曲突徙薪〉(《漢書·霍光金日磾傳》):「不～牛酒。」(現在就不用破費宰殺牛隻、置辦酒席。)

賀 ⑳ho6 河 [6 聲] ⑳hè
働祝賀。劉安〈塞翁失馬〉(《淮南子·人間訓》):「人皆～之。」(人們都祝賀他。)

賊 ⑳caak6 冊 [6 聲] ⑳zéi
❶名敵人、敵軍。劉義慶〈荀巨伯遠看友人疾〉(《世說新語·德行》):「值胡～攻郡。」(遇上外族敵軍攻打郡城。)❷名盜賊。歸有光〈歸氏二孝子傳〉:「在外作～耳?」(在外面做盜賊嗎?)

資 ⑳zi1 滋 ⑳zī
❶名錢財、財產。〈畫荻〉(《歐陽公事跡》):「家貧無～。」(家境貧窮,沒有錢財。)❷働資助、送出。〈鑿壁借光〉(《西京雜記·第二》):「～給以書。」(把書籍送出,給予匡衡。)❸名資質。〈岳飛之少年時代〉(《宋

史·岳飛傳》):「天～敏悟。」(天生資質敏捷聰明。)

賓 ⑳ban1 奔 ⑳bīn
名賓客、客人。班固〈曲突徙薪〉(《漢書·霍光金日磾傳》):「今論功而請～。」(現在評定功勞來邀請賓客。)

賢 ⑳jin4 然 ⑳xián
❶名賢才,有才華和德行的人。王羲之〈蘭亭集序〉:「羣～畢至。」(一眾賢才都來到。)❷彫有才華、有德行。諸葛亮〈出師表〉:「親～臣。」(親近有才華和德行的臣子。)❸名德行。韓愈〈師說〉:「其～不及孔子。」(他們的德行比不上孔子。)❹彫優勝。韓愈〈師說〉:「師不必～於弟子。」(老師不一定比學生優勝。)❺代您、您的。范公偁〈名落孫山〉(《過庭錄》):「～郎更在孫山外。」(您的兒子更加在孫山的後面。)

賞 ⑳soeng2 想 ⑳shǎng
❶働賞賜、賜予。〈木蘭辭〉:「～賜百千強。」(賜予成千上百有餘的獎賞。)❷名獎賞。〈鄒忌諷齊王納諫〉(《戰國策·齊策》):「能面刺寡人之過者,受上～。」(能夠當面指責我過錯的人,就得到上等獎賞。)❸働欣賞、賞玩。李白〈春夜宴從弟桃花園序〉:「幽～未已。」(高雅的賞玩還未完結。)

賦 ⑳fu3 富 ⑳fù
❶名賦稅、稅項。班固《漢書·武帝紀》:「皆無出今年租～。」(都不能超過今年的田租和稅項。)❷働創作(詩歌)。文嘉〈今日歌〉:「為君聊～〈今日詩〉。」(為了您,我姑且創作了這首〈今日詩〉。)❸働朗誦(詩歌)。陶潛〈歸去來辭〉:「臨清流而～詩。」(走近清澈的河流旁邊,朗誦詩歌。)

賜 粵ci3次 普cì

動賞賜、賜予。〈杯弓蛇影〉（《晉書·樂廣傳》）：「蒙～酒。」（得到您賜予的酒。）

質 一 粵zi3志 普zhì

❶動做人質。〈三人成虎〉（《戰國策·魏策》）：「龐葱與太子～於邯鄲。」（龐葱陪伴太子到邯鄲做人質。）❷名人質。〈三人成虎〉（《戰國策·魏策》）：「後太子罷～。」（後來太子做完人質。）

二 粵zat1質 普zhì

❶名表面。柳宗元〈捕蛇者説〉：「永州之野產異蛇，黑～而白章。」（永州的郊野出產一種特別的蛇，表面是黑色的，帶有白色的花紋。）❷形質樸、樸素。朱用純〈朱子家訓〉：「器具～而潔。」（器皿和餐具要樸素和潔淨。）❸動質問、詢問。宋濂〈送東陽馬生序〉：「援疑～理。」（提出疑難，詢問道理。）

贍 粵sim6閃 [6聲] 普shàn

動救濟。邯鄲淳〈漢世老人〉（《笑林》）：「我傾家～君。」（我用盡家財來救濟您。）

赤 部

這是「赤」的甲骨文寫法，下面的部件是「火」，上面的部件不是「人」，是「大」。火大了，顏色自然會變紅，故此「赤」的本義就是紅色。部分從「赤」部的字跟紅色有關，譬如「赫」本來是指火紅色。

赤 粵cek3尺 普chì

❶形紅色，見頁227「色」字條欄目「文化趣談」。〈精衛填海〉（《山海經·北山經》）：「文首、白喙、～足。」（長有花紋的頭部、白色的嘴巴、紅色的雙腳。）❷形忠誠、純真。丘遲〈與陳伯之書〉：「推～心於天下。」（將忠誠的心推廣到天下。）

走部

這是「走」的金文寫法，上面的部件像一個兩臂擺動、正在奔跑的人，下面的部件是「止」，強調雙腳在奔跑，「走」的本義就是「奔跑」。從「走」部的字，大多跟「奔跑」有關。

走

🔊zau2 酒　🔊zǒu

❶**動**跑步、奔跑。〈木蘭辭〉：「雙兔傍地～。」（兩隻兔子一起貼着地面**奔跑**。）❷**動**逃跑。〈狐假虎威〉（《戰國策·楚策》）：「觀百獸之見我而敢不～乎？」（看看一眾野獸看到我，有哪一個是膽敢不**逃跑**的？）❸**動**離開。〈東施效顰〉（《莊子·天運》）：「挈妻子而去之～。」（帶着妻子和兒子，躲避她**離開**。）

赴

🔊fu6 附　🔊fù

動前往。范公偁〈名落孫山〉（《過庭錄》）：「～舉時。」（**前往**應考科舉的時候。）

起

🔊hei2 喜　🔊qǐ

❶**動**起身、起立。歐陽修〈醉翁亭記〉：「～坐而諠譁者。」（**站着**、坐着大叫的人。）❷**動**起牀。朱用純〈朱子家訓〉：「黎明即～。」（每天天剛亮，就要**起牀**。）❸**動**飛起。劉義慶〈白雪紛紛何所似〉（《世說新語·言語》）：「未若柳絮因風～。」（不如比作柳絮憑藉風**飛起來**。）❹**動**起用、當官。文天祥〈過零丁洋〉：「辛苦遭逢～一經。」（回想自己誦讀儒家典籍、考中科舉**當官**以來辛勞和痛苦的經歷。）❺**動**建造。李華〈弔古戰場文〉：「秦～長城。」（秦始皇**建造**長城。）

越

🔊jyut6 月　🔊yuè

❶**動**越過、跨過。曹操〈短歌行〉：「～陌度阡。」（**穿越**田間小路。）❷**動**經過。彭端淑〈為學一首示子姪〉：「～明年。」（**經過**了第二年。）

趁

🔊can3 襯　🔊chèn

〔趕趁〕見頁260「趕」字條。

趙

🔊ziu6 召　🔊zhào

名戰國時代諸侯國名稱，領土覆蓋今天的河北省及山西省一帶，見頁251「諸」字條欄目「歷史趣談」。〈鄒忌諷齊王納諫〉（《戰國策·齊策》）：「燕、～、韓、魏聞之。」（燕國、**趙國**、韓國、魏國聽聞這消息。）

趕

🔊gon2 稈　🔊gǎn

〔趕趁〕**動**做買賣、做生意。田汝成〈西湖清明節〉：「又有買賣～。」（又有**做**買賣**生意**的。）

趣

一　🔊ceoi1 吹　🔊qū

名同「趨」，趨向、方向。柳宗元〈始得西山宴遊記〉：「夢亦同～。」（做夢也有着同樣的**方向**。）

二　🔊ceoi3 翠　🔊qù

名心意。〈高山流水〉（《列子·湯問》）：「鍾子期輒窮其～。」（鍾子期都總是徹底領悟他的**想法**。）

趨 🔊ceoi1 吹 🔊qū

❶動快走、快跑。〈揠苗助長〉（《孟子·公孫丑上》）：「其子～而往視之。」（他的兒子**快跑**，前往視察禾苗。）❷動前往、走到。宋濂〈送東陽馬生序〉：「嘗～百里外。」（曾經**走到**百里之外。）❸動追求。賈誼〈論積貯疏〉：「今背本而～末。」（現在背棄本業務農，**追求**末業從商。）

足 部

這是「足」的金文寫法，清楚描繪出足的部位：臀部、大腿、小腿、腳板、腳踝、腳趾，「足」的本義就是腳部。「足」的功能是走路，因此從「足」部的字，大多跟「腳部」和「走路」有關。

足 🔊zuk1 竹 🔊zú

❶名人、動物的腳。韓非〈鄭人買履〉（《韓非子·外儲說左上》）：「何不試之以～？」（為甚麼不用自己的**腳**去試穿鞋子？）❷形足夠。周怡〈勉諭兒輩〉：「不饞不寒～矣。」（不貪吃、不感到寒冷就**足夠**了。）❸形滿足。司馬遷〈御人之妻〉（《史記·管晏列傳》）：「然子之意自以為～。」（可是你的心裏卻自以為**滿足**。）❹動值得。李白〈古朗月行〉：「去去不～觀。」（沒有甚麼**值得**觀賞，我只好離開了。）

跎 🔊to4 駝 🔊tuó

〔蹉跎〕見頁262「蹉」字條。

跬 🔊kwai2 規 [2聲] 🔊kuǐ

名古人走兩步，稱為「步」，走一步，稱為「跬」，因此也稱為「半步」。荀況〈勸學〉（《荀子》）：「故不積～步，無以至千里。」（故此不積累每一個**半步**，就沒有辦法走到千里之外。）

路 🔊lou6 露 🔊lù

❶名道路。杜牧〈清明〉：「～上行人欲斷魂。」（**道路**上遠行的人快要失去魂魄，十分傷心。）❷名路程、路途。陶潛〈桃花源記〉：「忘～之遠近。」（忘記了**路途**是遠是近。）❸名距離。〈庭中有奇樹〉（《古詩十九首》）：「～遠莫致之。」（**距離**遙遠，不能夠送給他們。）

踏 🔊daap6 答 [6聲] 🔊tà

動踩踏。李白〈贈汪倫〉：「忽聞岸上～歌聲」（忽然聽到河岸上傳來一邊**踏腳**、一邊歌唱的聲音。）

踵 🔊zung2 總 🔊zhǒng

❶名腳跟、腳踵。方苞〈獄中雜記〉：「生人與死者並～頂而臥。」（未死和已死的人**腳踵**和頭頂並排來躺臥。）❷動跟隨。張岱〈白洋潮〉：「章侯、世培～至。」（陳章侯、祁世培**跟隨**前往。）❸〔接踵〕見頁112「接」字條。

蹉

粵col 初　**普**cuō

〔蹉跎〕**動**浪費時間。錢鶴灘〈明日歌〉：「萬事成～。」（所有事情都會做不成，**浪費時間**。）

蹴

粵cuk1 速　**普**cù

❶**動**踢。〈魚我所欲也〉（《孟子·告子上》）：「～爾而與之。」（**踢**給他。）❷**動**湧。張岱〈白洋潮〉：「～起如百萬雪獅。」（**湧**起像百萬頭雪白獅子的潮水。）

身 部

這個是「身」的甲骨文寫法，描繪了一個人，並突出其腹部，可見「身」的本義是腹部，後來才泛指整個身體。從「身」部的字大多跟「身體」有關。

身

粵san1 新　**普**shēn

❶**名**身體、軀殼。于謙〈石灰吟〉：「粉骨碎～全不怕。」（即使骨頭和**身體**都粉碎了，它也完全不懼怕。）❷**代**我、自己。蘇軾〈題西林壁〉：「只緣～在此山中。」（只是因為**我自己**處於這座山裏面。）❸**副**親自、親身。《墨子·號令》：「若能～捕罪人。」（若果能夠**親身**逮捕有罪的人。）❹**名**借指物件。王冕〈素梅〉（其五十六）：「冰雪林中着此～。」（這朵**花**依附在冰雪覆蓋的樹林裏萌生長。）❺**名**生命、性命。劉義慶〈荀巨伯遠看友人疾〉（《世說新語·德行》）：「寧以我～代友人命。」（寧願用我的**性命**來換取朋友的性命。）❻**名**人生、一生。〈一年之計〉（《管子·權修》）：「終～之計。」（作整個**人生**的計劃。）❼〔身世〕**名**一生的經歷。文天祥〈過零丁洋〉：「～浮沉雨打萍。」（我**一生的經歷**猶如被雨點擊打着的浮萍，時而浮起，時而下沉。）

軀

粵keoi1 驅　**普**qū

名身體、軀體。杜甫〈江村〉：「微～此外更何求？」（除了這些，我這副卑微的**身軀**還有甚麼其他奢求？）

車 部

這是「車」的甲骨文寫法，可以清楚看到中間的方形車廂、車廂兩邊的圓形車輪、貫穿車廂和車輪的車軸，還有車軸兩端的配件。「車」的本義就是車子。後來為了書寫方便，人們於是將「車」字從橫寫改成豎寫，同時省略了一些部件，漸漸就演變成今天「車」字的寫法。

古人對車子的製作非常講究，因此從「車」部的字，大都跟車子或它的零件有關，譬如：「軒」的本義是「車子」，「載」的本義是「乘坐車子」，「輿」的本義是「車廂」等。

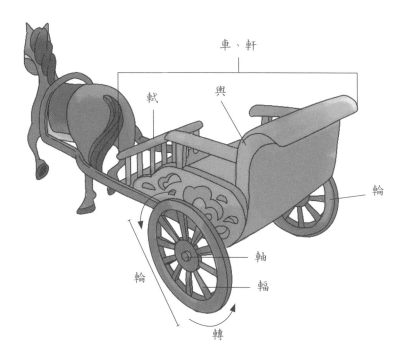

車

🔊geoi1 居／ce1 奢　🔊chē

❶名車子、馬車。杜牧〈山行〉：「停～坐愛楓林晚。」（我停下**車子**，只因為喜愛這楓樹林的黃昏景色。）❷〔辟車〕見頁267「辟」字條。

「車」的古、今讀音

　　「車」字有〔居〕和〔奢〕兩個粵音，那麼，「停車坐愛楓林晚」中的「車」字，應該讀作甚麼呢？

　　東漢人劉熙著有《釋名》這本書，主要解釋各種事物的名稱起源。在書中，劉熙這樣說：「車，古者曰『車』，聲如〔居〕，言行所以居人也；今曰『車』，聲近〔舍〕，行者所處若車舍也。」他以漢代為分界線：在漢代之前，人們把車子看成遠行者所「居」住的地方，因此讀〔居〕；在漢代以後，人們把車子看成遠行者出入的房「舍」，因此讀〔舍〕。

　　可見，車起初讀〔居〕，後來到漢朝才衍生出接近〔舍〕的新讀音，再演變到今天的〔奢〕音。為了易於分辨，將古詩文裏的「車」讀作〔居〕，是相對穩妥的，因此「停車坐愛楓林晚」中的「車」應該讀〔居〕。

軍

🔊gwan1 君　🔊jūn

❶名軍隊。劉義慶〈荀巨伯遠看友人疾〉（《世說新語・德行》）：「大～至。」（浩大的**軍隊**到達。）❷名士兵。劉義慶〈望梅止渴〉（《世說新語・假譎》）：「～皆渴。」（**士兵**都很口渴。）❸動徵兵。〈木蘭辭〉：「昨夜見～帖。」（晚上我看見**徵兵**的公文。）❹〔將軍〕見頁76「將」字條。

軒

🔊hin1 牽　🔊xuān

❶名車子。劉義慶〈管寧、華歆共園中鋤菜〉（《世說新語・德行》）：「有乘～冕過門者。」（有乘坐**車子**、頭戴官帽的人經過大門。）❷名小房子。譬如〈項脊～志〉是明朝作家歸有光的一篇散文，憶述自己年輕時在一間名為「項脊」的**小書房**所經歷的往事。❸形高大、寬敞。紀昀〈曹某不怕鬼〉（《閱微草堂筆記・灤陽消夏錄一》）：「甚～爽。」（非常**寬敞**、舒爽。）

軸

🔊zuk6 族　🔊zhóu

名車軸，貫穿車輪中心的橫木。《墨子・備高臨》：「兩～三輪。」（兩根**車軸**，每根車軸各有三個車輪。）

載

一🔊zoi3 再　🔊zài

❶動乘坐。司馬遷《史記・河渠書》：「水行～舟。」（用水路出行，就要**乘坐**船隻。）❷動運載。柳宗元〈黔之驢〉：「有好事者船～以入。」（有個多事的人用船**運載**了一隻驢子到這裏。）❸動承托。吳兢《貞觀政要・政體第二》：「水能～舟，亦能覆舟。」（水能夠**承載**船隻，也能夠翻倒船隻。）

二🔊zoi2 宰　🔊zǎi

名一年。崔顥〈黃鶴樓〉：「白雲千～空悠悠。」（千百**年**來只有白雲在飄蕩。）

軾

🔊sik1 色　🔊shì

名車子前方用作扶手的橫木。〈苛政猛於虎〉（《禮記・檀弓下》）：「夫子～而聽之。」（孔子一邊扶着**車前的橫木**，一邊聽着。）

輒

🔊zip3 接　🔊zhé

❶副總是、常常。錢泳〈要做則做〉（《履園叢話》）：「後生家每臨事，～曰。」（年輕人每當面對大事，**總是**說。）❷連表示結果，相當於「就」、「於是」。邯鄲淳〈漢世老人〉（《笑林》）：「隨步～減。」（每走一步**就**減少一個銅錢。）

輔 🔊fu6 付 🔊fǔ
❶動輔助、協助。《論語・顏淵》：「以友～仁。」(通過朋友**輔助**自己的仁德。)❷動保衞。王勃〈送杜少府之任蜀州〉：「城闕～三秦。」(長安城得到三秦地區的**保衞**。)

輕 🔊hing1 卿 🔊qīng
❶形輕盈。虞世南〈詠螢〉：「飄颻弱翅～。」(隨風飛翔的翅膀弱小、**輕盈**。)❷形輕巧。杜牧〈秋夕〉：「～羅小扇撲流螢。」(拿着一把**輕巧**的絲質小搖扇，撲打飛舞的螢火蟲。)❸形細小。王維〈送元二使安西〉：「渭城朝雨浥～塵。」(渭城早上的一場雨沾濕了**細小**的塵埃。)❹形輕快。李白〈早發白帝城〉：「～舟已過萬重山。」(**輕快**的小船已經駛過許多座山嶺。)❺形輕易。唐寅〈畫雞〉：「平生不敢～言語。」(在平常的時候不敢**輕易**説話。)❻〔輕易〕副隨意。周怡〈勉諭兒輩〉：「不敢～費用。」(不會膽敢**隨意**花費錢財。)❼形不重要。《孟子・盡心下》：「民為貴，社稷次之，君為～。」(百姓是最重要的，國家是其次，國君是最**不重要**的。)❽動輕視。歐陽修〈賣油翁〉：「爾安敢～吾射！」(你怎麼膽敢**輕視**我的射術！)

輪 🔊leon4 鄰 🔊lún
❶名車輪。〈孔雀東南飛〉：「金車玉作～。」(金色的車子，配上白玉做的**車輪**。)❷名像車輪的事物。張若虛〈春江花月夜〉：「皎皎空中孤月～。」(明亮的天空中，就只有**車輪般**的月兒。)

輟 🔊zyut3 啜 🔊chuò
動停止、中止。韓嬰〈孟母戒子〉(《韓詩外傳・卷九》)：「孟子～然中止。」(孟子在中途**停止**背誦。)

輝 🔊fai1 揮 🔊huī
名光輝、光彩。〈長歌行〉：「萬物生光～。」(各種事物呈現出一片**光彩**。)

輩 🔊bui3 貝 🔊bèi
❶助用於人稱代詞後面，表示眾數，相當於「們」。劉義慶〈荀巨伯遠看友人疾〉(《世説新語・德行》)：「我～無義之人。」(我**們**是不懂道義的人。)❷名輩分。譬如〈勉諭兒～〉是周怡寫給後**輩**的一篇文章，勉勵、勸諭他們生活要節儉。

輻 🔊fuk1 福 🔊fú
名車輪中連接車輪中心和輪圈的直木。

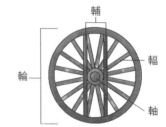

「輻射」的由來

上圖是「當心輻射」的警告標誌。三角形裏表示「輻射」的圓形圖案，正是從中間出發，向不同的方向放射，與「輻」字的意思吻合——從車軸出發，向外發射到輪圈的木條。

輯　⓿cap1 緝　⓿jí
❶動編輯，即編排、整理收集回來的文章，成為書本。班固《漢書・藝文志》：「門人相與～而論篹。」（學生一同**編輯**和編排孔子的言論。）❷動裝飾。韓非〈買櫝還珠〉（《韓非子・外儲說左上》）：「飾以玫瑰，～以羽翠。」（用玫瑰石和翡翠來**裝飾**。）

輿　⓿jyu4 餘　⓿yú
❶名車廂，泛指車子。《孟子・梁惠王上》：「明足以察秋毫之末，而不見～薪。」（眼光敏銳得足夠去觀察秋天時鳥獸細毛的末端，卻看不見**車子**的柴枝。）❷名眾人。司馬光《資治通鑑・唐紀》：「頃者竊聞～議。」（不久，我私下聽到**眾人**的議論。）

轉　一⓿zyun3 鑽　⓿zhuǎn
❶動運轉、旋轉。辛棄疾〈青玉案・元夕〉：「玉壺光～。」（花燈的光芒在**旋轉**着。）❷動官位升級。〈木蘭辭〉：「策勳十二～。」（皇帝給木蘭記下許多**級**軍功。）
二⓿zyun2 專 [2 聲]　⓿zhuǎn
❶動轉向、改變方向。〈孔雀東南飛〉：「～頭向戶裏。」（把頭一**轉**，望向房間裏。）❷動改變、轉變。李白〈春夜宴從弟桃花園序〉：「高談～清。」（在暢快的談論中，話題**變得**清雅起來。）❸動轉彎、拐彎。歐陽修〈醉翁亭記〉：「峯迴路～。」（山峯迴旋，山路**拐彎**。）❹形曲折。張若虛〈春江花月夜〉：「江流宛～遶芳甸。」（江水**曲曲折折**地圍繞着花草叢生的郊野流淌。）❺動漂泊。陶潛〈雜詩〉（其一）：「分散逐風～。」（經歷種種生離死別，生命跟隨風**漂泊**。）

轔　⓿leon4 輪　⓿lín
擬車子行走時的聲音。杜甫〈兵車行〉：「車～～。」（戰車**轔轔**作響。）

轡　⓿bei3 臂　⓿pèi
名駕馭馬匹的韁繩和口勒。〈木蘭辭〉：「南市買～頭。」（到南面的市集購買**韁繩和口勒**。）

辛　部

這是「辛」的甲骨文寫法，好像一個鑿形的刀具，用來伐木、施刑。正因為是指虐待犯人的刑具，因此「辛」後來引申出辛苦、辛勞等意思。不過，從「辛」部的字大多跟刑具沒有關係。

辛 **粵**san1 新 **普**xīn
❶**形**辛勞。文天祥〈過零丁洋〉：「～苦遭逢起一經。」（回想自己誦讀儒家典籍、考中科舉當官以來**辛勞**和痛苦的經歷。）❷**形**悲痛。李白〈陳情贈友人〉：「自古多艱～。」（從古代到現在，英雄都經歷過不少艱苦和**悲痛**。）❸**形**像辣椒的味道。蘇軾〈再和次韻曾子開從駕〉（其一）：「搗殘椒桂有餘～。」（把花椒和肉桂打碎，會遺留**辛辣**的味道。）

辟 **一粵**pik1 僻 **普**pì
❶**動**同「闢」，開闢、開拓。《孟子·梁惠王上》：「欲～土地。」（想**開闢**土地。）❷**動**同「闢」，摒除。《墨子·尚賢上》：「～私怨。」（**摒除**個人的仇怨。）❸**形**同「僻」，偏僻。司馬遷《史記·范雎蔡澤列傳》：「夫秦國～遠。」（秦國位置**偏僻**，路途遙遠。）
二粵bei6 鼻 **普**bì
❶**動**同「避」，避開。❷〔辟車〕**動**離開車子。韓嬰〈皋魚之泣〉（《韓詩外傳·卷九》）：「孔子～與之言曰。」（孔子**下車**跟他說。）❸〔辟易〕**動**避開、走避。張岱〈白洋潮〉：「看者～。」（看潮的人**走避**。）

辨 **粵**bin6 辯 **普**biàn
❶**動**分辨、辨別。〈木蘭辭〉：「安能～我是雄雌？」（怎麼能夠**分辨**我是雄性，還是雌性？）❷**動**同「辯」，解釋。陶潛〈飲酒〉（其五）：「欲～已忘言。」（想**解釋**，卻已經忘記怎樣說。）

辦 **粵**baan6 扮 **普**bàn
❶**動**辦理、處理、做。《管子·形勢解》：「父母不易其則，故家事～焉。」（父母不動搖他們的原則，因此家中的事情能夠順利**處理**。）❷**動**購買。周怡〈勉諭兒輩〉：「可～粗飯幾日。」（可以用來**購買**數天的簡單的飯菜。）

辭 **粵**ci4 詞 **普**cí
❶**名**言辭。宋濂〈送東陽馬生序〉：「未嘗稍降～色。」（不曾稍為放寬**言辭**和態度。）❷**名**詩歌體裁名稱。譬如〈木蘭～〉就是一首記述木蘭代父從軍的**詩歌**。❸**動**推辭、拒絕。李綱〈病牛〉：「不～羸病臥殘陽。」（即使體弱、生病、倒臥在落日之下，也不**推辭**這重任。）❹**動**辭別、告別。李白〈早發白帝城〉：「朝～白帝彩雲間。」（早上，我**告別**五彩雲朵裏的白帝城。）❺**動**辭世、死去。韓嬰〈皋魚之泣〉（《韓詩外傳·

卷九》）：「吾請從此～矣！」（請讓我在這裏**死去**吧！）

辯 粵bin6 辨 普biàn
❶動爭論、爭辯。〈兩小兒辯日〉（《列子・湯問》）：「見兩小兒～鬥。」（看見兩個年幼的孩子在**爭辯**。）❷形有口才。司馬遷《史記・魏其武安侯列傳》：「諸賓客～士説之。」（一眾客人和**有口才**的讀書人遊説他。）❸動同「辨」，辨別。仲長統《昌言・理亂》：「目能～色，耳能～聲，口能～味。」（眼睛能夠**辨別**顏色，耳朵能夠**辨別**聲音，嘴巴能夠**辨別**味道。）

辰 部

這是「辰」的甲骨文寫法，像用來清除草木的農具，也就是今天的「短柄鋤」。從「辰」部的常用字並不多，但都跟農具有關，譬如「辱」和「農」的本義就是手持農具，除草開荒。

辰 粵san4 神 普chén
❶名星星。李白〈夜宿山寺〉：「手可摘星～。」（一伸手就可以摘下天上的**星星**。）❷名時光。陶潛〈歸去來辭〉：「懷良～以孤往。」（愛惜美好的**時光**，獨自外出。）

辱 粵juk6 肉 普rǔ
❶名恥辱。范仲淹〈岳陽樓記〉：「寵～皆忘。」（光榮和**恥辱**都忘掉。）❷動侮辱。韓愈〈雜説〉（四）：「祇～於奴隸人之手。」（只會被奴隸的雙手**侮辱**。）❸動辜負。司馬遷《史記・蒙恬列傳》：「不敢～先人之教。」（不膽敢**辜負**祖先的教誨。）

農 粵nung4 濃 普nóng
❶動耕作。賈誼〈論積貯疏〉：「毆民而歸之～。」（驅使百姓回去**耕作**。）❷名農夫。《論語・子路》：「吾不如老～。」（我比不上經驗豐富的**農夫**。）❸名農業。晁錯〈論貴粟疏〉：「莫若使民務～而已矣。」（比不上只驅使百姓致力於**農業**。）

辵 部

這是「辵」（讀〔桌〕，chuò）的小篆寫法。「辵」由「彳」和「止」組成，前者寫作「彡」，後者寫作「ル」。「彳」和「止」本身也是部首，前者表示「走路」，後者表示「停止」，因此「辵」的本義是指忽走忽停。

從「辵」部的字卻多跟「走路」、「路途」有關，譬如「逆」就是指「上前迎接」，「道」本來就是指「道路」，「適」的本義是「前往」。

迂 **粵**jyu1 於 **普**yū
形 曲折。〈愚公移山〉（《列子·湯問》）：「出入之～也。」（離開和回來的路都很**曲折**。）

近 **粵**gan6 斤 [6 聲] **普**jìn
❶**形** 接近、距離短。《三字經》：「性相～。」（小孩的品性本來很**接近**。）❷**副** 近距離。王謹〈口鼻眼眉爭辯〉（《唐語林·補遺》）：「我～鑒毫端。」（我能夠**近距離**看清楚細毛的末端。）❸**名** 近處。蘇軾〈題西林壁〉：「遠～高低各不同。」（從遠處、**近處**、高處、低處看，各有不相同的樣子。）❹**動** 靠近、逼近。周密〈浙江之潮〉（《武林舊事·觀潮》）：「既而漸～。」（不久，潮水漸漸**逼近**。）❺**動** 臨近。譬如〈～試上張籍水部〉是朱慶餘在**臨近**科舉考試時，呈獻給水部官員張籍的一首詩歌。

逃 **粵**tou4 桃 **普**táo
❶**動** 逃跑、逃走。白居易〈燕詩〉：「背叟～去。」（背棄老人家**逃走**離開。）❷**動** 隱藏。〈高山流水〉（《列子·湯問》）：「吾於何～聲哉？」（我還可以怎樣**隱藏**自己的心聲呢？）

送 **粵**sung3 宋 **普**sòng
❶**動** 送行、送別。白居易〈賦得古原草送別〉：「又～王孫去。」（我又要在這裏**送別**好友離去了。）❷**動** 運送。〈木蘭辭〉：「～兒還故鄉。」（**運送**孩兒返回昔日的家鄉。）❸**動** 傳遞。王安石〈元日〉：「春風～暖入屠蘇。」（春天的風**傳遞**溫暖，最適宜品嘗屠蘇酒。）❹**動** 贈予（物品）、贈與（對方）。王安石〈書湖陰先生壁〉（其一）：「兩山排闥～青來。」（兩座大山推開了門，**贈予**青綠色來。）❺**動** 歸還、交還。宋濂〈送東陽馬生序〉：「走～之。」（趕快**歸還**書本。）

迷 **粵**mai4 謎 **普**mí
❶**動** 迷亂、迷失。陶潛〈桃花源記〉：「遂～，不復得路。」（最終**迷失**方向，不可以再找到之前的路。）❷〔迷離〕**形** 瞇着眼睛，看不清楚的樣子。〈木蘭辭〉：「雌兔眼～。」（雌性兔子的**雙眼總是瞇着，看不清楚**。）❸**動** 迷戀、沉

迷。李白〈夢遊天姥吟留別〉：「～花倚石忽已暝。」（**迷戀**看花，依靠着石，忽然天色已經昏暗。）

逆 ⓿jik6 亦 ⓿nì

❶動違背。〈狐假虎威〉（《戰國策・楚策》）：「是～天帝之命也。」（這就是**違背**天帝的命令。）❷動背棄。司馬遷《史記・廉頗藺相如列傳》：「且以一璧之故～彊秦之驩，不可。」（況且因為一塊和氏璧的緣故，**背棄**與強大秦國的友誼，是不可以的。）❸副循事物的反方向。杜甫〈復愁〉（其一）：「村船～上溪。」（村莊裏的船隻，都**循**溪流的**反方向**，往上游前進。）❹〔逆旅〕名旅館、旅舍。李白〈春夜宴從弟桃花園序〉：「夫天地者，萬物之～也。」（天空大地，是各種事物的**旅舍**。）

連 ⓿lin4 蓮 ⓿lián

❶動連接。歸有光〈項脊軒志〉：「室西～於中閨。」（房子的西面跟睡房**連接**。）❷運表示並列，相當於「連同」、「與」。張若虛〈春江花月夜〉：「春江潮水～海平。」（春天的大江，潮水浩蕩，**與**大海連成一線。）❸動連續、持續。杜甫〈春望〉：「烽火～三月。」（戰爭**持續**了多個月。）❹〔留連〕見頁175「留」字條。❺副連番、多次。蘇洵〈六國論〉：「李牧～卻之。」（李牧**連番**擊退他們。）

逐 ⓿zuk6 俗 ⓿zhú

❶動追趕。馬中錫〈中山狼傳〉：「簡子怒，驅車～之。」（趙簡子非常憤怒，駕駛車子**追趕**牠。）❷動跟隨。陶潛〈雜詩〉（其一）：「分散～風轉。」（經歷種種生離死別，生命**跟隨**風漂泊。）❸動競逐、競賽。〈夸父追日〉（《山海經・海外北經》）：「夸父與日～走。」（夸父跟太陽**競賽**跑步。）❹動驅逐、趕

走。李斯〈諫逐客書〉：「非秦者去，為客者～。」（不是秦國人就要離開，凡是客卿就要**驅逐**。）❺副順序。沈括〈摸鐘〉（《夢溪筆談・權智》）：「引囚～一令引手入帷摸之。」（帶領那些囚犯，命令他們**順序**一個接一個的把手伸入帳幕裏，觸摸吊鐘。）

逕 ⓿ging3 敬 ⓿jìng

副直接。羅貫中〈楊修之死〉（《三國演義・第七十二回》）：「～來告操。」（**直接**前來告訴曹操。）

造 一⓿zou6 做 ⓿zào

❶動製造、製作、創造。范曄《後漢書・張衡列傳》：「復～候風地動儀。」（又**製作**候風地動儀。）❷動彈奏。〈高山流水〉（《列子・湯問》）：「更～〈崩山〉之音。」（後來更**彈奏**出描述山嶺崩塌的琴曲。）

二⓿cou3 澡 ⓿zào

動前往。《孔子家語・六本》：「遂～孔子而謝過。」（於是**前往**孔子那裏，跟他道歉認錯。）

通 ⓿tung1 同 [1聲] ⓿tōng

❶動通向。〈愚公移山〉（《列子・湯問》）：「指～豫南。」（一直**通向**豫州的南部。）❷形通順、順利。范仲淹〈岳陽樓記〉：「政～人和。」（政務**順利**，百姓和諧。）❸形空心、貫通。周敦頤〈愛蓮説〉：「中～外直。」（莖部中間**空心**，外形挺直。）❹動理解。韓愈〈雜説〉（四）：「鳴之而不能～其意。」（牠嘶鳴卻不能夠**理解**牠的意思。）❺形整個、全個。〈二子學弈〉（《孟子・告子上》）：「弈秋，～國之善弈者也。」（弈秋，是**全**國最擅長下棋的人。）❻副全都。韓愈〈師説〉：「皆～習之。」（**全都**學習。）

進 ⓟzeon3晉 ⓜjìn
❶働前進。王安石〈遊褒禪山記〉：「其～愈難。」（越是**前進**，越是難走。）❷働進行。韓嬰〈孟母戒子〉（《韓詩外傳・卷九》）：「乃復～。」（然後繼續努力**背誦下去**。）❸働呈上。〈鄒忌諷齊王納諫〉（《戰國策・齊策》）：「羣臣～諫。」（一眾臣子前來**呈上**諫言。）

逸 ⓟjat6日 ⓜyì
❶働逃逸、逃跑。《左傳・桓公八年》：「隨侯～。」（隨國的國君**逃跑**。）❷働隱居。周敦頤〈愛蓮説〉：「予謂菊，花之隱～者也。」（我認為菊花，是花卉裏匿藏、**隱居**的人。）❸形安逸、閒適。《詩經・十月之交》：「民莫不～。」（百姓沒有一個不**安逸**。）

逮 ⓟdai6第 ⓜdài
❶働到、到達。〈鑿壁借光〉（《西京雜記・第二》）：「鄰舍有燭而不～。」（鄰居有火把卻照不**到**他的房間。）❷働比得上。宋濂〈杜環小傳〉：「而世俗恆謂今人不～古人。」（可是世人經常説現在的人不能**比得上**古時的人。）❸働逮捕、拘捕。班固《漢書・趙尹韓張兩王傳》：「請～捕廣漢。」（請求**逮捕**趙廣漢。）

達 ⓟdaat6罷 [6聲] ⓜdá
❶働到達、直到。〈岳飛之少年時代〉（《宋史・岳飛傳》）：「誦習～旦不寐。」（誦讀、學習書本內容，**直到**日出也不睡覺。）❷働直達。〈愚公移山〉（《列子・湯問》）：「～于漢陰。」（**直達**到漢水南岸。）❸働通曉、精明。《論語・雍也》：「賜也～。」（子貢十分**精明**。）❹名有學問的人。司馬光〈訓儉示康〉：「孟僖子知其後必有～人。」（孟僖子知道他的後代一定出現**有學問的人**。）❺〔先達〕見頁22「先」字條。

過 ⓟgwo3果 [3聲] ⓜguò
❶働渡過、經過、路過。范成大〈夏日田園雜興〉（其一）：「日長籬落無人～。」（夏季白天長，籬笆旁邊沒有人**經過**。）❷働拜訪。班固〈曲突徙薪〉（《漢書・霍光金日磾傳》）：「客有～主人者。」（有一個**拜訪**主人的客人。）❸働過了、過去。趙師秀〈約客〉：「有約不來～夜半。」（已經**過了**半夜，約定好了的客人還沒有來。）❹働多過、超過。〈三人成虎〉（《戰國策・魏策》）：「議臣者～於三人矣。」（毀謗我的人卻**多過**三個人了。）❺働勝過、比他人好。白居易〈荔枝圖序〉：「大略如彼，其實～之。」（荔枝大概像前面那樣説的，它實際上**比**前面説的**還要好**。）❻名過錯。〈鄒忌諷齊王納諫〉（《戰國策・齊策》）：「能面刺寡人之～者。」（能夠當面指責我**過錯**的人。）

遄 ⓟcyun4全 ⓜchuán
働迅速。張岱〈白洋潮〉：「余～往。」（我**迅速**前往。）

逾 ⓟjyu4餘 ⓜyú
❶働越過。歸有光〈項脊軒志〉：「客～庖而宴。」（客人**越過**廚房去吃飯。）❷働超過。宋濂〈送東陽馬生序〉：「不敢稍～約。」（不膽敢稍稍**超過**約定的日期。）

遊 ⓟjau4由 ⓜyóu
❶働出遠門。孟郊〈遊子吟〉：「～子身上衣。」（即將**出遠門**的兒子身上的衣服。）❷働遊玩、遊覽。劉向〈孫叔敖埋兩頭蛇〉（《新序・雜事一》）：「孫叔敖為嬰兒之時，出～。」（孫叔敖還是小孩子的時候，一次外出**遊玩**。）❸〔交遊〕見頁10「交」字條。❹働到外地當官。宋濂〈杜環小傳〉：「侍父一元～宦江東。」（侍候父親杜一元**到**江東

當官。）**⑤動**四處漂蕩。王勃〈送杜少府之任蜀州〉:「同是宦〜人。」（都是為了做官而**四處漂蕩**的人。）

道 ⑧dou6 稻 ⑨dào

①名道路。白居易〈賦得古原草送別〉:「遠芳侵古〜。」（野草的香氣遠遠的侵佔了古老的**道路**。）**②量**條。白居易〈暮江吟〉:「一〜殘陽鋪水中。」（一條落日的光芒鋪開在江水上。）**③名**道理。歐陽修〈家誡〉:「人不學,不知〜。」（人不學習讀書,就不懂得**道理**。）**④名**道德。司馬光〈訓儉示康〉:「又曰『士志於〜』。」（孔子又說過「讀書人立志修煉**道德**」。）**⑤名**學說。宋濂〈送東陽馬生序〉:「益慕聖賢之〜。」（更加仰慕聖人、賢才的**學說**。）**⑥名**宗旨。〈大學之道〉（《禮記・大學》）:「大學之〜在明明德。」（「廣泛學習」的**宗旨**,在於弘揚光明正大的品德。）**⑦名**方法。韓愈〈雜說〉(四):「策之不以其〜。」（不用合適的**方法**來鞭策牠。）**⑧動**說。劉禹錫〈竹枝詞〉(其一):「〜是無晴卻有晴。」（**說**是沒有晴天,卻是有着晴天。）

遂 ⑧seoi6 睡 ⑨suì

①動成功。司馬遷〈報任少卿書〉:「四者無一〜。」（這四方面沒有一方面**成功**。）**②連**表示結果,相當於「於是」。〈閔子騫童年〉（《敦煌變文集・孝子傳》）:「〜遣其妻。」（**於是**打算休掉他的妻子。）**③副**最終。劉義慶〈荀巨伯遠看友人疾〉（《世說新語・德行》）:「〜班軍而還。」（**最終**帶領軍隊回國。）

遍 ⑧pin3 騙 ⑨biàn

①動遍及、普及。《左傳・莊公十年》:「小惠未〜。」（小恩惠還沒有**遍及**每位百姓。）**②副**一一、逐一、全都。〈鑿壁借光〉（《西京雜記・第二》）:「願得主人書〜讀之。」（我希望可以**一一**閱讀主人的書籍。）**③量**次。朱熹〈讀書有三到〉（《訓學齋規》）:「讀書千〜。」（閱讀書籍很多**次**。）

遠 一⑧jyun5 軟 ⑨yuǎn

①形遙遠、距離長。《論語・學而》:「有朋自〜方來。」（有朋友從**遙遠**的地方前來。）**②副**遠遠地、遠距離。王維〈畫〉:「〜看山有色。」（**遠遠地**看,畫中的山有着顏色。）**③副**從遠方。劉義慶〈荀巨伯遠看友人疾〉（《世說新語・德行》）:「〜來相視。」（我**從遠方**前來探望你。）**④副**到遠方。劉義慶〈荀巨伯遠看友人疾〉（《世說新語・德行》）:「荀巨伯〜看友人疾。」（荀巨伯**到遠方**探望生病的朋友。）**⑤形**差距大。《三字經》:「習相〜。」（因為後天的行為習慣,**差距**越來越**大**。）**⑥形**時間長久。朱熹〈讀書有三到〉（《訓學齋規》）:「久〜不忘。」（即使**時間長久**,也不會忘記。）**⑦形**長遠、遠大。蘇洵〈六國論〉:「燕、趙之君,始有〜略。」（燕國和趙國的國君,一開始有着**長遠**的策略。）

二⑧jyun6 願 ⑨yuàn
動疏遠、遠離。諸葛亮〈出師表〉:「〜小人。」（**疏遠**品格卑下的人。）

遣 ⑧hin2 顯 ⑨qiǎn

①動派遣、差遣。司馬遷《史記・廉頗藺相如列傳》:「趙王於是遂〜相如奉璧西入秦。」（趙王於是**派遣**藺相如拿着和氏璧,往西面前往秦國。）**②動**吩咐。〈閔子騫童年〉（《敦煌變文集・孝子傳》）:「〜子御車。」（**吩咐**閔子騫駕馭馬車。）**③動**休掉（妻子）。〈閔子騫童年〉（《敦煌變文集・孝子傳》）:「遂〜其妻。」（於是打算**休掉**他的妻子。）**④動**送走。歐陽修〈賣油翁〉:「康肅笑而〜之。」（陳堯咨一邊笑着,一

邊**送走**他。）❺**動**使、讓。曹鄴〈官倉鼠〉：「誰～朝朝入君口？」（是誰人天天都**讓**糧食送入您們的嘴巴裏？）

遨

粵 ngou4 熬　**普** áo

動遊玩。田汝成〈西湖清明節〉：「享餕～遊。」（享用熟食，逍遙自在地**遊玩**。）

遷

粵 cin1 千　**普** qiān

❶**動**遷移、遷徙。司馬遷《史記·孔子世家》：「孔子～於蔡三歲。」（孔子**遷徙**到蔡國三年。）❷**動**放逐。司馬遷《史記·屈原賈生列傳》：「頃襄王怒而～之。」（楚頃襄王十分生氣，因而**放逐**屈原。）❸**動**升職或降職。〈杯弓蛇影〉（《晉書·樂廣傳》）：「樂廣字彥輔，～河南尹。」（樂廣的表字叫彥輔，**升遷**做河南府的長官後。）❹**動**變化。歐陽修〈家誡〉：「人之性，因物則～。」（人的本性，會因為外界事物而發生**變化**。）

適

粵 sik1 色　**普** shì

❶**動**前往。魏禧〈吾廬記〉：「吾不強之～江湖。」（我不會強迫他**前往**外面的世界。）❷**動**適應、合適。范曄《後漢書·荀韓鍾陳列傳》：「截趾～履。」（斬斷腳趾來**適應**鞋子。）❸**形**暢快、舒適。李商隱〈登樂遊原〉：「向晚意不～。」（臨近晚上時，我的心情不**暢快**。）❹**副**剛剛。韓非〈曾子殺豬〉（《韓非子·外儲說左上》）：「妻～市來。」（妻子**剛剛**從市集上回來。）❺**副**碰巧。司馬遷《史記·魏其武安侯列傳》：「～有萬金良藥。」（**碰巧**有非常昂貴的好藥。）

遶

粵 jiu2 擾　**普** rào

動同「繞」，圍繞。羅貫中〈楊修之死〉（《三國演義·第七十二回》）：「～寨私行。」（**圍繞**軍營暗中巡行。）

遺

一 **粵** wai4 圍　**普** yí

❶**動**遺失、遺漏。韓非《韓非子·難二》：「齊桓公飲酒醉，～其冠。」（齊桓公飲酒後大醉，**遺失**了他的帽子。）❷**動**留下。杜甫〈八陣圖〉：「～恨失吞吳。」（**留下**唯一的抱憾，就是吞併吳國的失策。）❸**名**失物。韓非《韓非子·外儲說左上》：「道不拾～。」（路上沒有人拾起別人的**失物**。）❹**動**捨棄。韓愈〈師說〉：「小學而大～。」（學習不重要的標點知識，卻**捨棄**重要的道理。）❺**動**父親在子女出生前過身，即「遺腹」。〈愚公移山〉（《列子·湯問》）：「有～男。」（有個**遺腹**子。）

二 **粵** wai6 胃　**普** wèi

動贈送。〈庭中有奇樹〉（《古詩十九首》）：「將以～所思。」（把它**贈送給**我思念的人。）

遲

粵 ci4 詞　**普** chí

❶**形**緩慢、慢慢。王建〈小松〉：「看多長卻～。」（看得多了，它卻反而生長得很**緩慢**。）❷**形**遲、晚。孟郊〈遊子吟〉：「意恐～～歸。」（心裏害怕兒子**遲了**回來。）❸**動**遲疑。白居易〈琵琶行〉：「琵琶聲停欲語～。」（琵琶的彈奏聲停下來，她想說話，卻又**遲疑**起來。）

遽

粵 geoi6 巨　**普** jù

❶**副**馬上。〈刻舟求劍〉（《呂氏春秋·察今》）：「～契其舟曰。」（**馬上**在船身刻上記號，說。）❷**副**就。〈父善游〉（《呂氏春秋·察今》）：「其子豈～善游哉？」（小孩怎麼**就**會擅長游泳呢？）❸〔何遽〕見頁14「何」字條。

還

一 **粵** waan4 環　**普** huán

❶**動**回來、回去。劉義慶〈荀巨伯遠看友人疾〉（《世說新語·德行》）：「遂班軍而～。」（最終帶領軍隊**回國**。）

❷動回復、恢復。李清照〈聲聲慢‧秋情〉：「乍暖～寒時候。」（剛剛和暖起來，又**回復**寒冷的時候。）❸動退還、歸還。韓非〈買櫝還珠〉（《韓非子‧外儲説左上》）：「鄭人買其櫝而～其珠。」（一個鄭國人卻只是買了那個盒子，然後把那顆珍珠**退還**。）

三〔粵〕waan4 環　〔普〕hái
❶副再、又。孟浩然〈過故人莊〉：「～來就菊花。」（**再**來飲菊花酒。）❷副依然。王維〈畫〉：「春去花～在。」（春天逝去了，可是畫中的花朵**依然**存在。）❸副尚且。杜牧〈贈別〉（其二）：「蠟燭有心～惜別。」（蠟燭**尚且**懷有心思，捨不得離別。）

三〔粵〕syun4 旋　〔普〕xuán
動同「旋」，掉頭。劉向〈葉公好龍〉（《新序‧雜事五》）：「棄而～走。」（嚇得**掉頭**就跑。）

邊　〔粵〕bin1 鞭　〔普〕biān
❶名旁邊。〈木蘭辭〉：「暮宿黃河～。」（傍晚在黃河**岸邊**休息。）❷名邊界、邊際。朱熹〈春日〉：「無～光景一時新。」（沒有**邊際**的風光景色，在這一個季節變得煥然一新。）❸名邊疆、邊境。杜甫〈兵車行〉：「歸來頭白還戍～。」（回來的時候他們的頭髮已經變白，卻依然要去成守**邊疆**。）❹名方向。劉禹錫〈竹枝詞〉（其一）：「東～日出西～雨。」（天空東**面**出現太陽，西**面**下起雨來。）

邑　部

左圖是「邑」的甲骨文寫法。「邑」字上面的部件是城牆，因為古代的城牆都是呈方形，從四面包圍城鎮的；下面的部件是一個跪在地上的人，合起來就是指「人們聚居的地方」，也就是「城邑」、「城鎮」了。

因此，從「邑」部的字，不少都跟聚居地有關，可以是國名，譬如：鄭、鄧；可以是都城名，譬如：邯鄲；也可以是行政單位，譬如：都、郡。

邑　〔粵〕jap1 泣　〔普〕yi
名人們聚居的地方，相當於城鎮、城市。〈鑿壁借光〉（《西京雜記‧第二》）：「～人大姓文不識。」（**城鎮**上的大家族裏，有個叫文不識的人。）

辨 字 識 詞

左「阜」右「邑」

「邑」和「阜」這兩個部首，所指的事物同中有異，都跟地方有關，

可是前者多指聚居地，後者多指山野；原來連寫法也同中有異，當用作偏旁時，都寫作「阝」，不過位置卻有不同：「邑」部的偏旁「阝」位於右邊，如：都、鄉、鄰；「阜」部的偏旁「阝」則在左邊，如：陽、陰、隴。因此人們創作了「左『阜』右『邑』」這句口訣，來幫助大家記住這兩個偏旁的分別。

邪
一 ⑲je4 爺 ⑬yé
助 同「耶」，表示疑問、反問的語氣，相當於「嗎」、「呢」。劉義慶〈荀巨伯遠看友人疾〉（《世說新語・德行》）：「豈荀巨伯所行～？」（難道是我荀巨伯做的事嗎？）
二 ⑲ce4 斜 ⑬xié
形 邪惡、不正當。司馬遷《史記・屈原賈生列傳》：「～曲之害公也。」（邪惡的人陷害正直的人。）

那
⑲naa5 哪 ⑬nǎ
代 同「哪」，為甚麼、為何、怎麼。朱熹〈觀書有感〉（其一）：「問渠～得清如許？」（問它為何可以這樣清澈。）

邯
⑲hon4 寒 ⑬hán
〔邯鄲〕①**名** 地名，位於今天的河北省。〈三人成虎〉（《戰國策・魏策》）：「龐葱與太子質於～。」（龐葱陪伴太子到邯鄲做人質。）②**名** 複姓。譬如〈截竿入城〉的作者是～淳，「邯鄲」就是他的姓氏。

邸
⑲dai2 底 ⑬dǐ
名 旅店、旅舍。譬如〈題臨安～〉就是林升在臨安某間旅舍牆壁上所題寫的一首詩歌。

郎
⑲long4 狼 ⑬láng
①**名** 官職。〈木蘭辭〉：「木蘭不用尚書～。」（木蘭回答說不需要朝中尚書等官職。）②**名** 對男子的美稱，可以不用語譯。蘇軾〈念奴嬌・赤壁懷古〉：「三國周～赤壁。」（三國時代周瑜曾出兵的赤壁。）③**名** 對別人兒子的稱呼。范公偁〈名落孫山〉（《過庭錄》）：「賢～更在孫山外。」（您的兒子更加在孫山的後面。）④**名** 女子對心上人的暱稱。劉禹錫〈竹枝詞〉（其一）：「聞～江上唱歌聲。」（聽見心上人在江邊唱出歌曲的聲音。）⑤**名** 對女子的美稱，可以不用語譯。〈木蘭辭〉：「不知木蘭是女～。」（不知道木蘭原來是女孩。）

郡
⑲gwan6 君〔6聲〕⑬jùn
①**名** 地方行政區域，相當於今天的「省」。司馬遷《史記・秦始皇本紀》：「分天下以為三十六～。」（把天下分為三十六個郡。）②**名** 郡城，郡的中心城市。劉義慶〈荀巨伯遠看友人疾〉（《世說新語・德行》）：「一～盡空。」（整座郡城的人都走光了。）

歷 史 趣 談
郡縣制

戰國時代，不少諸侯都在邊境設立軍鎮，稱為「郡」，以防備鄰國或外族的入侵，「郡」的地位越來越重要。

直到秦始皇統一天下後，就聽從丞相李斯的建議，將秦帝國分為三十六個郡，每個郡之下設若干個「縣」，全部由中央政府直接管治。後來「郡」的數目有所增加，而香港就位於當時的「南海郡」。

都 ●dou1 刀 ●dū

❶名都城、首都。韓愈〈初春小雨〉：「絕勝煙柳滿皇～。」（絕對勝過長滿**都城**、如煙霧般朦朧的柳樹。）❷名居所。陶弘景〈答謝中書書〉：「實是欲界之仙～。」（實在是人間的神仙**居所**。）

郭 ●gwok3 國 ●guō

❶名在城的外圍加築的城牆，借指城外。〈木蘭辭〉：「出～相扶將。」（互相攙扶，走到**城外**迎接她。）❷名泛指城牆。李白〈送友人〉：「青山橫北～。」（青翠的山巒橫臥在**城牆**的北面。）

鄉 一●hoeng1 香 ●xiāng

❶名故鄉、家鄉。杜甫〈聞官軍收河南河北〉：「青春作伴好還～。」（在青葱的春天裏，我跟家人結成夥伴，順順利利地返回**家鄉**。）❷〔鄉里〕①名故鄉。〈十五從軍征〉：「道逢～人。」（路上碰到一位**故鄉**的人。）②名同鄉。劉義慶〈周處除三害〉（《世說新語·自新》）：「～皆謂已死。」（**同鄉**都認為周處和蛟龍已經死了。）❸〔鄉關〕名故鄉。崔顥〈黃鶴樓〉：「日暮～何處是？」（太陽下山了，到底甚麼地方是**故鄉**？）❹名同鄉。范公偁〈名落孫山〉（《過庭錄》）：「～人托以子偕往。」（**同鄉**把兒子交託給孫山，由孫山帶他一起前往試場。）❺名鄉郊。《莊子·逍遙遊》：「何不樹之於無何有之～？」（為甚麼不把它種植在甚麼也沒有的**鄉郊**？）❻名地方。韋莊〈江上別李秀才〉：「與君俱是異～人。」（我跟您都是住在其他**地方**的人。）

二●hoeng3 向 ●xiàng
名當初。班固〈曲突徙薪〉（《漢書·霍光金日磾傳》）：「～使聽客之言。」（**當初**假使聽從客人的建議。）

鄙 ●pei2 皮 [2 聲] ●bǐ

❶名邊境、邊遠地區。彭端淑〈為學一首示子姪〉：「蜀之～有二僧。」（四川的**邊境**有兩位僧人。）❷形學識淺薄。諸葛亮〈出師表〉：「先帝不以臣卑～。」（先帝不認為我地位低下、**學識淺薄**。）❸動輕視。司馬光〈訓儉示康〉：「孔子～其小器。」（孔子**輕視**他器量狹小。）

鄲 ●daan1 丹 ●dān

〔邯鄲〕見頁275「邯」字條。

鄰 ●leon4 倫 ●lín

❶名鄰居。〈疑鄰竊斧〉（《列子·說符》）：「意其～之子。」（懷疑他**鄰居**的兒子。）❷〔鄰里〕名同鄉、鄰居。班固〈曲突徙薪〉（《漢書·霍光金日磾傳》）：「～共救之。」（**鄰居們**一同來撲滅大火。）❸名隔壁。杜甫〈客至〉：「肯與～翁相對飲。」（如果你允許我邀請**隔壁**的老先生一同飲酒。）

鄭 ●zeng6 井 [6 聲] ●zhèng

名春秋時代諸侯國國名，位於今天的河南省。韓非〈鄭人買履〉（《韓非子·外儲說左上》）：「～人有且置履者。」（**鄭國**有一個將要購買鞋子的人。）

鄧 ●dang6 登 [6 聲] ●dèng

名地名，位於今天的河南、湖北、安徽三省交界，是一片桃樹林，後成為國名。〈夸父追日〉（《山海經·海外北經》）：「化為～林。」（變化成**鄧地**這片桃樹林。）

酉 部

「酉」讀〔有〕(yǒu)，這是它的甲骨文寫法，好像一個酒尊之形，本義就是「尊」。「尊」是一種盛酒的器皿，底部是尖的，以便埋進土地裏，作長期儲藏。由於「尊」主要用來儲存酒，而酒是需要經過發酵的，故此從「酉」部的字，一般都跟「酒」或需要發酵的食物有關，譬如：酒、酪、醬、醴。

酌 🔊zoek3 爵 🔊zhuó
❶勔把液體倒入、斟入器皿內。歐陽修〈賣油翁〉：「徐以杓～油瀝之。」（慢慢地用勺子，把油**倒下**並滴入葫蘆裏。）❷勔取水。〈狂泉〉（《宋書·袁粲傳》）：「於是到泉所～水飲之。」（於是前往狂泉所在位置**取水**，然後飲下。）

酒 🔊zou2 走 🔊jiǔ
❶名一種會讓人醉倒的飲料。〈岳飛之少年時代〉（《宋史·岳飛傳》）：「必具～肉。」（一定準備**酒**和肉。）❷名酒鋪，賣酒的地方。杜牧〈江南春〉：「水村山郭～旗風。」（河邊的村落、山腳的城牆，**酒鋪**的旗子在風中飄揚。）

酣 🔊ham4 含 🔊hān
形酒喝得很暢快。司馬遷《史記·廉頗藺相如列傳》：「秦王飲酒～。」（秦王**飲得很暢快**。）

酥 🔊sou1 蘇 🔊sū
名奶酪，見頁47「合」字條欄目「文化趣談」。羅貫中〈楊修之死〉（《三國演義·第七十二回》）：「塞北送～一盒至。」（長城北面地區送來了一盒**奶酪**。）

酪 🔊lok3 洛 🔊lào
名乳酪。白居易〈荔枝圖序〉：「漿液甘酸如醴～。」（汁液既甜且酸，好像甜酒和**乳酪**。）

酷 🔊huk6 斛 🔊kù
❶副很、非常、極。《晉書·何無忌傳》：「何無忌，劉牢之之甥，～似其舅。」（何無忌，是劉牢之的外甥，跟他的舅父**非常**相似。）❷形殘酷、殘忍。方苞〈弟椒塗墓誌銘〉：「天之於吾弟吾兄～矣！」（上天對於我的弟弟和哥哥太**殘酷**了！）

酹 🔊laai6 賴 🔊lèi
勔把酒灑在地上來拜祭。〈岳飛之少年時代〉（《宋史·岳飛傳》）：「發三矢，乃～。」（發射三枝箭，然後**把酒灑在地上，祭祀**恩師。）

酸 🔊syun1 孫 🔊suān
形像檸檬的味道。白居易〈荔枝圖序〉：「漿液甘～如醴酪。」（汁液既甜且**酸**，好像甜酒和乳酪。）

醉 🔊zeoi3 最 🔊zuì
❶勔酒醉、醉倒。王翰〈涼州詞〉

（其一）：「～臥沙場君莫笑。」（酒醉後倒下在戰場上，您也不要取笑他們。）❷動陶醉。高鼎〈村居〉：「拂堤楊柳～春煙。」（輕輕擦過河堤的柳樹，陶醉在春天的霧氣裏。）❸形糊塗。司馬遷《史記・屈原賈生列傳》：「眾人皆～而我獨醒。」（所有人都糊塗，卻只有我清醒。）

醅 粵pui1 胚 普pēi
名未經過濾的酒。杜甫〈客至〉：「樽酒家貧只舊～。」（我家境貧窮，所以瓶子裏只有未經過濾的舊酒。）

醜 粵cau2 丑 普chǒu
❶形醜陋、不好看。〈東施效顰〉（《莊子・天運》）：「其里之～人見而美之。」（這條村子裏的一個醜陋的人看到了，就覺得她這樣做很漂亮。）❷名羞恥。司馬遷《史記・孔子世家》：「是吾～也。」（這是我們的羞恥。）

醴 粵lai5 禮 普lǐ
名甜酒。白居易〈荔枝圖序〉：「漿液甘酸如～酪。」（汁液既甜且酸，好像甜酒和乳酪。）

采 部

這是「采」（讀〔辨〕，biàn）的甲骨文寫法，好像一隻動物的掌，可以看到指爪分開得很清楚，容易辨認，故此「采」的本義就是「辨別」。不過從「采」部的字，都跟「辨別」沒有關係。

采 粵coi2 彩 普cǎi
動同「採」，採摘。〈十五從軍征〉：「～葵持作羹。」（採摘野菜，用來製作湯羹。）

釋 粵sik1 式 普shì
❶動釋放。司馬遷《史記・屈原賈生列傳》：「復～去張儀。」（再次釋放張儀。）❷動放下。韓非〈守株待兔〉（《韓非子・五蠹》）：「因～其耒而守株。」（因而放下他的翻土農具，然後在樹根旁邊守候。）❸動放棄、丟棄。韓非《韓非子・五蠹》：「庸人不～。」（普通人不會丟棄。）

里 部

這是「里」的金文寫法，跟今天的寫法幾乎一樣，都是由「田」和「土」組成，分別指「田地」和「土地」，都是人可以聚居的地方，故此「里」的本義就是「村落」。從「里」部的常用字不多，也不是全都跟「村落」有關。

里 ⑲lei5 李 ⑳lǐ

❶名人們聚居的地方，相當於「村落」。杜甫〈兵車行〉：「去時～正與裹頭。」（離開的時候，**村**長給他們用頭巾束起頭髮。）❷〔鄉里〕見頁276「鄉」字條。❸〔鄰里〕見頁276「鄰」字條。❹〔閭里〕見頁285「閭」字條。❺量長度單位，相當於415至621米。劉義慶〈周處除三害〉（《世說新語・自新》）：「行數十～。」（漂浮了幾十**里**。）

重 一⑲zung6 仲/cung5 蟲 [5 聲] ⑳zhòng

❶形沉重。柳宗元〈哀溺文序〉：「吾腰千錢，～。」（我在腰上掛上了許多銅錢，十分**重**。）❷名重量。司馬遷《史記・秦始皇本紀》：「金人十二，～各千石。」（十二個金屬鑄成的人像，每個重量為一千石。）

二⑲zung6 仲 ⑳zhòng

❶形貴重、珍貴。賈誼〈過秦論〉：「不愛珍器～寶。」（不珍惜**貴重**的器具、寶物。）❷動尊重、器重。司馬光〈訓儉示康〉：「益～之。」（更加**器重**他。）

三⑲cung4 蟲 ⑳chóng

❶動重複、重疊。杜甫〈春夜喜雨〉：「花～錦官城。」（到時花兒**重疊**着的，開滿整個成都城內。）❷副再、再次。陶潛〈雜詩〉（其一）：「盛年不～來。」（壯年過去了，不會**再次**回來。）❸副重新。范仲淹〈岳陽樓記〉：「乃～修岳陽樓。」（於是**重新**修葺岳陽樓。）❹副多次。〈苛政猛於虎〉（《禮記・檀弓下》）：「壹似～有憂者。」（真的好像**多次**遭遇不幸。）❺量層。蘇軾〈花影〉：「～～疊疊上瑤台。」（在用玉石裝飾的亭臺上，花影**一層**疊着**一層**。）❻量計算山的單位，相當於「座」。李白〈早發白帝城〉：「輕舟已過萬～山。」（輕快的小船已經駛過許多**座**山嶺。）

野 ⑲je5 惹 ⑳yě

❶名郊野、野外。白居易〈賦得古原草送別〉：「～火燒不盡。」（**野外**的火不能把它們燒清光。）❷名原野。曹操〈短歌行〉：「食～之苹。」（在吃着**原野**上的蘋蒿。）❸形野生。劉禹錫〈烏衣巷〉：「朱雀橋邊～草花。」（朱雀橋旁邊**野生**的雜草開花了。）

金 部

這是「金」的金文寫法：右邊上半部分是「亼」，是「今」的簡寫，表明了這個字的讀音；下半部分的「土」，是一把斧頭；左邊的兩點，表示製作斧頭的礦石。整個字說明了製作斧頭的金屬——「銅」或「青銅」。可見，「金」最初是指「銅」這種金屬，後來一度泛指各種金屬，最後才專指黃金。從「金」部的字，幾乎都跟「金屬」有關。

金 ●gam1今 ●jīn
❶名金屬。朱用純〈朱子家訓〉：「瓦缶勝～玉。」（陶土做的器皿，也會比**金屬**、玉石做的更好。）❷名黃金。杜甫〈春望〉：「家書抵萬～。」（家裏寄來的書信抵得上萬兩**黃金**。）❸形金色，見頁227「色」字條欄目「文化趣談」。杜秋娘〈金縷衣〉：「勸君莫惜～縷衣。」（我勸您不要愛惜用**金色**絲線編織而成的上衣。）❹〔金谷〕名即「金谷園」，西晉權臣石崇設置的庭院。李白〈春夜宴從弟桃花園序〉：「罰依～酒數。」（依據古人在**金谷園**罰飲酒的數量來懲罰。）

┌─────────────────┐
│ 文 化 趣 談 │
│ **金文** │
└─────────────────┘

金文，是商朝中期至西周期間，鑄或刻於青銅器上的文字。由於青銅在古代稱為「金」，因此這些文字就稱為「金文」。同時，這些文字多見於鐘或鼎上，因此又稱為「鐘鼎文」。金文多記錄與貴族有關的各種活動，譬如祭祀、征伐、捕獵、立約等，當中以西周時期所鑄造的「毛公鼎」金文

最為著名，現在被收藏於臺北故宮博物院內。

由周宣王叔父毛公下令鑄造的「毛公鼎」

釜 ●fu2苦 ●fǔ
名一種煮食器具，相當於今天的鐵鍋。曹植〈七步詩〉（《世說新語‧文學》）：「豆在～中泣。」（豆子在**鍋子**裏哭泣。）

釜

空，農夫還在**耕作**穀物。）

鈎

（粵）ngau1 勾　（普）gōu

名衣帶上的鈎子。劉向〈葉公好龍〉（《新序・雜事五》）：「～以寫龍。」（**衣帶鈎子**畫上了龍。）

銜

（粵）haam4 咸　（普）xián

動含着。白居易〈燕詩〉：「～泥兩椽間。」（**含着**泥土，在兩枝屋頂椽木之間築起鳥巢。）

銘

（粵）ming4 明　（普）míng

❶動在金屬器物或石碑上刻字。李白〈古風〉（其三）：「～功會稽嶺。」（在會稽山上**刻上**功勞。）❷名文體名稱，用來記述個人志向、他人事跡等。譬如〈陋室～〉就是劉禹錫通過描述簡陋居室，來**說明自己有德行**的一篇文章。

銀

（粵）ngan4 垠　（普）yín

❶名銀子。周密〈浙江之潮〉（《武林舊事・觀潮》）：「海湧～為郭。」（海潮洶湧，像一堆**銀子**堆成城牆。）❷形銀色，見頁227「色」字條欄目「文化趣談」。杜牧〈秋夕〉：「～燭秋光冷畫屏。」（秋天的晚上，**銀色**的蠟燭發放出光芒，暗淡地映照着畫有圖案的屏風。）

鋪

一（粵）pou1 普 [1 聲]　（普）pū

動鋪開、平鋪。白居易〈暮江吟〉：「一道殘陽～水中。」（一條落日的光芒**鋪開**在江水上。）

二（粵）pou3 普 [3 聲]　（普）pù

名店鋪。張籍〈送楊少尹赴鳳翔〉：「得錢祇了還書～。」（得到錢也只能夠還給書店。）

鋤

（粵）co4 初 [4 聲]　（普）chú

❶名鋤頭，一種鬆土、除草用的農具。陶潛〈歸園田居〉（其三）：「帶月荷～歸。」（背着月光，扛着**鋤頭**回家去。）❷動耕作。李紳〈憫農〉（其二）：「～禾日當午。」（中午時分，烈日當

錯

一（粵）cok3 初惡 [3 聲]　（普）cuò

❶名磨刀石。《詩經・鶴鳴》：「它山之石，可以為～。」（其他山上的石頭，可以把它們作為**磨刀石**。）❷動交錯、交疊。田汝成〈西湖清明節〉：「紅翠間～。」（紅色和綠色互相隔開、**交錯**。）

二（粵）co3 挫　（普）cuò

❶形錯誤。王定保《唐摭言・卷十三》：「～認顏標作魯公。」（**錯誤**把顏標認作顏真卿。）❷名做錯的事情。

錦

（粵）gam2 感　（普）jǐn

❶名有色彩和花紋的絲織品。荀況《荀子・賦》：「雜布與～，不知異也。」（粗糙的布匹和**華麗的絲綢**，不知道當中的分別。）❷形比喻鮮豔華美。范仲淹〈岳陽樓記〉：「～鱗游泳。」（**華美**的魚兒在水中游動。）❸〔錦官〕名成都的別稱。杜甫〈春夜喜雨〉：「花重～城。」（到時花兒重疊着的，開滿整個**成都**城內。）

錄

（粵）luk6 六　（普）lù

❶動記錄。王羲之〈蘭亭集序〉：「～其所述。」（**記錄**他們記述的內容。）❷動抄錄。〈畫荻〉（《歐陽公事跡》）：「抄～未畢。」（書籍還沒有**抄寫**完畢。）❸動邀請。班固〈曲突徙薪〉（《漢書・霍光金日磾傳》）：「而不～言曲突者。」（卻沒有**邀請**建議更換拐彎煙囪的客人。）

鍥

（粵）kit3 竭　（普）qiè

動雕刻。荀況〈勸學〉（《荀子》）：「～而不舍。」（努力**雕刻**而且不放棄。）

錘

（粵）ceoi4 除　（普）chuí

動錘打、敲打。于謙〈石灰吟〉：「千～萬擊出深山。」（石灰石經歷千萬

次**錘打**和敲擊，才能從偏遠的山裏開採出來。）

鎖

🔊so2 所　🔊suǒ

❶**名**門鎖。杜甫〈憶昔行〉：「盧老獨啟青銅～。」（唯獨盧老先生開啟了青銅鑄造的**門鎖**。）❷**動**鎖緊。朱用純〈朱子家訓〉：「關～門戶。」（關上並**鎖緊**大門和窗戶。）❸**動**囚禁。歐陽修〈畫眉鳥〉：「始知～向金籠聽。」（這才讓我知道，以前聽着被**囚禁**在金色籠子裏的鳥叫聲。）

鏤

🔊lau6 漏　🔊lòu

動雕刻。荀況〈勸學〉（《荀子》）：「金石可～。」（堅硬的金屬和石頭也可以**雕刻**好。）

鏃

🔊zuk6 族　🔊zú

❶**名**箭頭，見頁185「矢」字條插圖「『矢』結構圖」。李華〈弔古戰場文〉：「利～穿骨。」（鋒利的**箭頭**射穿了骨頭。）❷〔鏃鏃〕**形**擁擠的樣子。張岱〈白洋潮〉：「萬首～。」（萬頭獅子**擁擠**在一起。）

鐘

🔊zung1 終　🔊zhōng

❶**名**一種敲擊樂器。蘇軾〈石鐘山記〉：「聲如洪～。」（聲音像敲擊巨大的**鐘**。）❷**名**吊鐘。沈括〈摸鐘〉（《夢溪筆談‧權智》）：「某廟有一～。」（某座廟宇裏有一口**吊鐘**。）

鐘

鑒

🔊gaam3 鑑　🔊jiàn

❶**名**鏡子。朱熹〈觀書有感〉（其一）：「半畝方塘一～開。」（半畝大的方形池塘，像一面剛打開的**鏡子**。）❷**名**借鏡，以他人的言行作為自己的警惕。《新唐書‧魏徵傳》：「以人為～，可明得失。」（將別人作為**借鏡**，可以了解自己的優點和缺點。）❸**動**看清楚。王讜〈口鼻眼眉爭辯〉（《唐語林‧補遺》）：「我近～毫端。」（我能夠近距離**看清楚**細毛的末端。）❹**動**作為鑒戒、警惕。杜牧〈阿房宮賦〉：「後人哀之，而不～之。」（後來的人為秦朝而哀傷，卻不把它**作為鑒戒**。）

鑿

🔊zok6 昨　🔊záo

❶**名**鑿子，鑿粗孔洞的工具。❷**動**開鑿、鑿穿。〈～壁借光〉就是記述了匡衡**鑿穿**鄰居牆壁，借鄰居的燭光來讀書的故事。❸**名**同「爵」，一種酒器。劉向〈葉公好龍〉（《新序‧雜事五》）：「～以寫龍。」（**酒器**畫上了龍。）

長 部

這是「長」的甲骨文寫法，描繪出一個長髮老人彎着腰，拿着拐杖步行的情形，可見「長」的本義是年長、年老，讀〔掌〕(zhǎng)。

古人認為「身體髮膚受之父母」，頭髮不會輕易剪去，因此人越年「長」，頭髮就越「長」；亦有人認為人越年「長」，經歷過的歲月就越漫「長」，故此「長」字就從本義「年長」，引申出新字義——長短的「長」，讀〔場〕(cháng)。

除了「長」外，這個部首就沒有常用字了。

長 一 粵 zoeng2 掌　普 zhǎng

❶形 年長。王羲之〈蘭亭集序〉：「少～咸集。」(年少和**年長**的人都聚集在這裏。) ❷形 最大的、排行第一的。〈木蘭辭〉：「木蘭無～兄。」(木蘭沒有**大哥**。) ❸形 有地位的。杜甫〈兵車行〉：「～者雖有問。」(儘管**有地位**的人提出疑問。) ❹名 首長。司馬遷〈一鳴驚人〉(《史記・滑稽列傳》)：「於是乃朝諸縣令～七十二人。」(於是召見一眾縣的**首長**共七十二個人。) ❺動 領導。〈狐假虎威〉(《戰國策・楚策》)：「天帝使我～百獸。」(天帝派遣我**領導**一眾野獸。) ❻動 生長。高鼎〈村居〉：「草～鶯飛二月天。」(農曆二月時節，小草漸漸**生長**，黃鶯飛翔。) ❼動 長大。劉向〈孫叔敖埋兩頭蛇〉(《新序・雜事一》)：「及～，為楚令尹。」(等到孫叔敖**長大**後，成為了楚國的宰相。)

二 粵 coeng4 場　普 cháng

❶形 不短、距離大。〈木蘭辭〉：「北市買～鞭。」(到北面的市集購買**長長**的馬鞭。) ❷副 遠遠、遠距離。王昌齡〈出塞〉(其一)：「萬里～征人未還。」(**遠遠**前往萬里之外征戰的人，還沒有回來。) ❸名 長度。《墨子・備城門》：「十步一長鎌，柄～八尺。」(每十步放置一把長柄鎌刀，手柄的**長度**是八尺。) ❹名 身高。司馬遷〈御人之妻〉(《史記・管晏列傳》)：「晏子～不滿六尺。」(晏子**身高**不足六尺。) ❺形 時間長久。范成大〈夏日田園雜興〉(其一)：「日～籬落無人過。」(夏季白天**長**，籬笆旁邊沒有人經過。) ❻副 長期、永遠。蘇軾〈食荔枝〉：「不辭～作嶺南人。」(我不會拒絕**永遠**做五嶺以南的人。) ❼形 悠長。王維〈竹里館〉：「彈琴復～嘯。」(彈奏古琴後，又吹出**悠長**的口哨。) ❽動 擅長、善於。劉義慶《世說新語・文學》：「而不～於手筆。」(卻不**擅長**親手書寫。)

門 部

這是「門」的甲骨文寫法，像兩扇左右對稱的門。在古代，兩扇的門稱為「門」，單扇的就稱為「戶」。每間屋子都有門，因此**絕大部分從「門」部的字，都跟「門」、「屋子」有關**，譬如「閔」本來是指在門前拜祭死者，「間」本指門中的空隙，「閨」起初是指上圓下方的小門，「闌」本來是指門外的欄杆。

門 ⓔmun4 瞞 ⓜmén
❶ 名 大門。朱用純〈朱子家訓〉：「關鎖～戶。」（關上並鎖緊**大門**和窗戶。）❷ 名 出口。周密〈浙江之潮〉（《武林舊事‧觀潮》）：「方其遠出海～。」（當潮水遠遠從錢塘江入海**口**湧出的時候。）❸ 名 家庭。王安石〈元日〉：「千～萬戶瞳瞳日。」（逐漸光亮的旭日，照耀着千萬個**家庭**。）❹〔門人〕 名 學生。宋濂〈送東陽馬生序〉：「～弟子填其室。」（**學生**擠滿了他的房間。）

開 ⓔhoi1 海 [1 聲] ⓜkāi
❶ 動 開門。杜甫〈客至〉：「蓬門今始為君～。」（那蓬草編成的大門，卻在今天才為您**打開**。）❷ 動 開啟、打開。朱熹〈觀書有感〉（其一）：「半畝方塘一鑒～。」（半畝大的方形池塘，像一面剛**打開**的鏡子。）❸ 動 盛開、開花。杜秋娘〈金縷衣〉：「花～堪折直須折。」（花兒**盛開**了，可以摘取的話，就應該立即摘取。）❹ 動 擺開、鋪排。李白〈春夜宴從弟桃花園序〉：「～瓊筵以坐花。」（安坐在花叢中，**設置**精美的筵席。）❺ 動 開拓。杜甫〈兵車行〉：「武皇～邊意未已。」（漢武帝**開拓**邊疆的念頭卻

還沒停止。）❻ 動 散開、走。蘇軾〈花影〉：「幾度呼童掃不～。」（幾次吩咐童僕打掃，卻總是掃不**走**。）

閑 ⓔhaan4 嫻 ⓜxián
❶ 形 同「閒」，空閒。王建〈小松〉：「～即傍邊立。」（我一有**空閒**時間，就會走到松樹的旁邊站着看看它。）❷ 形 同「閒」，清閒無聊。蘇軾〈記承天寺夜遊〉：「但少～人如吾兩人者耳。」（只是缺少像我們兩個這樣**清閒無聊**的人而已。）❸ 形 同「閒」，幽靜。張若虛〈春江花月夜〉：「昨夜～潭夢落花。」（昨天夜裏，我夢見花瓣跌落**幽靜**的水潭中。）❹〔等閑〕見頁197「等」字條。

間 一 ⓔgaan3 諫 ⓜjiàn
❶ 名 同「閒」，空隙。《莊子‧養生主》：「彼節者有～。」（那些骨節是有**空隙**的。）❷ 名 機會。司馬光《資治通鑑‧魏紀》：「苟有～隙。」（如果出現**機會**。）❸ 動 隔開、間隔。田汝成〈西湖清明節〉：「紅翠～錯。」（紅色和綠色互相**隔開**、交錯。）❹ 名 不久。《呂氏春秋‧士節》：「有～，晏子見疑於齊君。」（**不久**，晏子被齊國國君懷疑。）❺ 動 隔絕、

斷絕。陶潛〈桃花源記〉：「遂與外人～隔。」（最終跟外面世界的人隔絕。）❻副偶爾。〈鄒忌諷齊王納諫〉（《戰國策·齊策》）：「時時而～進。」（偶爾也有人來呈上諫言。）❼動參與。《左傳·莊公十年》：「又何～焉？」（又為甚麼要去參與呢？）

㊁粵gaan1奸　普jiān
❶名中間、裏面。李白〈早發白帝城〉：「朝辭白帝彩雲～。」（早上，我告別五彩雲朵裏的白帝城。）❷名附近、一帶。白居易〈荔枝圖序〉：「荔枝生巴峽～。」（荔枝在四川東部的長江三峽一帶生長。）❸名空間、距離。王安石〈泊船瓜洲〉：「京口瓜洲一水～。」（京口和瓜洲之間只有一條河流的距離。）❹名期間、時間。蘇軾〈念奴嬌·赤壁懷古〉：「談笑～。」（在談天説笑期間。）❺量計算房屋的單位。陶潛〈歸園田居〉（其一）：「草屋八九～。」（有八九間用茅草搭建的房屋。）

閒 ㊀粵gaan3諫　普jiàn
❶名空隙。司馬遷〈御人之妻〉（《史記·管晏列傳》）：「其御之妻從門～而闚其夫。」（他的車夫的妻子，從大門空隙來偷看她的丈夫。）❷副祕密地。司馬遷《史記·廉頗藺相如列傳》：「～至趙矣。」（祕密地返回趙國了。）
㊁粵haan4嫻　普xián
❶形悠閒。王維〈鳥鳴澗〉：「人～桂花落。」（我悠閒地散步，只聽到桂花飄落。）❷形無聊。趙師秀〈約客〉：「～敲棋子落燈花。」（我無聊地輕輕敲着棋子，震落了油燈燈芯的花形灰燼。）

閔 粵man5敏　普mǐn
動擔心。〈揠苗助長〉（《孟子·公孫丑上》）：「宋人有～其苗之不長而揠之者。」（宋國有人擔心他的禾苗不能生長，因此拔起它們。）

閨 粵gwai1歸　普guī
名閨房，女子居住的房間。王昌齡〈閨怨〉：「～中少婦不知愁。」（閨房裏的一位年輕婦人不懂得離別的哀愁。）

閤 粵gok3各　普gé
名同「閣」，兩層的小樓。沈括〈摸鐘〉（《夢溪筆談·權智》）：「使人迎置後～祠之。」（派人把那口鐘迎接並放置到衙門後的小樓裏，然後祭祀它。）

閣 粵gok3各　普gé
❶名兩層的小樓。杜牧〈阿房宮賦〉：「十步一～。」（每十步就是一座小樓。）❷名貯物室。歸有光〈項脊軒志〉：「項脊軒，舊南～子也。」（項脊軒本是昔日南邊的貯物室。）❸名睡房，特指女子的睡房。〈木蘭辭〉：「開我東～門。」（我打開東邊睡房的大門。）

閭 粵leoi4雷　普lǘ
〔閭里〕名鄉下、同鄉。〈畫荻〉（《歐陽公事跡》）：「就～士人家借而讀之。」（前往同鄉讀書人的家裏，借書籍來閱讀。）

闌 粵laan4蘭　普lán
❶名欄杆。岳飛〈滿江紅·寫懷〉：「憑～處。」（依靠着欄杆。）❷〔闌干〕①名欄杆。②動星光傾斜。劉方平〈月夜〉：「北斗～南斗斜。」（北斗星和南斗星都傾斜了。）

闊 粵fut3科活［3聲］　普kuò
❶動告別、離別。〈杯弓蛇影〉（《晉書·樂廣傳》）：「久～不復來。」（客人告別了很久，卻不再前來。）❷〔契闊〕見頁64「契」字條。❸形寬闊、廣闊。白居易〈寄微之〉（其一）：「有江千里～。」（有一千里闊的江水。）❹形胸襟廣闊。范曄《後漢書·朱景王杜馬劉傅堅馬列傳》：「～達敢言。」（為人胸襟廣

闊、豁達，而且敢於發言。）

闐〔粵〕tin4 田　〔普〕tián
形滿滿。田汝成〈西湖清明節〉：
「車馬～集。」（車輛和馬匹滿滿的聚集。）

闕〔一〕〔粵〕kyut3 缺　〔普〕què
❶名宮門外的瞭望臺。❷名泛指
帝王居住的宮殿。蘇軾〈水調歌頭〉：
「不知天上宮～，今夕是何年？」（不
知道天上的宮殿，今晚是哪一年呢？）
❸〔城闕〕見頁 57「城」字條。
〔二〕〔粵〕kyut3 缺　〔普〕quē
❶名同「缺」，缺口。酈道元《水經注·
江水》：「略無～處。」（幾乎沒有缺口。）
❷名同「缺」，缺失。諸葛亮〈出師表〉：
「必能裨補～漏。」（一定能夠填補缺失
和錯漏。）

闚〔粵〕kwai1 規　〔普〕kuī
動偷看。司馬遷〈御人之妻〉（《史

記·管晏列傳》）：「其御之妻從門間而～
其夫。」（他的車夫的妻子，從大門空隙
來偷看她的丈夫。）

關〔粵〕gwaan1 鰥　〔普〕guān
❶動關門。朱用純〈朱子家訓〉：
「～鎖門戶。」（關上並鎖緊大門和窗
戶。）❷名關口、關隘。王昌齡〈出塞〉
（其一）：「秦時明月漢時～。」（秦朝、
漢朝時明亮的月光一直照耀着邊境的
關隘。）❸〔鄉關〕見頁 276「鄉」字條。
❹動牽涉。歐陽修〈玉樓春〉：「此恨
不～風與月。」（這份恨意不牽涉清風和
明月。）

闥〔粵〕taat3 撻　〔普〕tà
名門。王安石〈書湖陰先生壁〉
（其一）：「兩山排～送青來。」（兩座大
山推開了門，贈予青綠色來。）

阜 部

　　這是「阜」（讀〔埠〕，fù）的甲骨文寫法，有人
說它像階梯，也有人說它像陡峭的土山。從「阜」
部的字，可分為以下幾類：（一）跟階梯有關，如：
除、階；（二）跟上升或下降有關，如：隆、降；
（三）跟山嶺、山坡有關，如：陰、陽、隴；（四）跟
高峻或危險有關，如：陡、險。
　　用作偏旁時，「阜」應當寫作「阝」，可同時，
「邑」的偏旁也寫作「阝」。原來前者應該寫在左邊，
後者寫在右邊，因而出現「左『阜』右『邑』」的口訣
（詳見頁 274「邑」字條欄目「辨字識詞」）。

阡　⑧cin1 千　⑧qiān
❶名田間南北走向的小路，泛指田間小路。曹操〈短歌行〉：「越陌度～。」（穿越田間小路。）❷〔阡陌〕名泛指田間小路。陶潛〈桃花源記〉：「～交通。」（田間小路交疊、相通。）

防　⑧fong4 房　⑧fáng
❶動戍守、防衞。杜甫〈兵車行〉：「或從十五北～河。」（有人自十五歲開始，就到北方的黃河戍守。）❷動堵塞。《國語·周語》：「～民之口，甚於～川。」（堵塞百姓的嘴巴，後果比堵塞河流更嚴重。）

陋　⑧lau6 漏　⑧lòu
❶形簡陋。劉禹錫〈陋室銘〉：「斯是～室。」（這是一間簡陋的房子。）❷形見識淺薄。荀況〈勸學〉（《荀子》）：「不免為～儒而已。」（不能避免成為見識淺薄的讀書人而已。）

陌　⑧mak6 默　⑧mò
❶名田間東西走向的小路，泛指田間小路。曹操〈短歌行〉：「越～度阡。」（穿越田間小路。）❷〔阡陌〕見頁287「阡」字條。❸名街道。王昌齡〈閨怨〉：「忽見～頭楊柳色。」（忽然看到街道旁邊柳樹的景色。）

降
一⑧gong3 鋼　⑧jiàng
❶動降下。荀況《荀子·議兵》：「若時雨之～也。」（猶如降下及時雨。）❷動放寬。宋濂〈送東陽馬生序〉：「未嘗稍～辭色。」（不曾稍為放寬言辭和態度。）
二⑧hong4 杭　⑧xiáng
動投降。司馬光《資治通鑑·漢紀》：「琮已～。」（劉琮已經投降。）

除　⑧ceoi4 隨　⑧chú
❶名臺階。朱用純〈朱子家訓〉：「灑掃庭～。」（噴灑、打掃庭院的臺階。）❷動除掉。〈周處～三害〉就是講述周處除掉老虎、蛟龍和自己壞習慣的一個故事。❸動完結、過去。王安石〈元日〉：「爆竹聲中一歲～。」（在爆竹聲裏，舊的一年過去了。）

陵　⑧ling4 零　⑧líng
❶名山丘。孫武《孫子兵法·軍爭》：「高～勿向。」（千萬不要走向高峻的山丘。）❷名皇帝的陵墓，見頁59「墓」字條欄目「文化趣談」。杜牧〈將赴吳興登樂遊原〉：「樂遊原上望昭～。」（在樂遊原上，遠望唐太宗的陵墓——昭陵。）❸動同「凌」，欺凌。〈在上位不陵下〉（《禮記·中庸》）：「在上位，不～下。」（君子身處高職位，不會欺凌低職位的人。）

陰　⑧jam1 音　⑧yīn
❶名山嶺的北坡或河流的南岸，見頁288「陽」字條欄目「文化趣談」。〈高山流水〉（《列子·湯問》）：「伯牙游於泰山之～。」（伯牙到泰山北面的山坡遊玩。）〈愚公移山〉（《列子·湯問》）：「達于漢～。」（直達到漢水南岸。）❷形陰暗。杜甫〈兵車行〉：「天～雨濕聲啾啾！」（天空陰暗、大雨滂沱時，鬼魂發出淒厲的哭叫聲。）❸〔陰精〕名月亮。李白〈古朗月行〉：「～此淪惑。」（月亮在這時落下，四周卻模糊不清。）❹〔光陰〕見頁22「光」字條。❺名陰雲。蘇舜欽〈淮中晚泊犢頭〉：「春～垂野草青青。」（春天的陰雲，低垂在草色青綠的原野上。）❻名樹蔭。楊萬里〈小池〉：「樹～照水愛晴柔。」（映照在水裏的樹蔭，喜歡晴天裏柔和的陽光。）❼副暗地裏。劉向〈孫叔敖埋兩頭蛇〉（《新序·雜事一》）：「吾聞有～德者。」（我聽聞暗地裏做好事的人。）

陷
🔊ham6 憾　🔊xiàn
動 穿破、刺穿。韓非〈自相矛盾〉（《韓非子・難一》）：「吾盾之堅，莫能～也。」（我的盾牌十分堅固，任何武器都不能夠**刺穿**它。）

階
🔊gaai1 街　🔊jiē
名 臺階。劉禹錫〈陋室銘〉：「苔痕上～綠。」（苔蘚的痕跡生長到**臺階**上，十分碧綠。）

陽
🔊joeng4 羊　🔊yáng
❶名 山嶺的南坡或河流的北岸。韓非《韓非子・説林上》：「蟻冬居山之～。」（螞蟻在冬天時，住在**山嶺的南坡**。）〈愚公移山〉（《列子・湯問》）：「河～之北。」（黃河**北岸**的北邊。）**❷名** 太陽。劉禹錫〈烏衣巷〉：「烏衣巷口夕～斜。」（在烏衣巷的入口，可以看到傍晚的**太陽**落下。）**❸名** 陽光。白居易〈暮江吟〉：「一道殘～鋪水中。」（一條落日的**光芒**鋪開在江水上。）**❹形** 溫暖。〈長歌行〉：「～春布德澤。」（**溫暖**的春天施行恩惠。）**❺副** 表面上。羅貫中《三國演義・第一百一十三回》：「～示恩寵。」（**表面上**展示特別的禮遇。）

文化趣談
中國地名中的「陰」和「陽」

地球的地軸是傾斜的，因此北半球北回歸線以北的地方，太陽終年都是從南面照向北面的。古代中國絕大部分地區都位處北回歸線以北，故此山嶺南面的坡地受陽光的照射，會比北面坡地的多，古人因而將山的南面、河的北面、接受陽光較多的坡地稱為「陽」；將山的北面、河的南面、接受陽光較少的坡地稱為「陰」。

中國有不少地方，都是根據「山南水北為陽，山北水南為陰」這個原則而得名的。譬如「洛陽」位處「南洛河」的北岸，因此人們將「洛」（河流）和「陽」（北岸）合稱為「洛陽」。

又例如，大嶼山有個地方叫「陰澳」，「陰」是「山北水南」，「澳」是「海灣」，「陰澳」正處於「大山」和「犁壁山」這兩座山的北面、「陰澳灣」的南面，故此有着這個名字。後來政府興建迪士尼樂園時，認為「陰」字不吉利，於是將「陰澳」改稱為「欣澳」。

陲
🔊seoi4 誰　🔊chuí
名 旁邊、邊境。王維〈送別〉：「歸臥南山～。」（返回終南山的**旁邊**隱居。）

隆
🔊lung4 龍　🔊lóng
❶動 升起、凸起。劉蓉〈習慣説〉：「如土忽～起者。」（好像地面忽然凸起的樣子。）**❷形** 崇高。宋濂〈送東陽馬生序〉：「先達德～望尊。」（有學問的前輩德行**高**、聲望大。）**❸形** 昌隆。諸葛亮〈出師表〉：「此先漢所以興～也。」

（這就是西漢能夠興盛、**昌隆**的原因。）

際 ⓹zai3 制 ⓹ji

❶動連接。周密〈浙江之潮〉（《武林舊事・觀潮》）：「～天而來。」（**連接**天邊湧過來。）❷名邊際、邊緣。李白〈黃鶴樓送孟浩然之廣陵〉：「唯見長江天～流。」（只看見長江向天**邊**奔流。）

隨 ⓹ceoi4 除 ⓹sui

❶動跟隨、跟從。〈狐假虎威〉（《戰國策・楚策》）：「子～我後。」（你**跟隨**在我的後面。）❷動隨着。歐陽修〈畫眉鳥〉：「百囀千聲～意移。」（畫眉鳥那千百種鳴叫的聲音，都是**隨着**自己的心意而變化。）

險 ⓹him2 獫 ⓹xiǎn

❶名險阻、地勢險惡的山。〈愚公移山〉（《列子・湯問》）：「吾與汝畢力平～。」（我跟你們用盡力量剷平**險阻**。）❷形危險。徐宏祖《徐霞客遊記》：「至～絕處。」（到達最為**危險**的地方。）❸形陰險、險惡。阮籍《大人先生傳》：「內～而外仁。」（內心**陰險**，表面卻裝作仁厚。）❹名壞事。〈在上位不陵下〉（《禮記・中庸》）：「小人行～以徼幸。」（品格卑下的人做**壞事**，心存非分的貪求。）

隱 ⓹jan2 忍 ⓹yǐn

❶動遮蔽。酈道元《水經注・江水》：「～天蔽日。」（**遮蔽**了天空和太陽。）❷動隱藏。周敦頤〈愛蓮說〉：「予謂菊，花之～逸者也。」（我認為菊花，是花卉裏**匿藏**、隱居的人。）❸動隱瞞。方苞〈弟椒塗墓誌銘〉：「喀血，～而不言。」（吐血，**隱瞞**着，不說出來。）❹形隱約。張岱〈白洋潮〉：「則～～露白。」（就**隱隱約約**地露出白色。）❺動隱居，不出來做官。譬如〈尋～者不遇〉這首詩記述了賈島找不上一位在山中**隱居**的人。❻名隱語，話中有話的言辭。司馬遷〈一鳴驚人〉（《史記・滑稽列傳》）：「齊威王之時喜～。」（齊威王在位時，喜歡**話中有話的言辭**。）

隴 ⓹lung5 壟 ⓹lǒng

❶名高山。〈愚公移山〉（《列子・湯問》）：「無～斷焉。」（沒有**高山**阻隔了。）❷名田地。杜甫〈兵車行〉：「禾生～畝無東西。」（**田地**裏的農作物生長得沒有方向。）

隸 部

這是「隸」（讀〔弟〕，dài）的金文寫法，就像一隻手捉住動物的尾巴，意思相當於「逮捕」。從「隸」的常用字只有「隸」，也跟「逮捕」有關。原來「隸」起初解作「罪人」，這是因為有罪，才會給人逮捕，並成為奴隸。

隸

⓿dai6第 ⓿lì
❶**名**奴隸、奴僕。韓愈〈雜說〉
(四):「祇辱於奴～人之手。」(只會被
奴隸的雙手侮辱。)❷**動**隸屬、屬於。
王安石〈傷仲永〉:「世～耕。」(世代都
屬於農民。)❸**名**字體的一種,即「隸
書」。許慎《說文解字・序》:「即秦～
書,秦始皇帝使下杜人程邈所作也。」
(就是秦朝的**隸書**,是秦始皇命令下杜
人程邈創立的字體。)

佳 部

「佳」讀〔追〕(zhuī),這是它的甲骨文寫法,
可以清楚看到雀鳥的頭部、身體、翅膀,還有雙
腳,「佳」的本義就是「雀鳥」。從「佳」部的字,絕
大部分都跟「雀鳥」有關。

雁

⓿ngaan6顏 [6聲] ⓿yàn
❶**名**一種雀鳥名稱,外形像鵝,
秋冬時會飛往南方。李清照〈聲聲慢・
秋情〉:「～過也。」(**雁鳥**飛過的時候。)
❷〔鴻雁〕見頁314「鴻」字條。

雁鳥

雄

⓿hung4洪 ⓿xióng
❶**名**公鳥,後來泛指雄性的動
物。〈木蘭辭〉:「安能辨我是～雌?」
(怎麼能夠分辨我是**雄性**,還是雌性?)
❷**形**雄偉、雄壯。周密〈浙江之潮〉(《武
林舊事・觀潮》):「勢極～豪。」(氣勢
極為**雄偉**、豪壯。)❸**名**英雄。蘇軾〈前
赤壁賦〉:「固一世之～也。」(固然是一
個世代的**英雄**。)

雅

⓿ngaa5瓦 ⓿yǎ
❶**形**正統、正確、符合標準。諸
葛亮〈出師表〉:「察納～言。」(觀察和
接納**正確**的諫言。)❷**形**高雅。李白〈春
夜宴從弟桃花園序〉:「何伸～懷?」(怎
麼能夠抒發**高雅**的情懷?)

集

⓿zaap6雜 ⓿jí
❶**動**停留。范仲淹〈岳陽樓記〉:
「沙鷗翔～。」(鷗鳥飛到沙洲上**停留**。)
❷**動**聚集、聚會。王羲之〈蘭亭集序〉:
「少長咸～。」(年少和年長的人都**聚集**
在這裏。)❸**名**將特定詩歌、文章齊集
起來的書籍。譬如〈蘭亭集序〉是《蘭亭
集》的序言,而《蘭亭～〉就是王羲之**將
一眾詩人所寫詩歌集合而成的書籍**。

雉

⓿zi6字 ⓿zhì
名野雞。〈十五從軍征〉:「～從
梁上飛。」(**野雞**在屋脊上飛來飛去。)

野雞

雍 🔊jung1 翁 🔊yōng
名地名，「雍州」的簡稱，位於今天的陝西省、甘肅省、青海省一帶，見頁7「九」字條欄目「歷史趣談」。〈愚公移山〉（《列子‧湯問》）：「一厝～南。」（一座山放在**雍州**的南部。）

雌 🔊ci1 痴 🔊cí
名母鳥，後來泛指雌性的動物。〈木蘭辭〉：「安能辨我是雄～？」（怎麼能夠分辨我是雄性，還是**雌性**？）

雕 🔊diu1 刁 🔊diāo
①名同「鵰」，一種兇猛的禽鳥，即「鷲」。王維〈觀獵〉：「迴看射～處。」（回頭遠看射下**鷲鳥**的地方。）**②動**雕刻。劉向〈葉公好龍〉（《新序‧雜事五》）：「屋室～文以寫龍。」（屋子的**雕刻**花紋畫上了龍。）

鷲鳥

雖 🔊seoi1 需 🔊suī
①連表示轉折，相當於「雖然」。宋濂〈送東陽馬生序〉：「故余～愚，卒獲有所聞。」（故此我**雖然**愚鈍，最終還

是可以獲得知識。）**②連**表示轉折，相當於「儘管」。杜甫〈兵車行〉：「長者～有問，役夫敢伸恨？」（**儘管**有地位的人提出疑問，服兵役的男兒怎會膽敢訴說怨恨？）**③連**表示假設，相當於「即使」。〈鄒忌諷齊王納諫〉（《戰國策‧齊策》）：「～欲言，無可進者。」（**即使**有人想進諫，也沒有可以說的事情。）

雙 🔊soeng1 箱 🔊shuāng
①量兩個、兩隻。〈木蘭辭〉：「～兔傍地走。」（**兩隻**兔子一起貼着地面奔跑。）**②動**匹敵。歐陽修〈賣油翁〉：「當世無～。」（當今世界上沒有可以**匹敵**的人。）

雛 🔊co4 鋤/co1 初 🔊chú
名年幼的雀鳥，後來泛指年幼的動物。白居易〈燕詩〉：「母瘦～漸肥。」（燕子母親變得消瘦，小燕子卻逐漸肥大起來。）

雜 🔊zaap6 集 🔊zá
①副一起、紛紛。〈愚公移山〉（《列子‧湯問》）：「～然相許。」（大家**紛紛**表示贊成。）**②〔雜興〕名**一種隨心抒發興致的詩歌。譬如〈夏日田園～〉就是范成大隨心抒發在夏日田園**所見所感**的一組詩歌。

離 🔊lei4 梨 🔊lí
①動分離。王勃〈送杜少府之任蜀州〉：「與君～別意。」（跟您**分離**、告別，別有一番心情。）**②動**離開。賀知章〈回鄉偶書〉（其一）：「少小～家老大回。」（我在年幼的時候**離開**家鄉，到了年老才回來。）**③〔迷離〕**見頁269「迷」字條。**④〔離離〕形**茂盛。白居易〈賦得古原草送別〉：「～原上草。」（原野上那**茂盛**的草。）

雨 部

這是「雨」的甲骨文寫法。頂上的橫畫表示上天，與橫畫相連的三個豎畫，表示雨水從天而降，下半部分的三個豎畫，就是雨點。「雨」的本義就是雨水。下雨是一種氣候現象，故此不少從「雨」部的字都是指跟雨水有關的氣候現象。

雨 一粵jyu5 羽 普yǔ
名雨水、雨點、雨絲。韓愈〈初春小雨〉：「天街小～潤如酥。」（京城街道下着微小的**雨絲**，潤澤得像酥油一樣。）
二粵jyu6 預 普yù
❶動下雨。〈鷸蚌相爭〉（《戰國策·燕策》）：「今日不～。」（今天不**下雨**。）
❷動落下。〈上邪〉：「夏～雪。」（夏天時**下着**雪。）

雪 粵syut3 說 普xuě
❶名雪。王安石〈梅花〉：「遙知不是～。」（遠遠就知道潔白的梅花不是雪。）❷動下雪。白居易〈問劉十九〉：「晚來天欲～。」（夜晚到了，天空將要**下雪**。）❸形雪般潔白。周密〈浙江之潮〉（《武林舊事·觀潮》）：「則玉城～嶺。」（**雪般潔白**的城池、山嶺。）❹動洗刷。李白〈獨漉篇〉：「國恥未～。」（國家的恥辱還沒有**洗刷**。）

零 粵ling4 鈴 普líng
❶動落下、零落。諸葛亮〈出師表〉：「臨表涕～。」（對着這份奏表，我**落下**眼淚。）❷形零散。李白〈月下獨酌〉（其一）：「我舞影～亂。」（我跳舞時，影子**零散**、紊亂。）❸〔零丁〕形孤苦無依。文天祥〈過零丁洋〉：「零丁洋裏嘆～。」（在零丁洋裏被俘虜，我感歎自己**孤苦無依**。）

震 粵zan3 振 普zhèn
❶動震動、震撼。周密〈浙江之潮〉（《武林舊事·觀潮》）：「～撼激射。」（**震動**、搖撼着天地，激揚地噴射出既高且大的浪濤。）❷名地震。范曄《後漢書·張衡列傳》：「～之所在。」（地震**出現**的方位。）

霄 粵siu1 消 普xiāo
名天空。杜甫〈兵車行〉：「哭聲直上干雲～。」（哭泣的聲音直接向上衝入雲朵飄浮的**天空**。）

霆 粵ting4 停 普tíng
❶名雷聲。《左傳·襄公十四年》：「畏之如雷～。」（懼怕他像怕**雷聲**一樣。）❷名閃電。周密〈浙江之潮〉（《武林舊事·觀潮》）：「大聲如雷～。」（聲音響亮得像行雷**閃電**。）

霖 粵lam4 林 普lín
名連日大雨。〈高山流水〉（《列子·湯問》）：「初為〈～雨〉之操。」（起初彈奏描述**連日大雨**的琴曲。）

霍　粵fok3 擭　普huò

擬磨刀的聲音。〈木蘭辭〉:「磨刀～～向豬羊。」(對着豬和羊,霍霍地打磨肉刀。)

霑　粵zim1 瞻　普zhān

動同「沾」,沾濕。陶潛〈歸園田居〉(其三):「夕露～我衣。」(夜裏的露水沾濕了我的衣服。)

霜　粵soeng1 雙　普shuāng

❶名白霜,依附在地面或植物上面的微細冰粒。李白〈靜夜思〉:「疑是地上～。」(我懷疑是地板上面凝結了一層白霜。)❷名寒氣。張繼〈楓橋夜泊〉:「月落烏啼～滿天。」(月亮落下,烏鴉啼叫,寒氣充斥天空。)❸形白色,見頁227「色」字條欄目「文化趣談」。蘇軾〈江城子‧密州出獵〉:「鬢微～。」(耳朵旁邊的毛髮稍微呈現白色。)

霰　粵sin3 線　普xiàn

名雪珠,一般在下雪前出現。張若虛〈春江花月夜〉:「月照花林皆似～。」(月光照射着開遍鮮花的樹林,每朵花都潔白得好像雪珠。)

露　粵lou6 路　普lù

❶名露水,靠近地面的水蒸氣在夜間遇冷凝結成的小水球。陶潛〈歸園田居〉(其三):「夕～露我衣。」(夜裏的露水沾濕了我的衣服。)❷動露出、顯露。楊萬里〈小池〉:「小荷才～尖尖角。」(小小的荷花剛從水面露出尖銳的一角。)❸形明亮。宋濂〈束氏狸狌〉:「眼突～如漆。」(眼睛凸起來,明亮得像油漆一樣。)

靈　粵ling4 鈴　普líng

❶名靈魂、魂魄。諸葛亮〈出師表〉:「以告先帝之～。」(來告慰先帝的靈魂。)❷形靈驗。沈括〈摸鐘〉(《夢溪筆談‧權智》):「能辨盜至～。」(可以辨認盜賊,特別靈驗。)❸名靈氣。劉禹錫〈陋室銘〉:「有龍則～。」(只要有龍居住,就會有了靈氣。)❹動明白事理。《莊子‧天地》:「大愚者終身不～。」(非常愚蠢的人一輩子都不明白事理。)

青 部

這是「青」的金文寫法,由上面的「生」和下面的「井」組成。「井」是聲符,表示文字讀音;「生」是指草木生長,這個字最初是指草木生長的顏色——青色、青綠色,後來又指藍色、黑色等。從「青」部的字,部分跟顏色有關,譬如「靛」本來是指一種天然的青色染料,也指紫藍色。

青

（粵）cing1 清　（普）qīng

❶〔形〕青綠色，見頁227「色」字條欄目「文化趣談」。〈長歌行〉：「～～園中葵。」（菜園裏的冬葵長得**青青綠綠**的。）**❷**〔汗青〕見頁149「汗」字條。**❸**〔形〕蔚藍色，見頁227「色」字條欄目「文化趣談」。杜甫〈絕句〉（其三）：「一行白鷺上～天。」（一列白鷺飛上**蔚藍**的天空。）**❹**〔形〕黑色，見頁227「色」字條欄目「文化趣談」。李白〈將進酒〉：「朝如～絲暮成雪。」（頭髮在早上好像**黑色**的絲線，晚上卻變成白雪。）**❺**〔名〕地名，「青州」的簡稱，位於今天的山東省大部分地區，見頁7「九」字條欄目「歷史趣談」。

靜

（粵）zing6 靖　（普）jìng

❶〔動〕靜止。韓嬰〈皋魚之泣〉（《韓詩外傳・卷九》）：「樹欲～而風不止。」（大樹想**靜止**下來，可是風卻沒有停過。）**❷**〔形〕冷靜。〈大學之道〉（《禮記・大學》）：「定而后能～。」（志向堅定，然後就能夠**冷靜**行事。）**❸**〔形〕寧靜。王維〈鳥鳴澗〉：「夜～春山空。」（在**寧靜**的夜裏，春山一片空寂。）

非 部

這是「非」的甲骨文寫法，所描繪的是一雙張開的翅膀，「非」的本義就是翅膀。由於這雙張開的翅膀互相背向，帶有「違背」的意思，因此「非」的引申義──不是、錯誤──就逐漸取代它的本義了。

非

（粵）fei1 飛　（普）fēi

❶〔動〕並非、不是。〈閔子騫童年〉（《敦煌變文集・孝子傳》）：「始知～絮。」（才知道裏面**不是**棉花。）**❷**〔副〕不。〈染絲〉（《墨子・所染》）：「～獨染絲然也。」（**不單**漂染絲綢是這樣。）**❸**〔動〕沒有。王讜〈口鼻眼眉爭辯〉（《唐語林・補遺》）：「飲食～我不能辨。」（**沒有**我，吃喝就不能夠辨別滋味。）**❹**〔形〕錯誤。陶潛〈歸去來辭〉：「覺今是而昨～。」（我覺得現在做得正確，以前卻是**錯誤**的。）**❺**〔名〕錯誤的事情。王讜〈口鼻眼眉爭辯〉（《唐語林・補遺》）：「我談古今是～。」（我能夠談論從古代到現代各樣正確和**錯誤的事情**。）**❻**〔動〕責怪、批評。司馬遷《史記・秦始皇本紀》：「今諸生不師今而學古，以～當世。」（現在一眾儒生不學習當代的知識，卻學習古代的知識，來**批評**當今的世代。）

面 部

這是「面」的甲骨文，好像一張臉的輪廓，而眼睛是面部最突出的器官，因此古人造字時，特別強調「目」(眼睛)這個部件。「面」的本義就是臉面、顏面，從「面」部的字不多，可是都跟「臉面」有關。

面 ⓟmin6 麵 ⓜmiàn

❶名臉。《戰國策・趙策》：「必唾其～。」(一定會把口水吐在他的臉上。) ❷〔面目〕①名臉孔。王讜〈口鼻眼眉爭辯〉(《唐語林・補遺》)：「成何～？」(怎能成為一張臉孔呢？) ②名外貌、樣貌。蘇軾〈題西林壁〉：「不識廬山真～。」(不了解廬山真正的外貌。) ❸名面貌。朱熹〈春日〉：「等閑識得東風～。」(很容易辨認出東風的面貌。) ❹副當面。〈鄒忌諷齊王納諫〉(《戰國策・齊策》)：「能～刺寡人之過者。」(能夠當面指責我過錯的人。) ❺動對着。〈愚公移山〉(《列子・湯問》)：「～山而居。」(對着大山居住。)

革 部

這是「革」的甲骨文，好像一張去除了毛髮、攤在地上的獸皮，上部像頭部，中部像身體，還有四點斑紋，下部像尾巴。「革」的本義就是去除了毛髮的獸皮，跟依附了毛髮的「皮」是不同的，不過後來兩者還是合稱為「皮革」，依然是指去除了毛髮的獸皮。從「革」部的字，大部分都是指皮革製成品。

靷 ⓟjan5 引 ⓜyǐn

名靷帶，是連接馬匹和車軸、用來拉動車子前進的皮帶。〈閔子騫童年〉(《敦煌變文集・孝子傳》)：「數失韁～。」(多次拿不穩韁繩和靷帶。)

鞍 🔊on1 安　🔊ān
名 馬鞍，馬背上的騎墊。〈木蘭辭〉：「西市買～韉。」（到西面的市集購買馬鞍和墊褥。）

鞭 🔊bin1 邊　🔊biān
❶ 名 馬鞭、鞭子。〈木蘭辭〉：「北市買長～。」（到北面的市集購買長的馬鞭。）❷ 動 鞭打。沈復〈閒情記趣〉：「捉蝦蟆，～數十。」（捉了一隻癩蛤蟆，**鞭打**牠幾十下。）

韉 🔊zin1 煎　🔊jiān
名 馬鞍下的墊褥。〈木蘭辭〉：「西市買鞍～。」（到西面的市集購買馬鞍和墊褥。）

韋 部

這是「韋」（讀〔圍〕，wéi）的甲骨文寫法。中間的「囗」是城邑，上、下的部件是「止」，所指的是腳；整個字描繪出人們逆時針地圍繞城邑巡邏，保衛城邑。「韋」的本義就是「圍繞」；後來被借來指「皮革」，因此從「韋」部的字，不少都與「皮革」有關，譬如：韌（像皮革般柔軟而結實）、韜（用皮革做的劍套）等。

韓 🔊hon4 寒　🔊hán
名 戰國時代諸侯國名稱，領土覆蓋今天的河南省、山西省一帶，見頁 251「諸」字條欄目「歷史趣談」。〈鄒忌諷齊王納諫〉（《戰國策·齊策》）：「燕、趙、～、魏聞之。」（燕國、趙國、**韓國**、魏國聽聞這消息。）

音 部

這是「音」的金文寫法，由上、下兩個部件組成，上面是舌頭，下面是嘴巴，裏面還加上了一個短橫畫。這個橫畫是指事符號，說明「聲音」是從「口」裏發出的，「音」的本義就是「聲音」。後來這兩個部件的筆畫出現變化，最終寫作「立」和「日」。從「音」部的字大多跟聲音、音樂有關。

音 　粵jam1 陰　普yīn

❶ 名 聲音。《莊子・胠篋》：「雞狗之～相聞。」（雞啼和狗吠的**聲音**都聽得到。）❷ 名 口音。賀知章〈回鄉偶書〉（其一）：「鄉～無改鬢毛衰。」（我的家鄉**口音**沒有改變，耳朵旁邊的毛髮卻變得稀疏。）❸ 名 音樂。司馬遷《史記・廉頗藺相如列傳》：「寡人竊聞趙王好～。」（我私下聽聞趙王喜歡**音樂**。）❹ 名 琴曲、樂曲。〈高山流水〉（《列子・湯問》）：「更造〈崩山〉之～。」（後來更彈奏出描述山嶺崩塌的**琴曲**。）

章 　粵zoeng1 漿　普zhāng

❶ 名 樂章。司馬遷《史記・呂太后本紀》：「王乃為歌詩四～。」（趙王於是創作詩歌，共有四個**樂章**。）❷ 名 文章。陳壽《三國志・文帝紀》：「下筆成～。」（一落筆就寫成**文章**。）❸〔篇章〕見頁199「篇」字條。❹〔文章〕見頁118「文」字條。❺ 名 規章。司馬遷《史記・高祖本紀》：「與父老約，法三～耳。」（劉邦與長者約定法律，只是三項**規章**而已。）❻ 名 花紋。柳宗元〈捕蛇者說〉：「黑質而白～。」（表面是黑色的，帶有白色的**花紋**。）

竟 　粵ging2 境　普jìng

❶ 動 完結、結束。司馬遷《史記・廉頗藺相如列傳》：「秦王～酒。」（秦王直到酒宴**結束**。）❷ 副 終於。劉義慶〈周處除三害〉（《世說新語・自新》）：「～殺蛟而出。」（**終於**殺死蛟龍，然後從河裏上岸。）❸〔畢竟〕見頁175「畢」字條。❹ 形 整個。歸有光〈項脊軒志〉：「何～日默默在此？」（為甚麼**整**天靜靜的在這裏？）❺ 副 竟然。紀昀〈曹某不怕鬼〉（《閱微草堂筆記・灤陽消夏錄一》）：「～不入。」（**竟然**沒有進入。）❻ 副 直接。羅貫中〈楊修之死〉（《三國演義・第七十二回》）：「～斬之可也。」（可以**直接**斬殺他。）

韻 　粵wan6 運/wan5 允　普yùn

❶ 名 悅耳的聲音。吳均〈與宋元思書〉：「好鳥相鳴，嚶嚶成～。」（漂亮的雀鳥互相鳴叫，鳥鳴聲變成**悅耳的聲音**。）❷ 名 韻味、情趣。陶潛〈歸田園居〉：「少無適俗～。」（我年少時並沒有適應世俗的**情趣**。）

響 　粵hoeng2 享　普xiǎng

❶ 名 聲響、聲音。王維〈鹿柴〉：「但聞人語～。」（只是聽到有人說話的

聲音。）❷動發出聲音。陸機〈赴洛道中作〉（其二）：「側聽悲風～。」（側着身子，聽着悲傷的風發出聲音。）❸形聲音宏亮。朱熹〈讀書有三到〉（《訓學齋規》）：「須要讀得字字～亮。」（必須將每一個字都讀得聲音宏亮。）

頁 部

這是「頁」的甲骨文寫法，描繪出一個跪坐在地上的人，並凸顯他的頭部，還畫出了頭髮、臉龐和眼睛，「頁」的本義就是「頭部」。後來人們省略了頭髮，簡化成「一」，保留了臉龐和眼睛，寫成「自」，並簡化了身體和手腳，寫成兩點，合起來就是「頁」了。從「頁」部的字，大部分都是指位處頭部的身體部位。

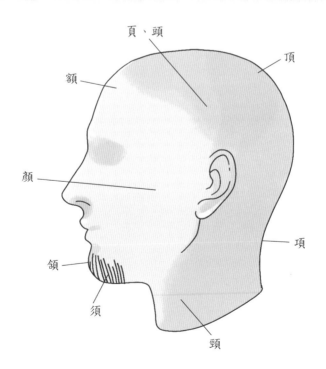

頂

⑧ding2 鼎 ⑱dǐng

❶名頭頂。方苞〈獄中雜記〉：「生人與死者並踵～而卧。」（未死和已死的人腳踵和**頭頂**並排來躺卧。）❷名頂部。沈括《夢溪筆談・雜志一》：「山～有大池。」（山的**頂部**有一個大的池塘。）

頃

⑧king2 傾［2聲］⑱qǐng

❶量計算農田面積的單位。班固《漢書・公孫劉田王楊蔡陳鄭傳》：「種一～豆。」（種植面積一**頃**的豆。）❷名不久、短時間。柳宗元〈哀溺文序〉：「有～益怠。」（過了**不久**，他更加疲乏了。）

項

⑧hong6 巷 ⑱xiàng

名頸的後部，後來泛指頸、脖子。駱賓王〈詠鵝〉：「曲～向天歌。」（牠彎起**脖子**，向着天空歌唱。）

須

一⑧sou1 蘇 ⑱xū

名同「鬚」，鬍鬚。班固《漢書・李廣蘇建傳》：「～髮盡白。」（**鬍鬚**和頭髮全都變白。）

二⑧seoi1 需 ⑱xū

❶副必須。蘇軾〈贈劉景文〉：「一年好景君～記。」（一年裏最美好的景致，您**必須**記住。）❷動應該。杜秋娘〈金縷衣〉：「花開堪折直～折。」（花兒盛開了，可以摘取的話，就**應該**立即摘取。）❸動需要。杜甫〈聞官軍收河南河北〉：「白日放歌～縱酒。」（在燦爛的陽光下，我打開嗓子，盡情歌唱，還**需要**盡情喝酒。）❹〔須臾〕名一會兒。白居易〈燕詩〉：「～十來往。」（只是**一會兒**，牠們就來回十多次。）

頓

⑧deon6 鈍 ⑱dùn

❶動叩頭。劉向《新序・節士》：「包胥九～首而坐。」（申包胥**叩**了九次頭，然後坐下。）❷動用腳踏地。杜甫〈兵車行〉：「牽衣～足攔道哭。」（他們在路上攔阻士兵前進，拉扯衣服，用腳**踏地**，大聲哭泣。）❸副頓時、馬上。〈杯弓蛇影〉（《晉書・樂廣傳》）：「沉疴～愈。」（患了許久的病也**馬上**痊癒了。）❹〔整頓〕見頁117「整」字條。

頭

⑧tau4 投 ⑱tóu

❶名頭部。李白〈靜夜思〉：「舉～望明月。」（抬起**頭**來，看到皎潔的月亮。）❷名比喻事物的開首。朱熹〈觀書有感〉（其一）：「為有源～活水來。」（因為有着**水源**送來不斷流動的水。）❸名頭髮。杜甫〈春望〉：「白～搔更短。」（花白的**頭髮**越抓越短。）❹名物件的上面。楊萬里〈小池〉：「早有蜻蜓立上～。」（早就有一隻小蜻蜓站在它的**上面**。）❺名旁邊。王昌齡〈閨怨〉：「忽見陌～楊柳色。」（忽然看到街道**旁邊**柳樹的景色。）

頸

⑧geng2 鏡［2聲］⑱jǐng

❶名脖子，見頁304「首」字條欄目「文化趣談」。韓非〈守株待兔〉（《韓非子・五蠹》）：「折～而死。」（折斷**脖子**，然後死掉。）❷〔刎頸〕見頁31「刎」字條。

頻

⑧pan4 貧 ⑱pín

形頻繁、頻密。杜甫〈兵車行〉：「行人但云點行～。」（士兵只是説點名徵兵十分**頻密**。）

頹

⑧teoi4 推［4聲］⑱tuí

❶動倒塌。《禮記・檀弓上》：「泰山其～乎？」（泰山將要**倒塌**了嗎？）❷動落下。陶弘景〈答謝中書書〉：「夕日欲～。」（傍晚的太陽快要**落下**。）❸動衰敗、滅亡。諸葛亮〈出師表〉：「此後漢所以傾～也。」（這就是東漢傾覆、

滅亡的原因。）

頷 🔊ham5 含 [5 聲] 🔊hàn
❶**名**下巴，見頁 304「首」字條欄目「文化趣談」。范曄《後漢書・班梁列傳》：「生燕～虎頸。」（天生有着燕子般的**下巴**、老虎般的脖子。）❷**動**點頭。歐陽修〈賣油翁〉：「但微～之。」（只是對他輕輕**點頭**。）

題 🔊tai4 啼 🔊tí
動題寫、書寫。譬如〈～西林壁〉是蘇軾在廬山西林寺牆壁上所**題寫**的詩歌。

顏 🔊ngaan4 眼 [4 聲] 🔊yán
❶**名**面容。〈疑鄰竊斧〉（《列子・説符》）：「～色，竊斧也。」（**面容**和神色，好像偷了斧頭。）❷**名**臉色。杜甫〈茅屋為秋風所破歌〉：「大庇天下寒士俱歡～。」（讓普天下窮苦的讀書人都能顯露歡樂的**臉色**。）❸**名**顏色。王冕〈墨梅〉（其三）：「不要人誇好～色。」（它不需要別人誇獎**顏色**好看。）

額 🔊ngaak6 我客 [6 聲] 🔊é
名額頭。劉義慶〈周處除三害〉（《世説新語・自新》）：「山中有白～虎。」（山上有**額頭**為白色的老虎。）

願 🔊jyun6 縣 🔊yuàn
❶**名**願望、心願。陶潛〈歸園田居〉（其三）：「但使～無違。」（只要沒有違背我的**願望**就可以了。）❷**動**希望。〈鑿壁借光〉（《西京雜記・第二》）：「～得主人書遍讀之。」（**希望**可以閱讀主人的書籍。）❸**動**願意。〈木蘭辭〉：「～為市鞍馬。」（**願意**為從軍這件事，購買馬鞍和馬匹。）

類 🔊leoi6 淚 🔊lèi
❶**名**種類。王羲之〈蘭亭集序〉：「俯察品～之盛。」（低頭細看萬物**種類**的繁多。）❷**名**同類。柳宗元〈始得西山宴遊記〉：「不與培塿為～。」（不肯跟小山丘為**同類**。）❸**動**類似、像。柳宗元〈黔之驢〉：「形之龐也～有德。」（體形龐大，**好像**很有品德。）

顧 🔊gu3 故 🔊gù
❶**動**回頭看。白居易〈燕詩〉：「舉翅不回～。」（小燕子舉起翅膀，不肯**回頭看看**父母。）❷**動**回來。韓非〈曾子殺豬〉（《韓非子・外儲説左上》）：「～反為女殺彘。」（我**回來**後給你宰殺豬來吃。）❸**動**拜訪、訪問。諸葛亮〈出師表〉：「三～臣於草廬之中。」（劉備三次在茅草小屋裏**拜訪**我。）❹**動**關心。韓非《韓非子・十過》：「不～國政。」（不**關心**國家政事。）❺**副**難道。彭端淑〈為學一首示子姪〉：「～不如蜀鄙之僧哉？」（**難道**還不能比得上四川邊境那位貧窮的僧人嗎？）

顯 🔊hin2 遣 🔊xiǎn
❶**形**明顯、清楚。劉勰《文心雕龍・檄移》：「言約而事～。」（用字簡約，可是記事**清楚**。）❷**動**顯露。劉知幾《史通・內篇》：「事便～露。」（事情就會**顯露**。）❸**形**顯赫。司馬遷〈御人之妻〉（《史記・管晏列傳》）：「名～諸侯。」（名聲在諸侯之間十分**顯赫**。）

顰 🔊pan4 貧 🔊pín
動皺眉。〈東施效顰〉（《莊子・天運》）：「西施病心而～其里。」（西施的心臟有病痛，所以**皺着眉頭**，在村子裏走過。）

風 部

　　這是「鳳」的甲骨文，不過，古人常常借它來表示「風」。

　　雀鳥之所以能夠飛行，是因為牠們拍動翅膀時，會產生氣流 (也就是「風」)，於是能在天空中翱翔。由於「風」是看不見、觸摸不到的，而「鳳」是傳說中一種很巨型的鳥，當牠拍翼飛行時，自然會產生極大的氣流。古人於是用上讀音相近、而且互有關係的「鳳」來表示「風」。到後來，「風」才演變成今天的寫法。從「風」部的字，絕大部分都跟「風」或「氣流」有關。

風 〔粵〕fung1 瘋 〔普〕fēng
❶名風，流動的空氣。劉義慶〈白雪紛紛何所似〉(《世說新語・言語》)：「未若柳絮因～起。」(不如比作柳絮憑藉風飛起來。) ❷〔風光〕名風景。楊萬里〈曉出淨慈寺送林子方〉(其二)：「～不與四時同。」(西湖的風景與其他季節並不相同。) ❸名風氣。荀況《荀子・樂論》：「移～易俗。」(改變風氣和習俗。)

颻 〔粵〕jiu4 搖 〔普〕yáo
〔飄颻〕見頁301「飄」字條。

飄 〔粵〕piu1 票 [1聲] 〔普〕piāo
❶動風吹。文天祥〈過零丁洋〉：「山河破碎風～絮。」(國家破滅，恰似被風吹散的柳絮。) ❷動飄零、飄泊。〈月兒彎彎照九州〉：「幾家～散在他州。」(多少家庭在其他地方飄零、離散！) ❸〔飄颻〕動隨風飄動。虞世南〈詠螢〉：「～弱翅輕。」(隨風飛翔的翅膀弱小、輕盈。)

飛 部

這是在秦漢時期楚國竹簡上發現的「飛」字，就好像雀鳥拍翼飛翔的情態，「飛」的本義就是雀鳥飛翔。從「飛」部的常用字極少，但都跟「飛翔」有關。

飛 ⓟfei1 非 ⓜfēi
❶ 動飛食、飛翔。高鼎〈村居〉：「草長鶯～二月天。」（農曆二月時節，小草漸漸生長，黃鶯**飛翔**。）❷ 動飄蕩。張若虛〈春江花月夜〉：「空裏流霜不覺～。」（月色潔白如霜，察覺不了飛霜在天空中**飄蕩**着。）❸ 形急速、飛快。李白〈望廬山瀑布〉：「～流直下三千尺。」（**急速**的水流筆直地落下了幾千尺。）

食 部

這是「食」的甲骨文，下面的部件像一個載滿食物的器具，上面的部件「亼」像人的嘴巴，配合表示唾液的兩個「丶」畫，「食」的本義呼之欲出了，就是「進食」。從「食」部的字，大部分都跟「進食」有關。

食 一 ⓟsik6 蝕 ⓜshí
❶ 動進食、吃。〈狐假虎威〉（《戰國策·楚策》）：「虎求百獸而～之。」（老虎尋覓各種野獸來**吃掉**牠們。）❷ 名食物、糧食。白居易〈燕詩〉：「索～聲孜孜。」（向父母索取**食物**的叫聲停不下來。）❸〔食罍〕名附有把手、盛載食物用的多層盒子。田汝成〈西湖清明節〉：「而酒尊～。」（還有盛酒的樽和**盛載食物的盒子**。）

二 ⓟzi6 字 ⓜsì
動餵養、餵飼、給別人或動物吃。韓愈〈雜說〉（四）：「～馬者。」（**餵飼**馬匹的人。）

飢 ⓟgei1 基 ⓜjī
❶ 形肚子餓、吃不飽。白居易〈燕詩〉：「猶恐巢中～。」（還擔心鳥巢裏的小燕子**肚子餓**。）❷ 動捱餓。曹鄴〈官倉鼠〉：「健兒無糧百姓～。」（壯健

的士兵沒有糧食，平民都在**挨餓**。）

飧 （粵）syun1 酸 （普）sūn
名米飯、糧食。李紳〈憫農〉（其二）：「誰知盤中～，粒粒皆辛苦？」（誰人知道碗碟裏的**米飯**，每一顆都飽含着農夫的辛勞和痛苦？）

飲 **一**（粵）jam2 任 [2聲] （普）yǐn
❶動喝。〈夸父追日〉（《山海經·海外北經》）：「～於河、渭。」（到黃河和渭河**喝水**。）**❷動**特指飲酒。〈杯弓蛇影〉（《晉書·樂廣傳》）：「方欲～。」（正當想**飲酒**。）**❸名**所喝的東西。朱用純〈朱子家訓〉：「～食約而精。」（**飲品**和食物要簡約和精美。）
二（粵）jam3 蔭 （普）yìn
動給別人或動物喝、餵別人或動物喝。王維〈送別〉：「下馬～君酒。」（請您下馬，**給您喝**一杯酒。）

餌 （粵）nei6 膩 （普）ěr
❶名泛指食物或藥物。**❷**〔果餌〕見頁135「果」字條。

養 （粵）joeng5 氧 （普）yǎng
❶動奉養長輩、撫養幼小。〈閔子騫童年〉（《敦煌變文集·孝子傳》）：「騫供～父母。」（閔子騫服侍和**奉養父母**親。）**❷動**飼養動物。《論語·為政》：「至於犬馬，皆能有～。」（提到狗隻和馬匹，都能夠得到人類的**飼養**。）

餐 （粵）caan1 產 [1聲] （普）cān
❶動進食、吃。李白〈古朗月行〉：「問言與誰～？」（請問是跟誰人**吃**的？）**❷量**計算飲食的次數，相當於「頓」。周怡〈勉諭兒輩〉：「酒肉一～。」（一**頓**美酒好肉的花費。）

餓 （粵）ngo6 臥 （普）è
❶形飢餓，程度比「飢」嚴重。

韓非《韓非子·飾邪》：「家有常業，雖飢不～。」（家裏有恆常的產業，即使吃不飽，也不會**過於飢餓**。）**❷動**使人挨餓。《孟子·告子下》：「～其體膚。」（**使他們**的身體**挨餓**。）

餘 （粵）jyu4 如 （普）yú
❶動剩餘、剩下。杜甫〈客至〉：「隔籬呼取盡～杯。」（我就隔着籬笆呼喚他過來，一起喝光**剩下**的酒！）**❷形**其餘的、剩下的。班固〈曲突徙薪〉（《漢書·霍光金日磾傳》）：「～各以功次坐。」（**其餘的**人各自按照功勞，依次序排定座位。）**❸數**餘數、多一點。〈鄒忌諷齊王納諫〉（《戰國策·齊策》）：「鄒忌脩八尺有～。」（鄒忌身高八尺**多一點**。）**❹動**留下。崔顥〈黃鶴樓〉：「此地空～黃鶴樓。」（這個地方只**留下**黃鶴樓。）**❺名**之後、之外。王禹偁〈村行〉：「何事吟～忽惆悵？」（甚麼事情讓我在吟詩**之後**忽然感到惆悵？）

餕 （粵）zeon3 進 （普）jùn
名熟食。田汝成〈西湖清明節〉：「享～遨遊。」（享用**熟食**，逍遙自在地遊玩。）

館 （粵）gun2 管 （普）guǎn
名房舍、住所。譬如王維〈竹里～〉所描寫的，就是他在輞川別墅中的其中一間**房舍**，因為四周都是竹子，因此稱為「竹里館」。

饈 （粵）sau1 修 （普）xiū
名美食。朱用純〈朱子家訓〉：「園蔬愈珍～。」（園圃裏種植的蔬菜，也比珍貴的**美食**更美味。）

饒 （粵）jiu4 搖 （普）ráo
❶形豐足、富裕。賈誼〈過秦論〉：「肥～之地。」（肥沃、**富裕**的土地。）**❷形**多、許多。劉義慶〈望梅止

渴〉（《世説新語‧假譎》）：「前有大梅林，～子。」（前面有一大片梅樹林，有**很多**梅子。）

饑 粵geil 基 普jī
名饑荒。魏禧〈吾廬記〉：「方大～。」（正值大規模**饑荒**。）

饞 粵caam4 蠶 普chán
動貪吃。周怡〈勉諭兒輩〉：「不～不寒足矣。」（不**貪吃**、不感到寒冷就足夠了。）

首部

這是「首」甲骨文寫法。上面的三畫是頭髮，下面的部件是臉龐和眼睛，這些身體部位都是跟頭部有關的，「首」的本義就是「頭部」。後來頭髮演變成「丷」，臉龐和眼睛演變成「自」，合起來就是「首」了。**從「首」的常用字就只有「首」。**

有趣的是，「首」和「頁」這兩個部首字的意思都是「頭部」：「首」的兩點是頭髮，「頁」的兩點是手腳（見頁298「頁」部欄目「部首細説」）。

首 粵sau2 手 普shǒu
❶名頭部。柳宗元〈哀溺文序〉：「不應，搖其～。」（他不回答，搖搖他的**頭**。）❷量計算詩歌、文章的單位，相當於「篇」。譬如彭端淑〈為學一～示子姪〉就是一**篇**向子姪輩講授做學問要訣的文章。

文化趣談

與身體有關的律詩四聯

「律詩」是近體詩的其中一種體裁，共有八句，每兩句為一聯，每聯都有自己的名稱：第一、二句叫「首聯」；第三、四句叫「頷聯」；第五、六句叫「頸聯」。「首」、「頷」和「頸」都跟「頭部」有關，那麼第七、八句叫甚麼？原來叫「尾聯」，卻是跟「頭部」沒有關係呢！我們就以杜甫的五言律詩〈春望〉為例：

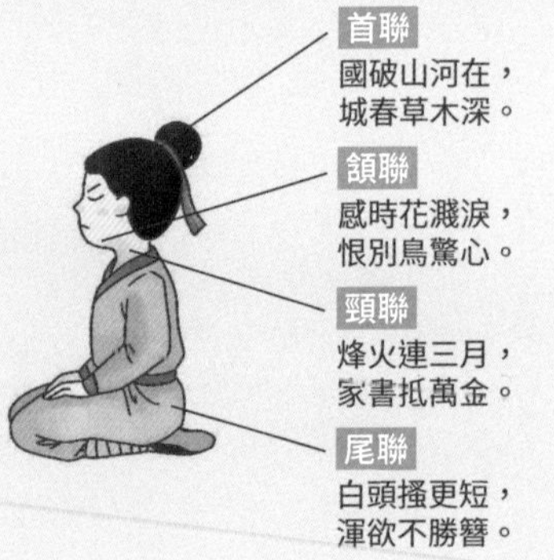
首聯
國破山河在，
城春草木深。
頷聯
感時花濺淚，
恨別鳥驚心。
頸聯
烽火連三月，
家書抵萬金。
尾聯
白頭搔更短，
渾欲不勝簪。

香 部

這是「香」的甲骨文寫法。上半部分是禾稻，下半部分是「甘」，表示吃到穀物的甘香，而旁邊的一些「、」畫就是表示穀物所散發的香氣。「香」的本義就是「香氣」。部分從「香」部的字都跟「香氣」有關。

香 ⑧hoeng1 鄉 ⑳xiāng
❶名香味、香氣。王安石〈梅花〉：「為有暗～來。」（因為它傳來了不明顯的梅花**香氣**。）❷〔馨香〕見 305 頁「馨」字條。

馨 ⑧hing1 卿 ⑳xīn
❶名傳播遠方的香氣。屈原《楚辭・山鬼》：「折芳～兮遺所思。」（摘下花朵啊，把**香氣**送給我所思念的人。）❷名流傳後世的高尚品德。劉禹錫〈陋室銘〉：「唯吾德～。」（只因為我有着**高尚的品德**，就不感到簡陋。）❸〔馨香〕名香氣。〈庭中有奇樹〉（《古詩十九首》）：「～盈懷袖。」（花兒的**香氣**充滿在衣襟和袖子裏。）

馬 部

這是「馬」的甲骨文寫法，把馬的外形全都清楚地繪畫出來：頭部、眼睛、耳朵、軀幹、四肢、尾巴……還有馬匹最大的特徵──鬃毛。「馬」的本義就是「馬匹」，從「馬」部的字絕大部分都跟馬匹有關。

馬 ⑧maa5 碼 ⑳mǎ
❶名馬匹。〈木蘭辭〉：「東市買駿～。」（到東面的市集購買優秀的**馬匹**。）❷〔班馬〕見頁168「班」字條。

駟 ⑧si3 嗜 ⑳sì
名四匹馬所拉的車。司馬遷〈御人之妻〉（《史記・管晏列傳》）：「策～馬。」（駕馭**四馬馬車**的馬匹。）

駝 ⓟto4 跎 ⓜtuó
❶名駱駝。賈思勰《齊民要術‧煮膠第九十》：「煮膠 …… 驢、馬、～、騾皮為次。」（提煉膠質 …… 驢子、馬匹、駱駝、騾子的皮是第二等。）❷〔明駝〕見頁123「明」字條。

駑 ⓟnou4 奴 ⓜnú
❶名差劣的馬匹。荀況〈勸學〉（《荀子》）：「～馬十駕。」（差劣的馬匹連續十天拉車。）❷形才能平庸。司馬遷《史記‧廉頗藺相如列傳》：「相如雖～。」（藺相如雖然才能平庸。）

駕 ⓟgaa3 架 ⓜjià
❶動騎馬、乘車。韓非《韓非子‧難一》：「郤獻子聞之，～往救之。」（郤獻子聽聞這件事，於是騎馬前往拯救他。）❷動馬匹拉車走一天。荀況〈勸學〉（《荀子》）：「駑馬十～。」（差劣的馬匹連續十天拉車。）❸名車子。《戰國策‧齊策》：「為之～。」（給他配上車子。）

駭 ⓟhaai5 蟹 ⓜhài
形吃驚、驚慌。柳宗元〈黔之驢〉：「虎大～。」（老虎非常驚慌。）

駢 ⓟpin4 篇 [4聲] ⓜpián
❶動兩匹馬並排拉車。❷副一起、一同。韓愈〈雜說〉（四）：「～死於槽櫪之間。」（一同死在馬槽裏。）

騁 ⓟcing2 請 ⓜchěng
❶動馬匹奔馳。屈原《楚辭‧離騷》：「乘騏驥以馳～兮。」（騎着優秀的馬匹奔馳啊。）❷動舒展。王羲之〈蘭亭集序〉：「所以游目～懷。」（藉此讓人放縱雙眼，四處張望，舒展胸懷。）

駿 ⓟzeon3 俊 ⓜjùn
名優秀的馬匹。〈木蘭辭〉：「東市買～馬。」（到東面的市集購買優秀的馬匹。）

騏 ⓟkei4 旗 ⓜqí
❶名青黑色的馬。❷〔騏驥〕名優秀的馬匹。荀況〈勸學〉（《荀子》）：「～一躍。」（優秀的馬匹只是跳躍一下。）

騎 ㊀ⓟkei4 旗/ke4 茄 [4聲] ⓜqí
動騎馬。劉安〈塞翁失馬〉（《淮南子‧人間訓》）：「其子好～。」（他的兒子喜歡騎馬。）
㊁ⓟgei6 技/kei3 冀 ⓜjì
❶名戰馬。〈木蘭辭〉：「但聞燕山胡～聲啾啾。」（只聽到燕山一帶外族戰馬「啾啾」的嘶鳴聲。）❷名騎兵。司馬遷《史記‧項羽本紀》：「沛公旦日從百餘～來見項王。」（劉邦在第二天帶領一百多名騎兵，前來拜見項羽。）

騅 ⓟzeoi1 追 ⓜzhuī
❶名毛色黑白相雜的馬匹。❷名專指項羽的戰馬「烏騅」。項羽〈垓下歌〉：「～不逝兮可奈何？」（烏騅馬跑不起來啊，可以怎麼辦？）

驅 ⓟkeoi1 軀 ⓜqū
❶動鞭策馬匹前進。《詩經‧山有樞》：「子有車馬，弗馳弗～。」（你有車子和馬匹，卻不肯前進。）❷動駕着馬車。李商隱〈登樂遊原〉：「～車登古原。」（駕着馬車登上古老的樂遊原。）❸動驅趕、迫使。杜甫〈兵車行〉：「被～不異犬與雞。」（被官府迫使去作戰，地位跟狗和雞沒有分別。）❹動快走。韓嬰〈皋魚之泣〉（《韓詩外傳‧卷九》）：「～！～！前有賢者。」（快走！快走！前面有一位賢能的人。）

驗 ⓟjim6 豔 ⓜyàn
動驗證、檢驗。沈括〈摸鐘〉（《夢溪筆談‧權智》）：「出乃～其手。」（他們觸摸過後，就檢驗他們的手。）

驚 〔粵〕ging1 經　〔普〕jīng
❶〔動〕驚動。王維〈鳥鳴澗〉：「月出～山鳥。」（月亮出來，**驚動**了山中的鳥兒。）❷〔形〕驚訝。〈岳飛之少年時代〉（《宋史·岳飛傳》）：「同大～。」（周同十分**驚訝**。）❸〔動〕讓人驚訝。司馬遷〈一鳴驚人〉（《史記·滑稽列傳》）：「一鳴～人。」（一旦鳴叫的話，就會**讓人驚訝**。）❹〔形〕驚慌、慌張。張岱〈白洋潮〉：「如驅千百羣小鵝擘翼～飛。」（如同驅趕千百羣小鵝，讓牠們張開翅膀，**慌張**飛翔。）❺〔形〕猛烈、兇猛。蘇軾〈念奴嬌·赤壁懷古〉：「～濤裂岸。」（**猛烈**的江濤拍裂了岸邊。）

驟 〔粵〕zaau6 嘲 [6聲]　〔普〕zhòu
❶〔動〕馬匹快跑，後來指事物急速出現。劉義慶〈白雪紛紛何所似〉（《世説新語·言語》）：「俄而雪～。」（不久，雪下得急了。）❷〔形〕急速。李清照〈如夢令〉：「昨夜雨疏風～。」（昨晚雨點疏落，風卻**急速**。）

驥 〔粵〕kei3 冀　〔普〕jì
❶〔名〕千里馬。曹操〈步出夏門行〉：「老～伏櫪。」（年老的**千里馬**伏身在馬槽邊。）❷〔騏驥〕見頁306「騏」字條。

骨　部

這是「骨」的甲骨文寫法。這個字模擬出骨架互相支撐的情態，後來才寫作「冎」，並加上部件「肉」，表示骨頭是與肌肉相連的。「骨」的本義就是「骨頭」，從這個部首的常用字不多，可是絕大部分都跟身體有關。

骨 〔粵〕gwat1 橘　〔普〕gǔ
❶〔名〕骨頭，見頁174「甲」字條欄目「文化趣談」。于謙〈石灰吟〉：「粉～碎身全不怕。」（即使**骨頭**和身體都粉碎了，它也完全不懼怕。）❷〔骨肉〕〔名〕骨頭和肌肉，比喻至親，一般指父母、子女、兄弟。陶潛〈雜詩〉（其一）：「何必～親！」（為甚麼一定要**父母、子女、兄弟**才可以彼此愛護？）❸〔名〕屍體。杜甫〈兵車行〉：「古來白～無人收。」（從古時到現在戰死士兵的**屍體**都沒有人埋葬。）

髀 〔粵〕bei2 彼　〔普〕bì
〔名〕大腿。劉安〈塞翁失馬〉（《淮南子·人間訓》）：「墮而折其～。」（從馬上跌下來，因而折斷了他的**大腿**。）

體 〔粵〕tai2 睇　〔普〕tǐ
❶〔名〕身體、軀體。朱熹〈讀書有三到〉（《訓學齋規》）：「正身～。」（坐

直**身體**。）❷名肢體、手腳。《孟子·公孫丑上》：「猶其有四〜也。」（就好像他們擁有四**肢**。）❸名主體、實體。諸葛亮〈出師表〉：「宮中府中，俱為一〜。」（皇宮裏和丞相府裏的大臣，都是同一個**主體**。）

高　部

這是「高」的甲骨文寫法。「高」是一個抽象的概念，可是古人卻聰明地利用「高樓」來表達「高」。這個字下面的部件「口」表示臺基，上面的部件是建築在臺基上的高樓。從「高」部的常用字就只有「高」，本義是「高樓」，後來才引申出「高大」、「崇高」等字義。

高 粵gou1 糕 普gāo
❶形高聳、高大。賀知章〈詠柳〉：「碧玉妝成一樹〜。」（碧綠的嫩葉替**高大**的柳樹妝扮一番。）❷名高處。蘇軾〈題西林壁〉：「遠近〜低各不同。」（從遠處、近處、**高處**、低處看，各自有不相同的樣子。）❸名高山。王維〈九月九日憶山東兄弟〉：「遙知兄弟登〜處。」（想起遙遠的兄弟登上**高山**的時候。）❹形高貴。王勃〈滕王閣序〉：「〜朋滿座。」（**高貴**的朋友坐滿了座席。）❺形高尚。司馬遷《史記·廉頗藺相如列傳》：「徒慕君之〜義也。」（只是因為仰慕您的**高尚**道義。）❻形優勝。王讜〈口鼻眼眉爭辯〉（《唐語林·補遺》）：「口與鼻爭〜下。」（嘴巴和鼻子在爭論哪個**優勝**、哪個差劣。）❼動放大（聲音）。李白〈夜宿山寺〉：「不敢〜聲語。」（不膽敢**放大**聲音說話。）❽形暢快。李白〈春夜宴從弟桃花園序〉：「〜談轉清。」（在**暢快**的談論中，話題變得清雅起來。）

髟 部

「髟」讀〔標〕（biāo），這是它的甲骨文寫法，就好像一個披頭散髮的人。事實上，「髟」由「長」和「彡」組成，前者表示頭髮長長，後者強調髮長飄揚。「髟」是「髮」的最初寫法，故此「髟」的本義就是「頭髮」。從「髟」部的字，絕大部分都跟「毛髮」有關。

髡 🔊kwan1 昆　🔊kūn
名一種刑罰，把犯人的頭髮剃光，藉此侮辱犯人。譬如司馬遷〈一鳴驚人〉中的主角淳于髡，姓淳于，名～，不是說他曾經接受刑罰，而是他的出身卑賤、地位低下，屢屢被人**侮辱**。

髮 🔊faat3 法　🔊fà
名頭髮。李白〈秋浦歌〉（其十五）：「白～三千丈。」（蒼白的**頭髮**長達三千丈。）

鬆 🔊sung1 嵩　🔊sōng
❶形頭髮蓬鬆。汪元量〈湖州歌〉：「曉鬢鬅～懶不梳。」（早上，我耳邊的頭髮散亂**蓬鬆**，懶慵慵的我不肯梳理。）❷形放鬆、鬆散。鄭板橋〈竹石〉：「咬定青山不放～。」（竹子緊緊抓住青綠山上的泥土，不肯**放鬆**下來。）

鬢 🔊ban3 殯　🔊bìn
名近耳旁兩頰上的頭髮。賀知章〈回鄉偶書〉（其一）：「鄉音無改～毛衰。」（我的家鄉口音沒有改變，**耳朵旁邊的毛髮**卻變得稀疏。）

鬣 🔊lip6 獵　🔊liè
名鬍鬚、觸鬚。宋濂〈束氏狸狌〉：「赤～又礠礠然。」（長有紅色的**觸鬚**，而且吱吱地叫。）

鬥 部

這是「鬥」的甲骨文寫法，就好像兩個人對立着，正在徒手互相格鬥。有趣的是，兩個人都生氣得連頭髮也豎起來呢！「鬥」的本義就是「打鬥」。從「鬥」部的字，大多跟「搏鬥」有關，譬如「鬧」的本義是「吵鬧」；「鬨」(讀〔空[6 聲]〕，hòng) 是指「爭鬥」；「鬩」(讀〔益〕，xì) 解作「爭吵」。

鬥 🔊dau3 豆 [3 聲] 🔊dòu
❶ 動 打鬥。《論語・季氏》：「血氣方剛，戒之在～。」(一時衝動的勇氣正旺盛，要戒打鬥。) ❷ 動 爭鬥。〈兩小兒辯日〉(《列子・湯問》)：「見兩小兒辯～。」(看見兩個年幼的孩子在爭辯。)

鬲 部

「鬲」作為部首時，要讀〔力〕(lì)。這是「鬲」的甲骨文寫法，所描繪的是一種燒水、煮粥用的器皿。「鬲」跟「鼎」很相似，都是三腳器皿，可是「鬲」的腳較肥大，「鼎」的腳則較瘦長，而且筆直(見頁320「鼎」字條插圖)。今天，「鬲」部並沒有常用字，不過「鬻」卻是在文言文中常見的字，並且跟「鬲」這種器皿有關。

鬲 🔊lik6 力 🔊lì
❸ 名 一種燒水、煮粥用的器皿，有着三隻肥大的腳。劉向《說苑・反質》：「瓦～煮食。」(用陶土燒製的鬲來烹煮食物。)

鬲

鬻
一 ⑧zuk1 足　⑧zhōu
名（用鬲來煮的）稀粥。《左傳·昭公七年》：「饘於是，～於是，以餬余口。」（稠粥也好，稀粥也好，只要能夠填飽我的肚子就可以了。）

二 ⑧juk6 肉　⑧yù
❶動售賣。韓非〈自相矛盾〉（《韓非子·難一》）：「楚人有～盾與矛者。」（楚國有一個售賣盾牌和矛的人。）❷動購買。劉基〈賣柑者言〉：「人爭～之。」（人們爭相購買柑子。）

鬼　部

這是「鬼」的甲骨文寫法，好像一個跪坐在地上的人——不，應該是靈魂之類的東西。這個字頂部的部件「田」不是指田地，而是表示鬼的臉容跟人類不同，以說明「人鬼殊途」。這個「田」後來寫作「囟」，是指人類的「囟門」（見頁23「兒」字條欄目「辨字識詞」）；因為古人認為人死後，靈魂就是從「囟門」離開人體的。「鬼」的本義就是「鬼魂」、「鬼怪」，從「鬼」部的字絕大部分都與此有關。

鬼
⑧gwai2 軌　⑧guǐ
名鬼魂。杜甫〈兵車行〉：「新～煩冤舊～哭。」（剛死的鬼魂感到愁煩冤屈，死了許久的鬼魂在哭泣。）

魂
⑧wan4 雲　⑧hún
名魂魄，人的靈魂。杜牧〈清明〉：「路上行人欲斷～。」（道路上遠行的人快要失去魂魄，十分傷心。）

魄
⑧paak3 拍　⑧pò
名魂魄，人的靈魂。劉向〈葉公好龍〉（《新序·雜事五》）：「失其魂～。」（魂魄離開身體，非常害怕。）

魅
⑧mei6 味　⑧mèi
名鬼怪。紀昀〈曹某不怕鬼〉（《閱微草堂筆記·灤陽消夏錄一》）：「是有～。」（這裏有鬼怪。）

魏
⑧ngai6 藝　⑧wèi
❶名戰國時代諸侯國名稱，領土覆蓋今天的河南省、山西省一帶，見頁251「諸」字條欄目「歷史趣談」。〈鄒忌諷齊王納諫〉（《戰國策·齊策》）：「燕、趙、韓、～聞之。」（燕國、趙國、韓國、魏國聽聞這消息。）❷名朝代名稱，即三國時代的魏國。譬如劉義慶〈望梅止渴〉記述了「魏武行役」期間的故事，當中的「～武」就是魏武帝曹操，是魏國的君主。

魚 部

這是「魚」的甲骨文寫法，可以清楚看到魚的嘴巴、身體上的鱗片、兩邊的魚鰭和尾鰭，「魚」的本義就是「魚」了。從「魚」部的字，絕大部分都跟這種動物有關。

魚 ㊀jyu4 如 ㊁yú
名魚類、魚兒。〈江南〉：「～戲蓮葉間。」(**魚兒**在蓮葉之間嬉戲。)

魯 ㊀lou5 老 ㊁lǔ
名春秋、戰國時代諸侯國名稱，位於今天的山東省東南部，見頁251「諸」字條欄目「歷史趣談」。〈閔子騫童年〉(《敦煌變文集·孝子傳》)：「閔子騫，名損，～人也。」(閔子騫，原名叫損，是**魯國**人。)

鮮 ㊀㊀sin1 先 ㊁xiān
❶形鮮美、新鮮。歸有光〈歸氏二孝子傳〉：「致甘～焉。」(給予甘香、**鮮美**的食物。)**❷形**鮮豔。陶潛〈桃花源記〉：「芳草～美。」(有香氣的野草既**鮮豔**又美麗。)
㊁㊀sin2 癬 ㊁xiǎn
副少、很少。周敦頤〈愛蓮說〉：「陶後～有聞。」(在陶潛之後就**很少**聽聞。)

鱗 ㊀leon4 輪 ㊁lín
❶名魚鱗。袁宏道〈滿井遊記〉：「～浪層層。」(**魚鱗**似的浪花一層一層的。)**❷名**借指魚。陶弘景〈答謝中書書〉：「沉～競躍。」(潛游在水中的**魚兒**爭相跳出水面。)

鳥 部

這是「鳥」的甲骨文寫法，可以清楚看到鳥的頭部、身體、尾巴，還有鳥爪，而這鳥爪後來演變成四個「、」畫。「鳥」本來就是指雀鳥，從「鳥」部的字幾乎都跟「雀鳥」有關。

鳩　　　　　鳶　　　　　鵝

鵲　　　　　鶯　　　　　鴻

鷗　　　　　鷸　　　　　鷺

黃鶯、黃鸝　　鸛　　　　　鶴

鳥

(粵)niu5 裊 (普)niǎo

名雀鳥、鳥兒。杜甫〈春望〉：「恨別～驚心。」（平民分離，讓人痛恨，更驚動了**鳥兒**的心靈。）

鳩

(粵)kau1 溝 (普)jiū

❶名一種雀鳥名稱，羽毛灰色，頸部後方有黑白相雜的斑紋。《詩經・鵲巢》：「維鵲有巢，維～居之。」（喜鵲擁有自己的雀巢，**鳩鳥**卻霸佔了它。）❷〔發鳩之山〕見頁178「發」字條。

斑鳩

鳶

(粵)jyun1 冤 (普)yuān

❶名一種雀鳥名稱，全身褐色，尾部似魚，趾爪有力，視力敏銳，生性兇殘，俗稱「老鷹」。❷〔紙鳶〕見頁202「紙」字條。

老鷹

鳴

(粵)ming4 明 (普)míng

❶動雀鳥鳴叫。杜甫〈絕句〉（其三）：「兩個黃鸝～翠柳。」（兩隻黃鶯在翠綠的柳樹間**鳴叫**。）❷動泛指動物鳴叫。曹操〈短歌行〉：「呦呦鹿～。」（鹿羣在呦呦**鳴叫**。）❸動發出聲音。〈木蘭辭〉：「但聞黃河流水～濺濺。」（只聽到黃河河水流動時**發出**「濺濺」的**聲音**。）

鴻

(粵)hung4 洪 (普)hóng

❶名一種雀鳥名稱，與雁相像，背灰、翅黑、腹白。❷〔鴻雁〕名一種雀鳥名稱，羽毛呈紫褐色，腹部白色，趾間有蹼，是羣居水邊的候鳥，別稱「大雁」。張若虛〈春江花月夜〉：「～長飛光不度。」（**大雁**一整夜飛翔，卻不能跨過月光，飛到對方身邊。）❸形大。〈二子學弈〉（《孟子・告子上》）：「一心以為有～鵠將至。」（全心認為有**大**天鵝要飛來。）❹形知識淵博。劉禹錫〈陋室銘〉：「談笑有～儒。」（談天說笑的都是**知識淵博**的讀書人。）

鴻

鵝

(粵)ngo4 俄 (普)é

名一種雀鳥名稱，羽毛潔白，頸長，腳有蹼，善游泳，不能飛翔。駱賓王〈詠鵝〉：「～，～，～，曲項向天歌。」（**鵝**！**鵝**！**鵝**！牠彎起脖子，向着天空歌唱。）

鵝

鵠

一 (粵)huk6 酷 (普)hú

名一種雀鳥名稱，體形似雁而較大，頸長，腳短，即「天鵝」。〈二子學弈〉（《孟子・告子上》）：「一心以為有鴻～將至。」（全心認為有大**天鵝**將要飛來。）

二 (粵)guk1 菊 (普)gǔ

名箭靶正中心。〈在上位不陵下〉（《禮記・中庸》）：「失諸正～。」（射失了**箭靶正中心**。）

鵲

（粵）zoek3 爵／coek3 綽　（普）què

名 一種雀鳥名稱，外形像烏鴉，頭部、背脊為黑色，其餘部位皆為白色，即「喜鵲」。曹操〈短歌行〉：「烏～南飛。」（一羣黑色的**喜鵲**向南飛去。）

喜鵲

鶯

（粵）ang1 啊亨 [1聲]　（普）yīng

❶名 一種雀鳥名稱，體形比麻雀小，羽毛一般為褐色或暗綠色。**❷**〔黃鶯〕見頁318「黃」字條。

鶯

鶴

（粵）hok6 學　（普）hè

名 一種雀鳥名稱，羽毛為白色，頸、嘴、腳皆細長，多在水邊生活。崔顥〈黃鶴樓〉：「昔人已乘黃～去。」（昔日的仙人已經騎着黃色的仙**鶴**離開了。）

白鶴

鷗

（粵）au1 歐　（普）ōu

名 一種雀鳥名稱，羽毛多為灰色或白色，嘴鈎曲，趾間有蹼，常在水上飛翔，愛食魚類。杜甫〈江村〉：「相親相近水中～。」（江水中的**鷗鳥**，互相親愛、靠近。）

鷗鳥

鷸

（粵）wat6 屈 [6聲]　（普）yù

名 一種雀鳥名稱，羽毛多為灰、褐等色，以捕食水邊的小魚、貝類為生。〈鷸蚌相爭〉（《戰國策·燕策》）：「蚌方出曝，而～啄其肉。」（一隻蚌正在出來曬太陽，同時，一隻**鷸鳥**飛來啄食蚌的肉。）

鷸鳥

鷺

（粵）lou6 路　（普）lù

名 一種雀鳥名稱，比鶴略小，羽毛為白色，頸、腳皆長，多在水邊生活及捕食。杜甫〈絕句〉（其三）：「一行白～上青天。」（一列白**鷺**飛上蔚藍的天空。）

白鷺

鸛 ⑳gun3 罐 ⑳guàn

名一種雀鳥名稱，嘴、頸皆長，在水邊生活，以捕食蛇、蛙、魚類、昆蟲等為生，善於飛行，卻不能鳴叫。譬如王之渙〈登鸛雀樓〉中的「～雀樓」位於今天的山西省，可以俯瞰黃河，因為經常有**鸛**鳥在上面棲息，所以被稱為「鸛雀樓」。

鸛鳥

鸝 ⑳lei4 離 ⑳lí

〔黃鸝〕見頁318「黃」字條。

鹿 部

這是「鹿」的甲骨文寫法，可以清楚看到「鹿」的雙角、頭部、頸部、身體、腳部和尾巴，它的本義就是「鹿」這種動物。從「鹿」部的字，有不少都跟「鹿」這種動物有關。

麋 ⑳mei4 眉 ⑳mí

〔麋麑〕名小鹿。柳宗元〈臨江之麋〉：「畋得～。」（打獵時獲得一隻小鹿。）

麗 ⑳lai6 厲 ⑳lì

❶形漂亮、俊俏。司馬遷《史記·平津侯主父列傳》：「狀貌甚～。」（外貌十分**俊俏**。）❷〔昳麗〕見頁124「昳」字條。

麑 ⑳ngai4 危 ⑳ní

〔麋麑〕見頁316「麋」字條。

麥　部

　　這是「麥」的甲骨文寫法。「麥」和「來」是一組互有淵源的字:「來」的本義是「麥子」;至於「麥」,則是由「來」和「夊」(「夊」是上下倒轉了的「止」) 兩個部分組成,分別指「麥子」和「腳步」,本義就是「來到 (麥田)」。後來,人們把「麥」和「來」這兩個字的意思對調:「來」現在解作「來到」,而「麥」就是「麥子」了。

　　從「麥」部的字絕大部分都跟麵食有關,如:麵 (麵粉製成的麵條)、麩 (麥子的皮殼) 等。

麥　🔊mak6 默　🔊mài

　🔊一種植物名稱,夏天開花,種子可用來磨麵粉,製成各種麵食,見頁192「穀」字條欄目「文化趣談」。范成大

〈夏日田園雜興〉(其一):「～花雪白菜花稀。」(**麥穗**的花像雪般白,油菜花落下,逐漸稀少。)

麻　部

　　這是「麻」的金文寫法。上面的部件「厂」是懸崖,下面的部件不是「林」,而是「㡹」,好像一雙手在種植「麻」這種植物。「麻」是一種植物,莖部的纖維可以用來織布。不過,從「麻」部的字都跟「麻」這種植物無關,「麻」在這些字裏,只是表示讀音的聲符。

麻 ^粵maa4 嫲 ^普má
名一種植物名稱，莖部的纖維可以用來織布。范成大〈夏日田園雜興〉（其七）：「晝出耘田夜績～。」（白天外出，到田裏除草；晚上回家，把麻搓成線。）

麻

黃　部

這是「黃」的甲骨文寫法。「黃」本來不是指「黃色」，而是指一種病——人的肚子裏有寄生蟲，因而鼓脹起來。今天，為了辨別「王」和「黃」這兩個同音字，我們會把前者稱為「三畫王」，把後者稱為「大肚黃」，正是源於此。

此外，也有人說，「黃」是指另一種病——黃疸病。患上這種病的人，最明顯病癥就是皮膚泛黃，因此「黃」引申出新的字義——黃色。從「黃」部的常用字只有「黃」，泛指各種黃色。

黃 ^粵wong4 王 ^普huáng
❶形黃色，見頁227「色」字條欄目「文化趣談」。〈染絲〉（《墨子·所染》）：「染於～則～。」（在黃色的染料裏漂染，絲綢就變成黃色。）**❷形**金黃色，見頁227「色」字條欄目「文化趣談」。蘇軾〈贈劉景文〉：「最是橙～橘綠時。」（絕對是橙子金黃、橘子青綠的時節。）**❸**〔黃昏〕**名**太陽下山，天空半黃半黑的時候，即「傍晚」。李商隱〈登樂遊原〉：「只是近～。」（只不過接近傍晚。）**❹**〔焜黃〕見頁161「焜」字條。

❺〔黃鶯〕**名**一種雀鳥名稱，背脊為灰黃色，腹部呈灰白色，尾部呈黑色，叫聲動人。**❻**〔黃鸝〕**名**即「黃鶯」。杜甫〈絕句〉（其三）：「兩個～鳴翠柳。」（兩隻黃鶯在翠綠的柳樹間鳴叫。）

黃鶯、黃鸝

黍 部

「黍」讀〔鼠〕(shǔ)，是「五穀」之一，也就是「大黃米」，可以用來釀酒、製作糕點，或當作飼料，見頁192「穀」字條欄目「文化趣談」。這是「黍」的甲骨文寫法，清楚描繪出散垂的穗子。由於「黍」是一種帶有黏性的農作物，因此從「黍」部的字，多與這個特性有關，譬如「黏」指「黏貼」，「黎」的本義是「製作黏糊」。

黎 ●lai4 犁　●lí
❶形黑中帶黃的顏色，見頁227「色」字條欄目「文化趣談」。❷〔黎明〕名天剛亮的時候。因為太陽剛剛出來，故此天空的顏色黑中帶黃。朱用純〈朱子家訓〉：「～即起。」(每天**天剛亮**，就要起牀。)

黑 部

這是「黑」的甲骨文寫法。古代有一種刑罰，叫做「墨刑」，是指在罪犯的臉上刺上黑色的字。這個甲骨文寫法好像一個人呈「大」字形，臉部特別大，還有一個豎畫，表示接受墨刑。後來這個字出現了分化，一方面演變出「黑」字，表示臉上的黑色；另一方面演變出「墨」字，專門表示「墨刑」，並延伸出其他字義。

「黑」的本義是「黑色」，從「黑」部的字，大部分都跟這種顏色有關。

黑 ⓔhak1 克 ⓟhēi
❶形 黑色，見頁227「色」字條欄目「文化趣談」。〈楊布打狗〉(《列子‧説符》)：「嚮者使汝狗白而往，～而來。」(剛才假如你的狗離開時是白色的，回來時是黑色的。)❷形 昏暗、昏黑。杜甫〈春夜喜雨〉：「野徑雲俱～。」(烏雲密佈，野外小路都變得昏黑。)

墨 ⓔmak6 默 ⓟmò
❶名 墨汁、墨水，見頁186「硯」字條欄目「文化趣談」。王冕〈墨梅〉(其三)：「個個花開淡～痕。」(每一朵綻放的梅花，都顯露出淡淡的墨水痕跡。)❷動 用墨水繪畫。譬如〈～梅〉這首詩描寫了王冕用墨水繪畫的梅花。❸名「墨家」的簡稱，是戰國時代的學術派別。墨翟是墨家的創始人，後人於是用他的姓氏來稱呼他的學派。

點 ⓔdim2 店 [2聲] ⓟdiǎn
❶名 斑點。張岱〈湖心亭看雪〉：「湖心亭一～。」(像一個斑點的湖心亭。)❷動 用筆畫上一點。張彥遠《歷代名畫記‧第七卷》：「～睛即飛去。」(用筆畫上一點眼睛後，龍就會立即飛走。)❸動 核對。朱用純《朱子家訓》：「必親自檢～。」(必須親身檢查和核對。)❹動 點名。杜甫〈兵車行〉：「行人但云～行頻。」(士兵只是説點名徵兵十分頻密。)❺動 徵召 (士兵)。〈木蘭辭〉：「可汗大～兵。」(君王在大規模徵召士兵。)

鼎 部

這是「鼎」的金文寫法，形象地描繪出這種三足兩耳、用來煮食或盛載食物的器皿。從「鼎」部的字不多，但大多跟這種器皿有關，譬如：「鼏」(讀〔覓〕，mì) 是指鼎的蓋子；「鼐」(讀〔乃〕，nài) 是指巨大的鼎。

鼎 ⓔding2 頂 ⓟdǐng
❶名 煮食器皿，多用三隻腳來支撐。《禮記‧曾子問》：「～俎既陳。」(煮肉用的器皿和盛肉用的禮器已經排列好。)❷名 用鼎的三隻腳來比喻三方並立。陳壽《三國志‧陸凱傳》：「三家～立。」(三個國家像鼎的三隻腳一樣並立。)

鼎

歷史趣談

問鼎

鼎，在古代不只是煮食器皿，更是政權的象徵。

周武王建立周朝後，從商紂王手中接過了九個用青銅鑄造的鼎，象徵天下為自己所有。即使到了東周，天子地位下降，諸侯都不敢對天子的九鼎有任何遐想。直到春秋時期，楚莊王流露出稱霸天下的野心，於是假借拜見周天子的名義，到周王室去查問九鼎的大小輕重，目的顯而易見。結果周王室大臣王孫滿回答楚莊王說：「統治天下在乎德而不在乎鼎。如果天子有德，鼎雖小卻重得難以搬動；如果天子無德，鼎雖大卻是輕易移動。況且周朝的國運還未完結，鼎的輕重是不可以問的。」楚莊王頓時啞口無言。

後人於是將企圖奪取政權稱為「問鼎」，到後來帝制結束，人們於是將這個詞語引申為奪取比賽裏的最高榮譽、地位。

鼓　部

這是「鼓」的甲骨文寫法。左邊的部件「壴」（讀〔注〕，zhù）就是一個豎立着的鼓；右邊的部件「攴」，就好像一隻手（又）拿着鼓槌（十），準備打鼓。「鼓」的本義就是「打鼓」，後來才指「鼓」這種樂器。從「鼓」部的字，大多跟這種樂器有關，譬如「鼕」（讀〔冬〕，dōng）就是指打鼓時的聲音；「鼙」（讀〔皮〕，pí）就是指軍中用的小鼓。

鼓　⓿gu2古　⓿gǔ

❶動敲擊、彈奏。〈高山流水〉（《列子·湯問》）：「伯牙善～琴。」（伯牙擅長彈奏古琴。）❷名一種敲擊樂器。《論語·先進》：「小子鳴～而攻之，可也。」（你們可以敲鼓去聲討他。）

齊 部

這是「齊」的甲骨文寫法，就好像穀粒整齊生長的樣子。「齊」的本義是指事物「達到同一高度」，可是其他從「齊」部的字都跟「整齊」無關。

齊　⑧cai4 妻 [4聲] ⑩qí
❶**動**達到同一高度。寇準〈詠華山〉：「更無山與～。」（再沒有其他山跟它**一樣高**。）❷**形**整齊。朱熹〈讀書有三到〉（《訓學齋規》）：「將書冊～整頓放。」（將書本擺放得**整齊**。）❸**副**一起。譚嗣同〈有感〉：「四萬萬人～下淚。」（四億人**一起**流下眼淚。）❹**名**春秋、戰國時代諸侯國名稱，領土覆蓋今天的山東省、河北省一帶，見頁251「諸」字條欄目「歷史趣談」。〈鄒忌諷齊王納諫〉（《戰國策·齊策》）：「今～地方千里。」（如今**齊國**疆土面積達千里。）

齋　⑧zaai1 債 [1聲] ⑩zhāi
❶**動**齋戒，指古人進行祭祀或典禮之前，沐浴更衣、不吃肉、不喝酒的行為。《論語·述而》：「子之所慎：～、戰、疾。」（孔子慎重的事：**齋戒**、戰爭、疾病。）❷**名**書房。譬如周密〈浙江之潮〉篇末引用了「楊誠齋」的詩句，「楊誠齋」就是南宋詩人楊萬里。楊萬里別號叫「誠～」，因為他家中的**書房**叫「誠齋」。

齒 部

這是「齒」的甲骨文寫法，很生動地描繪出一個血盆大口中的牙齒，到後來才加上聲符「止」，成為今天的寫法。「齒」的本義是牙齒，從「齒」部的字，大多跟「牙齒」有關。

齒 ⏺ci2 此 ⏺chǐ

❶名牙齒。司馬遷《史記‧田敬仲完世家》：「脣亡則～寒。」(嘴脣沒有了，**牙齒**就會變冷。)❷動提及。韓愈〈師説〉：「君子不～。」(君子不會**提及**。)❸名年齡、歲數。班固《漢書‧趙充國辛慶忌傳》：「犬馬之～七十六。」(我的**歲數**是七十六。)❹名齒狀物件。葉紹翁〈遊園不值〉：「應憐屐～印蒼苔。」(應該憐惜木屐的**鞋跟**在草綠色的苔蘚上留下腳印。)

齓 ⏺can3 趁 ⏺chèn

動換牙，乳齒脱掉、長出恆齒。〈愚公移山〉(《列子‧湯問》)：「始～。」(才剛剛**換牙**。)

龍 部

這是「龍」的甲骨文寫法。「龍」是傳説中的一種神獸，巨首、長角、大口、長身，並會翻轉上騰。從「龍」部的字極少，而且未必都跟「龍」這種神獸有關。

龍 ⏺lung4 隆 ⏺lóng

名一種神話動物。劉向〈葉公好龍〉(《新序‧雜事五》)：「葉公子高好～。」(葉邑首長子高喜歡**龍**。)

歷史朝代及
書中作品、作家一覽表

* 下表只列出本書引用過的主要作品及作家。

	朝代	成書作品	在世作家
前1100年	**商** (約前 17 世紀～前 1046 年)		
前1000年			
前900年	**西周** (約前 1046～前 771 年)		
前800年			
前700年			
前600年	**東周** (前 770～ 前 256 年) / **春秋** (前 770～ 前 403 年)		
前500年		《詩經》	孔丘（孔子）
前400年		《論語》 《左傳》《國語》	墨翟（墨子）
前300年	**戰國** (前 403～ 前 221 年)	《莊子》《孟子》 《呂氏春秋》《韓非子》	孟軻（孟子）、莊周（莊子）、屈原 荀況（荀子）、韓非（韓非子） 宋玉、項羽
前200年	**秦**（前 221～前 207 年）		劉邦 賈誼、晁錯
前100年	**西漢** (前 206～8 年)	《韓詩外傳》《淮南子》	韓嬰、劉安
		《史記》	司馬遷、東方朔
		《禮記》	桓寬
		《戰國策》《說苑》《新序》	劉向
1年	**新**（9～23 年）	《西京雜記》	
100年	**東漢** (25～220 年)	《漢書》《論衡》	班固、王充
200年		《楚辭章句》 古詩十九首	王逸

朝代	成書作品	在世作家
三國（220～280年）	《笑林》	陳琳、曹操、曹丕、曹植、邯鄲淳 諸葛亮、嵇康、阮籍
西晉（265～316年）	《三國志》	陳壽
東晉（317～420年）	《列子》《搜神記》《漢晉春秋》	干寶、王羲之 習鑿齒
北朝（386～581年） 南朝（420～589年）	〈木蘭辭〉《後漢書》《世說新語》《宋書》	陶潛 范曄、劉義慶
	《文心雕龍》《魏書》《南齊書》	吳均、酈道元、劉勰、陶弘景
隋（581～618年）	《北齊書》《晉書》《北史》	虞世南
唐（618～907年）		王勃、駱賓王
	《貞觀政要》	王翰、張若虛、孟浩然、王之渙 賀知章、崔顥、王昌齡、高適 王維、李白、岑參、杜甫、韋應物
		杜秋娘、孟郊、柳宗元、韓愈、王建 元稹、劉禹錫、賈島、白居易、李紳 朱慶餘、杜牧、李商隱、曹鄴
五代（907～960年） 十國（902～979年）	《唐摭言》	羅隱 李煜
北宋（960～1127年）	《新唐書》《歐陽公事跡》《夢溪筆談》	寇準、蘇舜欽、范仲淹 蘇洵、歐陽修、周敦頤、王安石 司馬光、歐陽發、沈括
南宋（1127～1279年）	《過庭錄》	蘇軾、王讜 李綱、岳飛、李清照、范公偁 林升、范成大
		朱熹、楊萬里、辛棄疾、陸游 趙師秀、姜夔 葉紹翁、文天祥
元（1271～1368年）	《宋史》《元史》《水滸傳》	周密 王冕 劉基、宋濂
明（1368～1644年）	《三國演義》	于謙
	《西遊記》	錢鶴灘、馬中錫、唐寅 田汝成、周怡 歸有光、文嘉、李時珍、徐渭
		謝肇淛、魏學洢 陳仁錫、林嗣環 魏禧、張岱、朱用純
清（1644～1911年）	《聊齋誌異》《明史》	俞長城、蒲松齡 方苞、鄭板橋 彭端淑、袁枚
		紀昀 錢泳、陸以湉 劉蓉、高鼎
	《清史稿》	梁啟超

年份標記：300年、400年、500年、600年、700年、800年、900年、1000年、1100年、1200年、1300年、1400年、1500年、1600年、1700年、1800年、1900年

筆畫檢字表

[丨]		釜	280	涕	152	授	112
鬥	310	翁	211	浪	153	教	116
柴	136	朕	130	家	72	接	112
時	125	狸	166	宴	73	執	57
財	257	卿	40	害	73	探	112
眩	183	留	175	案	136	掇	112
眠	183	[丶]		朗	130	聊	215
哺	50	訖	248	冢	27	勒	34
畔	174	訊	248	袖	243	帶	86
蚌	239	記	248	袍	243	乾	8
骨	307	凌	28	被	243	梅	136
圃	54	衰	243	冤	27	麥	317
恩	102	畝	175	[一]		救	116
唧	50	高	308	書	128	斬	119
豈	255	席	86	郡	275	連	270
峽	82	庭	90	屐	80	專	76
峨	82	疴	177	弱	93	曹	128
峯	82	病	177	孫	70	赦	116
峻	82	疾	177	娛	67	堅	57
[丿]		疲	177	娘	67	豉	255
逃	269	效	116	畚	175	逐	270
耕	214	旅	121	能	219	盛	180
耘	214	畜	175	桑	136	雪	292
缺	207	悖	102	除	287	頃	299
氣	147	悟	102	純	201	逕	270
特	165	悦	102	紗	202	[丨]	
乘	7	差	84	納	202	處	238
租	191	恙	102	紛	202	堂	57
借	17	送	269	紙	202	常	86
值	17	粉	200			畢	175
倒	17	迷	269	**十一畫**		晨	125
修	18	益	180	[一]		敗	117
俱	18	兼	25	理	168	眼	183
倫	18	朔	130	責	257	野	279
俯	19	逆	270	捧	112	問	50
倍	19	浙	152	捷	112	晞	125
射	76	浦	152	莫	232	冕	26
息	102	酒	277	荷	232	晚	125
烏	159	涉	152	荻	232	啄	50
鬼	311	消	152	莊	232	畦	175
師	86	涓	152	排	112	異	175
徒	96	浩	152	焉	159	略	176
徑	96	海	152	頂	299	蛇	239
徐	96	浮	152	都	276	累	202
飢	302	流	152	採	112	國	54